客家往事三部曲

乡亲们

钟兆云
钟巧云 著

作家出版社

图书在版编目（CIP）数据

乡亲们/钟兆云，钟巧云著 . -- 北京：作家出版社，2025. 2.
-- ISBN 978-7-5212-2958-5

Ⅰ. I247.5

中国国家版本馆 CIP 数据核字第 2024MV1594 号

乡亲们

作　　者：钟兆云　钟巧云
责任编辑：丁文梅
装帧设计：意匠文化·丁奔亮
出版发行：作家出版社有限公司
社　　址：北京农展馆南里 10 号　　　邮　　编：100125
电话传真：86-10-65067186（发行中心）
　　　　　86-10-65004079（总编室）
E-mail:zuojia @ zuojia.net.cn
http://www.zuojiachubanshe.com
印　　刷：三河市北燕印装有限公司
成品尺寸：170×240
字　　数：610 千
印　　张：34.75
版　　次：2025 年 2 月第 1 版
印　　次：2025 年 2 月第 1 次印刷
ISBN　978-7-5212-2958-5
定　　价：86.00 元

作
者
简
介

钟兆云，福建省作协副主席。中学时代发表处女作，迄今已在《人民文学》《中国作家》《解放军文艺》《当代中国史研究》等报刊发表作品及学术论文，出版专著《刘亚楼上将》、《辜鸿铭》（三卷本）、《商道和人道》、《我的国籍我的血》、《海的那头是中国》、《谷文昌：只为百姓梦圆》、《奔跑的中国草》及乡村三部曲等五十余部，两千余万字。参与编剧的长篇电视连续剧曾在中央广播电视总台播出。作品曾入选国家重点图书出版规划项目、中宣部主题出版重点出版物，获首届中国人民解放军图书奖、首届华侨文学奖、2023年度中国好书、2023年文学好书榜年度好书、第十七届精神文明建设"五个一工程"奖等。

钟巧云，闽西客家农民，中国民间文艺家协会会员，福建省作协会员，武平县政协委员，武平县政协文史员，武平县党外知识分子联谊会会员，武平县作协副会长。二十世纪八十年代初中二年级时辍学回家务农，亦耕亦读中痴迷文学至今，在《北京文学》、《光明日报》、香港《大公报》等报刊发表多篇作品。与弟弟钟兆云合著乡村三部曲，并出版个人散文集《一味难尽》。曾获福建省优秀文学作品奖。

钟兆云和农民胞姐以及"客家户口本"

薛　舒

　　钟兆云是我的同学，2008 年从早春到仲夏，我们一起经历了鲁迅文学院第八届高研班四个半月的学院生活。鲁院的同学来自全国各地，于我而言，北京是隆重而又新鲜的地域，也许我们都曾无数次到达首都，但在北京一住就是小半年，还是第一次。想必兆云与我一样，身在客乡，心中却惦念着他的"客乡"——对，他来自福建闽西，道地一个"客家人"。我从未认识过一个客家人，直到遇上兆云。我们在同一个文学小组里学习、研讨，一起排演节目，也听他用客家话演绎小品，但我从未有机会了解他的故乡，以及那些人、那些事、那些也许与别的地方并无多大区别的烟火人生。直到 2011 年，读到他和他的二姐钟巧云合著的小说《乡亲们》，我忽然发现，在我的人生中，似乎再没有第二个"钟兆云"，让我对福建，对闽西，对武平，甚或对那个叫美溪的村庄，有了具体的认知。

　　人生大抵如此，大若生老病死，小则一日三餐，可是具体到那个闽西山地里的"美溪"，具体到小说中的"子云"与"子龙"，他们的亲人、邻里，以及省会福州、特区厦门辐射而来的风潮，乃至闽粤交界处的纷争与唇齿相依的日常，我终究读到了某种不一样的真实。而《邻里》，以及《客乡风月》的出世，让我更为确切地看到了于我而言十分遥远的生活，那里的人情世故、风俗传统，以及人们应对生活的态度。

　　依照创作时间排序，《乡亲们》是三部曲中的"老大"，彼时听到兆云说是与他的农民胞姐巧云合著，着实令我惊讶。再读小说，更是让我佩服不已。文中常常闪现着兆云的幽默与诙谐，巧云的细腻、沉静，以及绵密，也令文字时时透露出女性笔触的特征。在《乡亲们》中，我自忖能找出兆云与巧云和谐灵动而又各自闪光的部分。

三部曲的第二部叫《邻里》，全书由十八个独立的中短篇小说组成，小说中的人们都生活在美溪村，十八个故事也都发生在那个闽西山村，它们各自成章，却相互勾连，灵魂人物便是子云。而子云的弟弟子龙，常常在子云视角的叙事中出现，他是家族中最有出息的那个孩子，他生活在省城福州，却从未忘记故乡闽西，他随时以精神或物质的方式成为子云和家乡亲人们的支持者。

我有理由相信，书中的子龙，就是我的鲁院同学兆云，他符合我印象中的性格，通透、豁达、善良，乃至富有才华。便也随之联想到文中的子云，原型一定非巧云莫属，亦是善良勤劳的女性，同时兼具通达与明理、聪慧与贤良。

十八个故事，自是写下了众多乡亲邻居，男女老少皆有之。从子云和她的家人们，到泥公其人，乃至养猪趣事，也有刘爱英和她的女友们的女性主义初探，以及萍萍糟糕的婚姻生活，和女人之间的私房话……在这些故事中，闽西山村的劳作与声息以"絮絮叨叨"的方式直入读者的想象：他们要种烟叶，他们要做房子，儿女中总有懂事的、孝顺的、忤逆的、运气好的、勇于牺牲自己的；家中也总有婆媳矛盾、姑嫂之争、夫妻反目、重男轻女、分家、合家之类鸟为食亡的纷争，家庭便也因为复杂而显现社会性。那里的人们亦需要在劳作之后赌个牌来消遣，泥脚们改善了生活，女人们也不再满足于坐上麻将桌，"精布娘"也要尝试一下过去独属于男人的业余生活。她们还要探讨如何增进夫妻感情，如何提防男人"走斗"（移情别恋），如何浪漫而又不失分寸地保持相敬如宾抑或平等自由的关系。女人们经历着不同的婚姻生活，便对世间男人有了各种经验，但又只是基于自身的体验，并不完全准确，却也真实。在夫妻关系中，子云显然是一个有主见、理性的女性，她懂得进退，并善待每一个人。她不仅是《邻里》中必须存在的角色，在生活里，我相信，子云这样的女性，亦是家庭与社会的稳定剂，女性的力量恰在于这样一种沉稳和娴静。

美溪村里的人们日子越过越好了，从的确卡，到做房子，再到开小汽车，那是不同的时代。那些故事，更可能是一部改革开放史，亦是农村经济发展史的折射，是社会风俗、人情世故的一面镜子。

而最令我感动的，是开篇的《天平上的亲情》，和压轴篇《父亲在天堂》。一以贯之的子云视角，亲情叙事。我确信写作者在讲述自己的生活时总有某种莫名的羞愧，以及亲人离世的劫痛与不忍，但兆云和巧云依然冷静而全面地铺展着生活。他们不隐瞒父亲重男轻女的封建思想，也不回避在父亲丧事上略显铺张的乡俗风气，他们诚实记录，不美化，也不贬低，坦然而真诚。用兆云在后记中的话说："既不想拔高，也不想丑化，还是尽力纯天然，靠近新写实主义吧。"

文中的子龙问父亲："满，你那些年受了那么多冤枉，是怎么过来的？"

父亲说："只要自己光明磊落，无愧于心就行，人在屋檐下，咬咬牙，头一低就过去了。"

读到这里，我仿佛看见作为子龙的兆云与他的父亲促膝而谈的样子，那句话是怎么说来着？"树头摆得正，唔怕树尾摇。"——这是小说中子龙父亲说的，我相信，亦是兆云和巧云的父亲传递给子女的生活哲理。一方土地的秩序与文明，并非一朝形成，而是家教，是民风，是勤勉的客家人一代代的传承。

三部曲中的最后一部，是长篇小说《客乡风月》，讲述的是赤脚医生荣贞的一生。荣贞是主角，而他的亲人、邻居以及那些到诊所来看病，抑或只是去喝茶聊天打发时日的人们，亦是这部小说里不可或缺的人物，他们在美溪这方土地的人文景观中发出劳作与嬉戏的声音，亦是演绎着爱恨情仇的人生戏剧。小说拆解了荣贞的一生，这是一个有优点也有缺点的人，细节呈现更体现出荣贞作为一个常人的常态。借用乡邻们的疑惑，小说不断提出问题，他是一个好人吗？似乎不完全是。他是一个坏人吗？肯定不是。好吧，他就是一个人。

而小说中的乡亲邻里，大多有着他们的"小确幸"，虽然不断在遭遇挫折，也未必有什么远大的理想、高尚的言行，但你能看到他们在为生活奔忙，同时在努力捕获幸福。什么是幸福？是后院不起火，是门当户对，是十月怀胎，是儿孙绕膝，是家和万事兴，更是那么一点点"奔头"，譬如多赚了一点钱，譬如有一份好工作，哪怕是与邻里之间的和睦相处，亦是他们的"奔头"。

小说中贯穿全文的时代特征常常令我读来唏嘘。譬如那个年代的嫁妆，有闽江牌缝纫机、凤凰牌自行车、上海牌手表，这既让人忍俊不禁，又让记忆瞬间回到童年。再譬如男尊女卑的封建思想遗留，入赘到美溪村的荣贞，一辈子最大的遗憾，是想要一个孙子而终不得。这一切固然已成历史，但记录历史的，不仅仅是史书，还有如同《客乡风月》这般的民间书写。这样的记录，更能让后世感受到落地于生活的时代变迁与进步。

兆云和巧云在写荣贞的故事时，自始至终秉持着人性的角度，每一个人物的出场都表现出鲜明的性格特征。而作为第三人称叙事，文中常常隐含着作者倾向。我在小说中读到的是对一个个社会角色抑或自然生命客观而不赋予美化与修饰的表达，有时是固执而自私的生存之道，有时是互助与惠及他人的乡村道德。时而调侃与戏谑的书写方式，也让我读到了批评与质疑的意味，同时感受到作者对邻里乡亲的爱与懂得，并让一部可读性颇强的小说具备了哲思的效果。

小说终章，荣贞驾鹤西去。葬礼结束回家的路上，有人说：荣贞死了，会行医，能助人，又会比赛讲酸话，七老八十了还能拐到细妹子，一辈子本色做人、风流做事的人，还没在美溪出生呢！

有人接口：这样的人怕是绝种了！

话刚出口，就听得嘿嘿两声笑。

多么熟悉的笑声啊！说话的人面面相觑，又扭头四顾。

彼时天地茫茫，冷月无声。

阅读至此，竟有种毛骨悚然的顿悟，生老病死的意义，就这么来了。

兆云与巧云的"客家往事三部曲"，让我想到《人间喜剧》。巴尔扎克用毕生心血创作了一部由九十多个独立而又有所联系的小说组成的巨著，被称为是一部睥睨千古、包罗万象的百科全书。巴尔扎克的目的固然是研究整个社会，做社会这个历史家的书记，而这部巨著也成为人们研究法国社会风俗的样本，被称为"巴黎户口本"。而兆云和巧云的"客家往事三部曲"，之所以令我读来有此联想，便是这三部大书同样有包罗万象的特征，可以说，它是一部反映闽西乡村民俗风情与世俗生活的地方志，可谓"客家户口本"或"美溪户口本"。我们可以读到那一方土地的世情生态、民间价值以及生命观念。借用《客乡风月》中的一段话，那就是："日子虽然清汤寡水，却也有男耕女织、养儿育女的浮生之趣，在不时萦绕耳畔的笑语欢声中，按着春夏秋冬的时序运行，不急不慢、不温不火地走着……"而来自闽西山村的这一对姐弟作家，便是客家故事的传唱人。

距首次阅读《乡亲们》已过去十四年，在三部大书修订合体再由作家出版社出版的今天，再一次向兆云和巧云表示祝贺。写作是一场苦旅，而兆云和巧云，至今保留着他们最初那颗怀揣文学梦想的心，"互为文学路上的恩人"（兆云语）。在这里，请允许我向这对姐弟作家表达由衷的敬意！

2024 年 9 月 21 日于芳草窝

（作者系中国作协全委会委员、上海市作协副主席）

目录

围屋里的鸡毛蒜皮

1

这里的山，挨得亲热，错落有致，不是这儿隆起就是那儿拱起，状如万象，四时易服。这样的山，远近高低，或触星天，或卧田地，或伏水畔，或偎屋旁。村中有山，山背有屋，像是贴在天边的写意水墨。

无山不客，无客不山，这是客家民系人口分布和居住环境的特点。我们这个交界于闽粤赣三省的美溪村，算是其中的一个缩影。

山脚下，绿野连堂，小桥流水，鸡犬相闻。一座无从知道年份的客家围屋上空，曾回响着三首分别传唱于闽西、粤东、赣南的客家童谣：

月光光，照岭背，鹅揩水①，鸭洗菜，鸡公舂谷狗踏碓。亲家来，姐姐到，天上星宿摘唔到。糯米粉，白砂糖，做得佢们②尝一尝，唔话③偓们④有排场。

月光光，树头背；鸡公舂谷狗踏碓，狐狸烧火⑤猫炒菜；猴哥送饭用背背，田鸡婆婆抢老妹⑥。

---

① 揩水：挑水。
② 佢们：他们。
③ 唔话：别说。
④ 偓们：我们。
⑤ 烧火：做饭。
⑥ 老妹：小妹。

丫丫睡，睡哩来摘菜。摘一皮①，留一皮，留来天光后日②嫁满姨③。满姨嫁到禾场背，鸡公砻谷狗踏碓。

多少年过去了，三首童谣已随山风渐去，余音却缭绕在我们的心头。直到今天，我们还由衷赞美三首童谣的想象力之丰、诙谐之趣、童话色彩之瑰丽，尤对"鸡公砻谷狗踏碓"之句，产生无穷遐想。

"鸡公砻谷"好解，意指公鸡帮助主人推砻④，去掉稻谷的外壳，变成一粒粒珍珠般的米粒。而"狗踏碓"，就让一般人费心思了。

碓，用木头、石块制作而成的捣米器具，通过脚踏，使碓锤在反复起落中将石臼中的米粮舂成粉状。每当人们在碓坊忙碌着放米粮、踏碓、刮碓锤、扫粉时，好动的家犬常常仿效主人干活之状，在碓左碓右跳来绕去，甚至还和主人一起用脚踏碓，宛如一个小帮手。再通人性的机灵狗，毕竟也是四脚动物，无法把踏碓舂米一类的活，干得有板有眼。于主人来说，狗的帮忙虽然在周而复始的枯燥劳作中增添了一丝趣味，却往往越帮越乱，任其下去，势必弄得一团糟。久而久之，客家人便将做事不讲章法、马虎了事称作"狗踏碓"和"鸡公砻谷"。

现实生活中，"鸡公砻谷"和"狗踏碓"虽含贬义，并被作为劝诫、讽喻之例，但一代代客家儿童，心目中却仍将此视为美景趣事，反复吟哦传唱。

山麓围屋里的妯娌们，唱得各有音色声情，一如她们的人生。

2

大伯母是梅州嫲⑤，生有一男一女，男叫荣宝，女唤秋香，孤儿寡母，日

---

① 皮：片。
② 天光后日：一种概数，不确定的表示，相当于明后天。
③ 满姨：小姨。
④ 砻：客家地区旧时一种碾米工具。
⑤ 梅州嫲：广东梅州女人。嫲读旧音 ma，客家话中表示性别的特殊词尾，常用于指雌性动物，有时也用在女性称呼上，与雄性称呼"古"对应，下同。

子过得清汤寡水，连狗都饿得两眼发绿，哪还能帮主人踏碓？二伯母是会昌嫲，相比于她的泼辣性格，二伯父就显得太过收敛了。他体弱多病，走路要踏死蚁公①，干不了重活，人称"食死佬"②。他们膝下无嗣，俩孤老做伴，温饱倒能维持。

父亲和两位伯父同一个祖父，三家人长期共住一院。房屋之间有一大块空地院落，中有一方天井，分上厅堂和下厅堂。大伯母和二伯母住一片，连厨房都是同一间，东西两头筑灶而已。我们一家住一片，阔了许多。房子虽旧，却可以穿堂过巷，每年修修补补的，遮风避雨差强人意。

在我们来世前，这个门口有石狮子看守的围屋还残存威仪，二伯父也不是那副模样，而且，这个围屋刚刚平息过一场流血事件。

二伯父家本来也不乏人丁，他有六七个兄弟，可大都幼殁，两个胞兄在提心吊胆中好不容易熬到二十余岁，却不料，一个在新婚之夜死于房事，一个在即将婚配时作古。其长兄之妻守寡数月，未有"遗腹子"迹象，便戴着"扫帚星"③的罪名再嫁。其次兄之妻，因系童养媳打小抱来，吃着家娘④的奶水长大，以此养育之恩未曾再嫁，就这样留下，成了我们的大伯母。

二伯父成为家中的独子，受到百般溺爱，结果坏了品性，十余岁起就跟一位从抗日前线逃回的兵痞气味相投。到闽西粤东交界之地读高小时，每逢圩日他便逃课，专在街上等兵痞来一同吃喝，当街设赌，跌骰子，大喊大叫四五六。他父母一直蒙在鼓里，我们的祖父赴圩⑤时碰到过几回，因当时兄弟不睦，也就没有及时告知其父母，自行对其作了教育。直到看到侄儿屡教不改、且有愈演愈烈之势，祖父才不得已道明其劣迹，并向兄弟俩共同的父母作了禀报。其兄却怪他多事：为什么要向父母大人汇报，徒增二老的烦恼呢？我们的曾祖父得知详情，大发雷霆一通，不许二伯父再出外读书，回家从事耕田，并在他十九岁那年给他说了亲，以为被老婆牵稳就不会外走学坏。偏偏那是个水性杨花的女人，只要有食有嬲⑥，连房门不出都可以，肚子又不争气，

---

① 蚁公：即蚂蚁。

② 食死佬：光吃饭不会做事之人。

③ 扫帚星：克星。

④ 家娘：婆婆。

⑤ 赴圩：赶集。

⑥ 嬲：玩的意思。

一有就流，后来就改嫁到赣南去了。宠爱他的父亲和祖父（即我们的曾祖父）相继离世后，二伯父更无人管教。他母亲对他毫无办法，我们的曾祖母因他是长孙，要钱就给钱。家里他只有点顾忌叔父（我们的祖父），可叔父面对生母及亲嫂的溺爱，也无法约束这顽劣的侄儿。不多久，二伯父就把我们曾祖父遗留下来的花边^①全部赌光了。我们的曾祖母一死，他无钱再赌，就偷他母亲的钱，偷光了还想偷卖祖田，又担心被叔父察觉阻挠，于是转恨叔父，与那兵痞密谋杀害叔父及相关人员。那兵痞买了一支手枪准备作案，被族长知晓后强行没收，以为是二伯父告的密，就转而想杀他。二伯父吓得半死，跪在叔父面前哭诉。叔父大惊，拉着相关人员急忙报告族长，族长怒那兵痞屡屡犯案，下令将其处决。

祖父年轻时也好赌，日以继夜都不肯放手，有时三四天都不回家。他父母心痛极了，只好提早给他讨一个老婆回来，让她负责管教。但他不怕老婆，仍然三天两头往赌场跑，到后来生男育女，生活上无以为继，又看到其他人把家业赌光后做了流民，经常偷窃，常被人骂得抬不起头来，他就痛改前非，老实从事耕作，养大九个子女，生活上也还过得去。祖父现身说法，对二伯父说："一个人不怕有过，只要能改，还是一个有作为的人。"

但二伯父并没有真心悔过，叔父一死，他更是目中无人，结果把其父遗留的田地全部卖光了。解放后重新分了田地，但不出两年他又悉数转卖他人。他母亲常常以泪洗面，郁郁而终。他呢，抱着得过且过的思想，直至高级社成立后严厉禁赌，才不得不金盆洗手，服从社里分配从事耕作，以保障生活。

二伯父凭着高大的体形，一生赢过四个女人的芳心。前两个均未生育，第三任总算有一子传世。六岁那年，二伯父抱爱子赴宴，一高兴就让他喝了点酒，结果孩子受了酒风，回家三四天后便夭折了。二伯父连着数日肠子都哭断了，自觉罪孽深重，在妻子愤而离去后，变得郁郁寡欢起来。谁能料到呢，心境郁悒的他，竟还有女人来嫁，成为我们持续时间最长的二伯母。人民公社化时，她在公社农场做工，见老公实在干不了重活，不知怎的就获得了农场领导的同意，夫妻对换了工。他成了农场的一名火头^②，直至退休回家。

听母亲说，二伯母也曾大过肚子，只因馋嘴，上树摘桃而致流产，后来

---

① 花边：银元。
② 火头：厨子。

再怎么努力也没怀上。

村中有座伯公庙。庙前有棵伯公树，高过五六丈，树上迎风飘扬着无数红布条。伯公庙和伯公树平时并不需要被特别照看，乡亲们有好事时尽可以对它们熟视无睹，倒霉或不幸降临时，却随时可以找它们祈求保佑。经人提醒，二伯母也去那儿上过香磕过头，哭着跟树神庙神要孩子。但听说很灵验的树神庙神，在二伯母的肚子问题上，却打了最大的折扣。据说因二伯母曾不止一次在庙前解手，亵渎了神灵，怀不上孩子是她的过错，一点也不能怪神灵。

二伯父嫁到广东蕉岭的亲妹先后生了九男一女，无力抚养，只好把前面几个都送了人，老三就过房给了伯父伯母。那时我们还小，只记得曾有个三哥哥，后来却不见了踪影。原来，这个三哥哥长得又黑又瘦小，毛屎①都不上八十斤，而且老实巴交，一点也不灵光，不讨二伯母的欢喜，经常被打骂，他受不了就走了，再也没回来过。这个老三也是命苦，后来做了人家的上门女婿，生下一女。那女人虽跛脚身残，花心却够怒放，大白天还敢在家勾搭野男人。老三人老实，整不了她，伤心之余，买来一包老鼠药，先让小女吃了，看着自己怀抱里的妹子身子冷下来，哭着再吃药相随而去。

大伯父早早就被阎罗招安了去，大伯母独自一人含辛茹苦带大孩子。秋香姐只比我们的亲姐子珍大了三个月，读了两年小学就因贫寒的家境而回家"修地球"②了。宝哥因为带了"把"，才勉强读完了小学。到了男婚女嫁之年，村里的同龄人都陆续成家了，只有宝哥还是擀面杖抹油——光棍一条。不独大伯母，一直把唯一的亲侄子看做儿子的二伯父和二伯母也很着急，怕绝种，宝哥的婚事没着落，他们就吃不香睡不稳。

终于有一天，"荣宝，荣宝"——媒婆人未进门声先到。

"做么事？"大伯母家里没人，二伯母性急，闻声而出，"他们都下田做水③了，有事跟我说，回来我转告。"

"好，好，桂花，跟你说也一样。"

"那进屋坐下来说，我给你倒杯水。"

即使对方不说，二伯母也已猜中来意。这人能说会道，方能说成圆，圆

---

① 毛屎：净重。

② 修地球：干农活。

③ 做水：干活。

也可以说成方，只要她出面，没有搭不成的鹊桥，只要脚钱①到手，你们前天结婚后天离婚她也管不着。

二伯母端上水后，笑着问："媒婆，是不是好心帮我家荣宝找到合适的妹子了？"

"咦，桂花你真会猜。今天我去蕉岭老妹家，有个布娘子人②刚好来找我外甥女了耍③，我看她娇小可爱，老实本分，没什么歪心眼，配得上你家荣宝，就问我妹妹这是谁家的细妹子。听我老妹讲，是她的邻家女。我就去她家问，还未婚配。她父母也很老实，我把你家荣宝的长相、文化程度告诉了他们，说像荣宝这么一个标致的小伙，打着灯笼都难找。这家人听了很中意，叫我带你家荣宝去相相面④，就是不知你家荣宝会不会嫌弃人家。"

媒婆走得急，咕噜咕噜就是几口水，一口气讲了这么多，还不气喘，她恨不得马上促成此事，好让脚钱早到手。

"不会的不会的，我家荣宝肯定不会嫌弃人家的。"桂花伯母连忙说。

媒婆临走，又郑重其事地交代："你家荣宝一回来，你就得抓紧告诉他，听说有好几家都去提亲了，只是女家还未答应。这样的好事，可拖不得呀。"

干活人披着一肩晚霞归屋，泥脚还未洗，桂花伯母便迫不及待地完成了报信任务。最近因为宝哥的婚事，大伯母愁得头发都白了不少。起初，她还以为二伯母骗他们开心，见桂花伯母说得认真相信了。刚掌上洋油灯的秋香姐高兴地说："灯芯开花，好事来家⑤。太好了，我快有嫂子了，哟，还跟姨娅⑥同是梅州人⑦，今后走亲戚也方便呀。哥，你快答应吧。"

宝哥心里乐开了花，但仍面带戚容："像咱家这情况，穷过水鬼⑧，谁知道人家看唔⑨看得上。"

---

① 脚钱：辛苦费。

② 布娘子人：女人。

③ 了耍：玩耍。

④ 相面：相亲。

⑤ 灯芯开花，好事来家：意指好运气的预兆。

⑥ 姨娅：母亲。

⑦ 梅州人：蕉岭属梅州辖县。

⑧ 水鬼：一贫如洗之意。

⑨ 唔：不。

"冇①关系，有香兰媒婆介绍，肯定能成，像你这么一表人才，她还不喜欢，那真是没眼光了。"二伯母鼓励侄儿。

说真的，宝哥虽然家境贫寒，但论长相，确实无可挑剔。他还勤劳巧干，能说会道，别说姑娘，连男孩子也喜欢他。但那时的姑娘比较注重物质，谁愿意嫁过去过那种有上顿没下顿的生活？

次日，宝哥整天干活总想着相亲的事，魂不守舍。熬到夕阳西下，他立马换了身新衣裳，和香兰媒婆踏着一路斜阳去了毗邻的广东蕉岭女方家。

女家只此一女，且是个满②女；三个成年儿子，其中两个还是光棍身。家境与宝哥家相差无几，一厅两间的破房，住了两代共七个大人：大儿小两口住一间，女儿和母亲住一间，父亲和两个光棍住厅堂。一家衣着除了补丁还是补丁。环顾四壁，就是小偷来了，也看不上眼。

媒婆拉着宝哥和女方一家围坐在厅堂里，厅里的床铺已被姑娘的父亲拆掉了，床脚成了凳子。屋里点着一盏洋油灯，风一吹，忽闪忽闪的，像鬼火似的，如果不是大家围坐在一起，真会让人起鸡皮疙瘩。待字闺中的高玉兰低着头一言不发。宝哥坐在另一个角落，心里忐忑不安，猜测着女方一家的心思。媒婆和女方父母谈了什么，他几乎全没听清，偶尔问到他，也是斗耷搭簸箕③，媒婆只好说尽好话替他解围。

其实，如此"门当户对"的家庭，谁都没有挑肥拣瘦的权利。那晚宝哥根本就没看清女方长相，朦胧之中只看见对方小巧玲珑的身影。那当儿年过二十尚未娶亲的男子，怕是要把母猪当貂蝉的。至于女孩子，一切都由大人做主。这门婚事就这样谈成了。按农村风俗，初次见面，男方得给见面礼，宝哥从口袋里拿出一枚发卡，微红着脸送到了女方手里。高玉兰连头也不抬就接下了，成为我们的准兰子嫂。

3

宝哥迎亲后，一家人像模像样过上了一段平和日子。兰子嫂初为人妻，

---

① 冇：没。

② 满：表示排行最末。

③ 斗耷搭簸箕：答非所问。

刚到一个陌生的环境，多有不习惯。当小姑子的秋香姐尽量带着她，一起下地干活，一起在圳头井尾洗裙汤衫①，用榨过油的茶枯饼、山上采来的肥珠子当番碱②，熟悉周边的人和物。二伯母夫妻待她不错，主要还是宝哥满意她，晚上不用再搂当道具的冰冷枕头了，还多了一个赚工分的劳力。

却不料，过门不到一年，婆媳俩就打起了嘴仗。兰子嫂没文化，人瘦小，又老气，二十出头的人，却长得比实际年龄大十岁；脑子又不灵活，还不识钱，连元角分都认不清。大家都笑说宝哥有福分，讨了个只会干活不会花钱的老婆。宝哥哑子吃黄连，有苦说不出。大伯母虽说也斗大的字不识一个，但还不至于笨到连票子都认不清；而且人老嘴老，脾气不好，喜欢与人争执，是个难缠的主，和兰子嫂这样"狗踏碓"般的人，怎能长久契合？她很快就露出了庐山真面目，欺负儿媳老实，经常指桑骂槐。

兰子嫂起初还让着婆婆，农村有句老话"闪狗不是呆子"，可时间长了，狗急了也会跳墙，何况你不发一言，反倒成了呆子。后来她终于爆发，顶撞起来，还骂家娘是老鬼。大伯母听了，犹如六月正午穿棉袄，全身发火，三下两下跳到她跟前，"啪"的一下赏了一个新年巴子③，恨恨骂道："好啊，狗胆包天了，敢还嘴了，还骂我老鬼，你也不会一直年轻，也有老的时候，你这个短命嫲、杀千刀的，迟早会被雷公劈死，鸡虼婆，皱额嫲……"

大伯母人高马大，身体又棒，骂人骂上三天三夜也不累乏。兰子嫂突遭袭击，并不意外，她知道，只要自己胆敢顶撞，自己的脸颊迟早都有巴掌赏过来。但今天她豁出去了，猛地一把揪住婆婆的头发，两人扭作一团。

"救命啊，桂花，三妹，快来救命啊！嫂瑞④要被人打死了！"大伯母恶人先告状。这事大大出乎她的意料，想不到这么一个不起眼的老实疙瘩，竟然敢揪她的头发，真是吴三桂起兵——反了！

二伯母桂花刚收工回来，听到救命声，吓得赶紧丢下农具跑过去，看到嫂子把儿媳摁在地上，她儿媳边骂边挣扎着用脚踢她。别看大伯母高大壮硕，兰子嫂一旦拼命，她也慌得东躲西藏。桂花伯母连忙把兰子嫂的双脚摁住，大伯母才喘出一口气来。

---

① 在圳头井尾洗裙汤衫：在水边浆洗衣物。

② 番碱：肥皂。

③ 巴子：巴掌。

④ 嫂瑞：嫂子。

待母亲赶到时，兰子嫂的脸上和身上已落下累累伤痕，两边衣袖都支离破碎了。母亲急忙把两个嫂子拉开，责备道："大嫂二嫂，你们怎么可以两个打一个呢？跟晚辈打架，就不怕被各类人①笑话？就是有天大的事情，也可以化解，怎么动起手脚来了？"

"三妹（母亲乳名"三妹"）你不知道，这种女人不好好整整，都快上房揭瓦了！我说她两句，她竟敢骂我老鬼，还揪我的头那毛②想吃了我！"大伯母余怒未消，狠狠地瞪着儿媳。

兰子嫂不甘示弱，指着婆婆的鼻子对我母亲说："三妹婶，你来评评理，放了工我就抓紧回来，没想到刚入门，这老鬼又在指牛骂马，以为我是呆子听不懂。起先我不理她，可她越骂越凶，我就是哑巴也会哼几下吧，她就打我。毛主席都说了，人不犯我，我不犯人，人若犯我，我必犯人。我也是爷娘生爷娘养的，难道我就该让她打死也不还手？二婶回来，狗吃猪屎，不分好坏，帮着老鬼打我。打死了我，她们也得枪毙！"

兰子嫂哭得眼泪鼻涕流一块。母亲见她哭得伤心，再看她披头散发，浑身是伤，便信了她的每一句话，对大伯母说："大嫂，你不能跟小辈一般见识，说几句就好了。她不懂的地方，我们多教教她，以后就好了。"

"哼，教她？像她这种早死爷娘没教养的人，还能学会？教她一生世人③都是白搭。"

"老鬼，我让你打让你骂还不够吗，凭什么还要咒我爷娘？我看你才是早死爷娘冇教养！"

眼看一场战争又将爆发，母亲忙将兰子嫂拉到身边。

二伯母指着兰子嫂骂道："你这个贱货，也太不像话了，连家娘都不放眼里，真是越来越刁了，再不整整，真会在家娘头上拉屎了。荣宝回来，我一定告诉他，让他整整你！"

"报事嫲④，我又不怕，你告诉他，我也会告诉他，看谁的错更多。"兰子嫂满肚子愤恨，如今像竹筒倒豆般一倾而出，"今那⑤解放了，不是旧社会，难

---

① 各类人：别人。

② 头那毛：头发。

③ 一生世人：一辈子。

④ 报事嫲：爱传递消息的女人。

⑤ 今那：如今。

道家娘还可以随便作践生娓①吗？"文盲归文盲，可她总算知道一命赔一命，也知道妇女获得了解放。

大伯母恨不得把儿媳撕成碎片——快六十的人了，哪个小辈敢这样对她说话？！

母亲一向主张和为贵，素不喜欢与人争吵，更别说自家人了，今天看到这对婆媳闹得不可开交，二伯母又在一旁煽风点火，很替兰子嫂担心，遂又当上了"和事佬"的角色，耐心地说："嫂，兰子嫲，不管是旧社会还是新社会，一家人同桌吃饭，同坑拉屎，就应该和和气气，家和万事兴嘛！有啥事，大家坐在一起三言两语讲完就好了，没什么大不了。大家就事论事，不要东拉西扯，更不要动手打人。本来日子就不好过，打伤了谁，都是雪上加霜的事，还会被人耻笑。"

二伯母接过话茬："对她这种刁蛮的生娓，就是不能有糍粑心②。有谁家的生娓敢像她这样骂家娘？简直是母夜叉！"

"二婶，你也一样死乌搭瞎③，难道我就要由着你们随意作践，才是好人吗？你别以为自家没儿没女可骂，就来骂我，我是那么好欺负的吗？"

兰子嫂据理力争，却无意间揭了二伯母的伤疤。正因二伯母没儿没女，大伯母和母亲才凡事都让她三分。

母亲听兰子嫂这么一说，心里格登一下，心想这下可要"大闹天宫"了，急忙对她使眼色，暗示她不可再说下去。可是二伯母已闪电般跃到兰子嫂面前，赏了她一个比大伯母更响亮的耳光，狠狠骂道："你这个杀千刀、冇上冇下④的家伙，打死都冇过⑤！"然后又扑通一下跪在地上呼天抢地，号啕大哭："天啊！做么事我命那么苦啊，大家都有子有女，为什么就不让我有，害得我被人骂孤老，连亲侄媳都来取笑我！我活着有么事搭煞⑥啊，还不如死了算了……"

话没说完，她就起身欲撞墙。母亲早有防备，哪里会让她活受这种罪？每次桂花伯母心情不好或和二伯父吵了架就寻死觅活，而每次都是大伯母和母

---

① 生娓：儿媳。

② 糍粑心：心肠软。

③ 死乌搭瞎：蛮不讲理。

④ 冇上冇下：没大没小。

⑤ 冇过：不过分。

⑥ 有么事搭煞：有什么意思，有什么劲。

亲把她劝住。这种情景已是家常便饭了。但二伯母这架势，兰子嫂以前却没领教过，她吓得赶紧跑回自己的房里，"嘭"的一声关上了门。

大伯母见状，也没再说什么，和母亲一起哄起了二伯母。闹了一阵，二伯母像往常一样地顺着大伯母和母亲的劝解，慢慢地恢复了平静。

4

"大家听清楚了！一组挑粪施肥，二组耘田，三组割青积肥，大家听清楚了！……"美溪生产队队长虎腚举着广播筒，在谷坪上大呼小叫，重复着三个组的工种。

母亲和二伯母、兰子嫂，还有香兰、春秀、旺富等，是第一组的社员，被分配挑粪施肥，组长是桂花伯母。那时兰子嫂已有八个多月身孕，肚子大得像打腰鼓的，行动十分不便。秋香姐见嫂子行动困难，就对桂花伯母说："婶，嫂子快生了，就不要让她去挑粪了，放她假吧。"

"放她假？笑话！她又不是帮我赚工分。这月又快分粮了，到时超支可别怪我。"小组长不同意放假，动辄要扣工分。桂花伯母对兰子嫂前番冲撞怀恨在心，正想着借机惩罚呢。

大伯母也对秋香姐说："放假，有那么金贵吗？我怀你兄妹时，就没放过一天假。生你的那天下昼[①]，我还在田里干活，回到屋下[②]晚饭还没吃，你就出世了。现在她还没那么快生，就要请假，难道存心要让这个月借粮？"

按工分粮、多劳多得的年头，要是旷上几天工，粮食就接济不上，就得去有余粮的人家那里借。有些人怕自家可能也接济不上，不太愿意借。借粮者往往要说尽好话，很是受气。因此，大家都不想旷工，轻伤不下火线，除非重病卧床。

兰子嫂对大伯母和桂花伯母心里有恨，可管天管地也管不了她们，被分到桂花伯母当组长的小组，也只能忍气吞声，有时摸着肚皮，小声对肚里的孩子说上些君子报仇十年不晚的话。幸好我母亲经常关照她，比如挑肥积肥，

---

① 下昼：下午。
② 屋下：下音 ha，家里。

母亲就让她用两指钩，不让她挑运。兰子嫂干活本就不太像样，现在又这般大腹便便，效率就更别提了。有的组员看不惯，多有烦言，母亲就对她们说："人家是重身子的人，同样身为女人，应该知道这种苦。我们就多担待些吧。"

大伙一起脱秧的时候，兰子嫂不会数数，也都是母亲帮她。兰子嫂对母亲很是感激，再不识好歹，还是会听母亲的话。

农忙一过，兰子嫂肚里的孩子就吵着要出来。刚入秋的某天晚上，我们一家正在一起说笑，突然听到大伯母大声叫母亲："三妹，三妹……"

"哎，嫂，什么事叫得这样急？"

"兰子嫲快生了，你快点过来帮忙！"或许是兰子嫂要帮婆家添丁进口了，大伯母为升级做祖母而高兴，难得地叫起了兰子嫲。

母亲听到招呼，马上出来，头一句就问："嫂，有冇人去喊接生婆？"母亲生了四个孩子，知道孕妇肚子痛了，首先要去叫接生婆。接生婆离我们家不远，一刻多钟就能到。

大伯母急切地说："狗脑子（二伯父的绰号）去叫了，桂花现在守着兰子嫲，荣宝又还没回来。"

"莫怕莫怕，有我们几个在，孩子会平安出世的。"母亲一边安慰着大伯母，一边跟着她走进兰子嫂房里。

兰子嫂因痛哀叫，桂花伯母正用热毛巾替兰子嫂轻轻地揉肚子。母亲见桂花伯母如此举动，不免感到欣慰——毕竟是亲侄嫂，关键时刻不计前嫌。

"兰子嫲，忍一忍，养点精神，别等孩子出生时，你倒没了精神。女人生孩子都一样，谁叫我们是女人呢，等你做了娭瑞[①]，就知道艰辛了。老人常说：生儿唔知娘辛苦，生女才能报娘恩。"母亲说完，转而对桂花伯母道："嫂，屋下有鸡蛋吗？有的话去煮两个给兰子嫲吃，等下才有精神。"

"有，我这就去煮，你守着她。"

二伯母煮鸡蛋去了，大伯母则手忙脚乱地找旧衣服，准备包裹孩子。

这时二伯父带着接生婆来了。她只有五十多岁，但据说很有经验，接生几乎没有发生过意外。

待宝哥赶到家门时，一声清脆的婴儿啼哭声已响遍整座院落。

---

① 娭瑞：母亲。

我们姐弟俩听到哭声，不约而同地走到兰子嫂的房门口，想看看小孩出生的样子。可母亲拦住了我们，强令姐姐带我们回去。后来母亲告诉我们，产妇房称为暗房，如果生肖相克，就会出意外，所以不要随便进去。

大伯母一直嫌自家人丁单薄，见头孙是男丁，而且白白胖胖的，煞是得人惜①，高兴得合不拢嘴，忙吩咐儿子去烧开水杀鸡给媳妇补身子。

因为头胎带把，兰子嫂的身价霎时提高不少，连平日横眉冷对的大伯母和二伯母都对她好了些。宝哥给儿子取名福贵，意思是希望他一生幸福，身子金贵。

5

父亲人称酿伯或酿伯佬。酿，在客家话中是放牧之意，如放牛、放羊、放鸭，就称为酿牛、酿羊、酿鸭。父亲小时候没放过牛，长辈希望以"酿"这个贱称来冲邪气，以便好养。

父亲生于大革命失败那年，对解放前的那段光景，他至今都爱称民国某某年。胞兄早夭后，他便成了家里唯一的火屎星②，深得祖父母及七位姑姑的疼爱。在我们兄妹印象中，父亲懂古事，重礼仪，好行侠义，而且善良质朴、安分守己、乐于助人，因此素有人缘。

我们这地方处于闽粤赣三省交界，当年是中央苏区范围，远村近邻，都有不少热血男儿跟着朱毛红军"闹红"求翻身。二姑父即是其中一位，他扯起了一支十来号人的游击队，朱德指挥红四军经闽西打广东东江时，他还带过路，获得了朱德奖赏的一支驳壳枪。从小爱看《三国演义》《水浒传》、敬重英雄的父亲，很崇拜他的二姐夫，刚上初中就想辍学跟着"闹红"。二姑父却坚决逼他完成学业，还出资相助。父亲至今仍记得我们缘悭一面的二姑父所留的一席话："读好书，将来可以更好地为国家出力。"遗憾的是，随着他的英勇就义，家道中落的父亲断了资助，最终没能上大学。这时，国民党胡琏兵团由粤经闽败退台湾沿途征兵拉夫，已上黑名单的父亲凭着机智勇敢脱了身，才迎来

---

① 得人惜：讨人喜欢。

② 火屎星：独子，传宗接代的人。

了新中国的成立。父亲因为有文化，曾受到县粮食局长的看重，要不是这位局长大人在"三反""五反"中被错打为"老虎"受尽折磨，父亲也许早就剥了谷壳，跳了龙门，成为村里第一位人人羡慕的工作志[①]了。应了"命下该食粥"[②]之说，父亲受到牵连，他戴着帽子被遣回村里后，百感交集，也不思卷土重来，只想苟全性命，于是决心扎根农村。他第一件事就是休了婚后数年未孕、行为又有些乖张的妻子，奉母命再娶，才最终和母亲走到了一起，有了我们兄弟姐妹四个。

在我们这儿，老一辈里头就数父亲文化高，谙熟红白喜事的操办程仪和拣日子[③]不说，还写得一手好字。年关之际，左邻右舍都买了红纸，络绎送来，请父亲帮写春联。除夕前的那些天，我们家天天人来人往，罕见地热闹，厅里厅外，桌上地上，都摆满了一副副红红的春联。不少春联是他自己创作的，即使照搬书卷，也不能张三李四王五重复写来，还得照人配对。父亲从不收取乡亲的财物酬劳，久而久之，有人连写字的墨水也不随带，有的连红纸也不给。母亲少不得暗地里发些牢骚，但父亲总是一笑置之，照样有求必应。年关是各家各户最忙之时，父亲偏偏还得肩负为数十户人家写春联的义务，有时春联一多，便得夜以继日。他常在油灯下躬身写到半夜三更，再乏再累也不让乡亲们的房屋门前留空白，这也是他一生都有好人缘之因。

在我们的记忆中，父亲向来严格，不怒而威。要是我们过分调皮捣蛋，他不需动一根手指头，只需用眼角的余光一瞄，我们就少不得心惊胆战，好比老鼠遇着了猫。我们兄弟少时都尝过父亲皮带的滋味，当然，皮带对于家中女孩，是英雄没有用武之地的。

1975 年，父亲被生产队派去外地烧石灰。临走前，他把大姐子珍叫到身边，说："子珍，我走后，你要多关心娣瑞，还有老弟老妹，你自家[④]也要注意身体，不可蛮干，挑不动的担子就不要逞强，听清楚了吗？"

姐姐难过地说："满，你放心，倒是你出门在外，要多多爱惜身体，有空就回来看我们。我们舍不得你！"她边说边递过一个装满茶水的竹筒，给父亲路上解渴。

---

① 工作志：吃皇粮的人。
② 命下该食粥：命中注定。
③ 拣日子：挑选日子。
④ 自家：自己。

"好，我会经常回来的。"父亲接过竹筒，望着大姐，欣慰之情溢于言表。

我们这边，得到的却是父亲严厉的警告："你们三个，要是不听你们娌瑞和阿姊的话，我知道了定不客气。"

父亲的话，我们都听得懂。他常说，"灵神唔使①多烧香，乖子唔使多言章②。"如果我们不知好歹，他腰上的皮带就会替他说话，在我们身上找麻烦。

祖父母生了七个女儿、两个儿子，大伯在十多岁时患白血病死了，父亲自然成了祖父母的心肝宝贝，含在嘴里怕化了，捧在手心怕掉了。父亲是满子，所以我们就叫他"满"或"满满"，堂兄堂嫂也跟着我们这般叫法。小伙伴们觉得好玩，竟也这样叫上了，至今不改。我们那里的农村，称呼母亲鲜有叫妈的，多数叫奶③，也有叫姨娅，叫娌瑞，叫阿娌，或者叫嫂的。以哥或伯叫父亲的也大有人在。那时的称呼实在是五花八门，不成体统。因了父亲，"满"成为村中对长辈一个奇特的称呼。

父亲外出时，大姐年方十八，出落得楚楚动人。有人说，在我们村，就数她生得白雪雪哩④，女人见了嫉妒，男人见了睡不着。蓄长发、编辫子、系红头绳的大姐，不但人长得标致，还是人人称赞的劳动能手，无论什么工种都难不倒她，干得既快又好，每次评先进都有她的份。

父亲去烧石灰后，我们就很少见到他了。他偶尔回来，我们多半已睡下；次日早晨我们还在做着背起书包上学堂的梦，父亲又走在晨曦笼罩、雾水打湿、野草蓬勃的路上了。

我们在母亲和大姐的照料下，过着艰苦而平安的日子。可是有一天，不幸突然降临了。

那天队里宰猪，猪肉像往常那样按劳力分配。因为家里穷，每次分配的猪肉，母亲都让姐姐和其他穷家孩子一起送到十多里远的广东大坝子卖高价，我们吃肉的机会自然少得可怜。这次因为超支，连分配的资格也没了。母亲和大姐商量着做薯丸子吃。可四五岁的子龙，想的却是香喷喷流油的猪肉。哥哥

---

① 唔使：不需。
② 乖子唔使多言章：指教育孩子不要太啰嗦。
③ 奶：读 nèn，母亲。
④ 白雪雪哩：肤白貌美。

姐姐们围在灶头边，目不转睛地看着母亲和大姐擂①薯丸子，口水直流，哪里还顾得上他，连他啥时溜到队里的宰猪场都不知道。天黑时，有人在外头高喊母亲，说你家的子龙回家时踩空掉落石桥了。母亲惊叫一声，火急火燎跑到屋前石桥下，抱起昏迷不醒的子龙，随后赶来的大姐瞬间哭成泪人。母亲迅速擦了擦泪，吩咐大姐看好家，边说边抱起子龙出门找村里的赤脚医生。

大姐说："奶，我跟你一起去吧，路上也好有个照应。"

"不行，你一走，老弟老妹两个咋办，再出事就糟了，你千万要带好他们，我一个人能行。"不等大姐再说话，母亲的身影已消失在夜幕中。

自古以降，我们客家乡村就流传一句古话，"公呆娭驰惜头孙，爷瑞娭瑞惜满子"②。我是父母的关门之作，之后，母亲响应计划生育国策，做了绝育手术。对满子遇祸，母亲的悲痛、焦虑和自责可想而知。夜黑得伸手不见五指，母亲伤心的热泪扑簌簌而下，她踏着高低不平的泥路，小跑着摸到几里外的赤脚医生家里。

赤脚医生安华是个退伍军人，医术有一手。他看到母亲泪流满面、痛不欲生之状，忙接下子龙，一边施救一边问原因。母亲强忍悲痛，诉说经过。

"虽然酿伯没有亲兄弟，总还有堂兄和堂侄吧，那荣宝和狗脑子不在家吗，他们怎么就那么忍心，袖手旁观？太过分了！"安华医生打抱不平。他和我们同一个大队，与父亲年龄相差无几，知道父母为人热情大方，又乐于助人。可叹帮人再多，人家也早忘于脑后，到了自家有困难，钝刀切菜望缸帮③时，连个鬼影都看不到。

母亲宽宏大量，不想丢亲人的面了，只是说："他们都不知道。"其实，子龙掉下石桥之前，宝哥及几个邻居就是和他一前一后回家的。

"你不叫他们，也太大意了，如果你吃不消，天又这么黑，在路上一耽搁，子龙可能就有危险。好在抢救及时，没有生命危险了，只是轻微脑震荡，右臂骨折，问题不大，很快就会好的。你放心，要按时吃药，我每天会抽空去你家，你就不用那么辛苦抱来了。"

"谢谢你，真是谢谢你了，救了我的子龙。也感谢上天，我的子龙没事了！"母亲心里充满了对医生、对上苍的感激之情，她紧紧地抱着子龙，生怕

---

① 擂：两手相揉摩。

② 公呆娭驰惜头孙，爷瑞娭瑞惜满子：祖父母最爱长孙，父亲亲最爱小儿子。

③ 钝刀切菜望缸帮：希望帮助之意。

一松手，宝贝儿子又会掉下去。

回家路上走路一颠一颠的，碰到了子龙的伤处，子龙又大哭起来，直喊好痛。

"子龙乖乖，不哭，我们回家吃薯丸子好吗？"

子龙虽然痛得一直大哭，可听说有薯丸子吃，又高兴地说好。

"馋猫，要不是你嘴馋，怎会有此大祸。"母亲说罢，无比爱怜地在子龙的小脸上亲了又亲。

母亲背着子龙深一脚浅一脚回到家时，已是晚上九点多了，姐姐哥哥们还在哭，眼睛都哭得红肿了，根本没心思顾上吃香喷喷的薯丸子。看到亲人回来，他们急着围上去，七嘴八舌地问："老弟咋样，老弟咋样？"

"没事，安华医生说很快就会好的！"

听母亲这么一说，大家才安下心，有滋有味地饕餮起来。

"上苍有眼，子龙是上苍赐给我们的。"母亲说。子龙掉下石桥之处，有块龇牙咧嘴的大石，她看到石块时，心里说了句："好险！捡了一条命！"

听母亲这一说，兄弟姐妹的泪水又哗地来了，心里默默祈祷："大难不死，必有后福。"

半个多月后，父亲请假回家。还在路上，就有人告诉了他家里发生的一切，急得他恨不得生一对翅膀马上飞到家。父亲似乎偏爱子龙，单从精心取名即可见一斑。爱看《三国演义》的父亲，最是敬重蜀汉五虎上将之一赵云赵子龙，故为满子取名子龙。

父亲回到家，见子龙的伤势还没痊愈，心疼无比，随后生气地来到二伯父家，毫不客气指责他的堂哥和侄子："二哥，荣宝古，你们还算是人吗？子龙掉下石桥，你们充耳不闻，别以为我不知道，听说荣宝古就知道子龙跌哩，太过分了！你们两家有困难，哪一样少得了我们？到了我家出事，你们却无动于衷，还算什么兄弟子叔？好在子龙没什么大碍，不然我一辈子都不会原谅你们。"

"酿伯佬，那天你二哥身体不舒服，连饭都是我端过去吃的，你就别怪他了。"二伯母一旁解释说。

二伯父身体时好时坏，这点父亲倒也能够原谅，但他说："就算二哥当时身体不好，总该叫荣宝古陪三妹去看医生吧？"

"满，那天要不是我屋下来人，有事走不开，我肯定会陪婶去的。"宝哥也在推卸责任，企图得到宽容。

"你们都别推脱了，还有什么事比人的生命更重要？如果你们良心过得去，我也无话好说。"父亲越说越气，拂袖而去。

二伯父良心受到了谴责。说来也是，作为堂兄，堂弟出门在外，按理自己应该多照顾他家人，发生这么大的事，竟置之不理，焉能无愧？宝哥被我父亲痛骂一顿后，心中也是羞愧万分，无地自容。

所谓人穷无六亲，人情如纸薄，"富在深山有远亲，贫居闹市无人问"，如此炎凉世态，真让人感喟。尽管如此，父母还是谆谆教诲我们，要如何帮助别人，如何宽容别人，如何尊重和善待别人。母亲虽然没有文化，但有一颗金子般的善心。

6

几年后，在"鸡公砻谷狗踏碓"的童谣中，宝哥陆续添了两个女儿，连着头生的儿子福福，都像堂哥，长得眉清目秀，很是惹人喜爱。三个活泼可爱的小家伙，给一家人的生活带来了无穷的乐趣，但无疑也给生活带来了更多的忧愁。本来就困难的日子，这下更是有了上顿没下顿。

一天，桂花伯母跟二伯父商量："老头，荣宝养三个细鬼子①太辛苦了，不如我们替他分担一些，把福福抱养过来，你说好不好？"

"谁知道嫂瑞他们愿不愿意，要是愿意，我当然冇意见。福福那么乖，我也很喜欢，我们冇子女，死了也是孤魂野鬼。要是我们养大了福福，我们死后也就有人祭扫了。你找空去问问荣宝他们。"

"我这下就去。"

"看你急的，吃哩饭再去也不迟。"

桂花伯母三步并作两步，就到了隔壁宝哥的屋里，人未进门声先到："嫂，荣宝，兰子嫄，我想跟你们商量个事。"

"桂花，什么事啊？"正在砻谷的大伯母问。

"是这样的……"二伯母心中没底，迟迟疑疑不敢说出，毕竟他们也才一

---

① 细鬼子：小孩子。

个儿子。

"婶，到底什么事，你倒是说呀！"一旁帮助舂谷的宝哥急忙催促。

"我……你叔说想抱养福福，替你们减轻一点负担……"

"唔好①，福福是我们的心肝宝贝，凭什么要给你们，再说你没生过儿子，不懂爱惜。先头老表在你家住了几年都被赶走了，现在福福还小，我不放心给你。"兰子嫂一直很讨厌这位叔婶，心中成见很深，只有她敢经常捅叔婶心中的痛处。

"你不说话会死吗？"宝哥呵斥完老婆，转头对婶婶说，"婶，等我想想，想好了再告诉你们。"

等二伯母一出门，宝哥便问大伯母："姨娅，你的意思呢？"

大伯母说："我看行，反正他们冇儿冇女，我们又住在同一个院子，每日照样能看到福福，没什么不放心的。他们死后，家产都是福福的，最多让福福为他们披麻戴孝，每年祭扫一次，这些本来就是应该的，你说对不对？"姜还是老的辣，什么事都想得周全。

"我也是这么想的。"宝哥吩咐老婆以后对婶婶说话客气点，不准再捅人家的痛处，接着又说，"明年福福就要上学了，只要叔叔婶婶对他好，我们就放心了。"

就这样，福福就跟叔公叔婆住一屋了。有了养老送终的人，二伯父无比高兴，桂花伯母连干活都不觉得累。他们对福福疼爱至极，几乎有求必应，百依百顺。一家人的日子过得很滋润，春光明媚，笑语不断。

"荣宝，你的算盘打得真够精，你的子瑞②过房给你的叔瑞③，既减轻了自家的负担，又得到了他们的家产，精，真是太精了！"有人开玩笑说。

"怎么，你眼红了？那把你的子瑞过房一个给他们。"

"哼，我呀，再多几个子瑞也不愿意过房给他们。像她这个会昌嫲，我的子瑞送给她，不出几天就会被她褥死，我情愿拿去塞水坝。"

晚上回到家里，宝哥将干活时人家的几句玩笑话告诉了大伯母。大伯母后来又跟二伯母说起。二伯母怒火中烧，一天下工后，气急败坏地找上门去，

---

① 唔好：不行。

② 子瑞：儿子。

③ 叔瑞：叔父。

还没到家门口，会昌嬷的大嗓门就嚷上了："来生古，你这个狗屎个^①短命相^②，莫以为有几个子瑞，就可以随便欺负人，唔怕你们拳头再大，也不敢动我一根毫毛。莫说你才五个子瑞，就是有九子十三孙，照你这样缺德下去，也会临死打单身。"

桂花伯母骂人一向很在行，只要有人跟她过不去，她拼了老命也要骂赢他，谁想从她口头上占便宜，梦都甭想做，想了还会心绞头疼。

那个被称为来生古的男人，看到母老虎打上了门，吓得关在屋里不敢露面。

"灶下鸡、缸下拐^③，屙脓刮赤痢^④、发瘟发瘴^⑤死个……"像平日那样，桂花伯母骂人一溜边，比说快板还快，就像打好了腹稿，连狗吐不出的脏东西她都照样吐，她是谁呀，有名的会昌嬷！

来生老婆见这样任她骂下去也不行，只好硬着头皮出门，跟她说尽好话："桂花，莫跟他一般见识，他也是开玩笑的。他是'土包子'，讲话有分寸，我会骂他，你量大福大，不要再生气了。我替他赔不是。"

村里人都知道，桂花伯母是个吃软不吃硬的货色，无论火气再大，几句好话，就能把她泡软，但你要是想硬碰硬，无疑火上浇油，她骂你个三日六夜也不觉得累，连你祖宗十八代她都不放过，非一个个从墓地骂出来用语言暴力"鞭尸"。她还记仇，无论谁得罪了她，她连外村的过路人都要搭脚头^⑥，坏你的名声，谁不怕她这个瘟神呀！来生古老婆知道她的性格和底细，怕她在屋门边口吐脏言，在左邻右舍中影响不好，于是专拣好话讲。桂花伯母心中的怒火，像撤了火的钢精锅，很快冷却下来，小声嘀咕两句，就踩着四合的暮色回家了。

---

① 狗屎个：狗娘养的。
② 短命相：短命鬼。
③ 缸下拐：拐即青蛙。和灶下鸡一样，均指胆小怕事，不敢出门之人。
④ 屙脓刮赤痢：咒语，意为乱七八糟。
⑤ 发瘟发瘴：患恶性疟疾等传染病。发：读古音 pot。
⑥ 搭脚头：逢人便停下来讲话，没有个完。

7

到了年终评先进的时候，大姐子珍又是榜上有名。大姐几乎每天都是最高的八分工，如果是一元的劳动日，那么，八分工就是一元钱，加班另算。不管是莳田①、割禾，还是挑担、积肥，按件计工，大姐样样不差。扣掉生产队摊派、无偿使用的工日，大姐一年可挣近三千工分，成了我家的顶梁柱。

"你比子珍大三个月，可为什么就比人家差板②？读书读不过她，回来干活又样样比她差。评工分你比她少，评先进从来都有你的份。你看她，年年都是劳动能手，只要一说起她，曼人③不夸？而你总是被人批评，有几样活干得好？就连脱秧都被人说成是蚂蚁爬树，我们家的脸都被你跌撇哩④。"开会一回到家，宝哥就开始数落起妹子来。

秋香姐听了又妒又火："我是没评上先进，你有本事你拿顶斗笠回来。别光说我，你有本事干吗不考上大学？"

"你……"

"你什么你？"

"万事都唔在行⑤，就乱撑⑥最在行，以后肯定嫁不出去，曼人讨到你曼人倒霉。"

"嫁不出去我就不嫁，我就在你眼皮底下过，帮你挣工分。"

"可别，你要是嫁不出去，我不得精神病，也肯定得心脏病，我有一百岁的寿命，都会被你气得五十岁就漉血⑦死。"

兄妹俩打嘴仗打得热火朝天，不分胜负。大伯母听得不耐烦，大喝道："好了，好了，兄妹吵来吵去都冇一点忍让，狗争屎吃一样，看吵得有什么出

---

① 莳田：插秧。
② 差板：差劲。
③ 曼人：谁。
④ 脸都被你跌撇哩：脸都被你丢尽了。
⑤ 万事都唔在行：什么都不在行。
⑥ 撑：音 cang⁵，去声，顶嘴、反驳。
⑦ 漉血：吐血。

头天，也不怕人笑话！"

大伯母心中何尝不伤心：自己的女儿为什么就样样输给人家？

而这一边，我们大家都兴高采烈，把大姐的奖状贴在饭桌边的泥墙上，已经有好几张了，吃饭时都能分享到姐姐的功劳和荣誉。子云一边玩弄大姐刚奖励的新斗笠，一边问："阿姊，这新斗笠送给我戴好吗？"

"又没叫你下地做水，戴什么戴？"

"落雨天① 读书时我可以戴嘛。"

"可以，当然可以，只要你听话，努力读书，你要是不怕被人笑，你就戴。"

"这有什么好笑的，我们班也有几个同学戴着斗笠来上课，而且是烂斗笠。"

得到大姐同意，子云心里非常高兴，最起码有新斗笠了，而且还是大姐的奖品，可以在同学面前炫耀炫耀。那时候，买不起雨伞，遇着雨天，我们就披上一块薄膜，雨大时，没到学校就成落汤鸡了。雨天，迟到或旷课的同学特别多，老师也不会批评，特殊情况特殊对待嘛。

"妹，你喜欢奖状跟新斗笠吗？"大姐问子云。

"喜欢，我太喜欢了。"年已十三的子云，心中早已仰慕大姐的聪明能干，发誓长大后也要帮父母挣好多好多工分，厅前墙壁贴满奖状，拿回好几顶斗笠，让全家都能戴上新的。

母亲笑着说："喜欢的话，你以后就要跟阿姊一样勤劳，样样都比各类人做得好。"

哥哥子瑜却在一旁嗤笑："笨蛋才要和阿姊一样去干活挣工分，我要努力读书，争取考上大学，光宗耀祖。"已读初中的哥哥，做梦当皇帝，心比天大。

"对，我也不当灶下鸡，以后也要考上大学，剥撇谷壳② 领工资，我不要劳动能手的奖状，我要三好学生的奖状。"

子龙也随声附和，这个年仅十岁的麦尾拐③，和大姐子珍一样，生肖也属鸡，从小受了父母的说教，对"灶下鸡"既敏感又反感。

在客家地区，厨房称"灶前"，灶台称"灶头"，灶台后面称"灶背"，灶堂旁称"灶下"。喜欢躲在厨房啄食主人不小心掉落的米粒，而不愿到外面觅食的鸡，俗称"灶下鸡"，也作"灶背鸡"。相同的说法还有"缸下拐""缩窿

---

① 落雨天：下雨天。

② 剥撇谷壳：剥掉谷壳，意指吃国家粮。

③ 麦尾拐：家里最小的孩子，也叫满子。

拐"①，均用来比喻过于安分，留守家园的没出息之辈。虽然久居山地，但客家祖先素以"男儿志在四方"激励后辈走出大山，勇闯世界，一代代客家人也最怕别人说自己是没出息的"灶下鸡"。

男孩子就是不一样，有志气，不比女孩子，只想着帮父母多挣工分。子云对此却不屑一顾，说出的话就像冰天雪地发牢骚，冷言冷语："麦尾拐，哼，你们是什么货色？你们想考上大学就能考上吗？看你们就不是上大学料子，是作田②佬。"

子瑜说："人爱③人打落④，火爱人点着，我一定要不吃馒头争口气，走着瞧！"

母亲笑道："食唔赢人，做爱赢人⑤，只要你们有决心，就有希望。只要你们想读，能努力读，我和你们的满满就是砸锅卖铁也要供你们！"

说到父亲，我们又很久没见他了，不约而同地问："奶，满满什么时候回家呀，我们都想他了。"

"快了，前次开会时，队长和会计想让满满回来当记工员。这样，满满以后就不会再离开我们了！"

"真的？"除大姐外，我们就像开会呼口号，异口同声。

"小狗才骗你们。"大姐的认真令我们很高兴。我们拍着小手，围着天井转了一圈，小小的心灵早已期盼父亲天天和我们生活在一起。

几天后，父亲真的回来了。自从父亲回来当上了记工员，我们家就开始热闹起来了，每天晚饭后，就陆续有人来家记工分。父母亲向来随和，又不爱争强好胜，人缘一直不错，很多人家里有点什么好吃的，总会捎带些给我们。我们俩姐弟年纪小，嘴又馋，每天总盼望太阳快落山，晚上快到来，说不定又有哪个好心的叔婆伯姆⑥带来好吃的东西。

我们最幸福的童年，就是父亲当记工员的那些年，不但经常有吃的，冷天有人把我们拥在怀里取暖，大热天有人为我们扇风赶蚊子。有人夸子云聪明，长大定会像阿姐一样能干。更多的人夸子龙，或说他头大鼻大眼也大，长

① 缩窿拐：躲在洞内不出的青蛙。

② 作田：种田。

③ 爱：要有。

④ 打落：奚落。

⑤ 食唔赢人，做爱赢人：意即要有志气。

⑥ 叔婆伯姆：叔叔婶婶。

大做武官；或说他额头丰满，印堂发亮，是个做文官的料。无论武官还是文官，反正都是官，都有出息。父母听在耳里，甜在心里，喜上眉梢。时隔三十年，时代在不停地变化，可我们一直没忘记当时的情景，还能感受到当时的温暖。

8

大姐子珍因家里生活条件差，又是老大，读到小学四年级时，祖母就不让她上学了，说女孩子读再多书也是要嫁人的，不如回来挣工分。她从小聪明能干，心灵手巧，什么事情一点即通，样样都干得多快好省，辍学后，就帮祖母照看我们，同时做些力所能及的事。到了十七八岁，一个人见人夸的劳动能手就这样炼成了。

后来听母亲讲，大姐小时也很调皮。一次，她不小心打碎了灯盏，就偷偷把碎片包起来，埋在屋后的桃树下，然后把家里的事情都做得井井有条。她想，能瞒则瞒，万一瞒不住，自己也可将功补过。晚饭时，母亲找不着灯盏，就问子瑜、子云：“你两个看见灯盏了吗？”

子瑜、子云都说没有。母亲只问他们的原因是，大姐比较大，又懂事，子龙又太小，够不着灯盏，这罪过自然落到了中间两兄妹的身上。

子瑜多读了两年书，说话一向尖刻，毫不留情。当母亲一直说这灯盏的失踪肯定与他和子云有关时，一脸无辜的他气愤地说：“别什么事情总冤枉我和老妹，不要把大的小的当宝贝，我们中间的是夹老古^①冇人疼，现在还不知道哪头禾好做种^②。”

那时，子云刚上学，什么都一窍不通，就连反驳母亲的话也学得不够，只知道被人冤枉的滋味不好受，听到哥哥反驳母亲，心里很是痛快。

“奇怪，昨晡夜^③还用着的灯盏，难道有脚会走？”出于无奈，母亲才把脸转向大姐，问她看见没有。

大姐那会儿也才十六七岁，却精灵得很，而且城府不浅，明明做了亏心

---

① 夹老古：夹在中间的人。

② 不知道哪头禾好做种：不知哪棵稻子长得好，能成谷种。意指为人父母，当子女幼时不可偏爱某一子女，因为儿女长大成人，不知道哪个比较成器，比较孝顺。

③ 昨晡夜：昨晚。

事，竟还能若无其事地说："我哪知道，我回来一直没闲过，看到了怎会不告诉你，又不是好吃的，我会偷吃了不成？再找找看。"

于是，那天的晚餐是在黑暗中进行的。

次日早晨，队里不用加班，母亲去屋后的菜园里浇水，无意中发现桃树下面有挖松的新土。她感到蹊跷，拿锄头挖开一看，泥土里有一草纸包，里面是灯盏的碎片！

母亲重新包好碎片，带回家，把严厉中带有责怪的眼神投向哥哥和子云，说不管是谁打碎的她都不会打骂，只要承认就行。哥哥和子云的坚持得到了信任，母亲终于把写满疑问的眼神投向大姐。看到赃物，大姐再狡猾，也不得不承认是自己不小心打碎的。

母亲叹了口气，说："子珍，你是老大，什么事都要带好头。灯盏打碎了有什么关系，以后小心就是了。害得我东找西找，还冤枉了老弟老妹，以后可不能再这样花花舌舌①了啊！"

"嗯。"大姐低首认错。

还有更让母亲头痛的事。按我们这里的风俗，一到年关，每家每户都会用糯米粉油炸一些粄子②以迎新春，人人爱吃。我们家亲戚多，走动又繁，母亲总要留一些粄子，等来客回去时，用草纸包上作回礼。原本一满缸的粄子，眼看越留越少，就如猴子看果园，枝头果实越看越少。母亲不好再随便冤枉我们，就把缸挪开，偷偷藏到别处。但过几天一看，发现又少了不少。她费尽心机，能藏的地方都藏了，奈何"偷吃贼"却是神偷。母亲当然知道是那贼，却哭笑不得，最后把装粄子的缸藏到了柴火堆里，满心以为，这下是大碗里装糍粑——稳稳当当，小马拴在大树上——牢靠。一天，嫁到外地的七姑回娘家来了，还带来两个女儿。母亲就去装粄子给她们吃，掀开缸盖一看，肚子就像发了酵的面粉，气鼓鼓的——没想到，一番心机，到头来还是瞎子打灯笼白费劲！看到缸里屈指可数的粄子，母亲纵有再好的脾气，此刻也像火舌碰着了火柴，火气小不了。

等七姑她们回去后，母亲就把我们兄弟姐妹四个都叫到身边，黑着脸，用异常严厉的眼神盯着我们。子云和子龙吓得头都不敢抬，哥哥也莫名其妙，

---

① 花花舌舌：撒谎。

② 粄子：客家美食，类似于炸年糕，形状各异。

大姐心中已猜中七八分，却仍像水仙不开花——装蒜："奶，粄子还有吗？我想吃粄子了。"好家伙，真能装，不枉多长几岁，大事临头，还能如此沉着。

母亲冷峻地说："子珍，你不要再装了，粄子越来越少，与你脱不了干系，因为他们三个经常要我拿粄子吃，而你一次也没要，你说是不是你偷吃了？"

"可别冤枉我，我每天都和你一起干活，再说你藏得那么好，我哪有时间去找，当官也要讲理。"大姐像是掉在油缸里的皮球，又圆又滑。

母亲听了，觉得言之有理，于是把脸转向哥哥。不待她开口，哥哥就说："奶，你别这样看我，我尿都会吓出来，我敢发誓，我要是偷吃了粄子，我就不姓钟！"

"不姓钟你姓什么？"这句话刚好被踏入家门的父亲听到。他圆睁双目，怒视哥哥，看他的样子，就像导火索上挂炸药，一触即发。

"要是老被人冤枉，老是'黄狗偷食，白狗受罪'①，老是像唐山的火车那样倒煤（霉），我姓什么都不姓钟。"哥哥就像不怕死的小兵张嘎，明知道顶撞父亲就像狗咬雷公惹天祸，还是据理力争。

"你这个瞎眼狗，认识几个瞎眼字，就敢顶撞我了。今天我不教训你，你就会像哈巴狗咬月光②，不知天有多高了！"

父亲人贼瘦，而且那几年身体又不太好，但家中孩子谁要是触怒了他，他就会发火，甚至解下皮带抽打。子云打小怕死，从不敢去捅这个马蜂窝。哥哥和子龙是男孩，胆儿大，为此曾得过父亲的不少"赏赐"。这俩小子在父亲骂过打过后，竟还说："骂是风吹过，打是皮上过，没什么可怕的！"尤其是哥哥，像是吃火药长大的，父亲的皮带打在身上，他从不哼一声，还一个劲地顶撞："反正我是没人疼的夹老古，打死就算了，打死了我你也会被政府捉去劳改。"

子云怕痛怕死，父亲的皮带响一下，她的心就格登一下，眼睛就眨一下。其实她很佩服哥哥，心想哥哥要是参加了革命，一定会和小兵张嘎一样，是个顶天立地的英雄。

"酿伯，不要再打了，莫紧③真打出人命来？"孩子是娘身上掉下的肉，母亲见父亲火气十足，而哥哥又一直不肯低头求饶甚至不喊痛，她怕极了，忙

---

① 黄狗偷食，白狗受罪：比喻是非不分，冤枉好人。

② 月光：月亮。

③ 莫紧：别弄不好。

走过去劝阻。听说我们有个大伯就是因为小时太调皮，被祖父用竹条子打坏了，后来死了，祖父连肠子都悔青了。火气头上，父亲大概也会效仿祖父，不过，要不是哥哥一直顶嘴，尤其是讲到"劳改"那个敏感的字眼，他也不会痛下毒手。打在儿身上，到底还是痛在他心上，何况伯父的死也是个前车之鉴。

"打呀，怎么不打了？"哥哥见父亲止了手，又重挑战端。

"子瑜古，调皮莫跳骨^①，连爷瑞你都敢乱羼，真不怕死吗？"母亲吓得心都要跳出来了，忙用身体挡住了父亲的皮带。

"走开，不走开连你一块打。"父亲一把拉开母亲，又向哥哥举起了皮带，"火坛狗^②，看你能硬多久！"看势头，哥哥身上要开花了。

千钧一发之际，大姐终于良心发现，跑过来抢下父亲的皮带，哭着说："满，不要再打了，都是我的错，粄子是我偷吃的，不关老弟老妹的事。"

"子珍，是谁吃的我都不怪，再好的东西都要给你们吃。我只是气这只火坛狗太目中无人。现在要我养他都这样，等我们要他养时还不知道会怎么样呢！"大姐求情比母亲管用，父亲气已消了大半。

哥哥挨了打，全因大姐引起，他恶狠狠地看着大姐，那样子就像三伏天穿皮袄——里外发火。后来哥哥和大姐经常抬杠，这也是原因之一。

队里发了支农饼，越来越懂事的大姐，自己舍不得吃，留给父母和最小的弟弟，家里有啥好吃的，她都想着让父母多吃点。可哥哥正是长身体的时候，他可不管三七二十一，不吃白不吃。大姐总是气得拿白眼看他，他佯装没看见，照吃不误。她对他不满，他对她不服，难免造成许多口角。有次耘田，哥哥弄虚作假，大姐看不惯，就批评他，他非但不听还顶撞起来。母亲知道后非常生气，批评哥哥不该不听教育。哥哥说母亲和大姐"气势汹汹"合伙欺负他。母亲不知气势汹汹是啥意思，后来听了父亲的解释才恍然大悟，说子瑜欺负她没文化，半桶水淹死人。^③

在高考还没落榜前，哥哥的坚强可谓实至名归。一次他因感染病毒住院，截除了一个尾脚趾，"身体发肤受之父母"，母亲和我们哭得死去活来，他却一声不吭，仿佛与己无关。子龙从小受了影响，一向也不甘示弱，在子云上学受人欺负时，他还挺身救姐，死命与高年级的同学格斗，见者莫不骇然。子云有

① 调皮莫跳骨：意即不要过分。

② 火坛狗：狗杀后无法煺脱其毛，要用火炙。意指下贱、不争气。

③ 半桶水淹死人：指学识不多但又爱炫耀。

了"护花使者"，自此便有了个安全的依靠。后来稍长，大概初中那年，哥俩因小事阋于墙，强大的哥哥残暴地用扁担压子龙双肩逼其屈服，子龙竟也咬牙不掉滴泪，自称是宁死不屈的钢铁战士。

9

每年年关一到，有喜事的抓紧操办喜事，无喜事可办的人家，不是忙乎上门要物催债，就是备办年货、酿制米酒、油炸肉食。眼光更长远一些的，已开始考虑来年的生活安排了。

小时，我一直不理解为何叫年关。父亲说，按习俗，一般都在农历年底结账，欠租、负债的人觉得过年像过关一样难，所以称作年关。

在我的印象里，我们大院屋几家人，在那个年头，似乎谁都没有做过黄世仁，杨白劳的角色倒是轮流当。那些年，除了大姐出嫁，春节就是我们最盼望的喜庆日子。

入年家^①之日，彼此都不闲着，家家户户都要把房屋里里外外打扫干净。待窗明几净之后，或浆洗被服鞋袜，或擦洗桌凳，连犁耙辘轴都擦拭得上了层油似的。昔日空旷的天井四周，此时最显出一年中的拥挤，竹竿上晾着色彩斑斓的被服，天井内摆满了洗后待干的桌凳，各自的房檐下都吊着一长条一长条的腊肉。风从四方吹来，在腊肉和米酒的飘香里，在冬阳下飘扬起伏的被服里，风便似五彩的风了。孩子和大人穿梭于五彩的风中，年味便一天天浓了起来。每户每年都有一番安适、宁静、平和的景象。

春联是年味的添加剂，再穷的人家，年画可以没有，寄寓了美好愿望的春联却少不得。房间门口的上额，贴上"百福骈臻""千祥云集""福寿康宁"；而门口两侧则贴"天增岁月人增寿，春满乾坤福满门""爆竹声声除旧岁，梅花点点报新春"等对仗的句子；有时，窗户也贴个"花开富贵""竹报平安"之类的吉词，连牛栏猪圈也少不得"六畜兴旺"一下，仿佛有此心愿，来年终会发过利市^②。

---

① 入年家：进入腊月二十五。
② 发过利市：行好运。

在一年又一年的期盼中过着春夏秋冬，1981年，分田到户在美溪队终于画上了句号。大家欢欣鼓舞：今后可以自己做主，做了再多也是自己的，不用分配，多劳多得。唯独二伯母愁坏了，她无儿无女，二伯父又刚去世，因无力负担，福福也回到了亲生父母身边。集体化时，队长叫干什么就干什么，不用费心，不用承担风险，反正一人吃了全家饱。单干就不同了，芝麻大的事都得自己劳心劳力。政策刚下来时，她哭得泪人一个，母亲一直劝她："桂花嫂，你也唔使伤心，分田到户好处多，你田地不多，有困难，我和荣宝一家都会帮你，虽然子珍和香香出嫁了，可子云长大了，有事可以叫她，她肯定会帮你。"

"三妹，我知道你糍粑心，怨只怨我为什么就那么命苦，冇子冇女，你阿哥又过身①得早，留下我一人孤苦伶仃，有什么事连个商量的人都冇。这个短命鬼，杀千刀的，要走干吗不把我一起带走？"

"天下人多，也不止你一个冇儿冇女，你也别这样，想开一些，别老是折磨自家。阿哥九泉之下，也不想看到你这样。"母亲一边劝，一边陪着她流泪。

此情此景被宝哥看见，他非常厌烦地对桂花伯母说："五六十岁的人了，还跟细鬼子一样老哭，好意思么！想死干吗不跟叔一起去，叔没死时每天都骂他不早死，叔就是被你骂死的，真是猫哭老鼠假慈悲！"

二伯父死后，特别是福福回自家父母身边过日子后，他们两家的关系急剧降温，妯娌间早已不再一起唱"鸡公砻谷狗踏碓"了。

"三妹，你看这个失本良心、过桥兜圙②的家伙，讲话有多恶，他想得我的家产，想让我早点死，好，我就成全你。"桂花伯母抹一把眼泪，飞快地跑进厨房拿起菜刀。

母亲吓得忙喝住宝哥："荣宝，少说几句行不行，看你婶子伤心的样子，不劝她也就算了，还捅她心窝子，你是不是她侄子啊？"

"三妹婶，有她这样的人做我婶子，是我倒霉。你看她那鬼性，动不动就寻死觅活，无理取闹，手脚又唔冷地③，常常偷鸡摸狗，比狗屎还讨厌。她死不成的，你放心。她常跑到叔坟前哭得天昏地暗，还不是照样回来。她要是真死了，我们可就清净了。"

母亲趁桂花伯母不注意，抢下菜刀丢得远远的，然后抱住了被宝哥气得

---

① 过身：死。

② 失本良心、过桥兜圙：没良心，过河拆桥。

③ 唔冷地：不干净。

暴跳如雷的她，生气地说："荣宝，你也太不像话了，再怎么着，她也是你亲婶子，何况还抱养了福福几年，不念今天也要念先日，作为侄子，也该有点同情心吧！"

"三妹婶，对于这样的人，我真的好不来。你等着，她不死，我们两家都不得安宁。她若好好早死，我还会给她做好事^①，多请一些人来坐桌^②，风风光光送上岭^③，所有风俗一个不落。"

"你这狼心狗肺的东西，想等我早死好得家产，想了都会头痛！我偏不死，要活得比你命长，看到时谁先报死^④！"桂花伯母终于也骂出了恶话。

"呸呸呸，乌鸦嘴，喷火筒^⑤越喷越红，全归你了，骂人不倒骂自家！"一直坐在旁边观虎斗的大伯母听了这话，忍不住站起来，手指二伯母，"你这个扫帚星，克死老公的贼嫲，不早死对大家都有害，经常偷了东家偷西家，禾鸡子^⑥飞过也要拔根羽毛归。"

"乌龟莫笑鳖，鳖笑乌龟还较得^⑦，嫂啊嫂，你也太冇良心了吧！我就是对大家有害，可对你一家却有一百个好啊，我偷了鸡鸭归来，你一家哪次吃得不香？我是贼嫲冇错，可你一家都是接贼赃，能好到哪去？"

两个伯母互相揭短，母亲劝了这个劝那个，可怎么也劝不了——她们哪里听得进"家中唔和别人欺，楼里唔和外人欺"^⑧。

俗话说"相骂冇好言，相打冇好拳"，她们由舌战升级为武斗，使出浑身解数。母亲劝架时也不慎挨了不少冤枉拳，她真生气了，大喝一声："打吧，我不管了，要打就打死算了，你们是亲姊嫂^⑨，这样针尖对麦芒，没完没了，等于掀开裤脚露廾大脚髀^⑩给别人看，不怕人家笑话，就慢慢地打吧，我不管了！"说完牵着子云和子龙回到了自家，搞得两个想看热闹的小家伙没戏看了。

---

① 做好事：人死后请和尚做佛事。
② 坐桌：丧事中请客叫"坐桌"。
③ 送上岭：送葬。
④ 报死：通知亲友某人去世。
⑤ 喷火筒：旧时生火时用来吹火的竹筒。
⑥ 禾鸡子：麻雀。
⑦ 乌龟莫笑鳖，鳖笑乌龟还较得：意即都是一样的货色。
⑧ 家中唔和别人欺，楼里唔和外人欺：意即家庭近邻要和睦相处。
⑨ 亲姊嫂：妯娌。
⑩ 大脚髀：大腿。

上演在我们院子里的这场戏，我们时而感到好看，时而感到好笑，当然也有让我们心惊胆战的一出，比电影更现实，也更精彩。宝哥的三个小家伙却因为还太小，在一旁直吓得哇哇大哭，他们的哭声伴随着桂花伯母的哭骂声，比马戏演出还热闹。我们都还想过去看，却被母亲喝止。直吵到大家没了精神，这场不见硝烟的"战争"才慢慢平息下来。

　　一天晚饭时，母亲对子云说："我们家的谷子明天收割，我已叫了几个人帮忙，再叫上你桂花伯和兰子嫂，估计两天就可以完工，自家的割完了就可以安安心心还人家的工，还要去帮你阿姊。你姐三个细人子①那么小，姐夫又开车在外，不容易呀！还有你宝哥……"

　　一听宝哥，子云马上说："食哩冇咁健②！"

　　"你宝哥的三个细鬼子都还不会做事，能帮就尽量帮他吧。"

　　"奶，你叫我帮了这个帮那个，你就不心疼我？咱家落难时，他们凭啥不帮我们？桂花伯家，你连洗衣砍柴挑水都叫我干，宝哥家，也是啥事都拉上我。你就晓得叫我帮助人家，就不怕累死我！"子云心里不自在，嘟着嘴毫不客气地说。

　　母亲净做好人，子云有时真感到厌烦。那时哥哥考上了武平一中，子龙又读寄宿学校了，家里所有力所能及的活子云都干上了，每天早上起来，挑水洗衣浇菜，早饭后不是上山砍柴就是和母亲一起下地干活。从早忙到晚，直累得腰酸腿又疼。晚上她又喜欢看书写日记，每次都是在母亲的逼迫下才睡下。那阵子，子云背地里不知流过多少伤心泪。上有姐姐哥哥，下有弟弟，子云原以为真像老人说的那样"上有人顶，下有人当"③，岂料现实并不是这个样。当然，如果不是家里太困难，她也还不至于放下装上了初二课本的书包，回村拥抱大地。当时父母虽然坚持让她读下去，但她心疼父母，又考虑到哥弟俩，才自愿辍学的，其实心里装满了无奈。她没怪过谁，只怪那个年代，怪自己的命。辍学后，子云和大姐一样，很快用泪水和汗水，赢得了大人们的称赞。十五六岁的她，除了挑担子，没一样会输过大人。到了晚上，委屈与无奈又涌上心头，她只好从书中找乐趣，在日记中记下内心的酸楚。她好羡慕哥哥弟弟，因为他们是男孩子，能够继续上学。每一次写日记，她总控制不住，滚烫

---

①　细人子：小孩。

②　食哩冇咁健：又不是吃饱了撑的。

③　上有人顶，下有人当：意即夹在中间的孩子最轻松。

滚烫的泪水打湿了书本。

母亲见子云不悦，说："子云，不是我不心疼你，人家有困难，帮帮人家有什么要紧，不要心胸狭窄、记老事，目珠①要看远一点，不要好样唔学学歪样，自己走自己的路。"

子云最恨宝哥和桂花伯母的原因，就是子龙不慎掉下石桥时的事。她恨他们无情，恨他们的铁石心肠。可是，大字不识一个的母亲，对她输灌了许许多多的大道理，母亲的心胸和人生见解，是其他农村妇女所没有的。在这点上，即使那些读死书的文化人，也往往不及她。子云因为心里有气，就和母亲一句来一句抵。父亲忍不住了，批评道："子云，你这思想不该有，你母亲说得冇错，做人不能斤斤计较，得饶人处且饶人，你好歹也读了一年多初中，这个道理怎会不懂？"

子云可以顶撞母亲，但既然父亲发了话，借十个胆给她，她也不敢顶嘴。虽然父亲早已废止了动用皮带的体罚，可她还是心存敬畏。

这时，桂花伯母来了，进门就打招呼："你们还在吃饭呀！"

"嗯，你食哩吗？没吃就在这边吃吧，一个人也省得烧火。"母亲的热情让人无法抗拒，这样她才会经常来蹭饭吃。

桂花伯母一向自私，贪起小便宜来，那真是巴掌生毛——老手，食屎赢三堆②，用得着你时，舌头能舔着屁眼，过后又与你不冷不热。她二话不说就落座，边吃边奉承，说的比喜鹊唱的还好听。子云听得头晕目眩，装着呕吐样。母亲知道她的心思，使劲给她使眼色，她却装作没看见。桂花伯母以为子云身体不好，关心地问哪里不舒服。

"心里不舒服！"子云的口气中火药味十足。说实话，有这样一个伯母，她真的感到悲哀。

母亲见她这样，忙打岔说："头先③我说了她几句，她心里不乐意，莫理她，快吃吧。哎，嫂，你家稻子啥时收割？三家人要商量好，不要凑到一起来了。"

"我过来就是跟你说这事的，我想明天割，想叫你们俩子娭④帮忙，可

---

① 目珠：目光。

② 食屎赢三堆：意指利欲熏心，啥事都要争赢。

③ 头先：刚才。

④ 俩子娭：母女俩。

以吗？"

"咳，真是不巧，我也想明天割，人都叫好了。"

"那怎么办？我的稻子可能施多了点肥，而且病虫害没过关，已倒伏，要是落雨，肯定生芽。你们的可不可以延迟两天，先帮我割呢？"

完了，母亲岂会不答应？心肠软的人就是容易被人牵着鼻子走。

哥哥因在县城读书，帮不了桂花伯母，就不讨她欢喜。一次，桂花伯母拉上子云去她家烘番豆①吃，正在节骨眼上，放月假回来的哥哥也后脚跟上。桂花伯母听到叫声和脚步声，忙盖上锅盖。哥哥进屋后问："桂花伯，你们在煮什么好料吃？有我的份吗？"

"有什么好吃的，是在煮洗身水②。"

"那我帮你添柴！"

"不用，不用，你明年就要考大学了，快回去复习功课。"桂花伯母吓得忙催他快走。

哥哥也不是省油的灯，灵敏的鼻子早已闻到了花生的香味，见她如此小气看衰人，正想气气她。他不由分说，一屁股坐在灶凳旁，使劲地往炉里添柴，还故意与她说话："水滚哩吗③？"桂花伯母却是答非所问。子云在一旁偷笑：有你这样的小气伯姆④吗，好歹也是你没出五服的侄子呢，说不定他以后是个光宗耀祖的大学生，吃你几颗花生怎么了，苦死你了吗？

直到闻到焦味，她才无奈地掀开甑棚⑤，慌乱地铲起花生来，可已煳了，何必来着呢！子云哧哧而笑，哥哥却故意装傻："桂花伯，你不是说煮洗身水吗，怎么像孙悟空那样变成番豆了？咳，早不说，早说我就不添柴了，也可以吃上几颗，看现在都烧煳了，曼人都吃不成，多可惜呀！"

哥哥事后笑话她："哼，想跟我比智商，那肯定是强盗打官司，场场输！"

像她这种人，大家都"敬"而远之，心情不好时，谁要是打屁不小心射着了她，她也会骂你祖宗十八代，骂人的技术相当高明，十个人骂她一个，也未必能占到便宜。

---

① 番豆：花生。

② 洗身水：洗澡水。

③ 水滚哩吗：水开没有。

④ 小气伯姆：小气鬼。

⑤ 甑棚：大锅盖。

更让人恶心的是，记得二伯父刚死时，母亲担心她寂寞，想不开，就强迫子云陪她睡上几夜。一天深夜，她急事来了，又不敢去茅坑，以为子云睡着了，就直接拉在了楼板上，然后轻声唤狗前去吃掉。子云被吵醒，恶心得捏住鼻子，蒙住头，回来告诉我们，后来打死也不去陪她了。那条狗，几天后在除狗时丧命于打狗队之手，害她比死去老公还伤心，一入夜就少不得念叨"屎公屎婆，日里有，夜里无"①。

<h1 style="text-align:center">10</h1>

"蔬菜半年粮"的年头，菜园是家家户户必须好生经营的。要种菜，就得打木桩，筑篱笆，以防鸡鸭作怪。园头种护得法，兼着施肥浇尿尽心，一年四季才会有时鲜小菜供盘，春瓜苋，夏豆茄，秋薯芋，冬芥菜，林林总总，不一而足。

在粮票布票肉票还大行其道、以塞饱肚子为盼的时代，菜可以自产，至于杀猪称肉，那几乎是"年透节，节透年"，可望而不可即，自我安慰之事。偶然购上几两肉，不是肥肉就是猪板油，不过是在每餐煮菜前用来擦锅壁，免得锅头生锈而已。

某年，我们家也养成了一头大肥猪，等到价钱看好时，叫来屠户宰了，留下猪血和骨头。因为嫁往远乡的六姑要来，父亲想了又想，破天荒留下了猪肚。到了准备下锅时，放在菜篮里的猪肚却不翼而飞。母亲感到奇怪，明明是自己亲手放在菜篮里悬挂起来的，怎么就不见了呢？是不是被狗叼走了？那放在一起的骨头又怎么还在？真是丈二金刚摸不着头脑。那时，猪肚是上等货，平时哪能吃得起，我们原来美滋滋地想沾六姑的光，饕餮一番，现在没的享口福了，就只好吃扁豆蒸骨头、煮猪血。

翌日，宝哥来家坐，母亲说起猪肚之事。他一拍大腿，悄声说，昨晚十点来钟，他从外头回来，路过桂花伯母房间，听到里面有汤匙碰撞之声，桂花伯母和她刚入赘的老公互相推让对方多吃。当时他并不知道他们在吃什么宝物，今早趁她到溪边洗衣服，那男人还没起床，偷偷过去掀开锅盖，发现锅里

---

① 屎公屎婆，日里有，夜里无：夜晚不方便出恭，故有此咒语。

还有吃剩的猪肚，他还嘀咕了两句，这两人怎么那么舍爽①，舍得买猪肚吃？

宝哥说完，以无可置疑的语气说："三妹婶，他们吃的猪肚肯定是你家的，你们辛辛苦苦养了一年的猪，到头来最好吃的却被三只手偷了去，你到现在还要再忍，那你的东西以后他们有的偷，到时别怪我没提醒你。"

"嗯，你说的没错，这次我真的不能再忍了，我得找她去。"

母亲说完，拔腿就走到桂花伯母家，扯开嗓门喊道："桂花嫂，昨晡夜两公婆②在食什么，那么晚了还在推来让去？"

"冇啊，我们哪有什么好东西吃？"

紧随而来看热闹的宝哥当场揭发："真个诈癫食马屎③，十点多钟我从外面回来，你们两个还在吟吟之讲④，'你多吃一点，你多吃一点'，我还听到调羹碰撞的声音，还说没吃什么！"

"哟，我忘了，昨晡夜我肚饥哩，就削了三条番薯煮了吃。"

"做了啜子⑤，还要骗人！你吃的是什么，你自己知道。"

"是真的，真个是煮的番薯汤。"桂花伯母新入赘的男人勾古忙出来作证。

宝哥不依不饶："那你锅里的猪肚汤是哪来的，肯定是鸡公髻⑥——外来肉，偷了三妹婶的，还不承认！"

到这时，桂花伯母已有点心虚，但仍心存侥幸，死不认账，说："那是勾古买的！"

"是他买的为什么不肯说？"

"因为我怕你们说我小气伯姆，有好吃的净独吞。"

"偷食冇洗嘴⑦，唔怕屎胚生溜苔⑧！"

宝哥咄咄进逼，桂花伯母步步为营，极力抵赖。

母亲站在一旁不开尊口就对"案情"了如指掌，她心平气和地说："桂花嫂，你也不要再发誓发绝了。先头偷我下蛋的鸡嫲吃，我原谅了你，你常小偷

---

① 舍爽：大方。

② 两公婆：夫妻俩。

③ 诈癫食马屎：装疯卖傻。

④ 吟吟之讲：小声说话。

⑤ 啜子：小偷。

⑥ 髻：公鸡鸡冠。

⑦ 偷食冇洗嘴：指做了坏事还留有痕迹。

⑧ 屎胚生溜苔：屎胚即屁股，比喻不知羞耻。

小摸我都忍下了，从不跟人说，可我的忍让没使你醒悟。这次，因为六妹远道而来，再苦我都留下了猪肚，本想一家大小和和美美地吃上一顿，结果还是没吃上。将心比心，换作你，你会怎么样？再说，刚好六妹来了，她会以为我这个做嫂子的小气。我一向对你怎样，你若还有良心，就该心中有数，可你还这样对我，太让人寒心了。别人把心肝挖给你吃了，你还把它当驴肝肺，今天我再不数落数落你，你会以为我是呆子，让了你三斤盐，还不晓得秤头。"

桂花伯母听了母亲一席话，羞愧难当，"扑通"一声跪在母亲面前，苦苦求饶："三妹，对不起，你大人大量，就再原谅我这次，以后保证不会了。"

"像你这种人，牛皮写字都冇用，狗改不了吃屎，你能改好，水就有可能往上流，太阳就会从西边出。"宝哥轻蔑地说。

"你起来吧，我再相信你一次。"母亲什么都好，就是心太软，导致桂花伯母屡犯不改。

自从二伯父入阴籍后，桂花伯母守寡独居，真的好可怜，什么事都得自己，而且大伯母一家突然间就和她形同水火，大吵三六九，小吵天天有，搞得我一家也很被动。宝哥是大队的农技员，可桂花伯母稻田里有事找他时，他不是推七推八，拖了一天又一天，就是见水三分净①。高峰期一过，神仙也没用，以至于大家的稻子都丰收，独独她的减产。家里没个男人，辛苦好难挨，于是她起了凡心，经人介绍，招了隔壁牛岭乡一个五十多岁的男人。这个叫勾古的男人小她十岁，是个老光棍。他来插上一脚，大伯母一家就更讨厌了，经常为了脚毛般大的事和她吵得鸡飞狗跳。

桂花伯母有了帮凶，心里踏实了许多。一天吵架时，大伯母指着勾古的鼻子骂："外来人，你有什么资格说话，五十多岁了还打光棍，还要来找个老妇人，有脸冇脸？"

勾古说："我就是找个八十岁的妇人家也是我的事，不用你操心。桂花是我的老婆，你们一家欺负她，我有义务帮助她，不然她就会被你一家蘸酱油吃了连骨头都不剩！"

"你这个狗屎个短命鬼，好意思说这样的话，有本事你把她带到你们牛岭那边去，这里不欢迎你！"

"笑话，我又不吃你不穿你的，关你什么屁事！我偏不走，偏要在你们的

---

① 见水三分净：指敷衍塞责。

目珠根下 ① 过，气死你一家。"人高马大的勾古也不是吃素的。

"我婶三年孝服没脱，你就来到我们家，我叔地下有灵也不会原谅你们，做鬼也会回来吓死你们这对狗男女！"一直坐在一旁带孩子的兰子嫂，不忘加入这场口舌战。

宝哥和大伯母第一次向兰子嫂投去了赞许的目光，虽然大伯母一直视她如同阶级敌人，但在对付外敌时，为了共同利益，她们又自然而然地站在了同一条战线上。

勾古大言不惭地说："我这人吃风吃煞，最不怕鬼神了，再说，我是来保护桂花的，你们的鬼叔应该感谢我才对。倒是你们，三天两头欺负她，要是你们鬼叔地下有灵，倒是应该回来吓死你们。"

宝哥一家被驳得哑口无言。

宝哥气鼓鼓来我们家时，父亲责备他："荣宝，你一个堂堂大男人，为啥跟妇人家一般？我不止一次跟你说，你婶也够可怜的，连我们都要让着她，你们咋就容不下她？你是农技员，她稻田里有啥事，你应该多一个心眼，不看僧面看佛面，不念今日看昨日，看在她帮你带了几年福福的分上，你也不该如此啊。她招来了勾古也不是坏事，有啥事他会做主，我们也可以放心了。人家唔得 ② 人口众，本来我们这一房就人口单薄，多一个人就多一分力，这个道理你咋就唔晓得 ③ ？"

父亲是长辈，说得也在理，宝哥闷闷连抽几口烟后说："满，你说的都对，可我就是看不惯他们，尤其是那个外鬼，一见就目珠乌三寸。"

"那是因为你心中放不下仇恨，男子人 ④ 就不要鸡肠小肚了，世上没有化解不开的仇恨，得饶人处且饶人，大家和平共处，何乐而不为呢？"

常言道"斗冤了的牛牯难和解"，宝哥和桂花伯两家就像斗冤了的牛牯，要想他们和好，就像搬起石头打天，是办不到的事。尽管父母亲一直在调解他们两家的关系，可还是白笔写白墙——原样，真是霸王别姬——无可奈何。

父亲吸了两口手卷纸烟后，叹道："想让他们和解，那是对牛弹琴，白费工夫！"后来他们吵生打死，父母只好打靶眯眼睛——睁只眼闭只眼了。

---

① 目珠根下：眼皮底下。

② 唔得：希望。

③ 唔晓得：不懂。

④ 男子人：男人。

有人议论说："桂花也真个咁吹过①，老公一死，连亲嫂子亲侄子都欺负她。"也有人说："像她这种禾鸺子飞过，也爱拔一根毛②的人，根本就不值得人尊重，活该让亲侄子一家欺负，虽说现在招了个勾古，可他也是塘里的泥鳅，翻不起大浪。"还有人说："荣宝现在几个孩子越来越大，房子又那么挤，只要赶走了她，所有的一切就都是他的了，套个鸽子舍个豆，有利可图。"

他们两家的争吵，成了当时大家茶余饭后的话题。同一个观点就是，要想和好，那是盼西月出，没一点指望，迟早她会站不住脚。

果然，桂花伯母热天吃冰棍，凉到了心。一天她过来对我们说："我现是苦蔓上结的苦瓜，苦上加苦。我在这里过不下去了，勾古叫我去牛岭住，明天就走。你们一家对我好，我不会忘记，也舍不得你们。我是过来道个别，以后就再也见不到了。"说毕，号啕大哭。

母亲也不禁哭了，毕竟子嫂几十年，有争执有矛盾，可也有好的回忆。以前只要下雨天不干活，三子嫂就凑在一起砻谷踏碓，做米粄、爆糯米花吃，每人都唱一首好听的山歌，整个院子都洋溢着欢笑，哪见一点火药味啊！怎么这样的时光转眼间竟一去不返了呢？

"桂花嫂，你别这样草率，想清楚了再作决定，你去那边，人生地不熟，也不见得比这边好，我们再去劝劝嫂和荣宝。"

"唔用唔用，他们一家都自私透顶！我知道，我一走，我的家业就是他们的了，他们巴不得我走，不然不会这样对我。我出到世来咁吹过，天生的苦老命③。"桂花伯母万念俱灰。

"那这样好不好，你先去那边住一段时间，万一不习惯再回来，我们还是自家人。"母亲心软，给桂花伯母想了这个办法。她一向主张，做事要留有余地，不要堵住后路，过日子要像飞行员的降落伞，随机应变。

可不管母亲怎么劝，桂花伯母就像吃了秤砣铁了心。其实母亲心里知道，要想让宝哥一家留住桂花伯母，那也是断柄锄头没把握。

见母亲和桂花伯母哭得伤心，子云也跟着流泪。桂花伯母走过来对子云说："子云，你跟你娭毑一样善良，会有好报的。多谢你经常帮我，我会祝福你的，你长大后肯定能找到一个好人家，嫁一个好老公，一生幸福快乐，子孙

---

① 真个咁吹过：真的很可怜，遭罪。咁，音 gan。

② 禾鸺子飞过，也爱拔一根毛：比喻贪得无厌。

③ 苦老命：命该辛苦一辈子。

满堂。"说得子云脸红心跳，那个年代的女孩子，只知道多干活，对婚姻大事一窍不通。

次日，"突突突"地来了一辆人称"狗古篱子"的拖拉机，桂花伯母把能搬走的都搬走了。大伯母一家连最后一面也不见，更别说送了，她倾注过好几年心血、哄吃哄睡的福福，此时也杳无踪影。我们一家直到看不见冒烟的拖拉机了，才一怀心绪回家。

桂花伯母走后，就一直没回来过。母亲曾邀大伯母去牛岭看望她，得到的是一口回绝："食哩冇咁健①，要去你去！"

一两年后，桂花伯母死了。有说病死的，有说被老公打死的。病死也好，打死也罢，总之无人去追究死因，犹如死了一只黄毛鸡子②，一生就此画上句号，连坟头都不知何处，更不用说每年的祭挂了。

桂花伯母外迁前，父亲大发慈悲，把早年过继给他胞兄（我们未见过面的亲伯父）名下的义子发哥一家五口人，从牛岭乡接到家来，分给他们几间房子。说来也真是有些巧合，桂花伯母要去并且最后的葬身之地，竟也是这个牛岭。他们的命运，就在来去的路上作了些交错。

发哥一家的迁来，使我们这个院子不减热闹，此间还演绎了许多恩恩怨怨的故事。

再不久，我们和宝哥一家在老宅的左边和后山先后盖起了新房。发哥家穷，指望搭着我们新房的一面墙壁，好歹也弄起了一间泥瓦房。

山还是那山，只是，风雨中，原先的围屋在山脚下已成历史陈迹。我们和宝哥、发哥家的故事，却搬进了新家，接着新的地气，长出了新芽。只是，"鸡公奢谷狗踏碓"的歌声，在新生代中，已显隔膜，说与人间浑不解了。

---

① 食哩冇咁健：没闲工夫之意。
② 黄毛鸡子：刚出生的小鸡。

父亲正传

"彬光上山，必须大用一场，否则本村无人前来帮忙。"

抗日战争胜利的前一年夏天，忧心时局的祖父一跌成疾，卧榻多时后撒手西去。最先来家的外人是兴春，美溪村子里的地头蛇，但他既非来烧香，也不安排后事，扔下一句硬邦邦的话转身就走。所谓大用一场，无非是请他的表弟来做道场，如何安排，家人不得过问。

"酿老弟，怎么办？照他意用得来就须卖田卖地，如果把田地卖光了，以后一家生活又怎样过呢？倘若不用，他搁下了话，本地方人有几个敢前来安排呢？"

彬光的二姑爷，一位曾获朱毛红军赠枪的游击队长，心急如焚地对唯一的内弟说。游击队长手中虽有十几杆人枪，但枪杆子不能对准老百姓，何况他也知道做官都怕府下县的道理，即使自己有能力为内弟撑腰，天长日久该怎么办？

酿老弟稍一沉吟，道："今那天时这么热，时间不能拖得太长，冇法子，只好由他们来吧。"

就由兴春表弟率众进场，杀猪宰牛，请和尚、鼓手等，做天光斋，天亮后，出枢到对门禾坪子再行祭礼，有家祭、外侍、女婿、侄婿、姐妹夫、服弟侄、族长等十多场祭礼。礼毕，才由八仙抬上山落葬，然后开席请客，坐了数十桌，安排叫花子饭就花去三斗米之多。来日又要谢客，又坐了十多桌。如此这般后，兴春带他表弟前来算账，账目一结，彬光的遗孀大吃一惊！

兴春说："我和彬光兄弟一场，哪能不尽心把他的白喜事办得风光一些呢？一切所购之物，全凭我老表面子从镇里赊来，只是，你们也要谅解商人，等货款回笼的时间不能太久，等久了得加利息。"

彬光的遗孀速召大姑爷、二姑爷、四姑爷等前来，商讨如何从速解决货款，免得夜长梦多。他们谁都清楚，兴春如此心计，是垂涎家里的田产，此前就曾多方设法谋夺。

大家一筹莫展，酿老弟却开口说："唔怕唔怕，先把家中所收稻谷全部卖掉，不足部分由几个姐夫向外筹借，可以解决此款。"

"刚做完丧，屋下目下哪里还有余粮卖？"

"唔怕唔怕……"

几位姑爷见内弟说得这样轻松，无不觉得奇怪，问老弟怎么了。

酿老弟徐徐说来："你们唔晓得，爷瑞生前与别人打过数次谷会，今那刚好轮到我们家得的时候。谷会一得到，就有四十石谷①，留下一部分家用，多余的出售后完全可以还清货款，连几位姐夫帮助借的钱也可一并归还。"

他们听后，脸上才露出一丝僵硬的笑容，说那就好了，不会把田产卖光了，以后还有吃穿，你还可以去读书，争口气读出头来，才不会受他人欺侮。

事后，村里人莫不称赞酿老弟会持家，笑兴春他们枉费心机，结果一分田产都得不到，还大大失了颜面。

酿是父亲的小名，那一年，他年方十四，还在上学。

祖父死后，父亲和祖母、一姐一妹相依为命。不久，十九岁的五姑又出嫁了，生活的重担全压在祖母身上。祖母农事之余，还要管教儿子，早早去学校读书，放了学早早回家，不要在路上搞七搞八或者偷人家果实、破坏人家庄稼，要如何如何发奋攻读，等等。一天，祖母因劳动过度，精力不济，在晒衣服时发目乌②摔了一跤，伤了左膝盖，此后走起路来虽然不用拐杖帮忙，但晃来晃去，甚为可怜。此后，家里只得靠出嫁了的姑姑或姑父们前来帮忙了，再也无法担力的祖母，只能在家带一带孩子，煮一煮饭，洗一洗衣服。

父亲十七岁读中学时，祖母为了解决家里缺乏劳力耕作的问题，就与他说亲，花去四十余石谷。儿媳妇是讨回来了，却造成粮食不足，距夏收还差两个月，只好向兴春借二石谷，村里当时只有他有余粮。到青黄不接时，兴春

---

① 四十石谷：一石约等于现在一百五十市斤。

② 发目乌：发，古音 buet⁷。意指突然眼黑。

就来逼债，说什么他家里的粮食也还差一个月，他家七八人吃饭，差一天都坏事，无论如何要还给他，如果确实无法还粮，他也可以向别人借，但祖母必须承认以现在黄金计算。彼时，多处粮食歉收，穷人无法度荒，搞到黄金二斗五升谷换一钱，待到夏季收割完了，一定会涨到二石五斗一钱。这样计算起来，二石谷借来就要抵黄金八钱，到收割后就会增到十倍，那就要二十石谷才能还清！兴春又是个有钱有势之人，与他抵抗不来，只好听从好事者前来说合，把家里两亩良田及两间平房抵押了去。这样一来，家里无法生计，结果就影响了父亲的学业。

父亲二十岁时，正是残匪被解放大军追得无立锥之地的时候。五星红旗在越来越多的城乡飘扬，钟勇、八古头、白额子等一伙亡命之徒四下流窜，白额子因为沾亲带戚之故，在一个月黑风高之夜，带人潜到我祖上的那座老宅里避风，举枪威胁父亲和他那两位吓得尿了裤子的堂兄说，谁若举报，便杀全家老少，抛尸粪坑。刚从中学肄业回家的父亲，根本不知其中内情，也没敢去举报。他的两位堂兄，在匪众的淫威下，更是大气不敢喘，一五一十地照着土匪的指令供应酒肉和衣物。

我的祖上老宅依山麓而建。昔日，那片山冈还未被开垦时，处处是茂密的原始森林，出没过虎豹、野猪，栖息过雉鸡、鸬鹚，也是土匪隐藏之地。祖宅楼上的一扇后门，通往树木丛生的后山。解放军剿匪部队闻声赶到时，这群土匪便是从这扇后门逃走的。

人民政权稳定后，村里有人举报，称父亲和他的两个堂兄窝藏土匪，知情不报。父亲的大堂兄其时已死，二堂兄怕自家受苦，把责任尽皆推到父亲身上。祖母辩解得唾沫都干了，也不顶用，父亲被捉去劳动改造了一段时间。本来就患有心脏病的祖母一病不起，村里一群掌握无产阶级专政大权的人，还不放过，把她倒吊起来逼供。祖母受尽折磨，生不如死，一条落下残疾的胳膊伴着她走进坟墓。父亲的七位姐妹，不管已出嫁还是待字闺中，都不同程度地受到欺凌。

获"莫须有"罪的父亲，晚年忆述当年他如何被强逼每天负重的往事，就泪水涟涟，道声"他们冤枉好人"，就再无他语。牢狱日子究竟如何，可想而知。

父亲因为干活卖力，能说会道，又是在押犯人中的小知识分子，沐着"皇恩浩荡"，在第二年当上了监工，可以不再干活了。一朝权在手的父亲，并没因此颐指气使，更未对犯人动过一次拳脚。新中国"三反""五反"运动铺天盖地展开后，劳改场陆陆续续进来了一批戴高帽的"老虎"，包括县长、粮食局长在内的一批干部，分在父亲负责监工的那个组。父亲焉知运动的真相，只是在接触中，感到这几位受到陷害的老革命不像坏人，因此在劳动强度上对他们适当关照，人格上予以尊重。错当"老虎"打的县粮食局长，还和父亲交上了朋友，对父亲所受冤屈表示同情，他出狱后要不是死得早，很有可能会践行调父亲来身边工作的诺言。

三年后，父亲带着劳改场发的一元路费出了狱。原本就属于"苗条型"的他，经受这番精神与肉体的折磨，更显羸弱，土坷垃绊一下都会跌倒，大风一刮都会飞走似的。

父亲的胞兄弱冠之年得白血病早夭，他成了家中的独子，平日里祖父母对这颗"火屎星"疼爱得不得了，捧在手心怕掉了，含在嘴里怕化了。自他被捉走，祖母经受了锥心之痛。三年来流干了眼泪，尝尽了辛酸，每时每刻每分每秒都在扳着指头算日子，如果可能的话，她愿意用自己的生命去换取儿子的自由和清白。当瘦黑的儿子站在她面前时，她的眼泪如决堤的洪水汹涌而出，张开双臂把受冤的儿子揽入怀中，抱头痛哭。

在狱中炼就了一身坚强的父亲，在为老母揩去脸上的泪痕后，第一件事就是在离婚书上签字。

风波发生后，父亲婚后才一年的妻子，经她那位在县城当国家干部的弟弟劝说，就搬回娘家了，并提出了离婚要求。反正未生小孩，容易划清界限，这种"夫妻本是同林鸟，大难临头各自飞"的老婆，断断是不能风雨同舟、同甘共苦的，父亲不假思索地答应了。未料，好合好散地办完离婚手续不到半年，女方得知父亲已摘了劳改犯的帽子，又反悔了，央求回来。爱看侠义小说、常把"大丈夫何患无妻"挂口头的父亲，哪能吃回头草呢！

知书达理、出口成章的父亲，带着年轻时的几分英俊，走到哪里都能吸引女子的目光。他对此大都视而不见，眼光从不胡乱放置，对她们羞涩或作姿作态的表示，仿佛事不关己。直到几年后，邻村一位善良纯朴、勤劳能干的客家妹子，才成为他眼中的对象。她虽大字不识一个，却懂事理、明大义，崇拜识文断字之人，更重要的是，毫不嫌弃父亲劳改的经历和婚史。由是这般，在

1956年草长莺飞的春天，在布谷鸟"布谷布谷，快快播种"的催促声中，他们为爱情播了种。这位叫三妹的新嫁娘便是我的母亲。

母亲慈眉善目，乐善好施，自尊自强，惯记人之善，忘人之过，富有同情心。不管梓嫂叔媚还是年轻人，都很喜欢跟她拉家常。她总开导她们要尊重老人，夫妻恩爱，家和万事兴，从不挑拨离间，无是生非。因此，她很快就受到了大家的尊重。

父亲的前妻，眼见补救无望，在看到我大姐子珍呱呱来世后，擦一把清泪，带着几许伤心和内疚改嫁了。这段婚姻虽然画上了句号，但父亲逢年过节却仍一如既往地要去看望往日的丈母娘魏老太，送上些大大小小的礼物。在时断时续的来往中，父亲那位当初劝姐离婚的小舅子，虽然也多少表示了歉意，但父亲却看不惯他当公社书记后高高在上、颐指气使的做派，不喜欢和他来往。魏老太辞世时，父亲帮助操办完丧事，便再也没踏进魏家大门。虽然那位公社书记转任劳动局长后，手中很有招工的权力，但父亲硬是没为自家子女出路问题而走他的后门，被人称作是"二百五"。

父亲略通古今，唱歌演戏讲故事，样样在行，加上性格开朗，尊老爱幼，童叟无欺，说话风趣幽默，男男女女、老人小孩都喜欢跟他扎堆。大家都说，做得再累，只要听酿伯讲个故事，啥事都冇。

所谓群众的眼睛是雪亮的，父亲以其与生俱来的善良、真诚和多才多艺，赢得了大家的信任与喜爱。大队支书晓得，父亲是被人冤枉的，因此特地让他到大队当了业余宣传演员。

父亲当主角的打船灯戏，造型妙，唱腔好，直让人捧腹，村里许多中老年人至今还记忆犹新。

客家船灯，用木板、竹篾片扎成船形框架，再以绸布、色纸、玻璃、穗丝、灯笼等加以装饰，外观极为华美。船舱前写有招牌，比如"醉风月""乐翻天"等；两边还配有灯联，曰"撑桨玩船春不老，挽灯唱曲夜来香"云云。表演时，由一人扮艄公，一人扮艄婆，一前一后，站在船中。乐声起后，将船用红绸带扛起，手持桨板做摇船动作，同时唱船灯的专用曲调"渔家事"。唱词内容说的是四季景色变化、船工生活情状，曲调优美动听，每唱完一段，还要表演渔船下滩的舞蹈动作，转至另一个台角再唱第二段，四段唱完即告结束。倘若观众有喝彩或给赏，就再即兴唱一些其他民间小调。过去，每年正月，客家地区几乎村村寨寨、角角落落都喜好打船灯，现在世易时移，此景庶几"可堪成追忆"了。

我一直遗憾，父亲没有剧照留下。还诧异，父亲的表演天赋从何而来，又为何没有遗传给我们一丝半毫？

父亲演的古装戏令人着迷，唱的京剧悦耳动听，讲的故事让人忘却劳累和烦恼。他到哪里，都受到大队男女老少的欢迎，常常缠着要听他唱歌讲故事。《三国演义》中刘关张桃园结义、三顾茅庐请诸葛、赵子龙百万军中救阿斗，还有《水浒传》中的武松打虎、三打祝家庄等精彩片段，他都能信手拈来，讲得眉飞色舞，娓娓动听，说得一事不漏。那时本来就流传民间的话本故事，谁不喜欢？那路见不平、拔刀相助、除暴安良、见义勇为的豪侠义举，直听得人心旌摇荡，劳累顿消。受父亲影响，我小学三四年级就津津有味地看完了《三国演义》《水浒传》《西游记》原著，连《好逑传》这样的风情小说也读过。这还不够，《三国演义》的四十八集连环画，一本也不落连看数遍。

此外，父亲还讲过许多流传在客家民间的不少益智故事。时隔二十多年，我还清楚地记得一些。其中一则讲的是，从前汀州府有位师爷，自诩才华过人，一天带书童经过一座木桥，看见桥下溪边有位漂亮村姑在洗衣服，马上吟诗挑逗："有木是桥，无木是乔。除去桥边木，加女便是娇。娇娇谁不想，谁不想娇娇。"谁知，那位浣衣女是个才女，立即吟诗反击："有米是粮，无米是良。除去粮边米，加女便是娘。娘娘谁敢戏，谁敢戏娘娘！"师爷羞得满脸通红，灰溜溜而去。

另有一则，也颇受村夫野老们的喜闻乐见。

清乾隆年间，一文一武俩状元高中后云游四方，在闽西粤东客家地区，但见山水秀美，赞不绝口，认为如此风水难怪哺育出许多客家拔尖人物。文状元说，传言客家妇女勤劳又贤惠，就是文才差些。武状元点头称是，正在路边田里劳作的一少妇听后便说不一定。武状元马上说："比武我不邀你，好男不与女斗，但文才方面我敢跟你比。"少妇便问怎样比赛。文状元提出解谜作诗，并出题曰："有头无尾是什么？有尾无头是什么？有头有尾是什么？无头无尾是什么？每句各猜一个字。"

武状元拍拍胸脯，悠然自得地说："我是武将，理应一马当先，我念出来你们听吧：有头无尾是个士，有尾无头是个干，有头有尾是个丰，没头没尾是个三。"

文状元接着出口："有头无尾是个上，有尾无头是个下，有头有尾是个中，没头没尾是个口。"

武状元洋洋得意地问："怎么样？"

少妇微微一笑，道："原来是这样猜答，只可惜武状元念的没个口，文状元的下两句有一个口字。"

武状元咳了一下："那你来吧。"

少妇脱口而出："有头没尾是个由，有尾无头是个甲，有头有尾是个申，无头无尾是个田。"

文状元哇的一声，惊赞道："每句都有一个口字，高、高、高，实在是高。"

武状元自感文才差些，但输给眼前名不见经传的客家妇女更不好意思了。他左望右看间，眉头一皱，计上心来，心想，不能比赛解谜诗了，农村里常见的动物都有头有尾，如牛猪鸡鸭狗，甚至水里的鱼虾，看她还念得出有头无尾、有尾无头、无头无尾的动物吗？不料，少妇马上接招，随即念来："有头无尾是青蛙，无头有尾是田螺，有头有尾是鳝鱼，无头无尾是河蚌。"文武俩状元听罢，连说"客家妇女的确厉害，佩服、佩服"。

来大队蹲点的公社汤思农书记，欣赏父亲的为人，有空常来家和父亲拉家常。他给父亲的评价是，多才多艺，正直善良，热情好客，不畏权势。父亲待人一视同仁，谁家有困难需要帮助，他都毫不犹豫地力尽所能。谁家的兄弟梓嫂、夫妻争吵，他只要跟他们讲人生大道理，几乎每次的家庭纠纷都会迎刃而解。

人们似乎渐渐忘了父亲劳改的经历，父亲的群众基础日益牢靠。不知是汤书记还是大队支书的好心，父亲被大队派往外地烧石灰，一烧就是几年。一次，有几个老油条邀他一起偷卖石灰，父亲说："我到今天还没做过亏心事，最好你们也听我一句劝，做人要和石灰一样白，千万莫做失原则的跌古事①。"他们一来怕父亲揭发，二来妒嫉父亲技术好，密商把父亲赶走，于是到处说父亲的坏话，还恶人先告状，说他偷卖石灰。真是猪八戒败了阵，倒打一耙。

父亲被人冤枉怕了，晓得跟这种货色一起做事，迟早会招祸上身，一气之下，他要求从大队调回生产队。在生产队干活，工分虽不如石灰窑，但他人

---

① 跌古事：丢脸事。

穷骨气硬，决不同流合污。

一位和父亲一起烧石灰的师傅，得知原因，来找他回去，并劝道："别人咋说不要去理会，只要我相信你就行，我会批评他们，让他们向你道歉的。"可是不管好说歹说，个性很强的父亲，就是十头牛也拉不回。直到今天，我们做子女的对他这副脾性，还是一点办法都没有。

归队后，父亲受命割松香。那时他四十来岁，每天带个饭包、水筒，出没于莽莽群山之中。骄阳似火的夏季，有时带的水不够喝，或者竹筒里的水、瓷壶里的酒不慎泼洒掉了，就连松香筒里积下的雨水露水，甚至坟地池里的水也拿来解渴。割松香还好些，只须一把不重的松香刀随身就好，收松香却辛苦十倍。放出去的松香筒很散，松油桶又重，山路再崎岖也罢了，最怕的是根本没路的深山，蛇蝎出没，不时还可能遇上伤人的野兽。好不容易收了松香，还得一担担挑到毗邻的粤东大坝子卖。

"莫看你们的爷瑞毛屎都冇一百斤，但年轻时他挑两百多斤的担子，可是脸不红气不喘呢！"不止一次，母亲给回家的父亲递上擦汗毛巾后，少不得向她的孩子们夸上一两句。

哥哥子瑜摇摇头："看他那样子，鬼才相信。"

子瑜十八岁那年，高考落榜回家，母亲让他去接应在对面禾坪①晒谷回家的父亲。子瑜欲接父亲的挑子，可使尽了吃奶的力气，也没直起身子来，最终还是打空手回家，而肩负重荷的父亲，却在他前面疾步如飞。

因为广东那边的收购价格较高，闽西这头的松香便大都舍近求远。虽说因此要辛苦得多，而且卖得再好也是生产队的，但到时自家毕竟能分到一份钱。生产队长虎腔每到卖松香时，便要亲自去广东大坝子拿钱，一到他手里的钱，经常会去向不明，父亲看不惯这种中饱私囊的行为。松香厂的人也都喜欢和父亲接触，听他说古论今。父亲跟他们说了钱的事，他们就一律把钱交到他手里，父亲再把钱和发票当着生产队其他干部的面拿出来对照。大家都说父亲是最正直、最值得信赖的人。卖松香要检查，以防有些人掺水加重，但父亲从不屑干此勾当，久而久之，他的那份，松香厂的人看都不用看，只称一下就直接倒进松香池里。

---

① 禾坪：晒谷场。

善讲"三言二拍"的父亲，讲完一个讽喻故事，还会不失时机地加进自己的评说："钱，能使人高尚，也能使人卑鄙。君子爱财，取之有道，对金钱过分自私贪婪地追求，金钱就会变成万恶之源。人再需要钱，也要做钱的主人，不要做钱的奴隶。"

三年困难粮荒时期，队里死了不少人，大伯母招赘的丈夫和他们的儿子也先后饿死。母亲闭经多年，生下大姐子珍后，肚子除了咕咕叫得厉害，连着五年风平浪静，而祖母的水肿眼看已到了无以复加的地步。父亲迫于残酷的现状，想和其他乡亲那样，拆了祖宅的梁柱和瓦片，卖几个钱后携一家老小逃荒江西。

在生产队当会计的来生叔，舍不得父亲背井离乡，更怕此去有个不测，说，到哪里还不是做了才有吃，留下来吧，我们尽可能多照顾你们一家。父亲也担心病重的祖母死在路上，终于没做成讨食客。有次，他和母亲实在动不了了，来生叔偷偷地借给了队里的五元钱，靠着这钱，一家人度过了最艰难的时光。

当周总理在人民大会堂宣布共和国经济困难期已经度过的消息，通过乡村广播在山川田野响起时，美溪生产队又开始渐渐恢复了生机。队里急需记工员，社员们便纷纷向来队视察的公社汤书记推举了他们信任的父亲。

有粮有油盐后，男人有精了，女人也来经了。于是，在父亲的辛勤耕耘下，母亲肥沃的庄稼地，每隔三年便瓜熟蒂落。因为父亲是家中的满子，我们便以"满"或"满满"相称。

大姐子珍是父亲和母亲再平凡不过的情爱庄稼地里的第一个结晶。在重男轻女的时代，父亲却视大姐如掌上明珠。子珍的出生，给这个清贫的农家带来了不少忧愁。父母要干活挣工分，大姐就一直由祖母带在身边。

"文革"的前一年，哥哥子瑜也来世和大姐做伴，祖母异常高兴。自患白血病的大伯去世后，她剩下的八个孩子中，就我父亲一个男丁。子多福多，在农村，兄弟越少就越容易被人欺负。子瑜出生后，祖母把对姐姐的爱超出一半给了他。尽管他从小调皮捣蛋，但祖母就是百般疼爱和袒护。父母不忍心让大姐受委屈，却不敢得罪专横的"皇太后"。

据说祖母颇为刁蛮，心情不好时，总爱吓唬母亲，说要去几个女儿家玩上一段时间，这个女儿家住上三四天，那个女儿家住上五六天，一个月轮遍后再回来。母亲吓得忙煮两个荷包蛋，亲自端到床前，低声细语劝她吃下去，劝她有空时再去女儿家转转。

子瑜四岁那年，老三子云也呱呱哭着凑热闹来了。此时，家里的生活越来越困难，祖母的身体一年不如一年。已上小学的大姐放学回家后，帮祖母照顾弟妹，有时还要去砍柴。大姐年纪不大，干起活来却不含糊，深得祖母的称赞。也正因为能干，致使她连小学没毕业就辍学了。祖母能简单地识文断字，恪守传统，闲时常向大姐灌输"田头地尾"① "灶头锅尾"② "针头线尾"③ "家头教尾"④ 这类"妇功"。按客家习俗，只有熟悉了这些"妇功"，才算是能干的女子，日后才能嫁个好丈夫。

一家六口人，就父母两个劳力。一直以来，他们总是面朝黄土背朝天地在生产队拼死拼活地做，但队里年终报表上，每年我家还都是超支户，东借西凑缴上所缺款项后，才能把分得的谷物担回家。

听母亲和大姐说，二姐子云小时不是盏省油的灯，每天都要祖母给她挠痒，尤其是十个小脚趾和十个小手指，每晚都要祖母挠来挠去并且哼着童谣才能入睡。现在她们说起这事时，还说祖母是被子云累死的。子云可不承认，把责任推到我这个小弟身上，因为母亲和大姐说，我出生后，一入祖母怀里就哭，祖母曾叹息说，子龙不要我抱，可能我命不长了，不久，老人家就撒手西去了。"弟弟是祖母的克星"，这是子云推卸责任的最好借口。

我作为父母情海的关门之作问世后，发现这个家实在太寒酸，破破烂烂的房子显得摇摇欲坠，家人都穿着缝了又补的衣服，锅里煮的是勺子都追不着的稀饭。早知这样，还不如在母亲肚里再待上几年，等日子好过了再出世，可悔之晚矣！既来之，则安之吧！

我出生后，一直卧床不起的祖母对父亲说，今年我治不了了，不能帮你们带孩子了，连子龙都不能要我碰一下，叫子珍不要再读了，女孩子读得再好也是嫁给别人的，回来带弟弟妹妹吧。祖母一走，父亲在百般无奈的情况下，只好让大姐结束了小学四年级的学业，回家照顾弟弟妹妹。大姐也无法怪父母

① 田头地尾：意指耕田种地。
② 灶头锅尾：意指家务劳动。
③ 针头线尾：意指缝补衣裳。
④ 家头教尾：意指教育子女。

偏心，何况那时很多穷人家的孩子连校门都不知朝东还是朝西呢。

大姐虽然很快成了劳动能手，给家里增加了一个强劳力，经常得到大队和生产队干部的好评及奖励，但家里还有三个吃"死饭"的，又陆续进了学堂，所以，一直没有改变超支户的命运。

尽管父母像老牛一样，年复一年地犁过季节的风风雨雨，驮回一家人半饥半饱的生活；尽管年年开大门，父亲都会在大鸣鞭炮烧纸点香后，跪拜祷告，双手作揖对大门边拜三拜，祈词祷语是"开门逢大吉，好运迎进来"，然后才把那扇厚重而古旧的大门"哐啷"一声打开；尽管祈求的神情回回都是那么的虔诚，可好运还是没能迎进来，我们依旧住着祖传的泥墙老屋，吃的还是半干半稀的粗茶淡饭，穿的还是七缝八补的土布衣衫，春夏赤足走田埂，能有纳底鞋过秋冬就阿弥陀佛了。有次，数月不知肉味的我，偷偷溜出家门，闻着生产队屠宰场的肉香直咽口水，入夜在母亲呼唤中才怏怏回家，途经一座五米高的石桥时，一脚踩空掉下，险些丧命。回望那时父母之人生，难免凄然神伤！

母亲为了不再让我们吃更多的苦，毅然响应政府号召做了绝育手术。去医院前，她吩咐姐姐照顾好弟弟妹妹，并说，只要上天保佑你们四个平平安安，长大有饭吃就行了。那时，已为第五个孩子取好名字的父亲，被生产队派去外地烧石灰，知道母亲自作主张后非常生气，一个多月不和她说话，更别说去医院照顾了。

父亲的那段不白之冤，害他母亲和姐妹们受尽折磨，后来我们兄弟姐妹四个相继来世后，还不同程度地遭受同伴们的歧视。

文化大革命后期的一天清晨，我们姐弟还在做着穿新衣服、挎新书包、啃热腾腾香喷喷的香薯上学堂的美梦，突然嚷嚷声大作，一伙戴着红袖章的人闯进我家，吓得我们不敢起床，躲在被子里大气不敢出，全身抖如筛糠。那伙人肆无忌惮地挥舞锄头和铁镐，在他们认为可疑的地方挖地三尺，连墙头和猪圈都不放过。他们到处翻箱倒柜，所有能藏东西的地方无不搜索。母亲百般哀求，无济于事，只好任由他们胡作非为。他们捣鼓来捣鼓去，把我本来就风雨飘摇的家翻了个底朝天，也没搜到什么，就踢翻了桌子扬长而去。

后来才知，那是大队民兵营长三牛带了一伙人来，说是当年父亲窝藏土匪，家里肯定藏有黑武器，现在要把它清查出来。结果可想而知，连罪名都是莫须有的，又哪来的什么黑武器？可是这些莫须有的罪名，却使父亲备受心灵的创伤，那是他很怕被触动的一根心弦。

很长一段时间，我们家被一股阴影笼罩着。我们姐弟小时读书，从不敢得罪人，否则人家一开口便骂我们是"劳改犯"的子女。姐姐子珍当时已辍学回家挣工分，也常被人歧视。哥哥子瑜因为人长得高大，倒是很少有人敢当面骂他。我们姐弟年纪小，因为营养不良，个头又矮，被骂得最多。我们虽然理解"劳改犯"的意思，却坚信自己的父亲绝对不是坏人。于是，为了免遭皮肉之苦，两人商量来个"耳聋不知狗吠""闪狗不是傻瓜"，这是大人们常说的。久而久之，不知是他们的父母给予了教育，还是他们良心发现，逐渐就没人这样叫了，也没人这样欺负我们了，小伙伴们又一起上学，一起回家，一起玩游戏。我们姐弟又有了做人的尊严，脸上重新洋溢着欢笑。多年后想起，酸甜苦辣仍翻涌心头，泪水盈眶，唉，伤心的往事真不堪回首！

然而，如果硬说父亲没和土匪接近过，那也不合事实。

我参加工作后，对本村出土的、国内革命战争时期曾捕获中共早期领袖瞿秋白的国民党少将钟绍葵产生了兴趣，曾向父亲打探其人其事。父亲沉吟好半天后，带我去溪对岸见一老妪，一介绍，让我颇吃一惊，此人竟是钟绍葵的宠妾，于是我就有了《一个国民党少将遗孀的回眸》万字长文见世。

由是，才知道了父亲早年鲜为人知的一些传奇。

人是最复杂的动物，大至帝王将相，小至贩夫走卒，都有多重性，绝不是非黑即白、非忠即奸可以一言以蔽之。从绿林好汉变为国民党民团团长、再升任少将旅长的钟绍葵，在老一辈村民心目中并非十恶不赦之徒。钟兄福兰在家虽有武装家丁若干，却不仗势欺人，还能出面维持治安，主持公道，相当于族长角色。福兰与我祖父交好，也颇为喜欢差了一辈的父亲。

上世纪四十年代初，本村有位恶少，仗着有九位叔伯和堂兄堂弟，经常欺侮乡民，今天走到某某家，说什么借一笔钱维持一下生活所需，明天又到某某家借鸡鸭牛羊。只要他开口，多少都得给，可每每成了刘备借荆州，有借无还。此外，他还奸淫抢劫，横行霸道，却鲜有人敢过问。有一次，他在青山子①深处抢劫中，杀了一名卖锣钹的外乡人，拖尸炭穴里埋掉。

福兰知道后，把他捉了起来，但没有杀他。此时国民党大抓壮丁，说什么三丁抽一，五抽二，可却言行不一，贫苦百姓人家的独子却也要被五花大绑

───────────

① 青山子：本处一深山老林。

捉去当兵。福兰让他顶了一位贫农独子的名额，送到前线打日本鬼子。

但没出半年，这家伙便当了逃兵。福兰严令他痛改前非，好好做人。可他贼心不改，不久又和过去一样横行霸道，目中无人，连他本房守寡的叔母都奸，以后就生下一男孩，她无脸见人只好改嫁他乡。福兰知道这事后，又把他捉了起来，仍念同宗同姓的情分，再次送他去当兵，抵当地兵额。如此数次都被他逃脱回来。我二伯父曾想借他之手杀害阻碍他变卖田产的我祖父，事情败露后，他的枪也被福兰给缴了，他以为是我二伯父告的密，又转而想杀我二伯父，吓得我二伯父急忙向我祖父赎罪求救并找福兰做靠山才得以幸免。这兵痞劣性不改，不久又与本房另一叔母有染，还想着与她成长久夫妻，合谋毒杀其亲夫。当时思想封建，同宗不能结婚，他们又邀集了几个不知进退的青年流氓，密谋杀害包括我祖父在内的几位本村父老，以达到他们成婚的目的。计谋泄露后，祖父告诉了福兰。福兰大怒，说这个人屡教不改，现在又想杀害父老，不能留在世上害人，下令将其枪杀。

弱冠之年的父亲跟随祖父到福兰家拜年时，称赞福兰为民除害，还说："看来上天还是有眼的，作歪作恶之人最终都会受到报应，一个人生在世上，还是做忠厚老实的良善人为好。"

小小年龄，竟能说出这等话，福兰疑为神童。

祖父死后，福兰还常邀父亲到他家走动，与其儿子做伴读书。一天凌晨时分，在福兰家住下未回的父亲，忽被震天动地的枪声惊醒，原来是一群对福兰、绍葵兄弟有私愤的土匪，在绍葵死后，找他的胞兄报仇来了。父亲欲和福兰家丁持枪上楼助战，福兰却说："老弟，你是彬光的独子，我不能做对不起你父亲的事，这里没你的事，你快点逃命去吧。"

此战打到天亮，福兰全家数口被杀，他和子媳还被凶残的匪众浇上汽油焚尸。

捡回一条命的父亲，岂能忘怀火光下这一幕？此后，他和虎口逃生的福兰家人及绍葵宠姜，一直还有往来。

"福兰不是土匪，他还干过不少好事。咳，民国时代的土匪，也有不少是像梁山泊一百零八将那样受百姓欢迎的……"

父亲这席话，经民兵营长三牛揭发出来，就成了他通匪的罪名之一。

一心远离政治，偏遭遇政治上的冤枉；一心想着助人为乐，却受到乡亲的误解。但父亲身正不怕影子斜，没做亏心事，不怕鬼敲门，事实证明他的一生都如他在石灰窑烧的石灰一般，一身雪白。

有一次，父亲和本队的张古老、水笋三人去很远的深山扛木头。回家的路并不比上山的路平坦，满地碎石碴，干枯的畜粪随处可见，蓬蓬勃勃冒出的野草，也许过不了多久就要把石碴淹没。一堆新鲜的牛粪，让水笋猝不及防地踩了打个滑，重重摔地，木头就势砸断了他的腿，痛得他青筋暴突，汗流浃背，就差点哭出声。父亲对张古老说："人比木头要紧，有空时我们以后再来，今那我们俩一定要把水笋安全背回去。"张古老因为要建新房，急需木头，他老婆和水笋的老婆大吵过，结冤至今，但这位复员军人还是听了父亲的话，救人要紧。

他们两个都属于"苗条型"，而水笋高大结实，伏在他们身上，真如泰山压顶。他俩轮流背着，在崎岖的山路上吃力地迈步，一回到水笋的家中，俩人都全身湿透了，喘着大气，连话都讲不清了。水笋的母亲和老婆对他们千恩万谢，说有机会定要报答他们。劳累加心急，使得原本瘦弱的父亲回家后大病一场。

水笋的老婆对父亲一直心存感激，她也和其他女人一样，经常来听父亲唱歌讲故事。水笋便怀疑她和父亲有暧昧关系，骂我父亲道德败坏，勾引良家妇女。水笋老婆竭力为父亲辩解，还以死相威胁，她老公才相信。父亲伤心之至，说："娘个 ① 冇良心个死水笋，瞎目狗，我为了背你，病了一场，你连一斤白糖都没买给我吃，还恩将仇报冤枉好人，真个应验了老古记 ② 说的'杀人冇罪，救人冇恩'③，以后若有困难，发誓都不再搭你个衰事。"水笋愧疚万分，赔礼道歉的话说了一箩筐，父亲的气才消了许多。

三年困难一过，当年欲夺我祖产的美溪强势人物兴春，在看到儿子锦杰当上生产队长后，一笑而终。锦杰作风粗暴，匪气十足。社员水笋体弱的母亲，没有看好队里的牛，让它偷吃了队里两百余株稻子。锦杰要她赔谷子并扣牧牛工分。已做会计的父亲，主张扣她部分工分，以给她一个教训，但再扣人家口粮，就不合理了。他据理力争，但权力掌握在队长手中，最终，水笋母亲

---

① 娘个：这个。娘，这。

② 老古记：上代人总结出的经验或传统说法。

③ 杀人冇罪，救人冇恩：杀人犯用钱打点就没罪了，救人者却还遭恩将仇报。

不仅被扣了三天工分，还被扣了五十余斤口粮。

一天，跟随队长锦杰到田间现场记工分时，眼尖的父亲看到附近的小山丘有只山麂出没，便召集几位队员徒手围猎。猎获后，队长指示先放他家圈养，再拣日宰杀。父亲知道，一到队长家，参加围猎的社员保准一块肉都吃不到，便建议说，山麂已受伤，估计即使养活，也要掉几斤肉，不如马上杀了，按集体捕猎眼见有份的传统习惯，均分给在场的社员带回家。众皆拥护，锦杰虽没反对，却是一脸的阴沉。

锦杰给祖坟扫墓时，看到侧旁垒了一座新坟，得知是外队人的，回来后马上发动全队社员，要把此坟挖掉。父亲告诉他，挖人家坟地是犯法的，千万不可乱来。锦杰不理会，举了上古好多有关挖坟的例子给社员听，还说捉虱就要到老虎头上捉才有名声，才可以出头，让外队人赞扬美溪人敢作敢为，向美溪人学习。当晚，锦杰指使公共食堂加餐，让愿意跟他平坟的社员吃个饱，随后点松香上山，把外队人在此新添的母坟给挖掉，还把死尸扔进河塘里。派出所接到报案后，态度强硬地要锦杰捞尸入棺，放鞭炮埋入原地。

在这几件事上，父亲都没有紧跟，锦杰对他深为不满。文化大革命一来，他和兄弟仨人来个先下手为强，密谋把我父亲捉来批斗，认为只有打倒了我父亲，他们才安然无事，也不担心他向上级举报了。他们向大队红卫兵告状，说我父亲乱砍滥伐。是时，只要被人提意见，不管什么人，连大队长、党书记都得挨批斗。那天，父亲被押上台批斗时，红卫兵负责人问他倒树[①]是否属实，他说："这事我已经过公社批准了的，有批条为证。"说罢从兜里掏出盖有公社红印章的条子来。负责人看后说，公社给你盖了公章批条，莫说你自家田坎上的十余株，就是砍了大队山林的百余株，也一样无罪。

而锦杰换来的却是红卫兵负责人的一顿呵斥："你的话简直是狗屙尿，走到哪里就把脚架起来洒一泡，作不得数的。下次再看你狗屙屎般，就先批斗你。"

父亲继续当生产队会计，经此波折后，他在乡亲们中的威信更高了。

一天天、一年年过去了，我们兄弟姐妹四人渐渐长大。家里虽然一直是生产队的超支户，但父亲安贫乐道，还非常严格地要求我们，时不时灌输人生

---

① 倒树：砍树。

大道理："人，不怕穷，穷则独善其身，达则兼济天下。做人要有骨气，有骨气的人才能成就大事。做人失意时莫灰心，得意时不可忘形。做人千万莫做亏心事，做了亏心事，响雷公①时就会吓得尿湿裤子，就会一生世人都背着沉重的包袱过日子。清白做人，心中坦荡，就能睡上安稳觉。"这无疑是父亲的人生写照。在此家教下，我们兄弟姐妹四人，在上学路上不曾挖地瓜、偷折甘蔗、偷摘果子，因此不会像别的孩子，动辄被人投诉。

父亲的大堂兄还没圆房便入鬼籍，大伯母后来"借鸡公头下蛋"，生下两男一女。她到处勾三搭四，败坏门风，而且蛮横无理，以骂人出名，外队的妇女来我们老宅后山砍柴，她都会把人骂得冇裤着，人们背后谈起她，常常嗤之以鼻。父亲多次好言相劝，却招来不满，无奈中，只好睁只眼闭只眼。

父亲的二堂兄，也就是我们的二伯父，因为脑子里成天不知在盘算什么，又常常做出匪夷所思的举止来，所以就得了"狗脑子"这个不雅的绰号。他自从害我父亲背负罪名后，平时都不敢踏进我家。他一直体弱多病，干不得重活，啥事都依赖老婆桂花来做。因为膝下无出，让夫家断了后，他老婆于心有愧，倒也任劳任怨，以事回报。

狗脑子和二伯母都是公认的"三只手"，经常干些见不得人的勾当，大家都笑他们不管好吃不好吃，见膣②见腟③都要偷，去别人家连个茶杯也要来个顺手牵羊。一次，我家的生蛋母鸡不见了，母亲急得到处找，屋坎下一个叫银才的婶子通风报信说："我刚才看到你阿哥抱了只鸡嫲回去，不晓得是不是你的。"

母亲去问狗脑子伯父时，我家成天"咯咯嗒，咯咯嗒"的母鸡早已惨遭谋害肢解，在他那口热气腾腾的锅里发出扑鼻的香味。母亲仔细辨认地上的鸡毛后，伤心地对狗脑子说："阿哥，你做人怎么娘般做法？外面偷了还不够，连自家人的也不放过。这只鸡嫲品种好，一直在下蛋，我一直舍不得杀，几个细鬼子冇末事④营养，你老弟身子骨又弱，都指望这只鸡嫲下蛋，你却娘般过得意⑤！跟你们娘种人共住一个院子，真个行衰运！"母亲从没有这样对他说

---

① 响雷公：打雷。

② 膣：女阴。

③ 腟：男根。

④ 冇末事：没什么。

⑤ 过得意：过意得去。

话，对这个剥夺了她丈夫和子女营养权利的人，她也不用再客气了。

"三妹，你也莫鬼喔 ① 一般，曼人偷杀了你家的鸡嬷？鸡嬷不见了，你不去别人家找，却怀疑我杀了，我们是自家人，我手脚再痒，也不会做娘般个事。我锅里蒸的是我自家的鸡，桂花这段时间老喊头晕，我就杀了一只让她补身子。"

二伯父偷惯了，不会做贼心虚，还像不开花的水仙——装蒜！这种见了寿衣也想要的贪心鬼，坐着轿子还会骂人，根本不识抬举。母亲见他这副德性，气得抓了一把鸡毛给他看："你说是你自家的，你几时也养了这种黑毛鸡？我的鸡嬷中午我还喂了食，做水归来就到处寻不着，刚才有人看见你抱了一只鸡嬷回家，没想一下子工夫你就把它杀了，你的心肠真比炭还黑，连兄弟的也不放过！"

母亲越说越气，真想把锅里的鸡肉端回家。父亲回来得悉此情，也很生气，但为了息事宁人，就劝母亲："杀了就杀了，跟他吵得天昏地暗，鸡嬷也是活不过来了，他们吃了最多屙大一堆屎，上不了天。毕竟是自家人，莫跟他一般见识，咱们家人口单薄，如果三家人又为了些小事大伤和气，外人岂不吊目光 ②，更会看衰我们。这事就不要嚷嚷出去了，家丑不可外扬，他们两家已经够跌古了。"

那场牢狱之灾后，父亲对二伯父心中有怨，虽同住一处围屋，几乎不登他们家的门，也鲜与他们说话，但却听怕了大伯母和二伯父夫妻的丑事，只要一出门，便有人告他们的状。谁家丢东西了，都第一个怀疑他们，看到他们唯恐避之不及，就像老虎进了城，家家都关门。他们的家也如阎王开的饭店，鬼都不敢上门。大伯母和二伯母骂人的本事又天下无双，所以他们就好比臭屎鸡 ③。一向提倡敬宗睦族的父亲，见他们这样遭万人厌，心软了，劝起了二伯父："阿哥，一个人活在世上，就跟做了场梦般，做人要做得问心无愧。你现在这种做法，既不地道又损颜面，老是小偷小摸，能富得起吗？有本事你就去抢银行。我的耳朵都听得起茧了，以后你再不改掉这种坏毛病，迟早有人会来找麻烦的，到时，莫怪我不提醒。"

---

① 鬼喔：鬼叫。

② 吊目光：幸灾乐祸。

③ 臭屎鸡：没人理睬的角色。

一日，父亲在家记工分时，一位姓梁的婶婶提早到来，气呼呼地说："娘个死贼嬷，昨晡日子①冬瓜还在，今朝下昼②去浇菜便不见了。我和她的菜地搭界，死桂花，肯定又是被她偷摘了！自家懒种菜，专偷别人个，等装③。我忍了一次又一次，都是看在酿伯和三妹你们的面子上，今那再也忍不下去了，不跟她算算账，她还会以为我是个吃屎大个，好欺负。"

父亲听后说："老梁，冇风冇影的事莫乱讲，问清楚了再说，都是梓嫂叔媚，每日都在一块做生做死④，低头不见抬头见，冇必要吵得跟仇人一般，'拳头打狗虱，有力使唔得'⑤。就算真个是她摘了你家冬瓜，说她几句就算了，也莫与她一般见识。"

梁婶走到二伯父家，扯开嗓门叫："桂花，你有没有摘我的冬瓜？"

"娘个梁老表，短命嬷，阎罗王没寻到个，曼人爱你个冬瓜，冬瓜又不是好东西，我自家也种了，曼人要你个？"

"你种了？你哪里种了？像你这种人，专门偷摘菜，也不怕被农药毒死！"梁大婶边骂边进屋，不由分说地在灶头桌尾翻寻，终于在灶头底下找到了被蛇皮袋捂紧、上面还放了一只水桶的冬瓜："这个冬瓜就是我家的！"

"好笑，你凭啥说这个冬瓜是你的，你叫它一声，如果有回应，它才是你的！"这是二伯母的一贯做法，如果有人说她偷了自家的东西，她都这样说。东西又不是人，当然不会回应人家，可是人有相像，货有共样，谁都不敢打包票说东西到底是谁的。

"好，如果查出这冬瓜是我的，那你怎么说？"

"如果是你的，我就是狗屎个，如果不是你的，那你就一家死斗绝⑥，连黄毛鸡子都死绝！"桂花伯母骂人总是不留情面，而且还要占便宜，就算大家都叫她狗屎个，那又怎么样，难不成真是畜生杂交的？她曾开玩笑说："你给我钱，我让你骂一万句狗屎个。"

"好！你娘个狗屎个，孤老嬷，真是不见棺材不落泪！本来看在酿伯和三

---

① 昨晡日子：昨天。

② 今朝下昼：今天下午。

③ 等装：等着不劳而获。

④ 做生做死：卖命干活。

⑤ 拳头打狗虱，有力使唔得：比喻小题大做。

⑥ 死斗绝：死光光。

妹的面子上，我还打算再原谅你一次，可你既不承认，还讲话恶毒，今朝不出你个洋相，还以为我是呆子。我去叫他们过来作个证，也省得说我冤枉好人。"

此时，已有几个社员来我家记工分了，梁婶请他们到现场后，大声说："你们大家都来给我作个证，我说这个冬瓜是我的，桂花说是她的，现在当着大家的面，我就说个实话。我在这个冬瓜的尾部做了一个记号，划上了'三'字形。因为我晓得娘个死贼嬷手脚唔好①，且不认账，就留了个心眼，也好让她无话可说。"说完，她便抱起冬瓜送到大家面前。

那个记号赫然醒目！桂花伯母这才高粱地里栽葱，矮了一截子。

"娘个死贼嬷，雕子②飞过都要拔根毛，难怪不种菜却有菜卖，你自家又不缺胳膊短腿，干吗不扎手③种菜，只想着等装，也不怕人家洒了农药毒死。"

"就是，夜路走多了，迟早会遇到鬼，她偷多了人家的菜，也迟早会被农药毒死。丑话说前头，毒死了，我们可不负责，最多来烧炷香，曼人叫你咁贱，爱去偷摘菜？"

"真个是哪样的郎配哪样的妹，前世修来个两公婆，一般般个货色，十足个贼嬷贼古，难怪会冇子冇女做孤老，天都有目，恶事做多了迟早会遭报应。"

……

面对箭雨般的攻击，二伯父他们就像是荷叶上放秤砣，承受不起了。本来大家对他们一直不怀好感，对他们好比眼睛长在耳朵上有偏见，但平时怀疑归怀疑，抓不实④的事大家也不敢找麻烦，谁都知道二伯母的脾气和手脚一样不好，动不动就是一哭二闹三上吊，不少人都怕她这个鬼性。今日证据确凿，有人便会扯着旗杆放炮——生怕别人不晓得。

桂花伯母以前嘴硬，总说你叫它，它回应了便是你的东西，到了此时她这个说法也像是过时的药，失效了。但她马上又要起了另一个绝招，一下子躺在地上打泼辣："哎哟，娘头⑤光毛绝代个短命鬼，相约上门来欺负我们孤老头子，连自家兄弟梓嫂也来看笑话，我在娘个世上有啥活头，不如死了算了，好让你们多分一份口粮。"

---

① 手脚唔好：手脚不干净。

② 雕子：鸟。

③ 扎手：勤劳。

④ 抓不实：不确定。

⑤ 娘头：这些。

她哭着骂着，便站起来朝墙头上撞去。父亲虽然晓得她一向的作风，但也怕有人赶鸡下河，往死里逼。这种鬼性，有人拦着还好，没人拦着，说不定真会撞死。她真要发起癫来，也会像棍子打狗——没个尺寸。他忙丢个眼色给母亲，母亲适时拦下了她。桂花伯母每次发癫，一般都是母亲讲干了口水才劝下，大伯母一家很讨厌她这种伎俩，基本视而不见。

父亲把大家劝回到我家后，说："大家以后不要再去骂他们了，看在我和三妹的面子上，相信经过了这次，他们也会改的，给他们一点时间吧。他们也确实蛮可怜，狗脑子又病恹恹的，干不了重活，啥事都得靠桂花。以后有啥事，你们多担待点，我和三妹晓得就是。"

父亲情知，不尽快劝住大家，等下记工的人越来越多，越多人晓得就越糟糕，因为二伯父他们的做法，早就如扔石头进公厕——引起了公粪（愤）。

父亲做事很有计划，衣食起居甚为节俭，打小就用客家谚语教育我们，比如"持家无奇巧，勤俭是法宝"，比如"理家千万计，勤俭居第一"，再如"家中纵有万贯财，不会精打细算也枉然"。

在我们家，妹妹穿姐姐或母亲的衣服，父亲鞋帽留给哥哥后再从头到脚传给弟弟，是司空见惯的事。新三年，老三年，缝缝补补又三年，我们家孩子们的衣物就是这样过来的。有时难得做身新衣迎新年，父亲还少不得叮嘱母亲："同细鬼子做衫裤，要留长大一点来。"①

父亲常常教育我们，要爱惜、节约粮食。我们小时，三餐不小心掉到桌上的饭粒，都得捡起来吃，肉就更不消说了。吃饭时，谁在说笑中将饭粒喷将出口，掉到地板上，那也得一颗颗捡起来，洗净了吃。每吃完饭，父亲还少不得检查我们的饭碗。"还那么多饭糁②啊，怎能这样糟蹋米谷子③呢？"父亲脸一沉，眼一瞪，不消再说什么，任我们平时再怎么淘气，此时也都大气不敢喘，乖乖地坐回席位，拿过饭碗舔得一干二净。子龙读中学时，有次洗完澡，把几乎不能再用的香皂末子，扔弃在外。父亲见后，一脸怒色，骂完"败家子"，亲自拾回肥皂末子。

父亲不像其他男人，摆大男子主义，唯我独尊。就是背水笋那次，他累

---

① 同细鬼子做衫裤，要留长大一点来：给小孩子做衣服，要预留长一点、大一点。

② 饭糁：饭粒。

③ 米谷子：粮食。

得病了一场。母亲杀了只小母鸡，给他进补，顺带给我们几个"猴食鬼"①吃几块。母亲为了让父亲多吃点，自己一块都没舍得进嘴，父亲再三叫，她也不吃。父亲生气了，把剩下的鸡肉都倒进了空猪食桶里，害母亲赶紧捡起，一块块洗干净后，重新煮好。经这次后，母亲再也不敢给父亲搞特殊了。

"都是一家人，曼人都很重要。曼人都不是神仙，都是食人间烟火的凡人，曼人不需要进补？一家人，没必要搞特殊化，有多吃多，冇多吃少，大家吃了才又甜又香。"

父亲如是说，也如是做。

父亲青壮年时，好烟也好酒。烟可自产，酒虽也可自酿，但总嫌麻烦，而且自家简易做出的糯米酒，往往不够味，不够劲。于是，酒就成了奢侈品。父亲劳作特别是耕田累时，有时也拿出一角八分什么的，让我到大队的小卖店沽酒。有时即使没有现钱，因为小卖店店主大头四叔是他的前岳父，也可记账赊欠。回家路上，我有时也会偷偷地开瓶，蘸几滴尝尝，顺口的话，忍不住还会多喝两口。父亲显然是行家，不须对照酒瓶的刻度，往手心里轻轻一捧，就知道我偷喝了多少。母亲总会责备我，父亲却不愠，只是道声："你还小，酒会伤脑，莫贪莫贪！"

父亲不喜争吵，爱息事宁人，还喜欢做和事老，人家打骂，只要他一到场，风波往往就会很快平息。村里有位发誓"不离婚我就是王八蛋"的男人，听了父亲的劝导，特别是民谣晓理后，也就回心转意了。那首民谣，说的是无辜的孩子受后娘欺负之事，父亲一生不知借来向周围人众示警了多少次："禾滴子②转转开，你冇子来我冇娭③，头个娭子④吃鸡髀⑤，后来娭子⑥吃鸡肠，吃个鸡肠臭鸡屎，留我亲妈唔要死。"

分田到户后，有段时间，谷价低，烟价高，大家便大量改种烟叶。队里有个叫水牯头的男人，因为溪对面李坊片子的田就在他屋侧角，他经常在夜

---

① 猴食鬼：贪吃鬼。

② 禾滴子：用一种树的果子做成的旋转玩具。

③ 娭：母亲。

④ 头个娭子：第一个母亲，意指亲娘。

⑤ 鸡髀：鸡腿。

⑥ 后来娭子：后来的母亲，意指后娘。

半时分去偷摘人家的烟叶片。一次，李坊片来了四个人，嚷嚷说他们的烟叶被人偷摘了，怀疑是水牯头所为。水牯头不承认，和他们大吵一顿，差点还打起来，有人赶紧来叫我父亲。

父亲一到，李坊片的人恭敬地说："酿伯，你来作个证，我们几个的烟叶好几烤都被人偷摘，肯定是水牯头娘个短命相。先前我们不来闹，心想摘了一两次他就会过意不去了，谁知他贪得无厌，烤烤都摘！大家做两碗吃的都不容易，他就这样过得意？后来我们大家留了一个心眼，在好摘的烟叶底面做了记号，现在我们就证明给你看。"

那人一说完，同来的两个女人便动手翻水牯头刚下烤的烟叶。果然，整杆整杆的烟叶都画有记号，这下水牯头如哑子看电影，目瞪口呆。

父亲瞪了他一眼，转头问那些人："事到如今，你们要咋样？"

"赔钱是天经地义的事，赔我们每人五百块钱，不然我们就拿个广播筒，到处喊，到处宣扬，让大家都晓得，水牯头两公婆是贼嫌贼古，让他一家大小出门抬不起头，以后子女大了，子瑞讨不到老婆，妹子嫁不出去，看做贼有什么好处！"

"哼！你们要是敢娘般做，我包你们有好果子吃！"水牯头恶狠狠地说。

"娘头短命嫲短命子，口子唉衡①，你们来了四个人，我全部烟卖了都不值两千块钱，想敲诈吗？要钱没有，要命有五条，来呀！"水牯头的老婆也是个不示弱的女人，骂起人来八角灶头也会转向。

李坊片的那两个女人也是小有名气的泼妇、铁头蛇子②。她们走到近前，手指水牯头夫妇骂，连狗吐不出的也吐出来了。水牯头老婆气得暴跳如雷，也手指着对方骂："娘个逍嫲③，是不是想屌了，那就让水牯头屌你们吧，去呀，去柴火间，我有意见，让水牯头屌到你们走不动。"

大家掳手捋脚，眼看吵闹有进一步升级的趋势，父亲忙打了个手势，道："好了，好了，大家莫骂了，听我讲几句。都是自家人，一笔写不出两个钟字，我看这样吧，水牯头给你们每人赔一百块钱，以后不再偷摘了，你们也不准到处乱说，此事就算完了。"

父亲把水牯头叫到一边，拍拍他的肩："四百块钱买掉一个是非，真要闹

① 口子唉衡：胃口太大。唉，音 an。

② 铁头蛇子：不怕死的人。

③ 逍嫲：荡妇。

出去，对你们一家都冇好处，你要是认为值，就这么办吧。"

水牯头沉吟着，没有反对。

父亲又把李坊片的人叫到一边："大家都是兄弟子叔，近逢不到远逢得到，没啥大不了的。话讲得好听，牛肉都好筛酒，多多少少赔你们一点就是了，以后你们也就放心了，他们肯定不会再去偷摘了。你们要是不同意，他真要蛮起来，你们也落不了好。你们说呢？"

"看在酿伯的面子上，那就这样吧。"

带头的那个男人这么一说，其他人也就没意见了。

水牯头闷声道："等烟卖了，你们再来拿钱。"

"不行不行，到时你耍赖怎么办？"刚才骂得最凶的一个女人嚷道。

水牯头因怨生恨，瞪着一对血红的牛眼，吼道："现在肯定拿不出这么多钱来，要是不相信，我把指头剁了给你，到时再拿来换钱！"

父亲见状，又打起圆场来："你们就放心回去吧，钱的事包在我身上了。记住，一笔写不出两个钟字来。"父亲的言下之意，是叫他们不要到处乱说。

他们走后，父亲严肃地对水牯头夫妇说："不要心存怨恨，这也是给你们一个教训，做啥糊涂事都不要有侥幸心理，纸包不住火，夜路走多了，迟早会碰上鬼。也不要有报复心，要晓得，冤冤相报何时了？"

此前，父亲就曾听水牯头扬言，谁要是跟他过不去，他就拿几个农药瓶敲碎，撒到对方田地里。想想，这样的话会是啥结果？刚才他说的"好果子"，八成是这个恶招。父亲晓得他的心思，但不点破，而是绵里藏针、软中带硬地提醒他：做人不可太绝，要适可而止。

父亲算得上是"及时雨"宋江的后世粉丝，天生的热心肠，几乎有求必应，每逢红白好事，村人第一个想到的便是他。村人迷信，白好事也要拣个良辰吉日，啥时落棺都有讲究，如果随便掩埋，碰上忌日什么的，那就惨了，活着的人轻则破财，重则得病死人。红喜事也有讲究，啥时出门，啥时进门，谁不能接新娘，不能送新娘，都有说法；出门时间过了不能拖，进门时间没到不准进门，由男家人搬张凳子或椅子坐在门口，除了一个专门为新娘打伞的，其他人可以先进，时辰到了再放鞭炮，把新娘牵到新房里喝交杯酒。去人家做客，做大好事的，有人也会犯桌席，如果开饭前把酒倒在桌上的四个角头，就会没事。所以大家的红白好事都喜欢请父亲看日子、定程仪。有人为表谢意，会包个小红包，也就几块钱吧，说明他有心，可父亲一律拒收。有时我们看了很生气，心想这是你的辛苦费，不收白不收，现在充大款，当初我们上学要五分钱买铅笔，还得跟在你屁股后头转悠半天，哭了才给呢。

我不知父亲长于丧事安排与敬神有没有内在联系，反正有段时间，厅堂楼上过道摆上了神龛，写着西天如来、南海观音以及定光古佛等神的红纸赫然在目，逢年过节香火不断。一侧还高悬着祖宗谱系的红纸，从始祖排到亡祖、亡考，名字历历在目，左昭右穆，考妣分明。我们每天经过，特别是晚上睡觉时黑灯瞎火摸上楼，总感觉阴气瘆人，提心吊胆。

参加了少先队，听了毛主席小时破四旧的故事后，我们不信神灵。父亲也从不强迫我们，但在祖宗谱系前，却少不得一番语重心长，诸如"瓜爱连藤，人爱寻根""富贵唔离祖，游子思故乡""走遍天下忘唔了胞衣窟"，给我印象至深。哥哥入团后，对神主牌左看不顺右看不顺，在他的坚决要求下，父亲最终还是把这有碍观瞻的劳什子给撤了。

我记忆犹新，每逢过年，我家随处可见春联，大楼上，床上、桌子上，摆满了墨迹未干的各式联子。每家每户的都不重样，晾干后，一对对捆好，等着人家来取，有时还亲自送去。"文革"那几年，父亲所写春联虽然也是紧跟形势的内容，但因为一度获"莫须有"的罪名，这种爱好竟也被目不识丁的大队民兵营长给剥夺了，并遭到呵斥："什么都不准写，这根本不是你这种人该有的爱好！你要写，再活两世人看看，活得像个贫下中农了再说！"

春回大地后，父亲始得任意书写。我家堂联，几乎每年都是"高山流水第，舞鹤飞鸿家"，有时则把上下联的最后一字省掉。问父亲何故，他娓娓道来两段典故。"高山流水"说的是春秋琴师俞伯牙遇知音钟子期的轶事，"舞鹤飞鸿"说的是三国著名书法家钟繇书艺精妙绝伦，像是鹤舞鸿飞。妙闻加上妙笔，使我们增长知识的同时，也对本姓杰出的先祖有了了解，生就自豪之心。

有时外姓人来求堂联，父亲也是能够满足人家的，并一一向我们讲解其中内涵。如"九龙新世第，十德旧家风"，写的是林姓氏联，其中蕴含了战国赵相林皋以德教子、九子成才的故事，这副对联旨在劝勉以德为本，使后代有所作为。再如"汉代名臣第，宋朝理学家"，说的是朱姓氏联，联中颂扬了汉代名臣朱云刚正不阿、敢于进谏的爱国情操，树立了宋代大儒朱熹博学多才的典型，激励后辈要正直敢言、好学上进、忠心报国。又如"弘农故郡，清白世第"，说的是杨姓氏联，联中内容赞扬了后汉廉吏弘农人杨震深夜拒贿、不欺暗室的高尚品质，告诫族人要廉洁治家、清白做人。

透过父亲书写的这些姓氏堂联，我分明看到了一份微型家谱。这些堂联，表明历史上本姓知名人士的祖籍、郡号和生平事迹，目的在于颂扬祖先的政绩、文名和功德。逢年过节、婚嫁喜庆时，把氏联贴在厅堂两边或大门两侧，在渲染节日气氛时，还光耀了门庭，并带有激励、教育后代的功用，于潜移默化中营造了一种"慎终追远"的情怀。

各家各户的"门面"，寄寓着含意深远的家训文化。每年如此不遗余力地书写，也反映了父亲敬宗睦族的心愿。

父亲帮人写对联，不但不收辛苦费，还得倒贴笔墨和纸，最多也只能得到几句口头感谢。母亲看他太辛苦，有时不免发发牢骚。父亲说："邻里乡亲的，能帮到的帮帮，有啥要紧，又不蚀肉头^①。"

子云出嫁后，曾开玩笑说："如果那时满满以卖对联作为一种求生之路，就卖春联的钱，相信过个好年绝对绰绰有余。可这个大番薯^②，怎么就没想到这点？他要是有点生意头脑，也许我就不会初中没念完就辍学了。"

年年难过年年过，虽然是老超支户，但年还是要过的，并力尽所能像模像样些，以便来年"发过利市"，百事红火。父亲泼墨挥毫帮乡亲们写春联时，家里在母亲的张罗下，已忙乎开了各类食品的制作。油炸粄子必不可少，客家人没有粄子，哪能算过大年？

圆滚滚的粄子炸就，飘香的米酒酿好，肥瘦相间的腊肉有了，屋里屋外也弄清爽了，前尘旧岁一并消弭于似剪刀的二月春风里。大年三十，浓浓的年味推向了高潮。再不济的人家，也得手起刀落，杀上一只早就养着等候这一天的公鸡。养了肥猪的人家，宰完猪，肉案前早围上了左邻右舍。如果不是做好事，即使宽裕的人家，一家子过年也大抵用不了整头猪，得分卖一些给邻里乡亲，价钱随便不说，还少了讨价还价的市侩百态。家家户户爬木梯贴好红红顺顺的春联和门神，村子陡增了许多亮色。

人要过大年，地下的祖宗和天上地里的各路鬼神也要过大年。于是乎，家中神位前，村口伯公庙或伯公树前，都少不得摆上酒菜水果等供品，焚香点烛，再噼里啪啦放几响鞭炮，算是请祖宗和神鬼们过了年。

---

① 蚀肉头：吃亏。
② 大番薯：地瓜，笨蛋之意。

父亲对民俗风物，既谙程仪，事之又熟。吃过年夜饭，依旧点烛燃香，只是这时拿出的蜡烛大了许多，得燃至大年初一，让红红的烛火续上新一年的阳光才好。点过香烛，依然放一挂爆竹，算是真正除了旧岁，明日便是春风送暖，新的一年有盼头了。

新春佳节，如遇红白喜事，只要乡亲请他当司仪，父亲也总是乐此不疲。

父亲当记工员兼会计，一直到分田到户。在任时，他一个铜钱不贪，管钱管物都清清楚楚。卸任时，如胳臂弯里打凉扇，两袖清风。因为一生行善积德，所以声望很高。

二伯父和二伯母，长年累月做尽偷鸡摸狗之事，备受邻里乡亲的唾骂，最后灭门绝户。大伯母刁蛮淫荡，后来也落得白发人送黑发人，平时连土霉素都未吃过的独苗宝哥，不过半百便一命呜呼，留下老婆子女和老母亲，成为一个不忠不孝之人，其时三个子女都未成家，婆媳间的关系又水火不容。

还有那个忘恩负义的水笔，生了两男一女，有个儿子十多岁了还不会说话，不会走路，后来从地上的篓里跌翻，算是为这个家庭的解脱做了一件好事。而身强体壮的水笔，才四十多岁，就得暴病而死。

那个带了一伙人来我家挖牛栏猪圈、拆墙头以寻父亲"罪证"的三牛，前几年，因煤矿贪污和行贿一事，被判了十多年。他父母都还在，已经八十高龄了，而且才这么一个儿子，大家背地里议论，父母百年归仙时，他也不可能回来尽最后一孝。

在一些劣邻倒霉时，父亲并没有看衰他们，他们家如遇困难或请他帮助操办红白喜事，他依然答应。他说："做人不要斤斤计较，过去了的就别旧事重提。"父亲宽阔的胸襟，让这些人羞愧不已。我以父亲教诲的态度去对待身边的人和事，觉得放下心中的不满和仇恨后，心里是那样的明媚，就像面朝大海春暖花开。

所谓仁者寿，智者乐，作恶者招祸，为仁者得福，人穷时要仁，人富时更要仁。父亲总是言传身教，用他的清白家史教育子孙后代，旨在让后辈们明白一个最朴实的道理：无论在哪朝哪代，都是贪亡廉兴，诚实勤劳、仁爱诚信传家远。

父母宽厚仁和、慷慨大方、乐善好施的品格和美德，潜移默化地影响滋润着我们兄弟姐妹四个幼小的心灵，使我们在健康成长中，也拥有一副仁爱心肠。有如此父母，我们倍感幸福。

父亲常对我们说："人穷，不能穷志，不能志短，越是困难屈辱时，越要壮志弥坚，怀抱希望，这样就能无所畏惧，迎接春天的到来。人生的磨难，曼人都不想经历，可既然经历了，就要把它变成财富！"他还说："即使在别人的屋檐下，咬咬牙，头一低就过去了，有啥大不了的？！"

时代变迁，世风莫测，祖传的家风当然也不可能遗世独立，但父亲还是在某种坚守中，按"仰不愧天，俯不怍地"的信条，演绎着自己的人生。

父亲对武行也不陌生，打猎即是爱好之一。虽不能说是神枪手，却也十有八中，每次回家，枪头总能挑上些斩获物。但一些过于冒险的事，比如合伙伏击野猪什么的，他就鲜有参与，认为要对家庭负责。

但他并不怕死，也很有血性。记得小学二年级时，毛主席刚逝世那年，立志做毛主席好学生，并秉信"人不犯我，我不犯人，人若犯我，我必犯人"最高指示的我，在奋勇反抗班上一个同学的欺侮中，把对方弄成了手臂骨折。其父气势汹汹找上门来，扬言要报仇。父亲问明情况，鼻孔里哼了一声："错在你子瑞，你若唔分相①，胆敢鼻②我家子龙一下，我保证有你好看！"看父亲凛然不可侵之样，人高马大的对方悻悻而退。后来在学校调解下，我家赔了对方五元钱医药费，这在当时可是一大笔费用，但父亲并不恼我，更没拧耳朵，只是淡淡一句："今后少打架，要注意分寸。"

小时，我们最爱跟父亲进山，除了打猎，就是捉老鼠。那时，闽西客家山区的山鼠，有的大如小兔，肉质鲜美，进食安全，不用担心像田鼠那样偷吃拌了农药的谷子而携毒在身。我们这里惯用竹筒捕鼠，白天在山上观察鼠迹，选地插竹筒押宝后，事先牮开③筒口的竹片，形成一个机关。夜里山鼠的目光贼亮，出门觅食或觅食回巢，绝不会对竹筒里的几粒谷子视而不见，一旦忍不住伸头进筒偷吃，机关一触，便被牢牢夹在里面了，任凭同伙前来解救，也只能呜呼哀哉。翌日早晨，踏着露水进山，沿途一一收筒，总能满载而归。回家后清理，小者弃之，大者煁毛食用，配着葱蒜等作料，或炒或炖，即可美餐一顿。此等行为，一般在冬日为之。

---

① 唔分相：不明事理。
② 鼻：凑近鼻子闻。
③ 牮开：撑开。

父亲在村里最为独一无二的，还是他老秀才的身份。生活的困顿，并没有削弱他对文化知识的看重。

在谈不上过好生活的年代，美溪连着周围村落，连读书的人都很少。自光绪皇帝到民国，全村只出了一个文邑庠生，连捐钱就可取得监生资格的人都没几个。文邑庠生即我高祖诏功是也，他安分守己，为人和善，被全村男女老幼尊称为先生，有女还咏了一首山歌："割芒爱割大叶芒，连哥爱连读书郎。白衫白裤一着起，冇钱当过有钱郎。"大叶芒因光滑柔软，比较不会割人肉，意思是说这个秀才很和善，爱着白衫裤，而白衣衫只有读书人才能穿，泥腿子们是不敢问津的，嫁人就要嫁这样的人。

虽然以耕田为业，但客家地区向有崇尚读书的习俗和风气。"蟾蜍罗，咯咯咯，唔读书，冇老婆"的童谣，说的是不读书的人娶不到老婆。"好子过学堂"的民谚，则反映出只有读书仕进才能成材的社会观。记得我家的厅堂，左右两柱对联贴的不是"忠厚传家远，诗书继世长"，便是"兴邦立国民为本，教子治家读乃先"，父亲潜移默化影响着我们，给我们营造了好学上进之风。

家里房挤，上初中前，我一直和父母同睡。不管白天再劳累，父亲晚上都要挑灯看书，看的多是古典小说，有时看着看着，就呼呼入睡了，而煤油灯还在蚊帐内亮着，害得母亲总担心酿出火灾事故。经常的，在父亲的呼噜声响起前，他总会给我讲天文地理，讲诸葛亮、岳飞等人的故事，哼唱些歌，或者说上几句童谣。父亲的童谣可真多，也不知是自编的还是上代人口口相传的，现在我还能记起一首童谣："月光光，走四方。四方暗，走田坎。田坎崩，捡枚针。针有眼，交个①伞。伞有头，交个牛。牛有角，交个桌。桌有框，交个瓮②。瓮有口，交个狗。狗有尾，交个鸡。鸡有痣③，两子同年④学做戏。做戏难打锣，不如学补箩。补箩难破篾，不如学扛轿。扛轿难转肩，不如学食烟。食烟⑤爱点火，不如学做贼。做贼怕捉到，不如学做水……"嵌入常见物品、寓教于乐的童谣，晓谕人们要自珍自爱，自强自重。父亲是我人生中最重要的老师，我的生命来源于他，我为人处世的准则和方式受影响于他，甚至，我的文

---

① 交个：交给。

② 瓮：念 ang，音平。

③ 鸡有痣：鸡有鸡冠。

④ 两子同年：俩同年。

⑤ 食烟：抽烟。

学细胞也遗传于他。

姐姐子珍是老大，在"女子无才便是德"盛行的时代，还有幸上过几年学堂。家里孩子多了，在祖母的执拗坚持下，父亲才让她辍学，帮助照料我们。父亲见我们都读得来，许诺说："只要你们扎手读，我就是砸锅卖铁，也会让你们读下去。"我清楚地记得，就连我的书包都是姐姐用一小块一小块的布缝起来的，不知她是从哪个裁缝店里搞来的。整个书包五颜六色，一针一线都凝聚着姐姐的心血。那个被同学们称之为"沙家浜"的书包，直到现在还时常在我脑海中浮现。

哥哥子瑜读高中时，被母亲称之为"火车头"的大姐子珍出嫁了，母亲就像少了一只手，更加忙得不可开交。母亲背地里流了不少伤心泪，女大不中留啊，难怪老人们重男轻女的封建思想那么严重。少了一个挣工分的强劳力，家里面刚刚和"超支户"断绝关系，这下非得续上前缘不可。

看到父母每天日出而作日落而归，望着他们逐渐佝偻的背和明显增多的白发，子云很心疼。为了减轻父母的重担，她主动提出辍学。父亲不同意，说你读得来，为什么要轻言放弃？给她说了一堆大道理，她只好又背起书包上学堂。

因为老想着接姐姐的班，子云心里并不安心。初二下半年，因为学校要拆迁，初二学生要搬到离家较远的另一所学校寄宿就读，这样她就没法再帮父母干点什么了。她实在读不下去了，老师和同学的耐心劝说，都没能动摇她辍学的决心。父亲说，已经对不起子珍了，不能再因为暂时的困难误了你。子云是喜欢读书的，也知道读书是农家孩子唯一的出路，如果辍学，就意味着从此走进了"修地球"的行列，可家里困难太多了，为了让哥哥弟弟安心读书，读出名堂，就算是地狱自己也得下呀！

回到家后，很快地，子云也成了一个劳动能手，深得父母和邻里乡亲的称赞。她一门心思就是帮父母减轻负担，有时甚至连中午都不休息，还得去砍柴。早晨挑水洗衣浇菜全包了，白天和母亲一起下地干活，晚上加班脱秧时也有她的份。火车很快接上了头，母亲又多了一双手。

离开心爱的学堂后，子云背地里不知流了多少伤心泪！有空时，她就写日记，日记中记载了自己的酸楚和无奈，也记载了对美好生活的憧憬。学校里琅琅的读书声，同学们快乐的歌声和欢笑时常在耳边响起。她再也无法和同学一起读书，一起歌唱，一起欢笑了，和我背着书包啃着地瓜，边走边吃的情景，已离她远去，成了她美好而又伤心的回忆。

父亲对两个女儿的辍学当然是抱憾的，却也无力回天，他以祖父的故事为例，鼓励子云农作之余自己看书，"不要把好不容易认得的几个瞎目字交还给了老师"。

祖父彬光年幼顽皮好玩，不肯读书，一进私塾不是东张西望，就是呆坐在板凳上等待放学回家吃饭了事。不仅这样，还经常逃学。有次受了老师批评，便叫别的同学给他写了老师名字，置于墙壁空洞里，用木棍往里戳，说："短命子，我不读书，却死命要叫我读，现在我就把你击死了，以后我就有得了①了。"一年私塾下来，他读书没一点见效。一次，他那位光绪年间的秀才父亲叫他背课文，他哑口无言，不着一句，一查，发现他能认的字一双手也能数过来。他母亲曾动员他说："读书好处多，耕田有出息，把书读通了，不耕不种都会有。不读书的就是个二流子，人人都会看轻的。"他回答："一家人的书为什么就要叫我两兄弟去读呢？我才不读呢，气死你们！我永远都不会上你们的当，我即使不读书，也要混个样子给你们看。"他父母发了火，用打骂或饿肚子等手段强迫他上学，可他什么都不怕，一如既往，我行我素，做一天和尚撞一天钟。不读书的他，口才和思维却出奇地好。一天，天空忽然飘起了雪，正在上课的教书先生见状，诗兴大发："天公下雪不下雨，雪到地上变成雨。变成雨来多麻烦，不如当初就下雨。"学生听了，无不拍手称好，说先生真是个大诗人，能出口成章，信手拈来。可平时最吊儿郎当、考试经常吃鸭蛋的彬光，却哼了声"马屁精"。他学着先生的口气摇头晃脑地念道："先生吃饭不吃屎，饭到肚里变成屎。变成屎来多麻烦，不如当初就吃屎。"此话一停，哄堂大笑。先生气得满脸通红，自己堂堂一位教书先生，竟被一个专吃鸭蛋的学生如此讽刺，脸上很是挂不住，要罚他擦黑板、扫地一个月。彬光不干，成天不去学堂，家里拿他没办法，只好听之任之，让他回家学习种田。十七岁那年，他父亲提前给他娶了妻，指望有人能约束他。他的妻子梁玉子出自书香门第（其父是监生），性格良善，只晓得三从四德，不敢过于管丈夫。如此，他就与其他人学习赌博，有时连家都不回。他父母见此情况，三年后，就叫他兄弟俩分开，每人一家过日子。分家后，他的思想就渐渐转化了，晓得教育儿女、管理家务乃至精耕细作，晓得没有文化要吃亏。既晓读书的好处，却没有

---

① 了：玩。

069

读书机会了，他就下定决心通过自学补上这一课。看到人家门上贴了新对子，他都要模仿字、笔画，或请人写在纸上带回家，请教他父亲字音字义。他父亲很乐意作解答，还推荐一些书本给他，嘱咐他慢慢看，不识得的地方就告诉父亲，父亲会给他解答分明的。他记忆力又好，一看一讲就不会忘记，一年复一年地刻苦用功，年深月久，终于比其他读过书的还要高一筹。他对书法更下了苦功，常在没人处，削树枝为笔，在泥地板上习字，或装潮泥沙回家置于地板上学写。看到他龙飞凤舞的书法，其他读过书的人对他刮目相看，说彬光从不读书，没经过老师教诲，怎么会这么通，写出这等好字呢，莫非是精怪变的？他三十岁那年，小孩增至四五个了，生活紧张起来，就彻底戒除了赌博恶习，从此在家从事耕田、读书写字，安分守己度过了一生。

"由此观之，一个人只要有决心，什么也难不倒他，你们祖父正是铁杵也能磨成针的例子。"父亲耕读不辍，还把自认不错的一些章回体小说介绍给二姐阅读（后来这项借书工作主要由我来协助完成），使她累了一天后，晚上还能享受书中的乐趣。二姐把书籍当成精神食粮，只要一看书就不觉得累，每天晚上都要在母亲多次催促下才合卷休息。

客家的耕读文化特性，通过父亲的家史叙述和身体力行，深深烙在了二姐的心灵深处。在父亲鼓励和家庭环境的熏陶之下，二姐边耕边读，还坚持写作，终于在不惑之年开始有习作见诸报端，成为乡村小有名气的农民作者。

其实，父亲不仅在亦耕亦读上遗传了祖父，连性格也如出一辙。

祖父性情耿直，从不向人借东借西，也不喜欢赊欠别人食物。有人杀猪宰羊后，主动送肉上门，他也不欠人情，每次都及时作价结算还清。每逢他外出或回家，常有人寄搭物件或银钱让他捎给亲戚朋友，每每原物交回，从不见少掉一分一文，因此在邻里乡亲中信用度极高。

祖父育有二子七女，严格施教，如果谁不听话，或与作奸犯科之徒混迹，他动辄用竹鞭伺候，直打到儿女全身血迹斑斑，大叫父亲，以后再也不敢了，他才停手。他鞭打儿女时，不管什么人都不能劝解，除非他父亲老人家出面，他才给面子，所以孩子们无不怕他，也不敢再去做坏事（如偷摘人家的水果等）。就算是有好心人主动给他儿女食物，他还要问详细是不是偷来的，他们回答是某叔公某叔母给的，他犹不放心，非亲自出面问某某人是否给了他儿女什么不可。弄清楚后，他还会温婉地提请对方暂停友爱行动，免得惯坏了孩子。

作为"文革"结束后第一批以优异成绩考上县一中的子瑜，本来希望多多，没想一个"骄"字让希望成了泡影。子瑜落榜后，又重读了一年，可"骄"字未除，又添浮躁，不过是让全家人重复了一次失望！

为让两个儿子读书，父亲东拼西凑，能借的都借遍了。老宅成危房后，咬紧牙关又建了座一厅二间的房子，这样一来，经济就更紧张了。那些年，我们家几乎是过着借债还钱的日子。才十五六岁的子云，早出晚归，加班加点地挣工分，有时连想添件像姐妹们穿上的好看的格子衫，也不敢向父亲要钱。大队建电影院后，只几角钱的电影票，姐妹们邀她同去，她只能以干活太累、想早点休息作推托。可她还是会站在楼上的窗口边，盼的是能听到电影里的歌曲。

我接着考上县一中后，全家人心里如喝下了一碗蜂蜜，甜极了，毕竟又有希望寄托了！但艰辛接踵而来，此时业已分田到户，家里有田有地，每年也种不少烟草，大部分的收入，用在我日益见涨的学费还常常不够。每学期开学前的一周，是父亲为儿子借钱筹学费最紧张的日子。每当接过那一张张因紧攥手心而潮湿且皱巴巴的大票小票，我就心酸难忍。

父亲对我的教诲，从他小时教我烂熟于心的一系列客家谚语，就可窥斑知豹，什么"唔做灶下鸡""唔在屋下捏泥卵①"呀，什么"情愿在外讨饭吃，莫要在家掌灶炉"呀，什么"鹞婆子②飞上天，癞蛤蟆蹲缸脚""唔怕路长，只怕志短"呀，等等等等，不一而足。这些谚语，伴着我的青少年时光，培养了我志当存高远的意识，树立了好男儿志在四方的理想。

父母常说："只要子龙能考上大学，做死了也心甘情愿！"我晓得家里的艰辛，小学时开始在集市里摆摊，初中时养鸭子，高中时给报刊社投稿，"卖文扒分"，偶有所得，用以减轻家里负担。

父亲年轻时颇英俊，但四十不到便开始谢顶，这在我们农村是少见的，人称"光头佬"。有好长一段时间，臭美心理使我觉得这有碍观瞻，因此一般不喜欢带同学到家，即使有之，也得事先恳求父亲见面时戴上帽子"遮丑"。

---

① 捏泥卵：指务农。

② 鹞婆子：老鹰。

到县城上高中后，遇到兄长或姐夫没空，父亲只好自己坐上长途汽车，扛着米袋来学校给我送钱粮。那时，我正处于躁动的青春期，又选进了学校团委，大小是个红人名人，父亲的每次亮相，总让我感到难为情，好像让我在同学尤其是女同学面前丢了份。只是在望着他渐渐远去的背影时，心里头才会酝酿出朱自清那样的"背影"情愫。

我大学毕业参加工作后，辛苦了大半辈子的父亲才渐渐"退休"，随后携母亲戴着草帽来到省城，当了十年"卧龙岗上散淡的人"。

父亲的社交能力，还真不容小觑啊！不出半年时间，他就成了我们小区公园里白发休闲一族的核心人物之一，常常召集爷爷奶奶级人物打扑克，甚至相互串门，喝酒聚餐。有时接送上幼儿园的孙子之余，还发动老人们，步行五六里，到旧货市场淘宝。

一天回家，母亲笑盈盈地递给我一瓶茅台，说是父亲的奖品。一问才知，小区里有位刚上中班的小孩，吃饭时不慎被鱼骨头卡在咽喉，父亲得知，马上画了一个符，让小孩含在嘴里，竟很快就消解了。小孩父亲为表感谢，包了个红包，无奈父亲坚决谢绝，只好以名酒犒劳。对这样的手法，连同父亲偶有的神神道道，我总是觉得好笑，视为封建迷信，但茅台酒却是真的，那位小孩的父母也向我当面道谢。

因为长年爱看医学书，父亲无师自通，粗通些医术。母亲的妇科病、坐骨神经痛等症，莫不是他亲自抓药、配药、熬药，还送上无比关切的话："药煎好哩要捷捷倒出来食①。"小孙子发烧感冒什么的，一般也都是遵从他的意思吃药，实在不济才看医生。

与老人多年同住屋檐下，耳濡之中，吾妻能听懂绝大部分的客家话不说，连七八岁的儿子，也在爷爷的熏陶下，开始有滋有味地学起了客家话。母亲曾说，我们兄弟姐妹小时，父亲几乎没有把过屎尿。所谓隔代亲，父亲到底还是对自己的小孙子破了例。

最有意思的，还是平日里听父母亲的方言对话。

父亲有段时间负责买菜，掌厨的母亲需要采购什么，便少不得要交代，比如"别忘了称一斤猪肉转屋下②"，此类话有时也说成"到菜市场吊一斤猪

---

① 药煎好哩要捷捷倒出来食：药煎好了要快点倒出来喝。

② 转屋下：回家。

肉转来"。

　　客家传统重耕读、轻商贾,这在客家语言中即有体现,以至日常生活中经常避开"买"字。买肉说"称"好理解,在闽西客家话中,大凡按称重来计价买东西的,"买"通常说成"称"。为何也说"吊"呢?大概是因为以前买的肉都用稻草绳子绑定,提在手上,自然是"吊"着,不像现在的超市里,买肉都用塑料袋装着。

　　母亲还说:"称肉就称肉,不要有什么搭头。"

　　这里说的"搭头",指配搭的东西,当然,一般是说和好货或主货搭一起,强加于人的物事。记得以前在农村,去圩上买肉时,常会被配上"搭头","搭"的一般是肥肉或小肠、花肠之类,以凑成一个整数斤两,比较好"算数"①。

　　父亲便笑母亲的不识世情:"到大城市里头,哪有搭头,一厘搭头都冇。"

　　耐人寻味的是,以前买东西讨厌搭头,现在生活好过了,却主动要求弄些搭头来。于是,父亲采购来的菜蔬和肉类中,还常出现鸡肠、鸭肚、鱼泡之类。他知道,随着生活的改善,人们的口味也变了,和以前视若"鸡肋"的鸡爪、鸭脚掌一样,动物的这些内脏现在很受欢迎。因为他常采购,又有时间和小贩们套近乎,碰上一些大方豪气些且想赚回头客的小贩,便主动把一些也不好整体推销无甚赚头的杂什免费当"搭头"送上。

　　早年受着"君子远庖厨"观念的影响,父亲一向不太亲自下厨。某年某天有好心情,自作主张把我哥哥买来准备晚上待客的猪肉提前下锅,用来改善午餐。遭责嫌后,父亲气恼地说:"今后我若再切肉切菜,必烂手指!"此后果真袖手数年,饭来张口,直到来省城和我们同住后,受到家庭和谐气氛的影响,心里头这块坚冰始释。

　　父亲的厨艺,其实远在母亲之上,可惜合着他的性格,只能偶露峥嵘。他每每采购回来,除一些重要菜肴亲自掌勺外,多半是叮嘱母亲如何搭配做菜。或云"雏鸡治净②,用猪板油四两捶烂",或云"先炖酒,再炸猪皮、爆炒腰子"。若母亲不得章法或失诸色香味,父亲啧有烦言。母亲不甘示弱:"你也别光说不做,下回自己来。"父亲听不得激将,下次果真亲自出马,味道果然胜出许多。

---

①　算数:算账。

②　雏鸡治净:杀鸡后弄干净。

"钱要袋好来①，莫叫人偷去哩。"母亲上了年纪后，也犯了老妇人惯有的唠叨症。其实，她这样的唠叨是多余的，父亲对钱物管理非常上心，难得有一分一毫的意外损失。但终究也有百密一疏的时候，有次出外，因为裤袋破了，百元大钞便不知去向，父亲为此难过得几乎彻夜未眠。次日得知，给他百元补偿，他却说："若不掉，则有两百元矣。"

父亲发挥余热，主动给我们当家后，把我们给的零花钱和菜金分开，桥归桥，路归路，账目非常清楚，而且专门有一本本用来记载所有开支，可见当年生产队老会计一丝不苟的遗风。有时账目差了几角几元，他都要翻开本本，从头细细查，弄清楚到底哪儿去了。

最雷人的莫过于，父亲到城里后还把卫生间说成粪寮、粪坑。妻听了这个具有客家地方特色的叫法，大摇其头，宽敞明亮的卫生间，怎么竟成了设备简陋、蚊蝇滋生的乡间粪寮？在老家还没用上现代化的卫生用具时，她到农村最难受的便是如厕。在乡间土生土长的我，久居城市后，再听这个有些隔膜的词，感觉些许怪异之余，却也唤起了对孩童时代的记忆。

有好长一段时间，父亲认为自己活不到六十，因为他祖上几代，基本都是年不及半百就驾鹤西游的。没想到，生活一天天好过，父亲的身体，一晃就过了古稀。

七十八岁那年，他在省城连住十年后，在一次病后，担心身体突发变故，会给我们上班一族增添麻烦，便决定叶落归根。母亲是喜欢和我们同住的，因为要照顾父亲，也只得和已上小学四年级的小孙孙眼泪汪汪地告别。

一年后，父亲七十九岁了。农村人迷信，说七生八死，男人八十岁的生日不能做，须提前一年做福寿。七月那天，我们一家都回来了，外出工作、打工的外甥子侄也都赶到。两三天有那么多的儿孙绕膝，济济一堂，说说笑笑，父亲满面春风，谈笑风生。我们也很开心，一年到头，难得有几次这样享受天伦的日子。那气氛，那场面，真令人留恋，欢声笑语溢满了整栋房子，弥漫在每一个角落。

喜宴数月后，一次大病中，由脑萎缩引发的老年痴呆症状，不由分说地缠上了父亲，说话丢三落四，常常说着说着又笑又哭，走起路来步履蹒跚，脚

① 钱要袋好来：钱要用口袋装好。"袋"在此处用作动词，意为用袋子装、盛。

下蚂蚁都要踩死几遍。每每见之，我们的心就会感到前所未有的沉重，有时情不自禁地流下泪来，可父亲却还会安慰我们："莫闹莫闹[①]，人老了总会死的，曼人都逃不了。又冇壳蜕。我已经上百岁了，够了够了，要那么长的命做什么？"父亲还记得蛇类和蝉类动物以蜕壳获新生，可见他并未糊涂，但以百岁老人标榜自己，却不知如何算出的，因为他分明还记得我们的大致年龄，为何就说自己已过百岁。有次还问我："不是说人过百岁，政府有奖嘛，为何我从没拿过红包呢？"看他一本正经，并非开玩笑，更加重了我们心头的难过。

岁月风雨无情漫过，费尽全力，努力搜寻，却无论如何，看不到父亲以往那坚强无畏的身影，无从重见他谈今论古时那眉飞色舞的神采。如今问他，他总说忘了，记不起来了，他说连自己的名字都忘了，哪还能谈今论古？

清醒时，他说首都北京、天堂杭州都去过了，还想去趟香港。糊涂时，身兼数病的母亲要是劝他多吃饭，说养好了身体才有精神去香港，他却说："去香港干吗，香港都来过我家几次了。"弄得大家哭笑不得。却原来，香港一朋友曾多次来家看望过他，每每总要给压岁钱，还邀请他到香港观光，父亲由是有此啼笑皆非的说法。

一次病中，一向讨厌住院的父亲，由着儿女们的七哄八劝才起驾到了县医院。起先还乐意配合医生挂瓶打点滴，可几天后，他就不干了，怎么劝都不成。子云又像哄小孩那样哄他，说等病好了才有可能去香港，他还是说去香港干吗，香港都来我家了，弄得同房病友也笑了。

出于无奈，子云让父亲疼爱的小孙子跟他通电话，劝爷爷配合治疗。父亲当时就"好好好"地答应着，可电话一挂，他又反悔了，说刚才是为了不让在外头的小孙子担心才答应的。在身边服侍的子云又拨了大姐的电话，大姐同样被"狡猾"的父亲"骗"了。正在外省公干的我，晓得情况后，马上打去电话："老爷瑞，你要是不想让我担心，就要听医生的话，一定要挂瓶，不吃药打针，身体怎会好？你身体不好，对大家都不好。"我还"威胁"父亲，要是不遵医嘱，我就今天飞回来。父亲这才说，那就继续打吧，子龙是公家的人，得干公家事，他不参加工作就回来看我，那会犯错误的，那可就糟了。医生赶

---

① 莫闹：莫伤心。

紧给他挂，但他只答应再挂一瓶，其余的两瓶你就是有搬出八仙的能耐，他也不再配合。他说要是打第二瓶就砸了，二姐说钱都交了，哪能白交？他说骗得了谁，药不是还挂在那儿吗？

有个医生见他这样"固执"，火了，说如果不挂瓶，就出院，不要在这里占位置。父亲也火了，眼睛瞪得跟铜铃般大："回去就回去，本来我就不稀罕在这鬼地方住，你以为我喜欢住这里？这里本来就不是人住的。"

子云生气地指责医生："你这个医生怎么能这样？他是个八十岁的老人，又是病人，我们子女都不敢对他这样，你作为医生，怎能对病人发火？"

医生听了，惭愧得不再说一句。

一个护士过来，好言相劝，跟父亲说说笑笑，逗得父亲眉开眼笑。本来被那个医生气得连一瓶都不想挂了，听了护士的劝，他很乐意配合。后来父亲睡了，那两瓶也打了。醒后他发现自己还在挂瓶，知道上当了，无奈地说："娘头医生太滑头！"他笑了，子云也笑了。

次日，又要打挂瓶，他说："再强迫我打针，我就告你们。"他搬出了报社电视台的几位名记者，医生笑问："你这个老先生，怎么会认识这么多名人？"父亲得意地说："哼，我不但认识他们，还和他们握过手、喝过酒呢！"

他说起这事，一副沾沾自喜、得意洋洋的表情，让子云感到快乐。父亲呀，你真了不起，关键时刻还晓得搬出名人来吓唬别人，维护自己！她笑问父亲："你为啥只搬出他们，不搬出你还见过省长？"他说，他怕吓坏他们。

一日三餐，父亲都像麻雀那样，只进食那一丁点儿，两汤匙都不到。看到他右手只有不到三磅的握力，左手仅能勉强抓起一瓶矿泉水，家人劝他多吃点，他说吃不下去，有什么办法！听得人的心一阵刺痛，再这样下去，就算不病死也得饿死呀！一次，从未为父母流过一次泪的哥哥，也哭着求日渐瘦弱的父亲："老爷瑞呀老爷瑞，我求你多吃一点好不好？！"

有段时间，他每天还会去村子周围走走，偶尔找乐子，和乡亲们打打"烧胡"①，每次赢输仅在一二元钱间。他人虽老，牌技却不含糊，几乎场场不败，累积下来，角分的纸币硬币赚了速食面一小面桶。后来，因为有人总拖着不给钱或赖账，他就兴趣索然，八抬大轿也抬不动他参战了。再后来，随着一批批

---

① 烧胡：一种纸牌。

老年人相继作古，他出门愈来愈少，除了吃喝拉撒，其余时间几乎都躺床上，连平日最喜欢的客家山歌剧也不多听多看了。

有次在电话中，父亲对我说，他这段时间又见到好多人。我问，你大门不出、二门不迈，能见到谁？他一口气说出好几个，可那都是早已死去的人呀，我的心顿时有了被撕碎的感觉。

一次，子云赴圩买了羊头等补品去看父母，放下东西直奔父母房间，一双泪眼竟没有看到父亲。父亲起床后问她，进了房间为啥不叫他一声。子云问："你在哪儿，我没看见。"他说在床上躺了一天了，他都看见她了。子云的眼泪夺眶而出。父亲啊，你为啥总是让人心疼，为啥总是让人流泪？！

他问子云："你的妹子出嫁了吗？你的子瑞考得咋样，考上大学了吗？"

子云只有两个儿子，小的大学已快毕业了，可见父亲是把她和大姐的孩子混淆了。

一日，父亲和母亲说，他到死恐怕都见不到大女儿了。其实，在远地带孙女的大姐，半年前还回来见过。子云和大姐说及此事，俩姐妹在电话中大哭一场。放下电话，大姐马上又打电话给父亲，说过不了多久她会回来看望他。

每次见到暮年的父母，我心里都会有一种异样的痛。我怕看到父亲越来越瘦小的身子，越来越怕看到母亲那佝偻得近乎成弓形的背。我跟他们开玩笑说，如果我得了心脏病，那肯定是因为你们。

子云每周回娘家一趟，可父亲总还会问她："你为啥那么久了都不来，很忙吗？"午休时，子云就和父母一起午睡，在她看来，那是一种温馨，一种享受。每次躺在母亲身旁，她好像又回到无忧无虑的童年。

子云在夫家曾失去过两个亲人：祖母，还有情同母女的婆婆。那种撕心裂肺的痛，她尝够了。她不止一次对父母说："我要你们活到一百岁，我永远不要失去你们！"说出的话，有点像小孩子，但这是真心话呀，黄金无假！

国庆六十周年放长假，我携妇将雏回老家，为了给父母一个意外的惊喜，事先也没招呼。似乎有心灵感应，分别才三个月的父亲，在我们跨进家门时，竟在门口等着了，一刹那，泪水一发不可收拾。看到他脸上没一点血色，我吓了一跳，问怎么了。他说昨晚肚子痛，现在吃了药好多了。接着，又眉飞色舞地说，搭帮共产党好，没想到还活到了一千岁。父亲如此拔苗助长，从八十岁自封百岁，现在又跃至千岁，当年精于算术的会计，不知是如何个神仙算法？

抑或是他篡改曾经钟爱的《封神演义》《西游记》那个说法，"人间一年，天上十年"？

在家里没见到母亲，就拉着儿子的手去找。她在屋后喂鸭子，说：昨天漏①鸭子时，不小心摔了一跤，差点跌死了，那今天就见不到我儿子和孙孙了。我忍不住发了火："你不要告诉我，我早就叫你不要去再做这些了，可你偏不听，还总忙这忙那，不享清福，还自找苦吃！每次见到你们，都让我这样难过，养养养，养这些鸭子做什么，干脆扫死它们算了！"那天，我简直失去了理智。母亲说，养了鸡鸭她不喂没人喂，以后她小心走路就没事的。她安慰着我，还要我不要担心，更不要因此责怪哥哥嫂嫂。我流着泪听她絮絮叨叨说完，说你再这样，我的精神会崩溃的。我可以肯定，如果因为喂鸭子而使我失去母亲，那么我肯定会把那群鸭子统统扫死！

相见时难别亦难，今后的日子，和白发父母肯定是离多聚少，并总有一天会阴阳两隔。每次想到父母，尤其是听到他们的病情，我的心就会变得异常沉重，就算中了大奖也乐不起来，而且，我越来越害怕失去我的生命之源！

正如老人们常说："人老三样歪，行路头奇拉，打屁打出屎，屙尿淋湿鞋。"其实，人老了，又何止这三样歪？趁他们身体还好，头脑还清醒，多多敬重孝顺老人吧，生老病死，是每个人都要经历的事！

父母是天，如果没了父母，那就失去了一片天。我们就是峨冠博带出将入相，香车宝马上了福布斯，那又如何？"子欲养而亲不待"，是人间至悲，是你我永远不可自我原谅的痛，更是不孝者永远无法抹去的污点！

父亲一生乐观向上，柔中寓刚，对生死一向有开明的认识，他日走时，肯定不希望我们流太多的泪，更不希望我们因过度悲伤而劳神损体。但我可以肯定，此时彼时，于我心中，怎一个伤心了得？！

---

① 漏：给鸡鸭喂食时的呼唤声。

宝 哥

宝哥大名荣宝，殁时才刚知天命。他是得头痛病死的，也有人笑他是马上风①。

在我们这个许多人一辈子连县城都没去过的乡村，宝哥算是见过世面的，年轻时曾在比县城更大的地区工作过，只因为家里婆媳间的关系形同水火，才不得不回来主家。

宝哥是农技员，经常出门，到各生产队察看禾苗。夏夜，农田里的汽灯光下，成群的飞蛾争相往灯笼里投怀送抱，随着"噼噼啪啪"的声音，一只接一只蛾儿跌在了灯台上，连脚也没蹬一下，就给活活烧死了。宝哥看在眼里，开口便骂："有么个意思②，非要不顾死活地扑！"

一同巡田的金贵说："它们就是个扑灯的东西，活着就是为了扑灯，没别的追求。"

说话间，刚才烧坏了一片翅翼的蛾儿，又拍扇着残缺的翅子，在空中划个弧线，一晃一晃地飞回来，飞得极不稳当，却还要朝灯苗儿扑。宝哥也不管，听任它自取灭亡。

"嗞！"那蛾儿的又一扇翅子冒出了刺鼻的青烟。它扑腾了几下秃身子，"叭叭"挣扎着跌在了灯台上，肚皮朝天死命蹬脚，试图翻转过身子来，可怎么努力，也无济于事。

① 马上风：性猝死。

② 有么个意思：有什么意思。

金贵吧嗒着烟说："唉，我看出来了，这人啊活一世，男人就像这没出息的飞蛾，女人就是这要命的灯。男人扑来扑去扑女人，还不是往深潭火坑里跳？"

真有好的女人，让宝哥跳深潭火坑，想来也是情愿的。

宝哥在对面李坊片子生产队察看禾苗时，和一个姑娘很谈得来。她人长得水灵，也很能干，而且还是初中文化，性格活泼，能歌善舞。他们经常在一起，有人说他们关系暧昧，虽没有真凭实据，但闲言碎语却铺天盖地而来。我只知道，后来宝哥说起她时的那种表情，很失落，把她夸得让人生妒，好像这个世上除了她再没有第二个优秀的姑娘，只恨自家没有那个福气讨到她。宝哥老婆兰子嫂听说后，很生气，经常放下农活去跟踪老公，却常常跟丢。她骂宝哥"蛇狗"，意思就是很风流，家里有老婆还在外头乱搞，为此没少被宝哥修理，但她像刘胡兰那样不怕死，照骂。直到那姑娘嫁到外镇后，很难见面了，宝哥收了心，兰子嫂也就放了心。

还有一年，来了一伙地质队的，安排住在宝哥家。其中有个女的，是地质队长的老婆，专门为地质队员们烧火煮饭，漂亮不说，还很会说笑，笑声很好听，宝哥一见倾心。那些男人进山勘探后，宝哥总要寻机会找她说笑。兰子嫂又不放心了，只要晓得老公一回家，再紧的活她也放得下，可还是没有捉奸在床的证据。地质队住了两个月后，班师回朝，兰子嫂又可以多睡一点觉了。大家笑她说："兰子嫲，难怪你老了却没有大，原来是吃醋大个。"她骂道："鬼喔，你才是吃醋大个，醋酸酸的，曼人吃得下？吃一天都会吃死人。"我心里在骂，你不是吃醋大的，就一定是吃屎大的，我不免替宝哥鸣起冤来。

宝哥当时实在是因为家里太穷，才无奈屈尊将就了自己的婚姻。兰子嫂箩般大的字不识一个，而且不会数数，脱秧时十个一堆都搞不懂，连一角二角五分的钞票都分不清，是个不会当家的人，人又瘦又小，人家都笑她没三堆牛屎高，是个老了没有大的人。生活好转时，宝哥无尽地懊悔，恨自家是瞎目猫公摸了只死老鼠，一直瞧不起她，要不是有了三个孩子，他肯定会换了她。他自嘲说："早知道有今天，当时忍着点，不要那么好搞，一不小心搞出三个细鬼子，甩都甩不掉了，衰鬼！"

我清楚地记得，每次赴圩或去做客，宝哥的自行车后座从来就没有兰子嫂的身影，就是载别的男人，也不带她。他说，带她出门，一点面子都没有，这种人根本出不了场。就是去丈母娘家，他也一样让她走路，自家骑上全村最显眼的凤凰牌自行车打着清脆的铃声一溜风而去。丈母娘才这么一个金龟婿，舍不得责怪他。兰子嫂若告状，只能换来父母和兄嫂们的一顿抢白，弄得她哭都找不到地方。

宝哥心中的苦只有天知道：当初打光棍，娶不着是娶不着的愁；如今发达了，娶了是娶了的愁。唉，男人，有时真成难人。

闲着无事时，村民们坐在一块闲聊，说起此事，一些路见不平的人便忍不住骂宝哥："荣宝古，你娘个短命相也真过分，再怎么说兰子嫲也是你老婆，细鬼子都三个了，你还这样对她，当时是你看过的，又不是人家硬塞给你的。"

"那年代没有电火①，点的是洋油灯，她又坐在屋角头②，看不清楚。要是今那的条件，倒贴一万块我也不会要。娘个妇人家，看到就目珠乌三寸③，还想让我载她，想了都会头那屎漆④，除非月头⑤从西边出来。"

有人开玩笑说："既然看了目珠都乌三寸，那你三个细鬼子又是怎么来的，冇感情还能有三个细鬼子？"

"咳，那是生理需要，腔子⑥硬了总爱找个地方消遣消遣，鸡公头⑦都会追鸡嫲，莫讲人。再说，需要时，吹灭洋油灯，或闭上眼睛，不就看不到了吗？"

"哈，这样一点过程都没有，有啥意思？跟强奸死尸冇两样！"

"冇办法，要是点了灯，看到她，就会一点兴头都冇。"

"荣宝，你那'印子'也真管用，印了三个细鬼子都人模人样的，不像狗屎个。尤其是你那个带柄的，和你一点都没有走闪，看来你兰子嫲没'偷吃'。"

"难道你老婆会'偷吃'？难怪你几个细鬼子都不太像你，咁冇本事为啥不请来？"

宝哥和新古只要在一起，俩人就像狗相咬一样，其他人在旁哈哈大笑，有时还帮腔几句。农村人有时气量很小，骂句"短命相"也会跟你拼命，有时又会说，"今朝日子⑧你骂了我短命相，以后我就是一百岁死了，我还会来找

---

① 电火：电灯。

② 角头：角落。

③ 目珠乌三寸：眼睛黑三圈，意指看不上眼、看得极不舒服。

④ 想了都会头那屎漆：想了都会头痛。

⑤ 月头：太阳。

⑥ 腔子：男根。

⑦ 鸡公头：公鸡。

⑧ 今朝日子：今天。

你算账"，说酸夹话^①不但令人捧腹，还不会得罪人，比"开心100"还开心。

宝哥是个爱面子的人，因为是农技员，人面广，经常有人来家玩。大伯母和兰子嫂却是一对前世修来的冤家，还是本家呢，除了吵骂，再没有语言的沟通，连小孩子还在吃奶时也这样过来。那时还是生产队核算，兰子嫂下地干活，大伯母抱了嗷嗷待哺的孩子去吃奶，兰子嫂看到了，一声不吭地从田里起来，接过孩子喂饱后，又一声不吭地递过去，大伯母接过转身便走。婆媳之间长年的"默契"令人费解。

我母亲曾婉转地批评过兰子嫂："兰子嫲，看在三个细鬼子的面上，你也爱叫一声姨娅，你嫁了她的子瑞就是她的生婝，再丑陋她也是你家娘，莫讲三个细鬼子又是她带大的，叫她一声姨娅难道就会蚀肉头？"

兰子嫂人不像样，但嘴很老^②，很会顶嘴："三个细鬼子是她家的种，她当然应该带，再说她要是去出门做水，我也会带，带人又不要风吹日晒，比做水轻松多了。"她明明知道，快过古稀的老人，已经不是劳动力了，生产队不要。

宝哥很是伤脑筋，对老婆打也打了，骂也骂了，可无论怎样的"镇压"，都无济于事，反而越发糟糕。兰子嫂把他的打骂，迁怒到婆婆身上，加班归来也不吃她煮的饭了，即使她煮的没吃完也一古脑儿倒进猪食桶里。十几年下来，宝哥也只好听之任之，他一点办法都没有了，有时真想一脚踢死她，又怕自己坐牢，三个孩子受苦。他说："有娘般的老婆和母亲，就算有一百岁的命，也会五十岁就死。"这话，没想成了谶语。

分田到户后，因为技术到家，宝哥的禾苗全村主任得最靓，亩产年年达千斤。又因为和农技站的人熟络，什么品种好，什么农药好，他都优先使用，从不轻易告人，只想着每年比大家多收入，就怕人家比他富。他的烟草管理过关，自家又做了烤房，生活过得倒吃甘蔗节节甜。但他一向鸡肠小肚，鼠目寸光，只会看衰人，从不情愿帮人。他说借钱给你，鬼晓得你啥时才还得起，要我跟你比命长，划不来。他做人就像地面上的水，哪里低便往哪里流。和他走得近的人，一般都是有几个芝皮癞^③的人，对于冇钱者，他根本不屑一顾，也

---

① 酸夹话：下流话。
② 嘴很老：脾气硬。
③ 芝皮癞：臭钱。

从不与你有瓜葛，就怕你向他借钱。情和钱，他不假思索地选择钱。

我待字闺中时，因常帮他做事，他便一天来我家几次，说尽好话。我出嫁后，他可以整月不去我父母那一次。

他是我的婚姻介绍人。那时，和他一起在大队共事的一位村干部，有个儿子在部队服役，还是个汽车兵。宝哥问他："你的子瑞要找对象了吗？我有个老妹子很能干，善良，又有文化。"总之把我夸得天花乱坠。村干部听了很高兴，就写信给他儿子，得到同意后，就到我家相亲来了。当时我才十七岁，还蒙在鼓里呢，不过，凭良心讲，我帮了宝哥很多忙，也值得，因为他为我介绍了一个好人家，一个打着灯笼都难找的好人家。

我家因为要同时交我们兄弟姐妹三个读书费，生活一直很困难。为了确保哥哥弟弟上学，我带着初二心爱的课本不得已伴着一路的眼泪辍学了。哥哥和弟弟先后考上了县城一中，家里又盖了新房，父亲东拼西凑，几乎借遍了所有能借的地方。也曾向宝哥求援，但他总是推七推八，不是说没有，就是说存了银行的定期。父亲硬气，此后再也不向堂侄开口，说是讨吃也不讨到他面前。

弟弟子龙参加高考后，通知书迟迟未到，以为没希望了，决心再去复读。可此时家里几乎到了山穷水尽的地步，父亲借钱都借怕了，已想不出还有啥地方能借。后来，我也尝过了为借钱而被人拒于千里之外的滋味，真是比黄连树上结的苦果还要苦。

不甘失败的子龙，只好厚着脸皮去求堂哥："宝哥，我还想去拼一年，你能不能借点钱给我读书？以后我保证不会忘记你。"钱仿佛是宝哥身上的肉，已是美溪队"首富"的他，对钱出手有本能的反感和痛恨，一个劲地摇头。两天后，那份姗姗来迟的通知书，从省城飘到了子龙手中，母亲感慨地说："要是早来两天，就不亏子龙的嘴了！"

1988年9月，子龙赴省城就读时，家里绞尽脑汁凑他的学费。亲朋好友纷纷解囊，屋坎下一位生活困顿的乡亲，也慷慨送上了五元盘缠，可率先成为万元户的宝哥，却只给了区区两元。如同既往的十几次过年，他给我们这些小堂弟堂妹的压岁钱，十年一贯制是两角，作为一部分人先富起来后，提高为五角，最多也不超过一元。

宝哥曾许诺，子龙要是能考上大学，就买块手表送给他。当然，他是个食言而肥的人，后来，还是我把定情的手表给了弟弟。宝哥被村人指责时，竟说："当时是随便说的，做梦也想不到子龙能考上大学。"

宝哥寄予了很大希望的独子福福，连高中也没考上，很扫他的面子。虽然家里有钱，但福福就是不想回读，宝哥无奈，只好向已落户省城工作的子龙求助。子龙不计前嫌，热情地为福福介绍了打工去处，还让他长住家中，给他省下一笔不菲的房租。

举国上下开放的程度越来越大，开放的地方越来越多。宝哥的心越搔越痒，眼看白发已悄悄爬上两鬓，在时不我待的感慨中，也像村里一些腰包渐鼓的年轻人一样，开始偷偷出入发廊了。他生性爱出风头，这一点好比大家看电影——有目共睹。有如此"靓板"的老婆，他不起贼心才怪呢！他说，吃腻了猪肉也要吃吃牛肉，总吃一样的菜，没胃口。

他本来说话就有些流里流气，三句话里总得带上生殖系统。有人骂他："真个酸夹货^①，冇膣冇腔讲唔成话。"他大言不惭地回击："我是酸夹货我承认，你难道不酸^②吗？你不酸为啥比我多一个细鬼子，难道你老婆'偷吃'来的，你不酸为啥每次讲酸话你都在场，而且笑得眼泪鼻涕齐出，面红耳赤的，裤裆里那条乌雀癞^③的头为啥总翘得高高，恨不得鸡嫲都抓一只过来玩。你嘴里不说，却听得有滋有味，说明你更酸，你那是阴酸，我这人敢说敢做，不像你们假正经！"

有次和人说起发廊的事，他也是听别人说的。说是有个男人只带了五块钱去发廊花心，发廊妹要价二十块钱，可那男人一直跟她讨价还价，说下次来时再补上，现在拢共只有五块钱。发廊妹生气地说，五块就五块，动作要快！

黄色段子讲完，大家笑成一团，有人说："鬼才相信，要是五块钱就能嫖到发廊妹，全部男人都会去。那个男人就是你吧？"

"你看我会是娘种男人吗？我讲是会讲，但我不会去嫖货^④，我入发廊只是

---

① 酸夹货：下流坯。
② 不酸：不下流。
③ 乌雀癞：一种蛇，这里意指男根。
④ 嫖货：嫖娼。

去剃头、洗头，连发廊妹的奶菇①都没摸过，听讲②今那个发廊妹不值钱，又不是'开封货'，火车都能进去，而且又不是细妹子，都是外地来的结扎过的妇人家，结口刺眼得很，听讲都还有倒贴个。"

"倒贴？真个有那么好的事，你知道在哪里吗，快告诉我，有倒贴的我去了老婆保准还会夸我。"

一个叫新古的村民说："莫咁好③，有啥意思，自家有老婆，老婆是私有财产，又方便，那发廊妹是'公共'的，什么癞痢头、跛脚子、拉鼻古、老嫩大细④都接，睡这种女人腔子都会烂掉，你看今那有几多得了性病的，连老婆都传染上了，一起去胖古（村医）那里打针、吃药。下流下贱，跌人跌古，何苦来着！有钱不如拿来拐⑤老婆。"

来生知道宝哥有此癖好，曾好心地劝他："荣宝古，莫去入发廊了，莫紧染上性病，烂腚烂耗⑥就完了，你老婆会骂死你，一脚把你踢到床底下。性病还能治，得了爱膣病⑦，命都保不住！"

"我就是爱膣，也没那个运气，碰上艾滋病。"

宝哥和新古只要有空就坐一块，说些荤段子，逗逗乐子。

新古又说："要是有钱有地方花，还不如包一个，中学里的细妹子多的是，那才有意思，那些妹崽都是豆腐肉，一掐就掐得出水来的！入发廊人格都会降低。"

宝哥眉飞色舞，两眼发亮："啧啧啧，那你帮我介绍，成了给你红包。只是，现在的中学妹子，也不见得就是处女了，你得看准了，走路时两腿夹得紧紧的，就是处女身，有些又开着腿走路的，就被破了瓜……"

公正地说，一向视钱如命的宝哥，肯将大把大把的钱往发廊里扔，既有来自色相的诱惑，也有家庭感情的刺激。有段时间，宝哥省吃俭用，一心想把钱留给儿子福福娶媳妇。但他相中的一位同年之女，福福横竖就是不要，惹得

---

① 奶菇：奶子。

② 听讲：听说。

③ 好：去音。

④ 老嫩大细：老老少少。

⑤ 拐：哄。

⑥ 烂腚烂耗：男人下身烂掉。

⑦ 爱膣病：艾滋病。

他大动肝火，福福扔下一句"我的婚事不要你管，也不要用你的钱"后，便出外打工了，宝哥为此傻愣了好几天。

儿子在外打工，一整年不来信来电，大女儿又出嫁了，家里婆媳的冷战根本看不到和平的曙光，宝哥有段时间，在家里连讲话都没人听。既然儿子发誓不用自己的钱，那自己辛苦挣来的钱就自己潇洒地花吧！饱暖思淫欲，感情无所寄托的宝哥，怀着对丑妻的恨和对儿子的怨气，渐渐地就把发廊当成了家，而把家当成了旅馆。多年来名存实亡的婚姻造成的感情真空，似乎成了他自我补偿的借口。倚红偎翠的他，还悬赏让那些发廊妹给他介绍处女，说是这辈子能睡上一个让自己称心的处女，死了也心甘。

兰子嫂无力阻止丈夫，年轻时就风流惯了的大伯母，又有何脸面来训斥儿子的荒唐呢！村里除了日渐衰老的老支书，唯一能教诲教诲宝哥的，也就是我父母了，可此时他们已在省城生活，鞭长莫及。

欲望的闸门一开，冲垮了党性、人格、尊严，也冲垮了他原先壮如牛犊的身体。

有段时间，宝哥直喊头痛头晕，老是不停地去医疗室打针吃药。有人便笑他得了性病。以前我未出嫁时，一遇上风寒感冒，他便笑我："细妹子人，不是头痛就是感冒，咁差板，你看我连土霉素都没吃过，石头吃下去都能消化。"他说的都是事实，可我听老人说，平时身体好得从不吃药的人，只要一病，通常就没法医治，只有等死。

一次，宝哥去村里开党员会，竟一头撞在砖柱上，头破血流。大家忙把他扶进医疗室，又马上送到镇医院。等我赶去看望他时，他整个人都变样了，脸色铁青，嘴唇乌紫。我难过极了，流着泪喊："宝哥，宝哥，你醒醒啊，我来看你了！"

我看见，一粒晶莹的亮点，从宝哥努力微睁的眼眶里涌出。不管病房的光线多么暗，那颗泪珠深深钉入了我的记忆。

平时连止痛片和土霉素都没吃过的人，怎想得到呢，昨日纵乐，竟不着痕迹地把死生大限拉到了今朝，明朝将成枯骨，生死的必然与偶然，就在一线之隔！

待这个像飞蛾扑火般不禁诱惑倚红偎翠的凡夫俗子，知晓太平盛世隐藏着无数劫毁的陷阱，已是无力跃出底谷了，就这样一病不起，浑然不觉躺了两天后，就挂着那滴悔恨的清泪，化作一声虚空的怨叹魂飞魄散了。

虽说宝哥有千种不是，但毕竟是堂兄，我未出嫁时，他也对我好过，还促成了我一辈子都不悔的婚事。我难过加怅然：大伯母老了，堂嫂又是个吃盐都不晓得咸淡的人，子女都还没成家立业，往后这日子该怎么过呀？

出殡那天，全村在家的党员都来开现场追悼会。宗亲来了，朋友来了，能来的三老四少都来送行了。人与人相处，难免会产生矛盾，即使以后的共产主义社会，想来也不例外，正所谓牙齿有时也会咬舌头。在客家人的生活中，通常可借丧葬活动来消除矛盾。倘若两户人家过去因某些原因生怨气，互不往来，但当其中一家发生丧事时，另一家前来吊唁，不仅会得到诚心相待，而且两家会立即消释前嫌，重修旧好。在送宝哥上路的人群里，这样的人怕是得用十个指头来数。

农村人讲迷信，红好事白好事都得看日子，选了时辰日子，就得按时辰日子办事。比如白好事，啥时出殡、入土，这关系到活着的家人近年的运气，如果不按时辰日子办事，那这几年家人轻则破财，重则死人。出殡时有人不能看，如果不慎犯了忌，那么得请专人拿把镰刀，一口气割下一小片棺木，和水煮了给犯忌者喝，方保没事。

时辰快到了，忽然天地间轰轰轰汇成一片混沌，激荡得地面隐隐颤抖，倾盆大雨突如其来，一点都没停歇之意。门口一条湿淋淋的狗，对着雷声、闪电和满目大雨惊恐地吠个不休。来开追悼会的人都被雨给笃湿①了，呼天抢地的哭喊声，伴着雨点敲打瓦片的声音，震撼人心。转眼间，屋檐下就有一排滴滴答答的积水窝，盛满了腿脚发软的避雨者们无处安放的目光和骚动的情绪。

眼看时辰越来越紧，追悼会无法进行，雨又越下越大，堂嫂带着福福三兄妹，"扑通扑通"冒雨跪在禾坪里，向四角天地拜了又拜，求上天开恩长眼，让死人早些入土为安。

此情此景，来人无不为之动容，但大家除了同情，还能怎样？有病在身的我，也顾不了许多了，和亲戚朋友一起向东南西北或作揖或跪拜，叩求上天，不要去难为这几个可怜无辜的人，就算有错，也错在死去了的人，与生者何干。

---

① 笃湿：淋湿。

说来也怪，老天真的开眼了，在拜完四角天地后，大雨骤停。追悼会一完，马上出殡。送葬的人排了长长的队伍，左邻右舍能帮想帮的都来了，鞭炮一挂接一挂地放，但也掩盖不住响彻云霄的痛哭。人生的痛苦，莫过于生离死别。

　　到三岔路口后，按风俗焚烧死者物件。亲人们再次向在大火中渐成灰烬的这些物件哭拜，然后，由帮忙的乡亲搀扶起，头也不回地往家走。只能有一位至亲，跟着扛棺的"八仙"，朝已经挖好的土坑那头进发。如果死者生前得罪过人，"八仙"搞鬼，把棺木反过来埋，就会使其活着的亲人永世不得安宁。为防万一，所以得有个至亲监墓。

　　趁搀扶自己回家的人不注意，福福忽然挣脱开来，转头拔腿，飞也似的向抬棺队伍奔去，拼命地呼叫："爸，爸呀，你咋就那么狠心丢下我们啊！你走了，往后的日子叫我们咋过呀？爸，爸呀！"

　　做父亲的以不光彩的方式壮年而殁，福福该有多少怨愤。可面对死者，一切的嗔怨，总要归于徒然，打断骨头连着筋的血缘亲情，使他在恍悟中不顾一切地奔跑，撕心裂肺地哭喊。那场景，任铁打的心也会软化。在亲人们又一次失声恸哭中，几个男人追上福福，硬是把他拽回家里。

　　"八仙"回来说，因为下了一阵大雨，坑里已经满水，先去的几个人把土坑里的水一盆一勺往外泼，折腾了很久才完事，弄得大家都是一身黄泥，因此还得再加二十块辛苦费。事到如今，加就加吧，大钱都出了，哪里还在乎这点小钱，管事的人答应下来。

　　说来也够辛苦，羊肠小路崎岖不平，坑坑洼洼，大雨冲刷过后，黄泥路又烂又滑，八人扛着沉重的棺材，每一步都得小心翼翼，生怕一人脚下打滑，失去平衡，就有可能统统跌倒。因为起了肩，棺材是不能落地的，棺材再落地，活着的子孙就会永世爬不起来，就算时辰未到，也得用两条四脚长凳把它托住。

　　死者是入土为安了，可活着的亲人却仍然沉浸在悲痛之中。那段日子是怎么过来的，福福自己都搞不懂，只能感受到心在痛，泪在流，晚上睡觉总能清晰地梦到死去的亲人。

　　悲痛归悲痛，就算流干了泪，哭哑了嗓子，死去的人也活转不过来了，日子总得过下去呀！七十多岁的老祖母，五十岁的母亲，还有一个未出嫁的妹子，都等着福福拿主意。在大家的劝慰下，他抹干眼泪，振作精神，化悲痛为力量，决心挑起家庭的重担。他说他不再出门打工了，回来和家人一起作田耕地。他一定尽最大努力把这个家重新打理好。

福福成一家之主后，扎扎实实，边干边学，不懂的地方就虚心向人讨教，而且从不参与喝酒和赌博。经过几年努力，很快就把这个家打理得有条不紊，像模像样，深得大家的赞许。

村里有个叫采福古的光棍头子，有心把外甥女介绍给福福。叫香香的那妹子除了瘦小，倒也上相，两人一见面，大有相识恨晚之意。福福东拼西凑，还向堂叔子龙借了一千元，作为定亲之需。花了六千多元，总算了却了一桩心愿。

香香看福福一点不良习气都没有，人很勤快，长得比《射雕英雄传》电视里的"靖哥哥"还帅，嘴又甜，乐得打天声①都能笑出来。她的婶婶有次骂她是个嫁不出去的老姑娘，很是让她耿耿于怀，如今能找到称心如意的"靖哥哥"，哪有不乐之理呢！

到了谈婚论嫁时，福福突然反悔，说还想出门打工，不想结婚了。他祖母发了火："为了定你这门亲，连我放了十年的老牛都卖了。"

福福祖母，也就是我的大伯母，对儿媳可以没有感情，却在乎跟了自己十年的老牛。在我的印象里，她不太信赖别人，总要亲自放牧，而且总要到较远的地方，让老牛能吃到嫩绿的草和干净的水。她从集市买来的牛铃铛，声音特别清脆，是村里清晨和黄昏必不可少的乐章。在她的精心饲养下，鼻头圆润丰满的母牛，顺利产下过一头小牛崽。因为长相陪伴，这对母子牛对她很有感情，却似乎冷待他人。有次，福福从外地打工回来，看到自家的小牛崽毛茸茸地伏在路边吃草，就想着扯一扯它的尾巴，刚伸出手，它长了后眼一般，头一偏就溜了。他正想追赶，远处一声平地生风的牛哞，一头肥硕的母牛瞪着双眼，地动山摇地向小主人猛冲过来，骇得福福急忙爬到就近的树上。这头老牛，虽然对眼生的小主人不敬，却还是为小主人的娶妻作了贡献。大伯母把牛缰绳交给牛贩子时，湿漉漉的泪水，在老人的眼眶里，也在牛的眼眶里打着转。

见儿子要悔婚，兰子嫂也哭着骂他："娘个败家子，好不容易谈了一个，花了六七千块，又说不要了，一家人省生省死②，省来给你讨老婆，就算摘树

---

① 打天声：说梦话。
② 省生省死：省吃俭用。

叶子，也要有段日子来摘呀！你心里打的是么个鬼主意呀！"

我们也都劝解："福福，你要想清楚了，终身大事不是细人子过家家，六七千块钱也不是那么容易赚的，何况那妹子人不错。"

农村风俗，如果男方提出退婚，女方一分钱也不退，要是女方提出退婚，则一分也少不了。因为是福福自己毁婚的，六七千块钱就这样打了水漂，难怪大伯母和堂嫂会骂他败家子。

福福却说，父亲托梦给他，找老婆是百年大计，要一劳永逸找个称心如意的，我得帮他圆梦。

香香听说福福不要她了，哭得泪人儿一般，问他原因，他不说，只说还想出门打工。那妹子说："结了婚你照样可以出门打工呀，我留在家里打理田地，保证不会拖你的后腿。"可无论她怎样相求，好话说了一卡车，眼泪流了一瓢勺，福福就是不回心转意，叫她不要再来缠他，死了那份心，好再找个好人家。

后来，我们终于晓得了其中隐情。那年六月，到了稻谷收割时，采福古定下日子，提前叫福福和外甥女到时来帮他割禾，福福俩人也答应了。那当头，福福家的稻谷也可以收割了，因为人手不够，他便去请舅舅和舅妈来帮忙。他的三个舅舅和舅妈约了一个日子，说除了那天，这段时间便没空了。农村人，一说便知，大家都是紧工时期，你有空时他没空，很难约在同一天有空。既然舅舅舅妈他们很乐意地约了日子，只能按这日子收割，不巧那天刚好和采福古家的收割时间碰场了。无奈中，福福硬着头皮来找采福古："我没办法帮你割禾了，我舅舅他们约好了那天帮我割禾，让香香帮你割吧。"香香也只好上午帮娘舅，下午就帮福福。定了亲，只差一个结婚的形式，其实也可以说是一家人了。

采福古却不乐意了，当面骂起福福来："娘个冇良心个福古头，瞎目狗，早就讲好帮我割禾，现在自家又爱同一天割，这不是故意气我吗？如果不是我，你这辈子也莫想有老婆讨。"

福福听了，心里恼火，一气之下脱口而出："哼，曼人讲个除了你外甥女，我就讨不到老婆，你外甥女又不是金子镶的，我就不信，我讨给你看看！"

福福就是这样成为爱情叛徒的！

我了解事情的来龙去脉后，曾去找福福谈心。我说那妹子人可以，又通情达理，凭那一句"结了婚你照样可以出门打工，我留在家里打理田地"，就值得你去爱。但不管怎么劝，他就是王八吃秤砣，铁了心。

采福古的几句话，骂得太不地道，太不值了，把外甥女一生的幸福都骂走了。福福和香香分手后，在子龙的帮助下，又到省城打工，很快就带回一个湘妹子，温柔善良不说，还果真比香香漂亮许多。香香想再找到福福这么一个可心的后生①，已经是不可能了，不但名誉受损，还破了身。她死心后，只能随便找人嫁了，那男的只有一个上了年纪的母亲，母子俩都很邋遢，那男的茶烟酒样样沾边不说，还好赌，听说经常动手打老婆。香香一年下来，老了十几岁，常常哭着跑回娘家诉苦。做母亲的心疼女儿，大骂兄长害了她妹子一生。后来，采福古从生病到作古，香香也没有来过，下辈子，她还不会原谅这个娘舅的。

其实大家都在讲，如果采福古不骂那几句，也许福福不会反悔，福福是有志气的人，为了争口气，舍得那六七千块。福福不是真的嫌她瘦小，本来讲好了那年国庆结婚的，谁知说散就散了。

福福从小和堂叔子龙玩在一起，后来又受着子龙的关照，很听子龙的话，不抽烟，不喝酒，不赌博，更不去导致父亲早死的风月场。村民们司空见惯的坏习惯，他一个都不沾，平时还很爱看书。为人处世中，他以父亲的失败人生为鉴，热心助人，洁身自好。

几年后，那湖南妹子已满口客家话，很会和人相处，生下一个男孩，特别讨人喜爱。每年春节，小夫妻带着儿子，福建、湖南两地轮流过，小日子过得倒也滋润。

至于宝哥的托梦是真是假，让人且啼且笑。

---

① 后生：年轻人。

发哥的生前死后

我十二岁那年，秋收前的一天，一辆大型狗古篱子①停在我家院子下端。紧随司机下车的，是两男一女仨大人，后面又下来两男两女四个小屁孩，我一个都不认识。他们是何方神圣？从哪来，为什么会到我家？

不管从哪来，也不管是哪路神仙，总之我很高兴，不断地在心里打着如意算盘。有远客来了（要坐狗古篱子来的，肯定是远客，这是我一向的判断），对于远客，父母亲总要在原有的热情上再加一把火，有时还倾其所有，哪怕是赖孵鸡嫲②也舍得杀了待客。今天来了这么一群，虽然衣着土气又破烂，有些地方甚至补丁加补丁，但能坐车前来，可见非同一般。我除了好奇他们的来历外，更主要的是关心晚上有啥好吃的，父母该不会真的把那只一直在下蛋的鸡嫲杀了当菜吧？一天一个蛋呀，杀了多可惜，还是莫杀的好，这么多人，我能分到几块，恐怕汤也喝不了几小口。

父亲"噼里啪啦"放了一小挂鞭炮，算是欢迎。母亲则热情地连声邀请，"进来坐，大家快进屋来坐"，搬凳倒茶，忙得不可开交。

"来！保国，辛苦你了，快喝杯热茶。"这才知道，那个开狗古篱子的人叫保国，是本大队人，刚从部队复员归来。哦，原来还是个保卫祖国的解放军呢！我十多岁了，还没见过解放军是啥样子，不禁对这位退伍军人肃然起敬，他还会开狗古篱子呢，真了不起，就是不晓得他打没打过日本鬼子。

---

① 狗古篱子：拖拉机。
② 赖孵鸡嫲：正孵小鸡的母鸡。

"还愣着干什么，快过来叫大哥大嫂。"父亲的叫唤打破了我的沉思。

我赶紧走到父亲身边，对着眼前两张陌生的大脸，甜甜地叫了起来，初次见面，我可不想让他们觉得我是个没规矩的孩子，那年我已是四年级的小学生了。

"大哥大嫂？我几时有过大哥？"难道这是父亲前段婚姻留下的儿子？村里有的大人对婚姻和家庭不负责任，造成家庭关系相当复杂，兄弟姐妹之间，有同父异母，有同母异父，也有既不同父也不同母的。

父亲有过一段短暂的婚史，有过子女不足为奇，但为啥一直没回来过，难道今天就是认祖归宗来的？一个个疑团像眼前大人嘴鼻里吐出的烟圈一样，在我心中袅袅升起。

"来，快叫叔公叔婆。"那个头发卷卷的女人对那四个小屁孩说。

"叔公叔婆。"四个小屁孩异口同声地叫着。

嗲舌嗲鼻①，又甜又嫩的声音，叫得父母亲满脸堆笑。我听了却浑身起鸡皮疙瘩，他们肯定是经过"训练"的，不然不可能像课堂上那样叫得这么整齐，或许他们不想输给我。

这叔公叔婆的叫法，又让我迷糊了，这么说眼前这个大哥不是父亲的儿子，那又是谁的呢？真搞不懂，这些大人们，到底是怎么回事？

"乖，你看四个细鬼子多乖活啊！"母亲笑着对父亲说。

哼，有人叫叔婆了，嘴都笑阔了，一口能装下一碗饭了！我心里直骂母亲。

大哥走过来，笑着对我说："子云，今朝日子起，他们都跟你了，以后还要麻烦你带他们一道上学。"不待我点头，继而又手指他的四个小屁孩说："今后你们跟着细姑细叔，有样学样，冇样学巴掌②。"

我心里直犯嘀咕：那个最大的男孩可能与我年龄差不多，最小的女孩看来只有四五岁，都交给我，这任务也太艰巨了点吧？虽然看过不少描写红小鬼如何出色完成任务的小人书，但想也没想过这类事也要轮到自己。

"地下咁鏖糟，莫乱坐③！"

那大一点的女孩刚被母亲叫起，便老刁根④似的过来对我说："阿姊，你带

① 嗲舌嗲鼻：嗲读贴。指孩童在长辈或亲人面前撒娇的言语姿态。

② 有样学样，冇样学巴掌：意即要向好样子学习，不然就要挨巴掌。

③ 地下咁鏖糟，莫乱坐：地板很脏，莫随便坐。

④ 老刁根：不怕生。

我们去了要①，好不好？"边说边拉着我的手往外拖。

她大约七八岁吧，模样很俊俏。当然，四个小屁孩都挺让人喜爱的，唇红齿白，小脸白里透红，灵活乖巧，嘴又甜。听她叫我阿姊，我差点笑出声来，要真叫我姊就好了，长到十二岁，我那亲弟还没叫我阿姊呢，总叫我子云佬，这家伙！

"不是叫阿姊，是叫细姑。"大哥纠正说，可我挺喜欢他们叫我阿姊。

"细姑？那大姑呢？"那个跟我差不多大的男孩问。谁告诉他有细姑就一定有大姑了？

"大姑做水了，要晚点才回来，从现在起你们就跟细姑细叔一起了要，一起读书。"

晚饭时，两张桌并成一张，叫双合桌，大家高兴地围坐在一起。在母亲介绍完到齐的家庭成员后，大哥大嫂也向我们介绍了他们四个孩子的名字和岁数。

他们从哪里来，为什么要来，不再走了吗？听大人们的口气，他们一家子好像要在这里长住。他们来做客我是欢迎的，可真要长期住在一起，那就不同了。他们一共七个，多七个人，就多七张嘴，有七个人跟我们争吃，人多冇好食，猪多冇好汁，本来就不宽裕的我们，以后的日子可怎么过？这些本不是我们细鬼子所要操心的，可我常听大人们说，多生一个细鬼子，就多一份负担，多一个人争吃。母亲就是怕负担不起，所以在弟弟四岁时，未经父亲大人同意，偷偷跑去做了绝育手术，导致我只有一个没有礼貌的弟弟，少了一个有礼貌能叫我阿姊的妹妹。

大哥一家和我们生活一星期后，他那同来的叫"大哥"的人，为他们另造了一个灶台，便回去了。大哥只带来了一张饭桌和四条凳子，连锅都没一口，真是穷得叮当响啊！父亲把家产一分为二，拨了上下两间房给他们，他们就开始自家营生了。

"发子，富莲，今天开始出工了。三妹你带富莲去，发子就跟我走，今朝日子割禾，爱带镰子和担竿②。"父亲是生产队的记工员，昨晚开会时晓得了

---

① 了要：玩耍。

② 担竿：扁担。

今天干什么。他吩咐完毕，对门禾坪里便传来了生产队长虎腔的吆喝声。

每次安排社员出工，虎腔总是拿着一个广播筒站在禾坪里，分头向东西南北四角大声呼喊："今朝日子呀，第一组割禾，第二组……第三组……"广播筒一响，社员们都要竖起耳朵认真听，方晓得自己何去何从，错了地点跟错了队或误了时间，那可是要扣工分的。

那天开始，发哥和富莲嫂便和父母一样早出晚归挣工分，他们的两个儿子大贵小贵，与我们一起上学，两个女孩还不到读书年龄，只好跟在父母屁股后，捡拾大人割稻子时掉下的谷穗。

大贵很听话，在学校里深得老师的喜欢，很快就与同学们打得火热。小贵却特别皮，上课不是笃目睡①，就是鬼画葫芦②，课后经常欺负同学，还敢和老师对骂，老师深感头痛。

慢慢地，我们晓得了这个发哥的来历，当然是听父母说的。原来他是邻省广东的潮州人，四岁时，被人贩子卖到我们家，从祖父母手里换了二百多斤麦子。那时父亲才十来岁，有个患白血病已死的胞兄，发哥就是买来给他名下续香火的。祖父母膝下有七仙女，仅父亲一个男丁，担心人口单薄受人欺，便舍了一家子的口粮，换来了这个没有任何血缘关系的男孩，取名荣发，冀望他光耀门庭，发家致富。

发哥十七八岁时，外头来了个打铁客，发哥便对我父亲说："叔，我要去学打铁。"父亲坚决不同意，怕他一去不回，那时祖父已然作古，家中大事由父亲说了算。

"叔，让我去吧！老古记讲个，'田螺稳死窟'③，'舍唔得娇妻，做唔成大事'④，我以后肯定会回来的，不管啥时候，我都姓钟。"

"不行，我不会让你走的。你是我家花了二百多斤麦子换来的，那是一家近十口人的口粮啊！你要是肉包子打狗一去不回，那我家不就人财两空了吗？说什么我也不会放你走的，你就趁早死了这份心吧！"

"咚"，他跪在了叔瑞面前："叔，我求你了，让我去吧，我答应你，不管

---

① 笃目睡：打瞌睡。

② 鬼画葫芦：乱涂乱画，指学习不认真。

③ 田螺稳死窟：指永远待在一个地方没出息。

④ 舍唔得娇妻，做唔成大事：成读 sáng，意为要做大事，就要走出家门。

啥时候，我保证回来，不然就光毛绝代①，不得好死！"

发哥软磨硬泡，跪地磕头加发誓，父亲无奈，只好放他出门，当然少不得要叮嘱一番，诸如"盲会剃头，先学洗头；盲会掌锅，先学洗锅"②，诸如"宁卖祖宗田，勿忘祖宗言"，诸如"外乡好赚钱，家乡好过年""金窝银窝唔当自家个狗窝"。

听父亲说，发哥一条裤带出门③，在邻近的江西、广东几县折腾不出名堂，又拐④到本县与美溪相距二十来公里的牛岭，做了人家的上门女婿，有了孩子后，日子过得一年比一年艰辛，家中常断粮，锅碗瓢盆不响，只听肚子咕咕叫。于是，他便回来找叔父了，诉说那边的艰辛。盲见富贵，先见贫穷⑤，善良的父母没奚落他，深表同情不说，还拿了些米粮接济他。他很想背回去，可回家一路都十分山⑥，担心过山过釜⑦时，在釜头釜背被人抢劫遭谋杀，于是，扛在了肩上却又不情愿地放下。

1975年左右，他又回来了，央求父亲让他举家迁回。本来就嫌人口太单薄的父亲欣然同意，这样也能让他胞兄的坟头一年里多冒一次青烟。

在那个年代，人丁单薄，容易被鸡争狗啄⑧。人口多，兄弟众，就声音大、拳头大。虽然兄弟梓嫂之间，为了争个碗，也常常鬼打鬼⑨，但对付外人时，他们却又能站在同一战线上，有商有量。兄弟几个并肩一站，挥一挥拳头，不敢说地下会抖三抖，可起码会让那个无兄无弟的人丧失战斗力，甚至尿湿裤子。

人穷有六亲，父亲有两个堂兄，三年困难时因过粮荒饿死一个，另一个体弱多病自身难保。仅有的一个大侄子，又是个自私自利的四目狗子⑩、倒米客⑪，做人一向都是地面上的水，哪里低便往哪里流。你要是让他有利可图，

---

① 绝代：绝后。

② 盲会剃头，先学洗头；盲会掌锅，先学洗锅：盲意为"未"，意指要做师傅，先做好徒弟。

③ 一条裤带出门：意指出外谋生起步艰难。

④ 拐：折，转到。

⑤ 盲见富贵，先见贫穷：比喻期望落空。

⑥ 山：闭塞。

⑦ 釜：音引，山岭。

⑧ 鸡争狗啄：意即谁都来欺负。

⑨ 鬼打鬼：自己人打自己人。

⑩ 四目狗子：见风使舵、见利忘义之人。

⑪ 倒米客：往外拐之意。

他便老鼠替猫刮胡子，死巴结；你要是比他还穷，让他十年都指望不上，你就算是和他同一条肠子来的亲兄弟，他用正眼瞧你一眼，你都得讲声多谢。父亲看透了他，靠不得，有啥事想他帮忙，那是狗想豆腐吃，不踩上一脚就阿弥陀佛了，所以一听说发哥要回来，父亲乐得几夜睡不着觉。

其实，发哥是在那里待不下去了，才有认祖归宗之念的。如果那边的生活过得好，就算当年走时对父亲好话讲尽，跪地磕头保证加发誓，他恐怕也早就忘之脑后了，要回来早就回来了，哪会等到今天？可怜的发哥，在那里住的是两小间茅寮屋，随着子女日渐长大，难以容纳；更要命的是，他和一个女人有暧昧关系。那女人因为老公在粮站工作，常拿些粮食接济他，发哥穷得只剩一条腚，也只好用来报答她了。纸包不住火，他们之间的跌古事被人发觉后，本来就不是土生土长的他，便常被人指着脊梁骨骂，唾沫吐得满头满脸，一次还被石头砸得头破血流。再在那里混，别说"日求三餐，夜求一宿"难满足，迟早有一天还会丢命，于是他重施当年软磨硬泡之功，说服了老婆富莲子迁居。

当然，就算发哥一人归来，也不是件容易事，何况拖儿带女一家六口？在户籍管理严格的当年，要经生产队、大队、公社三级同意。父亲首先去大队部，把事情经过向大队干部和盘托出，希望得到他们的恩准和帮助。

大队支部书记进才和父亲很谈得来，常称说父亲是全大队最能识文断字且善良正直的社员。父亲说完，他马上点头："你都冇意见，我们难道还会反对？多个人多份力量，莫说还是一家人。让他们回来吧，老魏古你签个字吧！"

那个叫老魏古的会计却极力反对："我有意见！钟荣发十七八岁就走了，在牛岭结了婚生了子，我们大队做水库，做电站，平整土地，他一点贡献都没有，现在就想归来坐享其成，他也够精的！我不同意，也不会签字。"

"老魏古说得有道理，凭啥他想走就走，想归就归，过日子好比吊屎桶，哪里好放就放哪里，一点人生观都没有。"大队其他干部几乎也是一致反对。

"当时他走，是为了学打铁，临走时，他说过，迟早有一天会归来，不归来他就会光毛绝代。今那他想回来，说明他心里还装着我们美溪这片天，这片地。瓜爱连藤，人爱寻根，走遍天下忘唔了胞衣窟①，他是在这里长大的，是我们大队的人，九江个鱼子归九江。支书都同意了，你们凭啥不同意？"父亲心不跳，气不喘，心平气和地与他们据理力争。

---

① 胞衣窟：出生地。

"好了，好了，大家都别争了，我们都听听汤思农同志的意见吧！"支部书记把头转向在我们大队蹲点的公社副书记汤思农。

汤思农原名汤思官，在如愿当上官后，大概是决心向贫下中农学习，乃改名思农。他素来喜欢父亲的真言实语。当时农村，民国时代上过中学的父亲无疑是少有的高级知识分子了。父亲在大队宣传队能唱歌，还能演古装戏，尤其是那首崔二爷的歌，至今还能唱上几段。此外，他还会讲不少故事，三国、水浒、说岳说唐，信口便能说上一箩筐。村里村外都喜欢看他演戏，听他唱歌和说古。汤书记下村蹲点后，经多次和父亲接触，晓得了这位善良、质朴、耿直的光头百姓多才多艺的一面，称他是乡村文化人。

"好，那我就发表个人看法。我认为，应该欢迎酿伯侄子一家人归来。当年他离队，是想学手艺，当时也是形势所逼，走时也向酿伯保证过，一定会归来。他现在想带着一家大细①归来，说明他确实还眷恋自己的胞衣窑。要说贡献，啥时不好贡献呢，他把老婆子女都带归来，这本身就是件好事呀！对不对？他有四个子女，说不定将来他们会有更大的贡献。我们做干部的，目光更要看远一点，更要设身处地为百姓着想，一句话，我们不能拒人于千里之外。"

敢于直言、为民做主的汤书记，说出的意见毫不含糊。他的话音一落，便响起了一片掌声。当然，带头拍而且拍得最响的是父亲。

"既然汤书记都这么说了，我们还有啥意见！"

到会的大队干部这么表态，会计老魏古也无话可说了，只好签字认账。

大队的签名一到，生产队干部社员就算有再大的意见也不管用，只能在私底下骂上几句："娘个野炭子②，干吗走了那么久又爱死归来？"也难怪，一家六口人的归来，直接影响了大家，口粮明打明就得多分一份。要和自己争分口粮，有几个心里会高兴的？发哥一家确实不受欢迎，刚来时，大家一直对他们极不友好。

碍于公社领导的面子，也碍于父亲的面子，大家不好明说。作为生产队的记工员，社员来记工时，父亲要是故意拖上半个时辰，你就服头服地。再说有空时，找父亲唱一段崔二爷，讲上一节三国，特别是刘关张桃园三结义和三顾茅庐请诸葛，又是那样的解乏；何况一到过年，自家的春联还得靠这位吃不

---

① 大细：大小。

② 野炭子：野种。

下二碗饭，却装得下古今天下事的光头古酿伯佬。

发哥举家迁回美溪后，我们那个和大伯母、二伯母三家共有的围屋大院子，更是热闹起来。大伯母生有三个子女，1960年饿死一个，堂哥荣宝和堂姐秋香有幸逃过了那一关。二伯父虽还幸存，却体弱多病，因膝下无儿，堂哥便把唯一的儿子福福过继给他。二伯父二伯母视侄孙如己出，百般疼爱，恨不得把心肝都挖出来给福福吃。

一个房连房的院子聚了十几个小屁孩，谁都能想象那热闹劲。哥哥和我比他们多长几岁，自然也懂事多了，从不参与到他们的追逐"战斗"中。而宝哥和发哥的孩子，加上我家小弟子龙，一共八个辘屎棍[①]，经常从上天井追到下天井，又从楼下追到楼上，搞得嚯锣战鼓[②]。有很多楼板因年月太久，已经七孔八翘[③]，险象环生，再经这般折腾，大人们吓得就差没得心脏病。

几天一过，宝哥的老婆兰子嫂就受不了了，骂出了口："绝冇鸭种个[④]，以前他们唔原来时[⑤]还好，现在多了几个辘屎棍，冇一日有安乐，日子头[⑥]做生做死，归来还爱让他们吵，吵都会吵死！"

发哥的老婆富莲嫂听了，也不当软[⑦]，指着自家细鬼子着牛骂马："屙夹屎个[⑧]、打靶鬼[⑨]，莫咁作恶[⑩]呀，莫追哩呀，难道你们听不到那鬼喔吗？再追就会让人管扫[⑪]扫出门了。"

牛岭人出口就骂打靶鬼、屙夹屎个，富莲嫂把那边的脏话也带来了，起先大家感到好笑，连名字都不叫了，一见面都夹屎嫲夹屎嫲地叫她。这次她骂几个细鬼子，明摆着是对兰子嫂的不满提出抗议。

---

① 辘屎棍：调皮鬼。
② 嚯锣战鼓：震天动地。
③ 七孔八翘：破损样。
④ 绝冇鸭种个：绝种的。
⑤ 唔原来时：没有到来之时。
⑥ 日子头：白天。
⑦ 当软：服软。
⑧ 屙夹屎个：本义指大便不正常、不畅通，引为咒语。
⑨ 打靶鬼：咒语，即枪毙鬼、不得好死。
⑩ 莫咁作恶：别那么调皮。
⑪ 管扫：扫把。

细鬼子可不管大人们骂生骂死，天天照追不误，你们骂你们的，我们追我们的，大牛相斗，小牛吃草，井水不犯河水，不管大人怎么耐心教育，"不要追到楼上去，要追也在楼下追"，他们是虚心接受，坚决不改，搞得大人们伤透了脑筋。

子龙那时也是个十足的蛮牛古、辘屎棍，在那七个晚辈面前，是当然的指挥官，连大他两岁的侄子大贵也得听他这个细叔的调遣。大贵心有不服，但子龙似乎从小就善于安抚人心，累时便封大贵做副指挥官，自己则坐在一边指挥，"打他，快打他，先把他消灭了！"大贵捞了个副指挥官来做，也挺乐意，很满足，起初脑后的那点反骨也没了，完完全全的萧规曹随。

每次"战斗"，子龙拿着父亲为他做的木头手枪，一手叉腰，一手举枪把"日本鬼子"一个个打"死"。他把最听话的侄辈编到"八路军"队伍里。那八个小屁孩都是好战分子、敢死队，谁都不想做"日寇"，当兵就想当八路军，有人还想当指挥官，哪怕是副的也行。可是没有"日寇"，戏就没法演，总不能八路军自己打自己呀。他们每天只好用锤子剪刀布来选"鬼子"。待遇最差的当数最小的侄女，她名字中有个德字，即使不当"日寇"，也得让她当"德寇"。子龙是公认的指挥官，他是长辈啊，哪能让"日寇""德寇"这些小毛贼打"死"？

有一次，福福和小贵实在太想当副指挥官了，就来找子龙求情："叔，让我也当一次副指挥官吧？"子龙含笑接过他们递上的桃子李子，满口答应，他挺理解小侄们的心情。

"战斗"中，子龙百发百中，一声"嘣"或"叭"，所指对手就得"哎哟"一声倒地，两脚一伸，双眼一闭。你要是不"死"，或是敢偷袭指挥官，下次战斗，你就甭想参加了，一边当臭屁鸡去。

看子龙那时的举动，大家认为将来他八成是个武官，运气好的话，或许也能捞个将军什么的，没想到，长大后却成了个文官，当上了作家协会主席，做起了"无冕之王"。

孩子们天天搞得满头大汗，跟泥猴子似的，大人们却提心吊胆，兰子嫂和富莲嫂三天两头就发生口角。兰子嫂还好，我母亲说她几句，她不敢还嘴，可富莲嫂刚来还不到一年，就开始顶撞叔媚子①，被人指责右上右下。

---

① 叔媚子：叔婶。

"几个外乡拐子①，走转来死②，不是他那几个细短命子、细短命嫲，我们家的三个孩子哪会这么蛮？都是他们害的！"

"发子，你听听，那边又鬼喔般骂我们了，我们转来又没吃他们的，凭啥要听她鬼喔！"富莲嫂听到兰子嫂又在那边骂，马上告知自己的老公。

"莲子，人家鬼喔你也鬼喔，可不可以诈聋？细鬼子有几个不蛮的，管那么多干啥？他们真要坐在那里懒得动，你心里又会闹死③，他们搞得喡锣战鼓，说明身体好，我们出门做水也放心。莫管咁多④，人家要骂就让她骂，总有一天她会骂厌，我们诈耳朵聋难道会死吗？"

本想搬救兵，没料被丈夫一顿抢白，富莲嫂好不气恼："都是你冇本事，才让我们受这么多欺负，连细鬼子都欺负我们，总爱让我们家的子女当日本鬼子让人打死……"她边说边呜咽起来。

"你娘个妇人家，也实在太小心眼了！细人子人搞摊子⑤你也当真，四六货⑥一般！荣宝家的不也做过日本鬼子？咱家的不也做过八路军，做过指挥官，细人子人都乐意，我们大人管那么多，好笑吗？你看以前我们每天都喊他们不要追上楼，怕他们摔下来，他们有听话吗？可子龙'命令'他们不准再追到楼上，他们就听了，说明细人子就爱细人子才管得住。"

另一堂哥荣宝，虽有个好名字，长大后又是一表人才，却因家穷，才讨了个身材瘦小、老了却没长大的老婆。他曾去地区工作，因婆媳合不来，全像两头斗冤了的牛古，见面就吵，宝哥放心不下，就要求回到农村来，在公社当了农技员。

兰子嫂是个吃了三斤盐都唔发瞎⑦的妇人家，连元角分的票子也认不清，人称吃屎大的。她说起话来咳咳梆梆⑧，做起事来磨磨蹭蹭，更讨人烦的是，脱秧子时连十个一堆都数不清，每次都要人帮她数，一放工，大家都恨不得飞回去，自家回去衫裤顾不了洗，头未梳，面待洗，饭还在喉咙里，禾坪那边的

---

① 外乡拐子：外来的小青蛙，意指外来人。

② 走转来死：不欢迎过来之意。

③ 闹死：烦恼、伤心。

④ 莫管咁多：别管那么多。

⑤ 搞摊子：玩耍，过家家。

⑥ 四六货：指精神不正常。

⑦ 吃了三斤盐都唔发瞎：底气不足，迟钝且迂。发，古音 buet7。

⑧ 咳咳梆梆：不清不楚。

广播筒又响了，真是"一万年太久，只争朝夕"啊。后来我会挣工分时，兰子嫂就把这个"光荣艰巨"又讨人烦的任务，毫不客气地交给了我。

莫看兰子嫂人不像样，骂起人来可不含糊，她和家娘一个是针一个是钻，自我们懂事就从没听她叫过家娘"姨娅"。宝哥劝她叫，她说又不是我的姨娅，我叫不来，宝哥打她骂她也无济于事，宝哥真个行衰运个。

兰子嫂整天骂自家家娘拉鼻嫲、老短命嫲、老死佬①，气得家娘也骂她皱额嫲、矮腔嫲、大番薯、短命嫲，有她们在，整天院子都充满了火药味。还有个二伯母，和大伯母一样，也以骂人出名。发哥一家的到来，加重了火药剂量，富莲嫂也常加入到说起就起的舌战中。

客家围屋有门楣之威，梁柱之赫，高阔之势，我的祖屋门前还有石狮之仪，整个的给人威严之气。我常忽发奇想：客家先人从中原辗转流离，初涉大山之腹，当初或许只有临时搭盖的茅屋或小得可怜的泥房，岁岁年年风雨飘摇。要长久居住，扎稳根基，尤其要成为当地望族，非得有大房子壮其行色不可。

我家三代之上只出过秀才，未成望族，大房子似乎也未显示众聚之威，但得以让子孙后代安然相衍。每逢喜事或年节来临，大门、小门甚至每根柱子上都贴上了大红对联。房子大，上天井厅堂正面壁上的神龛也大气，神龛中央立一块红底镶金的神位，上书"××堂×氏历代宗亲神位"，神位上方贴"五世其昌"的横额，下供香火或大红蜡烛。客家人不忘先祖、慎终追远，不忘祝福后世的传统，业已成为一种源远流长的文化。

祖屋里的上下厅是摆满过不少桌凳的，每有喜事，长辈主人和众房亲往来穿梭，不亦乐乎。在我的印象里，自发哥来后，即使平日，他也是爱往我家穿梭的。

"叔，媚，还有菜吗？"发哥端了饭碗入门来。

"有，今晚你叔想食酒②，我就多煮了一碗头。来，陪你叔喝一碗吧，也好通筋活血。"母亲拿了碗，往碗里满上酒。

"好，正好我也想酒食了。"发哥不客气地一屁股坐下。

---

① 老死佬：老不死之意。

② 食酒：喝酒。

其实，自从那天回来，他就没有客气过，我家有点啥好吃的，他和小屁孩们都会不请自来，有时甚至煮两夹青菜他们也会过来共享，惹得我们姐弟俩都有点讨厌，可他们家就从来都不会叫我们过去吃点什么。

小孩子嘛，也难怪。本来可以多吃一点的，可自打他们来后，有什么好吃的，总是有多吃多，冇多吃少，唉，命苦也！几个小屁孩甚至剥夺了我们姐弟俩享受等路①的权利，真气人。我们开始认识到他们的归来，原来是件挺糟糕的事。

"发子，你们一家人归来了是件好事，你和富莲子出门做水也爱积极一些，爱香人嘴，做啥事都不要拣轻怕重，大家个目珠都在看着你们，莫到时评工分时又评不上高一点个。多劳多得，两人做来六人吃，老是超支，总借米煮也不是办法呀！"母亲语重心长地说。

"媚，我晓得，我不会替叔瑞削须菇②的，就是富莲子有时讲都讲唔清楚，死乌搭瞎，还不到一年，她就跟这吵，跟那吵，都快吵遍全队了，真拿她有办法。"

发哥喝下一碗高粱酒，满面通红，连脖子都红上了。他摇了摇碗中的酒脚③，还要母亲再倒一碗，可是被父亲止住了："三妹，莫再倒哩，他再喝就会发酒癫了，富莲子又会骂他，莫酒让他喝了，还害他们相骂。"

"对，对，对。你不能再喝了，留点天光暗晡④你叔再喝，坐醒一些你就归去睡目⑤，天光朝晨⑥还爱加班。"母亲把酒拿开了。

发哥意兴阑珊回到自家房间，看两个小女儿睡得正香，就想和老婆亲热。

"娘个打靶鬼，喝了二两尿脚⑦就发癫了？每日都做得腰酸腿痛，还有精力做鬼事，你不要命我还要命呢！"

"声音小点好不好？莫吵醒了细鬼子，吵醒了细鬼子就做不成生意了。"

"打靶鬼，你走不走，再不走我就大声骂了，让大家人都听到，食哩二两

---

① 等路：出门或做客回来带的礼物，一般是食品。

② 削须菇：丢面子。

③ 酒脚：酒水中沉淀在底部的渣滓或剩余物。

④ 天光暗晡：明晚。

⑤ 睡目：睡觉。

⑥ 天光朝晨：明天早晨。

⑦ 尿脚：意指酒。

尿脚，嘴巴臭烘烘的，想寻我开心，门都没有。"富莲嫂边说边生气地一把推开了发哥，赶他和两个儿子睡一床。

"娘个打靶嫲，我是你老公，想屌你都不行？好，这次就算了，下次要敢拣①开我，我就用强奸的手段！真个短命嫲，死乌搭瞎个！"

发哥浑身欲火被富莲嫂恶言恶语骂得荡然无存。酒性发作后，他竟在楼板上睡到天光，富莲嫂晓得了，连件烂衫也不给他盖上。

农闲时，母亲和兰子嫂上山砍柴，思想工作做了一路。

"兰子嫲，你也莫咁有搭杀②，莫跟各类人讲咁多富莲子的事，再怎么着她都是我们自家人，各类人爱讲你都爱有立场站在自家人这边。本来咱们就人口单薄，再吵吵闹闹，冇商冇同，外人就会看衰我们。自家人都鬼打鬼，外人能不欺负吗？再讲细人子相打相骂，大人管好自家的细鬼子就好了，犯不着跟着怄气。你们大人拳来脚往的，细鬼子却在那里嘻嘻哈哈闹得开心，值得吗？"

"三妹�
，不知为啥，我一看到那伙牛岭嫲牛岭古就目珠乌三寸，特别是那个牛岭嫲，好东西没带一个来，却把她那里的鬼骂法带来了，一开口就骂打靶嫲打靶鬼、屙夹屎个，一听到这种骂法，我连头日夜晡③吃的都会吐出来。还有，那个小贵太蛮了，曼人都不怕，还经常欺负福福，子龙也大福福几岁呀，可他就不会欺负福福。"

大伯母和二伯父两家人才福福这么一个撑门棍，所以心疼得不得了。福福这小屁孩也比狗还精，且受不得一丁点委屈，有时明明是自家撩手捏脚④，却恶人先告状："大伯，小贵又打我骂我了。"搞得小贵又挨大人们一顿打骂。

福福口中的大伯其实是他叔公，只是听我们叫大伯，他也跟着叫，只要福福高兴，就是叫他老短命子，大伯也会乐得哈哈笑。小贵他们要在大伯面前理论，那可真是"官司打得，狗屎食得"⑤。

---

① 拣：音耸，推。
② 莫咁有搭杀：别那么不明事理、自讨没趣。
③ 头日夜晡：头天晚上。
④ 撩手捏脚：动手动脚。
⑤ 官司打得，狗屎食得：意指打官司没用。

发哥举家迁回不多久，我们家便成了衙门，时常有人来告状。

一天，发哥一身泥脚刚从地里回家，便有一个叫琼英的妇人家湿淋淋找上门来，大声叫着："发子，发子，你看看你老婆做个好事。"

看她那气鼓鼓的样子，我们就晓得又有新闻了。她准是来告状的，因为在此之前，曾有过几个大叔大婶上门来找父母和发哥，都是告状的。

"怎么了，琼英媚？你说给我听听，我好骂她。"发哥赔着笑脸，在下厅堂搬了张凳子让她坐下。

"今朝下昼插秧，你家的夹屎嫲故意把秧丢在我身上，搞得我一下昼都湿淋淋的，又全是泥，你看到现在还没干。六月天光也就没什么，可现在是三月天，我要是感冒了曼人负责，说她几句她还跟我吵，太刁了！"

"娘个打靶嫲，目珠冇看，害得你一下昼不自在，你量大福大，莫跟她一般见识，她一回来就去摘菜了，回头我骂她。你别生气，快点回家把衣服换了。"发哥一个劲地赔着笑脸劝说。

"好，看在你和三妹的分上，我就回去。"

等富莲嫂一回来，发哥黑着脸责问她怎么又让人来告状了，能不能让他安静安静？总有人来告老婆的状，他也心烦。

我们姐弟俩都是探事鬼①，晓得富莲嫂会把事情的经过原原本本说出来，正在煮洗身脚水②的我们，就赶紧往灶里塞满柴火，冷步冷脚③跑出来听故事。

却不料，富莲嫂不讲先骂："娘个厕夹屎个、肥膣嫲，来告么个状，我又不是故意的。"

我们心里急得直叫，嫂啊嫂，快莫骂了莫骂了，快点讲呀，等下我们煮水的柴火又灭了，奶奶④归来会骂我们的。

原来，下午插秧时，因为富莲嫂落人一大截，而生产队做事都是按亩记工分的，她们同组的人就叫她专门挑秧和脱秧。

富莲嫂插秧慢，据她解释是缘于我们山里那头多滂田，她得小心翼翼。所谓滂田，是山区的一种水田，浸水多于流水，泥性冷，又有很多暗藏的深深滂眼，人一踩进去几可没顶。有次我们曾亲眼看见，生产队的一头大公牛，就

---

① 探事鬼：喜欢探听各种消息。

② 洗身脚水：洗澡水。

③ 冷步冷脚：悄悄。

④ 奶奶：这里念 nen，去音，母亲。

这样陷进去了，待七折腾八折腾给抬出时，气息全无，只能丰富社员们的餐桌了。漭眼在表面上不大看得出来，只有经常下田的人，才会熟悉它们一一的位置。富莲嫂初来乍到，就陷身过一次，泥水都漫过鼻尖了，要不是打捞得法且及时，她就提前为自己找好坟墓了。一朝被蛇咬，十年怕草绳，老村民再怎么教她如何识别漭眼，心有余悸的她，总也不学，而且最怕到漭田里插秧收割。有次，队长又安排她入山田，正在门口塘水田里薅禾的她，骇得一大屁股坐到泥巴里去了，哭嚷不去，她就是这么个人！

这天下午她在丢秧时，不小心把一个全是湿泥的秧子丢到了琼英的左胸部，害她一时无法洗干净。三月天是阴天，离家又远，不能回去换衣服，她就这样在冷风中冻了一个下午。琼英当然要骂她了："娘个夹屎嬷，死爷死嫒①个短命嬷，病目珠了还是病手了？干吗故意丢到我身上，是前世跟你有仇，还是今生跟你有恨，抢了你老公？"

"娘个夹屎嬷，打靶嬷，肥膣嬷，曼人故意了？你自家逍死命②爱伸直身子，不然我哪会丢在你那大奶菇上，吊目光！"

"牛岭嬷，你也莫咁撩刁③，我插了几十年的秧都没遇到过像你这样的！我肥又没吃你的，你有多少口粮我就多少，你自家失本良心④吃哩肥不起，被鬼挟走了，怪曼人？人家肥你都会目热⑤吗？"

小组长见她们吵个没完，怕影响其他人干活，丢了工分，就喝止她们："你们要是再骂，我就扣你们工分，扎手做水⑥才有奖，骂人有奖的话，我也愿骂人，肯定比做水轻松。丑话讲前头，曼人再骂一句我就扣曼人工分。"

狠话一出，两个便住了嘴。

静了一阵子，几个男人开玩笑说："琼英，不如把上衣脱了洗下，莫让奶菇感冒了，夜幕会被你老公骂死的。"

富莲嫂说到这里，忽然笑了起来，看到她鬼笑，我们和发哥也跟着大笑起来。

---

① 死爷死嫒：死父母。

② 逍死命：很风骚。

③ 咁撩刁：意即惹是生非。

④ 失本良心：没良心。

⑤ 目热：眼红。

⑥ 扎手做水：勤奋干活。

"你也是，什么地方不好丢，偏丢在人家奶菇上，她老公晓得了肯定跟你急，下次注意点，莫鬼形鬼相①。"发哥忍住笑，一本正经地教育起老婆来。

"娘个打靶鬼，你是不是跟她有勾搭？我都讲了不是故意的，你还鬼喔，替她讲话。"

"好了，好了，我信还不行吗。总之以后当软一点死不了，莫老跟人吵，大家要不是看在叔和媚的情面上，真会赶你走，真要这样，我们就糟了，天大地大，哪里还有我们落脚的地方？莫让细鬼子再跟着我们受苦了。"

"都是你娘个打靶鬼作个恶，短命相死个有老婆还爱耍风流，勾搭那个逍嫲，害得我们在那边站不住脚，转来②这边受欺负。"富莲嫂一边骂着，一边哭了起来。

"你也得凭良心讲话，要不是我搭了人家，我们一家都饿死了。好在她常接济我们，要不是你闹出去被她老公晓得了，在那边站不住脚了，我也不会转来。不过，转都转来了，就该有转来了的样子。一坑雕子一坑捞食，在哪里都爱扎扎手手做了才有吃，啥时天上都不会掉馅饼下来。只要你以后尽量少与人争吵，当软一点又不会蚀肉头。"

"越当软人家就越作弄你，以为你好欺负。老实讲，自出哩世我都没有当软过，要我当软，除非毛主席下指示。"

"不想当软你天天跟人吵，好看相么③？你看叔媚多大度？她会跟人斤斤计较吗？多学学她，莫膣毛般大的事就跟人笪锤滑棍④，捶凳拍桌，狗争屎吃一般，弄得我都抬不起头来。"发哥真生气了。

"不听你鬼喔了，我洗身睡目了，天光朝晨还爱加班脱秧呢。"

"唉！娘个短命嫲，刁惯了，真个冇救了！"发哥望着她的背影叹了一口气。

1980年，美溪村分田到户成现，而其他不少地方，听说早已分了。发哥一家也和我们一样按人口分到了田地。小孩子一年比一年大了，四个都在学校读书，多半都很懂事，课外帮着做家务，星期天就和我们一起去屋后山砍柴。

---

① 鬼形鬼相：不正经。
② 转来：迂回来。
③ 好看相么：不雅观、不体面之意。
④ 笪锤滑棍：打得凶，随手拿东西乱打一气。

细人子大了，农活上是能帮上一把，可生活上的负担却越来越重。要让他们四个读书，发哥经常粜粮，卖到不够自家吃时，又东借西借，拆东墙补西壁。伴着他们体形长大的，是越撑越大的胃口。尤其是大贵小贵兄弟俩，比大人们还会吃，只要东西一到桌边，他们就像一个个饿鬼菜虫，三下五除二便把饭菜一扫光，若还没吃饱，便毫不见外地到隔壁我们家盛上一碗。没有油盐味精或者自来火①了，发哥他们马上过来借，其实每次都是老虎借猪——无还。没办法，谁叫我们是亲人呢。

为了多弄一些菜地种菜，富莲嫂要求父亲再分一点给她家。父亲见她得寸进尺，有点生气了："富莲子，你也爱有良心，本来菜地就不多，我已经分了一半给你们了，你也该知足了。再分给你，我们家就不要种菜了，到你家菜地里去摘？"

"你自私，你的菜地比我多，也比我的肥，你把瘦地都分给我们。"

"你当时都看了，由你先挑的，当时你贪水近，浇菜容易，现在又说我把瘦地分给你，你这个妇人家也太冇良心了！你说我的地比你多，你拿个皮尺去量量。就算有多，你又能咋样，我不分给你又咋样，做人心肝莫咁狼②！"父亲真是生气了，自从她来了，没少被人过嘴③，许多人还在他面前告状，他这个当叔父的胡须都被她削光了。

"都是你娘个老短命子，拐④我们一家人转来个，不然我会被人欺负吗，人家欺负我们，从不见你来护着我们。"性情乖戾的富莲嫂真个吃了豹子胆，连叔瑞都敢骂。

父亲气得双眼暴突："跟你娘种妇人家讲这些，我人格都会降低，你爱讲是我拐你转来个，我不跟你争，你问你老公去，我拐你们转来做什么，我好上什么了？什么都没好上，倒把家产分了一半给你们，还把自家个古跌光了⑤。过不了一二天，又有人告状，我耳朵都塞满了。"

"老短命子，我跌你么事古了⑥，我偷了人还是偷了钱？做什么跌古事了，

---

① 自来火：火柴。

② 莫咁狼：别这么狼心、贪心。

③ 过嘴：说闲话、搬嘴舌。

④ 拐：哄骗。

⑤ 把自家个古跌光了：把自己的面子丢光了。

⑥ 跌你么事古了：丢你什么面子了。

你说出来，不说你就是狗屄个。"

"你！你娘个妇人家也太不像话了！"父亲从未有过这种经历，大家都很尊重他，没想却被自家蛮不讲理的侄嫂骂得狗血喷头。

"啪！"发哥过来，狠狠地赏了老婆一个荷板①。他也没想到，老婆竟真个冇上冇下，连叔瑞都敢骂。叔瑞为了让自家转来，从大队干部求到生产队干部，受了多少气啊，娘个短命嫲咋就不识相呢！

一向主张"家中唔和别人欺，楼里唔和外人欺"、宽宏大量的母亲闻声，实在忍不下去了，也大骂起富莲嫂来："富莲子，你也莫咁狼，狗心肝，爱好又爱好，有哩毛衣又爱棉袄②，分了些给你也就算了，你爱菜地种菜，不会去开荒吗？分给你的那些，还不都是我和子珍开荒来的，你劳力强了再去开点不就够了，干吗要这样骂你叔瑞？！他自出哩世都冇人骂过他短命子，我都舍不得骂他半句，你再刁也不能刁到叔瑞个头上。我告诉你，你叔瑞要是一百岁会死，我都找你算账，你也不要一开口就讲是他拐你们转来个，是不是他拐个你们心中有数，难道我们拐你转来屙夹屎、分家产？真个过桥兜扁、失本良心个妇人家！"

"我早就讲了，让他们转来是件错事，是买到老鼠来咬笼，是养蛇食鸡③，这下晓得了吧？不听我的劝，吃亏的是你自家。"起初就极力反对发哥一家转来的二伯父，愤愤不平地为我父亲抱屈。

"人心难合水难量，你对野炭子他们再好，他们做惯了贱骨头，也是猪八戒败了阵，倒打一耙。早知今日，何必当初，后悔又有啥用？"大伯母不知是在责怪我父亲，还是借机骂发哥。

大伯母借种生下宝哥时，我祖父刚给他那位早年夭折的长子买了个续香火的儿子，也就是发哥。大伯母却邀功请赏地对我曾祖母说，我生的才是你的曾孙，那个野炭子（指发哥）不算你的亲曾孙，养大后也是会跑的，别指望他日后到你坟头烧香。曾祖母经她这一说，就越来越疏远发哥，有好吃的常常偷偷塞给宝哥。

父亲知道大伯母的为人，虽然不加搭理，但自这次起，他对富莲嫂确实大为反感起来，不懂礼数又不知敬长的妇人家，有啥用？

---

① 荷板：巴掌。

② 爱好又爱好，有哩毛衣又爱棉袄：比喻不知足。

③ 养蛇食鸡：意即好心没有好报。

"娘个短命嫲，真个冇用，连叔瑞都敢骂，叔和媚对我们跟子瑞一般，啥都分给了我们。如果他们都不爱我们好，世上就没爱我们好的人了。难道你脑子里面装的是猪屎狗屎，就不会仔细想想，你是吃屎大个吗？自得我意①我就杀了你，给叔和媚消消气。以后再这样，我就赶你走，我就算冇老婆见面，我都不要你了！"发哥这下发大火了。

"好了，以后我不再骂了还不行吗？我改，你不用再鬼喔了。"

富莲嫂见那么多人发了火，也知道今天错碰了叔瑞这根高压线，真要得罪了叔瑞和叔媚子，犯了众怒，今后的日子也不好过。再者，她也不敢再气老公，担心发痰火②的他会加重病情。

"好，那你就给我听好了，以后曼人都不可以乱骂，你要骂就骂我，我由你骂，真让你的毒嘴骂着了，也只好自认倒霉。"

发哥边说边拽老婆进屋，省得在外头丢乖露丑。

几经商量和选地，发哥和富莲嫂终于定下开菜地的计划。

一天晚饭时，发哥对两个儿子说："天光朝晨我们去开荒，你们俩兄弟早点起来做饭，星期天不要读书，也好让我们安乐一下。"

次日早晨，大贵醒来发现父亲不在身边，晓得是去开荒了，忙揀了揀睡得跟猪一样的弟弟："小贵，快，快起床，爸爸他们去开荒了，你做饭，我去挑水。"

那时，我们吃的是井水，离家虽不远，但要上十几个台阶，连挑几担水就气喘吁吁，满头大汗。

"天子一光③就鬼喔般吵死人，我还没睡够，要做你做，水缸挑满了再煮饭也来得及，我不跟你争生意做，功劳都记在你身上，反正爸爸和姨娅得意你。"小贵说完，蒙头又睡。

八点钟左右，发哥两公婆回家一看，大贵烧火煮饭扫地一肩挑，连菜都备好了，而小贵还赖在睡懒觉，气得一把拖起小贵："娘个打靶鬼、懒尸古④，

① 自得我意：照我意。
② 发痰火：患肺结核病。
③ 天子一光：天一亮。
④ 懒尸古：懒汉。

月头都晒腔了，你还在睡，好意思吗？你看老伯瑞①多扎手，你要有他的一半，我都长加②十年命。读书懒用功，做水又不像样，看你以后娘般③过日子！"发哥越说越气，真想扇他一巴掌。

"我就是懒，你能咋样？曼人叫你们爱生下我，我还没怨你们呢，我都不想做你们的子瑞，苦得身上都冇一个刮痧钱，只看人家买东西吃，弄得我只有流喉澜④的份。"

"你不想做我的子瑞，就滚蛋，我就当屙大了一堆屎，有本事你马上就滚，永远不要再归来！"富莲嫂一听小贵这样说话，气得用手指点着他，要他马上从眼前消失。

"你叫我滚我就要滚吗，哪有那么好的事？你给我一百块钱，我就滚，要不给，我就偏要在你们眼皮底下过，闹死⑤你们，曼人叫你咁恶对待我？"

"哎哟，娘个打靶鬼！早晓得你娘般有用⑥，还不如一生下来就捏死你，养这么大了还经常气我们，拗豹子⑦，雷公没寻到个，雷公响时尿缸角头藏都藏不住，迟早都是让雷公打死个！"富莲嫂捶胸顿足，边哭边骂，鬼性一发作，连骂儿子也嘴不留情。

"雷公真要打死我，你们也逃不了。我看你们都比我高，弄不好雷公先要寻到你们……"

一墙之隔，这样的对骂听得分外清楚。父亲见小贵越说越离谱，放下饭碗从厨房里走出来，喝道："小贵，懒尸古，你再这样顶撞大人爷娭⑧，看我巴子古⑨会不会扇你？紧工时期，莳田冇个闲公爹，割禾冇个闲阿姆，有你这么懒的吗？小时不会做，让你怎么睡都行，今那大了，会做了，当然要帮着做。你看，你细姑和细叔都要做，你小他们几岁？父母说你几句，你还敢这么嘴老，真不像话！"

---

① 老伯瑞：哥哥。
② 长加：多长。
③ 娘般：怎么。
④ 流喉澜：流口水。
⑤ 闹死：烦死。
⑥ 娘般有用：这样不孝。
⑦ 拗豹子：逆子、不孝子。
⑧ 大人爷娭：父母大人。
⑨ 巴子古：巴掌。

那边厢，兰子嫂却在窃笑："做娘的都这么刁，曼人都唔怕，今那她子瑞也像她，连叔公的话也不听。就爱这样，才会让那个牛岭嫲气得澹血。我看她也是两样心，莫讲吃的穿的，就连叫大贵的声音都比较亲，难怪小贵会发火。"

"你莫鬼喔了，再听听小贵怎么应。"宝哥提醒兰子嫂。

"公，你不知道他们一直两样心吗？对大贵那么好，好像我不是他们亲生的，有吃的他吃最多，我和两个老妹只吃一点点，着衫裤①也总让我着他穿剩的，我从来就冇新衫裤着。"

"乱讲，曼人说同一个爷嫄有两样心？大贵比你们大，要多做事情，又是发育的时候，多吃一点是应该的，衫裤他穿不着了又没烂，还能穿当然不能可惜了。你细叔穿的，有些也是你大叔穿剩的，你细姑穿的也有你大姑穿剩的，他们就从来没有说过我们两样心。再说了，像你这样的蛮牛古，再好的衫裤给你，也是冇三日命长就簇新刮烂②了。"

"他们就是两样心，我偏不听话。"

"娘个偏头狗③！"父亲生气极了。只要他一发火，我们兄弟姐妹就会像老鼠见了猫一样屏声息气绕开，可小贵这家伙却不给他一点面子，还敢当面顶撞，他真想解下皮带，狠抽这个寒狗唔识热④的侄孙几下。

父亲一生气，眼睛就瞪得铜铃一般大，很像一只凸眼金鱼，在张嘴、合嘴，再张嘴又再合嘴。子瑜、子龙俩兄弟平日调皮捣蛋时，父亲总爱骂大目田鸡⑤、火了子⑥，现在他这个样子更像大目田鸡，我们差点没笑出来。当然我们得极力忍住，在这种时候要是敢大不敬地笑出来，那绝对是引火烧身，说不定也能得到父亲皮带的赏赐。

"满，你莫生气了，都怪我教子无方，你回屋吧，等下还要做水。"发哥边劝边把父亲推入厨房。

一次闲着没事，子龙和发哥父子三人一起打牌。子龙和发哥一家，小贵和大贵一家。轮到小贵坐庄时，少了一张牌，经查，在乃父手里。发哥随意还

---

① 着衫裤：穿衣服。

② 冇三日命长就簇新刮烂：指不爱惜衣物，过不了几天就糟蹋了。

③ 娘个偏头狗：长辈骂自家小孩之语，指不听话之人。

④ 寒狗唔识热：不识时务。

⑤ 大目田鸡：呆瞪眼，瞪死牛眼。

⑥ 火了子：不听话、不孝顺的孩子。

他一张废牌，小贵看了大不乐意，说："娘个死贼古^①，敢偷牌。"

发哥闻言大怒，当即把整副牌狠砸在小贵头上："娘个打靶鬼，雷公没寻到个，敢骂爷瑞死贼古，今朝日子我不打死你，就是你生的！"边说边去找棍子。

小贵动如脱兔，绕着房子一直跑，口中还不停地叫骂："来呀，来呀，死贼古，快点追我呀，我在这里呢！"待气得滗血的发哥走近，他手一挥又跑了。

发哥本来已患肺病，跑上一段就气喘吁吁，加上小贵还一直气他，一不小心，他被地面上突出的石块绊了一跤，一米六五的个头像根木桩一样，重重跌倒在地。

小贵非但不过来扶，反而拍起双手大笑起来："吊目光，吊目光，天在头顶上，想打死子瑞，上天都惩罚你，就爱跌死你，跌死了冇状告。"

那次我们又不能笑，因为我们看到发哥哭了，当我们和大贵一起上前扶起他时，他真的哭了，眼泪鼻涕糊了一脸。

同样的父母，同样的家庭环境，大贵和小贵却截然不同。大贵的听话乖活那是有目共睹的。他一有空，不用吩咐，就会把家务事做得有条不紊，而且从不欺负弟妹，更不顶撞父母，让发哥夫妻俩大有一种你办事我放心的欣慰感。发哥他们从来没有打骂过大贵，大贵想买什么，往往能立马得到同意和解决。

记得有一次，兄弟俩都想买白球鞋，发哥翻遍家底，还是没凑够钱，便让大贵先买，说过几天再考虑小贵。小贵一听，把刚端起的饭碗一摔，哭着说："好，好，我彻底看透了，你们总是两样心，啥事都先考虑到他，他才是你们的子瑞，我不是，我是天上掉下来的，是地下的石头缝里冒出来的。"

"又鬼喔，莫总说我们两样心，我们也没办法，以后你也会做父母，到那时你就晓得。大贵在中学堂读书，路途远，穿着当然要整齐一点。我又没说不给你买，过几天都不行吗？"

所谓"白须怕乌须，乌须怕无须"^②，发哥看他哭得如此伤心，心里也有点

---

① 死贼古：该死的小偷。

② 白须怕乌须，乌须怕无须：比喻年纪越轻，越不知规矩。

过意不去，心想就是借钱也要给小儿子买一双。

富莲嫂一旁说："小贵，你不要嘴咁老①，每次我们说你一句，你就顶撞十句，跟吃炸药长大似的。你学乖点，平时扎手点，我们也舍不得骂你打你，可你总巴不得气死我们……"

小贵打断母亲的话："你们爱两样心，我就爱气死你们。老鬼，你们爱记心②，莫忘了你们是咋样对待我的，以后我要是不孝顺，那是对你们的报复，莫怪我。你们全心全意爱大贵，可我提醒你们，以后还不晓得哪头禾好做种，说不定养老送终还得靠我，指望不了他。"

"靠你？想都不敢想，今那还要我们养，你都这样对待我们，以后我们老了，还能指望你？那我们真是做上好梦了。你放心，以后你要是不想为我们养老送终，我们也不会来求你，即使讨吃也会讨远一点，不会讨到你面前。"富莲嫂讲下了狠心话，肚子不争气，生下这么个拗豹子，命苦怨不得政府。

小贵小时确实讨人嫌，我们家常常锅铲一响，他便跑过来看，眼馋着问母亲："婆，煮啥好吃的？我隔壁就鼻到哩香味。"

我们有七个姑姑，早夭了一个，其他六个姑姑不时回娘家来。发哥一家迁来后，姑姑们来时也常常会带些吃的给他家四个孩子，可他们的那份每次都是三下五除二就给"报销"个精光。小贵晓得我们的份额不会一下子就落肚，就经常跑进我们家谷仓里寻找。几次被我们母亲逮到，他还嬉皮笑脸地说："婆，有啥好吃的，拿出来给侄孙吃吃。"

一次，母亲说到小贵在伯公庙偷吃供品，被人追赶，慌不择路跌落水田时的情景，骂了一句"狗嘴里有屎跌撒③……"骂后便是笑，笑得眼泪都出来了。

这家伙，到十五六岁时还是这德性，难怪人们说他"拐子拆撒哩一只脚还会跳"④。

日出日落，春去冬来，这座大宅院日趋破旧，墙壁倾斜，不得不打筢拨正。下雨时，四角落汒滴汒滴⑤之声不绝于耳，夏日打雷，像是跟闹地震似

---

① 嘴咁老：嘴巴刁钻。

② 爱记心：要记住。

③ 跌撒：丢掉。

④ 拐子拆撒哩一只脚还会跳：拐子即青蛙。意指调皮的人。

⑤ 汒滴汒滴：液体一滴一滴往下掉落之样。

的。四家就都先后省吃俭用，咬紧牙关，在老院宅四周重建了新房。

发哥和我们仍是两隔壁，为了省钱，在父母的格外开恩下，还无偿靠了我们一堵墙，所以，我们还得继续接受他们的骚扰，我们也还能继续享受不用买票的争吵打斗片。其实自他们来后，我们就一直拥有这种享受，来自外界的，来自他们自家的，也来自同座院子。发哥四个孩子和宝哥三个孩子，年龄不相上下，又是同辈，所以经常把状告来告去，今天你的谁打了我的谁，明日又是你的谁打了我的谁。那个小少爷一样的福福，从小娇生惯养，得意非凡，宝哥和二伯父家把他当成心肝宝贝，所以受不得一点委屈，他们两家就特别不欢迎发哥他们，还一直责怪父亲当初收留他们。光细鬼子的事，他们三家就大吵过几次，大人之间的恩怨，就不用说了。

欠着我们家的大恩小惠不消说，但即使在承恩无偿使用我们的新墙后，富莲嫂说犯就犯的鬼性，以及发哥因穷而生的乖张性情，一度使父母狠下心来，在两家中间砌了堵墙，以便减少来往，少些瓜葛。但孩子们根本不管大人间的恩怨，这堵横在两家之间一米来高的土墙，以及大人们"排骨蒸豆腐——有软有硬"的警告，根本阻挡不了他们追求热闹、渴望交流的本性。这堵墙倒成了他们爬高跳远的练习场，一段时间下来，两边的墙沿越磨越光亮，人人都练成了一身绝技，出入如无人之境。第三代人来世后，继承和发扬前辈的"光荣"传统，这堵墙形同虚设，自生自灭。

转眼间，新房又成老房，原先在同一个院子里厮混的小屁孩们相继长大。遗憾的是，他们虽然人人会背"读书肯用功，茅寮也会出相公"，但最终只出了一个大学生，那便是当年的红军指挥官子龙蛮牛古。

发哥虽然肺病缠身，却不改烟酒之嗜，有时为了换几个烟酒钱，还常常抱病替人犁田。

还在生产队核算时代，发哥的犁田功夫就是有口皆碑的，连一向对社员群众苛刻挑剔的生产队长虎腚，对此也找不着茬。在我的印象里，发哥犁田，鞭子几乎不着牛身。人家犁田，在泥水田里摔滚摸爬一番，不是泥猴也胜似泥猴了，可发哥呢，除了裤脚以下，身上干干净净，泥巴点子不沾一个。如果是犁旱田，他从田里上来，在溪边濯洗好脚丫子后，不需回家换衣服，就可以直接走亲戚了。他的犁田功夫堪称村中一绝，他布局好犁路后，一犁杖下去，吆喝驾驭着耕牛或前行，或左折右转，收放自如，即使中途短暂休息，整丘田看上去也像是一气呵成。那些在他和耕牛身后翻卷的泥土，恰如一页页均匀、整齐、柔润、神形兼备的书，光滑发亮，湿气蒸腾，给人不忍触动和破坏的感觉。如果细看，他的犁路行云流水，难见败笔。乡村稻田形状不一，无论如何不规则，他心里都有一份与众不同的布局，鲜有跳埂，也极少交叉或重复犁路。看他犁田，有如观赏一位丹青高手作画，绝不多出也不缺失。

但某日，这幅田间作品，终于随着发哥的眼黑摔跤而成败象。在父亲的严厉斥责下，发哥自此再没下田操犁，也没人再昧着良心雇用一个病人做重活。

发哥的肺病久治不愈，在逼仄的新房里住了几年后，便撒手人寰。那时他才过半百，不过他走得倒还安心，因为四个子女都已结婚生子。子生孙，孙生子，他的种，会像蒲公英那样，生生不息地散播四方。

我一度想，发哥兴许还是带着一丝自豪感闭眼的。他与大伯母、宝哥母子斗了大半辈子的气。大伯母自生下宝哥后，不仅说动我的曾祖母疏远买来的发哥，还经常与别人说，我有了荣宝，一世都食唔动用唔动，我的儿子是好命，不比那个野炭子（指发哥）苦命，买来不到两年就克死了太婆（指我曾祖母）、公待（指我祖父），以后指望谁照顾呢？必然会做短命子。谁能料到，最后竟是她白发人送黑发人，而且，她儿子宝哥死后，发哥还活了好些年。旁人就说她嘴轻，未承想儿子会早死，这个短命子还在。我后来想，发哥年轻时之所以会跟着打铁客闯世界，与大伯母的詈骂也有关系，要是他闯出名堂衣锦还乡，大伯母不知会有多郁闷！

大贵参加了两三次高考，但都名落孙山，眼看家里再也经不起折腾了，只好含恨回家捏泥卵。他的婚姻像考场那样失败，婚后不到两年，他和那女人不知啥原因，生下儿子晓华后相逢不下马，各自奔前程了。可怜的晓华早早失去了母爱，富莲嫂带着他田里地里忙活。听说那女人跑到广东打工，回娘家后，就来这边要求见儿子，还为晓华织了毛衣，可富莲嫂死活不让见。

也许是为了儿子，她后来又要求大贵复婚。大贵好马不吃回头草，决绝地把她的东西统统丢到门外，不准母子相见，她只得哭着离开了他家。后来她在广东结了婚，又生下两个细鬼子，但还是没忘这边还有自己的一团肉，不时给晓华织毛衣，买书包，上学时寄点钱。

原先富莲嫂一家还是不愿接受，母亲很是说了她一通："富莲子，大牛相斗，细牛吃草。大人的事不关细人子的事，再讲你都做娭毑①的人了，怎么还不理解做娭毑的心呢？她想见见子瑞，是应该的，买书包织毛衣给钱也是天经地义的事，说明她还爱子瑞，你应该让晓华见见她。"

"这么狠心的女人，连子瑞都不要，还寄这些给他做什么？我带得这么辛苦，以后让她拐走了咋办？"

"不会的，你想想，她在广东有老公又有子女，她带他去做什么？子女是娘身上掉下的肉，她想见见子瑞是人之常情，你这样剥夺他们母子相见的权利，以后晓华长大后也会怪你的。"

经母亲这么一说，晓华此后就可以和妈妈见面了，也可以扑进妈妈的怀里撒娇了。从小缺少母爱的晓华，一旦拥有母爱，便泪如泉涌，悲喜交加。俗话说"小孩见到娘，冇事都爱哭一场"，可晓华心里有事啊！大家都有妈妈，有妈妈的呵护，可自家的妈妈在哪里，她为啥不属于自己？第一次见面，他就问妈妈："妈，你为啥那么狠心丢下我，为啥不要我，现在为啥又还要来找我？"

天真的晓华，哪里能理解妈妈此时此刻的痛苦。听到儿子的问话，做妈妈的答不出一句话，只能抱住他号啕大哭，她的心里好比贾宝玉哭灵，悲伤已极，造化弄人，她也解释不清啊！

大贵后来经人介绍，倒插门和一个大他几岁的寡妇结了婚。那女人的丈夫得重病死了，留下两个儿子。大贵这种苦命人，把自己的儿子留给了母亲，他自己却有蛋不孵孵石头去了。

在我记忆中，大贵特能负重，离开校门死心塌地务农后，一年春夏秋冬，不管阴晴还是雨天，他的一副肩膀白天总难见空着时，不是扛着木头，就是担着牛栏粪猪屎粪，或是挑着两箩稻谷，似乎肩上不放着什么，不把肩上的扁担压弯，就是一种反常和别扭。假如他在夏天担着还带叶子的柴木，左右两捆柴木高得遮没了人影，远看就像两棵树木自动地在路上跳跃前行，十分有趣。

有次，我和他送征购粮到粮站，大热天的，又要爬坡，弄得我脸色灰白，回家途中脚步已然碎乱，而他却还捡了两块大石头，放入两只空箩里。我知道这是他为再做新房积累石料，他的解释却是，有东西压一压，走路才不会轻飘，重心稳了，才有个势。我说我可累了，这一副空箩我都嫌重，那你帮我挑箩吧。他二话不说，把我的空箩往他空箩一摞，就大踏步走了。看他那个样，

_____

① 娭毑：祖母。

全身肌肉仿佛有了舞蹈的节奏，脚步也有了弹性，撇下直喘粗气的我，一跃一跃很快就在前面的山路上消失了。

大贵再婚后，在煤矿干活，扛木头，啥辛苦活都做。有次不知是挑煤过了头，还是累乏了，居然踉踉跄跄摔了跟头，两边的脚指头踢得血翻翻的。

每次见到大贵，我总会油然地从心底里产生一种怜悯之心。长长的头发，拉碴的胡须，配着长且瘦削的脸，乍一瞧便让人产生一种未老先衰和窝囊的感觉，再瞧，那就像是没有壳子的蜗牛，左看右看都不顺眼。

因为后妻的两个儿子分别念初中、高中，需要很多钱。大贵辛辛苦苦做来的钱，全部用在了他们身上，晓华一年也得不了几块钱，可怜的晓华又被父亲抛弃了。

2007年，因高速公路建设之需，我们两家的房子都在征用之列。大贵分到了一份钱，大家都劝他，"禾怕寒露风，人怕老来穷"，要给自家留条后路，最好把这笔钱存到晓华名下。其时晓华已在武平一中读书，有了这笔钱，晓华才能完成学业。可大贵不听，把钱都拿走了。大家都说他是个糜腚大头古①，落雨天子出世个糜子②。看大贵的处境，说不定以后会被那母子三人赶走，当然那也要等他老了，没有利用价值时。

房子征用前，富莲嫂就一直担心日后的落脚问题，自家还好说，可晓华咋办？跟他爷瑞去是不可能的，他自家都如此落魄，如此狼狈，迟早都会被人赶走，谁放心把晓华交给他？已读初三的晓华也不愿跟着不爱他的父亲受苦。

一次，我回家和富莲嫂叙谈时，她又说起自己的担忧。小贵当着我的面说："姨娅，你也不用愁有地方着落，生儿育女是做什么的，不就是为了老时有人照顾吗？大贵叫你跟他住，你敢去吗？他自家都泥菩萨过河，你和晓华要是跟了他，我敢打包票，不出个把月你就会卷被铺③走人。你就放心跟我住吧，我不会丢下你的！"

"嗯，小贵讲个有理，看这种情况，大贵靠主不得，你也只有跟小贵住在一起最实际。你分到的那份钱也只有给小贵，他做了房子天经地义要让你住。你放心，我看小贵靠得了主。"我相信小贵不再是偏头狗。

"我是咋样都行，我都六十多了，还有几年活头，我担心的是晓华。"

---

① 糜腚大头古：土包子，大傻瓜。

② 糜子：没用的人，顾不到自己的利益，随他人作弄。

③ 被铺：铺盖。

"晓华是我的亲侄子，整①子瑞我都还嫌少，你放心，他也跟我一块住，有我们吃的绝对不会饿着了他。"小贵爽快地答应了。

听他这一说，不由得让人投去赞赏的眼光。小学没毕业的小贵能有如此的胸怀，跟小时候比，真的是判若两人。

小贵的新房，还是紧邻我们家，两家人的来往依然密切。看富莲嫂和晓华在小贵善待下过得很好，我们宽慰之余，不由得想起智慧老人的遗世箴言："千担粪施头禾，到时却出了青公。"这话的意思是说，父母不能偏心，你把千担粪都施在一头禾上，却因爱得过度，最终它只长青苗不结谷子。这其实也是讽刺那些有偏心眼的父母。就眼下情况而言，富莲嫂是不能指望大贵了，她今后的幸福指数，掌握在以前没看好的小儿子手中。

---

① 整：当做。

"土皇帝"虎腚

虎腚是队长的绰号，我一直都听大家这么叫他，至今不变。当然这虎腚也不是我们晚辈能信口叫的，不过，私下里我们还是这么没大没小地叫着。客家话中，腚者，男根也，膣者，女阴也。在"无后为大"、重男轻女的社会里，家中有带把长根的孩子，是莫大的欣慰，于是，以"腚"作男性称呼的后缀，是份光荣和梦想，是我们这里约定俗成、古今流行的时尚。虎腚的名字肯定是有讲究的，都晓得老虎屁股摸不得，比屁股更隐私的生殖器，那更是不能轻易碰的，客家话有"看膣发赤目，看腚三升谷"之说，一个是得红眼病，一个是要给三升谷，男根女阴之贵贱，一语道破。反过来说，当一个女性，倘若打小的称呼就有个"膣"字作后缀，其在家中族里的地位，多半是要受同情的。虎腚这个在字眼上已经很生动诠释着内涵的名字，安在了队长身上，意义更是非同一般。

虎腚的祖上，并没有这么硬气，虽然胯下有腚，却如泥塑一般，任人捏弄，痿而不举。

虎腚的祖父，与贴上"四类分子孝子贤孙"标签的采福之祖父，当年同一副大门出入，因为房份小，常受欺负。某年，虎腚祖父嫁女，行将出门时，采福的祖父俩兄弟却把大门关紧，落上锁，不准他们由此出门，说什么龙运会被带走，应由你们家中开一个门让她嫁出。虎腚祖父无计可施，只得包了一大包银子给他们，听说有五十只花边约三十两左右，才得以把喜事进行下去。

虎腚祖父去世时，采福的祖父兄弟非但不去同情，还蛮横无理地说，死人从大门抬出，会给他们两家带来衰运，必须要有红包补偿。这还不够，还说须请外人帮忙。虎腔父亲连杀两头猪，可厨房里没见一两猪肉，全被他们兄弟俩瓜分了。虎腔父亲无处喊冤，只好请来本姓父老坐镇，再行杀猪，他们两兄弟才不敢轻易造次。

虎腔父亲是家中独苗，解放前夕在共产党领导的闽粤赣边区游击队当了一名伙夫，新中国成立不久，他因病回家，历数采福祖上罪恶（其实也就是大房欺小房），力主严惩。采福父兄在土改反霸中服刑，虎腔父亲是施加了影响的。采福幸因当时年纪小，留下一命。虎腔父亲大笑三声而死，临终前叮嘱儿子，翻身不忘共产党，一定要加入共产党，才不会受人欺负。

在我的印象中，虎腔是我们美溪队的首个共产党员，他能当上生产队副队长继而队长，而且一当就是二十多年，靠的也是党员身份。当队长后，每天出工时，他便举着一个装电池的喇叭筒，站在我家对面那个大谷坪大呼小叫，吆三喝四，分配着各小组、各社员一天的劳作。干什么，在哪里干，谁谁晒谷，谁谁犁田，全是他一言堂说了算。分配完毕，他便把喇叭筒拿回家里挂上墙壁。我们做小孩时，对这发号施令的喇叭筒虽感好奇，但从不敢，也没机会碰一碰。

遇着三六月插秧时，朝晨中午，甚至晚上都要加班脱秧。有细鬼子的妇女们，常常累得头不梳，面不洗，一归屋①抓紧时间让饿急了的细鬼子吸上几口奶，自家扒下几口饭，还没咽下，对面谷坪里又响起了队长粗重的出工声，只好边走边咽下口里的饭。迟到两分钟，扣半个钟头的工分，有谁不怕的？为了多挣几个工分，年终能成为余粮户，社员们甚至有病不下火线。

"虎腔娘个厕脓刮赤痢个，自家屋下有老人家，一归屋便屎胚兒碗嘴兒凳②，我们哪能跟他比？每日娘种做法，命都会做冷。我每日个衫裤都叫十二岁的妹子洗，穿在身上一看，泥都没洗干净。"琼英和我母亲同组，她们很谈得来，她晓得在我母亲面前发发牢骚，她绝不会多舌乱鼻③告密，她不是那种两头蛇、爱送小心④的人。

---

① 归屋：回家。

② 屎胚兒碗嘴兒凳：屎胚，屁股；兒，对着之意。正确的说法应为屁股兒凳嘴兒碗，骂人时故意骂反用来作贱人。

③ 多舌乱鼻：多嘴。

④ 爱送小心：在你面前讲你的好，在他的面前讲他的好，指两面派。

听说有一次，母亲因喂我吃奶，迟到了两分钟，虎腔便大声宣布要扣她半个钟头的工分。母亲说："我是头一回迟到，大家放工后，我可以多做半个钟头，就莫扣我工分了，下回我注意点。"

"不行，大家都这样，我还当啥队长，讲好了要扣，你再多做半个钟头也不行，一定要扣！"

"曼人没带过细鬼子？迟到一下子有啥奇怪，总不能把细鬼子饿出病来吧。你也有细鬼子，难道你老婆没有迟到过，她为啥就不要扣工分？"

"我是队长，你是社员，你有什么资格跟我说这种话？"

"是，我们没资格跟你说这种话，你要扣就扣吧，一天的工分扣掉我都没办法，反正我们社员奈何不了你。"

虎腔一转身，大家便低声骂了起来。

"娘个猪狗六畜，病目珠个①，哪晓得人家辛苦？好在才当小队长，要是当个县长专员什么的，一个美溪队的人都会不在他眼中，都会被他塞进袜筒里。天又咁冇目②，又不保佑他家老鬼快点死，他要是冇老人家烧火煮食带人，看他怎么刁得来，我敢讲他老婆每日出工都迟到。"一个叫招玉的女社员说。

"迟到又咋样？他不是说，他是队长吗！曼人敢对他有意见，要是得罪了他，工分被他扣掉，那岂不是牛皮写字狗食撒③——白干了，口粮不拨给我们吃，那一家大小就得死翘翘了。也只能背后骂骂解解恨，真要让我当面骂他，把你们的胆都借给我，我也不敢，得罪曼人都不敢得罪他娘种人，那真是鸡毛拿来试火④。"女社员琼英接口说。

稻子秋收后，地瓜又有收成了。挖地瓜时，大人们总会用脚头⑤刮一条二条来吃，那红心地瓜又嫩又脆又甜，吃上一二条既可解渴又可充饥。队长一经发现，就不得了："你们改⑥番薯又偷吃番薯，再吃扣你们工分！"这是虎腔一贯的作风，曼人不怕扣工分？

"虎腔，你也莫咁作恶，大家辛辛苦苦种的，改番薯时吃上一二条是正常

---

①　病目珠个：病眼的。

②　天又咁冇目：天没长眼。

③　食撒：吃掉。

④　鸡毛拿来试火：意为自取其灾。

⑤　脚头：锄头。

⑥　改：挖。

的。嘴渴了又不敢归屋喝茶，怕你扣工分，只好吃条番薯解渴，毛主席老人家不也说过，要增强人民体质，才能把革命进行到底嘛。你也来尝尝，很甜很嫩的。"他的叔嫂子秀英举起一条红心地瓜说。

"你们吃点也就算了，可有个别人心肝太雄①，自家吃了还要让细人子吃，又爱袋②几条归屋。如果大家都这样，那到时队里拿什么给大家分？要是让我晓得了，我丑话说前面，非扣他两天工分不可，到时莫怪我没提醒。"

"是不是曼人都一般般③扣？"招玉问。

"当然，不管曼人个细人子，我都一般般扣他大人的工分。"

"你讲话冇算数，要是你的子瑞拿了也一般般扣吗？"琼英也问。

"曼人讲个我说话冇算数？如果我的子瑞拿了，我照样自动自觉扣两天的工分，问题是我的子瑞肯定不会拿。"虎腔以为，自家的细鬼子从来就没有饿着他，所谓肚饱唔食鸡④，用不着和别人家的细鬼子那样偷偷摸摸拿几条地瓜回家。

"你们这下信了吧，我早就说过，我们美溪队的队长不比其他生产队的，绝不会有嘴讲别人，冇面讲自家。本来就是嘛，打铁还得自身硬，自家子瑞都管不好，哪还能管好大家？"刚从中学回家务农的春生插上一杠子。

她们一唱一和，说的就是虎腔的小儿子亚福古。刚才她们明明看到他蹑手蹑脚走近地瓜堆，利索地拿了几条，用脱下的外衣包好。她们一使眼色，装作没看见，让他成功得手。等虎腔一到，她们又像说相声那样，让一向自视高明的虎腔毫无防备地钻进了她们的软套子里。

虎腔听明白了弦外之音，黑着脸回家一看，亚福古正愁地瓜该藏哪里，才不会被父亲晓得。虎腔开口便骂："亚福，你娘个火了子，啥时饿着你了？你怎么能偷番薯归屋，跌我的古？你让我以后再怎么管人家？我打死你！"他拿了一条扁担，追着亚福古喊打。

"爸，莫追了，你追不到我的，再说打死了我，你也会被捉去劳改枪毙的。"

"你是我子瑞，打死你，就跟打死狗一样，曼人会枪毙我？"

法盲父亲追来追去，也追不到子瑞，只好作罢，但两天的工分是非扣不

---

① 心肝太雄：心太贪。
② 袋：动词，装入口袋。
③ 一般般：同样。
④ 肚饱唔食鸡：饱后连鸡肉都不爱吃。

可了，吐出去的唾沫，还能自家舔回去吗？大家晓得后，拍手称快，"土皇帝"也有阴沟里翻船的时候。

虎腚的心胸如同针眼，那几个胆敢变相捉弄他的人，后来都被一一处罚。他的叔嫂秀英感冒发烧下不了田，想请一天假，他没同意，反而分配她上山割草喂牛。分娩在即的招玉，仍被派去参加平整土地。身怀六甲的母亲也和招玉一样受罚，派去挑担。记担数的外队人是个大队干部，看到她们那么吃力，深表同情，对虎腚说："那两个大肚婆，跟打腰鼓一样辛苦，明天起不能再叫她们出工做重水 ① 了，出了事你负得起责吗？你娘个队长是咋当的？"

听大人们说过，每次分配工种，虎腚总是把最轻松的活分配给自家老婆。大家意见很大，却又不敢当面提出，怕他寻机报复。

1957 年底，全国农村大搞农田水利建设和积肥运动，掀起了"农业大跃进"的高潮，擂响了"大跃进"的战鼓。

上级要求搞积肥，铲脚泥，新屋基地垫五寸，老屋基地挖一尺，谁挖得深，谁先进，就插红旗。老人们都说这是劳民伤财、摧残民力，可生产队长锦杰、副队长虎腚为了多插红旗，不听劝告，强迫大家照做，谁违抗，扣工分，扣口粮。

挖屋基、垫宅基的风潮刚刚过去，浮夸风潮又在中华大地上呼呼刮起。

可是，处在小农经济王国的人们无论咋样浮躁，咋样狂热，咋样"盲学爬先学走"②，经济和社会发展规律还是照常在自己的轨道上运行。由于总路线、"大跃进"、人民公社超越了生产力发展水平，手持落后生产工具的中国农民，一下子创造不出"人有多大胆，地有多大产"的社会财富，随之平调风、共产风、浮夸风、瞎指挥风和强迫命令风接踵而来，"五风"狂搅大闹中华。

本来才四五百斤的产量，锦杰和虎腚为了邀功请赏，为了那面写上先进生产队的锦旗，报了个个亩产双千斤，至于社员饿不饿肚子，他视而不见。

田野里的卫星还在"嗖嗖嗖"地"空对空"发射，在一片锣鼓喧闹声中，又迎来了"钢铁元帅"的升帐。

既然中国的农业能创造出卫星上天的奇迹，谁说工业不能？农业产量能

---

① 做重水：干重活。

② 盲学爬先学走：盲意"未"，意为超越阶段，急于求成。

达到几万数十万斤，那么 1958 年的钢铁产量要达到一千零七十万吨，也该是两个手指捏田螺——稳打稳的。钢铁任务中央分解到省，省下到地专，地专到县，县到公社，公社到大队，大队再到生产队，层层分解，层层加码。我们大队十二个生产队，队队都有高指标。我们队受领的任务是一万吨钢铁。为了完成这个脱离实际的硬指标，虎腚组建了一支"钢铁突击排"，到处找铁，把每家每户好好的锅勺砸烂，把窗门上的铁杆锯下来，只要是能炼铁的，一样都不落下。还到处伐树，于是，这一带昔日兽鸟出没、也隐藏过土匪的大山密林，被弄得光秃秃发亮。没有了簇新的绿装，却见土地渐渐枯干脱裂，一片片田野变成赤裸。其他生产队也是八九不离十，土铁炉平地而起，炉火昼夜不熄。那时的情景，壮观是够壮观的了，可横流大地的却是滚滚污泥、泱泱浊水。

对于那种种瞎指挥，曾有几个老人提醒锦杰、虎腚，这样做是石壁上打篱桩①，得赶紧刹车，免得群众遭殃。可在那个时候，虎腚怎能听进去？

虎腚和锦杰一样，样样要求先进，会议室的锦旗确实越挂越多，一直挂到分田到户。

三四十年后再听老人们讲起那些陈年往事，真要献上一曲挽歌、一段哀词。

过去的事情我不晓得，全是听老人们说的，但后来我从学校回来，跟着大人们一起修"地球"时，发现虎腚确是一个"特别"的队长。我和几个小社员出来初挣工分时，有个别人干活不像样，他不是善意批评，而是给以疾言厉色，还经常安排苦活以示惩罚，事情做得不好，翻做，直到他满意为止，不然不给记工。

虎腚接替锦杰由副队长转正，成为美溪的最高执政者后，无论何时说话，都掷地有声，一句顶万句。当队长日子一久，就习惯了粗门大嗓，即使嗓子磨得气多声少了，还要哇啦哇啦地到处送气，不指手画脚，他的存在就引不起社员群众最广泛的注意，自身的价值就没有得到最大限度的体现。跟着他走上一段，发现他的一张嘴总不消停，"这个地上种番薯能得千斤吗？""这样还能不能进一步密植？"哪怕一个人背着手走路，他也可以找自己抬杠，一张嘴可以开一台辩论会。对他的自言自语、自问自答，全队人早就见怪不怪了。

最受不了的，是虎腚的苛刻和严以律人、宽以待己。下田脱秧时，看到

---

① 石壁上打篱桩：意即主观蛮干，适得其反。

社员捆扎好的秧苗太小，他就让我那位负责记工分的父亲，把它们三个整作一二个，一百个秧子只按六十个记；看到秧苗虽大，却整得跟蚂蚁上树①一般，他也要打折扣。他还当众出人的丑，提起捆扎好的秧苗对大家做反面教材："大家看看，她脱的秧子跟蚂蚁上树有啥不同？个又小，这不直接影响插秧的人吗？大家要是都为了多挣几个工分投机取巧，不顾质量，岂不乱了套？对这样的事一定要坚决镇压，决不姑息。"

更有甚者，虎腔竟别出心裁地拿来一把秤子，把小个的秧子拿来过秤，弄得个别社员很没面子，心里诅咒他晚上睡觉永远不要再醒过来。

一次，一位社员因儿子身体不舒服，老公又不在家，去向虎腔请假，想带儿子去赤脚医生那里看看。

"队长，我子瑞昨晡夜老哭，可能是肚子痛，害得我一夜没睡，抹了万金油后，才眯了一会儿。细鬼子的病搞摊不得②，我得带他去看看，我请假半天好不好？"

"真是懒人屎尿多③，紧工时候，不能请假，肚子痛不是啥大病，你再给他抹些万金油，或者叫你家老家娘背他去看医生。"

"鬼讲个，我家娘都七十多了，屋下能帮我照看就不错了，要叫她背着孙子去看病，孙子一闹起来，她哪里吃得消，哪里会有主意，我怎么放心得下？"这社员一边说，一边哭了起来。

"你们妇人家动不动就喔④，喔都会喔衰，喔也不准你的假。紧工时候，哪能说请假就请假，你中午不是可以带他去吗？"

无奈之下，这社员让婆婆给儿子抹了万金油，自己放工后马上背他去卫生站。

"你怎么当娭瑞的，细鬼子有病哪能拖？做金子也不如细鬼子的病要紧。"医生检查后，一脸愠怒地责备做母亲的。

"不是我不带他来，是队长不让我请假，我怎么求他都不答应，我有啥办法？"她哭着说。

"我给他先打消炎止痛针，如果他还老哭，就要抓紧送医院，有可能是得

① 蚂蚁上树：指一扎秧苗上上下下，不整齐。
② 搞摊不得：大意不得。
③ 懒人屎尿多：意为借故偷懒。
④ 喔：哭。

了急性胃肠炎。看他又吐又泻的，不能再大意了。"

"医生，有没有危险啊？要是让他爷瑞晓得了，准骂死我，这可咋办呀？他又不在家。"

"半个小时后，他要是还又吐又泻，你就马上带他去医院。如果不再吐不再泻，说明已经止住了。你夜晡再带他来打一针就好了。"

半个小时后，小家伙还是又哭又闹的。送到医院后，医生诊断为急性胃肠炎。因错过了最佳治疗时机，得住院治疗。

她老公回来，晓得真相后，破口大骂："娘个虎腚短命相，真个猪狗六畜，一家死斗绝个①。乌龟王八蛋，自家个子瑞当做宝，人家个子瑞就是草，害得我子瑞住院，受了那么多苦，害我花了那么多钱！自得我意，我就买包老鼠药放在他的锅里，毒死他们一家子。他恶，我更恶！"

也难怪那做父亲的恶言恶语，本来日子就过得冤枉，儿子住院又借了一笔钱，真是越寒越刮风。

他老婆听后，赶紧劝阻："莫鬼喔②，被人听到可不得了，天光日子③他们一家真要被人毒死了，第一个就查到你头上。话不可乱说，饭不可乱吃。"

人是没被毒死，但那十几只准备过年的鸡鸭，却全躺在地上不吃糠谷了。有人用农药浸谷，趁虎腚一家都出门时，撒在了他家门口，让他吃了个哑巴亏。因得罪人太多，虎腚猜不出是谁作的恶，要是侦查到，准让他天天做辛苦水。

虎腚这个干部当得确实认真过了头，辛苦过了头，心术也过了头，睡不着觉也在想着谁会偷懒，谁会偷生产队的东西。就算社员们在很远的山沟里干活，他也会偷偷爬到山顶上，躲在一棵大树下，查看谁偷懒，谁磨洋工，谁打马虎眼，晚上好召开社员群众大会，指名道姓，给予严厉批评，宣布扣其工分。虎腚的目光一向阴冷，常从人们不大注意的某个角落潜游出来，一碰到这种目光，你就感到它无处不在，自己任何举动都有可能被他捕捉和渗透，他的眼睛后面有眼睛，目光后面有目光，你很难在他面前藏着掖着什么。有时，干活受累的社员实在忍不住了，刚伸直身子喘口气，有人马上开玩笑说："队长来了！"

---

① 死斗绝个：死光光。

② 莫鬼喔：不要乱讲。

③ 天光日子：明天。

队里年年都种甘蔗，有些人手脚不干净，经常做些偷鸡摸狗的事。在那缺油少粮的年代，也难怪会有人半夜出门偷挖番薯或偷砍甘蔗，但因怕人发现，数量绝对不多。

某个下半夜，金贵古不顾天冷，拿着镰刀摸黑径往甘蔗地里去。他前思后想，拢共只砍了三条蜜蔗，掐头去尾弄好后正准备回家，不料迎面射来一束手电筒的强光。看到眼前突现一个巨大的影子，金贵吓得大叫一声，比碰着了鬼还恐惧十分。

"我就晓得有人会来偷甘蔗，我都巡视了几个夜幕了，今那终于捉到贼人了，你自家讲娘般处罚你？"

"虎腚，快把电筒熄了，有话好说。"

虎腚最好拿手电棒儿晃人，一村人都怕他晃。他的手电筒像喇叭筒一样，是他的干部道具，常常走站不离身，有时连白天都带着。电筒屁股后头有个圈圈，抠直后可以悬挂在裤腰带上。

强烈刺眼的手电筒光熄了，四周陷入黑暗中。

金贵古低声下气地说："我们还是没出五服的亲房叔伯，你就放过我这一回吧。你要是在大会上点我的名，又扣我工分，我的脸面往哪放？以后大家一有啥丢失的，弄不好就会怀疑我，你说我咋活？就算我求你了，看在亲房叔伯的面子上，原谅我一次吧。"

虎腚嘿嘿一笑："讨食唔得三日过，三日一过有官也唔想做①。"

金贵急道："我保证，以后再也不敢了，再偷就罚做王八。"一边说，一边把手中的三条斩获物递上，"这三条甘蔗你拿回去给细鬼子吃，我保证不说。"金贵心里在想，这三条甘蔗如果他拿去了也好，以后自己也可以把此当做把柄，揭发他接贼赃，偷是我偷的，吃可是他吃的。

"你讲个当真，以后真个不再偷了？要是再犯被我抓到，我就批斗你，到时就莫怪我不顾亲房叔伯的情面了。这甘蔗你拿一条回去给细鬼子吃，但千万记得把甘蔗渣丢进灶头里烧了，不要让人发现，也千万莫讲出去。"

"晓得，晓得，你可以放心。"金贵古唯唯诺诺，点头哈腰地拿起一条甘蔗归屋了。

---

① 讨食唔得三日过，三日一过有官也唔想做：意为坏习惯不容易改正，过了难关又重犯错误。

其实，金贵古在偷砍甘蔗时，虎腚就已躲在田沿边，乐见其成。他算准了金贵古会分一些甘蔗给他，心里还指望他能多砍两条呢。他一点也没想到金贵古会那么容易满足，只砍区区三条就罢手了，真是小农意识！

回到家中，金贵老婆彩玉看他只拿了孤零零一条甘蔗，就不乐意了："做都做了贼，为啥只砍一条，一也做贼二也做贼，干吗不多砍几条，也好让细鬼子吃上一段日子。"

"嗨！莫说了，我一共砍了三条，刚弄好要回家时，虎腚来了，他用电筒一照我，我都差点吓死，以为撞上鬼了。他一看是我，就没多说什么，到底还是亲房叔伯，有情面，他都给了我情面，我就把甘蔗给了他两条。"

"好夜哩①，他去甘蔗地干啥，难道也想去偷甘蔗，发现你就来捉贼，还想着从你那捞好处。他这人精，你做了贼好着了他，让他一举两得，我们有把柄在他手里，以后都得看他眼色了。"

"怕啥，他拿了两条，我是贼古，那他就是接贼赃，我要是说出去，他也没面子，他肯定不会说出去的。"

"那下次要小心一点了，要多砍几条回来，既然担了贼古名，就要多弄一些才值。"彩玉还真不怕死。

"下次？你还想让我再去偷，虎腚说不定天天晚上都会去巡逻了。他说，要是再让他撞上，就扣我工分和口粮，还要组织批斗。再说了，多砍几条，他晓得了不来抄家才怪。真要抄出来，下次批斗会你去？为了几条甘蔗，被他们批斗，那衰死了。一日为贼，终生为盗，发誓我都不会再去偷了。"金贵古心有余悸地说。

"娘个虎腚短命相，自家想吃甘蔗就在那里等装。有嘴话别人，冇嘴话自家，自家的屎都没擦净，还去擦各类人的屁股！"彩玉一想到虎腚手里有两条甘蔗，就不甘心，自家老公担了贼古名，却只拿回一条，真个气得贼死。

第三天，虎腚召开社员大会，说："前日夜晡我在甘蔗地里捉到了一个贼古，我一直巡视了好几个晚上才撞到，这贼眉鼠眼的就坐在你们堆里，不过他心肝不雄，拢共就砍了三条。看在他是初犯的分上，我就原谅他一次，在这里不指名道姓。我先说清楚，下次我还撞到有人贼心不死，胆敢偷改队里的番薯或偷砍甘蔗，决不姑息，一定当作坏分子来批斗，大家听到没？"

---

① 好夜哩：夜深了。

129

"……"没人回应，大家都在偷偷观察谁贼眉鼠眼，暗中猜测贼古是何人。

被唬出一身冷汗的金贵古，心里把虎腔的祖宗十八代都骂完，尽管这还是没出五服的兄弟："娘个短命相虎腔，差点就被他吓死，真个猪狗六畜，贼喊捉贼的大贼头，吓死了我你又能分到多少口粮，能得到多少好处？"

没办法，社员的命运掌握在队长手中，每次挖地瓜或砍甘蔗，干部的子女都有人巴结，常会塞些瓜瓜果果给他们。我们这些平民百姓的子女没人巴结，巴结你白辛苦吗？就连拾稻穗，大人们看到身后跟有干部子女，都会故意掉些谷穗让他们拾，要是没人注意还直接割下两三头禾给他们，好让他们早点回家，莫让日头晒出痱子来。而有些狗眼看人低的大人，连我们捡的他还要抢过去，每遇到这种人，我们都会朝他吐上几口唾沫，用小眼白他几下，以泄心中的不满。哼，敢看衰你大伯爷瑞！

老人们常说："厨下冇人莫乱餐。"平民百姓哪能跟人家队长比？他是一队之长，是百人之上的"土皇帝"！鸡屎比酱，越比越臭。饱汉哪知饿汉饥！他们几个当干部的，行得前，商商同同，总可以捞些吃的用的往家里。大人小孩一个也饿不着，做的是轻松事，吃的是又好又饱。劳劳碌碌却食粥，阿阿蒙蒙①也享福，落脚②时辰不靓，命当不得人，不怨天不怨地，就怨命不好！

我父亲因多年在外烧石灰，体质差，做不得苦活，队里就安排他晒谷。谷库里就他和另一个仓管员还有队长三个人有钥匙。每天太阳落山，他们都把谷搬进谷库里，然后上锁回家。一般谷子都要晒上两三天才算晒干，晒好的堆一边，没晒的次日接着晒。谷多坪小，天天收割天天晒。

一天，那个仓管员先到，打开仓库门，眼尖的她一眼发现谷堆有异样。她谁也没说，只跟我父亲一个说了。那仓管员刚读完高中回来，父亲曾救过她的父亲水笋，她非常相信父亲的为人。

父亲听后，过去看了现场，悄声道："冬英，你先莫声张，傍晚回家时，我们偷偷做个记号，天光日子看看还有没有。只要一抓实，就晓得是曼人偷了谷子。"

次日复晒时，他们一同来到谷库，打开仓门一看，记号没了。做贼的人

---

① 阿阿蒙蒙：吊儿郎当。

② 落脚：出生。

一般心虚，肯定会匆忙来去，谷子就可能掉在地上。他们沿路查看，发现不少谷粒陆陆续续直到队长家。他们相视一笑，判断得到了证实，还能说什么呢？

他们刚要转身走，却被一个声音叫住了："你们两个人被啥大风刮来了，进来坐坐，有啥事吗？"

"哦！没事，我们来看看你们家吃了饭没有。"冬英连忙说。

"哦，咁关心我呀！那多谢了！"

"队长，昨晡夜我听了收音机，今朝日子冇月头，午后可能有雨，我们是来问问你，还爱唔爱晒谷？"姜还真是老的辣，父亲怕虎腚识破他们的目的，灵机一动，轻轻松松就搪塞了过去。

唐太宗曾说："若损百姓以奉其身，犹割股以啖腹，腹饱而身毙。"自私自利的虎腚，根本就不懂什么叫以身作则，只晓得损人罚人。他这个人还喜欢搞恶作剧。一次平整土地挑担时，虎腚故意把泥装得一头轻一头重，相差二三十斤，害得一个叫美兰的女社员挑了泥担，走起路来跟跟跄跄，险些摔到沟里。而他还笑她是不是喝了酒，挑醉担。这类事他做得多了，大家也晓得他是好搞恶作剧，从来都不曾有其他想法，最多也笑骂一句："娘个虎腚死佬，咁好搞！"

某年秋收，虎腚难得亲自下地，在我大姐子珍那组挑禾尾[1]。大姐看到田里有块石头，想都没想，就塞进了谷穗里。虎腚堆禾尾时，石头掉落下来，差点砸了脚。他大发雷霆，责问是谁把石头塞进谷穗担里的。

大姐说："是我，怎么啦？"

虎腚声色俱厉："你这是谋害干部，我要组织大会批斗你！"

大姐吓得花容失色，哭到父亲面前。

父亲找到虎腚问："你凭啥要批斗我妹子，她犯了什么法？"

虎腚振振有词："她谋害干部，难道还不能批斗？"

"你说说看，她是怎样谋害你的？"

"她把一个碗头般大的石头塞进我挑的禾尾里，我堆禾尾时滚下来，险些砸了我的脚，幸亏我躲得快。紧工时候也想谋害干部，这种做法不严惩，下次还会再犯！"虎腚眼睛瞪得像大目田鸡。

父亲平日里大喜不喜，大悲不悲，各种感情在他的脸上滤成了老成持

---

[1]　禾尾：收割后还未打下谷子的稻穗。

重、刚正、温和。见虎腔这副模样，他不想火上浇油，免得事情恶化，只有心平气和地和这头蛮牛据理力争，对方才会心服口服，恶手不打笑面虎嘛。

"好，就算你说得有理，我妹子行为不对，但我问你，她以前犯过这样的错误吗？没有吧！她之所以会犯你所说谋害干部的错误，那也是你谋害人民群众在先，她才学了你的歪样。你身为干部，不以身作则，却不时作弄和谋害社员群众。打铁还得自身硬，你自家都经常这样，可大家有说过什么牢骚怪话吗？哦，人家跟你搞一次恶作剧，你就受不了，就夸大其词，提到谋害干部的高度，还要开大会批斗，你这是啥胸怀？"

虎腔顿时哑口了。

父亲接着说："我妹子才十六岁，只晓得跟着大人朝加班夜加班，拼着命地做，她做的事情哪样会输过大人？你不是也经常夸她吗？她只是还有细鬼子的习气，好搞而已。再说，你当队长的不带歪样，她又从哪里学会？你心中该有数，做过多少亏心事？你莫以为可以瞒天过海，别人不晓得，我可不是瞎子。你要是敢批斗我妹子，我绝不会放过你！"

父亲的话绵里藏针，软中有硬，说话时，他平日常见的病色一扫而光，眼里射出两柱电光。"嘴上念着阿弥陀，心下想等偷割禾"[1]的虎腔，投鼠忌器，使刚走上社会大舞台的大姐逃过了人生一大劫。

大概是 1978 年吧，分田到户的前两年，大队分配给美溪生产队一个学开拖拉机的名额。大家都心中有数，这个名额非大福古莫属，因为他是队长大人的大公子，有啥好处别人想都不会去想，想了也白想，还会头痛，所以大家都有自知之明。

分田到户前一年冬天，队里分地瓜，每家每户都挑了粪箕谷箩去禾坪。地瓜有肥有瘦，有好有坏，只能分两种，称好后放两堆。

看到虎腔家的却独自称好放置另一边，一个叫采福的光棍头子，把不满情绪响亮地灌向虎腔的双耳："虎腔，这番薯是大家辛辛苦苦做来的，改番薯时大家口渴肚饥吃上一条你就扣工分，你自家子女吃了却一句话都不说，诈痴诈癫[2]。这也就算了，可今朝日子分番薯你还这样自私自利，自家先挑好了，

---

① 嘴上念着阿弥陀，心下想等偷割禾：意指口是心非，言行不一。

② 诈痴诈癫：装疯卖傻，装着不知情。

再来分给大家。看你自家挑好的番薯，冇脚头口又冇虫口，条条都又大又靓板，你是多出了一滴汗还是多做了一秒钟？有你这样'以身作则'当干部的吗？真是食屎赢三堆，小心吃下去上吐下泻患绞肠痧，到时不要让人吊目光！"

采福古这一说，大家差点拍起手来。采福古说出了大家心里想说却没胆量说的话，一针见血，痛快淋漓，反正就要分田到户了，"土皇帝"也快做到头了。

竟有人敢当众捋虎须、摸老虎腔了，队长那个虎吼，简直要出离愤怒了："短命相采福古，孤老鬼^①，你再鬼喔，坏的都不分给你，现在还是我说了算！莫以为现在不敢斗你们了，你就开始刁钻，敢这样和干部说话了。"

但冲天的虎威，这下却没有吓倒挺起了腰杆做人的闷葫芦，语言的杀伤力和回击的音量一点也不略输："虎腔，这是共产党的天下，不是你说了算。先头我母亲差点被你斗死，我还没找你算账，你今朝日子敢不分给我番薯，哼，死醒一点再来！没有我的份，你的能弄回家我就不跟你同姓钟！我是孤老头子，冇子冇女，我肩头上算^②屋我怕啥，可你有老婆子女，你敢跟我比吗？我告诉你，哪天要是大伯我活得不自在，想死了，我最先考虑的就会是你一家人！"

"莫讲咁多了，采福古，过去了的就过去了。"

虎腔当队长二十多年来，被踩在脚底下的采福古，何时探出过头来？平日里常常被派去干最苦最累的话儿，工分也比别人低。开全体社员大会，如果有什么事非要人人都表个态，采福古慌慌张张从后排人群里伸出个脑袋，说话声音若大了，换来的便是虎腔的呵斥："小声点，小声点，又不是喇叭筒！"如果声若蚊蝇，虎腔怒目之下斥责："大点声，大点声，又不是没吃饭！"不管他在公众场合的大声还是小声，区区数得着的话语，都被虎腔当做笑话。这使采福古在群众面前更多地出现沉默，而与虎腔的敌意与日俱增。

"不，我就爱讲！"以前这个经常被剥夺话份，一天到晚难得张口的闷葫芦，却刹不住话脚了，"以前不但我怕他，大家都怕他，今那大家都不用怕他娘个短命相了，他不过是烂灯笼吊框^③！你们大家不用说，我帮大家倒出心里话，这是最后一次分番薯，以后分田到户后，大家就自家做来自家吃了，怕他

---

① 孤老鬼：詈语，指没有后代的男人。

② 算：背。

③ 烂灯笼吊框：意为废物还摆架子。

做甚？'泻肚客'娘个短命相，绝对冇好兆①。我告诉大家，有次我拿了一块钱给他亚福古，拐他讲出家里的事情。他说他家有很多谷子，有时又有很多番薯和甘蔗，'泻肚客'要他们吃了甘蔗要把甘蔗渣烧掉，不能丢到地脚②堆里被人看到。大家想想，他们一家有多少人，怎么还有那么多存粮，吃甘蔗为什么要偷偷摸摸的？"

虎腚还有个外号叫"泻肚客"。生产队核算时，因为他是队长，大家都叫他虎腚，私底下才叫他"泻肚客"。因为他总是中饱私囊，吃群众的血汗粮，大家就巴不得上天有目，罚他上吐下泻，所以给他取了个"泻肚客"的歪名。眼看分田到户已是板上钉钉，采福古不怕他再寻机公报私仇了，于是就公然叫起他"泻肚客"的诨名来。

虎腚像是受到了莫大的污辱，一脸涨红，额上青筋极为茂盛地暴出，语言的子弹连串地"哒哒"而出："娘个短命相，地主婆个子瑞，你娘个打铁客③、咁大吃个饭桶，一餐能落肚四五碗饭，早死爷个，难道没听过'一餐省一口，一年省一斗'、'猪撑大，人撑坏，狗撑去变猴拐'④的道理？冇存粮关我屁事？敢来调查我的事，孤老头子死了都冇人扫墓头个！"

这话很恶毒，采福无后，在众人眼里，有死后无人埋的危险。其实，采福无后，"功"在虎腚。当初即使真有不嫌其"四类分子孝子贤孙"身份的人家，在虎腚的把持下，采福又怎能打上结婚证明，能不单身当孤老？而虎腚一窝养了两男两女四娃崽，他在大庭广众前说出这句话，显然是仗着自己的优势，踩对方的痛脚。

"泻肚客你骂得狠，可你撒泡尿瞧瞧，搞生产也不讲质量，生得一窝破娃崽，吊眉毛的塌鼻子的，没一个有看相的，你不丑人我都丑人了！再说了，就你这一窝破娃崽，你敢包你会子孙满堂吗？九子十三孙，临死打单身，巴掌心子没有照光，莫到时你和我一样也是一个冇人送终冇人扫墓头的孤魂野鬼。"

"呸，呸，呸，烂铜锣⑤，乌鸦嘴，喷火筒，越喷越红，嘴底下⑥骂自家，

---

① 冇好兆：没好下场。
② 地脚：垃圾。
③ 打铁客：指饭量大的人。
④ 猪撑大，人撑坏，狗撑去变猴拐：意即人吃得太饱害处多。猴拐，猴子。
⑤ 烂铜锣：比喻说话不看场合乱说一通。
⑥ 嘴底下：嘴里。

上天有目，就爱保佑你一生世人冇老婆子女见面。"虎腔老婆站出来和老公一起上阵。

"倒头嫲，姹头姑婆①，你以为你很高尚是不是？泻肚客捡到一只破鞋还以为捡了工王镶②，送我睡我都不要。你亚福古是泻肚客的种吗，还不是诺人子③！倒头嫲，还好哇事④来骂人。我要是妇人家，冇老公见面我都不吃回头草，是不是泻肚客个屁大，你舍不得又吃回头草？"

虎腔老婆赖福招是江西人，嫁来这里后因和家娘不和，经常吵架，她受不了每天都不停不歇的辱骂，离家出走了一段时间。听说和隔壁大队的一个男人好上了，可不久又回来跟了虎腔，可能是因为舍不得一对儿女。虎腔照样对她好，可是家娘骂得更凶了，开口就是逃嫲、倒头嫲。因为还要依赖家娘带细鬼子，福招极力忍下，更何况，她也理亏，亚福古确实不是老公的种。家娘死时，福招流不下一滴眼泪。

采福古和虎腔两公婆骂开后，大家故意说些"过去的事别提了"无关紧要的劝解话，可心里却巴不得采福古把大家想骂的话一古脑儿都骂出来，把虎腔所有的丑事都毫不保留地抖出来，看他以后出门要不要戴鬼壳⑤。

吵来吵去，后来就动手打了起来，相骂冇好言，相打冇好拳。大家怕打伤谁都不好，一起上前拦住了这场战斗。

采福古是"地主婆"曾表的儿子，以前他母亲曾经常被批斗，虎腔和守财一伙经常对她施暴。采福古一直记恨在心，苦于那时政治压倒一切，苦于没有机会，如今彻底解放了，口头上有了占便宜的权利，他绝对不想让它从身边溜走。

从此，他们之间又多了一份仇恨，见了面，来不及躲闪，就你白我一眼，我吐你一口，或者用脚狠踩几下地，意思是永远把你踩在脚底下，让你翻不了身。

分田到户说来就来。所谓不是冤家不聚头，虎腔的田偏偏分在了采福古

---

① 倒头嫲，姹头姑婆：农村人称走了又回来的女人为倒头嫲，姹头姑婆指歪心、爱搬弄是非，因而不受娘家欢迎的人。

② 工王镶：用金子镶边的鞋子。

③ 诺人子：野种，私生子，常用作骂人的口头禅。

④ 好哇事：好意思。

⑤ 鬼壳：面具。

的屋门口。采福古特意养了大群细群①的鸡鸭，每天天一亮光就赶出窝，听任它们随意糟蹋"敌人"的粮食。虎腚忍无可忍，一日找上门来理论："采福古，你太过分了，你看一田的禾都结谷粒了，你还不把鸡鸭关一关，等禾割了再放出来。你养了那么多鸡鸭来糟蹋我的米谷子，你就过意得去呀？"

"嗨！今那又不会割资本主义尾巴了，上头都支持我们致富，发展养鸡养鸭又养猪，我不多养牲畜咋致富？曼人叫你捡勾②捡到我门口，这不是成心跟我过不去吗？你要我把鸡鸭关到收割后再放出来，那鸡鸭咋长肉，我咋致富？为啥你的不关，真好笑！"

虎腚那个气呀，真是没法说，遇着这种肩头上算屋个人，真是好比秀才遇着了兵，又不敢配上老鼠药毒死这些跟它们主人一样坏的鸡鸭，自家也养了那么多头牲③，哪能这么做？要是他家的鸡鸭，能得暴病一夜死光就好了。

一日，采福古看到虎腚家的两只猪崽哼哼唧唧冒了出来，顺着自己家的墙根走路，而虎腚两公婆就在前头和亲戚谈事，他就向猪崽扔石头，一边骂："滚滚滚，看这副鬼眉贼眼模样，一看就晓得想去干坏事，猪狗六畜，莫到我家地盘来泻肚！"如此指桑骂槐，绰号"泻肚"的虎腚，心里能有啥滋味！

其实，我们美溪队的人都不喜欢虎腚，尤其是那些被欺负过、被扣过工分的人。再说当年浮夸风潮的牛皮擂台设得太高太大，分田到户后直接影响到大家的口粮问题，征粮购粮比其他生产队高出两倍。大家都骂虎腚好戴高帽子，是个吃屎大的干部。

没当队长、失去权利的虎腚，也就是只"纸老虎"。

分田到户后，虎腚确实大不习惯，干部冇做了，土地公放屁——神气的劲儿没了，更别说捞什么。他起先还天天拿出广播筒左看右摆，用不着了，回味一下也好啊，这可是当年让他摆够了架子的图腾。这个让他体会了幸福和失落滋味的喇叭筒，他一直精心保管着。某年来了个走村串户的小货郎，被他家亚福古换糯米糖④吃了，为此挨了他一顿大骂。

虎腚有两男两女，都已成家立业。大儿子大福古讨了个厉害的老婆，生

---

① 大群细群：大小一伙。

② 捡勾：抓阄。

③ 头牲：家禽。

④ 糯米糖：麦芽糖。

下一儿一女后，与父母兄弟分了家。有一个在"铁算盘"上睡觉的老婆掌家，耳边又时时响起"食唔穷用唔穷，冇划冇算一世穷"[1]的紧箍咒，日子过不好才怪呢！

分家后，宰了鸡杀了鸭，做儿子的想叫上父母一起享用，可总要遭老婆的呵斥："我养的鸡鸭，凭啥要叫上他们一起吃？我们不在家时，他们有帮过喂一次吗？是不是他们的嘴比我们的大？你要是敢喊，我统统倒去喂猪，大家都不要吃。"

大福古晓得老婆王香香的鬼性，她是说得出做得到的，好好的东西，哪能倒去喂猪，自家大人还好说，两个细鬼子肯定会哭得伤心。

有时，大福古会偷偷塞给父母一些钱，被老婆晓得后，晚上准得罚跪床板凳。"好啊，胆子也够大的，竟敢背着我拿钱给老鬼用，他们还不是拿去贴给亚福古？他们都两样心，你还咁爱他们。我看他们都是乌头虫子，不识好。既然咁爱你的父母，晚上就不要跟我一起睡了，去跟他们睡吧，我是外人，你们才是一家人。"这就是王香香的"计划"。讨了老婆有了子女，还能跟父母睡一起吗？真个混账！

被王香香骂了几次、罚跪几次后，大福古害怕了。老婆发起火来，八角灶头都会转向。为了家庭的团结，大福古有爱父母那个心，也没有那个胆了。在老婆长年累月潜移默化的言传身教下，他后来竟变得比老婆还小气。怕老婆怕成这样，不能不说是做男人的一种悲哀，大家都笑他是个有屌冇蛋的人。

国家实施改革开放国策后，大福古凭着一辆拖拉机在闽粤四个经济特区间来回穿梭跑运输，腰包就像大肚布娘[2]的肚子，一天天鼓起来。后来又把拖拉机升级成龙马车，在老家做了一栋新屋。才几年工夫，便在离城镇较近的中心地段买了一块地，另外盖房，把老家的房子改做猪圈，养了一窝窝猪。

那些年，大福古一买电风扇就是六七个，家里没地方装了，就往猪栏里装。空调机时兴后，他家空调机的数量，真个要让邻里乡亲暗暗嫉恨。

他们算是三十年来第一个离队迁居的美溪农民。靠近市场的他们，还开了家电店和饲料店，展示着富民政策的耀眼成果。只可惜，夫妻俩都是个天天捡钱还嫌少的吝啬鬼，从不见有济贫的奇迹，哪能让人佩服得起来？

---

① 食唔穷用唔穷，冇划冇算一世穷：意即生产生活要有计划才不会受穷。

② 大肚布娘：孕妇。

虎腚小儿子亚福古，读书唔识打胖嘴①，连中学的校门都不想迈，十八岁那年讨了老婆，不过二十便是一女一子的父亲了。儿子不到周岁，夫妻俩便闹离婚，老婆丢下子女跑回了娘家。两天后虎腚和老婆心疼嗷嗷待哺的小孙孙，放下面子，抱着孙子去亲家家里，好歹让孙子饱餐一顿，却因为吃的是烧奶②，导致孙子夭折。儿子一死，亚福古便和老婆快刀斩乱麻离了婚。

亚福古也算有桃花运，不久又讨到一个没上过花轿的村姑。该他衰的是，连生两个妹子，加上前妻留下的那个，算是超生了，他不得不做了绝育手术。他一直开车在外，有了两个芝皮癞，啥坏事都做。外面的世界很精彩，他很快学会了吃喝嫖赌，包起了二奶。老婆知晓后，耐心劝导。见无法让他回心转意，她又发动兄弟姐妹、亲戚朋友轮番来做他的思想工作，可他却振振有词说："我打了流③，又当了家，亏着你啥了，这点自由都不给我？你走了算了，我不拦你。"

结果，所有的家具转眼便被老婆带来的娘家人砸了个稀巴烂。老婆拣了衣服回娘家后，三个妹子便由虎腚照顾。亚福古在外面租了房子，和货嫲④住在一起。谁料不出两年，亚福古便落了难，那货嫲又跟上了别人。亚福古天天去丈人家，好话说了一卡车，还赖在那里不回家。丈人老、丈迷娭⑤只好劝女儿看在生了两个细鬼子的分上，和他回家。本以为此后亚福古会改邪归正，可他一直色性不改，常在外头拈花惹草，气得虎腚骂他是个十足的下流坏，还叹气地对老婆说，"唔怕穷唔怕苦，就怕屋家出个烂狗古"⑥。那些在生产队核算时受尽虎腚欺负、就等着看他家洋相的村民，差一点要奔走相告了："泻肚客家鸡嫲啼⑦，如今出了个刘阿斗⑧。"

虎腚的大女儿金玉生了两个妹子后就结扎了，她和老公不会作践妹子，

①　读书唔识打胖嘴：指读书不求甚解，有口无心。
②　烧奶：哺乳期女人两天胀积的坏奶。
③　打了流：浪荡之意。
④　货嫲：不正经的女人，情妇。
⑤　丈人老、丈迷娭：岳父、岳母的背称。
⑥　唔怕穷唔怕苦，就怕屋家出个烂狗古：意即穷苦不要紧，就怕出败家子。
⑦　鸡嫲啼：母鸡叫早，意为异常、不祥之兆。
⑧　刘阿斗：指刘禅，意为败家子扶不起的人。

常说生女也有三两福，妹子有用①也一样，徕子②冇用③也白养。他们善良本分，待人处事深得人们称赞，前几年在镇里开了一家饭店，生意和饭店名"源兴"一样，兴旺发达，财源广进。

虎腔最小的女儿连玉成家后，虽然连生两子，可彩头唔好④，一个儿子十多岁掉入鱼塘里淹死了。她和老公辛辛苦苦做事，可好运至今还没降临到他们头上。

本以为，子女成家立业后，自家就可以过安乐日子了，可没想到，子大女大，做父母的反而不是愁这个，便是忧那个，虎腔几乎没有过上几天安乐日子，更别说风光了。

失去"皇位"的虎腔，在村里的地位一落千丈。渐渐地，人也变得委琐起来，不管天冷天热，总是缩着脖子耸着肩，一副要把脸面埋起来的样子。一眨眼工夫，他就瘦了一圈，头发刷白了一般，逢人即使笑一笑，也不过是一种没有根植于血液和内心的脸部努力。他的脊梁想必是过多承受了乡亲们敌意的眼光，很快就驼了下去。

年近古稀，虎腔两公婆才算平静了下来。长子长女有钱了，细子细女日子也渐渐过得去。但大福古有钱打水漂也不会给父母一二百块，至多背着老婆给个十头八块⑤。只有两个妹子会时常拿些零用钱，或买些营养品给父母。可姐妹俩的孝心又招来了嫂子的冷言冷语："妹子有用，又不多生几个妹子，徕子冇用，干吗又要生徕子？妹子不得好处，哪能对父母好？"好像她自家没有父母似的。

虎腔原先跟亚福古住一块，后来亚福古实在听不惯嫂子的阴阳怪气、夹枪带棍的言语，只好让他们俩个老人住。虎腔也是难听鬼喔，怕兄弟梓嫂之间再发生矛盾，让等着看他们笑话的人家吊目光，就和老婆一直过到现在。

两个老人单过是个大问题，他们为了生活，作了田，种了烟，养了鸡鸭，还要种菜。到割禾插秧时，子瑞生娓各做各的，哪能顾得上他们，又没有人愿

---

① 有用：有孝心。

② 徕子：儿子。

③ 冇用：无孝心。

④ 彩头唔好：运气不好。

⑤ 十头八块：十元八块。

意和两个老人家交换工日，紧工时候还请不到小工，只好又要女儿来帮忙。可女儿也有家呀，再说远水难救近火，泼出去的水，嫁出去的女，女儿一块瓦都分不到，哪好意思屙屎不出都叫她们？还是自家两公婆慢慢做吧，也不计较迟一天早一天结束了。

"娘个泻肚客短命相，猪狗六畜，以前咁足相①，鼻塞塞②，仗势欺人，今那分田到户捞不到什么了，看他日子还怎么好过。我早就讲了，食得入去屙唔出③，恶事做多了会遭报应的，他不信，怎么样，我的话没错吧？"

有人揶揄道："我以前怎么就没听过你说过这样的话呢，莫不是送背铳④吧？"

"好好，就算是送背铳，也值得我们高兴！你看他们六七十岁了，还爱作田、种烟，有几个六七十岁的老人家会和他们一样咁冤枉？吊目光，目吊光，轮到他们过苦日子了。"采福古幸灾乐祸，他看他们过得越辛苦，就越发高兴。

"就是就是，以前作了咁多恶，也该受到惩罚，就爱让他老来受苦。以前不把我们当人看，没想到自家也有今朝日子，有子有女又咋样，还不是两个老鬼过？割禾插秧子瑞生娓都不来帮忙，子瑞咁有钱又酿般⑤，敢给他们花吗？我一看他们七老八十了还爱挑谷、挑烟，弄得摇摇晃晃，我就特解恨，特痛快。不要我们去报仇，上天公呆⑥就会帮我们。人亏人肥得得，天亏人一把骨，迟早他们会只剩下一把骨，到了阎罗王那都会嫌。过去靠不择手段过多了好日子，今那到死都有好日子过了，只有越过越辛苦。"

帮腔的贵子腚，他的父亲六芝古过去被队里打成坏分子、四类分子，和采福古的母亲一样，经常挨斗，受尽了各种无情打击。做水时，虎腚还经常把最辛苦的水分配给他们和他们的子女做，因此两家人从来就没有忘记对他的仇恨。贵子腚和采福古都因成分不好，一直过着一言难尽的单身汉生活。

我母亲因过度劳累，患上了坐骨神经痛和腰肌劳损，走起路来一拐一拐，很是痛苦。父亲千方百计为她治疗，不见好转。我们出来工作后，也曾带她来

---

① 咁足相：很傲气。

② 鼻塞塞：了不起之样。

③ 食得入去屙唔出：只吃不拉，意为贪赃枉法，没有好下场。

④ 送背铳：意即马后炮、事后诸葛亮。

⑤ 酿般：咋样。

⑥ 上天公呆：天老爷。

福州看诊，只因时间太久没法治愈，只能吃些药治治标。过去，虎腚曾骂我母亲靶脚嫲[1]，母亲当时很伤心，自家得了这种病无奈何，还有人骂自家靶脚嫲，实在是太作践人了。没想到，嘴底下骂自家，虎腚的老婆福招后来也成了靶脚嫲，而且和母亲的病状一模一样。唯一不同的是，我母亲今那不用在田里地里打拼了，只在家里做些力所能及的事，而虎腚两公婆却还要为生活下田种地，过得真辛苦。

去年冬天，福招上山砍豆蒂[2]，因腿脚不方便，虎腚就去等她，帮她挑回来。回家途中发目乌，被一条藤子绊倒，跌了个狗吃屎，还差点把左眼弄瞎，裂开的一条口子缝了五六针，右腿骨折，几处受伤。

那天，我刚好去诊所买营养品给父母，看他如此可怜，也买了些吃的给他，他对我千恩万谢。因为我和他们的大女儿是最要好的姐妹，出嫁前经常一起玩，那时已走下"皇位"的他，对我还算好。真是三十年河东三十年河西，看到他们夫妻这般模样，我心里顿生无限同情，努力在脑海中搜寻他当年的虎威。也许是印象模糊的缘故吧，我确实搜寻不到他衫尾打死狗[3]的身影，只有眼前这个纱布缠身、白发满头、眼睛深陷、在室内趑趄走路、脸上皱纹像耕过没耙过的山坡儿地、髭须像山羊啃过没啃净的坟头草的老人，真可谓虎落平阳，风光不再。

有些人听说虎腚跌得很重，非但不同情，反而举杯庆祝纸老虎成了病老虎。有人还鬼话连篇："虎腚，你也是，七十多岁的人了，上什么山，砍什么豆蒂？你看今那比买豆子吃还更花钱了，还得受痛。你的子瑞生娓也真恶，各人每月拿些钱不就得了，何必还要自家种菜吃？生下子女是做什么的，还不是防老防病？"当面同情关心加讽刺，私底下却在偷笑：要是眼睛瞎了才好呢，脚骨跌断了算什么？

听了这些随风贯耳的冷嘲热讽，虎腚哑巴吃黄连，只能在心底里骂他们是烂茶壶——假锡（惜）。

也就从这时起，他越发地沉默寡语，平时很少出现在公共视野里，即使露一小脸，也不和人搭话，几乎以一种近乎蓄意的方式切断了自己和一些乡亲的联系。他觉得，和这些乐见他倒霉、等着看他笑话的乡亲，有着瞻望弗及的

---

① 靶脚嫲：瘸女。

② 豆蒂：豆秆。

③ 衫尾打死狗：走路风风火火，衣服摆动幅度大得能打死狗。

距离。面对他们，非但没有宽松轻盈的回忆，反而使当下的现实显得压迫难堪，于是，他选择了退缩，努力淡忘生命中绝大部分的事情，任采福古风光去吧。

"这个虎腔，退得太深太远了，差不多跟死了一样。"父亲说。

父亲常以眼前的事例教育我们：做人一定要做好人，做好人再难也要做好人，做好人就一定要做好事，做好事不求流芳，也能活个自在充实；做干部就要多为百姓着想，不以权谋私，不公报私仇，这样，无论时代怎么变，你都不会失去人心，招不来怨恨。

如果虎腔当队长时，就有这么个思想，能有这个"为人民服务"的干部宗旨，想来今天还是会受百姓敬重、拥戴的，可惜，他到底辜负了"虎"名！

仁者寿，智者乐，作恶者招祸，为仁者得福，人的结构是相互支撑，而不是相互伤害，冤冤相报何时了？

人与人之间要多一分宽容，宽容是人生幸福的一剂良药，只有宽容才能将生活中的酸甜苦辣化为五彩乐章，才能创造出一个和谐的人际环境，才会使有限的人生得到升华，在升华中得到幸福，得到回报。生活在同一个蓝天下，大家抬头不见低头见，如果大家每天相见都能笑脸相迎，互致问候，何乐而不为呢？

宽宏大量，以和为贵，宽容别人的同时，其实也是在善待自己。

虎门销烟的民族英雄林则徐为成就大事，在书房里挂了"制怒"两字来自警，在家中挂上"海纳百川，有容乃大；壁立千仞，无欲则刚"的条幅来自励，要求自己宽宏大量，无私无畏。要想成就大事，胸怀真的就要像大海一样，装得下四海风云，容得下千古恩怨。

做人，就要记人之善，忘人之过……

不知有多少个月光皎洁、星汉灿烂的夜晚，这位威风扫地的昔日"虎王"，站在门口的禾坪里，抚今追昔，思绪如大江东去，波浪翻滚。

"四类分子"一家遭逢记

日月经天，江河行地，我们美溪村和全中国、全世界共同进入新千年之际，倘若举行个以全村百年重要人物和戏剧事件为内容的全民公投，想来，"四类分子"六芝古一家，该榜上有名。

我们美溪还没有村史，今后若出，六芝古一家的荒唐遭遇，当透过白纸黑字带给我们泪与笑、悲与喜，读过鲁迅著作的人，或许还能幽幽生出一缕"哀其不幸，怒其不争"的思绪来。

六芝古大名王荣华，因在兄弟姐妹中排名第六，因此大家就叫他六芝古。那时村夫野老们因为文化程度不高，生育又没节制，孩子一多，也懒得动脑筋取好名，大都按顺序，什么大妹、细妹、三妹、四妹……二公、三公、四公的一直这样叫，还有七妹八妹七古八古的，古老极了。六芝古出生在桃花塘，那里高山峻岭，眼睛所到之处，除了树木还是树木，山清水秀，鸟语花香，一圈桃林围着一口清塘，人皆曰世外桃源。桃花塘人家不多，却生活得无拘无束，自由开放。

六芝古因兄弟姐妹多，父母负担极重，家中常断粮，锅碗不响，瓢勺无用武之地。他的外公因生娓只生下两个妹子，怕关了灶房门[①]，又因特喜欢六芝古，便和子瑞生娓商量，要把外孙当家孙。子瑞生娓满口应承，他们也很喜

---

① 关了灶房门：绝种之意。

欢这个外甥。六芝古的外公遂亲自晃荡晃荡来到婿郎[①]妹子家说项，婿郎妹子听了，屙尿也对壁笑。

六芝古外公家当年是我们美溪为数不多的富户，在多儿多女多享福思想的作祟下，另行再纳一房。结果家庭每天吵闹，大小老婆还经常打架，搞得他无法说和，只好利用房亲长辈多方说理劝解。他的大婆说，要她与他们和好，家庭一切事务必须都由她管，小婆不得过问。信奉"家和万事兴"的六芝古外公，为了息事宁人，只好动员小妾同意，家庭才算安静下来。小婆虽然生了数个儿女，可没带大一个，全都在三岁左右夭折。有人说，六芝古外公在讨小婆路上上轿时，碰到了乌鸦煞，故生一个死一个。六芝古外公请了一些神婆神汉来家念经镇煞，结果还是一样无效。小婆三十挂零，便伤心过度而死，六芝古外公连叹时也命也，再不他娶。

那时，六芝古外公每年都花不少银子，寻找地方武装保护，钟姓又是当地大姓，说话做事不乏霸气。六芝古父母当然乐意把子瑞过房给他当家孙，让儿子的"荣华"之名落到实处。就这样，六芝古六七岁那年，便来到了我们美溪这地，由王荣华变成了钟荣华，疼爱他的外公，也变成了爷爷。

六芝古天生一个聪明蛋，什么都一学就会，人又勤快，只要是力所能及的事，他全包了。爷爷和养父母，还有两个姐姐无不喜欢他。爷爷带着他，整日逍遥快活，读书、下棋、哼戏、观风景，登高望远，颇有遗世独立、羽化登仙的飘逸古风。他性格开朗，十足外向，一曲曲婉转动听的山歌，能"唱到鸡毛沉落水，唱到石子浮上来"，此外他还特喜欢开玩笑。大家都爱听他唱的山歌，也常被他的玩笑话逗得哈哈大笑，一天的劳累和所有的无奈也随之烟消云散。可是，谁也不曾想到，正是这给山野村夫们带来欢愉的山歌和玩笑，增添了他的烦恼。

六芝古爷爷过身时，拉着他的手久久不放，眼睛睁得铜铃般，断断续续的嘱托不绝如缕："六……六古……，咱……咱家的香……香火，……就……就全靠你……你了……"

六芝古跪在把自己当亲孙的外公床头，泪雨滂沱："呆[②]，你安心吧，我给你生十个曾孙，我也会扎手做，以后让咱家财丁两旺。"

---

① 婿郎：女婿。

② 呆：爷爷。

老人听后，微笑着合上了早已空洞洞的双眼。

六芝古二十岁那年，养父母便为他讨了个叫李银招的客家妹子。这妹子很乖活，也吃苦耐劳，长得又俊俏，大家都称他们是郎才女貌。小两口过得恩恩爱爱，甜甜蜜蜜，养父母看在眼里乐在心里，就盼着早点抱孙了。当然，他们也很努力，第二年便为家里添了一个胖小子。听说他们一共制造了九个高级动物，可因家道中落，加上村里医疗条件落后，送人的送人，病殁的病殁，饿死的饿死，留在身边的仅剩两子一女。

"大做样，细学样"①，六芝古那些年来外公身边后，耳濡目染之下，说话做事多少也学了点霸气，这给他和后代的人生挂上了一把枷锁。

我父亲在和一个叫细妹精的女人结婚那天，考虑量入为出，请客不多，有人嫌不够热闹，就提议叫六芝古来唱几首山歌。得到赞同后，几个后生哥子②便去六芝古家，结果扑了个空。家人说，他去桃花塘父母那儿了。他们遂又马上赶到桃花塘，却又没见着。

"奇怪，六芝古到底去哪里了？"几个后生哥子乘兴而来，败兴而归。

"听说他和桃花塘的王秀英关系暧昧，今朝日子总不会和她在一块吧？"

"嗯，不排除这种可能，这家伙一向有女人缘，连男子人都喜欢他，逍嫲就更不用说了。这家伙狼心狗肺，自家老婆都咁靓板，还爱和别的女人勾勾搭搭，败坏我们钟姓人的名声，得教训教训他才是。"

后来，此事传到了钟勇的耳里。钟勇和闽西著匪钟绍葵是一伙的。钟绍葵是本地产的土匪王，红军长征后因为捉到了由红都瑞金向闽西转移的共产党早期领袖瞿秋白，受到蒋介石的召见，摇身成为国军少将旅长。钟勇曾是钟绍葵手下的土匪队长，势力也不小，他听说此事后，马上派了几个喽啰去六芝古家。

来者不善，善者不来，李银招一看这架势，吓得差点尿了裤子，颤声道："你们来做什么？"

"做什么？我们来找你老公，你老公做了败坏钟姓人声誉的好事，我们钟队长叫我们来教训一下他。"

为首的小头目斜睨双眼，瓮声瓮气地说："快叫你老公自动自觉出来，不

---

① 大做样，细学样：意即大人的言行举止对后辈影响很大。

② 后生哥子：年轻人。

然我们就不客气了，砸掉你们屋下的一切，还将脱光你的衣衫，让兄弟们享受享受。"

"你们还有没有人性，有没有王法，有你们这样欺负人的吗？你们这样横行霸道，难道就不怕遭报应？我们一不偷，二不抢，吃一夹青菜也要吹冷了吃，曼人讲个我老公做了跌古事？"

李银招心中有数，人善被人欺，马善被人骑，她不想做软蛋。

"你莫以为以前有人撑腰，就咁刁^①，今那你家官^②做鬼了，冇人给你们撑腰了。我们钟队长就是王法，他专门'打抱不平'，为民做主。你老公吃了碗里的，又想锅里的，钟队长气不过，叫我们来会会你老公，警告他莫再犯错，快叫他出来，不然我们就动手了！"那个小头目怒目圆睁，一副要吃人的模样。

"他上山砍柴了，不在家。"李银招横下一条心，老公可是家里的火车头^③，要是有个啥好歹，今后的日子就势必乱成一锅粥。

"我们冇咁好个心情跟你啰嗦！"

"叭"的一声，扎了数圈铁丝、却仍在渗水的水缸，被那个小头目用石头砸烂了，水流了一地。紧接着，他又搬起石头，准备砸锅。

"放下，快请放下，有啥事好商量，一切都讲得清楚……"六芝古见他们真个动手了，忙从床底下爬出，连连作揖、敬烟，"头先贱内有不是之处，我这里向你们赔个不是。不过，我看你们是误会我了，那个莫须有的罪名，我可不敢当。她有老公，我有老婆，我和她桥归桥，路归路，一清二白，她只是喜欢听我唱歌而已。很多人都喜欢听我唱的山歌，难道都跟我有一脚^④，我又哪来那么好的功夫？每日做水都累得头冇梳面冇洗，屋下的一只猪嫲^⑤都冇糠吃，哪还有精力再去对付人家的猪嫲，准是你们误会了。"

"误会不误会，我们不管，反正我们听钟队长的，改天你自家去找钟队长说理，上！"

一声令下，匪众一拥而上，朝着六芝古一顿拳打脚踢，打得他鼻青脸肿，

---

① 咁刁：刁蛮。
② 家官：公公。
③ 火车头：主心骨。
④ 有一脚：有一腿。
⑤ 猪嫲：母猪。这里指老婆。

发出杀猪般的惨叫。

李银招见状，急得边哭边跪在他们面前："各位大哥，我求你们别打了，打死了他，叫我们娘三个咋活下去啊？求你们放过他吧！你们放了他，以后我死了也会保佑你们冇疾冇病、多子多福的。求求你们，给我们一条生路吧，我给你们磕头了。"说完便"咚，咚，咚"地磕了起来，磕得额角头①出了血。

"住手！"小头目又是一声令下，乱打一气的众匪便都停了下来。他可不是冲着李银招的求饶、保佑和磕头，而是因为钟勇有过吩咐"你们要适可而止，教训一下就行了，千万别出人命，他毕竟和我同姓！"

"我们走！"小头目走两步又转身过来，厉声给六芝古一个警告，"以后再乱七八糟，别怪我割下你的家伙喂花鸭！"

"六古，六古，你咋样？你冇事吧，你莫吓我啊……"李银招见老公躺在地上一动不动，全身乌紫，嘴里汩汩流血，心疼得恨不得自己代替他的痛苦。

在她的呼喊和哭叫声中，六芝古才慢慢醒转过来，忍着痛，轻声安慰道："李俵，莫哭，我冇事，这点伤很快就会好的。我真个冇做跌古的事，你爱相信我，我真是被冤枉个！"六芝古对身上的伤疼似乎并不在意，自家身强力壮，休息几天就会没事，只是被人往那个地方冤枉的滋味不好受。

"我相信，我晓得，就算你真个做差了事，也是我的错，是我对你不够好，你才会去找别的妇人家。以后，我会对你更好的，冇你在，我娘四个的日子，就会像是一塘个鱼子净净头②，有你健在，我们就不愁会在暗室里穿针，不愁冻着饿着。"

"李俵，讲实话，你对我的好，我记在肚子里，再嫌你不好，那我就真个不是人屌个了，你放心，我到死都不会做对不起你的事。"

"嗯，我放心，我一直都很放心，来，我扶你到床上，然后喊医生来看看。"

六芝古在老婆的搀扶下，艰难地挪到床上躺下。

经医生检查，六芝古不但被打掉了四颗大牙，还被打断了三条肋骨，害他从此说话都漏风，也干不得重活了。

六芝古看着哭肿了眼的老婆，说："李俵，以后这个家就全靠你了，我就算好了，也挑不得重担，得辛苦你了。"

---

① 额角头：脑门、前额。

② 一塘个鱼子净净头：这里指群龙无首。换个语境，也指大家都不肯踏踏实实做兵做卒，都想当头，弄得全是头儿。

"莫讲了，你好好养伤，其他的就莫想太多，我会全心全意管好娘个家和细鬼子的。我把那只生蛋鸡嫲杀了，给你营养，伤才会好得快。"

"千万莫杀，一天一个蛋呀，杀了多可惜！生了蛋不孵小鸡也可以给三个细鬼子吃，好让他们长得大，好帮我们做水。"

"娘个狗屁个，杀千刀个短命子，光毛绝代、雷打火烧^①个乌龟王八蛋，保佑他们出门挨枪子，在家让滚水^②哽死，睡目让噩梦吓死，死后让他们下到十八层地狱变成牛古，后生世人都做死他们……"李银招一反平时的温文胆小，把学到的骂法一口气都说上了。

"莫骂，莫骂了，被他们听到就更糟了。"

"呜……呜……可我实在咽不下这口气，实在心疼你呀！呜……"

"我晓得，可是有啥法子？钟勇是土匪头，谁敢惹他呀？"

钟勇听说六芝古被打成了半残疾，躺在床上很久都下不了地，便骂手下几个："我叫你们教训一下就可以了，谁让你们下手那么重？事情闹到这步田地，你们都得负责点医药费。"

手下几个喽啰听他这么一说，认为钟队长太重情义了，也就纷纷把钱交到钟勇手里。他们哪能想到，这些钱全进了钟队长腰包，六芝古只是吃了一次空荷板^③。六芝古两公婆后来虽听说了这事，但哪敢去找钟勇讨要钱。

六芝古的伤养好时，天也就亮了，共产党坐天下，人民当家做主了。

虽然加入了互助组，但六芝古只能干些轻活。偶尔去两三里远的溪边担水，也常常累得他额上青筋突暴，大口喘气，小半桶就压得全身几根骨头胡乱扭成一把，走几步就要歇三步，鼻子不是鼻子嘴不是嘴地哼哼哟哟。

李银招尽心尽力地照顾丈夫，家里家外的重活都包了，天天加班加点。挑谷挑禾担她不输男人，有点空又要上山砍柴，还经常去挑石炭，以换得两个钱给六芝古打^④几两"尿脚"喝。

"男子人做不得重活，妇人家可真遭罪呀！你们看银招子，老公着不了

---

① 光毛绝代、雷打火烧：咒语，意即恶人没有好报应。

② 滚水：开水。

③ 空荷板：没有吃到的东西。

④ 打：买。

力，全部辛苦水都落在了她肩头上，冇几久①就衰老了许多，命也够苦的！"私下里，不少人都很同情李银招，同情她男人今后都成不了顶梁柱。

一次耘田，有个叫阿狗的男人踩到了一块尖石，他"哎哟"一声："娘个短命子，踩到了一块石头，痛死我了！"

"哈哈，阿狗娘个大番薯、大昂磅②，吃屎大个，自家骂自家短命子，真个是阎王毋着裤，鬼都会笑死③。"

"六芝古，短命相，你鬼笑一般做什么？捡到笑烤④了，还是吃了笑药，谁自家骂自家短命子了？人家血都流出来了，你不思量⑤我，还鬼笑般，吊目光，鬼才不狠心你！"

"哈哈哈，你还不承认，你们大家听听，'娘个短命子，踩到了一块石头'，这不是自家骂自家吗？"六芝古笑得手脚都软了。

大家认真一回味，是呀，是呀，阿狗这个大番薯、大昂磅，真个自家骂自家，要是别人骂他，他不跟人拼命那才怪呢！

"阿狗，你踩痛了脚，也不能把石头扔了，大石头三堆屎，细石头屎三堆，石头也有肥。"六芝古又开起了玩笑。

"阿狗，是不是活着爱做生做死，你做怕了想做短命子了？莫咁急，你至少还有二三十年的活头，讲不定我们这里也会有长命百岁的。"大家也笑着开起阿狗的玩笑来。

"嘴爱讲，手爱动，莫耽误了耘田，又要扣工分。"组长提醒。

那时我们美溪这里据说因风水不好，一没富人，二没官员，三没高寿的男人，四全队上不了一百人。就算有了一百人，过年时又有人去做新客⑥了，因此男人们都忌讳别人骂他短命子。

阿狗虽然受了安慰，却恼着当众出他洋相的六芝古。

有一天乌云密布，六芝古的一句玩笑话，使他和老婆子女的一生受尽了耻辱，害得他的儿子成了讲话冇人听、说话冇人信的光棍"司令"。

---

① 冇几久：没多久。

② 大番薯、大昂磅：傻头傻脑。

③ 阎王毋着裤，鬼都会笑死：意指别人出洋相。

④ 捡到笑烤：没理由的笑，笑符附身。

⑤ 思量：同情、体谅。

⑥ 新客：新鬼。

"起雨脚哩^①，大家快去避避雨！"

呼啦一声，一双双泥脚纷纷从泥田里拔出，争先恐后地跑到了伯公亭。

"雨是落得好，可惜落的是东风雨，要是西风雨就好了。"六芝古挥了挥头发上的雨珠说。

东风雨生虫，西风雨杀虫，六芝古的意思大家都明白，因为禾苗就怕生虫，东风雨一下，虫就孳生得更快，而下西风雨就可以起到相反的效果。可包括阿狗在内的有些人，就是怕人过得舒服，看六芝古已经平静了好几年了，有子又有女，还有个靓板^②、吃苦耐劳的老婆，因此非常目热，就把他的话告到了公社，说他做梦都盼望国民党反攻大陆，让西风压倒东风。阿狗还添油加醋讲了六芝古的许多坏话，说他和土匪头钟绍葵、钟勇有牵连。公社干部一听，勃然大怒，马上向上头汇报，一个莫须有的罪名立马成立，人生最大的灾难和耻辱便降临到六芝古头上，他被判了五年徒刑。

李银招流着泪去求亲房叔伯，又去了老公头那^③种落地^④的地方求情，央求他们和自家的亲房叔伯联名，把他保出来。可六芝古的亲兄弟和其他亲房叔伯怕受连累，不愿出面，钟姓这边的也就不愿帮了，毕竟是引火烧身的事，谁不怕呀！

李银招晓得，六芝古劳改五年出来后，肯定还会遭受更多的凌辱和折磨，她和子女也会受到牵连，从此就像和尚头上捉狗虱——没有希望，抬不起头来。她思前想后，靠山山会倒，靠水水会断，因为子女，她求生不得，求死不能，天天对着墙壁流泪，夜夜对着洋油灯发呆，真个是黄连树上结苦瓜，苦上加苦。

六芝古被"专政"后，几乎所有的亲房叔伯都不再和他家走动，更别说雪中送炭了。他的两个儿子，龙马头和贵子腚读到小学三年级，便读不下去了，妹子却连学堂的门向东还是朝西都不晓得。孩提时代的他们，冇衫着，着竹壳，冇鞋着，打赤脚，幸亏还算印证了"细人子屎坏头三把火"^⑤之说，硬是一年一年熬过来了。李银招和别人一起干活，不敢大声说话，连放个屁都得小

---

① 起雨脚哩：将要下雨了。

② 靓板：漂亮。

③ 头那：脑袋。

④ 落地：出生。

⑤ 细人子屎坏头三把火：意指小孩有旺盛的生命力。

小心心转个弯，生怕臭到别人，干活不能讨价还价，叫你挑担你不准用锄头。李银招、银招子的名字是没人叫了，换成了"李膣嫲"的贱称。

一次割禾时，大家又要她专挑谷，有人还故意上去用双脚来来回回把谷担踏个结实。李膣嫲说："我足足挑了三天的谷，腰骨都快挑断了。这次你们挑吧，等天光日子我再来挑，今那我用镰刀，好吗？"

换来的却几乎是异口同声的责难："冇可能，李膣嫲你这个劳改犯的老婆，冇资格跟我们贫下中农讲条件，肩骨断了都爱你挑，不挑，今朝日子就冇你个工分。"

没有工分哪能行呢，天天有工分也还不够吃，正处发育期的大儿子，打铁客那般会吃，她即使把自己碗里的饭全扒给他，也填不满他的肚子啊！

那次，她的肩膀都挑出了血。

日落放工的路上，她采了些草药，回家煮水后，涂抹在血迹斑斑的肩膀。几个孩子看后都很气愤："他们干吗那么过分，你挑不得还要逼着你挑？他们是狗屌个吗，那么没人性！"

"莫骂人，只怪我们命不好！以后出门尽量少说话，多做事，要学会忍，尽量避免是非，受得香火成神仙，受得委屈出头天[①]。你爷瑞落到今天这步田地，就是坏在那张嘴上。"

"姨娅，伯伯[②]为啥以前被人打得少了四个大牙，又被打断了骨头？今那为啥又被捉去劳改？啥叫劳改？为啥大家都骂我们是劳改犯的子瑞？"十几岁的小儿子贵子腔，问事问到尿桶底[③]，是个探事鬼。

"大人的事情，细鬼子莫问那么分相[④]，以后你们自会晓得。你们爱记心，我们靠山山会倒，靠水水会断，只能靠自家。跟人在一起，千万别乱开玩笑，今那世道，好人冇几个，爱你死爱你行衰运的人多，一句玩笑话都有可能被定为死罪，让你一生世人都抬不起头。"李膣嫲忍痛含悲，对子女千叮嘱万吩咐。

"姨娅，冇米又冇油盐了，吃吗个[⑤]呀？"大儿子龙马头问。

---

① 受得委屈出头天：意即能屈能伸才能成就事业。

② 伯伯：父亲。

③ 问事问到尿桶底：刨根究底。

④ 分相：清楚。

⑤ 吗个：什么。

李膛嫲喘着气说："你去宝贤叔家借一点，过了今朝夜晡[1]再讲。"

"姨娅，我的裤子又烂了，又是在裤裆边。"三分人才，七分打扮，讲究美观是人的本分，十五岁的妹子了，哪能不爱面子，整天穿着补了又破的衣裤，岂能不别扭。

"我找块布来，补补就好了。"李膛嫲心酸地说。

"姨娅，我们俩兄弟的裤子破了，早就叫你补，你一直没补，老妹子她一叫你补你就会着急。大家都重男轻女，你却重女轻男，为啥呀？"贵子腔问。

"鬼讲个，手心手背都是肉，我生了九个才得你们三个，不是我两样心，你们细赖子人[2]赤光拐赖[3]都有关系，你看那边来生叔一大家子的细赖子，天气热时都不穿衣服，那条辣毛虫[4]又不会让人看走，人家还说'看腔三升谷'呢，我们的贵子腔要被看了，可不止值三升谷啊，小心一点，莫让花鸭公叼了去。妹子人爱面子，衫裤当然不能露肉。"为了给死气沉沉的家里添些活气，李膛嫲少有地露出了苦恼人的笑。

隔了一会儿，贵子腔铁青着脸对母亲说："姨娅，我肚子痛，昨晡[5]隐隐痛，今那越来越痛了，啊！痛死我了……"贵子腔满头大汗，用手捂住肚子，他刚才就想告诉母亲，只是看她肩膀出血，不想再增加她的痛苦，认为忍忍就好了。

"你娘个死佬[6]，为啥不早说呢？龙马头，你快去叫赤脚医生，我去宝贤叔家借钱。妹巴头，你看住他。"她言罢起身，忍住痛去近邻宝叔家。

很快，龙马头一阵风似的跑回来报信说，医生没法来，因为有几个病人在那排队等着看病。

"快，我背你去！"李膛嫲蹲下了身子，示意小儿子爬上来。

龙马头说："我来背吧，我背得动。"

李膛嫲没同意，背起贵子腔就走，龙马头只好跟了去。

屋漏偏遇连夜雨，医生查出贵子腔得了急性胃肠炎，需马上治疗。可治病的钱呢？李膛嫲发愁了，刚才她在宝贤家只借到两块钱，儿子的病可拖不

---

① 今朝夜晡：今晚。

② 细赖子人：小男孩。

③ 赤光拐赖：赤条条。

④ 辣毛虫：这里指小鸡鸡。

⑤ 昨晡：昨天。

⑥ 死佬：笨蛋。

得，她只好把家里仅有的一两样可以变卖的东西和那只下蛋鸡嬷给卖了。养了近十年的鸡嬷呀，六芝古急需营养时，他都不肯杀。

人一旦行上衰运，再坚强的人，也会被摧残得意志薄弱，丧失信心和勇气。以前李膣嬷是够坚强自信的妇人家，总说一家人平平安安和和气气就是天赠的福气，生活苦点累点不算什么，即使在六芝古被毒打后干不得重活，她也不曾灰心，说还有我呢，天塌不下来。可自从空降劳改犯这个刺耳的名声后，出门总让人歧视，被人吐唾沫，李膣嬷就差点死在别人的口水中。要不是三个子女，她真的不想苟活下去了，只要一想起子女以后的日子，便如六月天吃冰块，不寒而栗。

在备受歧视和饥寒交迫之时，她还备受思念的煎熬。他在那里咋样，有没有被打，能吃饱吗，会受冻吗，想家吗？

李膣嬷和子女过着有上顿冇下顿的日子，她自家咋样无所谓，肚饥了喝碗开水也能饱，衫裤烂了可以补，新三年，旧三年，缝缝补补又三年。可是三个细鬼子都十多岁了，正是长身体的时候，怎么受得了呀？！夜深人静时，她哭肿了眼睛，流干了眼泪，可又能改变什么呢？

在六芝古劳改的五年里，全队只有父亲和宝贤没有歧视他们一家，只有他俩明白六芝古是被冤枉的，也只有他俩在他家最困难时提供过帮助。父亲曾几次叫母亲偷偷拿米去接济她。她也曾多次教育子女要感恩："宝贤叔和酿伯佬（他们这样称呼父亲）在你们爷瑞不在家时，不仅冇欺负我们，还帮助我们，你们一生世人都不能忘记他们的大恩大德。"

五年终于过去了，六芝古改造归来了。

李膣嬷悲欣交集，五年啊，把他改造成了一个陌生人。他与以前比，真是判若两人了，变得少言寡语，变得看不到信心、看不到笑容，只有一脸的沧桑与绝望，就连老婆子女的关心与问候，他都感到有一种说不出的郁闷，甚至窒息。李膣嬷看他一改往日的谈笑风生和蓬勃朝气，心如刀绞，万箭穿心。

"六古，你在里面吃了很多苦吗？进去后挨过打吗，三餐吃得饱，夜里受过冻吗？我和龙马头、贵子腔，还有妹巴头天天盼你归来，归来了就好，一家人一起过日子比啥都强，别再胡思乱想了。"

"李俵，我脑子里装的不是猪屎狗屎，咋能不想？我背负着劳改犯的罪名，你和子女跟着受牵连，一生世人都会受人歧视，甚至不能挺直腰杆，不能大声讲话。我们也老了，咋样也不怕，可是几个细鬼子甚至他们的后代都会在人家的白眼下过日子。只要一想到这些，我心里就充满了罪恶感，我对不起你和细鬼子，让你们受了那么多苦，我多次想死，可又舍不得你们，我对不起你们哪！"六芝古说着说着，和妇人家一样号啕大哭起来。

"六古，莫哭了，事情都这样了，哭有啥用？以后我们小点声说话，见人弯点腰，见人讲人话，见鬼讲鬼话，莫与人争执，扎扎手手做水就行了。"李腔嫲颤声安慰着老公。

"这些年来，那么多兄弟和亲房叔伯，就没有人来帮帮？"

李腔嫲说了她去央告他兄弟和亲房叔伯无着的事，而后道："当时他们要是作些力①，斗②几个钱物，打点打点，或许就把你保出去了，你可能就不要受五年牢狱之苦，我们一家子也就不会一生世人受人歧视了。"

六芝古听罢老婆的诉说，对那些亲戚非常恨心，发誓不再和他们往来。

重见天日的六芝古哪里会想到，出狱后的折磨更难以忍受。

因为劳改了五年，加上解放前他爷爷和地方武装势力的纠缠，六芝古在补划成分时被定为"四类分子"。土改时斗地主恶霸，热潮极高，每次批斗，都少不了六芝古。批斗时，戴高帽子、游街自不必说，跪沙子、脖上挂火笼③、头上顶尿缸等手段应有尽有。有时正在田里干活，遇到批斗，就在田里跪着，盛夏赤日炎炎，连斗笠都不准戴，浑身湿得分不清汗水还是泥水。冬天不论是在下绵毛细雨，还是倾盆大雨，说斗就斗。如遇雪花铺盖，有人还提议要他们脱下外衣，有些体力差的"四类分子"，甚至昏倒在田里。

一次，他被守财一伙绑在树上批斗，直到月上柳梢头，才开恩让他回家，却不得通知家人来搀扶。他一跛一跛，身旁有树扶树，有墙扶墙，边走边歇，平时不消十分钟的一段路，竟气喘吁吁耗了足足一个钟头。他浑身上下都痛，最重的伤在胯下。到家后，让老婆支开孩子，他吃力地叉开大腿，但见龙袋子都被抠破了，一粒睾丸就差没掉出来。李腔嫲看在眼里，心一颤，腿一软，当时就险些瘫倒在地。在六芝古的授意下，她忍住悲泣，找来针线，凑着摇曳的洋油灯火缝龙袋子。每一针穿梭下去，痛得口咬枕巾的六芝古天旋地转，汗出如浆，浑身水洗一般。看到老公的痛苦状，泪水模糊了双眼的李腔嫲，双手抖

---

① 作些力：出些力。

② 斗：凑。

③ 火笼：冬天烤火用的器具。

得稳不住针，还没收线，自己就先晕了过去。

六芝古被这种无休止的批斗搞得失去了生活的勇气，每日提心吊胆，往日的风采和风趣幽默早已荡然无存。他几次想寻死，后来出门干活几乎不着一语，形同哑巴。倘若以前自家是哑巴该多好呀，今天就不用受这苦遭这罪了。但又有人指责他，对共产党和社会主义恨得咬牙切齿，恨得都说不出话来了，于是又专门有了一场批斗。反正，四类分子横竖不是人，对他们宽容就是对人民犯罪。

四类分子再怎么能干苦干，工分也不能等同于贫下中农。另外，担心他们的劳动价值偏高，每年都还要多给他们摊工①，普通社员若摊三十工日，他则要摊五六十工日。有段时间，被批斗过头的六芝古，几乎干不了田里的活，更不用说摊工了。该怎么安排他的工种呢？父亲提议让他放牛，但立马遭到守财反对："看牛有聊②，看马有骑，不能让地主阶级做轻颜水③，让他看羊去。"

宝贤说："看羊让人跌烂膝头皮，莫紧不出两天就让他跌死了。"

队长虎腔想了想，大发慈悲，打发六芝古到公共食堂里烧火做饭。守财嚷道："让六芝古娘个四类分子在食堂里做火头，贫下中农都会被他毒死掉。我可冇那个胆量吃他煮的饭。"

"你莫吓成这个样，再说食堂里又不止他一个，何况他老婆子女也要吃。我从没害过他，批斗时，也没有对他拳打脚踢，只是去看了看热闹，怕他报复啥？只有对他实施了暴力的人才会怕他下毒。"有人笑着挖苦这个斗人高手。

守财面不红，心却虚着，仍高声说："不然等着瞧，迟早他会报复贫下中农的。"

六芝古虽然留在了食堂，却被人前人后斥为"食死佬"，大大小小即兴发起的批斗会仍然没完没了。有时批斗会上，守财一伙还要他唱歌，当然是《唱支山歌给党听》。见他诚惶诚恐地连说不会唱，守财便阴阳怪气地说："唱歌会走调，不如学狗叫④。"

反正，自他入狱到死，美溪人再也没听过他的歌声了。

每次看到六芝古和本队的地主婆谢兰、富农元坤等人被斗得奄奄一息，

---

① 摊工：摊派"义工"。

② 有聊：有玩，有休息。

③ 做轻颜水：干轻闲活。

④ 唱歌会走调，不如学狗叫：意指要有自知之明。

有人心底里产生了一丝丝同情，六芝古他们其实也没滔天大罪，他们中的人甚至没剥削过贫下中农一分一毫呀。

当时的地主兼恶霸，是指有钱变为有势，用势力欺压人民群众，或靠霸道起家变为富人。又有一种工商地主，说是从商起家变为富户者。

解放前，穷苦百姓有时为了度过眼下生计，只好把祖上的良田典当给恶霸，契约上写得一清二楚，某年某月某日应赎回。但到期时，恶霸却提前一天借故外出，等贫民到他家赎良田时，他家人说："他外出了，字据在他手里，要等他回来再赎。"贫民无奈，只好再等。几天后，恶霸回来了，贫民再去他家赎田，他满口应承："都是本村本地的兄弟子叔，到期了应当赎回去，好讲好讲。"可他拿出字据一看，故意大声叫道："哎哟，对不起了，过期了，你干吗不提前打招呼呢？你看这白纸黑字写得清清楚楚，过期不还，你也按了手印的，这不能怪我。"字据上写明，过了期可以不还，转为卖地。

欠字压人头，债字分人责。卖与当的价钱差别很大，恶霸能从中得到极大好处。他们常用这种巧取豪夺的手段霸占贫民的田地和东西，成为有名的地主兼恶霸。土改时，他们受到了应有的惩罚。而六芝古既没有霸人田地和东西，也没有剥削人的劳动力，更非"头上长疮，脚下流脓"的坏家伙，只因说了那句不合时宜的话，便被送去劳改了五年，继而还得时时处处接受贫下中农"再教育"，确实冤枉。

被斗得目珠落隔背也驼[①]的六芝古，情知要改变这种鸡落汁缸[②]的处境，无异于鸡啄秤砣[③]，又实在受不了无所不用其极的批斗，他的精神发生了某种根本性的动摇，对肉体之外更大的折磨倍感恐惧。在无可解脱的迷惘中，他想过跳井。井是刚打好的，深五米，跳井省事，头朝下一栽就万事解脱了，还用不着走那么远的路，自龙袋子被人抠破后，他就更不能走远路了。可后来一想，自己跳了井，水就脏了，水脏了一队人咋喝？盼星星盼月亮般好歹等来"共产井"的一村老小，还不得把你恨死骂死！人不能只图自个儿方便和痛快，得为别人想想，即使这些人中不乏恶棍暴徒，但毕竟不能连累其他无辜的人，何况自己的家小也喝得着这井里的水，他们还要在世上生活，不能让他们再替自己背负骂名。

---

① 目珠落隔背也驼：指病态状。

② 鸡落汁缸：鸡掉进泔桶里，指狼狈相。

③ 鸡啄秤砣：意即白费气力。

那天惶然举眼四望，伯公庙和伯公树映入眼帘。伯公树正伸出歪脖子瞧着他，伸出胳膊向他招手，仿佛叫他快些去。自己遭殃还不是因为那天在伯公庙旁不经意说了一句遭人告密的话，祸从此处生，命就在此处结束再合适不过。在伯公庙旁、伯公树下徘徊复徘徊，思谋伯公庙和伯公树乃美溪人的圣地，已给祖祖辈辈的先人们有过不少精神抚慰，眼下还能冷不丁儿地派上个祭奠用场，在这里把自己祭奠出去，不仅一队人会骂自己坏了风水，神鬼们也会责备自己大不敬，从而降罪家人，不，不行。

他叹了口气，左思右想，还是做家里的鬼吧，也省得家人在外抬尸。一次批斗会的前夜，六芝古把套上了背带的脖子系上了梁，随后一脚踩空。那年，他刚过知天命之年。

一颗流星把天的肚皮给划了一下，灭了，一如曾经响起却终归哑寂的山歌。

六芝古"自绝于人民"时，他的两个儿子龙马头、贵子腔，都还是擀面杖抹油——光棍一条，女儿则嫁到了另外一个公社，听说那男人家很苦，兄弟又多，没有能力挑肥拣瘦，也就不嫌弃四类分子的妹子了。

一直以来，龙马头就像是"臭屎鸡"，树叶掉下来都怕打破头，别说找人打斗四①，就是想去人家那里玩，都好比老虎进了城，家家都关门。蜂怕离群，人怕孤独，俩兄弟只好在家锤子剪刀布，黄连树下弹琴——苦中求乐，至于讨老婆，那无异于饿狗想飞雕②、捉牛上树③，哪敢奢望？莫讲老婆面，连个媒婆影都不曾看到。

对他最好的，除了家人，可能只有父亲留下的那条狗了。

还在五六里开外，狗就能捕捉到他的声响或是识别他的体味，不惜辛劳地狂奔出门，摇尾接应。每次，这个"臭屎鸡"总能从狗身上感到温暖，对这个提前拥抱上来的家人产生一丝眷恋。

人狗之乐，竟也让人产生醋意。某日，这只忠诚伙伴竟不明不白地死在了家门口，龙马头看到后，眼睛当时就直了，跪地一场痛哭，比死了父亲还难过。

---

① 打斗四：即打牙祭，几个朋友各自出料或出钱合伙聚餐。

② 饿狗想飞雕：意即痴心妄想。

③ 捉牛上树：比喻主观和客观相脱离。

他恨那些弄死他家犬的人，但他不敢骂出声，在队里只能沉默寡言地埋头劳动，就是这样也还老被捉弄。一次吃大锅饭时，队里好不容易改善了伙食，给每人分了两块五花肉。三月不知肉味的他，还没操起碗筷，就被叫去抬东西，眨眼工夫回来，碗里的肉已不翼而飞。他忍不住朝周围吧嗒吧嗒的嘴巴一一看去，好像要通过察言观色来追踪肉的下落。而周围的人们，不动声色，仿佛什么事都不曾发生。其实，即使他知道那些肥肉坨子去了什么地方，落入了哪个可恶的肠胃里，又能怎样？

有人当面笑他们说："龙马头、贵子腔两兄弟，牛古般雄个后生哥子，老虎尾巴都拖得住，走起路来衫尾都能打死狗，夜晡头①睡目，腔子硬起来又冇老婆，受得了吗？受不了鸡鸢子②也好，总比撑烂绵丝被强，自家养个鸡鸢，搞了它也不会告你犯了强奸罪。"

另一个家伙故意问："你一晚上屌你老婆几次？"

"嗨，娘个冇分相③，累时一次也嫌多，精力充足时，一晚上三四次也嫌少。"

"鬼金贵！你有咁雄，你老婆也受不了，真这样她还能下地做水？"

两个家伙面皮八尺厚④，如此一唱一和，是故意嘲弄这对光棍兄弟。

身边一起出工的女社员听不下去了，骂道："两个酸夹古，疑疑四四⑤，下流下贱，也不脸红！"

"这有啥脸红的，我实话实讲，男子人和妇人家不就那么回事吗？你莫假正经，难道你老公一夜冇屌过你四五次的时候，改天我问问他。"

越来越不像话了！女人们羞得赶紧下田："真个猪狗六畜，做水做水，莫听他们鬼喔。"

男子人却边下田边唱："腔硬冇药医，撑烂绵丝被……"

龙马头和贵子腔兄弟俩听了过来人白天唱的酸夹下流歌，晚上欲火难耐，真个想爬起来捉只鸡鸢玩玩。

一次开社员大会，人还没到齐，大家就说起了笑话。突然，一个六七岁的细妹子说："我爸爸和姨娅睡目好讨厌，经常上摸摸下摸摸，摸来摸去就那

---

① 夜晡头：晚上。

② 鸡鸢子：还未交配的雌鸡。

③ 冇分相：没定数，不明事理。

④ 面皮八尺厚：指不知羞耻。

⑤ 疑疑四四：不认真，不正经。

个了。”

"唉，'那个'是么个意思，你咋晓得他们摸来摸去就那个了？他们在做么个你晓得吗？"有人故意刁难细妹子。

天真烂漫的细妹子一五一十道来："他们以为我睡着了，其实我是诈睡，我床头有电筒，我好奇，拿起电筒一照，发现我爸爸不穿裤子趴在我姨娅的肚子上……"

很多人笑得眼泪都出来了，细妹子却还在说："我不晓得他们在干什么，你晓得吗，告诉我好不好？"

细妹子话音一落，全场爆笑，连龙马头兄弟俩也忍不住爆笑起来。

"哈哈哈，哎哟，我肚子好痛。"

"哎哟，我……都快笑死了！"

有人更是夸张地在禾坪地里翻来滚去："娘个细短命嫲子，不怕笑死人，哎哟，我真个快笑死了！"

"他们也真是，那么猴急干吗，等细鬼子睡着了再做也来得及，一夜晡^①难难长^②。"

"笑话，腚硬起来还能再等吗？坏就坏在今那个细人子太精。"

见大家笑得东倒西歪，我们这些似懂非懂的和那些根本就一窍不通的细鬼子，也都跟着傻笑。

细妹子是跟隔壁的细鬼子来的，等她父母一到，大家早已笑得精疲力竭，坐在那里直喘气了。有好事者把刚才的话重复一遍，做母亲的气急败坏，一巴掌立马朝女儿扫过去："娘个火了嫲^③！"骂了妹子，接着又把怒火冲向大家："你们统统都是狗屁个、烂铜锣，细人子人不懂事，你们也酸酸夹夹^④捉弄细人子，好哇事吗？"

有人却还在起哄："阎王毋着裤，鬼就会笑死，自家两公婆做事不小心，让细人子晓得了，包得了她不讲出来。"

"做事情莫咁急，又不是饭菜，三餐都得吃，等细鬼子睡着了再落手，难道就会死吗？"有个叫生坤的房长叔公也忍不住笑骂起来。

---

① 一夜晡：一晚。
② 难难长：漫长。
③ 火了嫲：与"火了子"意同，忤逆或不听话的孩子，专指女孩。
④ 酸酸夹夹：不正经。

这事后来成了笑话，有事冇事总提起来讲，每次讲时大家都是开心百分百。

"今那开始爱学精点，小心点，干那事千万爱等细鬼子睡着了再落手，床头也不敢再放电筒。莫真个让细鬼子照个正着，也太跌古了，最好到细鬼子两三岁时就得分床睡，细鬼子鬼得很，常常会诈睡。"

龙马头和贵子腔就怕开社员大会，每次开会对他们来说都是一种折磨。那些有老婆个家伙，哪晓得冇老婆个辛苦，饱汉不知饿汉饥啊！开会时，人没到齐，他们啥话都不讲，专门讲酸话，说是讲酸夹话不犯法又能逗大家开心，说着说着还故意用手指向龙马头兄弟俩的下身："大家看呀，龙马头和贵子腔个裤裆都撑起来了，他们的老二也想出来和大家一起开会了。"

这帮家伙也真是居心不良，兄弟俩不到场也不说，一到场马上开始演讲，自家快乐了还拿人家穷开心。"真不是人屌个，是狗屌出来个！"兄弟俩窝着火在心里直骂。

龙马头和贵子腔也实在可怜，白天死做烂做一睁眼也就过去了，可漫长的夜晚却难过，搂枕头的滋味确实不好受。有时想，要是晚上有个女人陪睡，就算天光日子会死也甘愿。

日子过得再困难，与生俱来的欲望，总还是无法消弭的。

年轻的他们，早就发现了自己身体下半部那个新奇的世界，只需用三两根手指头，轻轻抚弄或揉搓那个在周围稀稀疏疏长出前所未见的胡子的小东西，不久后，就会给他们带来一种无以言说的喜悦，且从不爽约。由这个小东西传输的这份喜悦，冲击着身体，贯穿整个大脑和胸臆，有时甚至还直抵指尖和趾端。那时懵懂好奇的他们，现在受了这么多人别有用心的启蒙，在人的荤话和六畜的荤事中耳濡目染，更是清楚地知道，这后面还有更快乐的游戏、更完美的事情，这个快乐的游戏是所有其他快乐的召唤以及至上总结。但这个更快乐的成分，总是少了一个纲要，只能靠自己一次次演练或不期而至的春梦中，体验并制造短暂的快乐。

这份源自动物本质的快乐渴望，有如一波又一波的小浪潮，汹涌在他们的体内。一天，龙马头上茅房也在自我娱乐，瞬间近乎完美，起身时突然眼发黑、头发晕，一脚站不稳，"扑通"一声跌落茅坑里，差点淹死。

看到年轻成熟的女人，甚至看到牲口在交媾，龙马头身体都有程度不一的反应。总想着往女人堆里挤，却又没这个胆量。有次大队放电影，站在黑压压的人群中，他嗅到了一股淡淡的幽香，黑夜的掩护以及大家对电影的专注，使他的胆子陡然膨胀，在拥挤中就把自个儿的裆挨住一位梳粗长辫子的女社员后头。年轻女社员弹性十足的臀部让他顶得难受，回头问是什么东西硬邦邦的。他颤声答是手电筒。女社员转了一下屁股，他看着看着又想靠上前顶，女社员回首怒目："别以为我不知道，等下叫民兵抓你。"他一个激灵，全身顿时松垮下来，钻出人群，一溜烟跑了。

日盼夜盼，左盼右盼，终于盼来了亲亲老婆、亲亲救星妇人家。

龙马头三十多岁时，一个门当户对的人家把妹子嫁给了他，她叫黄招玉，也是"四类分子"的后代，比龙马头小两岁，因成分不好，一直形单影只。一个偶然的机会，她父母听人说起龙马头家的情况，趁机把妹子推销了出去。

看到大儿子有了老婆，李腔嫌乐得行路都打冷笑，总算讨了生娌做了家娘。她赶紧拿了一炷香，向着六芝古的落地方向拜了拜，告诉他，家里有生娌了，说不定过了年就会给他们家生个带"驳壳枪"的男孩。

真是，缘分不到，求也求不来，缘分到了，比装豆腐还容易。龙马头做梦也想不到有老婆讨，真个乐得差点忘了自家"四类分子"的成分。

贵子腚见老伯瑞有了共枕人，心里也着实高兴了一阵，总算在家能看到除母亲之外的第二个妇人了。夏日衣着少，嫂子偶尔抬一抬胳膊，他有时还能瞅见她胳肢窝的黑毛，这毛毛总能使他想到女人别的地方。虽说是嫂瑞，动不得，但看看也是一种享受。老伯瑞都能讨到老婆，自己又不比他差，说不定哪天也能行狗屎运。他也不想能讨到如何年轻靓板个，只要会吃会做会当家，不缺胳膊短腿个，能生育最好。他接着又想，实在没有那狗屎运，讨个二手货也不错，起码晚上睡觉不用搂枕头，小鸡鸡生气时有个窝可发泄。

一晚，贵子腚从屋外的粪坑解手回房，经过兄长房间时，有意无意地竖起耳朵来，居然传来嘎吱嘎吱的声音，有一阵没一阵，高一阵低一阵，忽悠忽悠地随风灌进他的耳膜，钻入他的皮肉和骨头。心里头一痒，手心儿脚心儿也跟着痒痒，继而裆里头有个地方也给痒得难挠。他又想尿尿，那根家伙已先于他的思维，像黑夜里的昙花那样昂首挺起，从裤腰的间隙蜿蜒伸出。他在墙根边站了好半天，才哩哩啦啦，像沙锅漏水般挤出可怜的一小股儿，根本没法尿进墙脚上那个小窟窿洞洞里，而软软地流滴在裤腰还有脚丫上。"他妈的……"他暗暗骂了句自己，不知是为了自己的歪心思还是为自己尿得没劲。

不知经历了多少次嘎嘎吱吱的声音，龙马头的老婆肚子渐大。在生下一个妹子半年后，龙马头便被生产队派去外村烧石灰，一个月难得回家几次。其时他和弟弟已分家，李腔嫌和贵子腚过。兄长不在家，贵子腚和母亲很照顾招玉嫌母女俩，叔嫂之间的关系渐渐暧昧起来。

一天晚上，招玉叫来小叔子照看女婴，自己进浴槽洗澡。眼看小家伙在小床上睡着了，听着浴槽里哗哗的水声和女人哼唱的小曲，闻着里头传出的那种皂角味道，贵子腚浑身给痒痒得难挠起来。真好闻，这味道为啥恁好闻？贵子腚一边狠狠地抽吸了几下鼻子，一边蹑手蹑脚地抵近浴槽，眼光从门缝里挤进。浴室里的女人正像自己那样来回抚弄着下体。他简直要晕倒，瞪大眼睛看着看着，突然一屁股软软地瘫在地上，裤裆边亮晶晶湿了一片。女人闻声而出，他才醒悟过来，"呀"的一声，逃也似的蹿出门跑了。

第二天晚上，女人又以帮助照看小孩为名把他叫来房中，明知故问："昨晚干什么坏事了？"他支吾不语，满头大汗。女人笑笑，从裤袋里抽出块手巾，伸手给他擦脸。他想挡却身不由己，这一近身不打紧，他闻到了一股说不清的味道，看到了女人腋下的毛，而且，女人胸脯那个鼓鼓的圆圆的两堆东西，就挺在他的眼前。

贵子腚两颗心怦怦狂跳，像是要脱离胸膛，言不由衷地说："我、我得走了……"

女人也不言语，只是缓缓解开衣扣，解开裤带，一具光滑的身子霎时暴露在了凝固的空气里。

贵子腚的胯下早就有动静了，身子却不动，不，是在哆嗦，在发抖，在希望中僵硬地坚持。

女人又是咪咪地笑，拉了拉他的手，鼓胀的乳房朝他惊愕的目光迎上去，轻声说："我知道你忍不住了，就莫把我当嫂瑞，就当做一个与你刚认识的女人，来世一遭不容易，好歹也得让你尝尝女人的味道，知道皇帝的光景。"

他挣扎着把手抽回，哆嗦着退了一步："不不，你是嫂瑞，我再怎么也不敢打你的主意，老伯瑞知道会打死我的。"

"就算是嫂瑞吧，肥水流的也不是外人田，我不怪你，你我不说，你老伯瑞怎会知道？"女人边说边把手伸向了他的裤带。

随后，女人迎天躺下，两条大白腿像剪子似的给他打开了。

"不，不"的无力坚持，轻易被"尝尝女人的滋味""皇帝的光景"给打得落花流水、无影无踪。狂欢过后，欲火熄灭，羞耻涌上心头，他无声地流了几行清泪。但清泪过后，第二天依旧不敌诱惑。

一来二去，等招玉嬚的第二个妹子银秀子一出生，发现她长得跟叔瑞简直一模一样。不过有一种说法，"外甥多似舅"，意思是说，外甥像舅舅很正常，那侄儿像叔瑞也就不足为奇了。所以大家也就不敢证实他们叔嫂之间有问题。在龙马头没有归队之前，他们的关系一直没被人发现，只有李腔嬚心知肚明。

龙马头归队后，他们才收敛了许多。又添两丁后，龙马头发觉老弟特别疼爱银秀子，便起了疑心，责问起老婆来。招玉嬚比他刁，还理直气壮地不打自招："你不在家，我和妹子多亏了贵子腚，要不是他，我都不晓得怎么过。他给了我们家那么多好处，我陪他睡睡损失什么了，关你啥事了？肥水不流外人田，何况他还是你亲兄弟。再说，萝卜拔了坑还在，你归来了要用又没拦着你，气不过你离了我，我跟他过。"

世上就有如此厚颜无耻的女人。当然，要讲离婚，龙马头死也不会同意的，好不容易才讨到了老婆，又有了几个传宗接代个，哪能再离呢？老弟又确实帮了自家不少忙，那次儿子金古半夜突发高烧，是他背着他深一脚浅一脚跑到赤脚医生那里，还是他付的医药费。

龙马头这个人，确实没办法做男子汉，不是他怕老婆，而是老婆确实太刁，他也只能做独眼龙睁只眼闭只眼。反正外人又不晓得，就指望哪天有个合适的妇人家，愿意嫁给贵子腚。不然俩兄弟同用一个妇人家，终归不是办法，因此他比弟弟还更着急这事。

日子走得到底慢了些！

粉碎"四人帮"三年后，农民日思夜想的分田到户，终于在千呼万唤中，像春风送暖一样，次第在长城内外、大江南北登台。

分田到户后，各人做来各人吃，自由自在，不受人管，割了谷子除了缴公粮，剩下的全归自家。分给你的田由你指挥操作，想种啥就种啥。大家一般上半年种烟，下半年种谷。只要管理得好，病虫害过关，光下半年的谷子就够一家人吃用，还有的粜。

一年一年总结新技术，年年钱粮双丰收，再不要害怕割资本主义的尾巴，每家养鸡养鸭养猪还养牛羊。种啥养啥，到头来都可以自由买卖，百货中百客①。看到一沓沓钞票到手，一箩箩金黄饱满的谷子入仓，一种前所未有的喜悦涌上心头，睡不着时起来数数钞票，打开穰穰满家的仓门、六畜兴旺的猪栏鸡舍，心里又像是喝下了一碗蜜，吃下了一颗定心丸。

"最冤枉个日子过去了，感谢政府感谢党，让我也过上了好日子，我也可以扬眉吐气，不用再低头走路了，真个有盼头了！要是你那命苦个爷瑞，咬着牙再忍上几年，今那也能过上好日子。"李膣嬷流下的不知是高兴还是伤心的泪，连她自家都不晓得，或许两者兼而有之吧。

"政策咁好了，只要不触犯法律，你可以利用聪明才智，发家致富，又不讲成分论了，再有钱也不会被评为地主恶霸了。我们几个老家伙，出世得太早了些。"几个上了年纪、当初也跟"四类分子"沾边的老人，也在一起高兴地谈起了越过越红火的日子。

"莫怕，咱们还有得看头，今那吃用好，医学又高明，要是能活一百岁，还有三四十年呢。"

"对呀！好在我冇早死，活到了今那，不然来到这个世界没过上一天的好日子就走了，真个不值！"

看到存在信用社里的余钱渐渐丰盈起来，贵子腚想讨老婆的念头也越发强烈。虽说在嫂瑞身上尝到了女人味，但那毕竟是跌古事，何况老伯瑞还眼睁睁，也不能再这样下去了，一旦被长大了的侄儿侄女知情，他们说不定要找自己拼命的。

在贵子腚屋前几十步之地，有座伯公亭，每年香火不断，求伯公伯婆为大家化灾解难，保佑大家平平安安，冇疾冇病，养鸡鸡又大，养猪猪又壮，在家种田粮丰收，经商个出门挣钱钱多多，读书个考上大学好做官。而贵子腚的最大愿望，就是求伯公伯婆保佑他讨到一个老婆。

哎，还别说，神仙显灵了。一天，终于有一个中年妇女来到他家，虽然这是个"钱也爱银也爱，冇人认俺做老妹"②的"名人"，但今天的身份却是媒婆。

"贵子腚，你想不想讨老婆？要是想，我帮你介绍一个咋样？"那女人开门见山，一点不绕弯。

---

① 百货中百客：意为各有所好，什么东西都可以卖出去。
② 钱也爱银也爱，冇人认俺做老妹：意即贪得无厌的人，不能结交朋友。

贵子腔想都快想癫了，但他尽力按捺住心头的激动："秀招子，你莫拿我寻开心，牛有咁好使，都不用牛盼该^①，我咁老哩，又苦得冇油煮菜，有曼人看得起我，真是打天声。"

"莫这样讲，今那党个政策好，大家差差之^②都菌干煮豆腐，莫讲你分田到户几多年了，也肯定有不少存款。我跟你不是开玩笑个，爱唔爱？唔爱我介绍给别人了。"秀招子一脸认真地说。

"真个？我都快五十岁了，愿意嫁给我的妇人家都不晓得还在哪个狗嫲肚里，煮个我都不信。"贵子腔还是摇头，因为他以前实在被人作弄怕了。有一次，有人竟发誓发绝说帮他说了一桩媒，是姓朱个人家，就差见面了，要贵子腔约个日子。那天，兴高采烈的贵子腔特意穿了身簇新衣服，打扮起来也挺靓板，结果那个媒人却把他带到了人家的猪栏里，一头发情的母猪睁大惊愕的眼睛望着他。他气得大骂"媒人"一顿，还跑到田里把那人的烟苗拔去不少。这事又成了那段时间的一个笑话。后来不少人也"热心"给他介绍过姓牛姓羊的人家，都被他黑着脸沉默地拒绝了。

"贵子腔，你看我是那种神经有问题的人吗？你听我说，我有个老妹子，嫁到广东，生了三个细鬼子，最小个妹子也十一岁了，旧年^③她老公搭上了货嫲，就和她离婚，判给她最小个妹子，现在娘俩就住在我家。我跟她讲了你个情况，她说冇意见，不过她说，你要是同意，以后定要好好地对待她们娘俩，不能像她前夫一样，有了两个芝皮癞就不要她了。"

"那自不用说，到那个份上，我不对她们好，我对谁好？只要她不嫌弃，我自家不吃也要让她们吃好。你告诉她，就说我保证会对她们好，让她放一百一千个心。还有，我真要多谢你。"贵子腔心都快蹦出来了，差点要下跪。

"莫这样，多谢就免了，到时红包包大一点就行，以后有啥好吃的，叫上我，我就乐意了。说实话，你要是能讨到我这个老妹子，算你祖上积德，行狗屎运。她人很扎实^④，又很懂世情道理，很会当家，包你后半辈子享福。"

"那就好，那就好！我做梦都没想到，都这把年纪了，还有老婆讨，真是上天公呆保护个，伯公伯婆保护个！"贵子腔没有忘记伯公亭供着的"伯公伯

---

① 牛有咁好使，都不用牛盼该：好使的牛就不用牛索、牛套。

② 差差之：再不济。

③ 旧年：去年。

④ 扎实：勤劳。

婆"，他们真灵呀！

"那你天光日子来我家见见她，有啥话当面讲清，莫到时怨七怨八，我可是好心，莫到时还要遭雷打。"秀招子开玩笑说。

"好，好，好，天光日子我一定早点到你家。你在你老妹面前多讲几句好话，以后我多叫你几句阿姊。"贵子腚高兴得也开起了玩笑，他一想到就快有老婆讨了，乐得分不清东南西北。

第二天天刚亮，他便步行到四五里路远的市场买酒肉和水果，一下就花掉了二三十块。这也是他有生以来最舍得用钱的一次，当然，第一次见面，哪能太小气，得下血本才是。

他连早饭都不思不想，只是一个劲地打扮起来。买东西时，他还特意去剃了头、刮了须菇①。本来就没有讨过老婆个人，这下变得年轻了许多。

贵子腚来到秀招子家时，才九点多一点。一进门，他便看到一个四十多岁的妇人家坐在板凳上，确实很靓板，看样子人也很随和。他心里想，可能就是这个人吧，因为她和秀招子有几分相像。

"来，来，来，你们两个人有话当面讲清楚，我去摘些菜。"秀招子泡了一壶茶后，叫开了老公和女儿。

贵子腚的心急速地跳着，拘束得不知该怎样开口，第一次相亲，年纪又大了点，看起来真个比后生哥子还腼腆。

"富荣，我嫁过人，还生过三个细鬼子，你会不会嫌弃？"那妇人家毕竟是过来人，见贵子腚半天不讲话，便主动搭话，老练地给他倒去茶脚②，添上新茶。

第一次被人叫官名，贵子腚真有点受宠若惊，他一听女人讲那些话，一着急，几句谦虚的话脱口而出："不会，不会，我咋会嫌弃你？我高兴都来不及呢，我还怕你会嫌弃我。我冇钱冇貌又冇新房，以前还成分不好。"

"那好，我们都是苦命人，曼人都不要嫌弃曼人，你冇什么我都不怕，只要你对我们母女好。今那政策咁好，我们都有一双手，还愁做不来吃用穿的？只要有商有同，扎扎手手，建新房也不难。我的前夫有钱又咋样，他在外面搭上了一个比我嫩③个妇人家，就把我一脚踢开，你要是有钱又年轻，好事还轮

① 须菇：胡子。
② 茶脚：茶水中沉淀在底部的渣滓。
③ 嫩：年轻。

166

不到我呢！"那妇人说着说着哭了起来，坏男人，就爱"保佑"^①他冇钱。

"你莫哭，我最怕妇人家哭，我不会像他那样对你，我会一辈子对你好的，真个！"他边说边从裤袋里拿出手帕递到她手里，他哪里想到，他的手帕全是他的臭汗味。

没意见了，那妇人家和贵子腔在秀招子家吃过午饭后，顶着盛夏的炎炎赤日，带着十一岁的妹子到了贵子腔家。李腔嫌又一次差点乐癫了。那细妹子很得人惜，嘴又甜，初次见面，便前一句馳馳^②后一句馳馳，乐得她好比喝下了三碗蜜，赶紧装了花生，还给了一个红包，算是见面礼。

此后，贵子腔改变了黑白人生，一下子像是年轻了好几岁。人逢喜事精神爽，天天精神焕发，时时笑容满面，从早上日头出来做到傍晚日头落山，他都不觉累。他和秀兰同行同做，晚上同床共枕，"老二"的出路问题有了彻底解决的渠道。

"贵子腔，你看，有老婆多好，早听我讲也不用受那么多'苦'，今那有了老婆，水有人帮着做，衫裤有人补有人洗，六月天光有人为你扇风赶蚊家^③，冬天里头有人暖被窝，再也不用睡冷床冷被了。"和贵子腔般多岁^④的宝哥开他玩笑，这位饱汉以前就没少开过这位饿汉的玩笑，还曾带他到"猪"姓人家相过亲。

"命不靓有啥法子，讨老婆又不是装豆腐，想了就能有的，今那有了合适个我才有老婆讨，自家命歪不能怨政府。"

"莫怕，你今那还不到五十，一百岁命长还有半百，好好人^⑤对待她，好一百岁不还是你个？今那不比以前那样不到六十就会死，风水转变了，政府又咁好，活上一百岁不算稀奇个。"

"荣宝古，你讲个有道理，今那大家吃用好，一百岁个老人以后会越来越多，不过，岁数大了，哪还能爬上去干那事？你能吗？"

"傻瓜，两公婆过日子，不一定就爱干那个啥，是为了老时有个讲话的伴，就算做不到，摸摸也好。老了时，子女能在你身边陪多久？还是老夫老妻

---

① 保佑：这里反话正说，惩罚之意。

② 馳馳：奶奶。

③ 蚊家：蚊子。

④ 般多岁：同龄。

⑤ 好好人：好好地。

长久啊！"在贵子腟面前一向喜欢疑疑四四的宝哥，难得正经起来。

家庭联产承包责任制作为中央一号红头文件下达实施后，因为我们这里地处水尾，一到旱天，没有了集体化时的整体规划，家家放水都成问题。

一日，因争放水，守财骂上了龙马头。他是本队出了名的霸坑鸟①，最瞧不起比他衰的人，斗地主和四类分子最是积极，一切手段都出自他口，对他们拳打脚踢加掌掴和唾沫，连旁人都感到过分。几个被他揪斗过的人，对他恨之入骨，说死后还会去找他报仇。他们天天诅咒他不是出门被车撞死，便是得恶病暴死，诅咒他一家人一生世人冇安乐，啜粥②都会噎死，喝水都会上吐下泻肚子痛。

分田到户刚开张，守财就为放水事与人发生口角，且愈演愈烈。一次，他和对面片子的人颐指气使争放水，结果被那人拿着刀子追得无处躲藏。那天遇到鬼了，一向无敌于美溪的守财，第一次怕了人，鸡落汁缸。没想到，今天又在放水事件上，一向碌碌缩缩的龙马头，竟敢草蜢撩鸡公③，守财肚里好生鏖糟④。

"娘个短命相死个，四类分子个子瑞，想造反了，敢跟我贫下中农争放水！"

"娘个绝家头，一家死斗绝个，以前我怕你，今那我不怕你了。又不是你的天下，你想斗曼人就斗曼人，我爷瑞被你害死了，还想来害我。我告诉你，你死醒一点来，今那个龙马头不是以前个龙马头了，党的政策好了，不怕你拳头再大，都不能随便打人，你小心恶事做多了，迟早遭报应。"

龙马头也听说了守财被对面李坊片子那个叫华生古的人拿刀追杀之事，听说自那次事后，只要看到华生古在，守财就不去放水，哪怕是稻田裂开了口子，哪怕是被华生当众耻笑"灶下鸡、缸下拐、缩窿拐……"。原来他也是个欺软怕硬个角佬⑤，真所谓恶人小胆⑥，龙马头也不怕他了，越怕他，他就越觉得你好欺负。

"哎哟，娘个死龙马头，短命相，被车撞死个！斗了你爷瑞心里不服气，就

---

① 霸坑鸟：林中最凶最恶的鸟，引喻为霸道之人。
② 啜粥：喝粥。
③ 草蜢撩鸡公：意指不自量力，或自惹其灾。
④ 鏖糟：心烦意乱。
⑤ 角佬：货色。
⑥ 恶人小胆：意即貌似凶恶，其实胆小如鼠。

来跟我争放水？明明晓得是我在放水，干吗一来就把水全引到你田里，一点也不留给我。我下昼要施肥，娘个四类分子个子瑞，也在老子面前刁起来了！"

"娘个死佬狗，水是你井里来的吗，就爱你独放？你爱施肥，我还要除虫呢，凭啥就爱你独放，真个霸坑鸟。哦，你要缴征购①，难道我就不要？再讲我把水统统引到我田里，那是学了你的歪样。你娘个霸坑鸟，每次放水都和人吵，莫以为大家怕你，那是大家不跟你一般见识，闪狗不是呆子。今朝日子我就不闪你这只见人就咬的癞狗！"出世至今，龙马头今天骂爽了。

"娘个短命相，今朝日子我舍了这一百多斤个肉头②，也爱跟你拼个死活。"守财见这个以前小心翼翼说话做事的人，今天一点也不服软，气得个贼死，扛起脚头，怒气冲冲向他走去。

龙马头边说边撸手挢脚③："哈，哈，爱打，爱打就来，曼人怕曼人？你那一百多斤的肉头，不是吹牛皮，我一个尾手指就能把你撂到天上。"

"光毛绝代个，你想死得快，就来打，你被我打死了，我还给你两块香火钱。你娘个天下第一的车大炮④，有咁大力一个尾手指把我撂到天上，我就让你撂撂试试，撂不上狗屄个，不是你爷瑞六芝古屄个。"

"霸坑鸟，乌龟王八蛋，今朝日子我就跟你旧账新账一块算了。我要是再当你个软，就是你屄个，我叫你爷瑞。"龙马头也扛起脚头迎上前去。

"鬼才爱你叫爷瑞，我冇那本事，屄不出你这种衰鬼子瑞。"

"你娘个吃蛇个心肝，斗死了我爷瑞又想打死我，田又分完了，地又分完了，打死了我你还能分到什么？"

两人边打边骂，谁都不服软，不过骂归骂，骂得再凶也破不了皮。真要打起来，其实心里都怕一不小心一脚头砸死对方，那就划不来了。两人都有老婆子女，就算自家不怕蹲牢房，还要为老婆子女着想，因此俩人都不约而同地放下了脚头，赤手空拳对打了起来。你当胸一拳，我抬头一脚，你抓我的头发，我抓你的下身，哼哼嚓嚓的武打片，引来不少观众。

刚进入决胜阶段，却被一个叫宝贤的男人喊住："两个大番薯、瓦洒鬼⑤，

---

① 缴征购：缴公粮。
② 肉头：身子。
③ 撸手挢脚：打架的架势。
④ 车大炮：牛皮大王。
⑤ 瓦洒鬼：野蛮人。

吃饱哩冇事做就去上山砍两担柴归来。上代人讲个，酒都爱分开来喝，油都爱分开来吃，莫讲水，再讲今那个水又不紧张，值得打生打死吗？难道你们都不怕跌人跌古？"

宝贤比他们大几岁，又是长辈，一向比较随和，既没有"食盐比你食米多，过桥比你行路多"那般摆老资格，又鲜与他人发生过节，因此大家也都比较敬重他。

他和我父亲一样，是有名的"搭事婆"[①]，有他俩出现，再激烈的打斗也绝对恶化不下去。有好几次，我们细鬼子正在津津有味地像看战斗片那样看着因争放水而引起的打斗，那场面既刺激又精彩，是现场直播，又不用买票，让我们既好又吓，但都因为他俩的出现，搞得好戏到了关键时刻却立马闭幕。没见决出胜负的细鬼子们心里直骂："两个老家伙，每次都咁好事，害得我们又没戏看了，真没劲！"

说来也好玩，每次看"戏"到惊险处，我们总是会用手捂住眼睛，却又张开指缝偷看，看有没人受伤或牺牲。打斗者紧张，看戏人的心情也非常复杂，既希望他们越战越勇，又希望他们毫发无伤。有时想喝彩，有时又希望有人来劝阻。但不管咋样，每次只要听到或看到哪里有相打相骂个，我们就都跑得比兔子还快，饭可以不吃，甚至连跟在屁股后面也想去看"戏"的弟妹跌倒在地，也顾不上去扶一下，生怕迟两分钟到现场，会连踮起脚跟也看不到。真个是一群探事鬼！

"宝叔，你来评评理，他每次放水是不是明明晓得人家也放水，却把水统统引到自家田里？人家问他，他每次都诈癫食马屎，今朝日子我试着学了他个歪样，他却跟我急，还骂我是四类分子个子瑞。你说他连我死去个爷瑞都不放过，我能再当他个软吗？"

宝贤和龙马头一墙之隔，两家关系向来还不错。他听后冷静地说："你也莫好样不学学歪样，大家都是兄弟子叔，低头不见抬头见，有啥好事歪事还得本屋下人[②]。要都像你们这样，斗来斗去，那还不乱了套？你先去看一下还有没有水流到你田里，有的话就先归屋休息，过去了个事你也莫提了。斗你爷瑞是上头个指示，守财佬也是冇办法，不能全怪他。"

---

① 搭事婆：爱管别人闲事的人。

② 本屋下人：本地自家人。

因为宝贤从没看衰过人家，所以龙马头对他一向敬重有加，他听了宝叔的话，扛起锄头乖乖地回家了。

挥手让众人散去后，宝贤给守财递上一根烟，和颜悦色地说："守财佬，不是我多嘴，做人不是这种做法，你把大家得罪光了，万一，我是说万一，你家有了歪事，大家不但不会去帮你，还会吊目光。做事做到绝，有搭煞①吗？莫以为大家都怕你，那是大家承让你。你想想，要是大家都跟你晤入告②，那你在整个美溪岂不成臭屎鸡了。做人目珠爱看远点，给自家留条后路，就算自家有几个芝皮癞，也不要鼻酷酷人③。巴掌心子没有照光，今那党个政策好，曼人都不要看衰人。"

宝贤顿了一下，见守财埋头抽烟，不发一言，又接着说："我这么蠢地说你，你也不要生气，我是咋样的人你也晓得。曼人都不可能一生世人咁富有，也不可能一生世人咁穷苦。莫以为你是兔嫲下子④与众不同，其实，每一个人都是赤条条来，赤条条去，到了棺材里，大家都是平等个。"

"宝叔，我晓得你是爱我好，不然你也犯不着来责备我。我以后一定注意，多谢你的好心，我也归屋了。"

"唉！"望着守财远去的身影，宝贤轻轻地叹了一口气。

自从被对面片子的那人追杀后，加上宝贤的一番话，守财失眠时，总把枕头垫得高高的，思前又想后，感到一种前所未有的烦躁。自家一路拖拖⑤，确实挺让人责嫌⑥，平时连个搭脚头的人都难找，别说和人打斗四了，以前总认为是人家不对，可为啥大家都对自家有意见？屋后的酿伯佬，要供个大学生，日子过得挺紧巴，可每日却很热闹，可自家呢，"钱也有银也有，冇人认俺做阿舅"，有钱也招不来人来，奇怪了，难道自家做人真有问题？

守财受了一些触动，开始改变自己，不时主动找我父亲和宝贤座谈，听他们讲人生大道理，渐渐就聚拢了一些人缘。

---

① 有搭煞：有意思、有趣儿。

② 晤入告：合不来。

③ 鼻酷酷人：装腔作势，看不起人。

④ 兔嫲下子：母兔生子。

⑤ 一路拖拖：一路过来。

⑥ 责嫌：讨厌。

话说贵子腚讨的老婆秀兰，确实心地善良，精明能干，好相处。她做事风风火火，一来，就把田里地里打理得有条不紊，家里也布置打扫得干干净净，一进屋就让人感到舒适。每次去山田那边干活，不管再累，收工时她总还要砍一大担柴火回家，不怕山陡路远。自从她来了，贵子腚才有了一个像样的家。

有这么个忙里忙外的老婆，贵子腚和母亲李腟嫲嘴都笑阔了，龙马头也可以放一万八千个心了。可招玉嫲却不高兴了，几个细鬼子也不乐意了。

先前贵子腚母子两人过日子，生活很是宽裕，经常宰鸡杀鸭，每每都会喊上兄嫂一家子，对四个细鬼子也很好，对老二银秀子就更不用说了。小家伙读书钱不够，他也二话不说。可自从多了那两张嘴，他就变得小气了许多，常常挤牙膏般一点点把东西拿出来。兄嫂家有时饭不够吃，又懒得煮时，去他家盛上一碗，他都会说，我自家都不够吃了。

扶得头来尾又翘①，因为秀兰母女的到来，招玉嫲全家失宠。"那个冇良心的家伙，连他自家屙出来的妹子也不疼了，去疼那个外来妹子！"招玉嫲越想越气，"娘个短命嫲，她们一来，我一家受苦，定要想个法子赶走她们，不能让她们在这里住下去，要是她们长住不走，以后他死了家产都会成为人家的，那就是最糟糕的大事了！"

赶走她们，是大年三十卖画，不能再迟了！

一天，趁龙马头不在家，招玉嫲马上召集三个妹子一个子瑞开家庭会议。她首先问他们："你们喜欢那两个外来嫲吗？"

"讨厌死了，自从她们来后，叔叔和馳馳就对我们冷淡了许多。以前可不会这样，今那杀了再大的鸡鸭，连汤我们都喝不上一口，鸡髀鸭髀就更说不上了，也从来不给我们一分钱了，这是为什么呀？"

"为什么？还不是因为要养那两个外来人，她们不走，叔叔他们就永远不会对你们好，得赶她们走。"招玉嫲狠心地说。她们的到来，直接影响了她一家，更影响了她的私生活。

"姨娅，那我们该咋办？"

"今朝日子开始，你们不要理她们，更不要和那小丫头一起了耍。只要我们处处与她们作对，迟早她们会住不下去的。"

一个赶走秀兰母女的计划，在一个主持人、四个会员的会议上就此形成。

---

① 扶得头来尾又翘：意为顾此失彼。

镇上圩日那天，秀兰靓声靓语地邀请嫂瑞："嫂，今朝日子爱做水①吗？不要的话，咱们一起去下城赴圩好吗？"

"你鬼喔般做啥，曼人是你个嫂？莫乱喊，你们又没有登记，曼人承认你是他老婆？以后不要叫我嫂，我不自在，再说要下城赴圩又冇人拦你，要去你就去，我可冇空。"

招玉嫲的脸色黑得机关枪都打不进。她们俩，一个是棺材头上画花，讨好鬼；一个是狗坐畚箕，不识好歹。

"我们证明都打了，有空就去登记。"秀兰以为招玉嫲不乐意，是因为她和贵子腙还没登记，就更像老鼠替猫捋胡子，拼命巴结，说很想替嫂瑞买一件衣服，而她却是夏天送棉被，不领你的情。秀兰把自家的热脸贴在了人家的冷屁股上，好不自在。

"阿哥，阿姊，我要和你们一起去读书，你们等我！"那个小丫头随母改嫁美溪后，因为没有其他熟悉的小伙伴，一直很希望哥哥姐姐带她一块了，一块上学。

"莫管娘个黏人虫、缠背狗②，我们快跑，让她在后面追，看能不能追到我们。到了学校里，如果有人欺负她，我们也不要帮她。莫以为喊了阿哥阿姊我们就会和她好，要不是她，叔叔和驰驰也不会这样对待我们，都是她害的！"

"对，我们绝对不能心软，别理她。"

受了母亲的教唆，招玉嫲正在上小学的儿子红招、女儿香招，任凭那丫头怎样叫喊，就是不停下来。

一天，几个小家伙在厅堂里鬼画葫芦，红招香招兄妹俩有说有笑的，被他们戏称为黏人虫、缠背狗的小丫头不时想来凑热闹，却招来一顿抢白："又不是和你说话，你搭舌搭鼻干什么，比狗屎还招人讨厌！"可怜兮兮的小丫头只好闭上了嘴。

趁小丫头如厕时，他们偷偷地将一张两元的纸币塞进她书包的算术书里，又把她的语文书撕掉几页，接着用小刀割断她的新书包带子，然后若无其事地坐回原位。

小丫头回来发现后，大哭一场，跑回隔壁告诉母亲。秀兰听了女儿的哭

---

① 做水：下地劳动。

② 黏人虫、缠背狗：指小孩老缠着大人。

诉，走到他们面前好言好语地问："红红，香香，是不是你们把老妹子的书撕烂了，又把她的书包带子割断的？"

"曼人看到的，叫她站出来，我们没有，莫冤枉好人！"红招大声抗议。

"头先都好好的，怎么一下子又这样了，不是你们会是谁，做了坏事又不承认，算什么？"小丫头也够老刁。

"哦，冇证冇据就可以随便冤枉人，那么你偷了我的钱，你承认吗？"

"曼人偷了你的钱，你才是冤枉好人呢！"

"咋说话呢，我家妹子可是从没拿过人家东西的，这样的事怎么能乱说？"秀兰有些生气了，她相信自家女儿是葱花煮豆腐，清清白白。

红招有恃无恐："你莫以为我姨娅做水还没回来，就可以骂我们，我们可不怕你护着你的妹子，把钱交还我，那是我爸爸拿给我们称盐的。"

"我没拿，叫我还啥？"

"你要是偷了，让我们搜出来咋办？"

"我要是偷了，就由你咋处理，就算赶我走也冇话好讲！"

小丫头虽然只有十一岁，但一向伶牙俐齿，说出的话跟大人没两样。可她哪晓得人世险恶，以为天下的细鬼子都跟她一样纯洁无瑕，更想不到自家已经处在人家处心积虑设计的阴谋诡计当中。

他们故意在她身上搜查，顺带这控一下，那捏一下，也不管有她母亲在，痛得她大呼小叫。身上搜完又装模作样搜文具盒，这才去搜书包。他们把每一本书和作业簿都故意拿起来抖几下，然后丢在地上。正当秀兰母女想松口气时，一张两元的纸币却从算术书上飘然落地。母女俩顿时惊呆了。

小丫头瞪大了的眼珠还来不及眨一下，小脸便被秀兰赏了一巴掌，还没哭出来，秀兰的扫把又将落到她身上，刚喂猪回来的贵子腔见状，马上丢下猪食桶，飞也似的上前抢下扫把，问："为啥打她？"

"娘个短命嫲，不听我的话，我是咋教你的？这么小就学会偷了，你没听过'还细偷针，大了偷金'的道理吗？你让我的面皮往哪搁呀！"秀兰本来也一直不相信妹子会去偷他们的钱，可铁证如山，她也没想到他们小小年纪竟有如此心计。

"她偷了我们称盐的钱，还不承认。"红红和香香见叔父护着那丫头，心里更不舒服，就来了个恶人先告状。

晚上，小丫头一五一十把事情经过告诉母亲和贵子腔，还说："你们要相信我，我真的没偷她们一分钱，肯定是他们趁我屙尿时塞进我书包里的。"

贵子腚不假思索地说："妹头，我相信你，你姨娅也相信你，是他们坏，明天我告诉大伯和伯母，让他们教训这两个花花舌舌的辘屎棍。"

秀兰流着泪说："莫再挑事端了，他们一家除了大哥，曼人都不喜欢我们，他们是故意和我们过不去的。你嫂瑞一看到我们，就对我们翻白眼，我怎样叫她，她都不理我。富荣，证明打了也没用，看来我们有缘无分。我们不用登记了，如果再这样下去，我们还是走吧。莫因为我们，搞得你们两家像仇人一样。"

"不行，你们绝对不能走，有了你们，我的日子才过得像模像样，你们要是走了，那我活着还有么个搭煞？"他搂紧了她，生怕手一松，她就走了。他也哭了，记得死爷瑞时，他也没哭得这么伤心。她要是走了，他就再也莫想找到像她这么好的老婆了，没老婆的日子，跟白开水有啥两样？

找了个适当的时间，贵子腚劝起了嫂瑞："嫂，以前我对不起你，不过以后我会尽量对你们好。秀兰确实是个很不错的女人，她量大，人也好相处，我们两家人口单薄，虽说政策好了，冇人敢欺负了，但遇到困难还是要亲兄弟亲姊嫂，两家人团团结结，商商同同，有啥好事歪事都多个帮手。"

"哼，要我接受她们，那就等咸鱼子翻生^①！"

"我求你，接受她们，对她好一点，让她在咱家住下去，好吗？"贵子腚说着说着又哭了，就差跪下磕头求她了。

"冇良心个东西，自她们来了，你还把我当嫂瑞吗？以前你老伯瑞不在，你没少缠着我。今那你连自家个妹子也不疼了，专疼那野种了。"

贵子腚急忙辩白："一完一，二完二^②……"

招玉嬷粗暴地打断了他的话："老实讲，她们不走也行，等我告诉她们，告诉大家，银秀子是你亲生个妹子，看大家怎么笑话你。我们反正已经不是人了！"

不像话的小郎子^③，遇上了更不像话的嫂瑞，生活多了一种无奈。贵子腚总算体会了"猫抓糍粑，唔得脱爪"的滋味，沾上了那份关系，真是难以摆脱了。

贵子腚向嫂子求情这一招，后来被村里知情人笑为"屎出哩才来挖粪缸^④"，哪能见效？想着赶紧补办结婚证，弄个正当的"营业执照"嘛，被招

---

① 咸鱼子翻生：意即不可能，或比喻痴心妄想。

② 一完一，二完二：意即一码归一码，两码事要分开。

③ 小郎子：小叔子。

④ 屎出哩才来挖粪缸：意即临时抱佛脚。

玉嬷一家继续变本加厉折磨的秀兰却没个心情。

可怜贵子腚一失足成千古恨，到如今，出窿也死，入窿也死①。

可怜秀兰母女俩，奔着新生活来这里，不料却得忍受那么多的刁难。生活不到半年，秀兰趁贵子腚和李膣嬷不在家，拣了两蛇皮袋该带走和不该带走的东西，带着女儿不辞而别了。

等贵子腚母子回来，已是人去楼空。李膣嬷跌坐在地，号啕大哭，贵子腚则连单车也忘了骑，跑步赶到媒人秀招子家，问她们有没有到她家。

秀招子听了他的诉说，责备他："我把老妹子介绍给你，是因为你可靠，没想到你又没留住她，要是她们有个啥好歹，我对你不客气！"

一样饭养千样人②，就在那次哭与劝中，两团肉体竟搞在了一起，而且搞得热火朝天，轰动一方。他们跟真夫妻一样，田里地里经常同行同做，出门赴圩陪去陪归，根本不用掩人耳目。大家看在眼里，差点没笑掉大牙、摇掉脑袋。茶余饭后，大家又多了一个笑料。有的说，肯定是秀招子的老公冇用了，"那边"出了问题，也可能是他脑子有问题，喜欢上了绿帽子。

秀招子这种女人也真是下流十八贱③，为了报答二爷火热的孽情，竟把自家十七八岁的妹子送上门。

那天，她把妹子骗到他家，晚上等她睡熟了自己开溜，怂恿贵子腚入房。贵子腚以前运交华盖，受尽鸡争狗啄，做梦也不敢奢望去睡未开苞的妹子，这下有了欺负人的机会，反而有点紧张。在秀招子的催促下，他鼓起勇气走进那间房里。一个纯洁的女孩，就这样被一个五十多岁的老男人给糟蹋了，这还是拜她的生母所赐。当她向母亲哭诉时，母亲只是一个劲地劝解，还给她煮了个太平蛋压惊。

那时起，贵子腚便荣幸地得到了她们母女俩的"服侍"，快活似神仙。

只是好景不长，大概过了两年光景，不知是啥原因，这对露水夫妻又分道扬镳了，贵子腚省吃俭用的存款几乎被一扫而空。

招玉嬷自然少不了对共枕过的小叔一阵冷嘲热讽："驼背子睡目，两头唔贴席④。"

---

① 出窿也死，入窿也死：比喻进退两难。

② 一样饭养千样人：意即条件相同，结果却千差万别。

③ 下流十八贱：下贱至极。

④ 驼背子睡目，两头唔贴席：睡目，睡觉。意为两头落空。

"你娘个短命嘛，还不是因为你上次棒打鸳鸯！今后我再冇女人，也懒得理你，否则就是王八蛋！"恼羞成怒的贵子腔，破天荒地骂起了嫂子。

他们畸形的恋情，在日复一日充满着折磨的坚持中，不经意就被耗尽榨干，再经彼此的践踏，只剩放浪的残骸和苦涩的渣滓。爱意烧光了，情欲消退，冤恨留下，哪还有动人的记忆和回报？原觉亏欠嫂子的贵子腔，在自己的人生和所理解的爱情因嫂子而输光，变得一无所有时，他感到可以问心无愧地憎恨嫂子了，今后的道德舆论，他也有了给自己辩护的权利。

贵子腔做得很决绝，叔嫂形同陌路。

2007年，因为高速公路建设，我们美溪村一片靠山的民房被大量征用。贵子腔用征房补助款买了一栋旧屋，和一个六十多岁的寡妇结成了一对，此时李腔嘛刚作古，他们过起了平平淡淡、安安静静的晚年。但有人还在观望，贵子腔的余生，还会不会与其他女人纠缠在一起？

小时问过父亲，为啥她们的名字里都有一个"招"字，春夏秋冬，梅兰菊竹，都可入名呀，可为啥几代人都非要用到一个"招"字呢，是招财，还是招灾？父亲回答："鬼才晓得。"今天我总算理出了点头绪，那是因为庸人自俗，俗不可耐。

龙马头已七十有余，他的子女全都成家立业了，最大的女儿春招都做了外婆了。他在村部附近建了一栋新房，高兴地说："要不是做高速公路，不晓得哪个猴年马月才有这样的房子住。"他们全家都感到很满足。

唯一让子女们感到丢人的是，一向老实巴交的龙马头，竟在黄泥淹到脖子的年纪里，挑大粪也去偷屎吃，和一个寡妇嘛好上了，弄得大家都笑他们兄弟狼缸赖擦 ①，是"旱豆子翻花" ②"。

龙马头老婆招玉骂他是老色鬼，他却大言不惭地说："曼人让你先是咁大方出轨，今那又咁小气，我想你时，门都不让我进？"

饱暖思淫欲，讲的就是这个理、这种人！

因传说偷人致祸、却坚称自己清白的六芝古，倘若地下有知，不知作何感想？六古，照客家话的谐音又近于"跌古"，究竟是谁丢了人呢？

---

① 狼缸赖擦：指做人、做事不像样。

② 旱豆子翻花：老来俏，老年风流。

如此婆媳

"妹，帮我数数，看我有冇搞错？"一天早上队里加班脱秧，不会数数的堂嫂又要我帮她数秧。

每次加班脱秧，堂嫂总要挤到我身旁，指靠放工时我会帮她数数，真烦。她打小就不会算术，每次脱秧都是凭感觉和目法放，人家十个一堆，她八个九个一堆，说来也怪，绝不会放上十一二个。嫁人后她还分不清纸币面值，偶尔经手钱财，总不见把大票误送人手，对上门收购鸡蛋鸭毛之类的小贩，她也从没为找零失手过，所以大家都说她"呆入唔呆出"。每次加班脱秧，是她最头痛的时候，总有求于别人。别人不耐烦，放工了大家都巴不得快点回家，家里的一桶衣服没洗，孩子饿得哇哇叫，自己头不梳脸不洗，饭刚咽下，出工的哨子又吹响了，时间像金子一样珍贵，谁愿意浪费在别人身上？我就不同了，谁让我遇上这样一个堂嫂子？

堂嫂入门不久，就和家娘、我的大伯母产生了龃龉。导火线据说是有次她们婆媳到岭上偷砍杉树，堂嫂两手捉斧子像捉鸡一样，咬牙砍了好一阵，连个牙齿印也没砍出来，最后斧子从手中弹飞，差点伤到大伯母，而她却莫名其妙地笑得一屁股坐在地上，笑出一身肉浪。大伯母好不生气，骂她"没个正经""逍嫲"。堂嫂听后，当即回敬道："你骂的是自己，莫以为我不知道你的过去。"回家路上，两人不着一语。

堂嫂每次出门干活，襁褓中的小孩自然就由大伯母照料。小孩到喂奶时间了，大伯母就把他抱到田坎边，或坐或立，一声不响地等着生娒过来。

"老鬼，把福福抱过来吃奶，等下我又要出工了。"一天早上队里加班耘田，堂嫂回到家里就直呼老鬼。

大伯母气得火门冲天："皱额嫲，你自己不会过来吗，做了这一下就要死了？"

尽管心爱的孙子已闻到母亲的奶味而啼哭，可大伯母抱着孙子雷打不动地站在原处，僵持中，还是堂嫂无奈地屈服了。

堂嫂姓高名玉兰，我们一般称她为兰子嫂。大伯母也姓高，大概没有几个人知道她的大名了，村里老小都叫她老虎嫲，顾名思义，不是其脸状似老虎就是性情似虎吧。这对婆媳，虽都是本家，又同是从广东蕉岭嫁来，却像是前世修来的冤家，坏得没解，真所谓"不是冤家不聚头"。做家娘的称生娌不是"皱额嫲"，就是"鸡蚯婆"①。因为堂嫂个子瘦矮，人又长得老气横秋，皮肤干燥，年龄不老却满脸皱纹，所以家娘就给她取了这两个绰号。久而久之，媳妇姓甚名谁，做家娘的一时都反应不过来。堂嫂从心里恨死了家娘，如果不是还要指望她带孩子，就是下农药毒死她还嫌浪费了药钱。堂嫂没文化，接触人面又窄，像"皱额嫲"这类富有创意的绰号她不会取，只能叫老鬼，或是拉鼻嫲，因为大伯母患有严重的鼻窦炎，一年四季鼻涕不竭，所以堂嫂就这样报复性地称她。大伯母也嫌媳妇头乌面暗②，回骂她是"蔓屎头当显"③。

那时大伯母家日子过得清汤寡水，又孤儿寡母的，所以只能找到这样的人做儿媳。某日，大伯母曾向我母亲放出毒话："有钱的话，这样的女子就是倒贴一百块都不要。"好在兰子嫂头胎带把，长得酷似我堂兄，虎头虎脑，眉清目秀，白白胖胖，大伯母心里才算有了几分舒坦。

大伯母也不愁一把屎一把尿拉扯大的儿子今后眼里只有老婆，把老娘变成摆设，她自有心计，于是乎，前后出世的三个孙辈，都听过她的同一首歌：

> 禾鵁子，尾巴长，
> 讨哩老婆唔认娘。
> 娘系路边草，还是老婆好，
> 娘系路边青，还是老婆亲。

---

① 鸡蚯婆：癞蛤蟆。

② 头乌面暗：蓬头垢面之意。

③ 蔓屎头当显：意为身上的污垢团都看得真切。

娘爱酒，哪里有？

娘爱肉，割不脱，

老婆爱肉割瘦肉。

娘爱钱，手沙沙，

老婆爱钱大把抓。

唱罢，她还要当着儿子的面，大声地，一字一句地，向似懂非懂的孙辈解释。

禾鸰子即麻雀，"尾巴长"本是麻雀的外在特征之一，在此寓意孩子已经长大成人；路边青也即路边草，借指路人；摩擦双手发出的"沙沙"声响，意指儿子以手语向母亲表示没钱。童谣以拟人化手法，形象、生动刻画了禾鸰子这害鸟娶了媳妇忘娘恩的种种不齿行径。

大伯母以童谣作非常规武器，给儿子打起了预防针。

其实，堂兄宝哥对自己的母亲还算孝顺，言语一向也还客气："姨娅食饭了。"

大伯母回话说："你先食吧，我饭菜还没煮好呢。"

"不是都有了吗，还煮什么？"

"那是皱额嫲煮的，鬼才食。"

"姨娅你这是什么话，难道我和三个细鬼子食哩都成鬼了。"

"呸呸，谁说你们了，你不要咒我的孙子孙女，我是说我食哩我是鬼。"

宝哥叹了口气，说："姨娅，你别这么说，自家人冇必要这样，谁煮的还不一样，别煮了，一起食吧，你再另外煮，既费时间又花柴火。"

"哼，这辈子，我发誓也不食鸡蚯婆煮的东西，食哩会烂肠烂肚烂心肝。"大伯母恨死了媳妇，早已把她当成阶级敌人。

劝老娘不动，宝哥又把乞求的眼光投向老婆："蕉岭嫲，你去叫姨娅一起来食吧？"兰子嫂娘家在广东蕉岭，所以大家就叫她蕉岭嫲，久而久之，正名几乎无人知晓。

兰子嫂鼻孔里出声："哼！你去再睡一下，脑子清醒一点，我凭吗个要去叫老死佬？"

"就凭她是我姨娅，就凭她帮我们带孩子。"宝哥似乎有些来气了。

"你姨娅生的是你，关我屁事，孩子那是你们钟家的香火，她能不带吗？"

"你……"宝哥气得举起了巴掌，真想一巴掌扇过去。

"打呀，举了老半天怎么不打了？不打是狗屁个。"兰子嫂放下碗筷把脸送过去。

嗨，真有她这样不怕死的！母亲告诉我们说，堂兄那时还真不敢打她。因为有一次她当面顶撞了家娘，宝哥当着母亲的面扇了她一巴掌，她竟丢下还在吃奶的小女儿跑回了娘家。这下可好，不但耽误了赚工分，还让三个孩子哭成一团。可伯母就是不让儿子去叫回，说自己会照顾三个孩子，还说她走了最好，不用她赶了，省得一看到鸡蚯婆就目珠乌三寸。后来，宝哥见幺女日日在哭，让人揪心，一家差不多要乱了套，才好说歹劝，让母亲作了妥协后，赶紧骑着脚踏车，从十里外的孩子外婆家，把兰子嫂给请了回来。此后，宝哥再也没对老婆动过手，兰子嫂顶撞起婆婆来也就更加肆无忌惮了。

当初，宝哥圆房之日，媳妇熬成了婆的伯母就曾开导他："女人要打三次，结婚后打一次，生下孩子后打一次，做了祖母后打一次。"宝哥心中有数，别说打三次，打了一次就服天服地了，如果失手打伤了她，旷工不说还要出医药费，又得照顾她，多不合算啊，所以，后来她再顶撞家娘，他就不再当着母亲的面打她，而是把她拖进房间里，关上门"修理"，边"打"边骂："打死你，打死你，看以后还敢不敢大声顶撞姨娅。"

母亲告诉我们一个好笑的事。有次宝哥"打"老婆时，大伯母在房门外偷听多时，放话说："荣宝，不要打了，不要再打了，再打被头 ① 就破了。"于是，里面打被子的声音骤然停下，呼天抢地的尖叫声马上熄灭。堂兄为了做好"牛尾巴" ②，不再让婆媳间的关系进一步恶化，就想了这个打被子的点子，也不知他事先如何讨好了老婆，兰子嫂倒也配合默契，偶尔还借机骂上婆婆一声："伯公唔点头，老虎唔打狗 ③，拉鼻嫲你也风光不了多久……"即使自作聪明地趁机骂人，愚蠢的兰子嫂还是犯了低级错误，一是把仇敌当成"伯公"，二是把自己比作"狗"，不过，没有人指点，她是永远不明就里的。他们如此蒙混过关，大伯母还以为儿子"孝顺"，这么刁的女人就得狠狠地打，三天不打，上房揭瓦。儿子每每打老婆，大伯母都少不得躲在自己的房间里偷笑，心里还不停地喊："打得好，加油！"这次会露马脚，缘于兰子嫂的尖叫声太过夸张，

① 被头：被子。

② 做好"牛尾巴"：当好中间人。

③ 伯公唔点头，老虎唔打狗：指有幕后指挥，在菩萨那烧了香，有人撑腰，老虎都不用怕。

引起了老鬼的特别"关注"。堂兄息事宁人的鬼点子就此失灵。

其实，大伯母也怕打出人事，吵归吵，骂归骂，打最好也要打痛了又不出人事。她心里也怕媳妇跑回娘家，自己既要照顾三个孩孙又要洗一家人的衣服，儿子晚上睡觉还得搂枕头。虽然媳妇看上去不顺眼，又与自己势不两立，可她毕竟为这个家生了三个可爱的孩子，而且干些粗活也还说得过去。只是恨她自从嫁进门，就没好言好语叫过自己一声姨娅。每次抱孩子过去吃奶，做家娘的一声不响送过去，做媳妇的一声不吭接过来，如果不小心碰着了手，就都赶紧拍拍手。喂完奶，做媳妇的又一声不响地递过去，完全是公事公办。就这样，三个孩子都带大了，可婆媳俩人又各人种菜各人吃，各人开灶各人吃，形成一个屋檐下熟视无睹互不干涉的关系。

面对如此婆媳，宝哥真是伤透了脑筋，在闽西首府龙岩工作两三年后，放心不下，终于卷起被铺走人，回到每天都有舌战、充满火药味的家里，在大队里当了农业技术员。

回家的第一个晚上，宝哥就来到老娘房里，求神拜佛似的说："姨娅，以后你和蕉岭嫲不要再吵吵闹闹了，一家人经常吵有么事搭煞，好看相吗？还不被人笑话，以后你也不要再叫她皱额嫲、鸡蚯婆了，好吗？"

"好，要想我不这样叫她也行，但要应我三个条件：第一，她要先叫我姨娅；第二，她也不可以再叫我老鬼、拉鼻嫲、老短命嫲；第三，她得先认错。"

"行，我会跟她说。"

宝哥心里高兴，一向专横跋扈、从不让步的老娘今天能和谈，已出乎他的意料，今后婆媳间有可能和睦相处，自己出门在外也脸上有光。于是，到了晚上睡觉时，他把自己和老娘的意思跟老婆说了。

谁料，兰子嫂的心肠比铁还硬："凭么事我要叫她姨娅，又不是生我的。还要我向她认错，睡醒一点，再叫她去高岭上吹凉一些。我不叫她老鬼、拉鼻嫲也可以，以后就改叫她老家伙、老死佬。"

"蕉岭嫲，你也不要这样蛮不讲理，我姨娅早年守寡，辛辛苦苦养大我们兄妹，看在我和三个细家伙的分上你叫她姨娅也应该，三个细家伙又都是她帮助带大的，就算没有功劳也有苦劳。"

"生你兄妹养你兄妹与我无关，带大孩子却是应该的，那是你们家的香火，何况她去赚工分我也会带孩子，我出门做死做活，她却连小孩的尿裤也不洗。这一生我死也不会叫她姨娅。"

宝哥说好说歪，兰子嫂就是不松口。他心里确实恼火，真如肩膀上放了个火笼，这辈子遇上这两头倔脾气的死牛，牛尾巴起不了啥用。

"荣宝古，明天你带上公社的技术员和大队干部去你们队看看，听说你们大队的稻谷长势很好，又是个丰收年，这都是你的功劳呀！真该奖励你。"

"不，不，都是大家管理得好呀，他们比我还有经验呢。"

"你就不要谦虚了，明天的午饭就落在你家了，怎么样，乐意吗？"大队支书进才毫不客气就把饭席定在宝哥家。

"行，乐意。"宝哥嘴上答得爽快，心里头却犯嘀咕，明天又得破财了。

但不管再不合算，要想在农技站立稳脚跟，就得出点血，不能问客迟鸡①，何况他也算出过远门见过世面的人，而且拍马屁是他无师自通的专长。无头无脑无钱无势又无力的一般人，他压根儿就不放眼里，即使那些曾经施恩者，他也可以翻脸不认人，所以就有了"四目狗"这个绰号。

从大队部开会回到家里，宝哥就对兰子嫂说："兰子嫲，天光日子有几个大队干部和公社农技站的人来我们队察看稻谷长势，午饭就在我们家吃。有人来你可别丢我的脸，得甜面笑鼻，跟姨娅也得有讲有笑。假如你鬼形鬼相，我对你不客气。"宝哥半劝半吓，想借这个机会让婆媳关系有所缓解。

可事情并没有那么简单，兰子嫂和婆婆就像斗冤了的牛牯，硬邦邦扔过一席话："要我甜面笑鼻可以，我再死乌搭瞎也不至于当着外人的面丢人现眼，但要我叫老鬼姨娅，除非你叫月头从西边出来。"

"你……你这个短命嫲、皱额嫲、鸡蚯婆，真是不识好歹。"宝哥这下像孟良摔葫芦，火了，用手指着老婆，骂上了母亲平日骂媳妇的粗话。

本来这些都是兰子嫂恨之入骨的话，现在从老公嘴里出来，她更是猪八戒咬牙——恨死了猴哥，都是老鬼给取的歪名。她气呼呼地和老公对骂开来："我是短命嫲，你就是短命子、四目狗子。"

"什么？你竟敢骂我短命子、四目狗子，真是胆大包天，学会骂老公了，这还了得！"宝哥这下真的是秀才遇到兵，有理说不清了。

"你可以骂我短命嫲，我为什么就不可以骂你短命子？如今妇女翻身，男

---

① 问客迟鸡：迟即杀。意即没有真情实意，看人下菜。

女平等了，我们再不是细生娓子①了。"兰子嫂虽然箩般大的字不识一个，但每天耳濡目染，也能说上几句像样的话来。

新社会虽说妇女翻了身，但在农村，女人只能被男人骂短命嫲，若是反过来骂男人短命子，那是万万不可的。兰子嫂话音未落，"啪啪"两声，宝哥两个货真价实的新年巴子便赏了过来。

"你个杀千刀的，就是短命子、四目狗，你不犯我，我不犯你，我跟你拼了，打不痛你，总打得你痒！"

兰子嫂个头小，情知不是老公的对手，便顺手操起身后的一条扁担，"嗖"的一下横扫过去。

宝哥动作灵活，一躲闪，右手一抓，飞快抓住了扁担，怒目相向："你这个短命嫲，想谋害亲夫，再嫁老公吗？"

"你先动手打人，难道我不可以反抗？你别以为我老实好欺负，就可以和老鬼随便作弄我，我也是爷娘②生爷娘养的，又不是鸡嫲带子晡③的。"

大伯母听到吵闹声，忙从厨房里出来，看到生娓拿扁担要打儿子，也飞快地抓了一根木棍，嘴里骂道："鸡蚯婆，皱额嫲，太刁了，我子瑞要是少了一根汗毛，我死后做鬼也要吓死你。"

"老鬼，你想合伙谋杀我吗？来呀！来呀！打死了我，你们也得枪毙！"兰子嫂见老家娘抄了根木棍过来，不但不害怕，还一边骂一边冲过去，跟泼妇一样。好笑的是，她连小孩相骂时说的话也用上了。

"短命嫲，贱货，胆子越来越大了，今朝不教训教训你，日后真不知会刁到什么程度。"

宝哥见老娘真有动手之意，而老婆还一个劲地火上浇油，吓得忙拉住老娘："姨娅，你就别添乱了，回房去吧。"

听到这边厢的吵闹声，我父母双双过去，问清缘由，马上旗帜鲜明地责备堂嫂："兰子嫲，你也太不像话了，你毕竟嫁给了荣宝，细鬼子都三个了，不看僧面看佛面，看在你家娘带大细鬼的分上，你也应该叫她姨娅。为什么我多次说你都不听呢？老古记讲，'屋檐流露水，点点不差池'，你也有儿子，以

后婆了生娌和你一样，你会怎么样，心里能自在？说近一点，荣宝不叫你父母，你父母又会怎么想？你总说你家娘死后你不流一滴泪，只要你家娘在世时你对她好一点，死后就是把她倒过来埋也由你。"

"鸡蚯婆，我死了不要你出目汁①，不用你鬼喏，你要是敢来我棺材边，我就一脚把你踢开，一看到你这只鸡蚯婆我就吃不下饭，以后再打我儿子，我做鬼还会来找你算账！"大伯母余怒未消。

"好了，好了，大嫂瑞，你也别再骂了，让各类人听到笑话你一家人。莫一点小事也闹得鸡飞狗跳。"母亲一直劝她们婆媳谈和，可是几年下来愣没成功。

大伯母开始走软桥，兰子嫂却死牛斗石坎，弄得宝哥里外不是人。他绞尽脑汁想搞好家庭关系，这次大队干部换届选举，自己又被选为调解员，打铁先得自身硬，自家都无法调解，又怎好意思去做别人的思想工作呢？真让他苦恼至极。

次日早上五点多钟，宝哥就起床做准备了。家里有鸡有鸭，再买上几样菜就排场了。他去市场时还问我母亲要不要捎买东西。那时宝哥几个孩子都还小，什么都要叫上我。我是他隔了二服的堂妹，说实话，人家亲妹妹都不可能如此帮他，所以他对我父母比较好。后来我出嫁了，他很快又忘了我的好，真是忘恩负义的家伙。无论是在集体化时，还是分田到户后，他这人一般都是在剥削我家的劳动力，且从不知恩图报，等到你没有了利用价值，他很快就会与你相隔千里，难怪赢得了"四目狗"的绰号。

宝哥买菜回来，又把自家养的鸡鸭各杀一只。正手忙脚乱时，公社农技站的人和大队干部随着汪汪犬吠到来。大队干部见宝哥既杀鸡又宰鸭的，不失时机地开起了玩笑："荣宝古，别人总说你是铁公鸡、石屎胚②，我看真是冤枉了你啊！"

农技站黄技术员说："荣宝古，你也舍爽了，其实冇必要这样，简单弄几样菜就行了，搞太多吃不完岂不浪费？"

同来的王技术员却说："莫跟他讲，中午吃不完，咱吃了晚饭再走。"

"王同志说的是，一定要吃了晚饭再走，大家痛痛快快喝上几杯。"宝哥

---

① 目汁：眼泪。
② 石屎胚：屎胚即屁股，石屎胚指不会拉，意为小气。

为了让大队干部和农技站人员对自己有所看重，很舍得出血，自己到现在还没吃早饭呢。他用从未有过的柔软口气对兰子嫂说："兰子，你来把鸡鸭弄干净，我去泡茶。"

"嗯。"兰子嫂摸了摸至今还火辣辣的面颊，就没个好心情，但今天家里来了外人，又是管着老公的工作志，她再刁蛮也不敢狗吃猪屎，不分好坏，倘若那样，那真的是欠揍了。

早上空腹的宝哥泡完茶，又陪农技人员和大队干部来到田边。看到金灿灿沉甸甸的谷穗，闻着扑鼻而来的稻香，大家心里有种说不出的喜悦，今年无疑又是一个丰收年。

边走边看边议论，来到生产队原队长虎腔家的稻田边一比，他家的谷子又比别人的好。宝哥和虎腔常走在一起，因为他原来是队长，现在还是村民小组长，上面拨了化肥票子都要经过他手，少不了走走私，和他关系好的，几乎不用买高价肥。宝哥也懂投桃报李，有了好品种第一个便先通知他，还经常把技术传授给他，所以他们两家每年都亩产达千斤。还有个叫守财的，在电站上班，为人行事极为霸道，被人称为霸坑鸟，和宝哥蛇鼠一窝，只要有空，他们就在一起商议如何搞好农业，如何发家致富，做人上人。自从分田到户特别是改革开放后，他们凭着经验和勤勉，每年的烟叶和谷子收入都比别人高出不少。

一群人来到宝哥家的稻田边，更是耳目一新。别人家的再好，也多多少少有点缺陷，不是药害，就是虫害，或是病毒过不了关。可他的样样过关，让其他技术员都刮目相看。有人算了算，一根稻穗竟达三百多粒谷子，问宝哥这是什么品种，他说这是他从县农技站拿回来的，叫"七八一三〇"。

"那你为什么不叫大家都用这品种？"大队支书进才问。

"嗨，他们狗都冇咹精①，每次都是我当炮灰，产量高，耐旱，抗病力强，还要不倒伏，不吃肥，这样的品种他们才会用，而且他们都不太相信新品种。"

"怕是你有私心，不把新品种介绍给大家吧？"王技术员半认真半玩笑似的说。

"没有的事，没有的事，他的确有问过我们，大家怕不保险，不敢用新品

---

① 狗都冇咹精：比狗还精。

种，说让他先试一年。有了新品种他都会告诉我们，这点我可以作证。"不愧是同一个鼻孔出气的人，跟在一旁的守财连忙帮宝哥解围。

宝哥向守财投去了感激的眼神，守财心领神会。

"好了，好了，我相信你们，不过以后，你们一定要把好的技术、好的品种，传授给大家，推荐给大家，带领大家一起致富，不要怕各类人超过你们。只有大家富了，我们的日子才好过。作为共产党员，要有额上能跑马、肚里能撑船的宽广胸怀。"

"晓得，晓得！"宝哥和守财连连点头。两个自私的家伙，被大队支书这么一说，不禁额头出汗。

公社农技站负责人黄技术员说："常言道'火烧屋还得左邻右舍'，所谓远亲不如近邻，就是这个道理。"

宝哥连连点头："那当然，那当然。"

十一点半，他们一群视察完毕，回到宝哥家，酒菜已经备好上桌了。兰子嫂和伯母平时连正眼都不想看一下对方，可今天来了重要客人，谁都不想丢宝哥的脸，于是乎破天荒了，兰子嫂煮菜，大伯母就在那里帮这帮那，洗菜添柴。俩人虽不说一句话，可也配合得十分默契。宝哥深感意外，今天这顿饭太值了，破财消灾嘛！

饭桌上，摆满了鸡鸭鱼肉，大家说说笑笑，推杯换盏，议论着怎样搞好秋收。农技站负责人黄技术员再次和宝哥碰杯，略带醉意地说："如今农业大丰收的捷报频频传来，新生事物层出不穷，到处都是盘马弯弓、射雕落雁、令人振奋的消息。那靠背语录过日子、早请示晚汇报的时代已经过去了。现在是改革开放的新时代，农民要想得到幸福就要赤脚走在田塍①上，脚踏实地勤勤恳恳种好田，搞好邻里关系，帮种帮收，团结互助。"

大队支书进才了解宝哥的为人，一语双关地说："先富起来后不要拉帮结派，瞧不起人，三十年河东，三十年河西，大家都有时来运转、阳光灿烂的日子，谁都有喝茶塞牙缝的时候。人嘛，赤条条来，赤条条去，到了棺材里，大家都是平等的。"

王技术员接着说："人的一生就像场梦，要想活得轻松，得人尊重，胸怀就要像大海一样，装得下四海风云，容得下千古恩怨，尊重别人，忘人之过，

---

① 田塍：田埂。

记人之善，把自古以来的冤家路窄，变成冤家路宽，人生才有意义。"

掌声撑破瓦屋，响彻云霄，持久不断，吓得鸡啼狗叫一片。

客人扶醉抬脚刚走，婆媳关系又恢复如初。大伯母逢人照样说："只要一看到皱额嬷，我就目珠乌三寸。"堂嫂则对别人说："老鬼没有一天不流鼻涕，目屎烂钵①，跟她同桌食饭，最好不要抬头看她，不然你肯定吃不下。"

婆媳俩一个是针尖，一个是麦芒，凑担挑。宝哥叹道："稻飞虱、病虫害我都能治，为什么就治不好女人家的事？"

宝哥因寻欢纵欲而英年早逝，白发人送黑发人，大伯母更是恨死了堂嫂，不止一次骂堂嫂是扫帚星，无妇貌，又无妇德，才使老公"走斗"食杂②，丧命黄泉。

堂嫂中年守寡，悲伤不亚于大伯母，遭此冤枉，哪甘示弱，反唇相讥说：都是你年轻时风流成性，生下的儿子跟着学了歪样。

在我父亲喝止下，婆媳才停止在后辈面前互揭家丑。

宝哥走后，大伯母又坚持活了近十年，除了放牛，往来我家走走，鲜有与其他乡亲接触，郁郁寡欢，虽至高寿却无福可言。死时，堂嫂没掉一滴泪，像是家里死了头不能下蛋的发瘴③老鸡嬷。也许只有在过分清寂时，她才会回忆婆媳对骂时的热闹劲。

---

① 目屎烂钵：指脸部不清洁。

② "走斗"食杂：挪窝吃腥。

③ 发瘴：染瘟疫。

大伯母的风尘往事

民国时期，多数美溪人的生活是黄连树上结苦瓜，苦中生苦。一些人担心还在吃奶的儿子日后讨不起媳妇，就买别人的女婴做童养媳，有的甚至还未有儿子，就抢先一步买来女婴，有备无患，是为等郎妹。这种由父辈包办硬凑的婚姻，有首山歌唱出了形象："十八老妹三岁郎，半夜想起会断肠，等到郎大妹又老，等到花开叶又黄。"大伯母就是其中一个例子。

大伯母姓高，小时候，只听人家叫她老虎嫲、虎膣嫲，好听一点的是秀膣，好长一段时间都不知道她的大号。

听说她还在吃奶时，就从广东蕉岭抱来做了童养媳。她不比别的童养媳冤之冤枉①，因为一来就吃了家娘的奶，家官也对她视若己出，百依百顺。久而久之，她就养成了一个刁蛮泼辣、天不怕地不怕的性格，啥事都敢做，天塌下来大笠麻②。她的外号，总让我想到老舍《骆驼祥子》里的虎妞。

还没圆房，小她两岁的男人就死了，反正那时也还不知男女之事。到十八九岁发身子③时，她就耐不住寂寞了。很快，就好上了本队一个叫华古的男人，十个月后生下一子，取名荣宝。

一天，华古腰插两把磨得雪亮的柴刀，怒气冲冲地来到高秀膣叔瑞彬光家。说起我们的爷爷彬光，那在美溪算是最有见地也最有威望的人，连年龄相当的人也恭维他"食盐比我食米多，过桥比我行路多"，因此，大家有点屁大

---

① 冤枉：可怜。

② 天塌下来大笠麻：笠麻系斗笠。比喻敢做敢当。

③ 发身子：男女青春发育时期。

的事都爱找他商量。

"彬光叔，高秀膣娘个妇人家，不守本分，伤风败俗，和我好了又去搭①各类人，这个细鬼子不是我们钟家人的血脉，是个野种，不如把他杀了煮给她吃。"

我爷爷说："你有什么证据证明细鬼子不是你的？"

"秀膣嫲娘个鸡毛衫②，不止和我好，还同时和丰贵那姓温的好上了。这细家伙一出世，我就发现不像我，却和那姓温的短命鬼一模一样。"

爷爷轻咳两声，语声缓缓地说："她虽是狐狸唔知尾下臭③，败坏我家风，但这细鬼子总是无辜的，不管是谁的种，我都不会支持你去杀人。以后你们之间有什么事也别来找我，我烦着你们，懒得管你们的邋遢事。"

爷爷把话撂下，头也不回地到他的卧室躲清闲了。

在上个世纪三四十年代，女人要是不守本分，勾三搭四，是要受家法和礼法严惩的。比如，用浸湿了的黄麻索捆住犯事女人，装进猪笼，笼口布上雷公尖，再行沉河。后来听大人们讲起，夏夜里仍让我们不寒而栗。因爷爷是有威望之人，他不发话，谁也甭想动高秀膣，所以大伯母就侥幸躲过了这场灾难，她儿子也保住了一条小命。但她生身父母那头耻于其行，骂她是姹头姑婆，和她鲜有往来。

其实，高秀膣是家娘家官要她去借鸡公头下蛋。他们的独子没传后就入鬼屋了，又不想让生娓走，能拴住她并维系这个家庭的，只能是怂恿她偷人。那个蛋虽没有血缘关系，但毕竟也姓钟，何况细鬼子叫他们公呆④。

娭驰也认为，比起断子绝孙总要好上一百倍。只是没想到这个千盼万盼的小孙孙还不是华古的，他们心里不禁也对轻浮的儿媳生起了无名恼火。

一天夜里，我的叔公，也就是大伯母的公公，避开人面，一晃来到华古家，气喘着对他说："华古，咋那么久都不来我家了？难道你真个唔跟秀膣嫲好了？有什么事可以讲分相嘛。因为都是自家人，我才跟你说这些，一夜夫妻百日恩，何况……"

"莫讲了，莫讲了，再讲我就真生气了，唔讲细鬼子还呆得，一讲细鬼子

---

① 搭：勾搭。
② 鸡毛衫：指轻浮。
③ 狐狸唔知尾下臭：比喻不知羞耻。
④ 公呆：爷爷。

我就恨上心。对她这样的逍嫲，我冇心情再跟她好了，再跟她好下去，都会败坏我的名声。"

见对方说得如此绝情，叔公咳着浓痰揪着鼻涕悻悻而走。

荣宝哥出世后，我的曾祖母快乐极了，那时我祖父已给我早年夭折的伯伯买来一个儿子，才四岁，取名荣发，以续烟火。大伯母大言不惭地对我曾祖母说，我生的才是你的亲曾孙，那个买来的（指荣发哥）不算你的曾孙。曾祖母本来就可怜他们家，经她这样一说，对发哥就更加看不起眼，有食就偷偷摸摸给荣宝吃，荣发一点也享受不到。

曾祖母过身不久，大伯母又搭上了邻县江西会昌一个赖姓男子，还让人家倒插门来到美溪。婚后，陆续生下一子一女，两人倒也恩爱，同心协力抚养一对儿女和此前已有的堂兄荣宝。

大伯母的口无遮拦，和其受到公公婆婆纵容的放浪一样，在美溪是独一无二的。在公共场合，她动辄就会公开身为女人的秘密，自己的身体能被全村更多的男人了解和关心，进而成为男人们茶余饭后共有的话题，仿佛是她的至高快感。每月例假一来，简直是她的隆重节日。她当然不会说得很直露，但只要现场有一个成年男子，她一会儿便说自己腰痛，一会儿强调自己三五天后才下得冷水，继而又拜托谁谁谁到卫生所帮她买当归，甚至当着众人面，高声叫喊老公给她煮鸡蛋和红枣。所有这一切，在有意强调她的性别时，当然还能足够引导人们重视她身体正出现的某些状况，开启男人们丰富的想象力甚至对她的讨好，乖乖地为她卖力，做一般女人无法要求男人们做的体力活。

因为过早陷入情事，又连着生儿育女，大伯母的少女时光仿佛很短暂，幸福日子也一晃而过。

1960年闹饥荒时，先是赖姓男子入地做了饿鬼，接着他们的儿子也紧随了去，大伯母哭得差点背过气去。渡过难关后，大伯母又守不住寂寞了，很快地，在外面又有了新欢。已上初中的宝哥面子上很是下不来，一天傍晚，数日不见的大伯母，在情爱的阑珊意兴中归巢时，却见宝哥手持扫把，横眉立目立在我们院门前的第二十级台阶上。那天，要不是大伯母的家官家娘出面，大伯母断难从儿子的扫把下进门。两个老人先后做鬼时，给大伯母发出的与其是告诫不如说是恳求，内容就是请她给他们，给这个家留点脸面。同时，也劝诫宝哥说，你姨娅也不容易，她所作所为是历史原因形成的，希望他谅解，只要她能改过，今后就应当好好行孝才是。想到家娘家官对自己的宽容和宠爱，大伯母悲从中来，发誓重新做人。此后，她果然再没勾引其他男子。而堂哥，也遵从祖父遗命，和同父异母的堂姐，对母亲还算孝顺。

大伯母虽改了勾三搭四之疾，但手脚不干净的毛病却像狗改不了吃屎。只要是用得着的东西，她绝不放过，有人说小鸟从她头上飞过她也得拔根羽毛下来。

一天割稻谷回到家，她把高高卷起的裤脚放下，金灿灿的谷子便欢快地顺着裤脚边滚落下来，竟装了一大碗。积少成多，到秋收完成，她带回家晒在簸箕里的谷子几乎够三个小孩一星期的口粮。

这还不说，挖地瓜时，她总要想方设法袋上一二条回家，割禾时，故意掉些稻穗让跟在屁股后的儿子拾。所以比起别的小伙伴来，我的这位堂兄每回都是满载而归。次数多了，人家看不惯，就到队长虎腚那告状。

结果下次开会时，队长在会上就不点名地批开了："有人反映，某些人经常袋公家个东西归屋，割禾时又故意掉稻穗让自家细鬼子捡。如果大家都这样，那不乱套了？这种行为断断要不得，如下次再有反映，那就不客气对待了，得从口粮上扣。这样的事，大家都可以互相反映。这次我就不点名了，有这种行为的人，自觉一点就是，不要揩了集体的油还把别人当呆子。"

其实，开会时，秋收已接近尾声，不自觉也得"自觉"了。

大伯母之所以臭名远播，原因之一还因为常有邻村妇女来我们村的后山砍柴，只要被她看到，不分青红皂白无不骂个狗血淋头。她们被骂回后，将她的骂法与丑事添油加醋大说一通，为她传了名声。一传十，十传百，一时间，她在我们那个人民公社比一些明星还出名。远近不少社员群众听了，都想抽空来认识认识她。

她还有一个坏毛病，说来让人摇掉脑袋瓜子，那就是上粪坑从不关门。彼时，闽粤赣交界方圆数百里客家地区的粪寮，几乎都是在住家附近野外挖坑，除留未加固定门板的一面供进出外，四周密竖木棍鹿砦遮拦，内部凹墩左右铺两块木板。我们三家人共用一个粪寮，她自家出恭不堵上门板遮羞也就罢了，一次，我爷爷正在大解，她竟一头闯进，当着我爷爷的面脱裤光臀蹲在那里哼哼唧唧。我爷爷气得破口大骂"大面嫲①"，急急提裤退出，未及解决干净的秽物无法憋住，拉了一裤裆。

回到家里，爷爷和奶奶一说，奶奶也跟着大骂："树有树皮，人有面皮，

---

① 大面嫲：不要脸面的女人。

娘个鸡毛衫，面皮八尺厚，出门见人还不戴鬼壳，真不是娘养的！"

后来奶奶好心好意劝她以后上茅厕要注意一些事项，莫让人笑话，她反而顶撞起叔媚子来："我屙的是自家个屎，你管咁多做么事①，跌古又唔会跌你个古，目热你也可以学呀。"

奶奶对她本来就像眼睛长在耳朵边——有偏见，但又认为，再怎么着还是自家人，跌古都不要跌到门背去，于是好言好意规劝，没想好心着雷打②，这个女人对自己竟像过了筛子的黄豆，冇大冇小。她这种鬼性格，真像阴沟里的死水，臭不可闻。

我爷爷奶奶恨透了她，对她不再理睬，她就更加为所欲为了，常常偷偷摸摸半夜外出，乱搞男女关系。

大伯母因为被我爷爷和奶奶管束过，怀恨在心。爷爷一次从上厢房行走到下厢房时发目乌跌地，她看后也不去扶，结果爷爷一跌成疾，再没醒来。她过后还跟人说，当时如果扶了他，不死以后还会多管闲事。世上竟有如此冷血动物，真让人想不通。父亲那时才十六七岁，对大伯母的所作所为深恶痛绝。

大伯母的骂功卓著，谁要是敢得罪她，八角灶台都会转向。很多人视她如瘟神，"敬而远之"，有人说见了她比见到了鬼还更衰。什么短命嫌、绝家头、一家死斗绝啦，什么狗屎个，什么早死爷娘夜死儿孙啦，总之人家想都不敢想的下流话、狠毒话，她却骂得出口成章，唾沫横飞，眉飞色舞。骂人有国家大赛的话，冠军非她莫属。

一位外国作家曾经盛赞粗痞话，说粗痞话是最有力量的语言，也是语言中最重要的瑰宝。一位中国作家"心有戚戚焉"地说，骂粗痞话的人，一定是在重重的语言假面那里行将窒息，才生出骂骂娘的歹意，就像一把脱去大家的裤子，让大家看见语言的肛门；肛门同鼻子、耳朵、手一样，无所谓好看或者不好看，不是一开始就好看或者不好看的，只有在充斥虚假的世界里，肛门才成为了通向真实的最后出路，成为了集聚和存留生命活力的叛营。

长大后每每看到这些精辟之论、独到见解，我就情不自禁地想到大伯母，懊悔自己没在大伯母活着时，向她收集语言中这些"最重要的瑰宝"。

因为和大伯母同住一个院子，我有幸听过她骂人，看过她打架，至今忆

---

① 管咁多做么事：管那么多事干什么。

② 好心着雷打：着读凿，意即事与愿违，或恩将仇报。

及，恍在眼前。

紧邻我们和大伯母家的后山坡，是一片葳蕤的丛林灌木，修长的竹竿韧藤和萋萋茅草之外，还有一排果树。在我们这个人均耕地不多的山乡，一代代人都视山冈为宝，年复一年像绣花般在山上精垦培植，冈土愈作愈肥，就如一个营养佳血气旺的孕妇，能不结出夭桃秾李来？农妇们挑厩肥上山，复挑担担茅草回家，就着房前屋后这一摞那一堆。用茅草烧饭炒菜，既经济省钱，又护林保土，饭菜味道也香。

在我们这后山坡，与其说被孩子们视为解馋大仓廪的果树鹤立鸡群，还不如那一片祖上留下的好竹林。在几代人的精心护理下，春天一到，竹根便在地下乱窜，到处跑笋。有时冷不防在谁家的菜园子里，或者猪栏鸡舍里，或者天井浴槽里，冒出粗大的笋尖来。在集体所有制的年代，我们几家有个不成文的约定，平日里笋子爱跑到哪家，便是哪家的。

上小学那年，某天有一妇女来我们家后山砍柴，大伯母发现后，立即过去，劈头盖脸一顿大骂：“娘个短命嫲，死唔倒个，是病目珠呀，还是病脚？就爱到我后山来砍，是不是我老实好欺负？再唔走，钩索杠子①我就烧掉，省得你下次再来，自得我意，捡个石头砸死你！”

刚好那女人也是泼妇，对大伯母的骂名早有耳闻，今天来我们家后山，正是想领教一番。嘿嘿，真是棋逢对手了：“娘个短命嫲，蛇嫲婊子，吃死老公个，千人屌万人捅的骚货，曼人讲个你屋后的柴唔准割？莫以为大家都怕你，我偏不怕，唔怕你再刁再瞎，到我这边都莫想刁出头。”

“娘个短命嫲，狐狸嫲，狗屎个，真个唔怕死，今朝日子唔教训教训你，我跟你同姓！”

“鬼才爱跟你同姓，像你这样的逍嫲，见男人就勾，讨食叫化子都爱，咁出名个人，大家也晓得，快别跟我同姓，污辱了我祖宗！”

大伯母有生以来，几时受过这样的羞辱？有对手了，她气得贼死，顺手捡了根木棍，三步两步跳到那女人面前，摆出决一死战的架势。那女人看样子也是洞庭湖里的麻雀——经过风浪来的，一点都不害怕，抄起杠子，等大伯母一走近，两人便对打起来。木棍和杠子碰撞的声音，夹杂着俩人的辱骂声，响

———————————
① 钩索杠子：扁担绳索。

194

彻山坡，惊飞鸟雀。

两个女人一边打，一边骂，还一边躲闪。两人手中都有武器，谁都难占便宜，打了十几分钟，也不分高低胜负，直累得体力越来越弱，可俩人都打破了脑壳不叫痛，死称好汉。

打骂得累了，俩人索性放下武器，赤手空拳，短兵相接。女人相打，就好比王八爷的眼眶眶，自有规模。最关键的就是先抓着对方的头发，稍有空隙，再抓对方的奶菇。所谓相骂冇好言，相打冇好拳，为了自家，谁都不会口中留情，手下留力。

正当她们打得热火朝天，快要见分晓时，母亲和二伯母桂花前脚贴后脚一起来到了后山。而子云、子龙姐弟俩，放学回家听到打骂声，已先一步跑到后山，自自源源①坐在竹林下，兴趣盎然地坐山观虎斗，那场面真是既惊险又刺激，他们好几次都差点喝起彩来。

看到桂花伯母来了，姐弟俩知道更好看的戏很快就可上演了。这下不是一比一，而是二比一了，何况这个二伯母也是靠骂人出名的，她骂起人来也像蚂蚁爬进了磨眼里——条条是道。

"娘个短命嫲、绝家嫲，生个孙子冇屁眼，生个孙女冇奶菇，病脚也要走远点，做么个②爱死到我后山来！"

那女人见大伯母来了两个帮手，心里发虚，自觉寡不敌众，输赢就像光脑壳上落乌蝇③——明摆着的。如果再打骂下去，那可真是六月天穿皮袍——不识时务了，何况她也知道大伯母和二伯母就像野山上的狼与狈，是一丘之貉，要想从她俩身上占便宜，那真个是搬梯子上天——没门。

"唔跟你们骂了，怕你们了还不行吗？"

"哼，想走，死醒一点来，把你割下的柴给我斗转④去，然后你自家脱光衫裤回去，让大家都晓得到我屋后割柴的下场，省得以后再有人来。做唔到我就把你的腿打断！"

二伯母整起人来，更是鼻子上挂烟笼——"高明"。割下的柴草岂能再斗转去？不是发癫谁会脱光了衣服走路？这不叫损人嘛！

---

① 自自源源：开开心心。
② 做么个：为什么。
③ 乌蝇：苍蝇。
④ 斗转：接转。

"娘个孤老嫲，死了都冇人送终个，今朝日子就是舍了我这一百来斤的肉头让你们吃，我也要跟你们先拼！"那女人没有退路，只好又抄起了杠子。

要晓得，二伯母没儿没女，最怕人家骂她孤老，平时也很少有人当面这样骂她，如今这个马蜂窝竟有人敢捅，胆子也太大了。二伯母勃然作色，将起衫旧①骂起来："娘个绝家嫲鸭家嫲②，鬼才爱你一身臭肉吃，死人都冇咁老③，一大担柴都煲唔烂，吃了都冇消化。莫以为有几条辣毛虫④就唔晓得寒酸，巴掌心子唔原⑤照光，九子十三孙，临死打单身，你天光日子莫紧比我还冤枉。"她边骂边从大伯母手中接过木棍。

大伯母见有人接阵，擦一头汗退下来养元气。

眼看新一场精彩的打斗又要上演了，子云和子龙姐弟俩屏住呼吸，动了动屁股，揉了揉眼睛，今天真个赚了，看了一场这么精彩的真场面，被罚中午不吃饭也值。

但很快，他们最不愿意看到的事情出现了。队里有名的搭事婆——他们的母亲，抢先一步挡在两人中间，好言相劝。

"两人都放下东西，莫打了，大家都是女人，不容易，农忙时要冇日冇夜地干活，农闲时还要上山砍柴。酒都爱分开来喝，何况是柴？二嫂，她那么远来了，这担柴就让她捆回去，以后叫她不要来我们屋后砍就是了。"

大伯母一听这话，忙又站起来，指着母亲骂："三妹，莫以为自家是好人，以后好人就会被人欺负，你那么思量人，曼人又来思量我们？以后后山让人砍光了，自家烧吗个？难道烧膣毛⑥、烧脚棍？"

"嫂，你讲话做么事爱咁酸？我们四周又唔止一座岭，最多多走几步，又死不了人，何必爱咁绝情。老古记讲个，'盲做生理先学肚量，盲前出门先学相让'⑦，都是本大队的人，近逢唔到远总逢得到，多一个冤家多一堵墙，冇必要，看在我的面子上，就让她捆回去算了。"

---

① 衫旧：衣袖。

② 绝家嫲鸭家嫲：绝种的女人。

③ 冇咁老：不会这么老。

④ 辣毛虫：这里指男孩。

⑤ 唔原：没有。

⑥ 膣毛：阴毛。

⑦ 盲做生理先学肚量，盲前出门先学相让：盲意为"未"，意指为人处世要宽宏大量。

那女人原以为母亲也是个帮手，没承想下面这座院子里竟也有这么善良、这么通情达理的好人，真是错看她了，不由得向母亲投去一个感激中带歉意的眼神。

在母亲的耐心劝说下，两个骂名远扬的伯母恨恨地瞪了她一下，骂骂咧咧地回去了。那女人也不再还口，死命忍下，捆了柴走了。

我们姐弟俩本性也善良，但就是特喜欢看人家相打相骂，觉得特有意思，不过看到惊险之处，子云少不得要吓得闭上眼睛，就像三岁小孩放鞭炮，又好又怕。那时没电视，连看场电影都像过年，只要听到哪里有电影，再远也要跟着大人去，就是下雨，也要戴顶烂笠麻或披块烂白膜，甚至还要自带板凳去，去时凉爽爽，回来湿淋淋。像这种现场直播的好戏，既真实又好看，更刺激。说实话，我们心里老怪母亲专做和事老，每次有打有骂的好戏都让她给搅黄了，害得我们看不过瘾，真没劲！

后山坡械斗一年多后，母亲和大伯母、二伯母在一次缴完公粮回家的路上，天上"叭"地跌下个大雨点，把路上的干粉面面给砸了个小坑儿，像是从天上扔下个铜制钱。

随着"叭叭叭叭"的声响，蜿蜒的土路立马被此起彼伏的大雨点打成了个麻花脸。那闻了一辈子泥土气的味道，不由分说地扑入鼻来。

母亲抬头看天，一大块黑云镶着亮边儿正急急飞来，屁股后头却紧追着更大更黑一片云，她不假思索地说："看来有场大暴雨！大嫂，二嫂，我们一起到前面那个人家避避雨吧，省得笃湿了感冒，等雨停了再回去。"

"他妈的，老天爷说变就变，也不等我们回家后再屙尿。"

大伯母骂了句，急急加了脚劲，领先走到最靠路边的一户人家。

"咦，是三妹呀，快入屋来坐，我去拿块干毛巾给你擦擦。"

母亲听到亲热的招呼，看了看主人，不无惊讶地说："哟，不晓得这是你家，不用客气，等雨稍停我们就回去。"惊讶之余，也少不得奉承一句："你整理得可真像样。"

"哪有你一半的干净，听说你最爱干净，屋下总是布排得像像样样。"那人给母亲拿来一条干净的毛巾后，又从锅里取出番薯，递给母亲。

母亲刚想谢绝，那人却说："快吃吧，我没有下毒，莫怕。"

话说到这份上，母亲就不好再客气了，本来她就空腹起来挑担子交征购的，此时肚子里早就开始咕咕唱空城计了。

那女人对母亲热情万分，说长话短，对同来的两个伯母却视而不见，使她们尴尬异常，连忙淋着大雨回家了。其实，那女人没拿扫把赶她们，就已是够客气的了，她说那是看在我们母亲的面子上。

不须点透，聪明的你自然能猜到，那个女主人，便是和我两个伯母打骂过一番的女人。

男人有钱易变坏，对宝哥时常进出发廊，包括我父母在内，村中颇有议论。大伯母却为儿子辩解："自古说'熟练犁耙生当膛'①，男人这辈子不多嫖多搞，对不起根下那条腔。"她进而打击一世为敌的媳妇兰子嫂："都是这个皱额嫲让人太失望！"

宝哥对得起胯下那不净之根，却对不起大伯母了，让大伯母白发人送黑发人，此悲曷极！

以前，大伯母常与人说："我有了荣宝，一世都食唔动用唔动②，我家荣宝是好命，不比那个野炭子（指荣发）苦命，卖到美溪才一年，就克死了祖父，以后指望谁照顾呢？必然会早死。"

没想到，她一向健壮的儿子荣宝死了，向来体弱多病的荣发却还在。旁人就说她嘴轻，未承想儿子会早死，被她咒骂的那个野炭子、短命子还好端端在人世，真是骂人变成骂己。

大伯母进入暮年后，一入冬就离不开火笼作陪。不论是干活还是闲工，火笼提着到处走。笼子小得只够烧两三块炭，适合把它挂在胯下或窝在胸口，也算是存了点热气。

一天早晨，八旬有五的大伯母在死命地砍人家已长出一串青果的芭蕉树。树的主人赶到，责问她为什么要砍树，满脸鼻涕的她，却气势汹汹理直气壮地反问："是我先到还是你先到？"树的主人知道她脑子坏了，只好喊来她家人，劝她回家。

回家后，大伯母便病了，几年走不出门。

本世纪初，我回家过年时，特地买了礼物去看望她。

她家的人可能都去做客了，只有一条狗在警惕地看着我。我在她房门口连叫数声，始听见一声游丝般的回应。那天刚好是个阴天，我怯怯地被这游丝

---

① 熟练犁耙生当膛：意指生产工具要用熟悉的，找女人却要陌生的才有新鲜感。
② 一世都食唔动用唔动：一生都吃不完用不完。

之声引入一屋尘封的黑暗中，在一团漆黑中有灭顶者的恐惧。幸好，有限的光线随着房门的开启挤进一些，让我的双眼绝处逢生最终有所依附。我看见满是虫眼的墙壁，挂着几个装种子的葫芦，还有一溜狰狞的干蛇皮，像五颜六色的壁毯。沿着这墙壁，来到了主人床前，并最终找到了电灯开关。她窝着一床黑如烟煤的棉絮而躺，蓬头垢面，双眼脱神，看着我艰难地笑了笑，却说不出一句完整的话来。

通风严重不畅，我的鼻尖触到了一股难以言喻的酸臭，偏过去一点，没了，偏过来一点，又有了。显然，这里已多时未有人打理，臭味已非气体，久久积聚，已凝结定型，甚至有了沉沉的重量。在空气中一经搅动这固体的酸臭，任我再怎么小心，也无法躲避，无法给鼻子寻找一处可以轻松呼吸的地方了，只能早早逃之夭夭。

不久后，大伯母的风尘往事，连同她本人，被无足轻重地放进了停放鸡舍多年、上覆一层布满灰尘和鸡屎的薄膜之棺了，成了僵硬的固体。

据说，大伯母生前能唱些客家山歌，但我印象全无，只记得她曾对宝哥说过，"生时唔上县，死哩唔甘愿"，希望有生之年能跟着宝哥到县城以上的地方看看。但宝哥死后，再有人给她讲城市的好，她却不相信，说就是请她也不去。当然，没人会吃力不讨好去请一个老婆子游大观园，倒是阎王客气，在她希望不留世上受苦、早日到阴间见儿子时，满足了她的愿望。

那天，听说前来吊丧的人屈指可数，也没请人做道场。丧事办得极其冷清，只有唯一的女儿秋香哭红了眼，还拉着丈夫跪了几跪。得知兰子嫂眼眶都不湿，倒是她的父母挂不住了，一古脑儿责骂兰子嫂如何不成体统，以前三天两头就和老家娘吵骂，到现在也还没个交代，家里死了条狗也要难过一阵，这个没良心的货，以后就不怕遭雷打？

村里人对大伯母的死虽然无动于衷，但一些上了年纪的老人，对兰子嫂的铁石心肠，却颇有非议。

只是，对这些七嘴八舌，兰子嫂一直没吭声。

村里有个霸坑鸟

霸坑雕，又称霸王鸟，客家话中，雕即鸟也。霸坑雕是一个地方最霸道且心眼儿最坏的鸟，引喻为本地恶霸，其主题词一是霸，二是歪。顾名思义，这样的外号，一般人避之唯恐不及也好，夜里做梦称王称霸也罢，都不会轻易得到冠名权。但这个一言难尽的"金字招牌"，与守财似乎是前世有缘，从共产党坐天下那年便一直跟着他到了新世纪。

守财做事说话，总离不了一个"霸"字。认识他的人，只要一说起他，鼻孔先"哼"一句，接着便出声道"娘个短命相守财……"话未完，头已摇得像个拨浪鼓。

守财处世，一向走红门，你若有钱有势，他便不顾颜面，想尽一切办法接近你，巴结你。平时碰面，他像狗见到主人一般，摇头晃尾，嘴巴甜过媒婆，若不阻拦，舌头还能舔上你的屁眼。你要是没半点利用价值，同他怎么熟也根本不在他眼中，打了照面，叫了他，也还相隔着十万八千里，他黑眼珠子里边的亮光一下子从你头顶上方越去，不知落到远处的什么地方。即使正眼看了你，最多只在喉咙里咕一句，好比牙痛，张不开口。他惯于恩将仇报，就算帮了他九十九次，还有一次帮不了，你就有可能成为他的仇人。

邻村龙井有个叫曾发古的人，在守财落难时，不管是粮食还是钱财，都一直舍得扶持。每次他来，守财就眉开眼笑，贵人到了，自是热情非凡，搬凳倒茶，忙得不亦乐乎。大家都说，守财多亏了那个龙井人。

后来，曾发古因为要供三四个细鬼子读书，钱粮上就收紧了，但在精神上还是给予他最大的鼓励。守财见他已经油水不足，就来了个一百八十度大转

200

弯，看到他来，唯恐避之不及，任他怎么叫唤，都忍住不出声，而且教老婆子女也不加理睬。有几次，守财来不及躲，见面后，脸孔冷得令人发抖，别说让他搬凳倒茶，他还故意扛起脚头装着要下地做水之样，要他一个人坐。

一次午饭前，守财正在煮菜，从厨房的窗口看到曾发古又来了，马上盖上锅盖，一溜烟跑进猪圈里。曾发古进屋后，连叫数声没回应。"奇怪，烟囱里冒着烟，分明在煮什么，怎么叫了也没人应？"他满腹狐疑走进厨房，打开锅盖一看，锅里是猪肉炒笋干，刚煮不久。他又叫了几声，还是没人应答。他明白了，这家伙肯定躲了起来，难怪几次来都见不着他。

曾发古不是吃屎大的傻瓜，看透了他的意图，自家现在要供几个细鬼子读书，生活处于困顿状态，已没能力再帮衬他，他还担心自己反过来要求助于他呢，处心积虑要和自家断绝关系。他心中一阵难过，深叹世态炎凉，人心不古。

曾发古很快就从悲哀中解脱出来，像这种忘恩负义的小人，不交也罢，为这种人伤心，不值！正想转身离去，一看锅里的菜，心想自家可能是最后一次来这里了，既然他无情，我就来一次无义。他这么一想，便坐了下来，最后帮他一次忙。于是，他一直往灶里塞柴火，直到满屋煳味刺鼻，才拍拍屁股，头也不回地走了。

守财早就急得像热锅上的蚂蚁，见他一走，马上从猪圈里跑出来，急急揭开锅盖，盛起焦得一塌糊涂的菜，对着曾发古远去的背影好一阵毒骂。

守财老婆美秀下地干活回来，看到一碗烧煳了的菜，开口便骂："样般搞个①，寻死路去了？好不容易煮点猪肉炒笋干，还烧煳了，这下吃大豆腐干②了！"守财忙把刚才的事道来，她又把怒火迁移到曾发古身上，什么恶毒的话都骂了出来，诅咒他路上被藤索绊倒，被疯狗咬，被野猪吃。

曾发古与守财断绝关系后，尽心尽意搞经济建设。家里交由老婆和母亲打理，自己则和人一起做木材生意，很快又从困顿中解脱出来。守财晓得后，心里又骂："娘个短命相，想不到跌到泥沟里去了，还这么快就爬了起来"。得知他是做木材生意发的家，守财便去镇里告发了他，害他罚了一大笔钱。

曾发古和我父亲也有往来，一次谈起守财，大骂他是猪狗六畜，是个没

---

① 样般搞个：怎么搞的。

② 吃大豆腐干：吃桌面。

心没肺的小人，良心都让狼狗给吃了，这种人迟早会遭报应的。

曾发古无条件地帮守财，在我们村是家喻户晓的事，大家还都说守财行了狗屎运。

父亲知道内情后，忍不住就批评了守财："做人不能失本良心，你能有今朝日子，多亏了曾发古。他和你一不沾亲二不带故的，只是一个萍水相逢的人，却比亲兄弟还亲。你生儿育女、做房子，他帮了你多少忙？得人恩果千年记，你不去报恩也就算了，怎么还恩将仇报，去告发人家？不是我说你，你这种做法太不地道，让人心寒，以后曼人还会跟你做朋友？"

见守财默不作声，父亲又接着说："和曾发古断绝关系，是你一生中最大的损失之一，这种人，可遇而不可求啊！"

守财心里也觉得愧对友人，但他有一点是最值得大家佩服的，那就是做了亏心事，也很快就能感到心安理得。

守财当年和美秀谈恋爱时，女方家的长辈们担心他家人口单，要受人欺负，因此都不同意，她祖父有贤更是坚决反对。但守财不管，一直死皮赖脸地缠着她，见她在纳鞋底，就过去聊天，不让她再干，见她下地干活，便抢下她的锄头自己干，总之就像屎乌蝇一样围着她。只是，美秀似乎并不讨厌这只屎乌蝇。

美秀是华玉抱来的细生娓子。华玉有个儿子叫金荣，美秀原本是配给他的，但不晓得啥原因，迟迟没配成。守财对全队上下都知晓的这事，视若无睹。更好笑的是，他晚上去了女方家，常赖着迟迟不回。有晚，华玉的老娘亲来做客，和美秀睡一床，华玉则和女儿睡一处。守财竟也就睡在美秀身边，任凭怎么赶都赶不走。美秀家娘华玉说出这事后，大家都笑守财的面皮比墙头还厚。

这事后，守财和美秀的交往遭到强烈的反对，他们要来往，也不敢光明正大，只能偷偷摸摸地在一条鲜有人过往的路上约会。

美秀的家娘华玉是个等郎妹，丈夫比她小了六七岁，夫妻感情一直不好。华玉被丈夫休后，离婚不离家，带着小女儿细逼和美秀一起过，儿子和大女儿则和他们的父亲过。不知出于什么心理，华玉一点也不反对原本要做自己儿媳的美秀和守财交往，无奈美秀祖父有贤坚决不同意。

守财大骂有贤是封建头子，文化大革命一来，第一个把有贤揪去批斗，逼他下跪。有贤不从，守财便拳打脚踢，直到他体力不支，不得不跪下。此后，只要一有批斗会，守财就少不了把有贤揪去，对他实施"无产阶级专政"。因为破"四旧"坚决勇敢，早就处心积虑提交了入党申请书的守财，如愿以偿地混入了党组织。

深受肉体和精神摧残的有贤和着斑斑血迹倒下了，临死前，他两颊已深深地陷了下去，白比黑多的眼珠子直往上翻，嘴唇微微翕动。他积攒着最后一口气，拉着长子锦生（美秀原本意义上的公公）的手说："千万别忘了，守财是……是我们家的……仇人，不能把美秀嫁……嫁给他……"喉咙口咕噜了一下，眼睛瞪得铜铃般大，随着一声短促的呻吟，带着一身伤痛和满腹悲愤，怅然离世。

有贤家人口多，全家老小围在他的遗体前，哭声震动了河汉旷野，惊动了树上的小鸟，连在吃草的老牛、嬉戏追逐的鸡鸭也停了下来，竖耳倾听着这呼天抢地的哭喊声。有贤的次子来生，青筋暴突，热血涌流，当众发誓与守财誓不两立，他恨不得把守财捏死，给父亲陪葬。

有贤一死，守财在婚姻上扫除了一个心腹大患，他还是像屎乌蝇一样死缠着美秀。锦生、来生、金生三兄弟坚决反对，说如果美秀嫁给他，他们就和她断绝关系。

美秀婆婆华玉像是要和前夫赌气，同意美秀嫁给守财，说他虽然人口单，但是墙上的尘灰扫下来都是他的，没有人会和他争家业，他又是共产党员，嫁个共产党员，母女俩也有依靠。就有人奚落她：辛辛苦苦把细生娓子抚养大，有儿不嫁，却把肥水流给外人田，打的是什么算盘？她却说早已把童养媳当亲女儿看，今后嫁了守财，等于又多了个儿子。拗不过华玉的铁心支持，美秀在重重阻力下还是和守财进了洞房。

结婚那天，除了华玉和小女儿细逼，其他人一个也没去。自迈出家门那刻起，美秀其实就情知如此冷场，但还是哭得泪水涟涟。十个月后孩子瓜熟蒂落，按农村风俗，最亲的亲人或长辈是要报酒壶①的。可是送给锦生他们兄弟三家的酒壶，统统被退了回去。他们说，就是牵一头牛给我们，我们也不会要，何况一壶酒、几两猪肉？美秀听后，又一次哭红了眼。

来生曾跟我父亲说过，如果有机会，一定要把守财踏进泥沟里去。父亲劝他这话不能再跟别人说，以免引起一些没必要的争吵和仇恨。

---

① 报酒壶：就是要送酒送肉。

美秀不顾反对和守财结婚后，锦生几兄弟便与她断绝了关系，有什么好事歪事从不叫她。锦生三兄弟都有几个子女，美秀手下的堂弟堂妹加起来有十七八个，到他们结婚生子时，即使他们不请，美秀还是会去赴喜宴，只是屡屡被赶出家门，连狗都不如。她不知是感到内疚，还是嫁鸡随鸡嫁狗随狗，也学会了守财那一套厚黑学，这次赶了下次还带礼来。后来次数一多，有几个堂弟便劝父辈："过去的事就算了，不要去难为她了，错不在她，而在守财！"

"深仇大恨，不可能说算就算了的，要来往，你们下代去！"虽然不再强行赶她了，但几个长辈对她视而不见，当做没她这个人。

两家只相隔几十步，生产队核算时，还天天在一起干活做工分，分田到户后，又经常要在一起放水。但几十年下来，他们都是相逢不相问，此番尴尬可想而知，后辈们最多也只和美秀有话讲。

守财的三个孩子幼时，华玉经常去帮工，一到紧工阶段，还把已嫁邻村的小女儿动员过来，割禾莳田，一样不落，连菜园也帮助打理，还不时送菜给他们一家吃。守财对华玉特别好，有点好吃的，都情愿自家少吃点，一定要叫上丈母娘和小姨子。华玉逢人便夸说："我亲亲个子瑞①对我都没这么好。"

不承想，十来年一过，守财家的孩子陆续长大了，也会帮上忙了，华玉在女婿家，也得吃面目饭了。家里有好吃的，虽然美秀还主张叫母亲共享，但守财的脸开始拉得老长："咱家都五个人了，再叫她还吃啥？"

华玉和我母亲很谈得来，一天，忍不住诉起苦来："三妹，你想想守财娘个人，以前细鬼子还小，爱我帮忙，他就舌头能舔到屁股眼，姨娅长姨娅短地叫，日子再苦，也会买猪心和营养品给我补补。今那细鬼子大了，能帮上忙了，连迟鸡杀鸭都不叫我了，更别提买补品。前些时候我病了，他家养了那么多鸽子，也舍不得捉一只给我吃，只买了一斤白糖，还是叫美秀嫲送来的，他看都不来看一眼。我去了他家，他的脸臭得能把鬼吓走，咳！娘种人，没看头，曼人都不爱，就爱自家，是我瞎了眼！莫讲守财，连美秀嫲都变了样，冇腚用②！"

一次，守财为了争一点菜地，和华玉唯一的儿子、美秀原来要嫁的金荣吵得不可开交，差点要动手。自此，守财和金荣又结下了冤仇，十几年都没话讲。

---

① 亲亲个子瑞：亲生的儿子。

② 冇腚用：没屁用。

从小失去父亲、靠母亲养大成人的守财，入党后，经常耀武扬威，认为队长以下都得听他这个党员的，他想要的东西就一定想方设法弄到手。

队里有个五保户，一人住着两间房子，房子周围还有些菜地。她死后尸骨未寒，早就觊觎她家地产的守财，马上指使年仅四岁的儿子用火烧房。后来，那块地便自然而然成了守财家的菜地。

守财原来的房子不过巴掌大的三十来平方，周围大都是我家的地盘。但他今天霸一点，明天占一点，等到建新房时，三十平方一下子扩大了四倍多。他邻村的外甥来帮忙做房子，闲时来我家串门时，对我父母说："你们量可真大，我晓得我舅舅原来就那么一点鼻屎大般个地方，今那有那么宽了，你们真好，要是我舅舅，量肯定没那么大。"

虽然他有点像倒米客，但讲的却是真心话。因为我有个六姑，嫁到他那里，和他很近。而我家和守财又是上下坎①，因此他每次来舅家，都会顺带来我家看看，称说我父母好说话，不会轻视人。我们去六姑家，他知道后，总要热情地邀我们去他家做客。

有一句话，我父母常挂嘴边："左邻右舍的，都是天天打照面的梓嫂叔媚，不必斤斤计较，当软一点不蚀肉头。"其实，越当软就越吃亏，尤其是像守财这种不识好人心的乌头虫子，你越让步，他就越得寸进尺。父母就是太当软了，才会被他占去许多便宜。

守财正房旁，有座矮房，共四间，是生产队用来养猪和烤谷子的。分田到户后，因为距我们两家最近，别人又都不太想要，我们两家就把它买下了，每人两间，用来放猪粪和柴火。四间矮房被一扇大门和围墙围住，这扇大门原本是两家共有的，可是守财一天趁我父母外出做客，偷偷地把那扇大门拆了，据为己有。

父母回来后，找他理论，他却说："曼人拆来曼人用，曼人叫你们土不拉叽，不先去拆？"只要不是神精病，不管是哪个，闻听此言都会说不是人话。父母虽然生气地指责了他，但他像疯狗一般，蛮横无理，跟他吵，是没有出头的，只会降低自家的人格。善良的父母只有让步，才会风平浪静。

守财的两个儿子渐长，要成家立业了，住房就比较紧张了。他计划再建几间平房，但那块地方，刚好是我家的路，也就是那四间矮房的边沿。有求于

---

① 上下坎：上下邻居。

我家了，守财又摆出一副大好人的样子，百般讨好我父母，几乎每天都要到家里来，不时还带点吃的给我家小侄女。

父母晓得他的底细，但并不拆穿，住在上下坎，如果天天吵天天骂，又有啥意思，火烧屋还得左邻右舍帮救火呢，远亲不如近邻。当守财摸准火候，提出要求时，父母也没有难为他，只要求路还是要方便我家出入，守财信誓旦旦说："这个不用讲，你们都那么好商量，我还会不留条路给你们过？"

如果当时我家不让出那块地，守财家的那三四间平房就休想做成，因为父母让了一大步，守财那几年确实对我们家客气了许多。

守财建房时，几次偷着在我们的后山坡上撬挖石头。石头开挖后，周围的泥土就松了，极易使水土流失，进而造成山体滑坡，给我们这紧靠山麓而建的几家人带来安全隐患。大伯母发现后，他还不听制止。父亲找他说理："你也不是三岁小孩，怎会不知，山由泥土、石头、树木生成，如果说泥土是山的血和肉，树木是山的外表装饰，那么，石头便是山的骨头了。世上万物，无骨不立，你把骨头都挖走了，这山还能站多久，到时水土流失冲了我们的房子，你家又岂能幸免？做人不能太自私，你是共产党员，更应该关心百姓生活才对啊！"

因为刚求助于我家，父亲说的又有理有据，守财这次罕见地没再作争辩。

守财的屋前方，十几步远的水沟旁，有我家的一棵鸡爪梨[1]，收获季节，金黄色的果实甜到了心里。母亲曾一小筐一小筐地挑着赴圩叫卖，换来几斤油盐钱。果子熟透了还会自动掉下来，刮风下雨时，天刚出现鱼肚白，孩子们就会早早来到树下，捡梨吃。

一次，连着几天的暴雨，大水冲开了泥土，曾给我们带来欢声笑语的果树訇然倒地，寿终正寝。父亲为了不让那块地盘空着被人占了去，领着我们在原地改种了几棵蕉树。不承想，蕉树长了新芽，总会被人拧断，父亲以为是细鬼子们好搞，也就没往心里去。可有一天大清晨，父亲上茅房时，看到守财在那狠命地拧新芽，马上明白过来，生气地质问："碍着你啥了，你为啥总把它拧断？就算我害了你，蕉树也没有害你吧？"

守财却理直气壮地说："你家果树被大水冲倒了，这地方离我家近，就该是我的了，你种啥子蕉树？"

---

① 鸡爪梨：也叫南方棋。

"曼人讲个我家果树冲了，这地方就是你的了？今朝日子我再也不能当软了，讲到中央我都要你去，你还嫌霸得不够吗？连你那做茅房的地方也是我的，原来那也有一棵野柿树，你却用硫酸把它弄死，还说问过我的堂兄狗脑子，可你问过我了吗？我也有份的，那次我又算了，但你今朝日子又想来霸占这块地，你都霸出念头了，你的心肝也太狠了。"

守财理亏，虽然没再把蕉树拧断，但却特意买来几株麻竹种在那里。麻竹又高又大，年年疯长，几年下来，便把几棵蕉树遮盖得严严实实，连阳光也挤不进来。就这样，蕉树硬是被恶麻给阴死了。

除了"霸坑雕"，守财获得的另一个最具形象性和代表性的骂名，便是"四目狗"，或"四目狗子"。

客家话中，四目狗的本义是指那些养不乖、不听话、翻脸不认人的狗，以狗喻人，除见风使舵外，还含有忘恩负义、不懂报恩之意。

在美溪，任谁都知道，守财的党员是大队老支书进才培养的。那段时间，守财对老支书言听计从，照村民们形象的话来说，是"人讲蛇他讲蛇，人讲拐他讲拐"①，博得老眼昏花的支书信任后，当上了大队电厂的厂长。全厂七人，一切皆由他说了算，即使发生不合理之事，厂里有所争执，归根还是他一句话，至于账目，更由他一手遮天。一次，他见李坊片有些社员逾时不交电费，便要给他们剪线停电。厂里一职工说，电费未交清的催他们补交，切不可因为人家一时资金周转不便就来硬剪电线，今后多加教育，要他们不能再欠电费就是。守财听后大发雷霆，说电厂之事还轮不着你来插手，你到远远的地方厕野屎去。该职工争辩说，毛主席也讲民主呢！守财鼻子一哼，说"稗草过正禾了"。该职工听后，也火冒三丈，要不是在场之人硬把他引开，他非要和守财动起手来。谁也听出了守财的话外之音，也都认为守财污辱人格，该职工虽是入赘人家的，但也不至于就说人家是寄生稻谷旁的"稗草"啊！更何况，该职工的泰山正是于守财有恩的老支书。早就退休在家的老支书听说这事后，连连摇头叹息看人不准。此后，守财和老支书十年无话说，老支书死时，他也没个香火。

守财以无义对曾发古的有情、以无情对老支书的提携，四目狗的特性已

① 人讲蛇他讲蛇，人讲拐他讲拐：拐即青蛙。此谚语与鹦鹉学舌同义。

暴露无遗。他还很会看衰人，和队里另一只公认的"四目狗"荣宝是高山上的狼与狈，一丘之貉。他们在本队里，属于富户，物以类聚人以群分，所以走得很近。荣宝天天晚上都会去他家，两人说起事来，一声比一声高，吵得人睡不着觉。守财有个习惯，就是怕自家说的话人家听不到听不清，说到激动时，他还会蹲在板凳上，有时恨不得站到桌子上面。

他有俩堂兄，一叫明贵，一叫金贵。明贵是私生子，其父是谁都不晓得，他母亲偷偷把他生在金贵家谷仓背后，并把孽种托付给了金贵母亲。明贵参军复员后，成了国家水泥厂的工人，又有个全村第一个考上大学的儿子，毕业后分在大城市工作。明贵吃香喝辣不愁，可惜老婆得肾炎死得早，三子一女成家立业后，他有心再婚，对象也物色好了，但横竖都遭子女反对，为此积郁成疾。金贵膝下有两子一女，长子虽然有了完整的小家，但日子过得挺拮据，小儿子更糟，年过三十还是擀面杖抹油——光棍一条，哥俩分家后，便个人顾个人的。守财晓得从这个堂兄身上刮不到啥油水，就一向从门缝里看他们。

明贵的老婆死后，守财对侄女璐璐还好，视如亲闺女。璐璐和金贵女儿春花大年初二转外家①时，都会去叔叔家送年礼。但守财对两个侄女的态度大相径庭，前热后冷。春花心知肚明，也就渐渐疏远了叔叔一家，后来她老公开水管店，咸鱼翻生发了财，守财也不好意思再来示好。有年，守财患重病，到县医院做手术需要很多钱，脸皮一向不薄的他，也没向春花夫妇求援，他的儿子开车屡出伤残事故，需要赔钱，他还是不敢向他们开口。

其实，守财就是厚着脸皮向春花夫妇借钱，即使不遭冷拒，可能也要大打折扣。春花家人都从老掌柜金贵口中得到证实，粉碎"四人帮"那一年，守财向堂兄金贵借了四十元左右（当时可买猪肉近百斤），却十年不见还，不管金贵后来家里如何困难，他也不闻不问。金贵也不敢催他还，直到大儿子因病住院开刀，这才提及还款之事。守财当时就发了大火，当场就把四十来元摔在地上，兄弟俩大吵一架后，多年未有来往。

在守财拧断我家蕉树的那一年，他家在村里率先养起了鸽子，有二十来只之多，有吃有卖，倒也让人羡慕。一天早晨，他醒来喂鸽子时，发现它们全都死翘翘了，是被人用老鼠药拌米毒死的，他便怀疑起我父亲来。

他不问青红皂白，气势汹汹杀上门来，指着我父亲大骂："光头古，就算我拧断了你家的蕉树，你也不能做得这么绝，拿我家的鸽子来出气，你目热，又没人拦你自己也去养。"

父亲被骂得一头雾水，问咋了，我做啥恶事了。他说："你不用诈痴诈癫，自家做了恶事自家心中有数。"他边嚷边拉我父亲去他家看，但见鸽房里排满了鸽子僵硬的尸体，他老婆在那里边哭边骂："娘头光毛绝代个短命相，是不是我老公屙了你们的老婆，还是挖了你们家的坟墓？就把我家的鸽子统统毒死，咁恶莫紧自家也被农药毒死！"

父亲一看便明白是谁使的绊，但没说出来，只是说："守财，美秀嬷，你们信也好，不信也罢，反正我没做亏心事，就不怕鬼敲门。都几十年的邻居了，我是咋样的人，大家都晓得，我要是做了这恶事，就让天收拾我。"见父亲这个态度，他们也自忖冤枉了好人，晓得我父亲为人耿直不爱惹事，平时吃夹青菜也要吹凉了进嘴，却也不是那种鸡肠小肚之人。

父亲又找到毒死守财鸽群的人，名叫采福古，和守财有深仇大恨。因为家庭成分不好，文化大革命时，他母亲常被守财揪出去批斗，双手被反绑，脖子上还挂上个烘得通红的火笼。守财对她拳打脚踢不够，还让她从他的胯下爬过，要她喝他的尿。采福古怀恨在心，暗中咒骂他早死子瑞晚死妹子，然后再死老婆，留下他一个孤老头子长命百岁，腰酸腿痛头那昏①，吃没饱来睡没香。每年的初一和十五，采福古都要去烧香拜佛，诅咒守财，见他一直过得挺好，就又骂神明冇灵，不懂得惩恶扬善。

不过，还是有报应的。村里有个小孩，小时因受惊吓而结舌。守财每次见面就要取笑。守财小儿子受其影响，还学人家的样子说话，模仿得有过之而无不及。没想到，那个小孩后来大有好转，而守财儿子至今说话还是的的突突②，他老婆比他还严重，讲话呼呼作响，等了半天却又出不了一声，像是小四轮发不着电，好不容易出声了，却难以听清，像是从喉咙里发出的怪音。村里人都笑说，这就叫报应。

农村的夏天，人的情绪也许受着炎热的影响，最易滋生出各种各样的故事。

一入伏天，村民们都争先恐后给自家禾田放水，朝放夜放，有时一连几

---

① 头那昏：头晕。

② 的的突突：指说话不流利。

个晚上都目不交睫。守财"霸坑雕"的外号确实不是浪得虚名，明明自家田里还有水，还天天与人抢水。人家好声好气地跟他商量说："我的要施肥，要洒药，田里一点水也没有，你的还有水，是不是让我先放，你的明天再放？"他说："你的田没水关我鸟事，曼人叫你咁懒，屙屎等得月光落，今天你要施肥，明天他要洒药，又要我让步，那我的岂不要旱死，我凭啥要让步？"非独不让，他和人一起放水，每次都要多一半，因此，常常因为分水不均，而与人发生争执。

有人说，守财天生就喜欢和人吵，几天不吵，好像喉咙要痒死。他还长了颗歪心，放水时不但争多水，还经常偷着把别人田里的肥水弄到自家田里，把自家田里的石块、杂草，丢到别人田里。美溪的水田形状个别，犬牙交错，一梯一梯缓缓落向那边炊烟浮游的青青农舍，你在梯田边随便一站，远远望之，很难分清这是谁家的田，守财的小动作因而时常得逞，只不过，久而久之，大家都心照不宣，提防着他。

一天，他又因分水不均和采福古争吵起来。采福古是个肩头上竿屋的人，光棍一条，以前因成分不好母子俩常被守财欺负得抬不起头来，现在不讲成分了，还怕他个屁！采福古见他又占了半多的水，心里不服，趁他下坎看水时，把通往他那丘田的水路堵住，让水全部流到自家的田里。守财的田在下，上面一堵住，水路就干了，他发现后又来分，可一转身又被采福古如法炮制。守财气极，走过去也想把采福古的水路堵住，采福古索性就整个身子盘坐在那里，一场打骂由此爆发。

守财骂采福古是孤老头子，死了也没人埋，没人祭奠。

采福古不甘示弱，回骂："短命相，霸坑鸟，莫以为有三个子女，九子十三孙，临死打单身，爱死也很快，好比鸡发瘟，一次就死光光。文化大革命时，我怕了你，现在我还怕你啥？你咁刁，迟早上天会收拾你！"

那天争执的结果，两人身上都挂了彩。采福古越想越恨，几天后，买了一包老鼠药，拌上米，半夜撒在他的鸽房里，让守财破了财。

采福古曾跟我父亲说过，守财无法无天，自高自大，目中无人，仿佛世上只有他才是人，我迟早要弄他一下，让他识相识相。所以，父亲这次一猜就是他。他要采福古以后不能再这样了，可采福古却说："他再敢咁刁，我就把他一家都毒死，为民除害！"

有人作过负责任的统计，全队几乎没有与守财不吵的，光放水就吵了不少，不但本队人，和他结冤的外队人也有增无减。与我们隔溪相望的邻队李坊，有不少人的田在我们这边，有些只隔一条田坎，共用一条水路。有几次，守财和李坊的人吵得很凶，因为田在我们这边，他们离田远，每每只好作让步。但有一个叫华生的，是个吃软不吃硬的角色，一般不来放水，都是差遣老婆或子女来，听老婆和别人说了守财老是欺负他们的事后，一次就亲自出马，想着会会这个出了名的霸坑鸟。

说来凑巧，那天守财又在巡田放水，见华生来了，还是外甥打灯笼——照舅（旧），只留一份水给李坊片的几个人分，自己则独占一份。华生看后，当下便骂守财："你也太目中无人了，我们几个人，你一个，况且我们的田在上，你的在下，你倒好，自家一份，今朝日子你睁开狗眼看清楚一点，我是曼人，莫以为大家都怕你，我可不怕你！你赶紧重新分好了，不然有你好看的！"

守财是刁大的，不是吓大的，非但不重新分水，还辱骂华生："你是哪个裤裆里拱出的货，有什么资格来和我争放水？你不怕我，难道我还会怕你不成？莫讲是你这个外地来的野炭子，就是皇帝老爷来了我也不怕！"

我们这里称外来人或野种为"野炭子"。华生是他养父母从人贩子那里买来的，他平生最感刺耳的就是这三字骂法。他也是个蛮牛牯，一般人都得小心翼翼避开这字眼，以免激怒他，今天竟有人这样不识好歹地辱骂他，他哪能受得了，鼻子眼里都是火，立马把锄头砸向守财，骂道："屌毛飞①，你美溪队的人怕你，我可不怕你，不怕你再撩刁②，在我面前你都刁不出头，今朝日子你有种和我斗一阵，看我娘般索甲③你！"

守财避身躲过飞来的锄头后，华生旋又从腰间拔出一把明晃晃的菜刀，向他冲去。

守财也曾听说华生的事情，但横行霸道、好强好胜惯了的他，仗着是在自家门口，这边大都是本村人，华生再刁蛮也不敢对自家怎么着，要骂就奉陪到底，要打也兵来将挡，反正自己的块头还比对方大些。他做梦也想不到人家有备而来，那刺眼的菜刀在阳光下一闪，吓得守财连锄头都忘了拿，沿着田埂路死命奔跑，一路大喊："救命呀，杀人了！"

一个在前面跑，一个在后面边追边骂："短命相，霸坑鸟，又讲不怕我，

---

① 屌毛飞：也说屌毛灰，微不足道，也指没尿水的人。

② 撩刁：刁蛮，惹是生非。

③ 索甲：收拾。

那还跑什么呀！今朝日子我不收拾你，就不是人屌个！"

本队有人看到这情形，都不去阻拦，心里还在想，像这种人鬼都不怕的人，也该有个对手去整他一次，不然就会刁上天了。所以守财一直喊救命，竟无人理睬，大家都当做没听到。就近劳作、本来该守财叫舅子的金荣，还停下手中的活计，等着看热闹。

孤立无援的守财被追得腿都软了，脸也白了，自出世到今，他何曾受过这等惊吓。跑着跑着，他便从上丘田滚到了下丘田，华生上前一把揪起他的衣领："跑呀，怎么不跑了！不是说不怕我，怎么脸都白了？我以为你有多大能耐，平时吃五喝六的，今朝日子一见识，原来也是个欺软怕硬的角佬。我就是要让你晓得强中自有强中手这个道理。"说着，还晃了晃手中的菜刀，露出狰狞的面目。

妈呀，今朝日子要死翘翘了！守财吓得小便失禁，身上又都是湿泥巴，狼狈至极。平时只能在电影上看到的杀人一幕，要在自家身上发生，毕竟这是件想都没想过的事，也是一件非常残酷的事。想不到短命相华生古比自己还恶，杀人的事也敢做。

守财哀求道："华生，我错了，以后再也不敢了，你就放了我这回吧。"

华生狠狠地说："屌毛飞，咋了，软蛋一个刁不来了吗？我就爱弄死你，挖出你的心，看有多黑！"说着，又举起刀子作势要刺向他，猛听到一声大喝："华生古，莫乱来，杀人是要枪毙的，有话好好讲，莫做傻事！"

不用回头，华生就能听出来，那是我父亲。父亲听到守财的呼救声后，就急急赶来了。华生一向敬重我父亲，因为他善良正直，不欺负人，和他一起放水，他总是礼让人家。我母亲也一样，李坊片有人的田和我家的只隔一条田坎，有时那家人来这边干活，母亲还叫她来家里吃饭，说："那么远的路，来回得一个钟头，很辛苦，省得回去吃饭了。"李坊片的人，莫不称说我父母是好人。

华生一见我父亲来说情，就说："酿伯，本来我今朝日子就是来弄死他的，也是为民除害，为党除害，保证会有很多人多谢我，也保证很多人会偷笑。"

父亲好言好语劝说："华生古，都是本姓钟个兄弟子叔，为了争放水大伤和气，唔抵得。看在我的面子上，就算了，回头我说说他。"

"好，看在你酿伯佬的面子上，这次我就放过他，下次他敢再刁，皇帝出面都冇用，除非他死了，不然任何时间任何地点碰到我，都要让他躺地。"说完松开手，却用脚狠踢了他一下。其实华生也不敢真动手杀人，不过是吓唬吓唬守财，他还在心里感谢我父亲给了他一个台阶下。

守财带着一身泥水、汗水、尿水回到家中，连着几天没出门，天旱也不敢去放水灌田。

有好些年光景，我家因为俩兄弟读书，经常拆东墙补西壁过日子。父亲刀口下救守财的那年年关，守财主动上门找他嘘寒问暖，问过年有钱用吗，还差什么东西没购置回来，我这里有宝贤还回的二十一元，和一条人参，值四元钱，共计二十五元，人参你若不要，我就借你二十元准数。

父亲连说不用，我家过年的东西全部购回来了，眼下不需再花钱了。

守财说："即使过年不再用钱，难道明年生产也解决了吗？不需要购买肥料了吗？还是拿去的好，过完春节也许就有用场。"

父亲见他说得诚恳，也许出于好心，以报刀口救他之恩，心想也好，免得购化肥缺钱时再向人借。收下二十元钱后，父亲表示，待烤烟一出卖，马上还钱。

四月底还钱时，守财硬说父亲借了他二十五元。父亲无奈，只好把五元钱当利息看待，如数给了他，自此发誓，再不和这个恩将仇报的"霸坑鸟"有分毫的经济来往。

母亲说，守财的利息多高，二十元的借款，四个月就要五元利息，计算起来每月一块多，超过六分的利息。

守财办了碾米厂后，父亲特别交代回家务农的兄长："在守财家碾米，最多不超过一个月，就要与他结清账目，最好碾一次结一次，省得记账。他这个人蛮不讲理的，就拿二十元还二十五元来说就是个例子。你们要千万注意，他这个人与他上祖一样，孩儿面随时变，食屎赢三堆，屙脓刮赤痢。"

守财背着大大小小的臭名，走过新千年后，发生了一件事，平时与他来往密切的荣宝病殁。守财伤心了一阵，主动提出要给荣宝主办丧事。

那天，他给了五十元让大贵购物。大贵回来后当面交了发票，并把剩余的现金点清楚给了他。荣宝丧事一完，守财却来找大贵，说我给了你五十块钱，你把发票给了我，还有十三块多钱没交回。结果，两人大吵一架。

"叔叔，这款我亲眼看见大贵一回来就当面交清了，为什么还要骗人的钱？"守财的堂侄看不下去，主动出来作证。

守财大怒："你这个冇上冇下的东西，死到一边去！我向他讨钱关你什么屁事？要你出来当包公！"

守财堂侄见叔叔这般无理，心里有气，愤然有声："好，再不管你的事，你们闹出人命来也不关我的事。"

大贵虽不像华生那样粗野，却也血气方刚，决不息事宁人，说："守财佬，我也不跟你争，今朝日子只要你敢当面发誓，若收下了我交还的钱，你便不得好死，光毛绝代，我便再给你一份蜡烛钱！"

前来看热闹的人们越来越多，有人虽不说话，却明显露出了轻视守财的眼色。守财争辩的声音越来越小，在老婆的叫唤声中，悻悻而退。

这事后，守财学乖了不少，思忖自家得罪的人太多，说不定哪天还会有人像华生那样和自家作对。想是这样想，可一段时间后，却还是狗改不了吃屎的本性。不用放水时，找不到别人吵，连老婆子女也骂，气得他老婆骂他是癫狗，逮谁咬谁。

三六九月紧工时，大家都帮种帮收，谁家晒了谷子，遇着下雨时，邻里乡亲也都会帮着收。而守财家却恰恰相反。一次晒谷子，本来准备傍晚就入仓的，可老天作弄他，很快就变了天。眼看大雨将至，他急得叫了堂兄金贵又叫侄子有富兄弟，可是他家一共五六个劳力都在午休，听到他的大呼小叫后也都装聋作哑。另一位堂兄明贵家自己也晒了谷，不能帮他，结果一坪的谷子只收了一担，其余的全湿透了，不少还被滂沱的雨水给冲走了。

事后，金贵的生娌说："他都看不起我们家，我们食哩冇咁健，何必拿自家的热脸去贴人家的冷屁股？"

一向霸惯了的守财，看到大家在紧工时都在帮种帮收，而自家花钱请人也请不到，这才真正意识到，自家做人确实有问题。更何况，他经常看到我家人来人往，不失热闹，而他家却除了荣宝和明贵，几乎鲜有人登门。偏偏荣宝和明贵都死得早，他除了家人，真要成孤家寡人了。慢慢地，他也就改变了一些人生的态度，对大家也客气了点。

前几年，高速公路要从我们村里经过，美溪队的民房大都在征收之列。我们两家是上下坎，向有心计的守财，以我家的土头高，担心下雨塌方殃及他家为由，把我家的地方结了坎。到征收量房时，他便说那是他的地盘，要量给他。父亲可不惯着他如此得寸进尺，就和他据理力争，还叫工作队来评理。

工作队看后一目了然，他们对守财说："一看就晓得这块地是谁家的，既然坎是你结的，那么石头归你，但地方不能量给你，一分钱也不能补你。"守财哼哼唧唧了好半天，却不敢无理取闹。

村里人一遇衰事，就会有人开他的玩笑，说肯定是你上代做了很多恶事，要报应在下代人身上，所谓父债子还，也就是这个道理。做了大半辈子霸坑雕的守财，做梦也想不到，自己的孩子也摊上了天大的衰事。

守财的女儿，高中毕业后当了两年幼儿园老师，后来嫁了一个一穷二白的夫家，住的矮房子，比人家的茅房、柴房还要破，婚后只能租房子住。夫妻俩生了一个儿子，很是乖活可爱，也很聪明，读书成绩在全班名列前茅，可到十六岁那年，国庆黄金周时，他父亲带他旅游爬山时，脚下的一块大石头突然松动，他和巨石同时滚落山崖。他父亲跌跌撞撞跑下山抱起儿子时，气息全无。做父亲的全身是血，人也傻了。守财女儿知道后，当即昏死了过去。事后，大家在背后议论说："也真是孤老嫌死子瑞，该衰，去旅游的千千万万，为啥就他会和石头一起滚下去？可能是上代作恶太多的缘故吧！"

守财就这么一个女儿，一家人得知惨情，难过得几天几夜吃不下饭，守财和老婆哭得泪水流了一床。那个外孙小时候一直住外公外婆家，他们屎一把尿一把拉扯了好几年，偏偏小家伙又很机灵，特别讨人喜爱，外公外婆叫得蜜甜，叫得守财两公婆心花怒放，亲个不停，如今被一阵风刮走了，他们能不悲痛欲绝吗？！

眼窝里的泪水还没风干，守财小儿子又开车撞死了人，赔了很大一笔钱才得以了结。有人听说后，非但不同情，反而说："他怎么就没被撞死？"

话传到守财耳里，他差点拿刀和人家拼命。但最终还是忍了，"哐啷"一声扔了刀，软软的身子也跟着倒地了，一躺就是半年，还险些蹬脚伸腿而去。

美溪村大搬迁后，靠着当初巧取豪夺多出的地盘，守财拿了比谁都多的补偿金，不屑于和大家一处建新房，在镇上繁华地段择地造了栋小楼。据说，因为多年不交党费，他的组织活动早就被终止了。

等着看他笑话的或许还大有人在。

风　水

　　一条不足米宽的机耕路，自村头蛇行般穿过村尾。一条小溪和路取得了一致性，相伴而去，出了村尾又将共赴另一个村头。

　　这条不知名的小溪流，不知历经了多少次的曲折、融汇和分袂，才以常态出现在今人眼前。这条源自村子依傍的山林中的流动链条，在数百年的行程中，也见证和记录了这个客家村子的辗转履迹。村子里的先人们，在中原狼烟战火的逼迫中流离转徙，与其说是无意闯入并止步于闽地这块苍莽山地，还不如说是受了这条溪流的招安，选择于斯开基立业。溪流有了人迹，也便告别了天地混沌，和连绵的群山一样，构成了这个小村子最基本的骨骼和血肉。一代又一代客家山民，靠着流水和青山的滋养，蓄积着力量，繁衍着瓜瓞，书写着山水田园诗行。

　　依山傍水的美溪自然村，其名来历，已难考究。也许就像四十年前父母为我们这伙刚落地的孩子取名，看山取山，看花取花，如若还要取小名贱名，那就更是率性随意了，当时第一眼所见家禽家畜、田头作物、世间万象，皆可入名，不拘一格。

　　且不论美溪之称是否实至名归，但溪总是有的。名曰溪，其实到我所见，更确切地说，应是圳，是沟渠。沧海桑田，也难保百千年前，这里是浪逐浪的溪流，看现时沟渠两头郁郁葱葱的花草、芭蕉、果树，以及在上头飞舞的五彩蜂蝶，也许，还真是美不胜收呢！

　　我们美溪人谁也没有闲情逸致去争这些彩头，因为一桩相当严峻的事情摆在面前。到上世纪七十年代，也就是我刚落地不久，美溪由于自然造化加上潜在的地壳运动，地势低洼，耕田和生活用水均处水尾。据云，就是因为这样的自然条件，全队几乎没有富裕人家和高寿男人，国家干部和大学生就更不用说了。

听老人们说，以前曾有个地理先生来看过风水，看后连连摇头："这里坐西向东，位于山脚下，前面又有一条洪沟，坏就坏在这条洪沟，因为离住房太近，一切好运都被这条洪沟带走了。这里的人一来富不起，二来没有高寿的男人，三来达不到一百口人，也出不了大学生。但是有一条，要想打破这些常规，除非先达到一百口人，只有这样，才会往好的方向走。"

地理先生说得并不离谱。检验美溪的村史，一百三十年来，一直冲不破百人大关，好不容易到了九十九口，年前都还会作古一个，并且大部分都是五十开外的男人。一直到改革开放，全美溪都没有一个上花甲的男人，搞得外村的女人都不敢嫁过来，怕活守寡。

其实，据口口相传的资料，晚清时期，美溪一度曾有百人以上的记忆，只因地盘小，地方塞①，难以发展，就有十多户人相约迁移到二十里外的杨梅村。村民向以耕田为业，平时养些家禽家畜来弥补家常所需，谈不上过好生活，连读书人都很少。自光绪帝到民国，全村只有一个邑庠生，连监生都没几个。

整个民国，美溪有大小婆的仅一人而已。名曰为美溪的人口作贡献，其实是为了多生儿子，以为人多了声音就可以大一点，自然就让其他人家敬畏，好做人上人。这个名爱利爱的人，讨了两个老婆后，家中经常吵打杀，弄得人家看西洋景。他无法解决，只好向大老婆妥协，问要怎样你才不吵架。她说除非小婆不管家事，一切由我主张，对我的话不敢抗命，我就不与她生事。如此应承后，他与小婆每到农闲就做生意，三日二圩都在镇上，一个籴米，一个卖米粉，回家时天黑了，明天一大早又要去另一个镇圩籴米，和大老婆见个面都难，哪还会吵架？可烦心的事又来了，小老婆接连生了三四个儿子，可差不多个个都三岁左右夭折，就连抱给外乡人带的女儿到六岁时还是没保住。再后来，生怕了，也不会生了，就从外地买来一个儿子，归小老婆名下，可熬到十岁，还是呜呼哀哉向西去了。

的确奇怪！伯公庙前添了再多的香火，也无解。

---

① 塞：闭塞。

农业合作化时，队里有个男人，五十岁开始就担心自己是那一天的"客"了。他把想做的事情都做好，天天早出晚归。他说，就算要死了，也不能虚度光阴，多做一些事，死后也安心。一日接一日、一年连一年周而复始过去了，他还活得硬朗。晃到六十岁那年，他又信誓旦旦地说："火烧日历——冇日子，今年我肯定过不下去了，指不定睡目就壁直①哩，再醒不过来了。"他把所有该做的都做好，该说的都对老婆子女说了。

"呸、呸、呸，娘个乌鸦嘴、喷火筒，好好的咋说这些不吉利的话？曼人讲你过不了年，我看你能长命一百岁。"他老婆骂他，其实他老婆比他还闹，常背着他流眼泪，她更害怕他突然就离她而去。

"冇可能的事，地理先生都讲了，这里的男人都是短命相，都活不过六十岁，今年肯定轮到我了，阎王圈簿——准死，躲在尿缸角头也躲不过，跑到天涯海角也跑不掉。"

不到六十周岁的人，就是短命子，死后还不准进祠堂呢。过年前几天，这个两天前还好端端的男人真的成了一具僵尸，这下大家就更信地理先生的谶语了。

一年夏收时，五十五岁的龙马头，既不踏打谷机，又不挑禾尾，钻到女人堆里和女社员一起割禾。一个名叫香兰的女人晓得他的心思，故意对他说："你力气大，挑禾尾、踏打谷机这些辛苦活应该是男人的事，你却专拣轻颜水做，这是啥意思？"

"哦！为啥重担就非得男子人做？难怪我们美溪的男子人都活不到六十岁，原来就是你们妇人家作恶，让我们重活做多了。我可没那么贱，我今年五十五了，还有几年命长？你们女人命长，那才要多做一点，多挑一些重担。地理先生都说了，我们这里阴盛阳衰，是女人的天下。"

"难道你们男子人上了五十岁后，就开始等死了，就啥也不做了？"队长虎腔老婆赖福招没好气地问。

"那当然，要不是还要吃，我真个什么都不做。到五十九岁时，我就啥都不想，屋下有鸡宰鸡，有鸭杀鸭，有啥我就吃啥，吃光用光，死后骨头都比较黄，到了阎王那里也风光一些。"

---

① 壁直：僵硬，死亡。

龙马头真的活到了五十九岁。那年，他真的啥活都不想干，每次就算出了门也都懒洋洋的，家里有啥好吃的都想独吞，连尝都不让老婆子女尝。他说："细子有食在后头，你们吃的机会多的是，何必跟一个快死的人争？我说不定哪天就走了，何不让我多享受几天福？"更可笑的是，他连装死①的衣服鞋袜都准备好了，还把黑漆漆的棺木，从天花板移到楼下，害小孩每次去楼下都吓得心怦怦跳，几乎要窒息。

　　结果，等死的人盼到了天亮，一天又一天过去了，他还是安然无恙。到了年三十，他更是饕餮一番，全身也都穿戴得焕然一新，就准备去阎王殿做"新客"。那晚他连门都不出，大年初一也没去人家那拜年。他晓得自己若是也去拜年，肯定不受欢迎且惹人厌，要是人家一年不顺，自己死了还会被人唾骂，他可不想死后还留下骂名。

　　结果，他度过了一天又一天，全家人也跟着他担惊受怕了一天又一天。他从五十九岁那年，就过着自行车爬坡，推一步算一步的日子，咬口生姜喝口醋，尝尽了辛酸，总以为自家是落汤的王八，跑都跑不掉了。奇了，怪了，没死他心里又想不通。

　　"龙马头，咋，你不是说你活不到六十岁吗，怎么到今天你还这般光鲜，我以为两块钱香火钱必出了，这么说以后不能骂你短命相了？"一个叫凤腔的人开玩笑说。

　　"哦，你娘个狗屄个短命鬼，看我没死目热了？巴不得我早死，好让你多分一份粮？我告诉你，你过身了我还活着，两块钱香火钱看来是我给你了。"

　　龙马头和凤腔向来是狗相咬一般，只要碰在一起，总是骂来骂去，他们平日带笑骂的问候也较特殊："短命哥哩，最近死到哪里去了？"骂得再凶却不伤和气。

　　"你娘个短……哦不，狗屄个，你自家说活不到过年，今那正月都过了，你却还咁健②，老虎尾巴都拖得住。这一年到头来，你水也不做，冇油盐煮菜却不卖鸡鸭，宁愿杀光吃光，好了自家苦了老婆子女，鳞光极净③了又不走，害我省生省死省下两块香火钱，行衰运个！"

　　"哎，莫鬼喔了，你说从我开始，是不是我们这里就有长命的男子人了？

---

①　装死：装棺材。

②　咁健：身体健康，腿脚灵活。

③　鳞光极净：吃光用完。

会不会是牛岭拐他们一家转来了，打破了这个常规？以前可是从来都没有六十以上的男子人，也一直达不到一百人，现在一下子就达到一百零二个了，打破了美溪队的纪录。"

他们所说的牛岭拐，指的是发哥一家。发哥是我们祖父母用一亩六分地的麦子换来的，十七八岁时跟着打铁师傅去了邻乡牛岭，在那里结婚生子，1976年经我父亲努力，才得以迁回来认祖归宗。可能是发哥一家六口人的归来，打破了这里百年来不满百人的常规，后来大家都说得感谢我父亲和发哥一家。

上世纪八十年代初，美溪又来了一个地理先生，大家都叫他国来师父。他拿了罗盘东瞧瞧，西望望，一脸的严肃。父亲对地理也略知一二，和国来师父很谈得来，以他浅见，一切均有转变，但他在国来师父面前不显山露水，给足了他面子。

"国来师父，你看今后我们这里的运势怎么样？"父亲的语气既客气又尊重。

"嗯，我看大有转变，一切都会朝好的方面发展，百岁老人、富裕人家、大学生都会出现，且会越来越多。"

国来师父又仔细审视一遍山脉地形，沉吟片刻，迎着父亲的笑脸，接着娓娓讲述开来："如果不出意外，你们这里还会出一位了不起的人物，他以前受过大难，甚至有点缺陷，虽然以后这里会不断涌现大学生，但只有这位大难不死的人，最能为你们美溪队扬名立万。"

国来师父的预测令父亲高兴异常，不管是谁，只要能为美溪队争光，那他便是美溪队的功臣。

回到家里，父亲把国来师父的话当着大伯母和二伯父一家说了出来，发哥一家也在。宝哥和发哥常见的苦脸上洋溢着兴奋的神色，对父亲说："叔，这下不怕了，我们这里的风水好起来了，以后的日子也会越过越好，风水轮流转，这下终于转到我们这里了。"

母亲说："不知那位了不起的人会是曼人呢？怎么个了不起法，受过大难，该不会是……"

"这还用问，国来师父说的八成是咱家的子龙，他五六岁时掉下石桥，差点有命了，从此说话都有点结舌，十三岁又差点淹死，这些都对上了国来师父的话，我想准是他，准是祖上显灵了。"子云头脑灵活，马上想起了弟弟两次遭受的大难，快速对号入座。

所谓祖上显灵，是指晚清到民国，美溪出的唯一一名秀才，是我们的曾祖。据云，曾祖温文尔雅，乐善好施，被全村男女老幼尊称为先生，有的妇女还专门为他量身定做了一首山歌："割芒爱割大叶芒，连哥爱连读书郎。白衫白裤一着起，冇钱当过有钱郎。"芒草中，大叶芒因光滑柔软比较不会伤人肉，意指这个秀才为人和善，爱着只有读书人才能穿的白衫裤，胜过许多有钱人，今后就要嫁这样的男子。

父亲一向谦虚："以后的事不好说不好说，我们下屋宝贤的子瑞，前年被疯狗咬得还不厉害吗，听说他很会读书呢……"

"这算什么大难？细人子曼人不是跌到大的，被蛇咬被狗咬也是常事。老人家都说，'细鬼子跌到大，茄子掉①到大'，我家福福还常从楼梯上滚到楼梯下呢，说不定这位了不起的人还没有出世？"

宝哥这"四目狗子"根本就瞧不起子龙。后来子龙真的成为一位受到瞩目的文坛小将时，他还说："做梦都没想到子龙能考上大学，上报上电视做名人。"他曾打赌说，子龙要是考上大学，我就买块手表奖他。那时手表在农村还是稀罕品。后来他还是那句话，就是根本想不到子龙真能考上大学，当然手表是不会兑现的，否则他就不是铁公鸡、石屎胚了，也就冤枉被说成是"三日行程门扇背"②了。这就是一个堂哥的德行。

"连这个都不算大难，那什么才是大难呢？我也相信是子龙，我看他平时搞摊子时的样子，总像个将军，福福大贵他们都对他服天服地，几个丫头片子就更不用说了，这代人中绝对是他。"发哥也推断是子龙，他的高兴劲并不亚于子云。

子云那晚高兴得睡不着了，因为她当年的弃学，正是为了帮父母多挣几个工分，让哥哥弟弟安安心心上学，日后考上大学好光宗耀祖啊！为此，她连女人家一般不碰的牛活也硬是学会了，犁田、耙田已是像模像样。谁知哥哥子瑜烂泥糊唔上壁，三次高考落榜，令她大失所望，伤心加难过，一气之下，就再也不想学牛活了，反正他得回来"修地球"，就让他子承父业，去接父亲的

---

① 掉：挂。

② 三日行程门扇背：比喻说空话，没有行动。

班吧。

其实子瑜的成绩一向还是不错的，他不仅是美溪，也是全大队第一个考上县一中的，就因为骄傲，加上早恋，注定他一辈子都要面朝黄土背朝天，月亮还没休息，就要起床，日头落山了，还得在田里，命啊！

风水转变了，全美溪的男女老少都倍感开心，从今开始，不怕了，日子有盼头了，每天早出晚归也不觉得累了，一出门大家都满脸堆笑，鼓起劲儿相互招呼。

一个叫采福的中年男人，因地主成分，一直还是擀面杖抹油——光棍一条，想都不敢想讨老婆的事。在一次社员大会上，宝哥开起了他的玩笑："采福古，风水变了，你也爱抓紧讨老婆，请大家吃一餐，莫咁小气①。"

"我是想讨老婆，就是没有看得起我的妇人家，你咁关心，就帮我介绍一个。我也会包个大红包给你的，还会买一双解放鞋给你穿。"

"我给你介绍姓朱（猪）的要吗，要不姓牛的，姓羊的，这三个姓由你挑，你要是同意，马上带你去相亲，咋样？"

"娘个死荣宝，你以为我是贵子腔，让你们捉弄？你要你去，我冇老婆讨就算了，做个快乐的单身汉。"

"还快乐呢？日子头做水还好说，晚上睡目就辛苦了，'老弟'要是发起火来，比揩担②还辛苦。只要有妇人家愿跟你，二手货三手货也好，反正零件不少，一般般用，总比撑烂绵丝强。割了输卵管的，花些钱驳转回去也还能生育，不然你就是耕地不撒种，来这世上白走一趟了。"宝哥开起玩笑来如阴沟里的死水，臭不可闻。

"哈，哈，哈……"大家听了，不由得都大笑起来，笑得个个东倒西歪。美溪的大人们就是这样，两句不离酸夹话。

"通通都是酸夹货，讲来讲去也不觉得累，看看这里有细赖子、细妹子，注意点影响好不好？莫讲起酸夹话来就精神倍增，面皮八尺厚。"有个叫秀英的大婶说。

"讲酸话，一不得罪人，二又逗得大家笑开心，笑一笑十年少嘛。"

---

① 莫咁小气：别那么小气。
② 揩担：挑担。

"讲酸话也爱有分寸，儿童不宜嘛，有细人子时咋样说都行。"

"莫再讲了，天光朝晨还要加班割禾，大家早点回去休息。莫酸话讲多了，回去睡不着，天光朝晨爬不起，影响做水。"

队长虎腔发话了，大家尽管意犹未尽，也只好三三两两回家。

分田到户后，美溪队财丁两旺，各家各户自家当家做主。队长虎腔的喇叭筒用不着了，束之高阁，他儿子就等着哪一天货郎来时，用来交换糯米糖吃。

美溪从九十来口人到百二十人，仅仅十年时间，已够快了。不少人家里有了存款，邻里之间的关系也好了起来。紧工时，大家帮种帮收，闲工时，三两成群坐在一起打打牌，拉拉家常，开开玩笑。

1985 年，美溪的第一个大学生出现了，大名开锦。他家住在山脚下，离我家只二三十步远，房前正是那条曾经一度抢了好运的洪沟。他考到上海什么大学去了，毕业后留在大城市，先是搞外贸，后来转岗到了政府机关。无论他做什么，总之是我们美溪的第一个大学生，是第一个让全美溪欢呼雀跃的人。

一接到录取通知书，他的父母兄弟姐妹都高兴得像是捡了块金砖，不，比捡到金砖还高兴！拿农村人的话说，比喝了三两油还乐。大家一见到他父母便说："子瑞考上了大学，你们屙尿都会对壁笑了，到时爱请我食酒呀！"

开学前，他们把所有的亲戚朋友和全美溪的老人都请来喝酒。开锦父亲明贵是水泥厂工人，是吃国家粮的，子瑞又是美溪队的第一个大学生，能不热闹热闹乎？

只要头带得好，好事自然接连来。三十年河东，三十年河西，我们位于美溪的西片，当然一切都要在三十年河西时才会鸡鸭成群，财丁兴旺啊。

继春明考上大学后，子龙成了全村第三位"天之骄子"。再后来，就有更多的后辈考上大学了。光我们姐弟的孩子中，就出了三个大学生，到现在全美溪已有上十个了。

当年国来师父的话果然靠谱，母亲一直不太相信真会这么灵验，这么有先见之明。就现在而言，村里人异口同声都说，那个有作为的人物，非子龙莫属。因家庭困难，子龙十四岁便开始卖文谋生，大学毕业至今已有上千万字的作品在海内外问世，作品还曾在电视台新闻联播上亮过相，根据他作品改编的电视连续剧也上了中央台。成功给家人带来了喜悦，带来了幸福，全美溪的人都说他是美溪的骄傲和光荣，还语带羡慕地奉承起子龙父母来，"泥蛇一箩担都冇用，青竹蛇一条就够"①。但子龙却说，自己只是一棵小草，沾着家乡的地气一路绿到城市而已。

父母都说，子龙能有今天，是上代祖先的保佑，是祖祖辈辈善良本分的一种回报。上辈人一直以"贫贱不能移，富贵不能淫，威武不能屈"为信条，追求做人的人格和境界，告诉人们一个无论怎样改朝换代都不变的道理：人不怕穷，"穷则独善其身，达则兼济天下"，失意时不要灰心，得意时不可忘形，做人重在骨气，有骨气的人才能顶天立地。

在子云记忆中，子龙从小能吃苦，有恒心和毅力，建新房时，姐弟俩一起挑石头，肩膀都快出血了，他却还在给自己"加码"，哪怕是每只畚箕里再放进一个拳头般大的石头。做姐姐的都顶不住了，十二三岁的他却还是咬着牙坚持到最后。子龙考上武平一中后，给辍学在家种田的子云说："我一定要发奋努力，争取考上大学，为全家人争光。"子云每次回信，总要送去诸如"鸟贵有翼，人贵有志""志不立天下无可成之事""人唯患无志，有志无有不成之事""有志不在年少，无志空活百岁"等一连串的勉励和祝愿。子龙正是有志，所谓"少年负壮志，奋起当有时""大鹏一日同风起，扶摇直上九万里"。

父亲说："好运，好风水，其实也是共产党带给我们的，没有党的政策好，又岂有百姓的好日子？"

说来也是，过去，耕作了田地要缴税，如今不但不用缴税，还年年发给补贴；过去养点鸡鸭什么的，要割资本主义的尾巴，如今上头鼓励大家大量养殖，连母猪都入了保险。家家户户积谷满仓，鸡鸭成群，充满了欢声笑语。

虽说"人上一百，七古八搭"②，但美溪人有个近乎相同的认识，箪食壶浆祭祖时总不忘感恩和许愿：托共产党和人民政府的福，愿美溪的好风水世代不变，好运永远伴随大家！

---

① 泥蛇一箩担都冇用，青竹蛇一条就够：意为孩子不在多，有一个出类拔萃就行。

② 人上一百，七古八搭：比喻事物纷繁复杂，千奇百怪。

光棍司令有富古

在我们村，有富古的大名可能默默无闻，但若叫尿桶古，则妇孺皆知。不知是他母亲肚痛时直接把蛋下在了尿桶里，还是他父母为求好带给取了贱名，反正"尿桶古"的绰号跟随他至今，以致身份证上的名字在公共生活中使用频率太低，几无用处，可以完全取消。

有富与我同龄，又一同上过小学，不知是个人卫生原因，还是皮肤土壤适宜小疾小病的生存，反正他差不多每年不是发①烂疤②，就是发猪头皮③，有次竟还像女孩那般发虱麻④。五年级时，因为老师在课堂上把他沾了鼻涕和地瓜皮的作业簿拿来示众，还奚落他那一手"书法"是鸡嫲带鸡子⑤，气得正发热痱子的有富半颊红半颊青，一怒之下，第二天就拒绝再进学堂门，一晃至今不觉四十有一了。按理到这种年龄该早就床上有妻膝下有子了，人家都是大门上贴门神——成双，命好的都快做公呆了，可他仍是挦子冇毛，光棍一条。是男人都晓得，冇老婆的日子，简直就是在暗室里穿针，难过！

人家笑他："尿桶古，抓紧讨老婆啊，不然你'小老弟'都有意见了，发起火来你床板都会捅个窟窿，腔硬冇药医，撑烂绵丝被。"

"讨老婆有什么好，看你们被管得冇一点自由，我多自在，想干吗就干

---

① 发：读古音 pot。

② 烂疤：皮肤溃疡。

③ 猪头皮：腮腺炎。

④ 发虱麻：因不洁而在头发寄生的一种吸血小虫。

⑤ 鸡嫲带鸡子：比喻写字不工整，有大有小。

吗。"谁不晓得他说的话好比代别人写情书，不是心里话，除非他是个不正常的男人，是个半嫲古①。

"什么时候都好说，就是那'小老弟'发火时不好受，恨不得把母鸡抓一只过来玩。"那叫观音妹的老兄继续取笑他。

"你咁色②，我可不比你。"有富古嘴上说得轻松，心里却慌得不行，胯下那"小老弟"被观音妹笑得真发起了火。

且不说衣服冇人洗，田地里冇人帮，父母健在时还好说，可父母保不了你一世，迟早会撇你而去的，冇老婆那还算个家吗？晚上睡觉再怎么冇想法，也只能搂枕头，那个苦呀，真好比黄连树上结苦瓜，苦中生苦。虽说如今开放，"鸡店"随处可见，但有那么方便吗？当你骑上摩托赶过去时，就算"小老弟"不牵拉，说不定"鸡店"也关门了。再说要是遇着下大雨呢？所以说，你就是身上有两个芝皮癣，也不是想花就能花出去的。还是有老婆好啊，如果你是男人，就请珍惜你生命中的那一半。

其实，不是有富古不想讨老婆，也不是他生理有何不正常。婚姻这种事，是可遇不可求的，又不是装豆腐，你想吃就买。在他二十出头时，也有不少媒婆煞费苦心，想从他身上得到些走脚板的钱。他也陆续相了几个，花了些银子，但相处一段时间后，鬼晓得又像风口上的鸡毛，吹了。后来，好不容易和一个姑娘定了亲，彩礼也送了。

按我们这里的风俗，男女两方见了几次面，觉得可以相处了，就可以"大定"下来。第一次见面，男方得买些水果、酒肉、香烟，还得包个小红包给姑娘，称为"小定"。女方若满意，就会收下，反之就一切免谈，你只好高兴而去，败兴而回。在小定的基础上再迈进一步，即为大定。这天，男方的行聘彩礼，再差也得办齐满满几担篮子，什么粉丝、粉干、面、猪肉、牛肉、鸡公、饼干、鸡鸭蛋、肉圆，应有尽有，还得准备不少的大小红包。小红包是给女方其他亲人的，大红包则是给女方父母的平均银③。男孩子讨老婆有时也真麻烦，花一大笔钱不说，还搞得头昏脑涨、心力交瘁。可以前那些前辈，听说生了个带把的，笑得嘴都合不拢，屙屎对壁笑，鞭炮都买大点；若生了个丫头，别说

---

① 半嫲古：阴阳人。

② 咁色：那么好色。

③ 平均银：又称奶补钱。

鞭炮，连抓在手里的鸡也会放飞，灶火也会泼灭，真他妈作践女孩！

村里有位女人，出嫁后别说买补品给父亲吃，经常连一个鸡蛋也舍不得，原因就是当时父亲太不把她当回事了。我们曾劝她，她道声"对不起，让你们笑话了"之后，又愤愤说了下去："说实话，当初我为屋下挣工分，帮父母分担子，让弟弟读好书，不知受了多少苦，可再大的功劳，到出嫁时也得不到一份像样的嫁妆，做女人确实亏！"

容不得我们不为农村女性打抱不平。

抱不平的话暂且少说，却说有富古和那家姑娘"大定"后，算是定下了心。当时他在煤矿干活，并且还有一点点股份，经济上不会太紧巴。他哥哥已分家，姐姐也出嫁了，父母就跟他这个麦尾拐一起生活。

因为手中有两个钱，有富古也经常目中无人。他去女方家时，从不空手，到家后却随手把苹果之类的东西一放，也不告诉人家。等人家发现时，这些东西往往就可惜了，怪他们没口福。

一次，准丈母娘找谷箩装谷子，发现谷箩里有一袋香蕉，还有一吊猪肉，该是有富古前天来时买的，还没变质，就把肉煮了吃。她很不满意地对老公和女儿说："娘个冇用个大细①，买了东西来，病嘴也会用手比划东西放哪了，他鼻哭哭人，以为我们真在乎这些。一次又一次原谅了他，可他还是这样，真不晓得他爷嬡②是样般③教育个，也不知他样般想个？"

做老丈人的，抽了人家送上的好烟，喝着人家带来的好酒，则颇有良心地帮着准婿郎说话："刚认识不久，可能还唔好哇事，看他也是个老实人，手脚大方，每回来都唔会空手。哪像大婿郎，开始时有几两酒和几两肥猪肉，芝毛小气④，到后来还要我们倒贴酒菜。"

"老鬼，有几两尿脚喝，就东南西北都搞唔分相了，迟早你会死在尿脚下。"

"姨娅，晓得他这种鬼性格，下次来自家注意一点就是了，到处找找或直接问他。"有富古的对象也劝母亲不要生气。

"鬼妹子，你爷瑞喝了尿脚大脑唔正常，你也犯糊涂，你好意思问他有没有带东西来？"

---

① 娘个冇用个大细：这个没用的小子。

② 爷嬡：父母。

③ 样般：怎么样。

④ 芝毛小气：小里小气。

"这有什么唔好哇事的，花了钱又没吃到，多可惜！"

"你面皮有咁厚你就问。"

一天，天冷得出奇，有富古不用去煤窑上班，就又买了好酒好烟去姑娘家。恰巧姑娘父母去大女儿家了，就她一人在家。一对恋人窝在房间里，碌碌缩缩①说了几句，都是姑娘问一句，他就答一句，有时还答非所问。姑娘暗自偷笑，笑他怕自己怕到这种程度。

"有富，咁冷就到床上来取取暖吧，我爷嫒唔在家，夜晡都唔会回来。"怀春的少女主动发出邀请，并挪了挪屁股，在身旁让出个位置来。

对姑娘的暗示，有富古非但没有顺时就势，反而倒退两步，就像老鼠见了猫："不，不，我不冷，我就坐这边。"他拍了拍一个装满衣服的烂柜子，其实那时他都有点发抖了，也不知是冻的还是吓的。

"还说不冷，看你嘴唇都乌了，快到床上取暖，莫感冒了。我又不是老虎，吃不了你。"

姑娘边说边下床来牵他，可他却躲瘟神似的，连忙挣开她的酥手，推开房门，什么话也不说，头也不回地骑车走了。姑娘愣愣地站在那，好久都回不过神来。

父母回来后，姑娘第一句话就说要退婚。她父亲立马制止："退婚？篮子都挑了②，红包饼蛋也都发了，还讲退婚？你不怕人笑，我都唔好哇事，这婚绝对不能退。"这就是好烟好酒起到的效果。

"娘个老鬼，几两尿脚就收买了你，女儿的幸福都不顾了，有女儿还愁冇婿郎，还愁冇尿脚喝？"姑娘母亲骂完老公，又回头对女儿说，"我支持你退婚，我看他奶冇食足③，人事唔醒④，吃冇吃相，坐冇坐相，冇一点灵活、乖巧，以后结了婚还会被他气死，趁现在生米还没煮成熟饭，来得及。"

姑娘次日便来到媒人家，开门见山地说要退婚。

"好端端的干吗要退婚？"媒人是姑娘的表姨，叫菊招。

姑娘一五一十告诉了原因，连同那天的事也一古脑儿地道了个白。

---

① 碌碌缩缩：局促貌。

② 篮子都挑了：意思彩礼都挑来了。

③ 奶冇食足：奶读 nèn 音，意指小时没吃够奶而呆头呆脑。

④ 唔醒：意即头脑不清楚。

"这尿桶古，真是死田螺——毋晓过丘①，小时候捣蛋得很，长大了却变得这么笨。"菊招出嫁前和有富古上下坎，当然了解有富古。

"姨，你再辛苦一趟，告诉他，就说我们性格合不来，迟退不如早退，叫他抽空来讲分相，是我提出来的，一切我都会退还他。"农村风俗，如果男方退婚，所送彩礼一概不退，女方要退，则一分一厘都要清退。

"妹呀妹，还是莫退的好，他家前几天还要我跟你家说说，约个日子去'看人家'，到了下半年就结婚，房间都刷白了，家具也买齐了。还是不要退的好，莫去害人，再讲名声也不好。"

菊招所说"看人家"，是农村婚娶的一种形式，就是女方家叫上一两桌比较亲的人，去男方家看看，男方家则花上几百元办得排排场场，每一样还得双碗，每个人还要发红包。搞得来人满心欢喜，肚子里装饱了好料好货，口袋里装满了花生糖果，除了红包，男方还有一包等路，最赚的就是这种不花钱的做客，越多越好。

话说回来，那姑娘听了表姨的劝告，一点都不回心转意："我就是唔想害他才提出分手的，要是结了婚再离那可就真害他了，谈了再退的又不是我一个，多的是。跟这种碌碌缩缩的人一起过日子，肯定有苦受。像他这种番薯头②，世上难寻第二个，莫讲他冇百万，就是有百万我都看不起，我下决心退，你别再劝我了。"

说实话，遇着灵活一点、调皮一点的男孩，哪有谈了半年，姑娘还像石灰窑里走一趟，一身洁白的？篮子挑了，彩礼送了，那就是你的人了，你想怎么样就怎么样。人家男孩，挑篮子定亲那天晚上就赖在女方家不回了，可这有富古真不知是怎么想的。别说亲嘴、摸奶菇，更别说和姑娘做那最下流的坏事，连手都没碰一下，你说亏不亏？说不定连发梦湿了裤子也不敢碰她一下呢，真不是男人。

媒人把话带到，有富古的父母、兄嫂说尽了好话，他也道了歉，但水淹田园再筑坝——晚了，姑娘不听这些好话了，她是吃了秤砣铁了心，没商量的余地了。

---

① 死田螺——毋晓过丘：借呆板的田螺喻人，指做人做事死板，不知变通。

② 番薯头：笨蛋。

有富遭退婚的事一下子传遍了，挑了篮子又退婚，大家闲着没事时总爱拿这个话题来猜测，会是什么原因呢？大家猜来猜去，还是丈二金刚摸不着头脑。有个叫观音妹的年轻人好奇心强，直接问他："有富古，都快结婚了，干吗又要退，是不是人家妹子看不起你？"

"人事唔醒，哪是人家看不起我，是我看她发赤目①，她太胖，又矮，脾气也坏，我又不是有钱，又不缺手缺脚，还愁讨不到暖被窝的。"

有富这家伙，自家都没三堆牛屎高，还嫌别人矮，明明是自己被人休了，还说大话，真是擦粉上吊，死要面子活受罪。

一位后生说："就是，讨老婆一生世人才一次的大事，要找就找个靓点的，脾气更要好。你如今也有钱了，好歹也是个小老板，以后主动送上门的妹子都有，随便都要比原来的漂亮，到时气死她！"他说好话奉承他，是想去他煤窑买煤时省点钱。

也有人语带嘲讽地说："哪种菩萨烧哪种香，有富古自家都唔像样，还能嫌人家，真个自说冇嫌、卖花说花香②。莫挑挑拣拣到最后却拣到一个烂冬瓜。相貌有什么要紧，不缺鼻子不缺耳朵，也不缺胳臂短腿的，会吃会做，能传宗接代就行。又冇皇帝命，不然可以三挑四拣。还是实际一点好啊，就是找了个靓妹子，以后被比你有能耐的人勾了去，你还会被气死，丑妻家中宝啊！"

有个叫贤古的男人则直截了当地取笑："我听说是女方提出退婚的，莫紧自家不是男人，见了妹子就像老鼠见了猫，冇胆碰她，人家以为你东西冇用，所以要和你退婚。"

"我东西冇用，那你老婆晚上借我用用，也省得你咁辛苦，我也不要辛苦费，只试试东西有冇用。"人家情场失意心情不好，还遭人开这种玩笑，兔子急了也会咬人的。

贤古叫有富给噎得没个说的了，见众人哈哈爆笑，知道自己吃了大亏，火爆爆地说："娘个尿桶古，细短命子，自家冇本事拐妹子，想人家的老婆睡，想了都会头痛死。莫以为有两个芝皮癞就咁足相③、腚告锤子④般，莫讲冇百万，即使有百万也是说败就败，像你这种才冇才、貌冇貌的家伙，就爱保佑

---

① 发赤目：患角膜炎。发，读 pot。
② 自说冇嫌、卖花说花香：意即自夸。
③ 有两个芝皮癞就咁足相：有两个钱就很傲气。
④ 腚告锤子：意指傲慢，看不起人。

你一生世人打光棍，绝人亚种①。"

有富愣是愣点儿，可跟人犟嘴老也不输，他忽闪忽闪翻眼皮，以牙还牙："贤古，你也莫以为比我高贵，你有才？有貌？比我能好到哪里去，不就讨到了个老婆，先搞出了两条辣毛虫来，莫看衰人！上岩那家人的故事你又不是不晓得，莫到时你也冇人送终。"

邻村上岩有对妯娌，平时很冤，嫂子生有四子，老弟生娓②生有三女。发生口角时，做嫂子的一句"孤老嫲"便骂得弟妹泪流成河，心酸难耐，那时家里没个带把的，常被人欺负得抬不头来，说话都不敢大声。

做嫂子的三个儿子都在煤矿干活，而且在同一个煤窑，因为窑大，他们又都很勤劳，一月下来也有两三千元的工钱，所以生活过得很滋润。一天下班后，老三因为尿急，就走进盲巷小便。那盲巷外挂有禁止入内的牌牌。所谓盲巷，就是已经封了、无人采煤的空巷。老三以为屙尿只一下子工夫，没问题。十多分钟后，老二见小弟还没出来，进去一看，发现老三扑倒在地。他救弟心切，忘了自救方法，结果也窒息倒地。大哥见两个弟弟都没出来，情知不妙，焦急万分地跑进去看。说来也是命中该衰，作为师傅的他，情急中只想救人，竟也忘了脱下上衣浸湿，然后捂住口鼻，用这个最简便的土办法自救，最终救人不成，反而搭上自己一条命。

听到噩耗，做母亲的马上昏死过去，一夜之间，头发全白。面对厅堂里停放的三口棺材，她哭都哭不出来，真是"有时③不要神明保，冇时神明保不了"。

遇到这种事，谁都承受不住。她虽有四个儿子，但活着的那位几乎是个多余的，自小发神经④，讲话都讲唔分相，三十好几的人，还是个自摸的主儿，真是好碗打掉歪碗在，命苦不能怨政府。

这个做母亲的，因为生了四个儿子，所以一直称命好，在左邻右舍间比较霸道，说话总是让人听着不舒服。大家当面不好说，私底下却总在议论："好在他儿子是个打炭客，要是当个县长什么的，大家都会被塞进袜筒里、踩在脚底下。"这下，她三个儿子一天之间都去西天取经了，别人不同情，连平时被

---

① 绝人亚种：绝种。

② 老弟生娓：弟妹。

③ 有时：这里指有运气。

④ 发神经：神经不正常。

她作弄的弟妹都在偷笑，她被恶嫂"孤老""孤老"的骂怕了，现在总算可以把积郁多年的浊气给出出了："九子十三孙，临死打单身，有几个儿子就得意洋洋，巴掌心子唔原照光，命苦命好进了棺材才能说定，以后看还刁得来吗？"

贤古说话一向刻薄，这下也算是自取其辱。在有富古情场失意时，他还吊目光地取笑人家，又出言不逊诬蔑人家"东西"不行，并诅咒人家一辈子打光棍，断子绝孙，死后连个挂墓头的人都没有。有富古就算再老实，也会将话驳话，以牙还牙的，就算骂不倒人家，最起码没在口头上输给对方。他还毫不客气地骂对方绝家头、乌龟头，咒他不是被车撞死就是得暴病死，他的儿女不会生育，到时也没个挂墓头的后代。

"娘个光毛绝代个尿桶古，骂我就骂我，凭么事骂我老婆和细人子？还骂我乌龟头，我老婆搭上了哪个男人了？你给我指出来，以后你真有老婆，你才会是个做乌龟头的料！"贤古气恨恨，眼露寒光地走近富古。

男人们最忌讳有人骂他乌龟头，只要骂了这三个字，他就是没了脑袋，只要脖子还有，也会跟你拼命的。他们两人都口吐脏话，战争岂能不爆发？两人骂着骂着便掳手捋脚开战了，还专往对方胯下踢。谁都知道，那是男人致命之处。很多夫妻相打时，女人也会去抓男人的下身，一旦命中，男人就双眼翻白，这还是手下留了情。

可他们打起来就不同了。贤古认为，自己已有一儿一女两条辣毛虫，就是死了也有后代祭挂，族谱上还有一角属于他的。而有富古却认为，反正自家是个不完整的半个人，无牵无挂，能够与他同归于尽，也算赚大了。两人一边骂，一边打，心里还一直打着算盘，真是宝玉湘云哭贾母，各有各的泪。

观音妹见两人打得不可开交，怕出人命，慌忙制止："莫打了，莫打了，都是自家人，打伤曼人都不是好事，都是开玩笑的鬼话，冇必要当真。"

但他们已不再听人劝了，谁怕谁呀，他们互不相让，打得昏天黑地，很快两人都挂了彩，见了红。

观音妹见劝阻不成，忙撒开两腿，飞快地跑到贤古家，连比带划对贤古老婆芳芳说："快快去禾坪里……"话没说完，又飞快地跑到有富哥哥家，要他们快去救人。

正当两人打得筋疲力尽、快撑不住时，贤古的老婆芳芳和有富的兄嫂来了，看到他们一脸鲜血，衣裤被撕个破烂，两边的家人都像枪头上的麻雀，吓破了胆。

"两个神经病，吃饱了撑的，是不是武打片看多了，也想上电影了，有力冇地方消，就去上山砍柴，在这打生打死好看相吗？！"芳芳开口大骂。

"曼人叫他笑我东西冇用，骂我断子绝孙，我将话驳话，要他老婆借我试试，难道错了？"

"娘个细短命子，还说，老婆有借的吗？如果你行狗屎运讨到了老婆，难道你可以借给各类人睡，那你肚子里真能撑船了。我只骂了你一个，你却骂了我子女和老婆，骂我乌龟头，现在我老婆在这里，你问她有没有搭过男人？"

"你好哇事说只骂了我一个？你更狠，连我未见面的老婆和未出世的儿女都骂了！"有富也不是盏省油的灯，他这一句话一出，让在场的人哭笑不得。

芳芳一脸愠色手指有富："尿桶古，话不能乱讲，饭不能乱吃，我嫁给他后，安分守己，没做过丢人的事，你凭什么骂他乌龟头？"

"好了，好了，相骂冇好言，相打冇好拳，一个巴掌拍唔响。爱相打相骂，两个都有错，都是自家人，打生打死都唔值得，让人笑话，到此为止吧，又不是杀父之仇，不共戴天，都回家洗干净把衣服换了，看成什么样子了！"

有富古的嫂子美华读过几年书，说起话来让人无法反驳，她连劝带骂，中止了这场大有置生死于度外的搏斗。两头公鸡也斗得筋疲力尽了，就坡下驴，头也不回地回了家，换下衣裤，擦洗伤口。两人都是能拖住老虎尾巴的年龄，功力不相上下，只打了个两败俱伤，各人负责各人的药费。自此结怨，怎么也入告唔到①，见了面就像见到了鬼。

此后，有富古连着相过几次亲。有一次，总算有女方到他家回访，却被他的怪招给吓缩了回去。那次，有富古不知是炫耀还是想别出心裁，竟在床上铺满了百元大钞，还说："这个年头，我就唔信有钱娶唔到老婆。"女方见他说得一点不像是开玩笑，饭也不吃，掉头就走。

或许是姻缘未到，十年来，不管有富古花费多少，相亲的成功率还是等于零，晚上睡觉还得抱着枕头湿裤子，真是霸王别姬无奈何。

蛇有蛇路，拐有拐路②。一天下班时，有富出了煤窑门就拐进一侧哗哗哗

---

①　入告唔到：意即合不来。

②　蛇有蛇路，拐有拐路：比喻各有不同的生活道路。

地尿，尿得很急，硬是把一块干干的地皮冲出个说小不小说方不方说圆不圆的坑儿。拉裤链时，那东西还硬着，只觉眼前的那个坑儿越看越像个啥。好半晌，他失魂地愣在那。

"犯骚了？走，跟我一起去洗个头，享受享受。"不知何时，耳旁响起嬉笑声，肩上落下使劲的一拍。

见是矿友德贵，有富古知道对方好嫖，乃断然拒绝："唔去唔去，自家都会洗，何必花那个冤枉钱，还不如称一斤番豆，打几两酒，更划算。"

"酒，酒，酒，你就晓得食酒，找个时间到我家，我让你食个够，由你食糯米酒还是高粱酒，食死你都有。赚了钱为了什么，还不是为了活得开心，活得潇洒？洗洗头又怎么了，又不是一定要去搞妹子，你去了就知道什么叫享受。"

在左劝右劝中，有富古的防线终于没能守住，心想享受享受也对，人活一世，就是得活得开心，人活着不容易，干吗要跟开心讲条件？

"这位老板，是头一回来我们店洗头吧？"一位二十出头的发廊妹细声细语地问，吹出的口气如一股柔柔的清风，拂得有富古脸上痒痒的，一双柔软的小手轻轻地在他头上挠来挠去，挠得他心也痒痒的。

"我今天还是被强迫来的。"为了证明自己的清白，他说了违心话。

"那是你不晓得这里的服务好，我们这里是一条龙服务，包你满意。"发廊妹话里有话。

他虽早已听过一条龙服务，但还不晓得是啥意思，以前下了班，不是回家帮父母干活，就是与人喝酒赌博，从没有想过要去哪家店洗头。

头洗好后，发廊妹把他带进了里间。德贵和几个男人正在那里接受发廊妹的按摩。有富古是头一回来的嫩脚，初见这种场面，不由得脸红心跳。只见发廊妹柔软的小手在脱光外衣、只穿条裤衩的男人身上按来摸去，男人那雄性的象征，像雨后的春笋，一下子破土而出，几乎要捅破裤衩。

有富古正值走起路来衫尾都能打死狗的年龄，虽然尽量忍着，但这又岂能瞒得住发廊妹的"法眼"。还没等按摩程序完成，发廊妹就又把他带进了第三间。这一夜，有富古破了处男之身，尝到了那令人销魂蚀骨的男女之欢，只花了三十元，值。

"怎么样，那里的发廊妹服务态度好吗，过瘾吗，夜晡还去吗？我劝你再有力气也要怜香惜玉啊，牛牯般雄，自家也要省着点，莫到时讨到了老婆，你自家又饲料不足，真个绝后了。"德贵满脸鬼笑。

"都是你这坏家伙叫我去，不然我是不会去这种地方的，你害了我。"

"你自家意志不坚定，关我屁事，我邀你去洗头，又不是叫你去搞妹子。你这人也太冇良心，尝到了人生中最大的快乐，不多谢反而来怨我，真是好心当着了驴肝肺，难怪老古记说杀人冇罪、救人冇恩，这话一点不假。"德贵装着生气状。

"好了，我跟你开玩笑的，给你麦芒岜当针（真），你也冇一点肚量，等下洗了澡，我们一起去吧，最好晚一点去，省得让人撞见。"

有富古尝到了鲜，从此一发不可收拾，起先夜夜做新郎，慢慢地就隔三差五去了。

其实，有富古还不晓得自家被人卖了，还帮人数钱。这个德贵是他的冤家贤古的死党。贤古和有富古相打后，结下了仇怨，虽说两人还是不出五服的兄弟，但有好事歪事，两人都袖手旁观。在一次酒桌上，贤古和德贵说起自己和有富古的结怨经过和一向来的冷眼相向，德贵拍着胸脯说："我帮你想个主意让你出口气！"

"啥主意？"贤古晓得这人一向鬼主意多，就像木匠的锯子，尖点子多。

"我帮你出了主意整他，你给我什么好处？"

"请你经常来我家食酒。"

"你也太芝毛小气了，二两尿脚就打发了我，这不行，得给我二百块钱。"

"出一个主意就得给你二百块钱，还得经常请你食酒，你这个鬼点子也太值钱了吧？"贤古骂起这个酒肉朋友来。

"说实话，你是我朋友，我才要了你二百块钱，要想想，我这也太冒险了。你们毕竟是还没出五服的兄弟，到时你们和好了，你告诉他我出了主意整他，那我算什么？还不被他骂死？要是各类人，五百块我都不给他出主意。"

真是"有钱三伯公，冇钱三斤狗"①！贤古想了又想，终于一咬牙，道："行行行，二百就二百，快告诉我，是什么鬼点子，可行不可行？"

"不信我了是不是，我出的主意哪有不行的？包你出恶气，还让他一生世人睡冷被窝，让他断子绝孙，死后无人送终。"

德贵说出鬼点子后，贤古听了拍手叫好，两人连碰了几个响杯。一个阴

_____

① 有钱三伯公，冇钱三斤狗：指势利之徒。

谋就这样形成了，二两尿脚和二百块钱就能收买人心，出卖良心，是一个多么可悲的事啊！

学坏三日，学好三年。有富古被拉下水后，就像中了魔一样，常常发魂①，常常往那里跑。发风落雨②去不得，晚上睡觉发梦也在坐飞机——想入非非（飞飞）。

那间发廊叫愉春发廊，一看门牌就让男人心神不定、血脉偾张。到了里头，一条龙的服务更是让他们流连忘返，欲死欲仙，心甘情愿地把辛辛苦苦赚来的血汗钱铺在发廊妹的肚皮上。

更可恶的是，有些男人家里需要钱用时，他们总是花言巧语，不是说借给人家了，就说工钱要推后发，实在没办法再骗下去时，就干脆说赌博输了，搞得老婆自家田地里做完了，还得去做小工，帮人挑水泥，以贴补家用。久而久之，一个三十未到的女人未老先衰，一脸黑斑。老公看一眼都鏖糟，哪还有兴趣与她亲热，共浴爱河？再说人家本来就吃多了萝卜想吃青菜，换换口味了，所谓"熟练犁耙生当腔"。

很多发廊的常客，没钱回家，却把性病带回了家，传给了老婆和家人。女人脸皮薄，不敢跟花心丈夫去诊所打针，经不起男人打骂，也只得厚着脸皮一回回往医院走，气得心里直骂："娘个打靶鬼，自家花心快活了，倒害得我打针吃药。"

一晚，贤古的老婆芳芳对老公说："以后少跟德贵接近，他经常去发廊找货嫲，发货③后把病都传给了他老婆，听她说他那家伙都出脓了，打针吃药，稍好一些又不怕死。他老婆最近跟他吵离婚呢！他三天两头来我们家，我真是太讨厌他了，特别是那双色迷迷的眼神，看得我心头发慌。"

贤古听说他得了性病还敢来自己家里，并且还用那一双狗眼看自己的老婆，气就不打一处来，这种朋友，不交也罢，所谓朋友妻不可欺，可是像他这种酒鬼加色鬼，是没有道德观念的，万一以后发生了什么事，那就是贼去关门——迟了！

"以后他再来，你就说我不在家，慢慢就和他疏远了。"

---

①　发魂：因想异性而发痴。发，读 pot。

②　发风落雨：刮风下雨。

③　发货：染上性病。发，读 pot。

"也只好这样了，是不能再理他了，得尽量找借口让他知趣而退。"

一天，德贵听说贤古不在家，乐得心花怒放，那瞪得大目田鸡一样的色眼，专往芳芳那高挺丰满的胸脯上沾，气得芳芳真想拿扫把赶他。晚上跟老公一说，气得贤古真想跑到他家，挖下他一双狗眼：这色鬼，主意打到我老婆身上了，这还了得，再不跟他断绝关系，真会出问题了。

"贤古，很久都没请我食酒了，哪天请我去？"几天后见面，德贵开门见山就说。

"短命哥哩，你又不是讨食叫花，凭什么要常常赖上我请食酒，少你欠你了？这段时间我都冇空，你不用再去我家，有空我自会请你入饭店。"

一心想着抽功道劳①的德贵，知道贤古在有意推托，嚷道："你这冇良心的家伙，过河拆桥，我做了歪人，帮你出了气，害得有富古成了鸦片鬼②，冇掌③哩，找不着老婆，要光毛绝代了，你却连酒都不再请我喝。"

"好笑，是你自家咁好事，我又没逼你去害人，再说我常请你食酒，还花了二百块钱。你长到今天，何时做过'三个毫子掇来，两个毫子卖'的亏本生意？二百块钱，连没开封的妹子都搞得到，你还想咋样？"贤古一心要和他断绝关系，所以说话不留情面，只想来个快刀斩乱麻，干脆利落，从此，鸭子落水，各奔前程。

冇食笑咩咩，冇食打冤家。德贵当初是跪着养猪，看钱分上，还经常有酒喝，自家只好像老鼠替猫刮胡子，死巴结。可现在好了，得罪人的生意做了，如今他两公婆见了自己却像老鼠见着猫，躲之唯恐不及。当初求自己时，嘴皮子就像抹了白糖——说得甜，没承想他是马褂上穿背心——隔（格）外一套。哼，一个人拜把子，你算老几，你不理我，我还不理你个冇良心的！

孩儿面随时变，人翻脸比翻书还快，这话真说对了。两个经常在一起吃饭喝酒聊天、出谋划策损人利己的狐朋狗友，一下成了陌路人，见面连招呼都不打了。

德贵和贤古翻脸后，更是经常和有富古走在一起了。本来两人就是一对嫖友，哪家发廊有靓妹子，德贵总会在第一时间告诉有富古。有富古哪知他心

---

① 抽功道劳：讨功劳。

② 鸦片鬼：指不像人样。

③ 冇掌：意即不可救药。

怀鬼胎，还不晓得当初他邀自己去的目的何在。要是德贵告诉了他有个未开苞的妹子，有富古就会请他喝酒。前两三次，有富古都是跟他一起去的，后来就自己单独行动，因为他也熟门熟路了。

"尿桶古，真对不起你，如果不是我钱迷心窍听了贤古的话，带你去发廊嫖货，可能你现在已讨老婆，也有子女了……"一次喝酒时，德贵和盘托出，并表示歉意。

有富古眼皮挑了一下，却很快耷拉下来，不当一回事："算了，过去的事情莫提了，'命下该食粥，罩篓挂上屋'①，自己命苦岂能怨政府？也许我本来就是个苦命，是我落脚时辰不好，注定冇老婆子女缘。"

"也不能这么讲，可能是缘分还没到，缘分到了，就会跟装豆腐一样。莫急，看你样子都不像光棍命。"德贵见他知道了实情还不责怪自己，深感意外，也对他的大度深感佩服，比起那没良心的贤古来，有富古这个人还是好交往，所以一直拣尽好话安慰他。

那天，两个人喝得个昏天黑地，喝完还没走出十步，就一个接一个哇哇哇地狂呕起来，吐得悬涎悠悠，两眼翻白。

有富古母亲彩玉担心儿子要成独赫古②，少不得唠叨，要儿子莫拣拣挑挑，到头来别连一个烂瓢勺也捡不到。

有富古不耐烦地说："你别好愁歪愁，总愁六月天公冇日头③，反正大哥已有两个儿子了，我即使做独赫古也唔怕。"

有富古在父亲金贵一次酒后，和儿子大谈自己的几次婚事情事，责备儿子不像老子那样有女人缘。有富古瞪他一眼："你玩了那么多女人，现在父债子还，我能不遭报应吗？"

金贵怒道："唔识字怨爷娘，唔会赚钱怨屋场，屙屎唔出怨壁角④，你就不会好好想想自己错哪了！"

有富古不想和酒鬼父亲纠缠，说："好，我想想，反正命苦怨不得政府。"

年过三十，有富古一边进出发廊，一边四处求媒。女方一见他那长年打

---

① 命下该食粥，罩篓挂上屋：意为命运不好。

② 独赫古：打单身。

③ 六月天公冇日头：与杞人忧天同义。

④ 唔识字怨爷娘，唔会赚钱怨屋场，屙屎唔出怨壁角：比喻把产生问题的原因推向不相关的因素。

炭①积下的一身乌溜②、满嘴被烟熏黑的牙齿，这鸦片鬼的形象就已让人心怵三分，再打探到他还会进发廊，莫不一口拒绝。他的父亲金贵费尽了心机，苦口婆心劝他不要再去发廊，若是再去就真的讨不到老婆了，可他说："现在都不快乐，哪管以后。"他就像中了邪一样，忍得了二十四小时，也忍不了四十八个钟头。

想不到他后来竟拐回了一个发廊妹。尽管是操过皮肉生意的女人，家里也还是高兴，反正他们一个是"鸡妹"，一个是嫖客，狼与狈一丘之貉，只要他能成为人夫人父，总比打光棍强。那发廊妹落住后，有富古再也没去过发廊，每天下工后就直接回家。看到那发廊妹也帮他家割禾插秧，大家都认为，有富古很快就要改变光棍生涯，结婚生子了。可好景不长，住了半年光景，那发廊妹就又消失得无影无踪。原因不详，大家所能知道的是，有富古又得搂着枕头睡到天亮了。

"尿桶古，告诉你一个好消息。"

"什么好消息值得你这样兴高采烈，是不是中了特等奖，那该请我食酒。"有富古看到德贵那一脸的诡笑，心中就晓得又有一个倒霉鬼被他作弄了，可又不想直接去道破。他很了解德贵的性格，肯定不是中了奖，如果中了奖，今天他哪还会上班？连工具都会扔到沟里去，他敢肯定是他作弄人、损人的杰作成功了。

德贵走近，凑到他耳边说："贤古做煤块生意，偷税漏税，被煤检的人抓了，罚了一大笔款，我倒要看看他得罪我有什么好处。"

有富古听了，一点都不感到解恨，都是兄弟子叔，哪有必要搞得像杀父奸母仇人一样？再说相打相骂，唇来舌去，拳来脚往，谁又没点错，冤冤相报何时了？

"德贵，做人有必要做咁绝，得饶人处且饶人，天在头顶上，恶事做多了会遭报应的。现在你都快四十了，人生有几个四十？"有富古好心相劝，尽管他和贤古那次干戈后，各不相问，但他从没想过要怎样去整他。

"这会有什么报应？我又没去偷他的钱、睡他的老婆，只是向煤检举报了他偷税漏税，他犯法都不怕有报应，我检举了坏人上天应该奖励我才对，保佑

---

① 打炭：挖煤。

② 乌溜：黢黑。

我下回中个五百万才是。"

有富古白了他一眼："歪心歪自家，好心好大家，我说不过你，你专门出鬼点子损人，自己作孽，迟早会受到惩罚的。"

"好了，好了，莫再讲报应不报应的，我听着尿都快吓出来了，我以后改掉这坏毛病还不行吗？被你这一讲，我头都吓麻了。"

德贵连着几年，把煤矿挣的血汗钱，几乎都花在了发廊妹身上，赌博还只是其中的一小部分。家里全靠老婆帮人挑水泥或卖疏菜来维持。

终年劳累而过分显老的女人，见他实在不可救药，一天，终于绝望地开口说："德贵，我们离婚吧，我已经对你没有了半点信心，跟着你，一点盼头都冇，两个儿女一人一个，我离婚不离家，尽心尽意抚养跟我的那一个。建这房子时我累得半死，就凭你的良心分给我几间吧。"

离婚后，德贵更晃了。有人问他为啥女人家说离就离了，没有老婆像个家吗？人家想老婆想疯了，你却有老婆不珍惜，以后冇后悔药卖。他说："冇老婆更自由自在，冇人管，想干吗干吗，有老婆管东又管西，实在麻烦。"

上世纪九十年代初，曾经兴旺过一阵子的闽西农村，又一度停滞发展了，不少家庭的经济情况明显滑坡。有富古在煤矿的一点小股份兴不起大浪，股东们合不来，他干脆把自己那部分卖掉。虽然分了一点钱，可没个正当职业，就这点钱又能维持多久？情场失意的他，想来想去，只感到觅不到阳光，看不到希望，所有的一切都不属于自己。他心灰意冷，对啥事都漠不关心，连发廊也激不起他的热血来了。

半年后，有富古死都不敢相信，德贵去西天取经了。初听这消息，他还骂人："鬼讲个，好端端的怎会突然就过身了？"他心里还嘀咕，前两天德贵还拉着自己一起去了趟发廊呢，看他还很雄板①，怎么可能说死就死呢，现在很多人在搞恶作剧，千万莫乱信。

有富古一路带着巨大的问号来到德贵家，还在门外就听到里面的哭喊声响成一片，这下可真让他傻眼了。德贵的亲人，连离了婚的老婆也在他的棺材前大声哭骂：骂他死赌死嫖，不顾家庭，不顾子女；哭他不负责任，自己早早驾鹤西游，害得儿女成了冇爹的孩子；骂他没给过她幸福，还骂他就是她以后

---

① 雄板：健壮。

死了，哪怕有十九层地狱，也要找到他算账。

听到德贵前妻的哭骂，有富古想笑却不敢笑，人都死了，骂他，他又能听得到吗？这不是浪费精神，糟蹋自己吗？他也烧了一炷香，祝嫖友一路好走，不要再来邀他去发廊店。

在烧香中，有富古弄清了德贵的死因。

原来，德贵昨晚在一朋友家喝酒，告诉朋友他还要去发廊。朋友劝他明天要去煤矿上班，一天不去发廊不会死，那种事又不是食饭一天三餐有规矩。可他不听，骑上单车就走。次日，这位朋友等他一起下矿，可左等右等也没见他来，下班后才听人说德贵死了，是在去完发廊回家的路上从单车上摔下来死的，具体时间谁也不清楚。有个认识德贵的妇女，天亮后去卖菜，发现他扑倒在地上，单车倒在一旁，吓得赶紧挑了菜往回跑，告诉了他的兄弟，才把他弄回家来。人们皆叹："贪色唔顾病，斗气唔顾命。"又有说："爱嫖唔怕命短，爱死唔得气断①。"

德贵的平庸一生就此画上了句号。有富有些伤感，心里却在对他说："德贵，短命哥哩，现在信我的话了吧？"

作为儿时伙伴，又是同学，我也少不得关注有富古的婚事姻情。

"我不跟别人说，只跟你一个人说，我受不了女人。"有富古身上套着一件油污污泛黑的风雪衣，鼻尖上挂着一粒鼻涕，要落不落的，在吐出几口毫无规则可言的烟圈后，眨巴着一对小眼睛，慢悠悠地说。

"为啥？"

有富古就地扔了烟蒂，把两只手笼进袖子："哈，八成的女人，就是一些黄花闺女，身上也总有一股骚臭味。我这人鼻子天生又灵，动辄总闻到这股味，鼻子一碰到脑壳就晕。结婚生过子的妇人家，春夏两季，身上总夹杂着一股死鱼烂虾味，汹涌弥漫，我在百步之远闻到，都忍不住要呕吐。要是在这种气味里连待上几天，真要了命！"

说话时，他一轮喉骨高高地、尖尖地挺出来，让人担心要把脖颈割破。说完一笑，嘴里口水荡漾，一张嘴就暴露出全部乌黑的牙齿。

"你们城里的女人爱洒香水打香粉，一个理由，就是为了遮盖住身上的那

---

① 爱嫖唔怕命短，爱死唔得气断：意为自暴自弃，自找死路。

股味。"

多年不接触，没想到他变得如此古怪，还声气硬朗地坦言，若生理急需，就到发廊解决，但绝对不超过半小时，否则就要吐。

一方面又有需要，一方面又作践女人，我实在看不懂这个昔日的同学，但却闻到了一股莫名的腥臭味——一如他说的死鱼烂虾味，显然发自他的身上。

他的外表是一览无遗的，由于长年辛苦劳作，又做了一段打煤工，他脸上皱纹密布，每一褶皱里似乎都有肥沃的污泥，若有种子寄生，怕是要发芽。

听说，他入冬开始就很少洗脸，洗澡则要等到春暖花开时。有时连着一周不洗，脸上都要结成壳了，就用双手左右来回干搓一把，或刮几下，掰几下，一块块壳皮连着满头银屑，便天女散花般飘散。连做父母的都嫌他邋遢，他却强词夺理，不说自己懒，不说自己怕冷，反而说省事省水电，还可省下买毛巾和番碱的钱，而且厚厚一层皮不怕霜打风吹，根本用不着涂雪花膏什么的。还说，你们天天洗脸又能洗出什么来，花钱不说，伤皮不说，还把一点好油气都洗光了，真是可惜了。

我油然想到了一句客家俚语，"头光面净，屎胚担暗病①"，也不知道用在他身上是否合适。

和他聊天，眼鼻难忍，耳朵倒觉有趣。一个钟头叙旧，该不算太仓促、太敷衍，不算太空洞太冷漠吧。我从怀里拿出几包中华烟，他毫不见外地接过，道声"多谢，慢走"，就在原位急不可待地享用起来。

---

① 头光面净，屎胚担暗病：比喻表里不一，或表面好看而实际已病入膏肓。

牛皮舅

老公有五个舅舅，虽没一个正牌货，却也不是冒名顶替的。

听婆婆说，她出生十九天就被人抱养了。我们这里，称养父养母为家娘家官，也就是公公婆婆。她告诉我说，她的家官是一个国民党军官，年轻时仪表堂堂，风流倜傥，能言善道，按乡下人说的，就是树上的小鸟也能拐到[①]。

军官魏忠南在大城市看中了一个女孩，对她大献殷勤。那女孩也可人儿一样，皮肤细嫩，面色红润，目光沉静，身材苗条，一笑便现出两个深酒窝，甜甜的笑声令人如沐春风，一身量身定做的旗袍在身，更给人那种清爽飘逸的感觉。两人一见钟情，大有相见恨晚之意。

在他们回老家的那一晚，她看他目光游移，精神恍惚，神不守舍，便问："怎么了，就要回到你的家乡了，还高兴不起来，是不是怕我丢你的人？"

"不是，瞧你说的，我是舍不得这里。"

她哪里知道，在老家，有个对他日思夜想、望穿秋水的妻子，和一个抱养的童养媳。她们怎么样了？那可爱的妹子算起来也有十几岁了，长得高不高，俊不俊？离家时她还不会走路呀！

女孩跟着心事重重的少将一路回来，一切都感到陌生，感到新奇。高山上那翠青青的树木，让人全身清爽。那一望无际绿油油的稻田，一看就令人心旷神怡，她用力吸了几口空气，仿佛从未遭遇过这份清新。

一进家门，一个中年村妇闪着眼中的泪花，催促呆呆地站在一旁的十几

---

① 拐到：骗到手。

243

岁妹子："玉玲，快叫，这就是你家官，快叫四叔呀，你不是一直念叨着吗？今天回来了，你怎么不叫了，你娘个死妹子！"村妇一直催着妹子叫四叔，全当没存在别的一个女人。

她明白了，一切都明白了，她发疯似的把包朝男人扔去，一改往日的温文淑静，大声哭骂："你这个骗子，你不是说你没有结婚吗，那她们是怎么回事？"

"宝贝，你听我说，我不敢对你说实话，是因为我太爱你，我怕失去你，没有你，我就会活不下去。你放心，我保证休了她，给我时间好吗？我的心肝宝贝，莫哭了，哭坏了我会心疼死的。"

这下，换着另一个女人惊呆了。她被他推开后，才认真地打量起来人。看她刚才还一副小鸟依人样，怎么变得比翻书还快，只几分钟工夫，就变得像只母老虎？她一把拉过妹子，闪到一边，怕这个外来人伤着了她。看到自己牵肠挂肚的男人一直对那女人点头哈腰，又擦眼泪又说好话，她的眼睛瞪得铜铃般大，听到要休了自己，她摇晃了几下，要不是妹子抱住，她肯定就倒下去了。

要想休了原配，却也不易。首先要房长叔公和亲房叔伯同意，但他们一直很看重魏忠南的原配。在他外出的十几年里，她一个人带着童养媳安分守己，操持家务，侍奉公婆，尊敬长辈，邻里乡亲没一个不说她好。

无法休妻，只好凑合着一起过。童养媳玉玲对人世间的男女之情似懂非懂。她不理解的是，都是一家人，为什么家官（她叫家官四叔）一直对姨娅很仇视，看她一眼好像也脏了他的眼睛，每天都少不了呵责声，像是对待奴婢，而对小老婆却百依百顺，恨不得把月亮星星都摘下来当礼物给她。

一次，小老婆不知被什么惹得不高兴了，竟一把将玉玲推下楼梯。从十三节的楼梯滚下来的玉玲，幸亏命大安然无恙。农村人说，床有床神，梯有梯神，床和楼梯都摔不坏细鬼子的，这似乎很有道理。玉玲更小更小时，不知摔过多少回，从未受过伤。尽管如此，养母还是大哭着抱起她，心疼地全身察看到底伤没伤着。妹子是她的心肝宝贝啊，原本想着抱给儿子当童养媳，可怜的儿子两岁夭折后，她就把妹子当亲闺女看了，十多年了一直相依为命，从未离开过，每天晚上都是同枕同眠。除了没有十月怀胎，她真的要比亲生的还要付出更多的艰辛带大她。妹子抱来时才十九天，自己没有奶水喂她，只能从自己的口中省下一点点食粮，磨成米粉喂她，干活时总是把她绑在背上。十几年来，她一个人承受了多大的压力啊，老公又是当兵的，在抗日前线生死不明，如今盼回来的，却是一个希望的破灭，问世间情为何物？！

起先，为了面子，也为了家庭的安定团结，身为大老婆的她，咬着牙，忍辱负重，苟且偷生，尽心尽意服侍他们。"皇后"和"妃子"的命运颠倒了，有时他们做完了"生意"，也要她洗衣，还故意把那擦了污秽的东西丢到她面前。吃饭时，他当众把好吃的夹到小老婆的嘴里，而把吃剩的菜丢到大老婆的碗里，大老婆常常是泪水和着饭粒一起咽下去的。

玉玲很懂事，晓得自己的养母受了很多委屈，但她却没有回天之力，只有陪着她哭，用自己稚嫩的小手抹去她的眼泪，两人经常哭着哭着就睡着了。魏忠南对大老婆苛刻，却对玉玲很好，那次小老婆把她推下楼梯，他也发了火。大牛相斗，细牛吃草，细人子有啥错？他还要小老婆和他一样疼爱玉玲。所以玉玲的日子后来就大大改观了，不用过得担惊受怕了。

付出了所有的努力，受尽了常人无法承受的痛苦与羞辱，换来的却还是休书一封。当时，大老婆出奇地平静，一滴泪也没流，只平静地提了一个要求："离婚可以，但玉玲归我。"玉玲是她的命根子，十九天就抱养了，其中艰辛可想而知，魏忠南没有权利不同意，却提出要求："以后你嫁给曼人，我都有权去看玉玲，她以后长大嫁了人，我还是她的养父，我一定要和她来往。"

离她们只有几十步远的一个男人死了老婆，留下两个儿子，听说他们离了婚，马上托媒人去说合。母女俩就这样来到了这个陌生之家。魏忠南早就懒得耕耘的这个大老婆，在别人的耕种下，接连生下一男一女。玉玲长大后，肥水不流外人田，和继父的大儿子圆了房。因各种各样的原因，不久就离了婚，再后来到了解放初，就嫁给了大队治保主任，那便是我现在的家官。

再说那魏忠南的小老婆，大老婆和玉玲走后，虽然障碍物排除了，却似乎缺少了许多乐趣。老公虽然一如既往地疼爱着她，但没有了对手，有了安全感却没有惬意感。在老公面前撒娇没人嫉妒，没人伤心，很不带劲。后来又发现，自己竟不能成为一个完整的女人，不能为魏家添丁进火，这对一个女人不啻是最大的打击。早知这样，死也要留住那个可爱的妹子，虽说自己没有付出一丁点辛苦，甚至还做过对不起她的事，但她相信，时间可以冲淡一切仇恨，然而，纵她有这想法，但是贼过了才打锣，为时已晚。

魏忠南更着急，见老婆一直没有下蛋的迹象，心想这下完了，自己以后死了，也没人祭挂墓头。每年元宵或清明时分，左邻右舍都有后代来烧纸钱，弄了三牲①来扫墓，自己两公婆却成了孤魂野鬼，想想多可怜啊！

伤心加难过，思前又想后，最后他和老婆商量从他大哥家里过继一个儿子来延续香火。他大哥有三个儿子，因为负担不轻，也乐意把老二维华过继给四弟，也好让他去继承魏忠南的所有产业。尽管那外来女子不喜欢维华，但为了死后有后人祭挂，也就没有再反对。于是，几十年前，我那还不知从哪个娘肚里出世的老公，又多了一个舅舅。

玉玲出生的娘家，有个弟弟叫治明，玉玲父母连生三个妹子，眼见无法添男丁，就从人贩子手中买来了他，后来又抱养了一个童养媳，长大后让他们配成了鸳鸯。治明自然也是我老公的舅舅，几个舅舅中，就他最有出息，不用修地球，是个养路班的工人，吃国家粮的，退休了天一亮鸡一啼就有工资领。唯一让他失败的是婚姻，他和老婆的关系简直是水火不容，分了三次合了三次。治明每月领了工资就给她二百。她却到处说，人家老公死了的都有二百五，我老公没死才二百，言下之意，她也希望老公早死，好让她拿二百五。真是个二百五，没想她自己倒先走了。夫妻间到了这种地步，不能不说是人生的一大悲哀，这样的人生，傻瓜才想去经历。

老公五个舅舅，有来往的也只三个，就是治明、维华和我婆婆的婆婆生的那个。这其中，来往最多，也让人最反感的是维华，村里人都爱叫维华狗。男人的名字后加个"狗"，就像女人名字后加个"嫲"，男人名字后加个"古"，在我们这里是司空见惯的事，从小叫大，叫人者毫无污辱之意，被叫者也没什么不爽。

维华爱吹牛，嗜好骂人。骂老婆女儿"短命嫲，短命嫲"的当歌唱，一天不骂好像就会死掉，所以大家说他是"布娘相"②，去他家里待上一天，不吃饭也饿不着，单听他骂"短命嫲"，也能听饱。

维华家阴盛阳衰，一个男人成年累月被老婆和三个女儿围着，不沾些女人气才怪。大女儿按他旨意招了个上门女婿，说起来还是他走江湖时收的徒弟。维华早年学修理，后来带过几个徒弟。那男孩家里兄弟多，又没父亲，维华见他一表人才，又刻苦好学，打一见面就有招赘之意。该徒上门后，生了双

---

① 三牲：此祭品各有说法，多指猪肉、鸡鸭、鱼。

② 布娘相：女人相。

胞胎的女儿，后来又添了一个儿子，可能是被师傅兼丈人骂得站不住脚了，三个子女连幼儿园还没毕业，他就和一个离了婚的女人凑到了一张床上。那女的比他大几岁，还是亲房嫂子呢，两家房子只隔一条三五分钟的小路。

维华怒火中烧，大骂俩人不要脸，还经常窜到那女人的屋子里砸东西，有时叫女儿也跟着去。一次，父女俩把她家里所有值钱的都砸了，还是阻止不了他们的来往。那男的后来对大家道出原因，一来受不了维华一日三餐的辱骂，二来老婆太木讷，三来那嫂子读了高中有文化，学了裁缝有手艺，而且人又长得靓，勤劳能干又体贴，他才狠得下心撇下老婆子女去孵石头的。乡下人称自己有子女不养而去养别人的，就是有蛋不孵孵石头，是个大傻瓜，迟早会后悔。听说他后来真的后悔了，其实当时他贪图的还因为对方父亲是县里的局长。

维华说大话从不顾忌会不会压死人，人家听了恶心，当面"夸"他。他还洋洋自得地以为功夫高，骗到人了。

记得我刚嫁来没几年，一天他早早来到我家。那时我还未分家，和公公婆婆他们一起过。彼时已过正月，是"二月春风似剪刀"之际，家里生活并不富裕，粉丝、粉干、面条都断了伙，只有母鸡下的几个蛋，还是准备孵小鸡的。看他吹牛到中午饭还没走之意，没办法，他来了，婆婆只好把蛋煮了，弄了一壶水酒招待。喝下两小碗酒后，他满面通红地说："经常叫你们上我家来吃餐饭，你们又那么客气。我家什么都还很多，粉丝都还有十几斤没吃完呢……"二十年前的农村，粉丝到了二月半还剩下十几斤，谁信谁是呆子。那时能买上两三包招待贵客，就已经是富户了。

我就最听不惯他吹的这些牛皮，总说自家这多那多，好像全世界就他富得流油。我忍住气，一声不吭，等他吹完，才一本正经说："维华叔（我讨厌叫他舅，叫他叔也是出于礼貌），你不该这么迟才来我们家，要是你早来几天，我们家还有红烧肉和猪胆肝呢，一直留着来了亲朋好友时再拿出来吃，自己再想吃也舍不得入嘴。可昨晡拿出来一看，咳，起码还有两斤重的猪胆肝和一大块红烧肉长虫了！真舍不得扔掉，死保烂保还是没保住，多可惜啊！上等的下酒菜，不然今天你来也不会吃鸡蛋下酒，真不好意思。"对于最后一句客气话，我可是舍了老本。

"自家人，有碗青菜下酒也不会跌古的，自家人又不是为了吃才走动的，只是太可惜了那猪胆肝和红烧肉，真是太可惜了。早晓得，我前几天就来。"

说完，他猛咽了一下口水，好像咽下去一块香喷喷的红烧肉和回味无穷的猪胆肝。

看到他一脸的惋惜，我心里升起了一种前所未有的快感。想不到吹牛皮也有种惬意感，难怪他会如此肆无忌惮地海吹。经过这次后，我虽然还是一贯地讨厌吹牛皮，但偶尔也喜欢搞恶作剧，能"骗"到人，心里真的好有成就感。

那天，维华一走，我婆婆玉玲再也忍不住了，扑哧一声笑了出来："娘个六狗芝，说话咁正规，一点也不笑，讲的跟真个一样，有下有四①，差点让我打喷嚏，也不怕笑死我。"

在我调侃维华的当儿，婆婆端了饭碗出门，肯定是出去调整心态。她一向爱笑，一笑眼泪就流出来，如果她不及时调整，她的笑肯定会露馅，反而跌我的份儿。

"六狗芝"是婆婆的口头禅，也不知她是从哪里学来的，反正叫谁都是"六狗芝"，而且叫得非常亲切。大家听了不但不恼，反而大笑，见了她，大家也反叫她"六狗芝"玉玲媚。

我一边拿手绢帮婆婆擦去眼角的泪花，一边说："曼人叫他专用牛皮来骗人，反正讲大话又不犯法，不坐牢，还能满足自己的虚荣心。我只是没想到，自己第一次吹牛皮，就有如此的收获，如此成功，连'牛皮司令'也深信不疑，太惬意了！"

维华早年就是远近圩上的一个常客。据说曾做过牛贩子，大凡充当牛马交易的中间人，当皮条客的，大都能说会道，反应敏捷，还能随机应变，牛皮两面光，才能多得买卖双方的介绍费。维华这个牛皮舅的功夫，大概就是那个时候练成的。

我们公社或镇上这个圩，人们筐一笼黄毛小鸡，破几圈细篾，扎个扫把，或提上几片烟叶什么的，跑十里远的一趟街，就可以说是做生意。其实很多时候，并无多少商业意义，只是为了看个热闹。但维华却不是这么个人，他每次赴圩，即使空手去，也断不会空手回。

一些上年纪的人，津津乐道于卖狗皮膏药的江湖艺人，他们用魔术、杂耍抢人眼球后，接着不失时机地兜售真方假药，一套一套地颇能惑人唬人。维

---

① 有下有四：有声有色。

华后来转行于斯，不知拜了哪个为师，就这样在江湖上耗上了。只要是圩天，保准能在人群最热闹处找到他忙碌的身影。你听他怎么说，什么"血脉如同一长江，一处不到一处伤，寒处就成病，血热就成疮"，言过其实，却似乎无懈可击。卖药时更是巧舌如簧，信口开河，先说白送，后又巧妙要钱，甚是滑头。比如，卖百草油，他可以让看客抹点鼻尖上闻闻，接着似念似唱一句顺口溜，一遍又一遍，让过往看客都耳熟能详了："广东罗浮山的百草油哪，吃也吃得，搽也搽得，香也香得，有痰化痰，无痰止咳……"

维华的医术，绝对是三脚猫的功夫，要不今天他也不会过得如此艰辛，充其量也不过凑巧治好了几个人的病。老人们常说："有时医师医病头，有时医师医病尾。"有些病人在医院吃药挂瓶都不见好转，可是从他那里拿上几贴草药吃下，奇了，好了！也真该他行狗屎运。于是，茶烟酒和公鸡，自是有人送上门来。另外，一面"妙手回春"的锦旗堂堂正正地挂在了厅常的墙壁，够他吹上一年半载。

锦旗给他带来了好运，加上又有人做广告，他的三脚猫的生意日渐"兴隆"起来。找他看病的人越来越多，"医术精湛""华佗再世"的赞歌越唱越响。他把自家的医术夸得神乎其神，说谁谁谁在医院住了两三个月，花了几万元也没医好，从他这里拿了几百元的草药后，就百病消除了，本来医不好的病，现在人雄壮得走起路来，衫尾都能打死狗了；谁谁谁对我千恩万谢，送鸡公，送茶烟酒，还送红包；谁谁谁每年新年都会带着子孙，开着小车来我家拜年呢。

当然，对那些没能治好的，他也有充分的理由："你这病就是太迟了，要早来我这里，我保证帮你治好！"

"上我家吃饭吧，我家有好多东西……"

这样的话，牛皮舅说多了，客套的意思也渐渐消失。在耳熟的我们听来，相当于言语间咳嗽或哈欠的插入，隐形于词句之间，谁放心上谁就是傻瓜。

但有一次，我们终究奈何不了牛皮舅的盛情邀请，恭敬不如从命地去他家赴宴了。以前新年，我们都是把礼物送到，喝上几杯茶，寒暄几句便走，从不在他家吃饭。新年嘛，亲戚朋友多，走不完，能顺带的就顺带，没办法，有时连晚上的时间也用上。要是一天去一处，那做客都得花上个把月时间，岂不误了春耕春种。对于农村人来说，一年之计在于春啊。

他一而再再而三地邀请，使我们已无再推辞之理，再推，于情于理就说不过去了。那次我们去了几个，还带了两个小家伙去活跃气氛。一进屋，少不了的就是那种令人窒息的热情和啰嗦。他搬凳倒茶，递烟，拿糖果盘，忙得臭屁乱放，好像县干部到了，或是上门亲家来了。虽然早已多次享受过这种待遇，但我们仍感万分不自在，呼吸不顺畅。

有空了，他便开始海吹。他指着墙上的锦旗说："这些都是病人家属送来的，这些烟、这些酒、这些茶，还有鸡公，都是别人送的，都是上等货。"边说边发烟给我老公和两个小叔子。可三个外甥都是穷人家的苦孩子，抽不起烟，其实他早就晓得，就是想在外甥面前显摆显摆。他们怎么就遇上了这样的一个舅呢？我心里这样想着。

早就看到了墙上的那些锦旗，有"妙手回春"，有"华佗再世"，还有"起死回生"呢。这么多。我都有点怀疑这是他自己的杰作，因为锦旗的末端没有署名，即使有署名，随便安个张三李四王五，也是不费吹灰之力。

烟是石狮烟，酒是灵芝酒，茶是便宜茶，一大包才十几块钱的。这些也算得上是"上等货"？如果有人送他一瓶五粮液、一包大中华、一包大红袍，指不定他一个月都会乐得睡不着觉呢。我心里不禁产生了同情，自家不识货，以为别人都不识货，还吹得如此神采飞扬，唾沫四溅。

就他？也许用自家种的下等烟叶，加工一下，套上"中华"的烟盒，他能品出来吗？酒，用从赤脚医生那里拿的十全大补丸、安胎丸浸白酒，看到那种跟红酒一样的颜色，他也会以为是上等酒呢。茶叶自己也种了，加工后装入"铁观音"的包装袋，鬼才信他能品出真假。

他不断地催我们吃糖，吃水果，好像我们家没有这些似的。此外，便是祥林嫂般喋喋不休，令人如坐针毡，尽管我们来时都做好了充分的准备，打好了预防针。

"前几天有几个县里的干部，开了几辆小车子来了，昨天又有镇里的干部来了，好在我门前的禾坪阔，不然小车子都摆不下去。过两天省里的干部也会来，我有个亲戚在省里当干部，到时我打电话叫你们再来，认识认识省里的干部。"

我戗道："省里的干部有什么好看的，他们也是吃人间烟火的，中央的干部我们都经常从电视上看到。如果你家以后来了天上的神仙，再叫我们来看，那还差不多。再说，我们是平民百姓，和大干部一起，多拘束，还是别给你丢人了。"

其实，他摸准了我们不是那种没有自知之明的人，不然他的牛皮也不敢吹上天。

听说他有个亲戚在省里倒是真的，当的什么大官我不清楚，只是听他说过那亲戚叫他姐夫，当然不是亲的，是堂的是表的我也搞不懂。我对这个不羡慕，别人的亲戚是干部又咋样，要是自己的亲戚那才风光，但也要是至亲，那种机关枪都打不着的亲戚也没啥意思。

看他说起那大官亲戚时的神态，我只是感兴趣他竟然有这么个当大官的亲戚，让他在大家面前说起来时有种自豪，有种骄傲，有种风光。我想，如果那亲戚真能和他待上一天半天，不，哪怕一刻钟，不晓得他受得了受不了？他的话匣子一开，可是像决了堤的江河，一发不可收拾。他这人又缺心少肺，天生的没有自知之明，只要自己想说，不管你三七二十一，头痛不头痛，会不会得心脏病，听到你吐血他才会惋惜地刹车。

大家都说，他这人生得最坏的就是那张嘴，令人无奈、厌烦、窒息。跟他在一起，你只能是听众，你是插不上几句话的。除非他说得口干舌燥了，在他喝茶的空隙中你抓紧说上一两句，但你要是多几句他会教育你说："说话不能重复，不能啰里啰嗦，这样人家听了会讨厌的。我就最讨厌啰嗦的人，我情愿闻狗屎也不愿听人啰嗦。"

他那徒弟变为他的上门女婿后，常被他骂得无地自容，暗自流泪。"你这个冇尿水的家伙，讨不起老婆爱来我家碍眼，又冇良心，要是我，早就从九驳桥（村里一座桥）跳下去了。"后来，那男的被骂得实在站不住脚跟了，没了一点尊严和价值，自家顾不了自家，哪还顾得上老婆子女。直到他和嫂子逾轨，维华还一直骂他无耻，骂他猪狗，最终害得女儿成为一个痛苦的单身女，一个人拉扯三个儿女，弄得好好的一丘田常让野男人耕种。听说只要有人打电话约她，她就自己送上门，二十三十不嫌少，三十四十不嫌多。没办法，为了让三个子女完成学业，只能牺牲自己面子，何况那时她才不到三十。

前几年，来了几个包工头和一伙工人，做永武高速公路的，其中一个小包工头和近二十个工人住在他家。那个包工头五十来岁，和维华是同等货色，吹牛皮不脸红，甚至比他更啰嗦，好像没有吃足奶水，不足性。

那个包工头住了一段时间后，发现维华女儿没有男人，就打上了她的主意，先把带来的一个女人赶回家。那女人是他的情妇，来帮他们烧火煮食的，包吃包住，一个月给她八百。维华女儿和他挂上钩后，他也让她烧火煮食，并高出二百给她，还经常帮她买菜。她儿子定亲、女儿出嫁，都是他出的钱。

她没有老公，当然不应受到社会谴责，她后来觉得也挺好，挺值，没人说她道①。住她对面的一个女人，老公子女都在家，但她还是和一个打井的包工头好得跟真夫妻一样。那包工头给她老公一个很轻松的差事，晚上去工地守机器，每晚一百元，他却和他老婆在床上做"生意"，云里来雾里去。她家打井、做猪栏、推地盘、铺路的钱，哪样没有着落？她一家何止得到二十万元的补偿？一家人的面子仅值二十万吗？

人家一看到她老公，就故意说，这辈子就苦在没有讨到一个会赚钱的老婆，如果老婆会赚钱，我们也不用那么辛苦，也可以烟来酒来钱来，下辈子也一定要讨靓一点的老婆，自己做老板，出售老婆，日子才过得轻松。哈！哈！哈！那男的听了恨不得买个鬼壳戴。

真没法子，写了个啰唆人物，自己的思维也跟着人物走得越来越远。都是维华害的！他这人有数不完的坏习惯。比如人家信他的草药，他总把自己的医术、草药，夸得天花乱坠，价钱高得令人心痛。还说，药有用才贵，没用再便宜也治不好病，这药按理要收一百多块的，看在你相信我的分上，便宜一些都是自家人，就给我九十九元吧，保证你服下后，百病消除，活到九十九岁。他这人，初次见面也能套个近乎，一个钟头不到，就能成为自家人。

如是亲戚朋友，他会说："呀，自家人，莫这样，我又不是没见过钱，自家人免费。"人家说："那不行，虽说是草药，但也要抽出时间去采，也挺辛苦的，再说不花钱的药吃了也不见效，就算不和别人一样的价钱，多少收一点也好让我心安。"他嘴上说着不要，一只手也还在假意推辞着，可看到人家手里的红包，眼睛亮得都能看到那贪婪的光泽。

嘴和手在不停地推辞着，可红包却被另一只手接住了，好像那只手不是长在他身上。当然，红包塞进了口袋里，他还会说："你这人太客气了，也太体谅人了，那我真是爱财了，多谢你了。"令人感到处身在红白好事中，哭笑不得。

最让人厌烦的是，维华经常上我家来，而且还要专拣吃饭前来，尤其是我老公在家时，他总是不请自来。其实他每次都是个不速之客，因为老公待人

---

① 道：风流成性。

和善，一视同仁，不管公公婆婆是不是跟我们一起过，他都乐意来。我那两个小叔子家，他就不喜欢去。他们说："这种人，狗屎都冇咁讨厌，看到他目珠都乌三寸，鬼才有好心情接待他。"路上见到，他们也很少打招呼，我就从来没听到他们叫过舅。虽然我对舅舅这个称呼很陌生，叫了却也蚀不了肉头，出于礼貌也该叫几声，好让人家高兴。

有一年冬天早上，我和老公起得晚了点，牙刚刷完，脸还没洗，不速之客又来了。老公问他："你吃饭了吗？"他说没有，老公就对我说："那就不要牛奶煮蛋了，煲点饭吧，我去买肉。"他说："不用，不用去买菜，我这就要回去。"话说完了，脚可不动半步。

我差点就没好气地说出来："回去？要回去你还进来做什么，都八点多了还不吃了再来，是不是自家冇米煮了？"说实话，他不这样说，我也不会生大气，来就来嘛，自家亲戚逢茶吃茶，逢粥吃粥，客气啥。不要老是讲赢话，最讨厌的是他还会说，我家什么都不缺。

可我这人，心情再不好，也只会脸色难看一点，要接待照样接待，要敷衍几句，那些刻薄的话还是忍得住的，这点自制力与生俱来，特别是遇上了这样一个舅舅，这个舅舅就是考验我的自制力的砝码。

那次早饭，老公和牛皮舅吃到十点半还没结束，我只扒拉了几口饭就走开了。牛皮司令从古到今，东西南北，春夏秋冬，海阔天空了一番。自始至终，老公都是忠实的听众，他最令我佩服的就是耐心，任凭对方说得天花乱坠，窗门哐啷，唾沫乱溅，溅到桌面上的菜碗里和酒杯里。我怕中毒，赶紧离席。

我再有自制力，看到他唾沫星子溅到饭菜里，也不敢保证我不会发火。我不是怕得罪他，得罪了他，他不来我还省下许多钱和精神，也可以多活几年。我是怕得罪老公，再怎么着，他也是长辈，是舅舅呀！我晓得老公的底细，他情愿得罪老婆也不会去得罪长辈。

来了两个打麻将的，还是三缺一，本想让老公凑角，可他又抽不开身，还得捺着性子听牛皮舅的高谈阔论呢。

"不是我吹牛，我要是多读几年书，至少我也当上了镇书记，说不定还能当上县干部。我什么事情搞不懂？什么事情没做过？什么苦头没吃过？不是开玩笑的，我就亏在少读几年书。"

等着凑角的人故意大声叫我老公："老魏，快点吃呀，我们都等你打麻将了。咋？几点了？还没吃饱喝足吗？是不是和中午饭一起吃了？"

一催再催，可那舅舅还是边喝酒边吃菜，一刻也不消停，生怕一停就会让别人抢了去。

来人连着口水吐出一句："有吃也堵不住他那张嘴。"

不瞒你说，我不是心疼那些菜还够不够中午吃，那飞进不少唾沫的饭菜，没吃完倒贴钱我也不敢再去回锅，吃了肯定不是上吐下泻就是肚痛，想想就恶心。哪还能拿自己的生命健康开玩笑？我是真的担心我老公和他待久了，耳朵会不会生茧子，生了茧子就听不到我说的话了。

催了几次，我们三个都在偷打冷笑，我说："省省力气吧，你们。"

只有一个听众的演讲仍在继续着，来人眼见手表都已过了十一点，才快快而去。

我恨死了他，说不定，那天上午我和老公可以赢个三十四十的，可都是因为牛皮舅的那张破嘴，耽误了我们发财的机会。该死的维华狗，我不禁在心里骂了他一句，还从窗户上瞟了一个白眼过去。

他终于走了，推着那全身都响就铃铛不响的破自行车走了。我有一种如释重负的感觉，和那次去他家吃完饭后回家时的感觉不差毫厘。

一次晚饭，我和老公只煮了一碗青菜，装了些花生作为下酒菜，可这个牛皮舅又来了，像一抹鬼魂一样出现在我家。这次他没有推那全身都响的自行车，黑暗中叫了一声，吓了我一大跳。老公看清后，问他吃了吗。我心里说："问什么问，当然没吃，吃了他就不来了。"我的猜想百分百正确。没办法，晚上是买不到肉的，老公只好去别人家买土鸡蛋。

维华忙说："不要买了，就这样吃吧。"

老公当然不依。

维华又说："那从我这边拿钱去买吧。"手在口袋里摸索了好一阵子，也还是空着手抽出来。我敢打包票，他身上肯定一分钱都没有。我的肺都要气炸了，老是在人家吃饭前赶来，让人家又要好一阵子忙活，又要装大方，好像我穷得连十个鸡蛋也买不起。

事出仓促，老公问了好几家才买到鸡蛋。炒的炒，煮汤的煮汤。锅台灶边一阵忙碌后，接下来的当然又是他的一番高谈阔论。没人反驳他，他就能尽兴。不用说，每次他的长篇大论，演讲到最后只有一个听众，那就是我老公。

说过的话跟牛反刍一样，翻来覆去没完，连老公这个最忠实的听众也终于有了种崩溃的感觉。事后，他对我说："难怪你听不惯，我都受不了了。"

我说："曼人叫你运气咁好，有这样的舅舅？多听几次，包你能得心脏病，如果你真想对我和儿子负责，劝你以后能闪①则闪，别死脑筋。"

我心里确实反感至深，但表面上不得不对牛皮舅客气。在兄弟姊嫂中，我和老公还是最客气对他的。维华是真心地夸我的，但出自他口的夸赞，我听得很是别扭，很是乏味。

他常在我面前自吹自擂，但对他这种诸葛夸孔明的作风，我已是见多不怪，习以为常了。对他的一百句话难以相信一句的我，还是得点头认可。这是不是太滑稽了？太残酷了？真搞不懂，世上竟有这号子人，还和我有亲？真是他妈的作弄人，我实在想骂句粗话。

维华总说女人头发长见识短，家里面啥事都还是他做主，赴圩出入有买有卖他从不放心老婆。有啥事，老婆说句话建议一下，他破口就骂："妇人家，屙尿都洒不上三节梯②，懂个屁！"

以前在队里干活，挑谷踏打谷机的苦活他怕做，专拣轻怕重。女人们笑他："男子人，力气大，屙尿能洒上楼板，吃饭多半斤。可干活也会怕辛苦，有嘴讲别人，冇嘴讲自家。"

他说："男子人多半斤，你们妇人家都多两斤呢！"

他说他最怕欠人家的钱，他这人做人最干脆了，从不欠人家的钱，却最乐意帮助人了，而且出手大方。"昨晡去亲戚家做客，我包了五十元，天光又要去朋友家做客，又要一百元的红包。说实话，三十四十的红包我拿不出手，现在经济社会，做客最少也要五十。"好像全世界就他最大方了。

可是，我太清楚了。每到新年，我们都会去他家送礼，也曾带过孩子去，前后仅在他家吃过一次饭，除了鸭肉和粉丝，其余都是旧菜。他从没发过压岁钱给小孩子，一块钱也没有。小孩子贼精，后来怎么哄他们都不去了。维华还好意思吹大方，真不知是不是祖传的"牛皮司令"。

说从不欠人家钱，可我知道，有几个收码子③的就跟我说过，买码子时，总说你放心，我不是那种无赖，不会欠你的。他没钱付人家，就一直说自己很

---

① 闪：躲。

② 屙尿都洒不上三节梯：尿不高之意。

③ 收码子：收集号数。

忙，抽不开身。人家说，你忙也不可能一年到头都忙吧？

某年春节，维华杀了一口肥猪，有人买他的猪肉抵码子钱。他老婆知道后，对他们大骂一顿。脸皮薄的不敢如法炮制了，结果到现在还被欠着。

一次，他在我面前又把水桶当喇叭，大吹大擂。我对"皮坊老板"这种背着唢呐坐飞机——吹上天的作风，已失去耐心，甚至到了深恶痛绝的地步。我叹了一口气说："瘦猪嫲屙硬屎①，有些人，瘦成一把骨了，还不多吃些肥肉，总还是打自家的脸。"

他不解其意，像他这种才读小学二年级，却气死几个老师的"郎当货"，哪会理解打肿脸充胖子的这个说法？他只会麻雀子下鹅蛋，讲大话，有了点成绩，头上就会安上电风扇，尽出风头。

自从欠了我的码子钱，他就再也不敢搽粉上吊，死爱面子，言行不一了。看你还怎么上嘴唇挨天，下嘴唇贴地，我不当面戳穿你，还以为我是个在鼓里睡觉的人。

以前，维华在养路班工作过，因为他生父解放前夕当过一个星期的什么营长，当然是国民党的，后来被枪毙了，养父又曾当过国民党军官，虽然后来弃暗投明，但还是被评为四类分子。工作期间，他工作又是吊儿郎当，这几种理由，足够让他滚蛋。

这几年不晓得从哪里听到，那次所有遣散回家的养路班工人都已落实了政策，得到了补助，他就到处找人询问。去了镇里、县政府和民政局，事情一直得不到解决，又亲自去找在省里当大官的亲戚。说来他也不笨，几十年了，没想到他还保存着当年的所有资料。他以为，有个在省里当官的亲戚，什么事情都能解决。他自信满满，人们却纷纷议论：这件事都好几年了，怎么还是杳无音信呢？

---

① 瘦猪嫲屙硬屎：意指打肿脸充胖子，超能力消费。

发贵狗

发贵，人称发贵狗。你莫望文生义，以为只有对极其厌恶之人，人们才会无视其名谓，以狗、牛、东西、家伙等称之，剥夺他们在语言中的地位。客家这个特殊的民系，传统中经常贱称儿童，以"狗"为孩子命名比比皆是，甚至还有称讨食客、大番薯、死佬者。

发贵狗长得人高马大，在你面前一站，好比一堵墙，挡了你的视线。他皮肤黝黑，有人笑他的肤色像红糖粄子。他的头显然偏大，有人笑他脑屎[①]足。他嗓门也不小，只要一开口，方圆几十里都能听到，就连跟老婆床上说的悄悄话，第二天也会被四处传播。

他说话也跟吵架一般，真要发了火，跟人吵架，就算地下不抖三抖，起码窗门上的玻璃也会哐当作响。要是在夜间，就算你吃了十片安眠药，也无法入睡。所以一般人跟他吵架几乎占不了便宜，情愿作些让步，俗话说，"闪狗不是傻瓜"。

别看他土里土气，是个番薯嫁接的土豆，土生土长的庄稼汉子，但种种事实证明，确是个脑浆充足的人，也是个人人说起就称说有胆量的风云人物。他天时、地利、人和、屋场、风水都在行，每每与人谈起这些，他总能兴高采烈，侃侃而谈，讲得唾沫星子乱飞。

村人迷信，谁要做房子，都会叫他用罗盘给算一算，指一指，是坐东向西，还是坐西向东，他都一点不含糊便能说出个子丑寅卯来。

---

① 脑屎：脑浆。

房子做好后，还会叫他给出出刹①，主家要买三牲，另加香、纸、蜡烛，有些邪气重的还要买乳狗子。他做得很有章法，先在厅堂铺开草纸，点上香和蜡烛，然后割开乳狗子或雄鸡的脖子，让它们的血滴在草纸上，提上乳狗子或雄鸡在每间屋子里走来走去，大声念着驱逐邪魔鬼怪的法语，什么"阴间阳间两相隔，强神恶鬼全走开……"，总是信口而来。出刹一般都要在深夜十二点过后，没有人过往之时，他才能作法。他说，这样才能把所有的邪气赶走，主人住进去后，才能平安无事，才会左脚踏银右脚踏金，每天都能吃得烧菜热饭，大人天天起来都精神充足，比牛牯般雄，小孩天天蹦蹦跳跳，比狗子般活②。

不管有没有妖魔鬼怪、强神恶鬼，总之大多数人还是信这些，反正有好没坏，舍它二三百块钱买个心里踏实也值。有些人不信这些，但真要有什么不顺心的事时，后悔就来不及了，人家开玩笑也会说："做了新屋没出刹，有强神恶鬼在你家捣乱。"

他还会帮人择日子。村人的好事歪事，婚姻嫁娶，总会叫他看一看。他也讲得头头是道，你只有点头的份。当然，帮人择日子是有红包的，他照收不误。这些红包虽不多，大方的十元，小气的五元二元也有，但你小气，下次有事再找他时，他总是推三阻四说没空。

帮人出刹就不同了，红包至少也有数十元，而且出了刹的雄鸡、狗子都归他，有些大方的还有上百元。大家背后笑发贵狗的出刹工资高，才一个钟头，就有上百元，比县长收入还高。

发贵狗一共五姐妹，俩弟俩妹，他们兄弟姐妹之间的关系好得实在令人不敢恭维。他大弟桂生没有搬走时，三兄弟经常为了些鸡毛蒜皮的事骂生骂死，打生打死，连各自的小孩也加入打骂之列。你的鸭子越界吃了我家的米，你的公鸡调戏了我家的母鸡，都会引起他们之间的斗争。有人说，他们三兄弟是前世斗冤了的牛牯。

他母亲早死，是在上山砍柴时死在地墓堂里③的。等家人找到她时，她嘴

---

① 出出刹：去去邪。

② 活：乖。

③ 地墓堂里：墓穴。

里塞满了草蜢①。大家就说她肯定是被恶鬼拖到地墓堂里弄死的，害得我们队的人那段时间都没胆量去那边干活，路过那边的地墓堂，大家便汗毛直竖，紧走快赶越过那座坟墓，生怕里面的恶鬼看中自家，把自家也拖进地墓堂里塞上一嘴的草蜢。

发贵狗作为家中老大，向来没有以身作则的习惯，有点油水，他便抢着要多得多分，一开口便说我是长子，我子瑞是长孙，理所当然要多分一点。就连分家时，菜地、日常用品、碗头碗筷什么的，他都争着多分一点。嫁出去的两个妹妹是一双筷子也不可能分的，两个弟弟不情愿让他多得油水。

分家时，发贵狗的父母给自己留了一厅一间的房子，他们怕分光了房子日后没人要他住。厅堂是老人们最想保住的，他们怕百年归仙时连个放棺材的地方也没有。就算三个儿子今后都会另建房子，并且也要他们住，他们也情愿死在自家做的房子里。在我们这，后一代在外面做的房子再宽敞再豪华，老人们还是情愿死在老房子里，这就是叶落归根吧。

发贵狗的母亲一死，发贵狗便要求父亲把那一厅一间的房子再分给他们三兄弟，他得一厅，两个弟弟合得一间，一个楼上，一个楼下。他父亲当时和老三住一块，想等百年后再让出房子。可发贵狗说，等你死了，就没法分了，三兄弟还会吵打杀，难道你就愿意我们吵打杀？趁你现在神志清醒，还有说话权，最好先搞清。

发贵狗的父亲很生气："娘个拗豹子，爷瑞还咁健，就想把房子分光，分光了你让我住哪？"

发贵狗说："只是分清楚，房子照样让你住，你死后，棺材还让摆在厅堂里。"

老二老三可不依："凭啥你一人一厅，我俩人一间。哦，有分你就晓得你是长子，那母亲走时你为啥不说你是长子，多出一点钱？连我们家米不够了，要你多出两升米你也不愿？亏你说得出口，面也不红一下，哪像个做长子的样子？"

他们这么一说，发贵狗气疯了："母亲走时，为啥你们不端香炉盆，要我来端？你们的子瑞为啥不要端灵牌，要我子瑞端？既然香炉盆和灵牌都要长子长孙端，那长子长孙理应多得一些。"

一个要，两个不让，这样，战争便爆发了。做父亲的夹在中间好为难，

---

① 草蜢：蚱蜢。

恨自家为啥不早死，一个人躲在房间里暗自流泪。听他们吵来吵去，越吵越凶，他真想一头撞死。后来，他终于忍不住了："你们是不是嫌我命太长了？好，我这就死给你们看！"话未说完，他已经拿了一瓶农药在手，拧开盖子就要仰脖喝。

发贵狗一见，立马跪下："伯，你莫这样，我们不吵了，一切由你看着办。"脑浆足的他，可不敢承担逼死父亲的责任。

画了面就得做戏，事情到了这种地步，已经是势在必分，吵是吵不出结果的。发贵狗的父亲伤心之余，也决定把剩下的一厅一间分出去。他晓得我父亲很得几个儿子的敬重，就叫发贵狗把我父亲请来。

发贵狗找到我父亲，把原因说了。我父亲说："清官都难断家务事，何况我呢？你们三兄弟自家好好地商量，莫再让你爷瑞发火了，我也解决不了你们之间的问题。"

"酿伯，你说话有分量，不管怎么解决，我们都服，是我爷瑞叫我来请你的，难道你不给面子？你若不去，我就在你家开伙食了，省得我爷瑞骂我无能请到你。"

耍赖是发贵狗的一贯作风，父亲只好去了。

三兄弟热情地把我父亲迎进他们父亲的房间里，然后退出。两个老人说笑了一阵，然后才切入主题。又把三兄弟喊到房里，怕女人多事，吱吱喳喳，东拉西扯，就没叫她们三姊嫂过去。三个女人一辆车，事情就解决不了，她们也知趣地走开了。

父亲问他们："你们三兄弟真会听我的？"

他们齐声说那是当然的。父亲就说："长子长孙是自古以来的说法，现在不管是农村还是城市，也还都会注重这个，连台湾香港的大企业都交由长子长孙管理。当然，农村人没啥好管理，就这几间破房，又不值钱。"

父亲接过发贵狗递过去的开水，又说："发贵狗家是长子长孙，就算他不提出来，以后这大厅也应归他。但是不管怎么个分法，你们一定要遵守这一条：以后你们的爷瑞跟曼人过到百年归仙，在此之前，曼人都无权占有这房子。分好了，你们写个字约，盖上印，免得以后再多事。"

老二老三听了，心里不服也得服，他们说："他多得点好处我们没意见，只是他太不像个老大的样子，啥都只想到自家的利益。母亲走时，他连家里的柴火也不搬出来煮饭。我们没米了，他也不肯再多拿一点出来。酿伯你想想，我们能不恨心吗？有分就能想到自家是长子，可是以前父母有啥困难，他却从来没有想到自家是长子，还总是躲躲闪闪。"

"这也不对，作为长子，自家就要以身作则，大的带了好样，细个就会学样。以后，你们三兄弟也要注意一点，总是又吵又闹，自家兄弟姊嫂伤了和气，老人听了也伤心，别人听了好开心，有些人巴不得你们天天吵打杀。今生才是亲兄弟，兄弟齐和得富贵嘛。大家要看远一点，不要鸡肠小肚，十个手指都有长短，什么事情都不可能皆大欢喜，多分少分又有啥关系？膝头不长肉，贴不上肉，啥事都得靠自家手指骨硬，做得多多满满，靠父母的一点家业，富不起。以后你们哪个发达了，也要帮帮兄弟。发贵狗，尤其是你，要带个好样，不要老是让你爷瑞伤心了，父母是天日，冇天冇日你们怎过日子？"

"酿伯，你放心，我一定会改正的。"发贵狗爽快地说，并又一次为父亲倒掉茶脚，重新续茶。

父亲按发贵狗原来的想法，把他家的一厅一间给分了，并让他们兄弟仨盖了印。另外又把老人的几块菜地分给了桂生和桂水，他们都没意见。因为父亲的劝说和调解，这个风波总算平息了。

发贵狗的独生子明明，高中一毕业便到部队锻炼了几年，退伍回来被镇派出所聘去当了防暴队员。

明明血气方刚，脾气又犟，遇事缺乏冷静，冲动起来，常常不顾后果。有年县里部署没收雕子铳①行动，镇里一后生死活不愿交，被明明一把揪住，一阵拳打脚踢，踢得他眼冒金星，浑身疼痛，鸟枪照缴不误。那后生对明明恨之入骨，明明不晓得，这是个说话冇人听、讲话冇人信的擀面杖，是个一人吃了全家饱、肩头上扛屋的人，父母早死，无牵无挂，生活中少了一份色彩和阳光。他被明明痛打一顿后，一门心思想着报仇雪恨。

不久后，派出所要裁员，明明也在其中。

明明有个朋友，在与广东蕉岭县一步之隔的大布村，刚好是那光棍的隔壁邻居。那天，朋友打电话叫明明去他家喝酒，那光棍刚好也在他家，听后，心里乐开了花，心想这下机会来了，我非要弄死你不可。他马上借来一把鸟枪，是刚买不久的，因为没入户，才没在上次行动中被缴获。

---

① 雕子铳：鸟枪。

那光棍上足火药，早早来到路边一座破房里等待明明。大约下午五点左右，明明骑了摩托应约而来。他早就做好了准备，瞄准明明扣动了扳机。明明毫无防备，立马跌下摩托，当场殒命。罪犯因持有凶器，加上顽固抵抗，被闻讯赶来的武警围起来乱枪击毙。

发贵狗才这么一个宝贝儿子，得知噩耗，和老婆当场昏死过去。他家的叔婆伯媪、兄弟子叔，一阵手忙脚乱，掐人中的掐人中，拍背的拍背，总算把他们弄醒。

发贵狗认为，儿子是因收缴鸟枪才惨遭杀害的，他要求上面追认儿子为烈士。可是，明明当时刚被裁员，又不是在执行公务，上面感到为难。发贵狗总感到儿子死得冤，于是，开始了上访之路。

他先去了县里，然后市里、省里，他顾不得旅途的艰辛，他要为儿子鸣冤叫屈，一次又一次地要求政府追认明明为烈士。他把每一次的上访都记录下来，贴在大厅的墙壁上。省市县的人大政协两会或党代会，他都要带上《毛主席语录》和状纸前去，坐在会议室的门口，或就近找地方席地而坐，铺开状纸，放上《毛主席语录》。红宝书也不用打开，他就能把里面的许多段落背得滚瓜烂熟，一字不漏。各级信访部门的人只能好言好语地劝他回去，还把党的政策对他讲了个透彻，说一定会给他一个公正的答复。

一晃就是两三年，事情还是没能得到落实，只是得了几万元的抚恤金。他想既然县里、市里和省里都解决不了，我就去北京。于是，他咬破指头写了篇血书，变卖家里能变现的物件，把大小事务托付给老婆和女儿后，揣着《毛主席语录》，踏上了去北京的列车。

北京之行还是没能使儿子成为烈士，只是又补到了一些钱。他虽然不太满意，但也无可奈何了。都已经告到北京了，还能告到联合国？总算补了一笔钱，而且上头还指示下面，要对他家的有关情况给予适当照顾。

发贵狗的多次告状，虽然得到了几万元的补偿，但那几年，他把家里的一切收入，也都花在了上访的费用上，所剩无几。不过，大家还是一直夸他头脑好用，有过人的胆识和决心，好几年啊，换作别人，也许早就放弃了。

自打儿子死后，发贵狗一下就老了许多，瘦了一圈，脸上看不到一丝笑容，什么事也引不起他的兴趣。儿子是他心中唯一的太阳，太阳都没了，活着还有啥意思。那几年，他确实过得很痛苦，很无奈，除了告状，他几乎不想与人接触。

一天，我父亲去看他，劝慰他："死去的已经死去了，可活着的人，日子还得过下去，既然你没有回天之术，让死去的亲人翻生①，那就不如振作精神，把日子过下去，人活着，不是单为自家，还要为亲人活着。"

发贵狗到省城上访时，我在省里工作的弟弟曾热情接待过他，父亲也曾请他一起喝过酒。他对我父亲的话还是能听进去的，慢慢地，他总算走出了这个精神魔窟。

大女儿出嫁后，发贵狗开始盘算为小女儿招婿上门，为钟家传宗接代。

经人介绍，邻村有个男孩愿意上门。男孩家里生活困难，兄弟又多，前头两个哥哥还不完整，他怕自家也被耽误，就决定倒插门，加上他也喜欢上了发贵狗的满女。

接农村风俗，招婿和娶媳妇一样，是要送礼的。这些发贵狗也清楚，他办了九担彩礼，包了红包，去了男家。一切照做了，那男孩就上门来了，可住了不到半年，却又走了，此后再没回来过。大家心里疑惑，却又不敢问，他满女只好出门打工。

满女在广东打工时，认识了一个叫小谢的湖南人，不错的一个男孩子。打探到他家只有一个老母亲，一个妹妹出嫁了，他自己还没女朋友，满女就主动约他一起逛街、吃饭，对他百般讨好。

满女耐看，而且能说会道，头脑灵活，泼辣能干，一看就知道是个会当家的妹子。湖南人也很喜欢她。两个人很快就有了那种一日不见如隔三秋的意思。满女不久便有了身孕，她打电话告诉父母时，发贵狗不但没骂她，反而很高兴，要她过年时带小谢回去。

一见面，发贵狗满心欢喜，直夸妹子有眼光。小谢一听要自己做上门女婿，惊呆了，他怎么也没想到这一点，他真的一点思想准备也没有，寡母一人在家，她会不会同意？他一时没了主意。

发贵狗见他不答应，就说："你在那边只有一个母亲，而且也是山区，比我们这边条件还差，生活那么困难，连住房都没有，我怎么能把妹子嫁给你？你来这里安家，我没了子瑞，你们结婚后，我会把你当子瑞一般看待。这一切也都属于你，连墙头上的灰尘扫下来都是你的，没有人和你争，你还有啥不满

---

① 翻生：复生。

意的。再说，我妹子现在已怀有你的骨肉，你要是不同意，我就叫她打胎，你忍心你的骨肉就这样被打掉吗？"

发贵狗还威胁说，如不同意，就打断他的腿，让他回不去。

事到如今，小谢没办法，只好打了个电话给母亲。母亲一阵难过，然后哭泣着说："既然有了孩子，就要有责任心，只要你过得好，我就放心了。"小谢心想孩子是无辜的，满女这样爱自己，哪能伤了她的心，只好答应了。

和小谢熟悉后，他曾对我说，如果当时满女说明了情况，他是绝不会同意做上门女婿的，如果满女没怀上自家的骨肉，他也不会和她一起回这边的。也许这就是缘分，注定了这辈子他俩定要走到一起。

发贵狗连哄带吓留住了小谢。几个月后，孩子出世了，是个男孩，胖嘟嘟的，很是可爱，一家人乐得合不拢嘴，走路笑，屙尿也要对壁笑。特别是发贵狗，不吃饭也饿不着他，笑都能笑饱。一次上厕所，裤子没脱就解决开来，完了要出门时，才发现裤裆里又湿又臭，他赶紧脱下短裤，穿上长裤回家。回家和老婆一说，老婆乐得大骂："有了孙子，人都乐得患上神经病了，你自家姓啥你还记得吗，说出去也不怕笑死人。"

多了个小孩，就多了不少开销。小谢初来乍到，不晓得要去哪里才能赚到钱。经人介绍，去村办碾米厂当搬运工，那装满了谷、米或糠的麻袋，少说都有百多斤，一袋一袋扛在肩上，装进大车里，可不轻松。从没干过这等重活的小谢，不到半年，便受不了了，又回到家里，与家人田里地里一起干。

多出两张嘴，光靠点烟钱和卖谷子的钱，日子过得清汤寡水。大人小孩不是这个风寒，就是那个感冒，有时连小孩子的奶粉钱也拿不出来。窘迫中，发贵狗便责骂起小谢来，骂他没本事讨老婆，要来他家做上门女婿，骂他不会赚钱养家糊口。

小谢很伤心，常常和女人一样哭鼻子。满女安慰他："你不要记在心上，爸爸的话你当做耳边风，只要我对你好就行了。你又不是和他结婚，他骂你时，你当做狗吠，他骂累了就会停下，其实他也是为我们好。"

满女怕老公压抑，常把他带到我家。我家来往人头多，经常有人来打麻将，他很快也学会了。一次，他对我们说："我被她爸骂怕了，真想一走了之。他骂人跟女人一样，啥话都骂。我都被骂得体无完肤，没有了尊严，有时实在忍不住想顶撞几句，可又怕他要寻死觅活。"

小谢告诉我们，一家人被发贵狗骂了都不准顶嘴，谁若造次，他就和女人一样，一哭二闹三上吊，说要去陪他的儿子。有时，连躺在床上下不了地的老父亲也听不下去了，说："大鬼，你莫跟妇人家一样，整天骂人，你好意思吗？被你赶走了一个，现在又想把这个赶走吗？再赶走你的妹子就会没人要了。小谢人不错，自家的亲子瑞也不过如此，你还想要他怎样？莫骂得人家站不住脚。"发贵狗听了，骂道："老鬼，你黄泥都淹到脖子上了，还管那么多干啥？"

每次听了小谢的倾诉，我们都由衷地产生同情。我说："小谢，你是要和满女过一辈子，又不是和发贵狗过一辈子，他又活不到一百岁，而你们的日子才刚刚开始，以后会过上好日子的。你又有了子瑞，不管怎么样，你都不要去想到逃避。我相信你是个有责任心的男人，你要记住，责任是永远逃避不了的。"

发贵狗一直像只癫狗，逮谁咬谁。小谢说，人的忍耐是有限度的，跟这种人生活，迟早会患精神病。在满女的调和下，发贵狗同意小夫妻再去外地打工，但坚持让断了奶的小孙子留在老家，说是让他们轻装上阵，实际上是做"人质"。

发贵狗对小孙孙的宠爱那是没的说的。出门总带着，连放牛也要把小家伙带在身边，即使老婆有空，他还是要亲自带去，晚上也要抱着孙子睡。他恨不得把天上的月亮摘下来给孙子当气球玩。

发贵狗骂惯了人，满女和小谢一走，他还不习惯了。他有句口头禅，"屌你娘的"。有次犁田，老牛累了，偷起懒来。发贵狗又和往常一样骂牛，"屌你娘的"。周围的人听了大笑："发贵狗，你娘个下流下贱个①，连牛的娘也屌。"

和人闲聊时，他一不小心就会冒出"屌你娘的"。有人说，我娘死了，你想屌就下去屌吧。有人不甘母亲受此侮辱，死了也不行，大骂发贵狗是猪狗六畜。

发贵狗老婆多次骂他："死佬②，莫一开口骂曼人都是'屌你娘的'，骂你妹子没什么，要是骂了别人，弄不好爱跟你拼命。"

可狗改不了吃屎的本性，连鸡鸭不入棚舍，他也这样骂："屌你娘的！"

按当时国家计划生育政策，头胎若是男孩，就不能再生第二胎了。可发贵狗是"特殊人物"，他说，要是我家的不能生第二个，我就弄一箱炸药，把计生办的人都炸死。

---

① 你娘个下流下贱个：你这个下流之人。

② 死佬：死人。

其实上头也有话在先，对于他家可按特殊情况照顾。所以，他的孙女出生后，计生办不但没有罚他家的款，还送了五百元钱作为营养费，结扎时，计生办又给报销了一切费用，又再送去五百元营养费。像他这样一有会议就拿出《毛主席语录》的人，谁不会怕？花点钱息事宁人要紧。

有人曾嘲笑计生办的欺软怕硬，计生办的回答是："他是正常人吗？"

人与人自古没法平等，只是，一个不打算做人或做正常人的人，往往就比权威更强大。

新世纪之初在建的永武高速公路，从发贵狗家的侧旁经过。他两个弟弟都享受到了可观的征收款，按规定的路线，他的房子不在征收之列。正准备找个好地方建新房的发贵狗，岂甘让这个千载难逢的良机从身边溜走。老房子这边的交通不好，只能过辆摩托，连小车都进不了，他早就住厌了。

发贵狗找到县里，又找高速办，要求把自家的房子也通通征收，不然他就赖在那里不让开工，高速公路就是做成了，他照样捣乱，不信就试试看。他还说，中央领导都说了要让最广大的人民享受改革开放的成果，我是享受特殊照顾的人，为什么就被你们视而不见呢？！

求着顺利开工的县里和高速办，磨不过这个动辄搬出中央领导说理的人，于是，第二批征收时，发贵狗如愿以偿得到了一大笔补偿金，择地另买了块地盘，一年内就搬了过去。扣去地基和建房费，还净赚了五六万。

十多年前，他大弟桂生乔迁新居后，原来的老房就一直空着，成了发贵狗堆放柴火和农用具的杂物间。一天，桂生跟兄长说："反正你用得着这两间房子，不如就卖给你吧。人家卖五百一间，我们是兄弟，这两间房你就拿八百给我吧。"

发贵狗寻思，这两间空房不买也由自家堆放柴火和农用具，弟弟新家离得远，根本用不上，迟早会以更低的价钱卖给自己的。他以五百块钱还了价，说多一分也不会要。桂生早年以养猪发了家，其时也有几十万元的家产，算是富户了，他想，老哥太不够意思，五百块钱就想买我两间房，我还不如不卖，反正我又不是要那几百块钱过日子，留着也不用喂饭。这样一想，他就不卖了。

没想到时来运转了，高速公路要从那里经过，两间破房子也能征到几万元。桂生对老婆说："咳！这不是天上掉馅饼了吗？好在当初老伯瑞不要，不然这后悔的就是自家而不是老伯瑞了。"

兄弟俩，一个是高兴得睡不着觉，一个是后悔得吃不下饭。发贵狗气得捶胸顿足，要是当初成交，现在不用一粒米一碗汤，就翻了几番，真个衰，不该自家发财。

他老婆骂他，"都是你心肝咁雄，要是当时八百块钱买到了，现在就发财了，不用喂饭不用送水，怪曼人？"

"妇人家，屙尿都唔上三节梯，懂个屁！再鬼喔，脚板古就一踢①，踢死你！"发贵狗本来后悔得不得了，听老婆这么一怨怪，气便不打一处来，说罢真的抬起了脚。他老婆曾多次领教过他脚板功的厉害，赶紧逃开，"鬼性，三句不上就说脚板古一踢……"他老婆嘀咕着，连她自家也听不清，但好女不吃眼前亏，走为上策。

发贵狗的父亲自老婆死后，一直和小儿桂林过。桂林老实，被老婆戴上了一顶绿帽子还不知情。他老婆是江西女，传闻她经常上山，和一个外地来烧炭的中年男子约会。那时还经常有妇女上山砍柴，山上的窝安乐却不安全，传说曾多次被人撞见。

更可气的是，她欺老公是《水浒》里的武大，还明目张胆地把野男人带回家。瘫痪在床的公公晓得后，提醒儿子："三古头，你目珠放光一些好不好，再目珠瞎绝绝的，老婆都会变别人的了，绿帽子戴得很舒服吗？乌龟头好做吗？"

桂林在兄弟中排第三，大家几乎不晓得他真名，只晓得他叫三古头。说来好笑，一次，一个外地客人问路时，只问了自己亲戚桂林的大名，有人告诉他，桂林家要从那条路过。连问好几人，最后有位好心人亲自把他领到桂林家。"桂林，你家来了亲戚，他认不得你家了，我把他带来了。"

桂林从房间里出来，口中"多谢"还未出口，已是一脸疑惑。他努力地在脑海中搜寻这个亲戚的影子，却始终不着边际。

那亲戚问："你老婆是不是广东人？"

桂林说："我哪有广东的老婆。"

说来说去才搞明白，原来是另一个同名同姓的桂林，正是发贵狗的三弟

---

① 脚板古就一踢：就踢一脚。

三古头。那人是桂林老婆的姨老表，是来这里投资煤窑的，没想绕了一个大弯，还是找错了人，闹了个笑话。

三古头不仅人厚实，耳朵又背，他听说老婆搭男子的事后，不但没发火，反而大骂父亲多事："你都不知啥时候的客了，管那么多做啥，给你吃的你就吃，想死就快点死，莫咁费事。"

他父亲气不过来，又骂儿媳"逍嫲"。儿媳听了，连尿盆屎盆都不给他倒了，衣服也不替他洗了，饭也不给吃了。

到了这种地步，发贵狗便把桂生也叫来，开了个家庭会议："爷瑞是三兄弟的，养儿防老，他生活能自理时，我们也没去管他，如今连床都不能起了，再让三古头广东嫲两公婆负担，我们也过意不去。从现在开始，三兄弟每人负责一个月，轮流照顾，大家有意见吗？"

两个弟弟都同意了，但桂生的房子离他们不近，不可能三餐都去照顾，家里又养了几百头猪，也不可能住到他家里去。经商议，轮到桂生的那个月，费用一切由他出，大哥大嫂代为照顾。

发贵狗的老婆听后不悦，说："每日端茶送水，端屎端尿，洗屎裤子尿裤子，三餐还要煮给他吃，算都要一些时间算，莫讲做。我田里地里都让它荒掉，啥都丢开来照顾老鬼吗？他们倒轻松，出钱？钱要是出得准，再穷我也情愿出钱，傻瓜才愿意去服侍老鬼。"

"娘个短命嫲，鬼喔般做什么，找揍吗？怕人听不到就到大门口去，他们住那么远，你就过得意让他们每日过来服侍吗？都是亲兄弟亲姊嫂，计较那么多做什么，再鬼喔，一巴掌扇死你！"

"娘个短命相，就晓得踢死老婆、扇死老婆，来踢呀、扇呀！今朝日子我舍了八十斤肉头，冇头那只有脖子我也跟你拼了。自家个一个月都厌死了，还爱替人代班，曼人愿意曼人去服侍。"

发贵狗的老婆像母老虎下山一样扑向发贵狗，受了大半生的欺，今天也不能再当软柿子了。

发贵狗见老婆真个不怕死了，更火了："娘个不怕死个短命嫲，身上的肉会痒吗？食差了药①吗？还刁了？你刁得过我，我就和你同姓！"说罢，一把抓住老婆的手，像老鹰抓小鸟。

---

① 食差了药：吃错药。

两人扭打成一团，一个"短命嫲"一个"短命子"地骂。结果可想而知，只有八十多斤肉头的女人，被公牛般高大雄壮的老公打得鼻青脸肿，浑身酸痛，卧床三日。那些天，她日日以泪洗面，女儿又不在，连个安慰的人都没有，真想拿瓶农药喝死算了。

发贵狗乐于和我父亲谈论天时地利人和，不太明白的地方也总会向我父亲讨教。在交往中，父亲教给他许多做人的道理。在父亲的劝说下，他和老婆以及两个弟弟的关系这些年好了许多。只是，他的两个弟弟之间，还是多年不来往，打了照面也互不相识似的。发贵狗多次规劝，也无济于事。

发贵狗这人固执，有时野蛮，但也有厚道、心直之处。他说："曼人对我好，我心中有数，曼人会看衰我，我一辈子也记得。我又不要和他过三餐，不借他的我就和他一般般富，我才不去巴结那些会看衰人的。但人敬我一分，我敬他三分，人敬我一尺，我就敬他一丈。"

谁讲得话他都听不入耳，却最在乎我父亲的赐教，他说："酿伯表里如一，讲得又最有道理，这辈子我就服他！"

两性人

尼姑集体怀孕了！

这肯定是个特大新闻。我很想就此写一篇小说，但隐约感到，此前已有类似的文学作品，甚至，我怀疑是不是曾从一本书上看到过。

整个尼姑庵，只有一个尼姑幸免。调查了所有去庵堂干过活的男人，篾匠、木匠、泥水匠，都没查出个所以然来。而怀孕的尼姑们忍辱含垢，也一再否认，自己从未跟男人有瓜葛。这就奇了，连警方也有点丈二金刚摸不着头脑来。

还是一位女警发现了问题，整个尼姑庵，就一个尼姑没怀孕。问题很有可能就出在她身上。经研究批准，女警潜往尼姑庵进行调查。

女警装成一个看破红尘的婚姻失败者，成功"遁入"空门后，细心观察庵里的来往行人和尼姑们的一举一动。那未孕尼姑对新人显得特别关心，有事没事都爱找她唠嗑。女警见机行事，在某天晚上把自己的不幸遭遇和盘托出，伤心的泪水滚滚而下。

她说她和男友是大学同学，俩人早就山盟海誓，私订了终身，她早就把自己给了他。都到了谈婚论嫁的时候了，可两个月前，他却突然提出分手，说是喜欢上了公司大老板的千金，为了日后的飞黄腾达请求她原谅，给他一条阳关大道。她听后悲伤欲绝，万念俱灰，大病一场后，就来到了这里。

那个尼姑听了，动情地搂着她，极尽安慰："来这里很好，没有烦恼，还能找到欢乐。"那晚，她们同床共枕。睡前，那尼姑端了一杯茶给她，亲昵地嘱她喝下暖身。趁她没注意，女警把水给倒了。下半夜，那尼姑低声叫着女警的名字，女警装着睡死了过去。

那尼姑以为药物起到了作用，正欲褪女警内裤时，她才一跃而起，抓住她的手，大声喝问要干什么。守候在外面的几位警察破门而入，抓住了她。

从住持师太那里了解到，那尼姑是两年前才来的，说是为了逃婚。尼姑主动交代，就在婚前一个月，她发现自己发生了变化，每到下半夜，身上竟有男性的冲动。她怕羞，不敢对任何人说起，连父母也不知道，她一直不敢和男友同居，可男性的症状越来越强烈，她受不了精神与身体的折磨，在结婚前几天，毅然离家来庵，只给父母留下一张纸条。她希望能在这里摆脱痛苦，不想事情更糟，出出入入每天面对的都是女性，那种男性的冲动更是如打了气的轮胎，迅速膨胀。起先，她努力克制，后来实在受不了了，于是就尽量与她们亲热，晚上睡觉前，她把从家里带来的安眠药冲在开水中，让那个跟她睡的尼姑喝下，等她睡死后，她就如愿以偿了。

第一次顺利搞定后，她的胆子越来越大，继而如法炮制地征服了全庵的年轻尼姑。她也知道自己的行为是犯法的，但自己搞了她们，没人会知道，她们应该不会怀孕，因为她本来也是个女儿身。不知啥原因，她们体形竟然会变了样，她实在是扛不住了。

女警说："昨晚你一直叫我喝开水，是不是里面也有安眠药？"

"是的，就在你伏在我怀中哭泣的时候，我偷偷地把事先准备好的安眠药放了进去，晃了几下，没想到你早有防备。"

我把这个故事说给村里人听，大家大笑之后便把头摇得像拨浪鼓，说这些都是"广古搭花寮"①，打死也不信。一些整天都在泥坑里摸爬滚打，只晓得犁耙辘轴、脚头畚箕的农民百姓，每天只知道吃同样的饭，做同样的事，又不读书看报，有的还认为，书报里和电视里的故事都是虚构的，根本不值一信。

其实，我们这里早就有那种阴阳两性的人，我们称这种人叫"半嬷古"。我娘家就有一个这样的人，人矮小，貌丑陋，说男音，有喉结，会抽烟能喝酒，撒尿时，有人曾去偷看，说也像女人那样蹲着撒尿。但没人看过他的下身到底是什么样子，直到他死时，为他净身入棺的那个亲人才知道，自己有两个兄弟。他未曾婚娶，一直都在烤烟场某茶叶厂做事，怕是离群索居免遭物议的缘故吧，反正他一年到头没几次出现在村民们的视线里，一生过得平淡如水，

---

① 广古搭花寮：胡说八道之意。

这样的人哪里会留下故事呢，怕是早就被乡亲们遗忘在风里了。

直到十年前，我有个驳壳枪能打着的亲戚，我远房舅妈的女儿，发生了戏剧性变化，村民们才依稀仿佛记起"半嫲古"那段已然尘封发霉的奇闻，整个村庄也因此口水腾涌。

我那个所谓的表妹，名叫细英，因为是家中最小的女孩，打小就被唤作细妹。活泼可爱、头脑灵活、能说会道不消说，而且外貌能迷死男人。初中毕业后，不知受了哪股罡风病菌的侵蚀，弄出个杨花水性来，尚未出阁，就已留情 N 处。

有好一阵子，福建的烟草价钱比广东差了不少，所以烟农们总会为了多挣几个钱，偷偷地把烟草挑到或运到毗邻的广东蕉岭县大坝子交易。那时烟贩子也多，烟叶刚下烤，他们便前脚紧跟后脚，挨家挨户收购烟草。烟草站怕完不成上缴指标，就让烟警沿路拦截，没收烟草。

表妹细妹连做了几年烟草生意。别人的烟叶经常被没收，她却不曾失手。那时她可是个风云人物，每次回家，总是大吊小吊的鱼鱼肉肉，钱一沓沓存进银行。舅妈乐得眉开眼笑，说自家的肚底靓，生了个会赚钱的妹子。舅妈经常吃得满嘴油腻，身上的衣物也明显时髦起来，在我们面前说起细妹，好像生了个皇后。

为什么偏偏就细妹不失手呢？有人说，那是因为她和烟警打好了关系。年纪轻轻的女孩，哪来这么多人脉？有人又说，道理简单，细妹细妹，她有暗道可走。弦外之音，不言而喻。

到了女大当嫁的年龄，她看中了邻村一个老实人家的儿子。那家人很勤快，每年都有近十亩的烟草收成，细妹去他家收购过烟叶，认识那男孩。当然，如果她不是臭名缠身，就算那男孩一表人才，她也不会嫁到那个累死人的地方。

那男孩当时并不知道她的故事，彼此都有好感。她和他闪电式结了婚，我们这边的人都说她嫁了个好老公，言下之意，生性淫荡的妹子就该嫁个缺胳臂短腿的，或是离过婚的，嫁了个处男，是前辈子修来的福。那边的人说他讨了个有生意头脑的老婆，人又靓，行了狗屎运。

婚后几个月，他们一直相敬如宾，感到幸福、知足。渐渐地，那男人耳闻了她婚前的一些风流韵事，但还是当做不知道，因为他爱她。在农村，她真算得上是个美女，本性也善，从不伤害人家，嘴也乖，逢人都会打招呼，邻居们都夸他家有福气。

可好景不长，半年过后，他们就开始争吵。原因很简单，细妹经常玩到半夜甚至夜不归宿，他提醒过她几次，但无济于事。

后来，细妹跟我们说，其实那时她已有了难言之隐，一到半夜，就有种男性的冲动，很想和女人交媾。她怕和老公接触，更怕他碰她，就故意在外面混到半夜，甚至天亮。还经常在娘家一住就是一星期，老公来接她回家，她还不想回，父母也总是劝她回家。

大家都看出来她有问题，但问题出在哪，只能无端猜测。因为有前科，老公以为她又旧病复发，和别人鬼混，为此经常争吵。她一再发誓，婚后绝对没有不忠，只是爱打麻将。他当然不信，对麻将再入迷，也不至于到这种地步，连和老公亲热的时间也放得开。

一次，细妹刚想离家，就被老公捉住了手："细妹，你以前怎样，我不在意，那时你是你我是我，可我们结了婚，我已有权管你了，你要注意自己的言行举止，也要顾及一家人的脸面。妇人家经常了到半夜，难免会有人说三道四。只要你能改，我们还是恩爱夫妻。如果你执迷不悟，那我也没法再忍受。这种有老婆跟冇老婆似的日子，我不想去体验了。我对你已经够大量了，你心里该也有数。"

老公心平气和的一番话，使她心中生痛。的确，他是个很不错的伴侣，如果可能，她也真的愿意与他终身相守，可是……

在农村，离婚男人再讨个老婆，困难不少，条件不好的男人就更糟。人家总会说，如果没问题，为啥会离婚？因此，他想尽量留住她，留住婚姻。他不想鸡飞蛋打，他很想用自己的大度去感化她，可他哪里晓得她的苦衷？

显然，事情越拖就越糟糕，她咬紧那双曾迷倒无数男人的性感嘴唇说："祥古头，你是好人，我实在不想害你，我们好合好散吧。夫妻做不成，我们还可以做朋友，如果再吵下去，我们就连朋友也做不成了。"

"为啥？难道你已变了心？有了更中意的人了？还说不想害我，那你为啥这样绝情？如果我有什么地方做得不好，你尽管提出来，我会改。结婚不到一年，我们就闹离婚，人家会咋样议论我们？你为啥要这样？难道是以前的那些男人还来骚扰你？"

一连串的为什么，问得细妹好不自在："你不要把我看得那么坏，自从我们结了婚，他们就没有再约过我，我经常半夜回来，一是去打麻将了，二是怕和你接触，因为我……"

"因为什么？难道是因为我太粗鲁，不够温柔？"祥古头有点疑惑。

到了这种地步，不说不行了，她顿了一下，长长地叹了一口气，接着说："我变了，变成了半嫲古，上半夜我是女人，到了下半夜我便有男人的冲动。我会想女人，而且越来越强烈。告诉你了，你还会责怪我吗？"

"真是天方夜谭，鬼话连篇，你当我是三岁小孩？女人会变成男人？骗谁呀？"的确，这简直是天大的笑话。虽然他也领了高中毕业的红本子，但活到二十多岁，还从未听过这样的怪事，他只知道日出日落，早出晚归，一年四季有三百六十五天，有二十四个蛤蟆节。

他想，就算天下会发生这样的故事，也不会发生在山高皇帝远的山村里，更不会发生在自己身边。他实在不相信，结婚不到一年的老婆，居然说变成了一个男人。

"也难怪你不信，当时连我自己都不信。今晚我就不走了，我们来做个了断，我们再做一夜夫妻吧。但为了我们今后都好，请求你不要说出去，我要去做手术。"

祥古头答应了。见儿媳没走，公公婆婆以为她收敛了，欣慰有加。他们哪能相信，自己一家人辛辛苦苦种了一年的烟，却讨了一个变性儿媳，真是孤老嫲死子瑞[①]，行衰运。

后来听细妹说，那晚祥古头脱了她的裤子，认认真真进行一次"妇科"检查，根本看不出啥问题，就和她亲热起来。细妹感受了万箭穿心的疼痛，但还是忍受了这种折磨。原来沉湎的肉体欢愉，如今变成了致命的煎熬，这是她所没想到的。到了下半夜，她就感到下身又有了异样，体内有股强烈的气流迅速膨胀，潮涌海动，令她血脉偾张，亢奋而难受。她老公目睹男人发情时常有的这份情景，这才相信。

"现在医学那么发达，这病也能治好，我们先不说离婚的事，先治病吧。"

"祥古头，你不要再天真了，你人不错，又勤快，还愁讨不到老婆？病治好了，如果又不能为你们家添丁进火，那还是会害了你们家。你们一家对我那么好，我真的不能害你们。"

---

① 孤老嫲死子瑞：寡妇死儿子。

说到这里，细妹竟然流下了眼泪，怪自己没福气，受不起这么深爱自己的男人，她感到了前所未有的痛苦。

她带足婚前的存钱，去省城一家能做变性手术的医院体检。虽然体内男性功能略强，但还是有办法恢复女儿身的，但她死活都想做回男人，医院只能为她"填沟安把"，加进荷尔蒙。昔日花容月貌的女人，就这般变成了须眉。名字人们叫习惯了，不好改，改了也没用，反正名字中带妹的男人乡村里比比皆是。

她和祥古头离婚回到娘家后，租了一间小店经营副食品。村人对她的事以前只是有所耳闻，如今有事实证明，她的声音变了，女人的"招牌"没了，男人的喉结明显突出，头装改了，女人的月事也没有了。不过，听人说她每月要吐一次血，这可能与女人的月事有关。我也只是耳闻，并没目睹，也不好意思问她，尽管她一直都是有礼貌地叫我嫂子。

写到这里，该改用另一人称代词"他"了。一次，他因阑尾炎开刀住院后，姐姐和母亲去照顾他，一个个被他赶了回去，说只要他的好姐妹小丹照顾就行。细妹啥都听小丹的，小丹一句"你不听话，我就回去"，就能把他吓乖。

他在店里，经常有男男女女去那边凑热闹，不买东西也去，醉翁之意不在酒，去了最起码可以看新闻一样看这个特殊人物。大家打破了脑壳，还是想不明白，好端端的女人怎么会真的变成男人？真是奇了怪了！

我喜欢阅读，经常会看到那些千奇百怪的故事。虽然知道那些故事也添了油加了醋，但我还是相信主题的真实性。我也不讥笑村里人的少见多怪，因为，什么时候播种，什么时候施肥，什么时候收割等等，已经使他们焦头烂额了，哪还有时间去补充这些精神食粮？

又不是孙悟空，女人怎么会变成男人？细妹尿急时，有的村妇还傻乎乎地去偷看，一看更傻了眼："真个是站着屙尿了，连撒尿的声音也是跟男人一样的！"

"真个？"没看的人傻问。

"千真万确，不信你去看。"

别说乡下人没见识，相信只要是人，遇到这种事，也会有好奇心。

"医生也太高明了，不知用什么方法为她做了手术，竟真个把女人做成男人，那东西是怎样改成的？有用吗？会不会是用的塑料管子，只管屙尿，不管做那事？"

人们猜来猜去，也猜不出医生到底是怎样的高明法，太不可思议了！

"不如，抽个空，我们把他灌醉，然后脱下他的裤子看个究竟，不然我实在想不透。"有人出了个馊主意。

"时代进步了，医术当然提高了，细妹身上明显改变了，怎么就不相信那点点。听说，人体的各种器官可以移植，连心脏都可以，这点当然也有办法了，别净想那些无聊的馊主意。"我明确反对她们的恶作剧。

"就是，如果不相信，你自己也可以变成男人，亲身体验了就相信了。"有人开玩笑说。

"我可没那福气。他成了男人，可不可以结婚？有没有生育能力，如有，生出的细鬼子会不会三头六臂？"

"你这么关心他，不如把老妹子嫁给他吧。"

"我的妹子嫁鸡嫁狗也不嫁给他，这种传奇人物，搞不好哪天突然又从男人变回了女人，那就害了我老妹子了。我看还是你把老妹子嫁给他吧！"

小丹是食品小店里最主要的常客。一次大白天的，店里只有两人，两人说着说着，细妹忍不住就对她动起手脚来，还亲吻了她，摸了她的胸，接着又想伸手去拉她裤子拉链。被来买酱油的华玉大婶撞见后，细妹立即放手，还解释说是闹着玩的。

华玉乃有名的长舌妇，只要被她晓得的事，传播速度比新闻联播还快。酱油还没送到家，她就先去小丹家通风报信："老魏古，有玉嫲，你们也爱说说你女儿，莫扯名扯声①，以后害不了别人，只有害自家。我看她经常在细妹的小店里，我还看细妹对她动手动脚，想占她便宜，再这样下去，包会出事。我是爱你们好，才好事来告诉你们。你们可千万莫说出去是我说的。"如此"好心"的华玉，其实是细妹母亲秀莲的对头。

老魏古忙说："华玉，我们晓得，你放心，我们不是傻瓜，早就晓得你和秀莲是对头，哪会去火上浇油。你都这么好心，大老远跑来告诉我们，我们又哪里会这么昧良心去害你？"

那天晚上，小丹就被父母限制出门了："小丹，从今日起，晚上一律不准出门。细妹子人，每天晚上都走，成何体统？走野了以后就难收脚，莫紧嫁不

---

① 莫扯名扯声：莫败坏名声。

出去。"

老魏古黑着脸说女儿，但他守信义，没说出华玉来过一事。

"爸，嫁不出去我就不嫁，反正两个哥哥都不在你们身边，我在你们身边照顾你们好了。闷在家里多没意思？出去转一圈，时间一下子就过去了，我会早点回来，每次我回来你们都还在看电视呢。"

小丹以前最怕父亲了，每次只要他臭着脸不说一句话，她就吓得大气不敢喘，好比老鼠见了猫。可破天荒的，这回她对老爸的臭脸视而不见。

"小丹，我晓得你花了细妹很多钱，以前她做烟生意时赚了钱，常买衣服鞋袜给你，对我们也大手大脚的，那时你们比亲姐妹还亲。我们也不是忘本的人，可她如今变了，变成了男人，你们再这么亲近，人家会说三道四的。你让我们的脸面往哪里搁？"做母亲的也做起了女儿的思想工作。

小丹眉毛一挑："姨娅，我们只是在一块说说话，又没什么见不得人的事。嘴在人身上，人家爱说让他们说去，怕什么？"

"不要以为我们啥都不晓得，做了什么你心中有数，胆子也够大的了，越来越不像话了。你走给我看，看我不打断你的腿。"老魏古大声吼道。他做梦也想不到，自己唯一的乖女儿，今天竟敢顶撞父母了，这都要归"功"于细妹，这个可恶的变性人！

这下，小丹真的被吓住了，她滴着泪，一句话也不说就跑回房间里，扑在被面上，低声哭泣。

"那么大声做什么，怕人听不到吗？有事好好说，何必嚯锣战鼓？真个吃炸药大个。"小丹母亲有玉责怪起丈夫。

那晚可苦了细妹，他在店里一直等着小丹，心不在焉的，老是出门看看小丹来了没。一日不见如隔三秋的说法这时应验了，好笑的是，人家来买烟，他给人一包味精干啥？他说："哦，我拿错了。我头晕，没听清。"给了烟，却又找错了钱，人家给一张十块钱，买了一包大前门，他呢，却找了三十多块钱给人家。那买烟的见他魂不守舍之样，心里好笑，一副受之无愧的样子，嘿嘿！

"今晚行狗屎运，白捡一包烟，还赚了个小工钱，但愿下次再能这样。"买烟者拐进一熟人家，得意洋洋地说。

"你这家伙也太贪财了，都是左邻右舍的，怎么能这样？人家找错了也该还给人家，万一人家想起来了你咋办？如果大家都和你一样，那不是乱了套？"

"笑话，谁跟钱有仇？看他魂不守舍的样子，莫讲想不起来，想得起来我怕啥？我又不是从他手上抢的，反正他也是从我们手中赚的，我看可能是小丹没去，他才这样，可能他那家伙不是个塑料管子，是真家伙，现在比雄鸡还雄，小丹再去他店里，迟早会被他强奸。"得了便宜的人还理直气壮。

"也是，做一天小工才二十多块，谁会跟钱过不去？良心？良心多少钱一个？要是都讲良心，那世上不是都风平浪静了？那人生多无聊。"

熬了几天，小丹白天干活脑子里想的全是细妹，一想到他，就感到浑身是劲，她真希望自己变成一只自由自在的小鸟，立即飞到他身边。

与细妹成为好姐妹以来，他们从来就没有隔这么久不见面的，何况他们之间的关系不同寻常，哪能抑止他们发生令人神魂颠倒的动作呢！

一天晚上，小丹实在不能再忍了，她灵机一动，说要上厕所。那时，一般乡村家庭都还没有卫生间，连粪坑都离家不近，远点才不会臭到自家。小丹恨自己先前怎么就没想到，真是笨死了，她狠狠地拍了一下自己的脑袋，却又为现在能想到金点子而暗自庆幸。她拿了电筒和卫生纸，装着很急之状，匆匆忙忙地走了，老魏古夫妇一点也没疑心。

小丹一路小跑着来到小店，正逢晚饭时光，还没人光顾生意。他们一见面就情不自禁地身子贴在一起，细妹迫不及待地把"小金鱼"放到小丹口中，任由它在那里游来游去。君子动口不动手，可他不是君子，尤其在如此发狂状态中，他是既动口，又动手。小丹幸福得喘不过气来，想推开他，可是手软了，不听使唤了。幸福包围着她，她很快感觉到自己的下身被一件硬物顶住了，少女的情怀立即升腾。她快要晕了，任由细妹解开胸罩，褪下裤子。细妹把小丹抱上床后，马上关门熄灯。管他有没有人来买东西，今晚不营业，我要在床上"营业"，细妹这样想着。

小丹把自己的初夜献给了一个曾是好姐妹的男人。她事后搞不懂，真男人是不是也这样？那时电视里还比较少看到这样的场面，即使拉拉手，也还会像触了电一样马上缩回。看到影视里亲吻的动作，她都会脸红，可是今晚，自己却……她有点害怕，但不后悔，虽然下身感到一阵阵火辣辣的，可也有一种欲仙欲死的快感。细妹是粗暴了点，但也是因为太想她了，来不及对她温柔，她理解。

细妹事后才温柔地对她说："第一次都这样，以后就不会了。小丹，我们结婚好吗？我保证一辈子对你好，你相信吗？"说完又亲了一下她。

"我相信有什么用？我父母不会同意的，这次来我还是骗他们说是要去上厕所，我要回去了，不然下次我就骗不了了，我父母不是呆子。"

一听说要走，细妹马上又翻身把她压在下面，再一次把她带进了欢乐场。小丹既感到自己在神仙谷，又感到自己在地狱中，她说不出是幸福与恐惧，或者两者兼有。

"老魏古，去看看小丹，去了那么久还没回来，总不会是掉粪坑了吧，屙铁屎也该屙完了。"小丹母亲死也想不到，平时老实得出色的女儿，今晚却去偷吃"屎"了。

老魏古心想，真要跌到粪坑里还好，最多多花几桶水，多擦几下肥皂，明天去讨七家饭让她吃下就没事了；怕是怕她掉到了人家的陷阱里，那就跳到黄河也洗不净了，这个死妹子呀！

老魏古一边想，一边快步走到厕所，他见门开着，就走进去用手电照了照粪坑里，看有没有刚丢下的卫生纸。当然没有，坏了，坏了，自己两公婆加起来一百多岁了，却被才二十出头的老实妹子涮了，难怪老人们常说："老实人有时也会偷屎吃。"

老魏古火急火燎地，几乎是跑着去细妹店里。他一千遍一万遍地在心里祈祷，别出事，千万别出事，但愿店里有很多人，这样，他们再冲动也不能当着那么多眼睛做出什么，人要面子树要皮，又不是鸡公头打鸡嬷①，就那么一下完事。

然而，等老魏古到细妹店时，好戏已经收了场。小丹回家了，而做了两场高级运动的细妹也穿好了衣服，梳了下头发，正心满意足、神采奕奕地站在柜台前，回味刚才的精彩表演。真行！绝不比那些真男人差，甚至比他们更棒！细妹高兴极了，暗自为自己的能力高兴。

当然了，对这事，他是有经验的。为了赚钱，他是姑娘身时，曾和许多男人上过床，之后又还结过婚。与他们比较了一番后，他觉得自己比他们更胜一筹。我要结婚，我要讨老婆，我要生儿子，我有能力，我要证明给所有人看，我是有用的！他就这样一次又一次地对自己说。

可是像他这样一个半路出家的男人，要讨老婆成家立业又谈何容易？愿意嫁给他的妹子肯定是脑袋瓜子有问题。在大家的心目中，细妹是个怪人，除

---

① 鸡公头打鸡嬷：公鸡母鸡交配。

了小丹。

小丹一到家，母亲就急问："屙的铁屎吗，要那么久？见到你爸了吗，我叫他去等你了，以为你掉粪坑里了。"

做母亲的啰嗦完后，细心地发现女儿走路有点不对劲，"怎么？真屙铁屎吗？蹲得脚都麻了？"她真不想把妹子想得那么傻，会做出丢人现眼的事，何况做那事，也该有个过程，再说去趟粪坑来回也不要半小时呀。

小丹见母亲看着自己，心里发慌，连忙解释："我去那里时，已有人在里面了，那人也刚进去，我等不及了就去另一个粪坑。"说完脸却红了，好在是晚上，十五支光的灯泡，像瞌睡人的眼，五十多岁的母亲根本就看不清。

"那你的脚是不是扭伤了，走路都不太对劲，要不用活络油擦一下？"母亲的关心是最能暖心窝的，小丹都感到有点对不起母亲了。

"今天插了一天秧，脚都又酸又痛了。"

这是所有插过秧的人都相信的。小丹真的是变聪明了许多，说起谎来一次比一次有经验，连随后赶来的父亲也信。

每次和细妹约会，小丹总有理由。父母信了几次后，后来渐渐起了疑心，为啥天天都要吃过晚饭后就去粪坑，啥事也不会这么有规律吧？老魏古多了一个心眼，在一次小丹又说要去大号时，尾随其后，见她根本就没去粪坑，而是小跑着直接去食品店里。一进门，细妹马上关门，熄灯，时间紧迫，不允许他们婆婆妈妈地做事前工作，说干就干，不能有过程。

细妹疯狗一样撕扯着小丹身上的衣裤，迫不及待地压在她身上。正要进入她湿热的身体，猛听到响雷般的砸门声。他们屏住呼吸，装着无人在店的假象，任由砸门声一阵响过一阵。

"你们不要装了，我知道你们在里面，快开门，不然我就拿斧头劈了门！小丹你这个死妹子，好坏都分不清，连爷娘的话都不听！"老魏古气得七窍生烟，恨不能一拳砸烂门，一脚踢死细妹。他真不敢相信，自己都快六十岁的人了，竟被两个年轻人当猴耍，而且不止一回。

再冲动的男人，也经不住这样的恐吓，细妹的那件硬物一下子就吓得奄拉了头。他们清楚老魏古的脾气，门再不开，不但门保不住，两个人要受更加严厉的处罚。反正事情已经瞒不住了，他们又不敢杀了我们，最多被他臭骂一顿，骂是风吹过，打是皮上上，活人装个死人样，一句话不顶，他又能将我们怎么样，难道还能将我们生吞活剥不成？他们在床上，一边穿衣服，一边商量对策，约好装傻，不顶撞一句。

门开后，两人战战兢兢地站在老魏古面前，准备接受一顿不堪入耳的辱骂。可出乎意料，老魏古只是臭着脸一把从细妹身边牵走了小丹，小丹在父亲充满火药味的牵扯下，脚步趔趄。她其实几乎是被父亲拖着回家的，一进家门，老魏古就把小丹推倒在老婆脚下。

"你生的好女儿，今日把我的须菇都削光了，以后我还有啥面目出去见人？"

老魏古曾经当过大队干部，一直以来总以为自己高人一等，其实自从儿媳不守本分，败坏家风后，他出门就觉得脸上无光了。他的儿媳搭上一个叫三牛的煤老板后，就富了，老公要是稍微发声怒，她就扯着嗓门大骂："冇良心个短命相，要不是我，你能有今朝日子？"好像老公做了乌龟，戴了绿帽子，还应该感谢她，感谢她这个家庭致富的大功臣。

老魏古以前多风光，可出了个不守本分的"大功臣"后，他就好像麦田里栽葱，矮人一截。

做母亲的一看这种气势，心里已然明白了八九分，妹子一向老实，懂事又勤快，左邻右舍无不称赞，还说讨这样的妹子做儿媳妇，保证不会惹是生非。老魏古夫妻一向都很疼爱她，从来不曾骂过一句重话，人家父母动不动就骂女儿"短命嬷"，但一般都不会骂儿子"短命子"，这就是重男轻女的最好见证，不过老魏古也从来不舍得骂小丹。

听了老公的话，做母亲的也感到痛心，生气地说："小丹呀！你也太糊涂了，怎么就听不进爷娘的话呢？做爷娘的会害自己的子女吗？多少好人家来提亲，你就是不答应，可为啥就那么死脑筋，偏偏和细妹挂上了钩？你们做好朋友，结同年，我都不反对，可他是个变性人（她听人这样说的），家里又冇钱有势，才几间旧房，还有兄弟，父母又不近人情，真要嫁给他，我们还有什么面子出去见人？"

她呜咽着，停了一下又说："要是你两个哥哥晓得了，绝对不同意，你趁早死了这个心，除非你不认爷娘和这个家。"说到这里，她忍不住失声哭了起来。

小丹见状，也跟着哭了，哭得很伤心。

"你不是细鬼子了，好坏应该分得清，做女孩子的有两个机会，出身不好也还可以选择好人家，一辈子的事，你自己好好想想，路要靠你自己走，走阳光路还是走独木桥你自家选择，脚长在你自家身上，我们也不可能天天顾着你。"

老魏古说完，气冲冲地走回房间，狠狠地摔上门，整座房子好像都在震动。小丹不由得打了一个冷战，她可从来没看过父亲发这么大的火。

"你爸真生气了，你这个死妹子呀，咋就这么傻呢，世上的好男孩多的是，咋就只看中他呢？！"

那晚，三个人都失眠了。

夫妻俩绞尽脑汁，最后的办法就是俩人都出劲，细妹由老魏古负责找谈，老婆就出面找细妹的父母谈，让他们管着自己的儿子。

分领任务后，老魏古老婆有玉心里一点底也没有，说实话，如果不是为了女儿一辈子的幸福，她一辈子都不想和细妹的母亲说上啥话。

"秀莲，我们都是做母亲的人，都希望自己的儿女过得好，不求荣华富贵、吃好穿靓，但求平安无事。如果是你的细子瑞①看上我家小丹，我们也不会反对，可细妹是个变性人，以后会咋样，谁都说不准。将心比心，相信你也不会同意自家的女儿嫁给这样的男人……"

"好笑，你来到我面前鬼喔般做什么？你自家管住女儿就行了，干吗来我家指责我？是你妹子去店里，又不是我家细妹去你家。再说了，你也是几个子女的母亲了，女人双脚不打开，男人的家伙进得去吗？有今天的事，怪不得我家细妹，是你家妹子逍，送货上门。你说，世上有哪只呆猫不吃煎鱼的？以后你再来烦我，我屎管扫②一扫，我冇咁好的心情去管这些衰事！"

秀莲是出了名的骂人大王，每次骂人总是一溜边，好像打好了腹稿。谁要是得罪了她，她不管你是玉皇大帝还是王母娘娘，照样不给面子，老公她都舍得骂个狗血淋头。

本来就是，这事轮到谁也没有那么好的心情，本来好好的一个女儿，怎么就变成了儿子。会说话的说她家运气好，平白多了一个儿子，不会说话的背后说她家行衰运，多了一个分家产的。再说，原来一厅三间的房子，分两间给小儿子后，还够自己两公婆住，这下咋分？横空出世多了个儿子，兄弟讨厌，父母头痛也是自然的。因为生活不好过，多个儿子多份负担，以前那个女儿多好啊，鱼一吊肉一吊，让全家吃得满嘴滴油。因为做手术、开小店，他自家已

① 细子瑞：小儿子。
② 屎管扫：扫把。

是泥菩萨过河了，哪还顾得了全家？秀莲越看目珠越乌，越想越气恼，见了谁都没有好脸色，好像女儿变儿子，是全世界的人害的。

细妹的弟弟亿肚，见了细妹好比中国人见到日本鬼子，有时细妹买回了酒肉，他也不吃。本来壁上的尘灰扫下来都没人抢得去，可少了一个姐，多了一个哥，以后家产就要两分开了，再不读书，这个算盘大家还都会打。

小丹母亲有玉被秀莲骂得狗血喷头，眼泪直流，自己的妹子不懂事，做出丢人现眼的事，人家骂得对，是自己教女无方，是自己妹子道，送"货"上门。她无言以对，要是让秀莲嚷嚷出去，也只能跌自己的古。这下，她真的哑巴吃黄连，有苦说不出了，家门不幸啊！儿媳削光了自己两公婆的胡子已够人笑话了，如今自己的妹子又这样，这下该轮到亲家他们的抢白了，以前自己曾经说过是他们教女无方，造孽啊造孽！

老魏古比老婆精，他不在小店里和细妹谈，让细妹跟他去一个较清静的稻田边。这样，说话方便，时间也充足，店里时不时的有人来买这买那，根本解决不了问题，六七十年代的老大队干部，自然能想到这点。

"细妹，你老实说，老魏叔一向对你怎样？"坐在田坎上，老魏古这样开了口。

"这还用说吗？你和婶一直都对我不错，我铭记在心。"细妹心里知道，这是长篇大论的开头白，接下来就准备上政治课了。他挺不自在的，以前要不是我孝敬你们，你们会对我好吗？你老婆上山砍柴脚骨跌断时，你儿子对她都没有这么好，我倒像亲儿子，不，那时我还是女孩子，那时，我一直在照顾她，为她端茶送水倒尿盆，还倒贴钱去抓药，亲闺女也不过如此，你们该没忘吧？

细妹心里一边想，一边打着鼓，他害怕老魏古会不留情面地刻薄自己，为了小丹，他岂能顶撞？其实这几天他的心里一直凌乱不堪，老想着老魏古找他兴师问罪，自己已经欺负了他女儿，自己也不能顶撞说是小丹主动来找的，如果这样说，那让小丹情何以堪？！不！无论他怎样责怪自己，都不能这么说。他在这凌乱不堪的心态中越陷越深。

"你真是爱小丹，希望小丹过得好？"老魏古问。

他看得出细妹神情很黯然，十六的月亮照得收割后的稻田跟白天一般，细妹一点笑容都没有。以前他可是个天真活泼的女孩，一笑起来总是格外清脆，令人心情舒畅。毕竟服侍过老婆，而且是那样的体贴周到，那时他真的非常感激他，在心里也把他当做了女儿，也为女儿有这么一个好姐妹而暗自高兴。可是造化弄人，怎么就会让她变为他，又让自己的女儿爱上他？

"老魏叔，我真的很爱小丹，你放心，为了她的幸福，我什么事都能做，我会尽一切努力让她得到幸福……"

细妹咽了咽口水，把"我不比真男人差"的话给咽了回去。他心里一直发冷，老魏古不是能轻易找人谈话的，自己伤害了他女儿，细妹总认为自己今天死翘翘了，没想到他会这样心平气和地和自己说话，他顿时轻松了许多，似乎峰回路转了，他重新感到阳光又明媚起来。不，不是阳光，是月光，他不由得抬头望了一下天空，一下子就望见了那轮圆月，月华似水，生活真美好。

听到他声音有点发抖，老魏古晓得他误解了自己的意思，以为自己念旧情会把女儿嫁给他。他觉得自己必须狠心，来个快刀切西瓜，熄灭他心中的熊熊烈火，于是，他卸下脸上僵硬的笑容，直奔主题："细妹，看在你曾经像女儿一样照顾过你婶，又曾经是小丹的好姐妹，已经发生的事就让它永远过去，我们大家都不要再去提起。我也不会责怪你，但是从今天起，你必须和小丹断绝男女关系，而且你要主动，说你已经有了女朋友，不能再接受小丹，绝对不要藕断丝连！"

"老魏叔，你……你难道不相信我的能力，不相信我会对小丹好？"细妹带着哭腔问。

"不是我不相信你，已经有一家人来提亲了，他家的条件，一切都比你家好，我已答应了媒人婆，过两天就会来相亲。那男孩是个开拖拉机的，有门手艺总比较稳当。既然你对小丹好，希望你有自知之明，不要再去伤害她了，她的两个哥哥也绝对不会同意你们结婚的，做朋友可以。他们对小丹说了，如果再固执，不听劝告，那就一刀两断，再也不认她这个不听话的妹妹。我相信你也不是那种无情无义自私自利的人，你也不愿意让小丹为了你而左右为难。我就这么一个女儿，为了她日后的幸福，我这张老脸也不要了，我给你下跪，求你放了小丹吧。"

老魏古一改往日的骄横自大，语气中带着哭音与央求，还准备给细妹下跪。俗话说，"爷娘爱子路般长"，可怜天下父母心啊！

细妹当然不会让他跪下，无论怎样，他还是长辈，他心中苦涩万分，对小丹的难舍之情溢于言表。但纵有千苦万涩，他也不能对他发作。今天，老魏古还是比较客气的，那也是看在往日的情面上。

就目前的状况，小丹跟着自己，真的会很辛苦。小丹善良、老实，如果连自己都不为她的幸福考虑，那么，自己就真的太自私了。既然，命运如此作弄自己，让自己成为一个变性人，作为男人，就要拿得起放得下，只要小丹幸福，自己好死赖活有啥要紧？

细妹想了很久很久，脑海里过滤了一遍又一遍，心里非常痛苦。他和小丹从细妹子开始，已经好了十几年了，从未吵过嘴，又有过几次肌肤相亲，现在真要与她分手，实在是剜心割肉的事。别说凡人，就是神仙也难作决定。虽说答应还可做朋友，但今后做朋友有多尴尬，该怎么去面对？

细妹脑子像快速回放电影一样，映过几个镜头后，双手托住老魏古，不让他跪下："老魏叔，你不要这样，我受不起，我……我……我答应你就是了。"

说实话，他不是那种无情无义之人，虽然以前跟过不少男人，但他从不拆散人家家庭。在床上，他和他们逢场作戏也罢，感情投入也罢，除了要他们的钱和帮助外，没有其他再过分的要求。

"我就晓得你是有情有义之人，小丹有你这样的朋友我也感到高兴，不过，你不要把今晚的事告诉小丹。你只要亲口告诉她，你已有了女朋友，不能再接受她。"

老魏古嘴里说细妹是好人，心里却把他骂了一百次，骂他不是人，是猪狗六畜。自己的女儿被一个变性的搞了，换作谁，谁也会生一肚子的气。

在相对保守的农村，女儿循规蹈矩守住了那层膜，父母脸上就有光，说话也敢大声，好像没了那层一捅就破、有时不捅也破的膜，就嫁不了好老公，就会受一辈子苦。

夜在期待中又周而复始地降临了。

小丹又来了。

她有了几次的撒谎经验，说起来也不再脸红心跳了，这次她装得更像屎急的样子。父母看了，也不点破，这时去了，大家都还在家里吃饭洗澡，就算有个别人早去店里，他们关了灯在里间，也会认为是细妹回家吃饭了，知道的人越少，安全感就越多。今晚细妹也许会向小丹摊牌，会不会呢？老魏古心中不踏实，如猫抓似的。

一如既往，小丹一到，细妹立马关门、熄灯，把小丹半拖半拥推到里间床上，饿狼一样撕扯着小丹的衣裤。一是性欲高涨，二是时间不允许他拖泥带水。今晚，也许是他们之间的最后晚餐，他有可能就永远失去她了，他也没有心情去温存。

小丹吓住了。他比每次更凶猛，更粗暴，好像有一肚子气，要和那种东西一齐在她身上发泄。她几次想问他，可刚想开口，细妹又把她的嘴给堵上了。

作业完毕，细妹已是满头大汗，却还不愿意下来。小丹人消瘦，即使再有肚力，也不免有点气喘。

"好像有人来买东西了。"小丹附在细妹的耳朵边，小声说。

"不管他，肯定是来买烟的，烟鬼！今晚我不开店门，不赚那点钱，我要你一晚上都不离开我。"

"那怎么行，会被我父母骂死的。每次回去，我父母都像审犯人一样审视我，如果被他们晓得了，就更糟了，以后我们就不能见面了。"善良的小丹以为父母还蒙在鼓里呢！

"不如我们……"细妹刚想说出分手之类的话，却又不忍心，也没有勇气说出，眼泪滚落在小丹美似桃花的脸上。

"不如什么？"小丹惊问，她不晓得他为啥落泪。

细妹一双泪眼居高临下地看着身下之人，说："男人的最幸福是啥时刻，你晓得吗？"

"是啥时刻？"小丹心里已猜到他想说什么，但还是明知故问。

"男人最幸福的时刻，就是趴在最心爱的女人肚子上。"

细妹这句话，是他做女人的时候，那些和他做"生意"的男人说的。没想到，今天他竟也对小丹说出。可既然是最幸福的时刻，他为啥还掉泪，小丹就不懂了。

"小丹，不如我们再来一次，你怕吗？"细妹大喘一口气后，不觉雄风再起。

"你不累吗？你还行？"

小丹说话间，细妹已经又一次进入了战斗阵地，而且比刚才还疯狂，如排山倒海般冲击着她，使她惊诧，又使她飘然。这就是男人，而且是个变性的男人。她没有接触过真男人，不懂真男人是啥样子，一个晚上能做到几次。有一次，她想问细妹，但怕他生气，就没再开口。

由几块木板搭就的简易床，在细妹躯体的猛烈撞击下，发出了吱吱呀呀的声响，犹如几只老鼠在咬木板。

小丹呢喃道："小心一点，别让过转①的人听到了。"

"怕啥，他们听不太清楚，以为是老鼠咬木板呢。前天还有人告诉我说，店里好多老鼠，而且很凶，几个晚上都把木板咬得吱吱呀呀的，要我买包老鼠药毒死它们呢。我差点笑出来，我们这两只老鼠真的好凶！"

细妹说完，俩人都笑了。虽然有点累，但还是把爱做得彻彻底底。

小丹心满意足地回到家时，父母还在看电视，第一句话就问："又去厮铁屎了？"他们意味深长地瞄了一眼小丹。

不到一个小时，就接受了细妹的两次挑战，小丹走路当然有点变样。父母都是过来人，眼睛也跟火眼金睛差不多，他们相视一下，心里都恨不得一巴掌扫死小丹。这个贱妹子，鬼迷心窍了，连脸面也不要了，还要自己送上门，被别人看出了，我们这张老脸还要不要？一个贱妹子，上代作了啥恶啊！

"我肚子有点不舒服，去胖古那里看了一下，就久了一点。"小丹不等父母发问，先行解释。胖古是医生，离他们家不远。

"真的吗？你没说假话？"老魏古严厉的目光射到小丹脸上。

小丹低下头，心都快跳出来了，虽然撒过几次谎，但毕竟不是谎话专家，尤其是用在父母身上，更不能心安理得。父亲严厉的目光和怒声发问，让小丹差点尿湿裤子。

"别以为我们啥都不晓得，我们只是不想戳穿你，我们已给足了你面子，可是你这冇用的妹子，一而再再而三地欺骗我们，把父母当猴耍，真是越来越不像话了！我警告你，再去细妹那里，我扫断你的脚骨，养你一辈子，也不致让我们一家丢尽颜面。总有一天，我把他的柜台都砸烂！你想想，他除了一条腔还有啥，就连他的腔也是假的，你怎么就这么土呢？脑子里装的是狗屎还是猪屎？我们也是用米饭喂大你的，又不是用屎喂大你的！"

老魏古积蓄了好久的气，都快爆炸了，今晚再不严行管教女儿，就会临渴挖井，来不及了。

小丹被父母骂得说不出一句话，只是一个劲地哭。为什么父母对细妹这么仇视，以前细妹对他们有多好啊，比亲女儿亲儿子还好，他们为啥就忘了呢？不让我和他结婚，就因为他是个变性人，可他真的很棒，相信他不比真的男人差。虽然她未曾体验过真的男人，真男人也不过如此吧？小丹还坚信，他

---

① 过转：来回过往。

既然做了变性手术，就一定有生育能力，说不定与他生出的子女还更聪明呢！她心里这样想，却不敢这样说。

小丹越想，心越跳，脸越红，她不会忘记和细妹在一起的快乐时光，长到二十出头，她现在才真正体会到，做女人真的好幸福，以前她恨自己为啥是个女人，尤其是来例假时，更是羡慕起男孩子来。现在她又庆幸自己是女孩身了，如果允许，她愿意马上又回到细妹身边。如果我会飞就好了，小丹天真地想。

"兰兰婶给你介绍了一个男孩子，他是独苗，三个姐姐都已出嫁，家庭条件很不错，又是个开拖拉机的，有门手艺总不至于饿死。你的事情大家还不晓得，你再不能和细妹发生什么事了。你要是再不听话，就不要再进这个家门了。我已答应了人家，过两天就会来相亲，你们先见个面，如果没意见就赶快定下来。如果你为了细妹一个人，可以舍弃父母兄嫂，那么我们也无话可说，只怪我们命苦，生下你这个女儿，我们就当屙了一堆屎。"

老魏古句句话都像定时炸弹，炸在小丹身上和心里，炸得她血肉模糊。

小丹的心在滴血，她蒙了，难怪细妹对她说，他今后不能再害她了，因为他是一个变性人，不是一个正常男人。他还说，他已有女朋友了，今晚和小丹是最后一次，明天就各奔东西了，舍不得也得舍，这是命！命运让他们连朋友也不能再做了！说完，细妹无声地哭了，他不能放声大哭，他是个怪人，连放声大哭的权利也没有。

小丹晓得细妹是骗她有女朋友的，他那么爱自己，怎会去找别人，又怎么能这么快找到人，肯定是父母跟他摊了什么牌。当时听完细妹的话，小丹也情不自禁地哭了。她说，她啥都不管，只要两个人真心相爱就行，谁敢保证他们给合就肯定没有好日子过？幸福是人创造的，他们也有手有脚，脑袋又不比别人笨，凭啥就不能过好日子？小丹越想越不服，压根就没想过要和他分手。

可细妹绝情的话说出来却掷地有声，至今还在她耳膜嗡嗡作响："以后你不要再来了，再来我也不会见你了，你不能害了我和你自己。我有女朋友了，这店我不想开了，我要和女朋友出门打工，等赚够了钱就回来结婚。你也找个好人家嫁了吧，世上的好男人多的是，你真的不要就在我这棵小树上吊死。以前我在你身上花了一些钱，现在你都还给了我，我很高兴，因为在你身上，我验证出我是一个男人。"细妹狠心说出这些话，心中已溢满了血。

小丹伤心至极，老实的她已有点糊涂了："原来你不是真爱我？是把我当试验品？"

细妹万箭穿心，但还是点点头，"嗯"了一声。为了让她死心，他也不能言而无信，他已答应了老魏古要和她断绝关系。他心里晓得，一旦失去小丹，日子就会失去光彩，黑暗盖顶，今后的生活还会有啥乐趣？他真不晓得要如何打发以后的漫长岁月。

小丹虽然痛苦万分，但还是没有打退堂鼓，她不全信他的话，他一定有难言之隐。可父亲的话又让她难下决心，要让她众叛亲离，她岂能舍得。大哥吃着嫂子的软饭，也当上了煤窑老板，现在已肥得流油；二哥是个读过大学的人，只要机遇一到，前途不可限量，怎会让自己的亲妹子嫁给一个穷苦人家的变性儿子？要让自己舍弃与生俱来的亲情，小丹的确做不到。父母和两个哥哥一向疼爱自己，从未大声吼过，如果让她选择，她也只能选择父母兄嫂。

小丹思前想后，权衡利弊，决定听从父母的安排，答应和那开拖拉机的见面，既然细妹的话都已说得那么绝了，自己再去找他，也显得太过卑贱了。

小丹那边正接受父亲长篇大论的教训，这边细妹也在承受母亲秀莲的责骂。

想到自己说的话，听着母亲的哭骂，他感到了前所未有的痛苦。他这时才感觉到了自己活得很累，仿佛跌进了深谷中。我是多余的，他这样想着，真想拿瓶农药喝下，一死了之，这是二十多年来第一次这样想。

"我前世作了啥子恶，老了还要受这种苦？好好的一个人，怎么就和妖怪一样会变呢？你为啥要变成男人，变成男人有啥好？本来家里就苦得吃盐都冤枉，你变成男人加重了我们多少负担！屋子又这么窄，你和亿肚怎么分，亿肚的老婆本都够我们愁，你现在又要来添乱，呜……呜……"做母亲的边骂边哭。这也难怪，倒不是她怕太多儿子，确实是因为生活太艰辛，不然，儿子再多，也不舍得让牛踏死，正常男人倒也罢了，这么一个儿子，能不头疼吗？

细妹任由母亲责骂，沉默无语，泪往心里流。

"细妹，你不能再和小丹来往了，她家人多势众，两个哥哥又有钱，如果再这样下去，你都会被他们捉走沉进粪坑。她母亲都找上门了，既然你成了男人，只要你扎手，世上的妹子又没有死绝，难道她家妹子镶了金子？看她瘦得皮包骨，八十斤不到，大风一吹就会飞上天，倒贴钱我们还不要呢！"

秀莲说着说着，又不由自主地站在了儿子一边，刻薄话又转向了别人。

"话也不必说得那么难听，莫吃不着李子就讲李子酸，都是本村本屋人，低头不见抬头见，一生世人冇几久，讲话爱有分寸，做人爱有良心，这种话不能在外面说，让他们听到可不得了。小丹一向对我们挺好的，你不也一直夸她懂事吗？还说过可惜跟亿肚生肖相克，不然这样的儿媳你都中意。"

细妹父亲听了老婆的话，斗胆出来说了她几句，然后又劝细妹道："细妹，其实你作为男人，也该为小丹的处境想一想，她也好为难，不可能为了你和家人断绝关系，她全家人都一直把她当做心肝宝贝，你也不忍心让她为难，算了吧，看开一点，和她断了吧，不愁以后冇妹子跟你，没必要和人家闹得鸡犬不宁。男人就得开通一些！"

"也是，身为男人，有手有脚有条腔，何患无妻？"秀莲恨恨地白了丈夫一眼，哼，就你能说通细妹。

细妹长长地叹了一口气，滚下两行热泪，哽咽着说："放心吧，我听你们的，我已经对她说了我有女朋友了，叫她不要来找我了，还说了几句伤她心的话，好让她死心。"

他没有和父母提及老魏古找过他之事，父亲还好说，母亲听了肯定会打上门，找老魏古算账的。

毕竟是女人，小女子献初夜或失身于人的情愫想来都差不多，小丹思念细妹的频率每天都不少于一次，尤其是夜深人静时。

她还是去过几次店，白天人多，不好说什么，晚上去时，小店黑咕隆咚的，门也锁着，她又不好去细妹的家里。一次她遇着细妹，曼声道："昨晡夜你去哪了？"

"我上女朋友家了，今朝昼边①才回来。"细妹故做幸福轻松状。

小丹好不伤心，难道他真的能忘记他说过的话，真的放得下她？

小丹无奈，听父母安排和那个开拖拉机的定了亲。那人还不错，就是老实了点，不太爱说话。在上世纪末，有个开拖拉机的手艺，虽说富不起，但也饿不死，平时帮人载载东西，三六月和冬天还可以拆下拖斗帮人犁田，所以也算吃香。

听说小丹与人定了亲，细妹一段时间都似身处地狱，整天魂不守舍，总是拿错东西找错钱，晚上更是欲火烧身。

就这样行尸走肉般过了半年，细妹终于行狗屎运了。外村有户人家，急

---

① 今朝昼边：今天上午。

于把妹子"销售"出去。那妹子患了肾炎，肾炎是个富贵病，那户人家花了不少钱，还没治愈，于是放出话来，只要有谁愿意出钱治好她的病，他们就把妹子嫁给他，一分彩礼钱都不要。

细妹听说后，马上上门，表示愿意出钱为她治病。把妹子看成累赘的家人立即答应，甚至让细妹马上把妹子带回家。那妹子因长年吃药，加上父母兄嫂经常着牛骂马，身心受到很大的创伤，瘦得皮包骨，脸上看不到一点血色。见父母兄嫂像扫拉圾一样当着细妹的面将自己扫地出门，她伤心至极，连死的念头都有了，从心里恨死了他们。

细妹见她伤心落泪，温和地劝道："兰兰，莫哭了，你这又不是治不好的病，只要你保持好心情，配合药物治疗，我相信终究会好的。为了治好你的病，我打算把我的店盘出去，你放心，我会对你好的。"

兰兰的父母听了，愧疚之心油然而生。

自从和小丹分手，细妹也相过几次亲，但一听他是个变性人，就立马被回绝。世上的男人多的是，哪个妹子愿意把自己一生的幸福当赌注？细妹各方面条件都能让妹子接受，有些妹子也不会太在意家庭条件，只看重本人，有句话说得好，"不要金山银山堆屋顶，只要郎子出人众"。细妹相貌堂堂，如果不是担心他那生命之根是塑料的，不少妹子都会乐意和他手拉手走到地老天荒，可惜……

上世纪九十年代农村的男孩女孩，都还很老实，虽然拥有自主权，但一般还是顺从父母的安排，违抗的力量不坚定，自己再不中意，也半推半就听父母的，自己中意的，若父母反对，还能忍痛割舍。那时的男孩女孩多少也喝过了墨水，对"天涯何处无芳草"这句话也能理解。有些父母，为了多得一些礼金，根本就不在乎妹子的幸福，男孩有些缺陷也不太在意。

小丹和细妹，从几年同性恋般的关系，到几次肌肤相亲的异性关系，还能不刻骨铭心吗？！在父母的反对中，也还是没有坚持，与其说他们缺乏毅力，不如说，他们顺从父母，尊重父母，说散就散了，最多也就伤心了一段时间，后来就真的跟平常的熟人一样，见了面也就礼节性地打声招呼或点一下头，三五十度的温开水一般，烫不死鱼还能养活鱼。再后来偶尔见到，干脆连声招呼也不打了，好像他们之间根本就没发生什么事情，形同陌路。

随着时间的推移，春夏秋冬的更换，当初的慷慨陈词、铿锵有力、掷地有声的山盟海誓，早已荡然无存。心中没有了念想，没有了回忆，没有了伤痛，时间真的是医治一切创伤的良药。

小丹结婚生子后，那男的也晓得了她和细妹的事。那男的是个老实人，不讲究处女不处女，只要婚后循规蹈矩，作田耕田带孩子，烧火煮食洗衫裤，灶头锅尾擦干净，照顾老公理好家庭，以往的事情完全可以一笔勾销。农村生活条件不太好，男人娶个老婆也不容易，钱不是树叶子，伸手可摘，别人用过又咋样，又没有被卸了什么零件去，自己照样一般般用。

细妹长相条件是不错，能说会道又头脑灵活，但家境不好，住房紧张，母亲又是个远近闻名的骂人大王，大家都怕自家女儿受婆家的欺负。一般人家的妹子，先问男孩的自身根底好不好，再问做父母的随便不随便，如果打听到父母刁钻，死乌搭瞎，男孩又好吃懒做的，就算对方家境过得去，也只能挂上"免战牌"。

而男孩相妹子，也很在意父母。如果女方父母经常吵吵闹闹，母亲又是个潘金莲一类的人，一般男家也会害怕。花鸡嫲养花鸡子，搭男子也会遗传，怕自家结婚后戴绿帽子做乌龟。一般循规蹈矩的人家妹子，到了十七八九就有不少人来提亲。

像细妹这种情况，正常的人家妹子，他是不可能得到了。他之前几次相亲时，他也不敢说自己是个变性男人。婚姻毕竟是百年大计，又不是爪哇国，妹子家总有亲戚朋友可以打听清楚，一听细妹的身份，无不大骂媒人婆缺德，为了一双解放鞋、几斤猪肉、几吊脚钱，不顾人家妹子一生的幸福。之后，又劈头盖脸大骂细妹一顿，狗想豆腐吃！

相过不少亲，花了不少钱，在等待中也乐意过一阵子，但一段时间过后，又是竹篮打水一场空。细妹花了钱却换来一次又一次的打击，他灰心了，以为此生再无女人做伴了。他甚至说，如果有"二手货"，他也收购，有孩子的也可以，他真有饥不择食的想法了。

按我们这里的农村风俗，如果女方不同意，一切花费都要退还给男方。但邀妹子看电影、赴圩买衣服，以及买水果买酒买菜的钱，总是如肉包子打狗一般。你要叫退，那穿过的衣服你要吗？水果酒肉落肚了何况你也吃了，怎么退？刁钻些的人家，不但会说他们还倒贴了油盐味精、柴火和时间，甚至还骂你败坏了他们家的名声呢，你还好意思让退这些小钱？你还是不是男人，以后还要不要相亲？所以这些小钱，连同孝敬未来老丈人的烟酒，就算打了水漂，一江春水向东流了。

做过女人，又做了男人，尝过多少次云里来雾里去那种快感的细妹，在清汤寡水的日子里，灰心极了！某月某日某夜，他突然想起了小丹，既知今日，何必当初，如果能预知今日芳草不易觅，当初死也不会对小丹说出那些违心的绝情话，不管她父母如何反对，死也不会放弃小丹。可是，屎急找茅厕，贼过了才关门，已经来不及了，当初自己是门坎上切萝卜，干干脆脆，如今是对着墙壁流眼泪，独自悲伤。有林黛玉葬花情悲意冷的感觉，亦有贾宝玉哭灵悲伤至极的痛楚。

有了性经历性爱好的细妹，晚上真是受尽了痛苦的煎熬，欲火冲天，却又得不到解决，这种痛苦，也只有男人能体会。

有人取笑细妹："世上你最幸福，做妹子时吃了不少真正的'人参'，现在你又可以把自家的'人参'送给妹子人吃，你得到过双重享受。老天对你太宠爱了！"

细妹当然听得出这些玩笑话，夹带着讽刺、挖苦和嘲笑，但他无力反驳，也懒得反驳。相过不少亲，花过不少钱，亏就亏在从未和她们上过床，那时的妹子保守，没有大定是不会和男人随便上床的，甚至连男家也不会去。

相亲连着失败数次后，细妹已感心力交瘁了，看来这辈子只能做孤老了，也罢，一个吃了全家饱，能忍则忍，忍不住了也只有进"鸡"店了。

所以，当听说有这么一个妹子需要帮助时，为了今后的日子过得畅，为了让受了委屈的"老二"有块可心的港湾，他不惜盘掉店面，换来钱给那妹子治病。有了机遇，赚钱并不难，但要真正得到那样一块永远属于自己的芳草地，像自己这样的处境，的确难于上青天。

细妹的母亲见他带了个"药罐子"回家，又听说把店盘给了别人，大骂细妹败家子。细妹只好和父母分了家，只分到了一间房子和一些薄田。

那个叫兰兰的妹子，总是被父母骂成是累赘，出到世来就是来拖累他们的，兄嫂更是冷言冷语，把她往死路上逼。细妹却对她温柔体贴，总是贴心贴肺地开导她，比较之下，她更加感激细妹，对生活也鼓起了勇气。

得到良好的照顾和良好的开导，兰兰心情好了起来，面色变得红润，病也有了明显的好转。她开始和细妹一起干活，操持家务，她已经把这当成了自己的家。

一起生活快一年了，但他们还未越雷池半步。细妹考虑得很周到，为了长久的幸福，得忍下暂时的冲动。所以，晚上他就睡楼下，让兰兰睡楼上，细妹也太难得了。

兰兰病好后，决定把自己献出去。一晚，她趁细妹上楼与她说话时，将自己的意思羞答答地说了出来。可细妹一口拒绝："兰兰，来日方长，等你病完全好了后，我们再……也不迟，你需要静养，我不能那么自私，等以后吧。"

其实那时细妹早已被压抑得受不了了，熊熊的欲火已烧得他全身滚烫。但为了心中的愿景，他还是强忍着推开兰兰，转身要走，如果再多待一分钟，他晓得将发生什么。

细妹一番暖人心窝的体己话，令兰兰更加坚定了自己的决定。就在他转身的一刹那，兰兰大胆地将他拦腰抱住，她已顾不得少女的矜持，她想细妹如此关心自己，如果不是他，自己现在是什么样子，也许早已受不了病痛的折磨和父母兄嫂的恶言恶语，服毒自杀了！既然是细妹换回了自己将死的身躯，自己再这么"小气"也不免太自私，太不体谅人了。

细妹全身颤抖，迟疑之际，兰兰已松开紧抱的双手，自己动手，解下了衣扣，赤条条地展现在停止了流转的空气前。细妹看到她那略显消瘦却白皙曼妙的身子，不由得心跳加快，血脉迅速膨胀。他感到了泰山压顶，他知道，这是自己激情爆发的前奏，他再也无法将激情隐匿起来，他一把将兰兰抱起来，就像当初自己被那些男人抱起一样，一个庄严而神圣的时刻到了！

两具光洁的癫狂的躯体严丝合缝般绞到一块，女人和男人，谁都不再想去抵御，也挡不住那种诱惑。

兰兰是头一次品尝这种至高无上的人生滋味，当然是带着些许惊怕和刺激。细妹则经验丰富，挥汗如雨地尽情发泄，完全忘记了身下的兰兰久病初愈。

在一往无前的进攻和撞击中，细妹终于像瘫了的疯狗一样，趴在兰兰的身上，累得连话都懒得说了。兰兰被他折腾得更是大气也喘不匀，好像挑了一百斤担子走了一百里路。

经验老到的细妹在恢复元气后，温柔地亲吻她，抚摸地，说了跟小丹说过的同一句话："下次就不会痛了。"他突然感到很好笑，曾经有男人对他这样说过，可他同样也对两个女孩说过，真是造化弄人。

细妹就这样有了老婆，但他们没有举行婚礼，只去领了张结婚证，所以我们这些当亲戚的也没去喝酒。变性人讨老婆，也许是怕脸上挂不住吧。

后来，他们有了个儿子，大家却怀疑不是他的，是借鸡公头的。变性人能"做事"就已经是奇闻了，还能生儿子？鬼才相信！

盘店的钱都花在兰兰治病上了，生下儿子后，负担更重了，细妹一下子老了许多。他啥都得干，从煤窑上班回来，还要帮老婆田地里干活，家务事也要做，有点空余时间，又要上山挖草药、砍柴，日子过得非常艰辛。有次，他还带老婆上山偷砍木材，被守山人发现，念在他日子难过，只罚了他一半的款。

细妹是个钱钻子，见缝就钻。自从有了儿子（是不是他的，只有兰兰知道），生活有了不少的乐趣，只是不管他多么努力，日子过得还是不如人意。

慢慢地，他学会了麻将，经常也输掉百把元的，心痛之余又自我安慰，明天再赢回来。当然，要赌不是输就是赢，荷叶上的水，流过来倒过去，大家也都看得开了。大家都好赌，不赌用什么、吃什么？好像所有的开销都是赌来的。

细妹姐姐招弟嫁到我们这里，他这个弟弟经常不招自来，少不得和我们在麻将桌上见面，很多事情也都是他亲口告诉我们的。更好笑的是，他去小便时，有人偷偷跟着去。那时他刚做手术，浅见的农村人死都不信女人会变成男人。

一次，比我们年长十几岁的村妇笑着问他："细妹，你那东西是真的吗？可不可以脱下裤子让我们见识见识？"

"酸夹货，男人的腚有啥好看的？你又不是没看过，你老公的还没看够吗？你没听说过，看腚三斤谷吗，要看，就拿三斤谷来，或者让我麻将上自摸一次。"细妹佯装生气地骂那女人。其实他这人很好开玩笑，所以大家什么玩笑都敢和他开。

那女人又说："三斤谷就三斤谷，我就是想看你的东西是不是跟我老公的一样，因为大家都怀疑你的腚子是塑料管做的。"

我推着那女人，凑趣道："你快去呀，反正招弟家有闲床，验证了就不会怀疑人家的东西是假货了，不然到死你们都不相信医学发达，不相信人间奇迹。"

孤陋寡闻的村妇，有时确实让人感到可悲，她们从不读书看报，天天只知道吃饭睡觉，作田耕地，打麻将消遣无处打发的日子。不想开拓视野，没有精神食粮，当奇迹发生在周围时，就打破了脑壳都不相信。

"鬼喔个，敢和细妹上床，那不被老公骂死？"那女人笑着说。

"怕个屁，我们又不会说出去，他哪会知道？难道他每次会给你检查，怕你偷吃吗？就算会偷吃，也检查不出来，他又没有那种仪器。"我这玩笑似乎开得过分了些。

"那不如你去，反正你老公要几天才回来，我也帮你保密。"

"笑话，我又没怀疑他东西是假的，是你们不相信科学，关我什么事？"在卖嘴皮子上，她们休想说得过我，虽然我也只喝过几年墨水，但自小养成的看书求知的习惯至今不改。

"莫讲那些鬼话了，以后有谁怀疑他的东西是假的，就当场验证，省得疑疑惑惑的，我免费供应床铺。"招玉的老公也凑上了热闹。

细妹笑了笑，说："还是打麻将吧，赢上几块钱买豆腐吃就不会假的。"

私下里，大家都在议论，细妹如果还是女人，肯定不会过得那么辛苦。也是，我们这里一般都是男人出门赚钱，只有少数妇女要帮人打小工，多数女人在家作田耕地带孩子。农闲时，就三五成群聚在一块说闲话，打麻将，如今日子越过越好，女人不用补衫补裤纳鞋底了。在村子人的心目中，共产党有两件大事做得最好，一是改革开放分田到户，第二就是妇女解放，男女平等。男人们常感叹说，如今的女人比男人还刁。

曾经，我们当面问细妹，做男人好还是做女人好？他说，当然是做女人好，女人活得轻松，男人活得辛苦。

就做男人好还是做女人好这个问题，我和几个姐妹曾多次跟男人争论过。

男人说："你们女人多自在，每天就是等装，躺在床上四脚朝天，不必花什么力气，就吃得饱饱的。"

姐妹们反驳说："谁说女人等装，我们也花了肚力。怕老婆太好，就不必爬上老婆的肚子上，又爱搞老婆又怕老婆得好处，你们男人就是坏。"

"难道你们女人就不会想老公？"

"一般都是男人想，女人嘛，一到中年万事休，对这事很淡，又要多洗件脏东西，讨厌极了。只是没办法，如果不应付老公，怕老公去嫖货，把钱花在婊子嫲身上。"

一位姐妹紧接着说："说实话，有时确实是为了家庭的团结，只好例行公事。很多男人就是因为老婆不合作，才去外面嫖货的。"

男人们说："鬼才相信，我看女人更喜欢干好事。现在日子过得好，又安乐，农忙一过，你们就每天做了死佬^①，大伙细伙在一起讲七讲八打麻将，现在烧煤气，用电，不用上山砍柴了，平时重担苦水^②都是男人一肩挑。老公不上身，你们都会不乐意，强迫交公粮。"

"那除非是你老婆，你又不是没看过鸡公头打鸡嫲，鸡公头追鸡嫲时，鸡嫲不愿意，它就一直追，追得鸡嫲咯咯叫。相对而论，一般都是男人追女人，没有几个是女人好这事的。要不，你跟你老婆比赛，看谁能忍到最后。"

说起酸话来，女人不比男人差，都是过来人，绝对不脸红。

"你们女人也太好做了，电视上说'做女人挺好'，后辈子我也做女人，出门赚钱是男人的事，家里的苦水又有男人。什么东西缺了，你们女人下嘴唇上嘴唇一碰，男人就得头晕脑涨，上天入地都得弄回家。男人真是命苦，皇帝是男人，为啥还这么作践男人？解放了，就这不好，妇女翻身后，刁绝哩^③，都翻身到男人身上了。"

我们大笑一阵后说："哈哈，你老婆也够浪漫，居然翻到你上面，怎么，有意思吧？"

"你们这些短命嫲，连卖嘴皮子也不服输，就让你们赢又怎么样？三个妇人家当得一辆车，鬼才跟你们说。唉，我们男人好危险，只怕以后都会被女人塞进袜筒里了。"

看到招弟老公不笑了，我知道他是故意装的，就说："莫咁悲观好吗？其实男人就是男人，女人再解放，也是男人在上面，不然怎么说男人是天，女人是地？男人是比女人辛苦，但女人也不容易，女人也承担了不少负担，比如十月怀胎，生孩子，上环结扎带孩子，这几样艰苦卓绝的事，你们男人就不用承担。生孩子多危险，有些女人就因为生孩子，连命都搭上了。"

有个叫巴头三的男人说："哼，十月怀胎有多好，跟国家一级保护动物一样，一家人都得意^④她，什么事都不用操心，生下孩子，四十天都在过神仙般的日子，每天吃五六餐，有肉有酒。还说是因为出了那么多血，要补转去，男人还出了那么多脓呢，就不要补回去？每天看老婆喝汤吃肉，弄得我口水直流，我做爸爸她做妈妈，为啥不一样？还说男女平等，平等个屁，我出了那么

---

① 了死佬：闲得无聊的人。
② 苦水：苦活。
③ 刁绝哩：极刁蛮。
④ 得意：宠着、护着。

多脓，才吃两块鸡骨头，她妈就骂我不懂得体贴老婆，跟老婆争吃。我一想就想哭。"

巴头三是上门女婿，看着他一脸的委屈和愤怒，我们笑弯了腰，肚子痛得不得了。

男人们铩羽而走后，细妹姐姐续着刚才的话题，跟我说，如果细妹还是女人，即使年长色衰，凭着聪明灵活，相信不会像现在这样活得如此艰辛。我想想也是，自从成为男人，他就多了一份责任，为了老婆孩子，为了家庭，他什么活都干，吃尽了苦头。

有了一个完整家庭的细妹，有时显得特别豁达，曾说："不管是女人还是男人，既然有缘走到一起，就该互相包容缺点，欣赏优点，切莫斤斤计较。每个人的身上，都存在着优点和缺点，优点和缺点就像一对孪生兄弟。女人和男人其实都很苦，累不累，想想解放全人类，苦不苦，想想长征二万五，我们今天的累和苦，比起以前，微乎其微。"

细妹对老婆兰兰确实是够情意的。让人叹息的是，兰兰跟着他没享上几年福，因为生活困难，劳累过度，又跟不上营养，肾炎转为尿毒症，无钱医治，不到一年便丢下细妹和四岁的儿子，去了极乐世界。

此后，细妹就再没女人跟他了，日子更加窝囊。他偶尔还带着孩子来他姐家，跟我们一起打麻将，不过，已没人开他的玩笑了，也没人跟着去看他是怎样撒尿了，因为事情已经不新鲜了。听说他每个月还是会吐血一次，但我不曾亲眼见过，也没有问过他。

来到世上，男人和女人都不容易，生活在同一片蓝天特别是同一片屋檐下，承担着不同的责任。人生苦短，儿时捡鸡屎吃的情景我们还依稀记得，转眼间却也已白发丛生，恍如南柯一梦。

细妹的故事发生在十多年前，本来这故事已经不新鲜了，大家也相信了这一事实，女人会变成男人，把细妹当做怪物的心理也有所转变，尽管每个人的心里多少还会想不明白，却也习以为常了。

然而，就在去年，这样的故事又发生了，而且发生在我堂姐家，这令我非常震惊，这事怎么就会发生在堂姐家呢？我非常同情堂姐。

事情起于堂侄福福为小女儿做满月之时。我们所有在围屋里长大的人，都去贺喜和喝添丁酒，而且几乎都在同一桌。好久不见，少不了互相问长问短，大姐子珍问堂姐啥时做奶奶，到时可别忘了请我们喝添丁酒。堂姐叹了口气，说："莫说了，莫去讲那衰事，我没那个福分。"大姐不知是不是真的不知内情，还一个劲地问为什么，我倒是有所耳闻。

大姐的关心无意间伤到了堂姐。堂姐含着泪告诉我们，她儿子和老婆早就离婚了。在大姐一连串的"为什么"中，堂姐恨心恨肺地道出实情。

原来，那女人自和她儿子认识到结婚、离婚，她都没让老公碰她，因为是闪电式的结婚，从认识到成亲还不到一百天。婚前，以为她不让男朋友上身，是因为老实保守，所以谁都没太在意，堂姐的儿子去了她家，再晚也得回家。没想，结婚后，她还是不让老公上弓，每晚看电视都看到下夜，待老公睡熟后才上床，而且穿上四五条裤子。老公认为她有病，要带她去看医生，她死活不肯，也不说原因，有时回娘家一住就是一星期。这对新婚夫妻来说，是不正常，甚至是病态的。

这对刚拜天地的小夫妻竟跟陌生人似的，三句话也说不上，那女的看都不看老公一眼，两人的关系因此显得很糟糕。堂姐和堂姐夫感到奇怪，也很伤心，堂姐曾私底下问儿子："华华，兰子为什么这样？是不是有身孕了心情不好？或是对你有什么不满意？"

华华是堂姐的独子，他伤心地流着眼泪说："你别想做奶奶了。"堂姐不明就里，还以为儿子没用，委屈了儿媳妇，就叫女儿去问。在姐姐的再三追问下，华华才来了个竹筒倒豆子。堂姐和堂姐夫知道了不是自家儿子身上有问题，心里稍微宽松了一点。堂姐夫以为，兰子有病，最多花些钱为她治，现在医学那么发达，还能治不好！但堂姐又说，身体有病，心理应该没病，夫妻俩也应该有说有笑才是，哪有新婚夫妻间看不到笑容，听不到话语的。

"兰子，你身体不好，我们会为你治好，没啥大不了的，只要你告诉我们一声，你是新时代的年轻人，婚姻也是你自愿的，没有强迫你，结了婚你们就是公婆，女人生来是满足男人的，华华是你老公，你怎么能这样对他？你成天坐在电视机前看电视，电视里不是经常能看到亲热镜头，难道你就一点反应也没有？不是我多嘴爱管你们两公婆的事，可你们这样是不正常的，你让旁人怎么议论？"

堂姐伤心地擦了一下泪，继续说："我就你这么一个生娌，就算当做女儿我都还嫌少，做父母的哪个不希望自家的儿女过得舒心？我一直把你当女儿看待，可是你太过分，太对不起我们了……"

堂姐说着说着又流泪了，我忙把手搭在她手背上："姐，离都离了，她不值得你流泪了。"

"你不晓得，我都流了多少泪，我看到华华那痛苦的样子，我心都碎了。兰子嫁来后，我一直都加倍疼爱她，大事小事都不让她做，连她的衣服都是我洗的，可是她自从进了这个家门，好像是个哑巴，从来没笑过，有客人和朋友来，她也从不打招呼，也不说话，大家都说看到她目珠都乌三寸，再老实的人也不是这个老实法，树筒①踢了也会滚，可她比树筒还差板。大家都对华华说，结了婚是合法的夫妻，强奸她都不犯法，穿了一百条裤子也没用。可华华说，这种按着牛头喝水的事他做不到，这种事，勉勉强强有啥意思？遇到这种女人，华华好比林黛玉葬花，自叹命薄，他对这样的生活，也好像冰上长豆芽，冷了心。"

堂姐还说，他们在一起，好像仇人，从来就没有一些亲昵的动作。堂姐边说边做了一个率直的动作，接着又做了一个双手拥抱的姿势。我们看到她那滑稽的动作，都忍不住笑了，她自己也笑了，但眼中的泪水明显地在那里滚动。

"咳，不知我家上代作了啥子恶，害我花了几万块钱却讨到这么一个生娓，真是命苦啊，种烟养猪得几年？我曾对兰子的妈妈说，亲家母，难道我的钱财是当土匪抢来的？就这么没有目？"

华华和兰子离婚后，兰子的爸爸就带她去大医院看病了，不知现在情况如何，总之她的病和细妹一样，听说也是上半夜女人下半夜男人。其实她早就晓得自己有病，但老实的她连父母也不敢告诉，和华华结婚，她也不愿意，是她父母逼的，她说她不想嫁人。

结婚时，在兰子手里的红包钱，她一分也不给华华，有天华华的摩托车要加油，问她借，她说钱都存银行了。这样看来，兰子不但身体有毛病，连做人也有问题，就算是朋友，也不会这样吧，莫说毕竟是夫妻，虽有名无实，却也是订了合同的。

"害人精，既然晓得自家有病，怎么还能这样害人？"大姐愤愤不平地骂道。我们都非常清楚，堂姐的每一分钱都是他们夫妻用双手辛辛苦苦做来的。

"也怪我们心急，没有打听清楚就匆匆忙忙让他们结婚，如果时间长点，

---

① 树筒：木头。

如果也像城里人那样进行婚前体检，也许就不用花这冤枉钱，鬼晓得这种衰事会降临到我们头上。"

　　"那现在华华找过了吗？"我们都挺关心她，堂姐的半辈子过得真不容易。

　　"找了，是本组人，现在他们处得很好，准备烟种完了就让他们结婚，华华开始又有笑容了。看到他们有说有笑，我和他爸也就放心了。"堂姐说完，终于给了我们一个灿烂的笑。

"广播筒"逸事

　　一天早晨，大约六点多，我正做着麻将自摸奖到鸳鸯码的美梦，每人三十元，送到我手中，我乐得大笑：哈，哈，我也有今天，手气真不错，九十元哪，帮人干活要两天，而且又脏又累，一天八至十个小时，也才四十元左右，这才几分钟，就赢了九十元，如果每天手气都这么好，鬼才去做小工，我也以赌为生了。

　　正当我喜滋滋地接过那九十元时，突然被一阵广播筒的声音吵醒，气死我也！神经病！我不由得从心中骂了一句，是广播筒打翻了我如此可心的美梦，那现成的九十元又从手中溜走了，我恨死了广播筒。虽然美梦不是现实，但我还是喜欢做这样的美梦，我希望这样的美梦永远伴随着我。别笑我喜欢做美梦，其实，谁不愿意做美梦？谁不希望美梦能成真？除非他脑子里装的是狗屎。

　　广播筒是个老妇人的歪名，这歪名长辈们叫了几十年了。当然，小辈们可不敢这么没礼貌，我们都叫她华招婶，背地里还有人叫她地主婆呢，只因她老公的歪名是"地主"。

　　那年代的人，竟也能富有创意地取这样的歪名，真叫人佩服。哦，对了，那种年代正是广播筒年代，大小新闻，有点啥事都用广播。

　　我问过长辈们，为啥叫她广播筒？她们说，华招婶因为专门传递新闻，左邻右舍有点芝麻大的事，她只要晓得了，不到几分钟就传递出去了，而且添枝加叶，搞得满城风雨，弄得大家信又信不得，不信又不行。所以，很多人家里或邻里关系不和，勾心斗角，吵吵打打，百分之九十都是因她而起。她专门挑拨离间，有点风吹草动，她非要借机放大事端，弄得沸沸扬扬不可，这点我后来多次亲身体验过，确实让人伤脑筋。这个唯恐天下不乱的角佬，比狗屎还让人讨厌。

她不但骂人出了名，而且声音又大，三个妇人家，当得一辆车，可她一个妇人家都当得一辆车。因为声音和广播筒一样，又专门传播新闻，有人就别出心裁地给取了这个艺名。我想，确实名如其人，但后来又听到另一个原因，还是稍后告知各位吧，现在先说说"地主"的故事。

地主的歪名也有创意吧？长在五星红旗下的我，虽然不太晓得地主是怎样剥削劳动人民的，只从影视和书上看到过，但那毕竟是添了油加了醋的，不曾从现实生活中领略过，因此不便对地主妄加评判。

曾经问过长辈，为啥大家都叫他"地主"，而且叫得亲切自然，对方应得爽快，好像还感到荣幸，似乎这是个光荣的称呼呢！我不仅是奇怪，简直是百思不得其解。

听长辈们说，地主原来是邻乡中赤人，家里兄弟多，排在第六，底下还有老七、老八，因为生活困难，被过继给了邻村一个未有儿子的亲戚。后来，这亲戚迁来我们这里安居乐业。地主在此结婚生子后，不知啥原因，又回到中赤去住，他大哥是当时的土皇帝，有权势，兄弟多，拳头也大。仗着大哥的权势，地主也经常欺负人，说话做事不给情面，不留余地。人们说的山蛮，就是这种长在山沟里的人。他牛高马大，又有一副地主相，地主的歪名因此而生。

因为他经常欺人太甚，大家恨不得把他剁为肉酱。有子有女的人家只能忍气吞声，闪狗不是傻子，如果跟这种人斤斤计较，吃亏的肯定是自家。千万不要有侥幸心理，想着占他的便宜，得有自知之明。他大哥是土皇帝，万一分粮时缺斤少两，分配工种时给自己最辛苦的，那就更划不来了。如此，有人甚至不跟他计较，反而想方设法和他套近乎。

有个快三十的社员，常被地主骂为单只佬、孤老头，一辈子连妇人家的膣面①都见不到。他恨死了地主，但没办法，自家命苦，爷娘早死，怨不得政府，孤老就孤老，本来就是，有啥要紧？耳聋听不到鬼喔，让他喔去。

---

① 膣面：私密处。

一天，队里有个老人死了。地主因为牛高马大，一般本屋^①死了人都会叫去做八仙，单只佬也是八仙之一。八仙就是扛死佬的，有红包发。那天埋了死佬，吃午饭时，孝家的饭菜明显不够。地主就把手放到屁股后，一屁炸雷般响起，他赶紧握住，猛地投放到单只佬的碗里，还笑着说："单只佬，你看我有多关心你，我聚足了精华的蛋^②，都只给你一人吃，你要有良心，一生世人都不能……"

"忘了我"三个字还没说出，单只佬终于火山爆发。真是欺人太甚了！狗急了还跳墙，兔子急了也咬人，何况他堂堂一个男子汉！他把碗奋力砸向地主，地主的额头出血了。

"娘个狗屌个短命相，单只佬，你竟敢拿碗砸我，不怕死了吗？"

"怕死不当共产党员！"单只佬毫不犹豫地说。

他是个勤劳能干的人，从不怕重担苦水，三十刚出头的他有的是力气，哪里需要，他就到哪里去，所以年年都被评为先进社员，两间矮房贴满了奖状，奖来的斗笠都有出卖。他一心想入党，已是个预备党员。他从不同乡亲红脸，平时更不惹是生非，一张嘴巴两张皮，见人说话，见鬼打卦，总是把人家爱听的话说得头头是道，地主怎样骂他，他都当做耳边风。但，人的忍耐是有限度的，他又不是吃屎大的，难道到了这种地步还要忍，那还有什么血性？难道单只佬就要被他任意欺负、作践？面对一向专横跋扈的地主，他忍无可忍。

"哎哟，原来你是个不怕死的共产党员，好！既然如此，我就成全你这个心愿，让你尝尝我的拳头，看你的骨气硬还是我的拳头硬，打不过你，我不跟你同姓！"地主说完，顾不得额头上的鲜血，马上撸手捋脚，和他干上了。

两个庄稼汉，都是在贫瘠的黄土地上摸爬滚打了二十多年，又正值年轻力壮，谁怕谁呀。彼此使足了劲，很快也都挂了彩。旁人劝都劝不了，又怕伤到自家，相打没好拳，万一伤到自家，那就行衰运了，少挣工分还要挨痛，划不来，只好叫孝家出面。

沉浸在失去亲人悲痛中的孝家主人，忙劝道："你们两个莫打了，都是本队人，有话好好讲，没有必要大伤和气，看在我的面子上，停手吧？"

"你放心，今天这事与你无关，我今天不打服他，这口气就会憋死我。我

---

① 本屋：本队。

② 蛋：屁。

被他作弄得都快发癫了。娘个狗屎个短命子，以为兄弟多，老伯瑞是队长，经常欺负人，本队人有几个没被他欺负的？大家不跟他一般见识，他就以为大家怕了他。我是单只佬，无牵无挂，今天我就帮大家出口恶气，如果我被他打死，也值得。"

单只佬十多岁便经常和父母上山砍柴，还学会了打野猪，练就了一身本领。他和毛猴子一样身手敏捷，躲闪了地主的拳头，还能把自家的拳头赏给他。起先，他没有放开手脚才挨了对方几拳，一旦放开手脚，挨拳的再不是他。

眼看地主就快招架不住了，而单只佬又没有停下之意，怕弄出人命来的孝家，全家跪成一片，替他求饶。单只佬这才过意不去，不情愿地住了手。

地主那个当队长的大哥去公社开会了，如果他在，事情也不会发展到这步田地。

地主一边擦额头上的鲜血，一边指着单只佬臭骂："狗屎个单只佬，你不要得意，你最好给我小心一点，我迟早会收拾你，你等着！"

"再苦，我也是吃粥大的，又不是被吓大的，我要是再怕你，我就是你这只狗屎的，打死了我，你也要枪毙，我反正一人吃了全家饱，肩头上捭^①担竿^②，你有老婆有子瑞，我和你一命赔一命，有什么要紧？大不了十八年后再做好汉。"单只佬今天豁出去了。他真的不想再令人拿捏，那样的话，一百岁命长又有啥意义？与其窝囊地活着，不如就现在和他打个你死我活，也算得上一个硬汉，人善总是被人欺，这个道理他懂，他也读过两年书。

"打你就像打只狗，打死了也白打，凭啥我要陪你一起死，想得美！"

"那你就试一试，来，我们再打！"单只佬走前两步。

"看在我一家人的面子上，求你们不要再打了，都回家去吧，改日我再上门多谢。回去吧，让我爷瑞也好安心去……呜……呜……"

在重又响成一片的呜咽声中，地主只好往回家的路上走，一边走，一边回头骂："短命相，单只佬，真个不怕死，约个时间我们在谷坪里决一死战，我死后还有个后代每年为我挂墓头，你就准备做孤魂野鬼吧！"

"短命相，死地主，你也莫得意，有没有人为你挂墓头，现在还说不定，莫紧你子瑞突然就被车撞死，那就不够我吊目光。好吧，既然你都放得下，我

---

① 捭：扛。

② 担竿：扁担。

有啥好怕的，你就约个时间，我奉陪到底。"

　　大家听了，不由得暗自担心，也感到好奇，单只佬往日逆来顺受，地主把鼻涕扇①到他脸上，他也一声不吭，伸手擦干净就算了。今天咋啦？竟半点不当软，是死鬼壮了他的胆吗？

　　此后，两人便结下了梁子，遇到如仇人相见一般，也学妇人家的样，你吐我一口，我吐你一口，生怕自家少吐一口就吃了大亏，走过后还会喋喋不休地骂：

　　"娘个死唔倒个单只佬，死了都爱丢到荒山里让野兽叼走。"

　　"娘个狗屄个地主鬼，早死爷瑞晚死娘，死了爷娘死老婆，老婆死了死子瑞，唔怕你再刁，我迟早爱让你蒙羞。"

　　因为打架事件，单只佬的预备党员也做不成了。地主的大哥去公社、大队揭发后，调查组的人下来了。地主的伤没好，身上还青一块紫一块的，单只佬的罪证昭昭，而他身上已然见不到任何伤痕。

　　"做不成就做不成，党员有啥了不起，我看有些党员比一般社员还糟糕，做了党员还要交党费，受束缚。现在多好，随心所欲，想干吗干吗。"单只佬其实很想入党，所以好长一段时间会任由地主欺负，一直忍气吞声，那天在孝家，因为喝了二两酒，才和地主干上了。酒壮胆，但如果不是地主恶作剧打个臭屁放他碗里羞辱他，让他当众下不了台，他也不会火气冲天就把碗砸向他。现在，梦想泡了汤，他也只好吃不着李子反说李子酸了。

　　单只佬被撤销预备党员资格后，心中产生了一种邪念，寻机要报复地主。

　　一天，闲来无事，他扛了鸟枪上山打鸟，看到地主的老婆在那砍柴，邪念顿生。他警惕地四处张望，见附近没见其他人影，便壮起胆子，蹑手蹑脚走近她，冷不防拦腰抱住了她，还威吓说，你要是敢大叫，我拿鸟枪崩了你。女人吓得丢下了镰刀，浑身瑟瑟发抖，她从未遇到过这样的事。

　　单只佬一向吃"素"，从未碰过女人，但这种事是无师自通的，傻瓜也会。八月天，衣着少，所以剥起衣服来，比剥洋葱还快。他把女人的衣服脱光后，又用捆柴的绳子缚住了她的手脚。她虽然反抗了，挣扎了，但因手脚发软，根本无济于事，她哆嗦着说："你目珠瞎了吗？连本屋人也敢搞？不怕雷打火烧吗？"

---

① 扇：掴。

"我啥都不怕，是你老公逼我这么做的，他老骂我这辈子都莫想看到妇人家的膣面，我今天就要见识见识，还要尝一尝妇人家的味道，也不枉来这世上走一遭。"

三十出头的处男，没有经验，却也干脆利索，一点不含糊，勇猛向前，横冲直撞。身下的女人只觉泰山压顶，连气都喘不匀，手脚被捆，绳子的另一头拴在松树上，只好任由他尽情发泄，泪水浸湿了泥土。

"哼，这下我已见过膣面了，也尝过了女人，明天死了也抵得。怎么样，我这个老处男还让你满意吧？"

见半天没回话，他才意识到她的嘴还被他的汗巾塞着。

臭烘烘的汗巾离嘴后，女人开口骂道："短命相，我回去告诉地主，准保要把你打死，你这个丧心病狂的瞎目狗！"

"对不起，如果你老公不逼我，我绝不会做出这种事，我敢打保票，你回去也不敢对你老公说，你老公是啥样的人，你心中有数，本来他就不把你当人看，如果你把今天这事给说了，他不和你离婚才怪。这事天知地知，你知我知，以后我需要时，还得跟我合作，不然你没胆量告诉大家，我可有胆量。我是单只佬，肩头上捭屋，没啥好怕，即使你老公晓得了，他也打不过我。"

女人听了，心想也是，告诉地主知道，自己只有坏处，一点好处也没有，不但别人，连老公也会看衰自家。权衡了一下利与弊，她只好闭嘴。

为了以后的合作能够顺利，能够愉快，单只佬穿好衣服后，还帮女人穿上衣服，又帮她捆好了柴，然后体贴地说："这里没人，我帮你挑一段，快到时你再挑，记住，以后有机会我还会来找你。"

啥事有了开头，就会有结尾，这才叫有始有终。

第一次尝到了女人味的他，这下有了念想，天天都想过把女人瘾。可是又哪能如愿以偿呢？身上无钱，勾搭女人都不成。他就只好天天猫着那女人家，只要看到地主出了门，他就迅疾溜进她家，与她共度春宵。

那时的女人保守，怕羞，担心他真的嚷出去，也只能依了他，仿佛这才是保护自己不出丑的不二办法。再说了，她从他身上也得到了快乐。除了山上的那次强奸，他后来几次都很温柔，她也算是半推半就的。他的温柔体贴，地主身上从来就没有过，他完事后总会亲吻她，而地主每次一完便不加理睬，给她一个冷脊背，一下子就死猪一般睡着了，一向把她当做发泄兽欲的工具。

"不如我和他离婚，然后我们结婚吧？"一次完事后，她问他。她已经离不开他了，她相信和他一起过日子会得到快乐。

"真的？你愿意和我一起过？可是我除了两间爷娘留下的旧屋和这条腿，还有啥？你不怕跟着我受苦？再说你舍得了你老公也舍不得你子瑞，小家伙蛮讨人喜爱的。"

单只佬没有任何理由不欢喜，只要天天晚上能搂着属于自家的女人睡觉，不用这么偷偷摸摸、提心吊胆，就是让他减寿二十年他也心甘情愿，有个女人就是好啊。

以后，地主光顾她时，她开始厌烦，不是说头痛就是说肚痛，还老骗他说"亲家"①来了。但地主根本不管她头痛或肚痛，只要想要，照样无条件进行"工作"。

一连几天的大雨，把大家都堵在了自家的门内。这天，见雨脚小了许多，地主便对老婆说："我去买瓶酱油，晚上炒面吃。"女人不理他，平时我想吃炒面，你应都不应一声。

单只佬瞧准了，见地主一走，便迫不及待地溜进屋来。这几天雨下得真是急煞了他，使他全身滚烫，又不能心想事成，食品店离地主家不近，来回至少也得四五十分钟，何况地主习惯搭脚头，自家功力再好，时间上也是允许的。单只佬岂能错失良机！

俗话说得好，夜路走多了，迟早会遇到鬼。单只佬这次真碰上鬼了。地主走到半路，碰到一个买酱油回的，那人告诉他说，酱油没有了，最后一斤也让我买走了，如果确实需要，我倒点给你。不用花钱也能得到酱油，何乐而不为呢？一向爱贪小便宜的地主，拿着那人倒给的酱油，高兴地哼着小调回家了。

"娘个时嫲②，下雨天野到哪去了，也不顾家，去找野男子了吗？大门关得紧紧的。"地主嘀咕着，见大门闩着，便掏出钥匙开了小门，放下酱油径直上楼。

楼上的男女正在关键时刻，云里来雾里去的，根本就没听到开门声。待"咚咚咚"的脚步声清晰地传至耳根时，已然来不及了。因为楼下的门关紧了，所以楼上的房门就没关，他们没想到地主会这么快转回家，真是千算万算

---

① 亲家：月事。

② 时嫲：反应迟钝的女人。

308

不如天算。

地主进屋后，一眼看到床上的那对，他怒火冲天，三步两步便冲过去，揪起单只佬，先是当胸一拳，接着死命地踢向他的下身。单只佬来不及招架，只"哎哟"一声，下身紧接着又被赏了一脚。

"娘个狗屙个单只佬，短命子死个，吃了豹子胆嘛，敢搞我的老婆，我把你的鸟巢踢烂，看你以后还怎么搞妇人家！"地主骂完，猛然又是一个狠踢。

女人吓得连衣服都忘了穿，连忙劝住："莫踢了，莫踢了，你想把他踢死吗？我……"

话没说完，地主一把将她推倒在地，顺势也踢了她一脚，"短命嫲，逍嫲，现在不跟你算账，等下再收拾你。"说完，他又抬起脚，准备踢向单只佬，却发现他倒在地上一动不动，两眼瞪得铜锣般大，口角流着鲜血。

地主住了脚，却不止骂："娘个狗屙个短命相，死单只佬，装什么死，我就不信你这样不经踢。"

他摇晃了一下对方的身子，又用手探了探他的鼻息，这才确信单只佬已成风流鬼。

"真个短命子，这么不经踢。"人命关天，这下他吓坏了，没了主意，后悔自家手脚太重。他狠狠地捶了一下自家的腿，然后对低声抽泣的老婆说："怎么，野男子死了很伤心吗？你要是把今天的事说出去，我连你一块收拾，你娘个逍嫲，有老公还爱搭男子，爱搭男子也爱搭个有钱的，让我做了乌龟也甘愿。他除了有条腔，还有啥，难道他的腔比我的大？难怪最近你老是推拒我，原来你有野食了！"

地主一边骂，一边扇她的脸。女人不还手，一个劲地哭，但不敢大声，怕人听到。

哭累了，她才壮起胆子："要我不说也可以，但你得同意跟我离婚，子瑞归我。"

对于这么一个不是条件的条件，地主当然同意。自己才三十出头，还愁讨不到老婆，有老婆还愁没儿子？女人四十八都还有个漏粥钵①，男人八十还有生育能力呢！只是华华这小家伙实在太招人喜爱了！他沉吟好半晌，还是答

---

① 漏粥钵：意指还能妊娠。

应了下来。

他火急火燎地去大哥家，告知事情经过。大哥责怪他太鲁莽，不该这么冲动，手脚没个分寸，这下出了人命可咋办？

被大哥叫来商量的老二、老三说："这有什么？单只佬冇兄弟又冇姐妹，两个出了三服的堂叔，一向不爱答理他。只要那个逍嫲的嘴能堵住，就不成问题，我们把单只佬用烂席捆住，丢到河里打①走。神不知鬼不觉，有谁会怀疑到我们？等过一段时间，就会忘了此事。"

弟兄几个商量来商量去，唯有这个办法最保险，就算过后有人晓得是地主踢死了他，谁又会为一个死单只佬去得罪活人，而且是"土皇帝"的兄弟？

打死一个单只佬，就好比踏死了一只黄毛鸡子。试想，那种年代，有谁会去为一只形单影只的雏鸡遭遇意外打抱不平？

地主要老婆保守秘密，作为离婚的交换条件。女人怕自家以后也会死在这个恶人的手上，什么都答应了。反正离婚后他又管不着我了，说不说出来那要看我的心情。

地主和老婆离婚后，经和兄弟们商量，重回杨梅嵝②养父母家中。在那里住了几年后，他又和养父母搬到闽西粤东交界的一个山脚下，就是现在的住处，于翌年讨到了一个比他大一岁的老婆。那女人叫华招，原先的夫家见她结婚几年肚子还无动于衷，以为是只不下蛋的母鸡，就把她休了。

华招再婚不到一年，就生下了一个儿子。地主高兴地和人开玩笑说："谁说她是只不会下蛋的鸡嫲？自家功力不足弄不出细人子来，还怪人家。我功力足，一年不到她就下了蛋，以后谁家女人不下蛋，尽可以找我，我义务帮忙，保证让你们如愿以偿，儿女成群。"

地主还真不是自吹自擂的，他功力足，加上华招的土壤原本并不贫瘠，十年下来，竟有了三男二女，也算是儿女成群。

地主的老婆是外村人，听说她母亲说话阴阳怪气，声音又大，平常说话也跟吵架似的，方圆几十里都能听到，当然这是人们夸张的说法。女儿嫁到这里后，她便经常来，大家都说她人还没看到踪影，声音早已传来。华招不但相

---

① 打：漂。
② 杨梅嵝：一个山沟名。

貌，连声音也像极了母亲，一开口不用二成功力就能令人震耳欲聋，如果用上五成功力，房子肯定也会抖三抖。后来，大家背地里便叫她母亲老广播筒，叫她嫩广播筒。这个歪名其实是她的"嫁妆"。

华招一向贫嘴薄舌，很在行骂人，和婆婆的关系又水火不容。以前她是怎样对待婆婆的，我只略知一二，没去深入调查。听长辈们说起过，她和全队人几乎都发生过口角，从不当软，骂到日出日落她也不会哑声。她骂人像是从娘胎里就训练好了的，总是一溜边，狗嘴里吐不出象牙，旁人听了无不摇头咋舌，说如果骂人有比赛，冠军非她莫属。

我嫁来这里后，夫家和她家只几十步远，而且她大儿子和我老公同岁，平时走得不紧不密，慢慢地，我就知道了关于她的许多。

她大儿媳讨回家后，她家从八个人增到九个人，一年后又上升到十位。家里本来就穷，她大儿媳就吵着要分家，广播筒不同意，但吵来吵去最后还是分开了。分给闹独立的大儿一家房一间，谷一箩，碗两个，菜地若干，至于田，广播筒只从自己两夫妻的份额中划一块给他们。大儿希望能从两个妹子的田地中再分给他家一点，广播筒毫不含糊地说："一分田都不能再分给你，妹子又没嫁，她们还要吃，莫说是你们吵着要分家的。想分妹子的田，去高岭鉴顶上吹凉了再说。"

她大儿那时去山上割松香，每到筒里有半筒时，就收油一次，这得两个人去。广播筒的大儿媳革红，就要请家娘帮忙带带孙子。广播筒当然不情愿，总说没空，田里地里有很多事都要她忙得要死，哪有时间帮她带细鬼子。地主过意不去，有时不帮老婆干活帮带孙子，广播筒就骂他是"扒灰客"①。

"娘个短命嫲，死乌搭瞎，自家孙子都不要带了吗？总不能让她背着细鬼子去收松油吧？你好意思骂这样的话？真个唔怕跌古，啥话都乱骂，冇一点分寸，看人家会不会笑话你。"

"你娘个短命相，就是个扒灰客，不然你心虚啥？哪有老婆叫干活不去，生娓叫带人就带的？我看你就不是啥好货！生娓嫩，你就想尽一切办法巴结她，都五六十岁的人了，还这么好色，也不怕闪了腰。"

"短命嫲，再鬼喔我踢死你！"地主怕儿子媳妇听到，威胁老婆不要再胡搅蛮缠。

---

① 扒灰客：勾搭儿媳的不正经之人。

可广播筒根本不吃他这一套："我就爱讲，你敢踢死我吗？你以为现在还是以前，踢死了人不要枪毙？啥时代了，告诉你，踢死了我你也活不成，现在可没那么侥幸了！"

广播筒的确勇敢，见老公都成孟良了，她还敢以牙还牙回敬他。也不知她啥时听到了他过去的事，经常挂在嘴边。把柄在人家手中，地主总难免心虚而退让，虽已时过境迁，没有人会来找麻烦，何况单只佬的两个堂叔也已去地下和他做伴了。

"鬼才跟你说，跟你说人格都会降低，死乌搭瞎个妇人家，以后孙子长大了，你也别想他小心①你，我从来都未听说过，带自家孙子也会犯法，你不带也就算了，还不让我带。"

"孙子？靠孙子小心，到那时也许我骨头都打古了，月光都冇光，还能靠星子②？子瑞自从讨了老婆，就吃老婆饭了，还会顾爷娘？想享孙子的福，死醒一点，真个狗想豆腐吃！"

"好，好，好！我不跟你说了，说不过你，你这个妇人家，几时当软过？对别人这样，连自家人也不当软，就让你赢，行了吧？"地主骂不过疯狗一般的老婆，要比试口才，他肯定是强盗打官司，场场输。再骂下去，自家占不了半点便宜，还会闹出一出笑话，赶紧闭嘴，以保平安。

这边老的停战了，那边嫩的又在议论开了。革红听到公公婆婆在争吵，就竖起了耳朵细听。虽然他们关紧了房门，而且音量也调小了不少，但她还是听到了孙子、生娓、子瑞这样的话，好像是因为家官帮带了孙子惹得家娘不乐意了。

她对老公说："你听听你嬡瑞，你爷瑞带了几次细鬼子，她又在鬼喔了，真个孤老相，世上都找不出第二个。既然不爱子孙，嫁啥子老公，生啥子细鬼子？以后有啥子好吃的，倒去喂狗也不叫她吃。"

革红老公只有摇头，不敢出声，遇到这样的母亲，有啥法子？

做生娓的对家娘不满，此后，有鸡有鸭或买了鱼肉时，果真只叫上家官，不叫家娘，小叔和小姑子当然也不叫。

做家娘的见老公和子瑞生娓有说有笑，鱼肉烟酒吃喝得满面红光，气得

---

① 小心：孝顺。

② 星子：星星。

又大骂老公扒灰，而且音量也不再调小，明摆着要让子瑞生娓听到，有吃有喝不叫上我，我就骂你们，看以后还敢不敢忽略我。

这次，革红和老公都听清楚了，不约而同地一起跳出来，大骂广播筒没有人性，连自家人都敢污辱。一家人大吵一通，弄得小孩子也跟着凑热闹，大哭起来。左邻右舍听到了，都过去劝解，有许多人当然是去看笑话，比如我就是。我这人从不跟人吵架，但每逢有人相打相骂，除非我不知道，否则绝不放过看好戏的机会。广播筒见来了这么多人，更是大骂老公是扒灰客，她以为这样骂同样可以跌生娓的古，她恨死了这个外来人。

"华招嫲，饭不能乱吃，话不能乱讲，这种话是你说的吗？传出去还不是跌你自家人的古，跟你不和的人还会偷笑，吊目光。骂这样的话对你有啥好处？搞得一家人闹得鸡飞狗跳，旁人又当做笑料来议论说笑你。"

我婆婆是妇女代表，一向受人敬重，从不与人生是非，不管是讨吃叫花，还是精神病，她都不会嫌弃。她一生乐于助人，是远近山庄出了名的好人。每有婆媳、兄弟姊嫂、公婆和左邻右舍之间发生争执，总会第一个想到她，"快！快去叫玉玲媚来！"婆婆一到，总是动之以情，晓之以理，舌战很快就会停锣息鼓。

"玉玲媚，你不要来多管闲事，我家的事轮不到你管，你也有生娓了，管好你自家的事就行了，莫以后你自家的子瑞生娓也和我家的一样，就不够我笑了。我又唔怕人说笑，反正我的名声已够臭了，再臭又能臭到哪里去？你是出了名的好人，小心自家的名声要紧。"

癫性发作，广播筒逮谁咬谁，连老资格妇女代表的面子也不给。大家听她这么一骂，心里都格登了一下。"娘个死癫嫲，吃错饭了，玉玲媚是好心，你却当狗肺，这不是狗吃牛屎，不分好坏吗？"

革红哭着对大家说："媚媚，嫂嫂，你们大家听听，她这是骂的人话吗？自家不带孙子，也不让老公带，带了几次就骂他是扒灰客，这不是故意让我们抬不起头吗？世上有这样做大人的吗？虽说是我吵着要分家，但我也是为了这个家好，一大家子人，生活在一起，负担很重，分开了，让我们也好有事业心，不要老是依靠他们。可是我家娘就是不理解，我分家，连和我一起了的人也受冤枉，说是她们教坏了我，难道我是呆子，要依赖人来教？我生子瑞坐月子时，她才照顾了三天，后来就让我洗一家人的衣服和细鬼子的尿布，也不准两个小姑子帮我洗，呜……呜……"

革红呜咽着，停顿了好一会儿，调整好心态，又接着说："她才照顾了三天，后来就时常挂在嘴边，说我的血裤她都帮着洗，骂我没有良心。我是为他们家添丁进火，又不是为我洗做月事时的裤子。我还听人家说，她为我洗裤子时，还戴了笠麻，人家问她，又没月头又不落雨，为啥要戴笠麻？她说，做家娘的帮生娓洗血裤，一定要戴笠麻，不然日后生娓会很刁。我二十多岁了，还没见过这样的家娘，早晓得这样，塞水坝也不嫁给她家，命苦呀！呜……呜……今天她骂这样的话，让我以后怎样出去见人？"

"革红，你也要量大一点，你家娘也不容易，一个家庭这么大，她也有难处，你两个小姑子又还不太会干活，你就多担待点。她骂这样的话肯定不对，大家也不会去相信她，你就当做狗吠。青年人就不要跟老人一般见识，再怎么着，她也是你家娘，每天日见天光做到暗，也够辛苦的，以后有啥好吃的，你们每人少吃一点也要叫上她，她就不会这么骂了。"

我婆婆真是个量大之人，对刚才广播筒的盐井不出卤水——出言（盐）不逊（顺），根本不当回事，都是老子老嫂了，谁不晓得她那张破嘴？除了大年初一，她会讲几句恭维话，平时哪天不骂人？而跟她较量过的人，又哪个能赢得了她？有时，她今天跟你筆锤滑棍，吵得不亦乐乎，明天又跟你套上了近乎，而有时却又跟吵了的人一年都不说话，这种人哪，真是难解。

"玉玲媚，要是她跟你一般分相，我自家不吃也爱给她吃。可她狗吐不出的都吐得出，我想了给她吃，不如倒给狗吃，就爱猴死①她。"

"革红，你也不能这么说话，吃是小事，是一种心意，再怎么着，她也是你老公的娘，不看僧面看佛面，不念今日念先日，生儿育女几辛苦？你今日也是做娘的人了，应该清楚。"

"玉玲媚说得对，华招嫲再死乌搭瞎，也还是长辈，她骂这样的话是不对，但一个巴掌拍不响，有错也错在两个人身上。"

几个升级做了人家家娘的中年妇女，明知广播筒的罪大恶极，但自家也有生娓，怕自家生娓学歪样，有啥好吃的也倒去喂狗，便不约而同说起了革红的不是。我倒觉得她们这是在帮罪恶之人说话，如果她做好了家娘，生娓会这样吗？有错也是广播筒错在先，她们这样是给下山虎带路，成了头号帮凶，使广播筒以为自己有理。

---

① 猴死：馋死。

"短命嫲，好意思吗？连家官也搭，膣面皮不叫狗打走^①才怪。"广播筒又一次喷出的瞎话，无疑是对众人的调解嘲弄。

"娘个短命嫲，唔怕跌古个，买个鬼壳戴吧，你不要面子我还要面子呢。你这样骂，叫我以后怎么去见人，叫革红出去怎么见人，好在大家都不会相信你的鬼话。"被老婆骂成搭生娓的扒灰客，地主真是感到无地自容，好在他的面皮不薄。

"莫骂了莫骂了，大家该做啥做啥，自家人有啥好骂的，都当软一点，家和万事兴，这样吵吵闹闹有啥意思，伤了和气不说，还让人看笑话，太不值了！"

我婆婆真是个和事老，大家听她这么一说，都不好意思再看下去，便都转身离开了。我不得不也抱着小儿子回家了。说实在的，我平时卖嘴皮子虽说没几个人赢得了我，但很怕与人发生口角，要是真吵架，我肯定会输得精光，而且弄不好会因骂不赢人而哭鼻子。但我还是比较喜欢听人吵架，倒不是因为想从他们身上取到吵架的真经，实在是因为看人吵架太精彩，也是因好奇心太强，那种场面实在是既刺激又好笑。小时候听人吵架和看人相打的那种又好又吓的心理，几十年来一点没变。

女人和男人，都有些丑陋的言行，比如相骂时都会把下身翘起老高，双手还在裆边比划着骂，跟我膣来讲，跟我腚来讲……

下贱，真是太下贱了，我不明白他们为啥这么没教养，没素质，我相信我一生都不会骂这样的话，除非我神志不清，否则我自认为是文明社会的文明一员。

广播筒与人争吵时最喜欢来这等言行。有次跟人吵架时，因为把下身翘得太高，双手又乱比划，结果摔了个四脚朝天，害得旁人憋着不敢笑出来，"短命嫲，就爱跌死你。鬼看了都会闭上目珠的衰东西，还以为很香；躺到大路上，男人都不看一眼的货色，还以为很高尚"。

广播筒是个服侍神明的人，家里供着不少神明，如来佛祖、观音娘娘、关帝老爷、定光古佛等等，哪个庙堂有聚会，多远多忙她也去。她爱出风头，但总充当配角，这让她很不服气，又无可奈何。

说来也奇，如果哪家小孩子有了邪气，大家总会抱到她那里，让她给念

---

① 打走：叼走。

念经，头上摸一摸，耳朵上捏一捏，一会儿就没事了。有人说她的神明灵，救治了不少小孩，可有人却说她服侍的是野神野鬼，如果是真神，她做那么多恶事，骂那么多恶话，神明为啥不扇她嘴角，不惩罚她？这倒也是，可救治了不少小孩子却也是事实啊！

她帮人家救治小孩，人家也会包个红包，二元、五元、十元都有，说是买包香到神明面前烧。她当面会说："不要这么客气，都是本屋人，不要见外，细鬼子乖了就好。"你要是信以为真，她以后和你吵架时，就会骂你没良心，骂你忘本，令人无言以对。

和她大儿媳玩过的人，都被广播筒冤枉成教坏她的人，后来她的第二第三个儿媳妇娶回家后，人家就不敢怎么接近她们，以防被"狗"咬着。她们去别人家，她也照样怀疑有人又教坏了她们，使她们又吵分家。

三个儿媳都被她骂成了"逍嫲""搭家官①"。二儿媳妇骂不过她，经常哭着回娘家诉苦。三媳妇是个山蛮，是她的死对头，可不怕她。

一次相骂，广播筒又骂了脏话，三媳妇一下子跳到家娘面前，一把抓起她的前襟，左巴右扇了几下，还不过瘾，又脱下鞋子，扇她的嘴角，扇得她鲜血直流，眼冒金星。地主也不前去拦住，"娘种人，就爱有个比她刁的人去征服她，不然她就不晓得强中自有强中手了。"

"老短命嫲，你以为大家都是呆子，任你辱骂？大家怕你，我就不怕你。以后再这样骂，我就把你的嘴角都扇歪，让你晓得厉害。"

"哎哟，会迟人吃的山蛮，真个雷公没有打到个，连家娘都敢打，真个早死爷娘冇人教养个，你等着，迟早会被车撞死，会被雷公打死！"广播筒一边擦血，一边大骂三媳妇，连还在世的亲家夫妻也被骂着了。也难怪，有生以来，她几时受过这样的气，出过这样的丑？今天竟然败在自家媳妇手中，而且败得如此之惨。

大媳妇革红和二媳妇麦麦听了看了，暗暗佩服"山蛮"的勇气，人善被人欺，娘个老死佬，今朝日子遇着对手了，以前作弄我们跟作弄鬼一般，以为我们当软，大家都会当软，就爱打到她服天服地，不然她真以为老娘天下第一。

广播筒与山蛮是针尖对麦芒。被打了一顿后，她怀恨在心，处处与山蛮作对。一次趁山蛮转外家，广播筒把她晒在走廊上的胸罩和短裤用剪刀剪成

---

① 搭家官：勾搭公公的不正经女人。

316

条，然后丢在屋后的梨树下。

山蛮回来后，发现内衣内裤不见了，到处找都找不到，问了老公问儿女，结果一无所知。她便怀疑是老鬼作了怪，她老公责怪她说："冇风冇影的事，莫乱猜，她不至于坏到这种程度，再找找看。"

"找找找，找啥子找，如果不是她搞的鬼，我就不姓钟！娘个老短命嫲，啥恶事做不出，以前大嫂二嫂和她吵了，她都敢把她们的衣服挖个坑埋了，今朝她照样有可能作践我，嫁到你们家，真个行衰运个。"

山蛮断定是老鬼嫲作践她，但没有真凭实据，又不见内衣裤的踪迹，所以心中虽恨恨不已，但也忍下了，迟早有一天我会发现她的心怀鬼胎。

一天，她的两个小孩去屋后寻找有没有被风吹下的梨，发现了支离破碎的布条，就跑回来告诉母亲。山蛮急忙走近前去，一眼认出是自家的东西，她等老公从煤矿回来，二话不说，拉着他的手走到屋后。她老公起先莫名其妙，到了梨树下，已然明白。

"姨娅，你咋这么作践生娓，有你这样做家娘的吗？你真要弄得一家鸡犬不宁吗？你怕子瑞的日子过得太平安吗？"做儿子的死也不会相信，一向服侍神明的母亲做法会如此歹毒。

"娘个短命相，有了老婆连我都不在你眼中了，啥话都信老婆的，你是老婆生的吗？是吃老婆的奶长大的吗？就晓得护老婆！"广播筒打死也不承认是她干的恶事。

"不是你还会是谁？天底下再也找不出你这样的人了，怕子瑞和老婆好，就不要替他讨老婆，让他跟你睡到你死。"

山蛮就是山蛮，这种话，革红和麦麦是不敢说的。

婆媳的屁股，都是黄鼠狼的尾部，放不出啥好屁。当然，广播筒再刁，遇上这个山蛮，大家都晓得，逢着对手了，真是禾草怕蝼蛄，一物降一物。

娘个死山蛮，咋就那么刁，另两个生娓加起来，还没有她一半刁，看来我这一生是要败在这个山蛮的手上了。广播筒有了那次的体验，再也不敢当面与山蛮较量，如果真要与她较量，那准是新华书店买纸——包书（输）。猪八戒咬牙恨猴哥，广播筒把牙咬得格格响，恨的是媳妇，面对她的伶牙俐齿，就像公鸡害嗓子，啼不得。她只能"当软"，决心不再跟她当面较量，来个暗的，到时又死不认账，冇证冇据，她能奈我何？

一起住了好几年，大媳妇革红、二媳妇麦麦就都做了房子。她们实在受不了婆婆的辱骂以及偷东偷西的习惯，情愿闪开，生活再艰苦，哪怕搭茅房住也不跟她同吃同住。她整天骂了这个骂那个，耳朵都听得起茧了，连小孩子都像是害了她。

一次，大孙子问妈妈："妈，我馳馳咋跟癫狗一般，见到谁都咬？别人的馳馳哪个会这样？"

"你馳馳本来就是癫狗。"

山蛮因为子女还小，还住在公公婆婆这里，要是广播筒敢骂她没本事，做不起房子，她就说："我做得起房子也不做开，就爱在你目珠根下过，和你斗到底，斗到你去见阎罗王，气死你，你能拿我咋样？"

骂又骂不过，打又打不过，讨到这样刁蛮的媳妇，广播筒也只能是火烧旗杆——长炭（叹）。唉！山蛮肯定是上天派来镇压我的，看来老娘几十年的修行，如今要败了，真不甘心！早知这样，我情愿让子瑞打光棍。

打和骂，山蛮绝对不会输给老家娘，但有一样，山蛮是绝对做不到的，那就是偷。广播筒学精了，打骂都输了，只有转行，我就不信你也学样，我还有几年活头，顾啥颜面？你的日子还长呢！难道也不顾颜面了。以前我偷别人的，现在我连你的也偷！

大约一年后，山蛮买了套旧房。旧房子虽然宽敞，但交通不便，又还是黄泥路，每到下雨天，那坑坑洼洼的烂泥路让人无法前行，糟糕透顶。我们都说她打错了主意，但心里都明白她的苦衷。

一天，她来我家，对我大发感慨："你不晓得，家里有个三只手的家娘，整天都要防东防西，转个身、屙个尿也得锁门，不然准会少了一样，烦不烦？有一次，我刚买了一瓶洗头油，才洗一次，第二次我子瑞洗头时，说我买的是假货，没有泡泡，我还骂他。他倒给我看，我才晓得那老鬼又把洗头油倒到她的空瓶子里了，然后把水装进去。"

听了真让人哭笑不得。

"说实话，也不是我小心眼，有个这样的家娘，我不得不留个心。六月割了禾，谷子晒在门前的禾坪里，她见我帮人还工日了，就把我的谷子偷了不少。我晒出去的时候三担谷，收回来时才两担多一点，我做的那些记号统统都没了。有时收回家的谷子，她都要趁机每箩都偷一点，以为我看不出。我厨房的油盐味精，甚至洗衣粉，她也不放过，她见腥见腥，好吃不好吃都要。前几天，我刚叫老公买回一包猪饲料，因忘了锁门，结果她趁我洗衣服时，又偷了不少去喂她自家的猪。为了省油，她经常不煮菜，我们吃饭时，她就老腔般①坐过来，也不看我们的脸色。有时干活晚了，懒得再煮菜，可一看，剩菜全没了，我们大人还好商量，可细鬼子肚子饿了，哪听劝，哭得很伤心。你想想看，世上有这样的家娘吗，连子瑞的也偷？跟她住一块，一百岁的寿命，过一半就会死。我就是租屋子住，也不要再和她同住屋檐下。现在，三兄弟都搬得远远的，就两个老鬼住那里，由她咋样，病死了我们也不晓得。"

"也是，她为啥会这样？亏你受了这么多年！"我听了她的诉说，实在找不出一句劝慰的话。我想，要是我有这样的家娘，量度再大，也会受不了。

"唉，莫讲这些。我有只花鸭公，我出门干活时还喂了，好好的，可回来后，她对我说，不晓得是谁这么歪心，把你的花鸭公打得断手断脚，看来是活不成了，你干活累了，我帮你煮滚水宰鸭，你休息一下吧。我晓得是她作的恶，别人是不敢来我家打我花鸭公的，我又没得罪人。我不要她假有心，当面骂道，谁这么歪心，谁就没有好下场，以后也跟我的花鸭公一样，被人打得断手断脚。"

世上竟有这样的婆婆，真让我开了眼界。

"我晓得她是想吃花鸭肉了，她自家没有，就把我的故意打伤，再苦再累我都不剥削她的劳力。她这人心情好时舌头能舔到屁眼，心情不好癫性发作时，鼻公②都有碍，八角灶头都会转向。那次鸭肉煲好后，我只叫家官一起吃，给了她几块和一碗汤。她不乐意又能咋样，鸭是我养的。"

整个上午，山蛮都和我说她们家的事，她晓得我不喜欢惹是生非，虽谈不上守口如瓶，但从不多嘴乱舌歪曲事实。听她娓娓道来，我不知如何劝解，只能说："遇都遇到了娘般的人，当软一点不蚀肉头，又不是外人。"

其实，山蛮也有许多不是，比如那次打得婆婆口鼻流血，就不对，哪有晚辈打长辈的？君子动口不动手嘛，显见她也不是什么好货。

山蛮还说，有次，广播筒骂她"逍嫲，搭了家官还爱搭细叔子，真不知羞耻！"广播筒所说的细叔，是个六十多岁的人，领着机械厂的退休工资，又刮来几阵"台风"③，所以财大气粗。他的碾米厂和食品店刚开在她家门前十几步，没事就常到她家里玩。广播筒见他和媳妇坐得很近，有说有笑，后来相骂时就骂她逍嫲，搭六七十岁的老男人。山蛮听了，一气之下就走到食品小店里，对

---

① 老腔般：意指摆出理所应当的架势。

② 鼻公：鼻子。

③ 刮来几阵"台风"：有台胞关系。

那老鬼说："细叔子，我家娘骂我搭了你，我今天就逍一次，让他子瑞做乌龟，来吧！咱们上床。"然后就大大方方地坐到床上。

"你别这样，什么玩笑都开得，这个玩笑可不敢开，我真要是动了你，你老公还不把我打死？我老了倒无所谓，可你还年轻，以后还怎么出去见人，做事可不能这么糊涂，她爱骂就让她骂去，她的话有谁会信？我没做亏心事，不怕鬼敲门。"

其实她也是吓唬婆婆的，再没素质，她也不敢这样把自家卖出去，她是野蛮了点，但绝对是保守牌的。

听山蛮这么一说，我不由得笑了，道："你也真是的，如果老鬼真要动你，你怎么收场？"

"我料他不敢，借他十个胆他也不敢，别看他那么色，但他不敢动我，真要动我，我一脚踢烂他的鸟巢。"

"如今你买了房子，离开了这边，过得挺舒心吧？"对山蛮的大胆和野蛮，我暗自心惊。说实话，我不太喜欢她的这种性格，她连老公都敢打，一次用铁钳把老公打得大呼小叫。

"到了那里，命都长加几年，跟老短命嫲住一块，吃鱼吃肉都肥唔起，天天过着猫公逮老鼠的日子。现在我啥都不用防，门也不用锁了，那里的人心很好，大家也有讲有笑，遇上紧工，也帮种帮收。"

听她说了婆婆一卡车的不是，我绝对不会怀疑，因为有次去山沟里放水，她二嫂麦麦就和我说了广播筒大同小异的许多坏话。让我印象最深的是，有一回麦麦和老公要做客，因路途远，就吩咐婆婆帮她喂猪，猪饲料她也准备好了，没办法，家中有个三只手的，屎尿都要防着，何况要出门。

喂猪时，广播筒却把饲料倒给自家的猪吃，把自家的洗锅水和了点米糠给麦麦的猪吃，还用猪食勺敲打她的猪，一边敲还一边骂："娘个短命嫲，养的猪咋就长得这么快，我的咋就长这么慢？短命嫲，敲死你，再长这么快，敲死你。"好像她敲的不是猪，而是二媳妇麦麦。

路上过转的人听到广播筒的骂声和猪的惨叫声，就停下来细听。唯恐天下不乱的那人，把这事告诉了麦麦。麦麦其实猜也猜到了，因为自家的猪食盘里只剩米糠，不见饲料，晚上喂猪时，猪一动不动地躺在那里，哼哼嘿嘿地叫着，样子非常痛苦。她叫老公过去看看，发现背部有黑圈，就猜到了八九分，然后又叫来兽医检查。兽医说猪被人打伤了，骨头都断了好几根，建议他们赶紧宰了它，以免死了卖不到好价钱。

二儿子按捺不住心中的怒火，那只猪是两个女儿的学费，九月一号交学费的时候就快到了，可是……！他和广播筒大吵一顿，哭着骂她是吃蛇的心肝，不爱子女爱自家，天底下哪有怕子女富裕的母亲！那次广播筒心虚，躲在房里不敢出来。以后要去做客，麦麦哪里还敢叫婆婆喂猪，自家早点喂了再去。

大媳妇革红曾跟人说过一件更为可笑的事。她生第二胎时，老公在煤窑上班，因为工资不低，她叫他不要放下人工来照顾她，多做些工钱多买几只鸡给她补身子，她自家会照顾好自家。她老公不放心，就叫母亲代为照料，许诺发工资时给她几张百元的票子，广播筒乐得满口应承。

没想到，广播筒是个贪吃鬼，每次给坐月子的媳妇宰的鸡煲好后，总要先吃几块。那时她女儿没出嫁，见母亲有鸡肉吃，当然也闹着要吃。她要两个女儿不能说出去，不然嫂子晓得了不但不乐意，以后还会吃不上鸡肉。

大媳妇革红心细，每次婆婆送来的鸡肉都不够自己吃，而自己动手时则吃不完，她就留意了。当鸡肉的香味煲出后，她就蹑手蹑脚下楼，到厨房张望，一次果然发现婆婆和姑子在大快朵颐地吃鸡肉。她们没发现站在门口的她，小姑不懂事，吃了几块还想要，革红尽力忍着，见婆婆又再去锅里舀时才故意打了个哈欠。

母女仨吓了一大跳，回头发现怒气冲冲的革红，脸上像是涂了层糨糊，绷得紧紧的，三人的脸一下子全红了。革红此时像是肩膀上放了只火笼——脑（恼）火至极。

"是你们坐月子，还是我坐月子？家里一只鸡也没买给我吃，还来与我争吃。这是我外家捉来的鸡，你们也好意思吃，难怪每次的鸡肉都那么少，连人家送来的鸡蛋你们都要猴食①。如果一家大小都吃，我还吃啥？"革红的眼泪汹涌而出，嫁到这样的人家，真是倒了八辈子的霉。

晚上她老公回来后，她也没说。进房间后，老公发现不对头了，平时有说有笑的她，今晚却对着坛子放屁了。看着她那么憋气，他问："怎么了，谁碍着你了？"

"问你那好母亲，这一生我算是衰透了，嫁到这样的人家！"她的脸像是发了酵的面粉，气鼓鼓的。

---

① 猴食：贪吃。

"到底有啥事，你别跟漏了气的汽笛，光冒气不吭声，你直接告诉我，别让我猜，我很累，智商又不高。"老公是个急性子的人，向来最怕猜谜语。

革红停顿了好久，努力调整好心态，尽量不让眼泪流下来，坐月子的人是不能流泪的，可她早就流泪了。她终于把婆婆带着小姑子偷吃鸡肉的事端了出来。他听后，犹如王八钻进了火炕，憋气又窝火，他再也沉不住气了，平时怎样骂，怎样作贱，他倒不太去计较。他早就晓得母亲那张破嘴，骂不出好话，就当风吹过，可是这坐月子就不同了，老婆身体若没养好，落下什么病根，就会害了她和自己的一生，坐月子时落下的病根是最难医治的。

他气急败坏地走进母亲的房里，带进了满身的火药味："姨娅，你真个怕子瑞以后日子太好过？不是说爷娘爱子路般长吗，老虎尚且不食子，可是你每次做出来的事是爱子女吗？革红坐月子，家里一只鸡公都没给她吃，连她外家捉来的鸡，你们也要争着吃，你不觉得过分吗？妹妹不懂事也就算了，你是大人，怎么也不懂事，说出去你不脸红心愧吗？"

"哦，你就晓得心疼老婆，怎么不心疼心疼我？她坐月子我几辛苦[①]，为她洗血裤洗尿片屎片，还要宰鸡煮滚水。忙里忙外照顾她，吃了几块骨头也值得你对我发火？你是老婆生的，还是吃我奶大的？真个有了老婆忘了娘，乌头虫子，冇用！我生你们几个，几时吃过那么多鸡肉，有两个鸡蛋吃都乐得像是捡到了金元宝，现在不是也好好的？"

"好，好，好，我冇用就冇用，我说不过你，人家生娓为家里添丁进火，高兴得恨不得把自家的肉割下让生娓营养，而你呢？"

"自古以来我只听到过割肉喂家娘的故事，从未听过割肉喂生娓的故事。何况我生了你们几个乌头虫子，早已瘦得皮包骨，我都被你们几个吸光了，哪里还能割到肉？"

此后，每逢有鸡鸭和鸽子进补，革红就亲自动手。老公不要上班时，他就全心全意照顾她，尿片屎片也抢着洗。坐月子的人，一般都要吃几次点心，说是肚子掏空了，得养回去。每一次吃点心，他们就把门锁上，以免老馋猫循味而来。

广播筒帮革红洗了几次血裤，以后婆媳翻脸时，就骂"冇良心个短命嫲，坐月子时血裤都是我洗的"。有人告诉革红，说广播筒为她洗血裤时，还戴了

---

① 几辛苦：多么辛苦。

斗笠。老人们说，这是怕生娌起刁风，到头来欺负家娘。

革红和大家说的情节都一样，在她之前，我也曾听过别人的小广播，因此，当她向我口述时，我就不会惊诧了，同时庆幸自家有个打着灯笼也难找的好婆婆。

广播筒的故事，真是个电视连续剧，自从我嫁来这里与她做了邻里乡亲，耳闻目睹的那些事，莫不令人咋舌，令人费解。

她家有两棵板栗树，原先是生产队里的，分田到户后，因为离她家近，就被她占了去。每逢板栗成熟，大风吹过，果实便争先恐后地掉下。板栗很香，不但小孩，连大人路过树下，也会注意看看地上有没有掉下的板栗。有个别捣蛋的小子，还会爬上树偷摘，或用石头、木棍什么的，瞄准后奋力丢向板栗球，企图击中目标掉下几个板栗球。广播筒晓得了，便会破口大骂。

"娘头细短命子①，猴吃鬼②，饿死了吗？家中断粮了吗？你们都是大六古（她老公的小名）屎的吗？都是他的子孙吗？你们偷摘了我家板栗吃，莫紧上吐下泻，肚子痛，患绞肠痧可不要怪我，我就要告诉你们的大人，让他们打死你们，以后，我再看到曼人偷摘我家板栗，我就打断他的脚骨，让他一生世人都做把脚子③。"

有些胆小的孩子在骂声中作鸟兽散，个别老油条和跑不动的就还在树底下，老油条还会顶嘴："我又没偷摘，只是看他们摘，难道看也不行吗？"她当然不可能就此饶了他们，凡是被她看到的，一个不漏地向他们的父母亲告状，末了还咬牙切齿地说："以后我再看到，就别怪我不客气了！"

广播筒思来想去，为了防止板栗再被偷摘，就往树上钉了许多小钉子，谁要是爬树偷摘，保准撕烂裤子又受伤。她不时还挑几担粪便，泼在树身上，臭得人们不敢近前。如果是桃子李子或枇杷树，到果子快成熟时，她就隔三差五地喷药。后来每家每户都教育自家的小孩，切勿再去偷摘广播筒的果牧④，即使她送的，也不能要，免得被农药给害了。

广播筒的特别，在我们这是独一无二的。她老公地主有次和她吵架时，当着大人小孩的面说："娘个短命嫲，我讨了你从来没有安乐过，你娘种连老

---

① 细短命子：小短命鬼。

② 猴吃鬼：馋鬼。

③ 把脚子：跛腿。

④ 果牧：果实。

公子女都要算计的妇人家，咋就让我碰上了？"

地主说了件事，希望大家来评评理："大家都晓得，她是我订了合同放了鞭炮讨回来的老婆，可是我想她时，她双脚夹紧，不让我好过，说是让我付了钱再打开，你们说好笑不好笑？我不给她，她就抓住裤头不放，后来还搬到另一间房里，我叫开门，她理都不理，我一脚踢开门，她威胁说，如果我敢动她，就抓我下身，看我还能不能屈她。我真想不明白，屈老婆也要付钱，而且每次都要付钱。有时她心情不好，付钱也不让我上。这跟嫖货有啥两样？去发廊嫖货还可以自挑自选。可她像啥，豆腐渣一样，全身瘦得皮包骨，趴在她身上还会弄痛我，眼睛深得跟僵尸一样。如果不是老婆，这样的妇人家，倒贴我也不要。"

地主如此自揭家丑，也不怕丢人，农村人嘛，成天讲男根女阴，习惯成自然了，也不会脸红，有些人说出下流话令人听了全身起鸡皮疙瘩。

"短命相，你又冇那种好命，连好老婆都会搭野男子，害得野男子白送一条命，有本事你把我也踢死。你既然嫌我，为什么还要死皮赖脸上来呀？谁说没有屈老婆要给钱的？兰坑塘荣飞腔子屈老婆就要钱。要我多洗一件脏东西，我洗衣粉钱总要向你要吧？你要是敢去入发廊，让我晓得了，我把你那条老腌根都割下来喂花鸭。"

"看他们俩，真是哪样的公配哪样的婆，都是豆腐渣上船，不是啥好货。他们打生打死、骂生骂死也不关我们的事，操啥子心？不如回家搞卫生。"在议论声中，心有同感的人们一下子就散了，那一颗颗脑袋差点变成了拨浪鼓。

其实，广播筒那时并不缺钱，只是爹亲娘亲不如钞票亲。她是神婆，经常一走就是几天，有请她安神的，有请她救治小孩子的，有老大过身的也请她，反正人神鬼都有用得着她的时候。人们对这些出手大方，好像红包越大，安的神明就越灵，家中运道就越好，越能日进斗金，小孩就好得快，长得快，又能考上状元，老大过了身就会保佑全家身体健康，财源广进。听人说，广播筒经常出门，作风不检点，搭上了师傅，当然这只是人们的议论，不可全信。

自从山林被人承包了去，地主就被人请去巡山了，因为他下得了情面。他虽然六十多岁了，但走起路来衫尾还能打死狗，半斤白酒，三碗米饭不在话下。

有人当面笑骂他："短命鬼，死大六古，六十多岁的人了，老虎尾巴还能拖得住，这么雄，莫讲华招嫌受不了，细妹子可能也受不了，送两个细妹子给你，你保证一手还能抱一个。"

地主人高马大，说话的声音和老婆一样大，他们一起说话时，一个是锣声，一个是鼓响，震得大家耳膜直痛。俩人的笑声也很特别，尤其是广播筒的，每回听到，都让我汗毛直竖，全身起鸡皮疙瘩。大家只说她笑声很恐怖，怎样的恐怖法，我无法用文字来形容。

地主当了巡山员后，日子过得很舒坦，夫妻俩的关系也好了不少，经常吃鱼吃肉，有时也叫儿子儿媳过来吃。一家人表面上有说有笑，心中却心照不宣，过去的仇恨已经刻骨铭心，岂能用几块鱼肉几两"尿脚"就勾销得了？

因为木材好卖，时常有人在下半夜砍松树，然后用大车运到广东销售。起初，地主只要一发现有人偷砍松树，立马打电话给山林业主，业主马上骑上摩托赶去。罚款少不了的了，砍得多了，连林业派出所的人也来了。因此，那些人对地主恨之入骨，说，迟早要把他捆了丢到地墓堂里，让鬼弄死他。

时间长了，地主也老刁根了，以前有人贿赂他，他不要，说对不起雇他的山林业主。人家骂他死脑筋，靠那点工资，怎么花，赌博嫖货的钱哪里来，反正工资能照拿，又有人贿赂，这事只有天知地知你知我知。本来就不原则，爱贪便宜的地主，以后便有了双份工资，晚上出巡就更勤了。如果没人来偷砍，他反而很失望，那段时间，滥伐甚凶，有些大胆的人都先富起来了。

当上了巡山员的地主，声音更大了，不但捞到了钱，还捞到了情，交了桃花运。只是，有一次，他的桃花运被另一个巡山员给发现了。

正夏的一个下半夜，地主离开刚服侍他的老婆，就去巡山。那片山林没被承包，还是属于村上的。他发现有亮光和说话声，就悄悄潜伏过去，发现一对四十多岁的男女正往拖拉机上搬木材，他大喝一声，接着拿起手机就要拨号。女的忙抢下他的手机，央求他："别，别打电话，我和你睡目好不好？"

地主口中喝道："你开啥子玩笑？你老公在这里，你把我当啥子人了？你们偷倒①了这么多树，还是叫林业派出所的来处理吧。"他嘴里这么说，心里却特别高兴，眼前这女人虽然四十多了，但风韵犹存，相信每个男人见了，都不会讨厌她。

仿佛两公婆已经设计好应对方式，那男的也过来哀求："六叔，你就放我

---

① 偷倒：偷砍。

们一次吧，我确实等钱用，你行行好，别打电话了，木材装好后，我就载走。你和她怎样，我都看不见，也保证不会怪你！"

这种甘当乌龟的男人真是世上少有，为了钱，什么都放得下。

地主高兴得马上来了精神，恨不得马上就赤膊上阵。他不假思索地上前帮忙搬木材，巴不得那男人快点走。他真是做梦也想不到，自家六十多了，竟还能和一个女儿一样的女人成就好事。真是上天有目，她主动投怀送抱，又不花一分钱，如果世上的女人都这样，那该多好啊！

那女人叫秀花，听说没少搭男子，前两年还搭上了一个做高速公路的包工头，捞了一笔钱，她早就不要颜面了。女人天不怕地不怕，啥话都敢说，啥事也敢做。有次偷砍木材时，被村主任发现，要罚她款，她一下子跳到村主任面前，用力撕扯着他的衣服，还用拳头打他。村主任因为面对的是个女人，母老虎一样的女人，也不还手，整件衬衣都被她撕烂了，脸上还挂满了血印，狼狈极了。松树白砍了，人也白打了，村主任为了息事宁人，没有向上汇报，自家吃了哑巴亏。这种女人真是和尚打伞——无法无天了，大家背后说她太刁了。她老公是个老实人，不擅辞令，闷葫芦一个，整天惹她骂。一次，我帮她隔壁的人扎烟，正逢她把烟挑来烤，她和我们"搭脚头"时说，全家人的话都靠她一个人说，老公和儿子一天不说五句话。

闲话休提，还是回到现场。那晚的山上，到处都有老坟墓和鬼火般的荧光，但他们还是尽兴做起了"生意"。正当欲死欲仙共赴神仙谷时，突然一道强烈的亮光迎头射来。

"谁在偷倒松树，不怕罚款吗？"

"鬼喔般做什么，有谁在偷倒树？"地主一边旁若无人地干活，一边没好气地呵斥那个讨厌鬼。他已听出那人的声音，是另一个叫贼古腔的单只佬，他们经常一起巡山，有人笑他们是"俩子爷"①。

"大六古，你在那干啥？怎么好像没穿衣服？"那人边走边问，等到走近，才发现了两躯裸体，正严丝合缝般地绞在一起，"衰鬼，怎么在到处都有鬼的山上搞好事，你也太浪漫了。"

正在兴头上的地主，虽然有人前来打扰，但仍不罢休，他喘着气说："莫鬼喔般哩，你想要也要等我下来了再来。在旁边看我做事，也不怕行衰运吗？

---

① 俩子爷：父子俩。

回去没人给你煮红蛋，走开走开，莫妨碍我！"

都说，人是高级动物，可地主这时比低级动物还低级。他的面皮都赛过泥墙了，难怪有人叫他六叔时，故意叫成"六畜"，他跟六畜又有啥两样？

"我吃风吃刹①，啥都不怕，不用煮红蛋，我来取取经，看你功力有多高，能坚持多久，等下你要是不怕行衰运，也可以看我做事。"

那女人听了，吓得浑身直打抖，被大六古压在身下，连气都喘不匀："以后吧，我……受不了了，等下你再上，我……我明天走路都……都会打晃了。"

"改天，可能吗？改天我去哪找你，总不能到你家里找？再老实的老公，他也会打死我，今晚你要是不让我屌，我也没办法，只好马上打电话给村干部。你可晓得这里的人都是广播筒，我只需讲给一个人知，包明天有轰动的新闻，反正你们也不怕没面子见人。"

明显的要挟，所谓见者有份，也得让他过过瘾。

又过了几分钟，地主才满头大汗地滚下对方的肉体。

早已脱下衣裤"严阵以待"的单只佬，不等女人喘一口气，就迫不及待地骑了上去。那女人"哎哟"一声，痛苦地闭上了眼睛。她开始后悔今晚的出动，出门时她的眼睛就一直跳，但她不信邪，几次成功偷砍木材，让他们赚了不少钱，吃到了甜头。今晚她叫老公一起行动时，她老公说有点累，改天再去吧，她还骂他是"懒尸古"，老公无奈就来了。她怎么也没想到，接近成功的一刹那，杀出了一个程咬金，咬住了自家，要是再有半个小时，他们就能成功地把木材用拖拉机运走，大把的钞票就装进了口袋，可是，人算不如天算。不过，要是能用自家的肉体，换取钞票，避免罚款也不错。反正大六古不可能把这丑事说出去，真要说出去，他自家也会被老婆骂死。

单只佬抱着女人，连吃奶的力道都用上了。女人疼得大骂："短命相，单只佬，用那么大力做什么？砍柴吗？"

在重压中被揉捏得浑身疼痛的女人，哼哼唧唧中骂出一声："王八蛋，狼狈为奸！"

"狼狈为奸"四个字，用在他们身上，真是再恰当不过了。

经过了这次，那女人再也不敢和老公去后山偷砍木材了，而地主和单只佬则每晚出动更勤了，以为还能遇到那样的好事。后来，他们不知为啥闹翻

---

① 吃风吃刹：意指百毒不侵。

了，单只佬就把那晚的事添油加醋地说了出来。

广播筒听说后，操起闪着寒光的菜刀，扬言要把他的不净之根斩来喂花鸭，追得老公东躲西藏。

空闲时，住在山脚下的妇女们总会上山砍松枝，在山上晒干后再捆好担回家。就算是用电用煤气，农村人还是会准备一些柴火，以防停电或停气时能应急。再说，有客人来时，大锅里煮的菜又快又好吃，特别是客人来往多的新年里头，更离不开松枝柴火才能煮得开的大锅。

广播筒也经常上山砍柴。如果地主发现别人偷砍，就马上打电话叫来山林业主。地主说要罚款，业主倒表示原谅一次，下次再砍就照罚不误。有时看到山上有松枝，不想好到别人的地主，就把它们统统堆在一起，然后点燃。

一次，广播筒的侄媳砍松枝后，不在山上晒干再挑回家，当时就捆上担回家。路遇广播筒，她低声下气地说："媚，过年了，我砍了点松枝准备新年来客时烧，你不要告诉六叔好吗？"

广播筒当面说好，回去后马上告诉地主。地主立马拔腿去侄媳家，要罚她的款。未获答应，他就把她屋后的几担松枝点火给烧了。辛辛苦苦从日晒雨淋中提回的这些柴火，转眼成一堆灰烬。随着火光和烟灰升腾的，还有一声怒骂："娘个广播筒、六畜，当面一套背后一套，自家砍的比大家都多，还好意思歪心，歪心人不得好死！"

一天，我也去偷砍了几担松枝，担回家时也被她发现了。我满脸堆笑地央求："华招媚，我砍了几担松枝，你可别告诉六叔啊。"她说："你放心，我不告诉他，女人嘛，总要弄几担柴应急，我也一样。"其实，刚才我捆松枝时，地主就看见了我，他径直走过，只说别砍太多，有一担就行了。

我一度想不明白，广播筒野蛮泼辣，不近人情，却对我还算热情，令我有"受宠若惊"之感。每次有人偷砍松树时，她便会邀我一起去捡松枝，弄得大家都目热，说我买了猪肝粉肠巴结她，而她们却让她吃了狗屎，不然，地主和广播筒不会对我另眼相看的。

我慢慢悟出原因，因为她们都得罪过她，而我总是与她笑脸相迎，也从不把六叔叫成"六畜"。每次路过她家，她总要叫我到家里坐一会儿，有时我推说没空，有时盛情难却，只好从命。她总是热情地搬凳倒茶，有啥好吃的也一股脑儿地拿出，不吃便说我瞧不起她，嫌弃她。与她在一起，她总是夸我，令我如坐针毡，浑身不自在。

"你家娘家官的钱财有目，讨到你这么通情达理的生娓，又会做大。你带头带得好，两个老弟生娓就学你好样，不敢怠慢老人。你有世情道理，有文化，又会教育子女，你家两个细鬼都有礼貌，见了谁都会打招呼，和你一样，对大家一视同仁，不看衰人。"

"华招媚，你别夸我，其实做人就应该对得起良心，大家和平共处，才是最愉快的事。"我连忙谦逊地说。

"你家娘和我一起时，每次都说你的好，问神时，连神明都说你善良、大方，孝顺老人，尊重大家。如果我三个生娓和你一样通情达理，我肉头都长加几斤，自家不吃也会给她们吃。可她们三个人加起来，都没有你一半的好。你和你家娘一样善良，对大家都乐意帮助，好人有好报，天在头顶上，我们这里就你和你家娘最好。我讲的是实情话，不是奉承你们。"

不脸红地说，对人们动机不一送上的夸奖，我虽然有些不自在，却也受之无愧。出嫁以来，不管对婆家人还是对左邻右舍，我都能用真心换取大家的真情。之所以公公婆婆对我偏爱，全系我的言行赢来的。弟妹们常说老人偏心，但同是儿媳妇，为什么只对我偏心呢？她们从不去找原因。二十多年来，我从不说过分的话，做过分的事，视公公婆婆为自家父母，而有的弟妹刚入门不久就敢和长辈们叫板，有时还吵得跟仇人一般。我一向喜欢看人相打，听人相骂，可不知为啥，最怕自己的亲人打骂。我觉得，最不值得的，就是跟自己的亲人叫板。

"我是小辈，做得再好也是应该的。其实，光靠一方好是好不长的，一个巴掌拍不响。我家娘对我和女儿一般，我哪能不把她当母亲？我老公也一样，从来不会说你的父母或你的亲人，亲人是共同的，既然成了一家人，分那么清楚干啥？我出门时，总是叫家娘理家，我生孩子或有病，家娘哪次没照顾我？我永远不会忘记，在我十五年长病中，家娘田里地里帮了我许多忙。若有下辈子，我还愿意做他们的生娓。"

我说得很有针对性，也很动情。

"就是，就是，你真是少有的，我那三个生娓就没有良心，我把心肝挖给她们吃了，她们还当驴肝肺。这些瞎目狗，不识好人心，难道我讨她们的钱是当土匪抢来的不成？"

我晓得广播筒没听明白我的弦外之音，而她声讨媳妇的长篇大论又要开场了，不能再坐下去了，忙推说内急。

她热情而又惋惜地说："有空再来了呀！"

"一定，一定。"我边说边逃之夭夭。

听她背后讲媳妇的坏话，比听她夸奖我更不自在，她只要一开始，就会没完没了，就像我现在写故事一样，拉东扯西的。

广播筒去镇上赴圩时，路过我母亲家，总会顺道找我母亲拉拉家常，当然又免不了要在我母亲面前大夸我一通。夸我的同时，当然也是在夸我母亲教女有方。

广播筒常说某人某人教坏了她媳妇，但她的媳妇和我一起玩时，她却很高兴，好像跟我玩了，她们会变好。她曾对我说："我的生娓跟你玩多久，我都放心，你只会教她们好，绝对不会教坏她们。"

这倒也是，我可不会那么傻，去破坏人家的关系。我自认自家是个和事老而不是搅屎棍，只会劝导她们，跟她们讲大道理，一家人嘛，生活在同一个屋檐下，经常横眼竖眼的有啥意思？年轻人也不必跟老人一般见识，想返老还童我们已不可能，我们很快也会成为老人，要给后代树立一个榜样。

广播筒不仅是好事佬，还是个搅屎棍。人家讲媳妇，她就帮着人家讲媳妇，讨好人家婆婆；人家讲婆婆，她又帮着人家讲婆婆，讨好人家媳妇。很多人看她恨心恨肝的样子，还以为她是好心为她们打抱不平，真是好坏不分。

广播筒的热情好客，也是众所周知的。记得她讨第二个媳妇时，整个队的人几乎都叫上了，本来十五桌的，结果二十桌也坐不下。她家比较亲近的人都帮忙借桌借凳借各式用具。累了两三天，辛苦得很，因为来多了客人，他们又没有正席坐，只好站着吃饭，饭菜又不够，客人都没有吃饱，大家都骂这不是请客，是在收红包。

地主的歪样遗传到了大儿子身上。有个亲房叔伯忙了两天，吃饭时见没了饭菜，就不乐意了。地主的大儿子见状，放了一个响屁，抓了丢到他碗里。那人一把摔碎了碗："你怎么能这样作践我？作弄我是傻子吗？"他差一点就哭了，本来是好事好头，摔碗是死了人时才发生的。

广播筒和地主得知事情原委，大骂儿子一顿："人家辛辛苦苦累了两天，你怎么能作践人家？真个有脑屎的人。"

广播筒还是个很有"爱心"的人，谁生了孩子，她知道后都会送上几个鸡蛋，弄得人家很烦恼，不请她吃饭，过后她会骂人没良心，送了鸡蛋便饭也不请她；请了她，几个鸡蛋还不够她入嘴，所以人家都怕她来送鸡蛋。

广播筒说，这辈子最后悔的是，没送大女儿去学堂念书。她大女儿叫秀子，一天也没进学堂。

广播筒的儿子媳妇和她住一屋时，个个被她骂得体无完肤，甚至说他们都是吃老婆饭的乌头虫子。他们搬走后，她又开始说他们的好话，也都孝顺了，什么时候大儿给了几张大团结，什么时候二儿三儿又拿了几百，她都用不完了。他们有鸡有鸭宰时，也会打个电话叫上他们两个老鬼。有时下雨天，路途又远，他们还懒得去吃，说吃肉不如养肉。也终于意识到自家的错误，不该把三个儿子媳妇都逼走，今后万一有疾病，身边没个人可不好。

长辈们都说，广播筒以前拖儿带女时，经常登门向邻里乡亲借米下锅，油盐味精茶叶什么的也借，做客时连布也借过。说是借，其实大多数能不还就不还。还人家米时，还总是短斤少两的。我亲眼看到过，她去别人家借味精茶叶什么的，不少人都是象征性地倒给一点点，打发她了事。

她那不干净的手脚，也不知是何时练成的。看她常去别人菜地里偷摘菜，人家就说，你要就问一下，我会给你的，何必偷偷摸摸呢？她说，你送给我要人情，我偷摘不要你的人情。被你发现了算我行衰运，没发现摘了白摘。

一次去偷人家的花菜，不晓得人家洒了药，结果夫妻俩吃了中毒。三个儿子忙把他们送到医院，经过一番洗肠洗肚，老命总算保住了，却花了不少冤枉钱。

出院后的第一件事，她跑到人家家里，破口大骂，说对方看她日子过得好了，眼红，想毒死他们。她还叫那人出医药费。

"娘个死贼嬷，你中毒关我屁事，自家懒种菜，爱偷摘菜，还爱怪人，这是啥道理？难道我洒药要通知全队人，你洒药有通知大家吗？再去偷摘菜，迟早会被药毒死，像你娘种人，早死大家早安乐，有你一个，全队人都不得安宁。"

两人出言不逊，继而大打出手，好半天才被大家劝下。后来，两人一年多没话说，见了面，你吐一口唾沫，她翻一下白眼，都怕自家吃亏。

广播筒的心术，大家特别是左邻右舍无不生厌。人可以叫得住，有灵性，可牲口就没灵性了，主人打生打死，它视而不见，第二天照样去仇家串门，根本不晓得自身的安危，以至于被仇家软禁，甚至惨遭杀害。

时间一长，广播筒的邻居，一旦不见了自家的鸡鸭，第一个怀疑的肯定是她这个黄鼠狼。一次，她邻居见家里的鸡又无踪无影了，就找到她家。她说："你家的鸡不见了关我啥事？难不成你怀疑我把你的鸡关起来了？"

"我不敢说我的鸡被你关起来了，但我去鸡圈里看看总行吧？"

邻居见鸡圈里没有自家的鸡，又走到柴火间，果见自家的鸡关在笼里，还被她做了记号。

"这是我刚买的鸡，你凭啥说是你家的？"

"我自家的鸡，一看就看得出，是你的，那你为啥要关在另一间房里？你以为做了记号就是你的了，我就看不出了吗？"广播筒的贼名早就被广而告之了，邻居怎会放过她？她不由分说，就连笼带鸡都弄回了家。

这事后，广播筒照样来者不拒，只要有鸡（机）可乘，决不放过。邻居骂不过她，后来也就学她的样，广播筒的鸡访问她家，她也做个记号把它们软禁起来，占为己有。两家关来关去，成了死对头，经常为了鸡鸭的事吵得天昏地暗，日月无光。

一天，邻居见家里的一只老公鸡不见了，就找到广播筒家，发现正在禾坪里和广播筒家的鸡一起吃谷子。

广播筒岂肯让她赶公鸡回家，大骂道："娘个死唔倒个短命妈，还刁到我家来了，敢把我的鸡公赶到你家，有你这种刁法吗？"

"你好意思说，这是你的鸡吗？这只鸡是我婿郎送年时送来的，我养了准备用来过五月节①的，啥时变成你的了？"

"是你的？你能叫得应吗？你叫它，它回答了你，那就是你的，不然你休想从我家赶走。"

鸡能叫得应吗？真是瞎话！

结果，两人又吵将起来，难分胜负。另一个邻居过来调解："今朝日子晚了，就让鸡在华招嫲家过夜。鸡最精了，别人家关了放出来照样回自家的窝。明天傍晚，这只鸡回谁家就是谁家的，你们谁也不可再争，你们同意吗？不同意我可没有好办法了。"

"同意，同意。"邻居心中有数，自己的鸡肯定会回家的。

广播筒见状，也只好同意，还咧开一嘴黄牙笑一笑，把刚才的仇恨掩盖得不露痕迹。

---

① 五月节：端午节。

次日上午，那只有争议的鸡果然回了一次自家，下午却又不顾风险走穴到了广播筒家，结果一命呜呼，连鸡毛也被丢到了粪坑里。

两家为此又大吵大闹起来，引得众人来看热闹。公道自在人心，大家都认定鸡肯定不是广播筒的，否则她不会心虚，不到傍晚就把它杀了。

广播筒一向爱无事生非，假有心。一次，我心情不好，想去打麻将消遣，路上碰见她，问我去哪里，我面无表情地说"去了耍"。我老公晓得我去哪家打麻将，也在后面跟来了。广播筒见后，以为我俩吵架了，马上跑到我公公面前，大呼小叫地说："长生、长生，你生娓和子瑞相骂，生娓走了，你子瑞流着泪去追她了。"

我公公见她气喘吁吁的样子，就信了。那时我婆婆刚死，他的心还很痛，很脆弱，听说我走了，就哭着说："为什么不让我先死？"

在场的大弟妹听了，劝道："不要动不动就说让你先死，人家两公婆吵架，你费啥子心？你和嫂就没有吵过架吗？"

我老公回来得知这事，也气恼地责怪广播筒"假好心"。

广播筒是服侍神明的，按理要行善积德，但本队人谁要是得罪了她，她就会拿三炷香点着，一摇一摆走到人家家门口，又跪又拜，念口诀，诅咒人家。人家恨得拿了尿勺，舀尿泼她，或用开水泼她。

背负着许多毁誉的广播筒，却有"成人之美"的癖好，那就是做媒人，当然，这是冲着有许多好处，有不少酬金，还有酒肉衣物而去的。她能说会道，方的能说成圆，圆的能说成方。知道她底细的人，当做鬼话，但不晓得的，十有八九会信。她的拿手一套是，在女方面前夸男的好，在男方面前又夸女方好，真是媒人说花靓。不少经她介绍的夫妻，后来都恨她乱点鸳鸯谱，害他们一生痛苦。

有个当了五年兵的小伙子退役回家后，她马上为他牵线，还把那妹子带来她家，要小伙子去相亲。半天时间，她来来回回竟去了他家上十趟。小伙子讨厌她做媒人，哪会上她家呢，她只好又把妹子带到他家。小伙子一气之下说，自己已有女朋友。后来，小伙子跟我们说，这样的媒婆我躲还来不及，再好的妹子一经她手就要打折头。

我婆婆离世时不到五七，广播筒就找到我说："你家官没了你家娘，帮他再讨一个吧。县里有个离了婚的女人，五十多岁，有个小女儿才十九岁。如果你家官和她结了婚，她女儿长大了还可以配给你的大子瑞。"

我强忍着悲痛和气恼，厌烦地说："我家娘五七还没到，我们心都还在流血，哪有闲心去想这事，那样就太对不起我家娘了。我相信我家官也不会去想，这事以后再说吧，多谢你的好心。"

我根本就没把这事放在心上，很快就忘了。她不死心，又找到我满姑。姑姑也很气恼，满七时问我是不是广播筒曾跟我说过这事，我才想起，说有这回事，但我压根就没有答应她。因为我晓得这是不可能的，就没跟任何人说起，连老公也没提起。

"娘个短命嫲，神经病，苦到冇油煮菜了，要靠做媒人过日子了吗？"两个弟妹听了，大骂广播筒，还责怪我不及时跟她们说。

我说："这有啥好说的？我又没答应她，再说我压根就没放在心上，今天满姑不说，我也不会想起。再说了，人家也是一番好意。不同意就不同意，何必去骂人家，她又没有强迫我们，得罪君子也不要得罪小人，你们又不是不晓得她的手段。"

"好心个屁！像她娘种人，会有啥好心，恶心才有？我又不要去她家借米煮，怕她啥？"

弟妹们人人义愤填膺，我无心争辩。人生观不同，我这人一向追求平静，多一事不如少一事，得饶人处且饶人，大家低头不见抬头见，何必非要撕破脸面呢？

一日，几个女人闲来无事，又来拉我下水打麻将。我虽然很想静下心来做事，但因了她们的到来又失去原则，一起在四方城里拼个你死我活。这不能怪她们，只能怪自己意志不够坚定，也正如她们所说："打麻将赢钱才够现实。时间使得天老爷给，也不差那一点，今天赢了钱，后圩才可以多买水果。"

那天，正打得热火朝天时，忽听到广播筒在骂人，这次只可惜无人与她对骂，不然又有好戏看了。但我们还是放下麻将，放下赚钱的机会，跑到门口听她的单口相声。

原来，不知是哪个不负责任的放牛哥，放牛时和人搭脚头，牛跑去吃了她田里的几棵青菜，害得她又大伤元气来口中放箭："娘头乌龟王八蛋，猪狗六畜，狗屎个，早死爷瑞夜死娘个，是不是家里人都死绝了，冇人种了，牛也放野了，跑到我菜地里糟蹋！娘头死唔倒个，我辛辛苦苦种的菜，就这样进了牛肚，光毛毛绝代个，一家死斗绝个，冇人冇种个……"她就这样一直骂着，虽然没有对手，但还是骂得津津有味。我相信，如果她知道是谁家的牛，绝对会把牛牵到那人的菜地里，让牛把主人的菜一吃而光，以示报复。

这还真不是以小人之心度君子之腹。某年某天，也是因为放牛者大意，牛跑到了她菜地里。她拿棍子狠敲了畜生几下，还不解恨，把它牵到山上拴在一棵大树上。主人到处都没找到，又问遍了周围的人都说没见，问到她时，她也矢口否认。次日有人上山砍柴，发现了牛，才告诉主人。因为是六月天，山上又没有水，牛都快渴死了。主人看后，心疼得都快哭了，大骂牵牛者是个恶事做绝的神经病。大家一猜，不约而同就猜到了广播筒。

故事折回开头。

那天广播筒搅乱了我的好梦后，好奇心让我一骨碌爬起床，提了一桶衣服去小溪边。声音就是从那边传来的，原来她在和我屋后的一个叫魏五妹的老妇人吵架，魏五妹也是个骂人大王。

我很快就听出来了，导火线是菜地。广播筒说魏五妹占了她家的菜地，魏五妹却说广播筒占了她的菜地，俩人骂来骂去，都骂对方是霸世王，从上世纪骂到新世纪，从战争年代骂到和平年代，互不相让，东拉西扯，脸不改色心不跳，嗓音一声赛过一声。

在一个多小时的对骂中，她们都在数落对方的种种"罪行"，声音照样没变。我听了直犯嫉妒，要是我有这样嘹亮的嗓门该有多好啊！

在难见胜负中，广播筒一路骂着回了家，还在洗衣服的魏五妹嘴里还不停不歇，从借米骂到借油盐味精，借布借蛋，上世纪五十年代的陈年旧事现在听起来，真让人哭笑不得。

"娘个霸世王、短命嫲，冇良心个，霸了一生世人，霸到了一个棺材位吗？某年借了米唔还，某月借了钱没还……要是统统跟你算，三麻袋都装不完。啥都来我家借，借了又冇还，面皮八尺厚，换着我，还不起，借了一次都不会有第二次……"

我们几个听了，互相翻白眼，吐舌头，但都忍着不敢笑出来。我差点就想说"人家都回去好久了，你骂给谁听呀？"

次日，她们叫来村里的调解员。调解时，却又大骂一通，弄得调解员也红白好事一起做，哭笑不得。

说是调解好了，可第二天一打照面，又照样吵。广播筒还走到她家骂，骂得魏五妹的儿子火冒三丈，拿屎管扫赶她。

一天，她在溪边洗衣服，只她一人，双手合十，向上拜了三拜，然后口中念念有词："上天，你爱有目，魏五妹娘个短命嫲，占了我家菜地还咁刁，上天一定要罚她冇好死。我一生行善积德，救治过不少细鬼子，承蒙上天保佑，我生有三儿两女，讨了三个生娓，里里外外有五个孙子，我怕她啥？她才两个子瑞，一个还是神经病。我老了，东门不开西门开，左脚不便右脚便，我愁啥？"

有人看她一个人自言自语的，也不打扰，躲在不远处偷听，然后学她的样子，有声有色地广播给了大家。

前段时间，广播筒说本组有个死了老公的寡妇搭上了一个死了老婆的男人。那寡妇听到后，就跟广播筒的三儿媳山蛮说了，还说如果再听到她出言不逊，就叫四个儿子一起来把她捆了，沉进粪坑。山蛮嘿嘿一笑，说："任你们千刀万剐，我也不怪你们，早就指望有人杀杀她的威风，不然她还以为大家都怕她，让了她三斤盐还不识秤星呢！"

倘若广播筒真的被人沉了粪坑，村里的分贝肯定会减许多，人文环境兴许也就净化了些。此后，想来也引发不了多少人的回忆，即使有之，那记忆的火苗在邻里乡亲心里，也会越来越微弱，一道风即可吹灭。

无主题婚姻变奏

"你真的爱我？无论发生什么事，一生世人就爱我一个？"

这是一个纯真姑娘的问话。

"那当然，不爱你我来找你做什么？这一生世人我都会像爱自家的目珠一样来爱你，我可以发誓……"

这是个二婚男人的誓言。

"莫，莫发誓，我信你总可以吧。"

被幸福包围住的天真姑娘，赶紧用手捂住男人的嘴。男人则驼背子下冈——顺势，一下搂住了姑娘。一切都不存在了，连空气似乎都凝住了，只听到两颗狂突的心在跳动。

男人叫亚福，说这话时才二十三岁，可在十八岁那年已结过一次婚，二十一岁已做了两遍父亲。老婆长得还挺靓板，按理这是个幸福的一家子，可因为生活艰苦，儿子出生不久，小夫妻就经常为开门七件事"柴米油盐豆酱醋"吵架。

一天，他们又为这些事闹得不可开交。亚福老婆玉子说："嫁给你真衰，连草纸都买不起！"

那时候还没发明卫生棉，女人"表叔"来了就用草纸，亚福本来就发[①]穷癫，老婆天天啰啰唆唆，再好的脾气也会受不了。

"娘个短命嫲，每日都鬼喔一样，骂都会被你骂穷。苦苦苦，单是我苦

---

① 发：读 pot。

吗，有几多个不苦的？你自家䏶命冇靓①怨谁呀？你又嫁不了领工资吃国家粮的，你的命就是嫁我这种穷光蛋的，落脚时辰不好去怨你爷嬭！"亚福发起火来吓死人。

"短命子，我过门后都没骂过你短命子，你倒先骂我短命嫲！你有什么了不起，我真是瞎目猫公逮着了死老鼠，早知你咁苦，我就是冇老公见面，堵水坝也不嫁给你！呜呜……"玉子边哭边骂。

"你要是后悔了现在就走，我不拦你，走了就永远不要归屋！每日都鬼喔一样，我听都听饱了，这一生世人，我就是冇老婆见，抱枕头睡我也不会来求你。想走就快走，儿子不准带走！"

真是呆子，在那泥菩萨过河自身难保的年代，谁会跟他争儿子，何况她想走，就说明她还会嫁人，那时计划生育不严，她还没做结扎手术。

"走就走，没有谁强迫我就要在你腟根下苦到死，我今天被你赶走，我也绝不会再归来捉你这只死老鼠。说不定我上昼走，下昼就会有人来要我，可你这么苦，鬼还会像我这样嫁给你。"

"哼，我的事不用你关心，关心你自家就可以了，莫紧我讨了老婆你都还没嫁出去！"

"呸！娘个短命子，死唔倒个，狗血泼②，全都泼到你身上，保佑你一生世人都讨不到老婆了！"

夫妻俩把所有的狠话都骂上了，五个月的儿子吓得哇哇大哭，连奶都不肯吃一口。

"亚福，你们两公婆又吵什么？细鬼子哭了也不拐，莫吓坏了他，有啥事好好商量，每日吵吵不出头，还会被人看笑话。"亚福母亲福招好言相劝。因为家庭负担太重，前段时间刚分家，这对小夫妻就大吵三六九，小吵天天有，让做母亲的烦透了。

玉子收拾了自家所有的衣服，能带走的一样没留，只留下两周岁的女儿和还在吃奶的儿子。留给他就留给他，看谁会那么傻做人家的后妈，就爱让他讨不到老婆，我就是再嫁也还是细鬼子的妈，他们长大后还会认我的。

---

① 命冇靓：命不好之意。

② 狗血泼：行衰运后做求佑的迷信活动要用到狗血来制。意指一方对他人有损自己的言行反击回给对方。

"亚福，你也太笨了，骂归骂，男子汉大丈夫，让老婆骂几句就会死吗？不受气又怎样，人家走了，两个细人子交给你，那还不是鸡公带鸡子①！小的还在吃奶呀！教你都不听，你脑子装的是猪尿狗屎吗？我怎么就生下你这么一个呆子呀？"看到生娓甩手走了，福招大骂儿子。

"走都走了，还说这么多废话干吗，她整天讲话都是冰天雪地发牢骚，冷言冷语，冇句好话，老说我们穷，穷得连细人子的代奶粉都买不起。我每天都耐心劝她，穷是暂时的，总有一天会好的，叫花子都有行三次好运。可她说，今朝日子都过不去，哪指望以后？再说，她这人想安乐，做不了苦活还受不了苦，我肚量再大也是有限度的，又不单单我们苦，看其他妇人家哪个会和她一样冇分相？"

"再怎么着也要忍啊，讨都讨到了这样的老婆，你当讨老婆容易呀？她真跟你离婚你咋办，你有儿又有女的，谁家妹子会愿意再嫁你做后妈？"

"你放心，讨不到老婆，我就懒讨了，讨到像她这样好吃懒做的，还不如不讨，我情愿一生世人打光棍。"

见亚福余怒未消，做母亲的抱着孙子，抹一把泪走开了。

第三天，福招和丈夫虎腚抱着孙子，穿行在一片片稻田簇拥的田塍路，再蹚过一条清澈见底的小溪，就到了生娓的娘家。自生娓走后，宝宝想奶吃，哭得令人揪心，弄了些米糊，他也吃得香。可没断奶的孩子，有奶念②，他们只好抱着他去求别家带孩子的媳妇喂他。说来也奇怪，才五个多月大的小家伙能闻出奶味，竟然拒绝"嗟来之食"，按都按不倒他吃。

"亲家母，扫得咁干净呀！"虎腚笑着招呼正在打扫的亲家母。

"哎哟，宝宝到外婆家喽，宝宝来看外婆了。"福招也逗着宝宝说。

谁知，玉子的母亲见他们来了，故意把扫把扬得高高的，灰尘拂拂扬扬地飘散，呛得他们屏住呼吸，可还得面带笑容，尽力忍着。

"亲家母……"

"亲家母，哼，谁是你们的亲家母？把我女儿欺负得哭回了娘家，你们还有面子来我家，滚，再不滚我就用管扫赶你们了！"她说罢，作势扬起扫把。

"亲家母，相打相骂是他们两公婆之间的事，我可一向很顺玉子，从没骂

---

① 鸡公带鸡子：意指难办。

② 有奶念：有吃奶瘾。

过一句，不信你问她。老古记都讲，母老虎不吃亲生子，何况人？大牛相斗，细牛吃草，宝宝才五个多月，还不到断奶的时候，这两天他哭得真让人难过，各类人的奶他又不要。他叫你外婆，难道你就忍心让他哭？不看僧面看佛面，你就叫玉子喂喂他吧。"福招说得喉咙哽咽，眼泪扑簌簌往下落。

"我不晓得她去哪了，食撤哩早饭她就走了，也没告诉我去哪，你们回去吧！玉子跟我讲了，她要和你家亚福古离婚，你们的子瑞也太不像话了，屋下这么穷，还不珍惜老婆，子女都有了还敢打她。将心比心，你们的女儿被你们婿郎打了跑回娘家，你们会怎样想？你的子女是辛辛苦苦养大的，难道我的女儿就不是我一把屎一把尿带大的？你的是宝，我的也不是鸡嫲带子孵的①。"玉子母亲越说越气。

"讲得好，讲得对，都是我们的错，没有教育好子瑞，回去我们还会骂他。今天让宝宝吃饱奶，天光日子我们叫亚福古亲自来向你们赔礼道歉。"福招说着，把孙子递给了老公虎腔，大事还得由丈夫出面。

谁料，虎腔尊口还没开，玉子母亲就把话给堵死了："不用了，我看我女儿对你们家亚福古死了心了，如今她真的不在，我没空和你们磨嘴皮子，我还得洗衣服，我给你们几块钱，买几个鸡蛋给宝宝吃，好歹也是我女儿身上掉下的肉，以后大了希望还能叫我外婆。"说着丢下扫把，跑回房间，摸索了好一阵子，自言自语地说："这半个月的油盐钱又没了。"摇摇头，不太情愿地走出房间。

"亲家母，我们再穷这点钱还出得起，我们不是来要你的钱，是来叫玉子回去的，两公婆相打相骂冇奇怪，居家过日子，哪有不吵架的，床头吵了床尾和，再怎么着也不能拿孩子出气呀！"虎腔忍不住说话了，他有一种受辱的感觉，可为了孙子，他尽力压住心中腾腾升起的大火。他以前是一队之长，分田到户后还是个小组长，几时受过这样的屈辱？

"我又不是给你们的，我是给我外孙的，不收，那就快点回去，我没那么多闲工夫跟你们啰嗦！"

在人屋檐下，岂能不低头？一切为了儿孙，虎腔手里握住被亲家母强行塞过的几张小票，万般无奈之下，犹如握住了一颗定时炸弹，手心都冒汗

---

① 鸡嫲带子孵的：意为不是亲生的。

了，心里头直骂儿子："娘个家伙头，老婆讨给了你还要我们费神百气①，受尽侮辱！"

正当他们在小孙子的哭声中站也不是走也不是，碌碌缩缩，不知所措时，"突突突"，狗古篱子的声音由远而近，很快就到了家门口。

从拖拉机上下来的正是玉子。她今天打扮得漂漂亮亮，一点也看不出是个生过孩子的女人。她见家娘家官站在自家门口，样子非常狼狈，就在心里责怪起自己的母亲来，就是有再大的火气，也该搬个凳子给孩子的爷爷奶奶坐呀！她客客气气地招呼起来："奶、爸，你们来了，来，进屋坐吧。"自从嫁入门，家官家娘一直对她很好，说实话，她即使舍得了断夫妻情，也有点舍不得子女和公公婆婆。

开拖拉机的后生约摸二十五六岁，人长得很老气，皮肤稍黑，衣裤上油渍斑斑，一看就晓得是搞机械的。他不失礼貌地冲他们笑笑，和玉子道声"我先走了"，开了拖拉机"突突"着一溜高乌黑的烟尘转弯便消失了。

"玉子，快让宝宝吃奶吧，他都两三天没吃奶了，嗓音都哭哑了，又不吃各类人的奶……"福招从丈夫手里抱过孙子递到生娓怀里。

玉子接过儿子亲了又亲，然后进了另一个房间。

"让宝宝吃奶前，要先挤掉一点，然后再揉揉。"福招吩咐道。过来人清楚，哺乳女人两天没吃的奶，不走这样的程序，孩子吃了会拉肚子。

母与子心灵是有感应的，自从玉子一回来，小家伙闻到了奶味，一个劲儿地哭，一到母亲怀里，就迫不及待手舞足蹈地找奶吃，流着口水的小嘴嘴一直拱着母亲的丰乳。

玉子心肠再硬，也被儿子的举动挑起了母性的本能，她泪流满面，掀起上衣，挤了挤揉了揉，可是小家伙已经饿得等不及了，一口就噙住了那熟悉的乳头，一阵"咕噜咕噜"猛吸，吃饱后才满意地松开，咧嘴笑笑，头一歪，一下子就美美地睡着了。

"玉子，跟我们回去吧，秋子一直哭着要妈妈，宝宝又还没断奶，没有吃足奶的孩子长不大呀！看在孩子的分上，回去吧！亚福古这死佬，我们会好好教育他的！"

"他都二十多了，又不是细人子，还要人教？我晓得你们对我好，可我是

---

① 费神百气：费心。

341

嫁老公，不是嫁家娘家官，你们保不了我一生世人，他都不爱我，你们再关心我也没用的。"玉子说着说着就哭了。

"千错万错都是我们的错，是我们没让你过好日子，是我们没教育好亚福这死佬，可是看在两个孩子的分上，你就原谅他一次吧，说不定岁数越多他就会越晓得，以后就会对你更好一些。"

"奶、爸，对不起，那天我说了，我要是走出家门，就永远不会再回去，你们叫我回去有什么用？以后争吵时，亚福古一句倒头嬷就够我受的！奶，你以前不是经常被娭毑骂倒头嬷吗？"

一句话勾起了福招伤心的往事，以前她受不了家娘这般辱骂，也曾离过家，后来被丈夫好言好语哄回了家，从此两子家娘^①相骂，家娘动辄便骂她是倒头嬷。

见家娘半晌不语，玉子又说："想让我回去也好，你们叫亚福古买顶八抬大轿，跪在我面前求我，然后写两张保证书，一张贴在这厅堂上，一张贴在你们家厅堂上，好让大家都晓得，不是我要回去，是他求我回去的，我不是倒头嬷。"

玉子心里非常明白，自己这个条件简直是逼公鸡下蛋，是驳壳枪打飞机——办不到的事。其实玉子是铁了心了，是好马不吃回头草了。

"走吧，还赖在人家这里做什么？还嫌丢人现眼不够吗？现在人家又有男子人追上了，哪里还会回去！"一直捺住性子的虎腚终于忍不住发火了，先是推了老婆一下，回头又对玉子说："玉子我告诉你，头碗饭不好吃，第二碗饭不是谷就是沙，我就不信，你能找个比我们家亚福更好的，离了你，我们亚福就会打光棍！"说罢，他抱过孙子，扯着老婆狠巴巴地回去了。

"哼，我更不相信，你家亚福古能找上比我家玉子更好的！"玉子母亲冲着他们的背影连吐了几口唾沫。

当晚十点多钟，天下起了倾盆大雨，轰隆轰隆的雷声响彻云霄，噼里啪啦的雨点有节奏地敲打着房顶瓦片。做过亏心事的人，被刺耳的雷声吓得赶紧用被子蒙住头。老人们常说，做人要光明正大，不要做恶事，不要赚恶钱，不然，下雨打雷时尿缸角头都躲不了。

从碎瓦缝里漏下的雨水落在福招的脸颊上，她一激灵，本能地抱紧孙子，

---

① 两子家娘：婆媳俩。

突然感觉不太对头，一种不祥的预感顿涌心头。她慌忙坐起身子，拨亮电灯，摸了摸孙子的额头，冰凉！

"虎腚，虎腚牯，快快快，快起来……"

"做吗个大呼小叫的？孙子拉哩屎尿，你就帮他换衫裤，干吗要吵醒我！"虎腚懒洋洋地小声说，不太乐意地又翻了一下身，咽下一口水，又想睡。

"死佬，你快看看孙子，好像不对头，呜……呜……"她急得哭了起来。

"咋啦，宝宝咋啦？"虎腚一骨碌爬起来，忙接过孙子右拍一下左拍一下，可是孩子一点反应也没有。日子头还好端端的，怎么说没就没了？又没听他哭闹，他几乎不敢相信。

"亚福，亚福，快，快起来，出事了……宝宝出事了！呜呜……"虎腚慌得连外衣都忘了穿，来到隔壁的小儿子房门口，尽力擂着门。

搂着枕头当老婆的亚福，正做着讨新老婆的美梦，听到叫声，连眼睛都不睁开，不情愿地问："爸，怎么了？三更半夜的又下大雨，你叫我起来有啥事？"他真想让美梦继续下去，这样的美梦最好永远不被打断。

"宝宝出事了，呜……你还在睡，呜……"虎腚边骂边哭起来。

"什么……"亚福赶紧揉了揉眼睛，穿好衣服，趿了烂拖鞋来到父母房里。但见宝宝纹丝不动地躺在奶奶怀里，嘴唇乌紫，脸形有些扭曲，奶奶抱着他号啕大哭。他格登一下，心里明白了，一屁股跌坐在楼板上，狠命地用手捶头，仰天长吼："上天啊！你做吗个这样对待我？我自问没有作过恶，为啥这样惩罚我？宝宝才五个多月呀！你做吗个就把他带走了呢？！"他一边哭一边用拳头捶打着楼板。

"咚咚咚"的敲打声吵醒了隔壁的兄嫂。"这亚福古半夜三更发什么神经，遇到了鬼吗？吵死人！"嫂子王香香，白天干活累得腰酸腿痛，下雨打雷她都照睡不误，可亚福古和家娘家官的哭声却让她感到反常，尤其是亚福古鬼哭狼嚎敲打楼板的举动更让她感到出了大事，急忙唤醒老公："大福古，大福古，快起来看看做吗个？他们又哭又叫的，准是发生什么事了？"

大福古也知道肯定有大事发生了，心跳得厉害，和老婆一起走到父母房里，一看房里的情形，心中便明白是怎么回事了。

"日子头还好端端的，咋没听他哭，说没就没了呢？难道得了什么急病？"他们奇怪地问。

"鬼晓得得了啥急病，睡之前我给他吃代奶粉他就不吃，十点多钟我醒了，就发现他不对头，叫你们爸起来，也不知是啥时走的，呜呜……上天冇目珠啊，咁作恶做么个①，宝宝才五个多月呀，就把他带走了！这下玉子会怨死我们了，怎么办呀？"福招捶胸顿足。

"莫提她了，如果不是她，宝宝可能不会死，娘个短命嫲根本就不爱宝宝，如果爱他就不会走！"亚福古气呼呼地说，恨不得立即去揍她一顿。

"爸、奶、亚福，人死不能复生，你们就是哭到天光，也哭不回宝宝，注意身体吧！"大福古也只能说些安慰话，"现在又打雷又下大雨的，等天光后再把他送上岭，我和香香把他包好后，放在下边厅堂角头吧。"

"不要，不要啊！让我们再陪他到天光，下面老鼠太凶，万一让它咬掉宝宝的耳朵和目珠，我们作的恶就更重了！呜……宝宝，我的心肝宝贝呀！你怎么丢下娭毑就走了呢？"

声音嘶哑的福招，从大生娓手里抢过已然僵硬的孙子，紧紧地搂在怀里，泪脸紧贴着孙子那稚嫩的小脸，不停地摩挲，似乎想用自己滚烫的泪水和撕心裂肺的哭泣唤醒沉睡的孙子，就是用自己五十多岁的老命去换取他的小生命，她也心甘又情愿。

天亮后，亲房叔伯都来了，是大福古去叫的。虎腚以前做队长时，因为常分配许多苦活给他们做，而把轻活分配给自家老婆，所以他们一直对他不满，现在也不过是埋埋旁人眼，别让人家说他们太不懂人情世故。其实受过队长"压迫"的人，见他家接二连三地出事，都在背地里偷笑呢："以前咁刁，现在还刁得来吗？"

"昨晡还好端端的，怎么说没就没了？"

"难道是得了什么急病，或是吃错了什么东西？"

"就算得了什么急病也会有征兆，可以看得出来，不会那么快……"

大家你一言我一句地问。

"也没吃什么，上昼去玉子外家，吃了奶，下昼我只蒸了一个鸡蛋给他吃，夜晡睡觉时他就什么都不要了，谁知道十点多钟我醒来一看就不好了，呜呜……"

"冇错，就是吃错了东西，你这个做娭毑的真是糊涂，两天没吃的馊奶怎

---

① 咁作恶做么个：为什么那么作恶。

能再让宝宝吃？细鬼子懂个屁，两天没吃奶了，肯定吃个够才会放下，一下子吃得饱饱的，又是馊奶，哪里受得了？"

"有道理，我也听说过馊奶不能吃，轻的会肚痛拉肚，重的导致死亡，宝宝肯定不是什么急病，绝对是吃了馊奶死的。"

事到如今，大家一致认定宝宝是吃了馊奶而死的，也只有这样才有个解释，同时再三提醒今后切莫让婴儿吃馊奶和变质食物。

在那个年代，死一个人就像死一黄毛鸡子，死就死了呗，没什么值得大惊小怪的，迟早都要过这一关，突然死一个人，最多也只是在茶余饭后议论一下，不会去追查死因。

大家安慰话说了一屋，然后由两个男人用畚箕装了死婴，送到乱葬岗埋了。那几年，我们一到那里砍柴，马上就会想到，一个才五个多月不谙世事的可怜小子，在这里长眠，之后不忘祝愿他二十年后能找到一个好人家投胎转世。

"报死"的消息随着稻花香很快传到隔水而居的玉子那里。她伤心痛哭一阵后，叫上几个至亲，打上门来。她一进屋就是一阵号啕，然后指着亚福古一家破口大骂，骂他们是猪狗六畜，冇人性，连细鬼子都不放过，要毒死他。她还母老虎一般，跑过去扯着家娘的头发，边骂边哭。她真有些发狂①了，其实公呆婇驰的爱并不亚于母爱，他们再冇人性也不可能毒死亲孙子，她真是瞎骂。

福招这几天一直沉浸在悲恸之中，连一点反抗的力气都没有。

"好了，好了，相信他们不是那种人，世上哪有婇驰不疼亲孙的？只不过你们也太过分了，宝宝是娘身上掉下的肉，且不说十月怀胎有多辛苦，就是出生后这五个月也不轻松，不管是咋死的，最后一面也该让玉子晓得，她再难讲②也是宝宝的娘呀，人心都是肉长的，你们扪心自问，你们对得起她吗？"

玉子的大哥拉住妹妹，一边劝解一边指责，他当然不相信亚福古一家会毒死宝宝，当官也要讲理啊。

"大哥，宝宝可能是两天没吃奶，那天吃多了馊奶，可能受不了，大牛相斗，细牛吃草，我们就是再冇人性，也不能毒害自家的亲骨肉，虎毒尚不食

---

① 发狂：发，读 pot。精神失常之意。
② 难讲：刁蛮。

子，何况是人？"亚福古说着，转头指着玉子的鼻子一阵怒骂，"要讲毒死宝宝，那还是玉子用馊奶毒死个，她要是不任性回外家，宝宝就不会吃到馊奶，也就不会死。"

"是我要让他吃奶的吗，是你爷嬡抱来的，我不晓得会发生这种事，可他们都五六十岁了，连这个道理都不懂，有什么资格做公呆嬡驰？"玉子暴跳如雷。

"玉子，你可得讲道理，那天到你家，你抱宝宝进屋时，你家娘就告诉你注意事项，你做到了吗？"

虎腚这一问，把玉子问倒了："我，我……"

"莫吵了，莫吵了，总之千错万错是你们大人的错，如果你们不相打相骂，就不会发生这种悲剧。现在发生了，吵打又有什么用，后悔还来得及吗？现在的问题是你们怎么办，是离还是和好？"玉子的大姐说话了，她心知肚明，打碎了的碗要复原是不可能的了。

"鬼才跟这个冇人性的短命子一起生活，和他一起过日子，一百岁的命，不到五十就会死。"玉子死了心，"娘个短命子，以后就算还能讨到老婆，也生不出子瑞，生个妹子都不健全，就爱让他发瘟、光毛绝代。"此时的玉子，完全像个泼辣无行的中年妇女，骂起晋语粗话来不积一点口德。

"呸呸呸，娘个狗屁个膣别嘴，火乓筒①越乓越红②，全部坏事都回转给你，像你这样咁恶的嬡瑞，就该受到处罚。天在头顶上，它看得到，以后你再嫁老公，不是得暴病死就是被车撞死，让你嫁了一个又一个，叫你做个尝腚伯媚③，嫁到八十岁还嫁不到一个好老公。"

刚才玉子进门不分青红皂白，对着自己的头发凶狠的一扯，把福招心里对她那份残剩的一丁点幻想，扯得荡然无存。她定了定神，分清形势后，毫不犹豫地站到了自己的队伍里。姜还是老的辣，何况福招几十年来和家娘唇来舌去的嘴仗中，早已磨炼成钢，骂出的十句话中，总有九句半能让人摇头咋舌。

玉子也不是省油的灯，她从小刁蛮任性，被人称为"溜子婆"，以前在娘家时就经常发性④，兄弟姐妹打骂，从不当软。现在既然画了面，就得做戏，

---

① 火乓筒：乓，吹之意。用竹筒对着柴草吹气生火。
② 越乓越红：意指对方出口的错话、衰话都会骂转给他。
③ 尝腚伯媚：嫁了很多老公的妇人。
④ 发性：无故乱发脾气之意。

这婚是离定了，自家没必要舌下留情地输给"敌人"。

"老短命嬷、倒头嬷、逍嬷，你莫以为我不晓得你的丑事，还年轻的时候就爱搭男子，肚子被人搞大了又回来跟老公过，难怪你家娘没死时经常骂你逍嬷、倒头嬷……"嘿嘿，玉子把所有听到的学到的，如竹筒倒豆子，一并骂将过去。

这一对昔日从没吵过架的婆媳，骂着骂着便动起手来，不是你扯我头发，便是我抓你奶菇，还用脚踢对方下身。场面精彩刺激极了！

乡里乡亲越聚越多，有的是前来摇旗助阵的，有的是心里嘀咕着"鸡嬷啼，鸡嬷啼"来看热闹的。玉子带来的人和亚福古家人、亲房叔伯及左邻右舍，连忙劝开两个，这边的人帮这边的人，那边的人帮那边的人。亚福古这边人多势众，而且又是在根据地，玉子那边的人找上门来理再多也会没理。他们见亚福古这头的人越来越多，不敢恋战，骂骂咧咧地走了，好汉不吃眼前亏。

虎腔当队长时，虽得罪过不少人，但真到了危急关头，大家还是能一致对外，不管以前和今后发生或会发生多少内讧，大家都不想做倒米客，谁都不敢保证以后自家会不会遇上这种事。

为了感谢众乡亲不计前嫌前来助威，虎腔一家热情地邀请大家留下吃饭，炒了几样小菜，叫亚福古买了二斤猪肉，煮了一大盆粉干，还拿出自家蒸的糯米酒。虎腔端起酒碗招呼大家："来来来，我先敬大家一杯，如果不是你们来助威，我真不知今朝日子会怎样，多谢大家！"说完，仰头咕噜几口喝下杯中酒。

"外组的人想来占我们的便宜，我们当然不能袖手旁观，不管我们之间曾有多少不愉快，但绝对不能跌古跌到门外去，我们不能做倒米客，火烧屋都爱自家人，远亲不如近邻，老古记说得没错。"

"对，我们要团结一致，以防外组人来捞便宜，以后我们也尽量不要狗咬狗，过去了的事就过去了，只要我们团结了，外组人就不敢上门来找碴。"

酒桌上，大家你一言我一句，说得都是同一个道理，那就是以后不管谁家有"困难"，都要一致对外，互相帮衬。

大伙酒足饭饱后，再安慰了他们几句，就各回各家各忙各的去了。

自己以前失去民心，没想到关键时刻，大家还会来帮自家，以前真是太对不起他们了，今天多亏了他们！虎腔望着他们的背影感慨万千。

几天后，亚福古便和玉子办理了离婚手续，女儿判给了父亲。此后，两人相逢不下马，各自奔前程，不到四年的夫妻情分就此结束，恩断义绝。

不出一个月，玉子便和那个拖拉机手结了婚。他们住在同一片，那后生没了爹，就和老娘住，几个哥哥姐姐也早已成了家。

离婚后，亚福古又和父母住在一块，勤快多了，一直帮父母作田耕地。上半年他们把几亩田都种上烟，下半年就种谷子，不但吃不完，还有得卖。他还垒起了一间烤烟房，所以自家的烟叶不用烤烟工资，还可以捎带烤别人的烟叶，得一部分烤烟钱。

有一年因雨水太多，大家的烟叶不好烤，因此烤坏不少。个别烟农一下烤，看到烟叶烤坏了，一气之下就把烟叶揉了浸在尿桶里浇菜，听说浇了坏烟叶的菜不会生虫。那时的烟叶收购价，广东比福建这头要高些。我们这里与广东交界，烟农为了多卖几个钱，常常偷着把烟叶挑到广东大坝子卖。烟草站和上级订了合同，如果完不成收购量就得扣工资，为了不致本地烟叶流失，烟草站一下提高了价钱，就连底层叶子也能卖到十块钱一斤。这可是开天辟地头一回，有些烟农就把烤坏了的烟叶也收藏起来了，所谓"留得千年货，就有好人做"。亚福古家也一样收藏了许多，他家不但没把自家的坏烟叶拿去浸尿，还一角钱一斤收购了不少。也该他行狗屎运了，那年光靠这一项他就进账不少。随后，他把卖烟和卖猪的钱用来买了辆拖拉机，既可以帮人犁田，还能帮人运货。

亚福古的生活逐渐好了起来，又有人开始关心起他的婚事了。不少媒婆不厌其烦地为他牵线搭桥，谁叫做媒人好处多多呢，吃的且不说，就媒人鞋、媒人红包也够她们眼红的，反正做媒人靠的是三寸不烂之舌，不需要任何成本，是空手套白狼的活计。

"福招，福招，讲个好消息给你晓得。"

"好消息？我家还会有什么好消息？"

福招看到罗媒婆一进门，心里就不太欢迎。亚福古离婚后，她曾托罗媒婆留意一下，有没有合适的妹子，对方却一口回绝，认为像她这样行衰运的人家，媒人红包都有可能出不起，那自家不是白做媒了吗？现在福招家生活有了大起色，她当然不会再坐视不管。促成一对夫妻，就能发一笔小财，她是专业的媒人婆，只要稍有空，就东游西荡。媒人的嘴会说，她又如此"热心"，还真促成了不少姻缘。

福招心里明白她的来意，但仍是一种淡漠的表情。

"我帮你家亚福找到了一个十分得人惜个好妹子，她听了情况后很满意，就不知你家亚福样般想。"

"冇咁好个事，哪有妹子愿做后狼嫲①的，会不会有什么问题？"

福招心里不踏实，就算结过婚有了孩子，但婚姻乃人生大事，别说靓不靓，但也得五官端正，不缺胳臂断腿，能吃会做会当家的，都说不会生子害半生，不会娶亲害一世，一生世人难难长，如果讨个"做事大懒蛇，抢食踏死爷"②的老婆，身体有缺陷又不懂人情世故，那日子再好过也有八点③。福招越想就越怀疑，她真的不相信会有一个待字闺中的妹子那么傻，愿意嫁给一个离了婚又带个细鬼子的男人。

"福招，我把你家的情况都明说了，她一家都冇意见，他们说，反正现在计划生育，不敢多生，那妹子也讲她会把秋子当做亲生的。"

"真的？真有咁好个事？那妹子一切也正常？"

"嗨，我何时做过乓鬼④、花舌子⑤，骗你干啥，这是终身大事，能随便乱来吗？再说看了不就知道了？如今又不比以前要结婚那天才揭头盖认识，反正会了面就晓得了。"

"那先多谢你了，等我家亚福回来，我就告诉他，会尽快给你一个答复，来，先喝杯茶。"福招这下有了热情，原先淡漠的表情也马上漾起了彩。

罗媒婆开玩笑地说："多谢就免了，事成之后红包包大一点就行。"

"那都不用讲了，真能成，我加倍包给你。"福招高兴得合不拢嘴，本来包十九块钱，我多包个二十元，总共也才三十九块钱，天不会塌下来，何况有了拖拉机，这钱也可以从人家的运费上转角⑥，再多也能赚回来。

晚饭时分，亚福古回来了。因拖拉机出了点小故障，搞得他一头一面一身都沾了许多机油。他洗完澡后，福招就告诉了他这个天大的好消息。

"罗媒婆说，她明天还会来，你要是冇意见就尽快去见个面，她说有好几家都去提亲，那家人只答应了我们家。你约个日子，这几天就去认识认识。"

---

① 后狼嫲：后妈。

② 做事大懒蛇，抢食踏死爷：意即爱吃懒做。

③ 有八点：有限。

④ 乓鬼：说话不实在的人。

⑤ 花舌子：爱撒谎的人。

⑥ 转角：回收。

"我天光日子冇空，要帮人家载石头，你告诉她，就后日去吧。"亚福古听到这个消息，可谓喜从天降。离婚后，他变得成熟也勤快了许多，才二十多岁的人，已变得老成世故。两年没碰女人了，在那衫尾能打死狗的年龄，作为过来人的他，能这样忍下来，实在要有定力。那时，多少放浪形骸的男人曾邀他进发廊潇洒，他却坚决不乱洒，他还想讨老婆，哪个妹子会嫁给一个嫖客？他可不比亲房叔伯的儿子有富古，不考虑后果，经常出入发廊，害得现在还当光棍司令。

到了相亲这天，亚福古打扮得斯斯文文，白衬衫配小喇叭裤，脚蹬一双刚买的假皮凉鞋，剃了头刮了须菇，精精神神的！二十多岁的人，就算做了两遍爷瑞，不说也没人看得出来。

一会面，两人便似司马相如遇到卓文君，一见钟情，更有一种相识恨晚之意。那妹子芳龄十九，既不断手也不缺脚，而且相貌端庄，不肥不瘦，一看就晓得是个老实本分的人。亚福古哪里还会不满意，喜得心里都说自己真是行狗屎运了。

还没到"大定"，俩人便如快刀砍水难分开，稍有点空，亚福便提上烟酒肉菜去妹子家。未来的丈人佬[1]丈母娘心里乐得差点忘了自家姓什么，"亚福真大方"，他们私下里总这样夸。才见几次面，亚福古赖在妹子家不回了，俩人便有了肌肤之亲，就有了开头的那些话。

农民平时可以省吃俭用，到了节日，人来客往的，再小气的人也不好省了。男孩找了对象，一到年节，便要送礼，礼物的轻重当然视自家生活好坏而定。生活好，送节便办得排排场场，反之，便冇就冇得，少就少得。分相的丈人会说，婿郎子女，十长九远，孝敬爷娘，有的是时间。

亚福本来就大手大脚，舍得花钱，何况现在心里又打着如意算盘，舍不得孩子套不住狼，巴结好了丈人佬丈母娘，一高兴答应本年入门[2]，那多划算，不但不用睡冷床冷铺搂枕头，而且可以少送几个节，等于省下了不少钱。早一年带归[3]就早一年帮自家干活，自己也不用那么辛苦，白天运货晚上又要骑上单车去妹子家，真是有百利而无一弊。

一转年度，亚福便请求丈人佬把女儿嫁给他，丈人佬满口答应，说皇帝

---

① 丈人佬：丈人。

② 入门：嫁到男方。

③ 带归：娶回。

的女儿也要匹配人，他就是再舍不得，也不能妨碍他。短短几个月时间，亚福家便响起了喜炮声。看到他这等身份还能讨到这样的老婆，人们都说，好运来时踢脚指头也能踢到金砖。

大概是一九八八年吧，我还在读大学，亚福带未婚妻来省城旅游时，曾拐到学校看我。一年多没见，他差点让人认不出来了，留着山羊胡子，上身穿卷了边的西装，下身则是喇叭裤，脚下那双皮鞋不知是质量不行还是走多了路，总之翻了头，还提一个拉链拉不上了的棕色皮包。尤其让我诧异的，他身上竟散发出香水抑或是洗发香波的味儿。他邀我在校园附近下馆子，给店家二十元，把找回的五元钱，不由分说地塞到了我的衣兜里。

亚福的第二任老婆叫秀云，长得腰圆身粗，近一米六的个头，细皮嫩肉，一看就会让人喜欢几分。她性格有点时①，后来有人叫她时嫲，也许是姐姐多的原因，干起活来啥都不在行，是个踩死只蚂蚁要验尸、被蛇咬了还要检查是公是母的主儿。有人想破了脑壳也想不明，为什么她对啥事都认真过了头，唯独对自家的终身大事就那么随便，愿当后妈？难道就为了亚福古那富不起饿不死的一门技术？也难怪，那个年代的农村，男人掌握了一门技术，就能吃香，农村姑娘嫁了个开车的，就如今天的姑娘傍上了大款一般令人羡慕。

"亚福，秀云，起来了起来了，太阳都八尺高了，食哩饭②还要干活，每日都睡到月头出，人家早都下田了，早起三朝当一工。"福招因烧粄子热了心③，所以对这个新生娓一直很驯④。人家黄花闺女嫁到自家当后妈，真是委屈了她。但得意过了头，既害自己又害了她，她每日睡到日头出，连衣服都要家娘洗。时间一长，福招难免会发啰嗦啧啧啧，这也是人之常情。

"亚福，你先起来食，我肚子不舒服，还想再睡。"秀云一副懒洋洋的样子。

"还想睡，从昨晡夜七点睡到天光七点，还没睡饱？快起来食饭，食饱了和奶奶一起去田里学学，农村人，什么活都不在行，哪能行啊！"

"我真的不舒服，老想吐。"

---

① 时：反应迟钝。

② 食哩饭：吃了饭。

③ 烧粄子热了心：进热食而受伤害。引喻为对已发生之事受到教训，刻骨铭心，永久记得。

④ 驯：疼爱。

亚福关心地问："不会是感冒了吧，要不我带你去看医生？"

"不要，我就是还想睡，你快起床，别吵我了。"

福招见儿子一个人下楼来，便问："怎么，秀云还不起来食，还没睡饱？"

"她说不舒服，老想吐。"

"会不会是着了凉，感冒了？等会儿我煮点姜汤给她食，我们先食，赶烧落肚①，食哩饭你要去载货，我和你爸也要去耘田。人家的一家老嫩大细都出发做，我们家劳力少，今天还耘不完。"

"奶，你们慢慢做，迟一日早一日冇关系，我实在帮不了你，你们自家注意身体，不要死做烂做。"

饭后，福招熬好姜汤，还端了碗稀饭来到生娓房里，好言好语地说："秀云，来，起来食点东西。人是铁，饭是钢，人不吃饭咋行呢？你先漱漱口，食哩稀饭再喝姜汤。"

家娘亲自送饭上门，秀云就是再不舒服，也得爬起来。她赶紧漱了口，吃下稀饭后，刚把姜汤端到唇边，一闻那味，肚子里突然翻江倒海，连呕带吐起来，连昨晚吃的都吐得一点不剩。

福招赶紧倒了一碗开水让她漱口，她晓得了，生娓发子②了，自己又要升级做祖母了。她那高兴劲就甭提了，赶紧出来把这好消息告诉老公："虎腚牯，虎腚牯，告诉你一个好消息，秀云有身巷③了！"

"真个？秀云真那么快就有了？那太好了，真是太好了！上天保佑，保佑秀云生个孙子给我！"虎腚听后，更是高兴得流下了眼泪，吩咐老婆更要加一样心肝④对待她，什么活儿都不要她插手。

福招听后，都有点忌妒了，说："我怀胎时你都不曾对我这么照顾。"

本组几个后生平日说话都爱讲膣讲腟⑤，这天和亚福古一起打"推土机"⑥，更是三句不离本行："亚福古，你功力好强，带归冇几久⑦，就搞出一个细鬼子来。"

---

① 赶烧落肚：比喻抓紧时间。

② 发子：发，读 pot，孕妇因怀孕而恶心、呕吐等异常反应。

③ 有身巷：巷，念 hang，去声，有喜。

④ 更要加一样心肝：更加用心。

⑤ 讲膣讲腟：讲男女隐私部位。

⑥ 推土机：打扑克。

⑦ 带归冇几久：娶回不久。

"那当然，两年的积蓄，功力当然强，说不定还没带归就是只现蛋鸭嫲①。"

"娘头狗屃个，笑我，你们功力比我还强，你看你们一个年头一个、年尾一个，一个三年生下两个，谁的功力会比我差？"

"正后生②哪能功力差，功力差的那还是个后生吗？七老八十的男人才会功力差。"

"你们好哇事吗？说起酸夹话来也不觉得面红，跟老婆睡目的事情也疑疑丝丝说得出来，真不是娘养的。"一个不喜欢说下流话的后生插话说。

"哟，假正经了是不是，这里谁不是过来人，用得着那么正经吗？我们农村人不好意思谈两公婆之间的事，大城市都可以搬到银幕电视上去讨论。"

"也是，你看都出了这种书，教人要怎么做，才能达到最高境界。我看这本书时，说实话，'细老弟'马上就发了火，要不是老婆在干活，我还真想拖她上床，试验试验书上的做法。"

"冇药可救，看你们讲酸话讲得饱吗？"

"这下，讲什么都不如讲酸话，一讲酸话你看谁的面会臭？大家都哈哈大笑，听说笑对人有好处，讲酸话既不得罪人又能让大家乐开怀，有什么不好？我听说不讲酸话的人是阴酸，骨子里全是酸水。"

"好了，好了，我是阴酸行了吧。一点文明都没有，说起来还没完没了，你们再讲我就不来了，是不是除了讲酸话就冇什么好讲的了？"

"好，好，好，我们不讲了，不过我顺便问一句，你不酸，那你的三个细鬼子是哪里来的，不会是你老婆搭各类人生的吧？"

"娘个狗屃个，你的细鬼子才是狗屃出来个，我的是正牌货，绝对是我的印子印出来的！"

"大家听，不讲酸话的人多文明呀！"

"好了，好了，大家都不要再讲了，再讲就冇搭煞③了，反正大家都是男人，又是正后生，功力都不相上下的，就不要笑来笑去了，留一些下次再说吧，还是打推土机要紧。"亚福古劝住了这场不文明的舌战。

虎腟一直盼望新过门的生娓生个大胖孙子给他，虽然大生娓也生了个孙子给他，可天生不是个读书料，小小年纪就是捣蛋分子，即使不逃学，也是小

---

① 现蛋鸭嫲：意为已有身孕。

② 正后生：意为正点年轻人。

③ 冇搭煞：没趣、没劲，没意思。

和尚念经有口无心，想指望他光宗耀祖看来是不可能的了，他十三岁那年，他父亲大福古买了辆农用车，这小子趁父亲没注意，跳到驾驶室发动了起来，吓得大福古差点儿魂都没了。虎腚曾劝儿子要教育孙子好好读书，还说"有子唔读书，不如养大猪""晓算唔晓除，索米换番薯"[1]，没想到，小家伙初中都懒得上，真的跟着父亲养起猪来了。

且说虎腚天天盼望孙子出生，可事情往往不如人愿。正如玉子所骂，亚福古就算能再讨到老婆，也冇子瑞见面，是个丫头命，天生就是孤老命。说来也真是被她骂着了，秀云三年生两胎，都没个带把的。亚福古本来就有一个女儿，再加一双，已经是超生了，计生办让他去做绝育手术，因没间隔四周岁就添丁，还罚了款。

一天，虎腚冇喇气[2]地对老婆说："看来亚福就是命苦，有了儿子受不得，如今秀云接连生下俩丫头，又不敢生了。"

"老头，莫作践妹子，有用的妹子也不错，你看我们的两个女儿不是更孝顺我们吗。老古记讲个，生女也有三两福，只要有用，妹子、刺子[3]都一样。你看我们的两个刺子，亚福还好说，大鬼[4]两公婆，对我们有几好？本来大鬼也不错的，可讨了老婆就变了，啥事都听老婆的。"

虎腚听罢，叹了口气："说的也是，讨了个生娓送掉一个子瑞，狗嫲蛇[5]一畚箕都冇用，青子蛇一条就够了，子瑞越多越糟糕，争家产争得不顾兄弟情分，打生打死，不是多子多福，而是多子多冤家。咳，现在的人啊，只要自家好。"

福招自己生下女儿后，家娘对她着牛骂马，就连家里养的鸡都不许杀半只给她营养，也从来不帮她洗尿片。她坐月子时，就得自己动手洗尿片浸冷水，搞坏了身子骨。只要一想起这些往事，她就恨上心头，所以家娘死时，她一点也不伤心，还有一种解放了的感觉，"老鬼早死，我就早安乐"，她心里真是这样想的。

"大福古，食饭了，一归来就走到老鬼家，是不是还想奶食？"大媳妇香

---

① 索米换番薯：做事没头脑没计划，得不偿失。意指知识很重要。索米：偷米。
② 冇喇气：没精神。
③ 刺子：儿子。
④ 大鬼：大儿。
⑤ 狗嫲蛇：四脚蛇。

香煮好了饭菜，见老公还在家娘家官那里，没好气地嘀咕了几句，又不敢太大声，被老鬼听到会不满的。

"咦，今天咁排场，杀了鸡，不会是什么特殊日子吧？"大福古回家后，看到桌上摆着几样小菜，桌中心还有一盆鸡肉，想了很久也想不出是什么特殊的日子。

"有做有食，自己也得对自己好点，快坐下来，赶烧落肚。"

大福古坐下后，小心翼翼地问老婆："叫两个老人家过来一起食吧？"

"做么个要叫他们，他们家杀了鸡都不叫我们食，我杀一只鸡就要叫他们呀？"

"妈，驰驰杀了鸡有叫我和姐姐食。"儿子小挺说。

"你们是他们的孙子孙女，当然要叫你们了。"香香说。

"可他们是我们的呆呆驰驰呀，我们家杀了鸡为什么就不叫上他们。呆呆驰驰爱我们，每次都把肉夹给我们几个食，他们只喝一点汤。"女儿莲花接着说。

"想食就食，不想食拉倒，鬼叫一般做什么？再讲我统统倒进猪汁桶①里，大家都别食。"香香发火了，杀了一只二斤多点的鸡，要是叫上两个老人，亚福古三个细鬼子肯定又要跟过来，争着抢鸡髀，自己一家人那还吃什么？

做姐姐的大弟弟两岁，她往碗里舀了点汤，夹了几块肉，端碗起身往门外走。

香香晓得女儿的心思，马上喝止："莲花，你想干什么？"

"屋里太热，我洗了澡，我到外面食，少出些汗。"莲花解释道，她真的想夹几块鸡肉出去送给爷爷奶奶吃，可又怕妈妈骂。

"哦，我杀一只鸡就爱给他们食，食得有精神了好帮亚福古做身家。你看秀云嫲每日多自在，就带两个细人子，什么都不用做，早上睡到月头晒屁股，起来屎胚児碗嘴児凳，我有那么自在吗？各样都得靠自家，每日都累得腰酸腿痛的，曼人思量我啊？同样是子瑞生娓，咋就那么偏心，难道你不是他们亲生的？"

大福古见老婆说得离谱，责备道："你勒勒舌舌②什么呀？我们的细人子他

---

① 猪汁桶：猪潲桶。

② 勒勒舌舌：胡说八道。

们也带了，没分家时我们不也是睡到月头晒屁股？以后他们分了家，秀云嫲也不会那么轻松，莫什么事都想得那么复杂。"

"你就什么事都帮他们，你去跟他们住算了。分家分家，我们细人子刚一过周，就分给我们，现在他们的细人子都三四岁了，咋还不分给他们？分明是两样心嘛！"香香气呼呼地说。

"好了，好了，莫说了，反正我说不过你，你都有理，菜都凉了，小挺莲花快吃吧。"

"哎。"细人子早就馋得口水直流，好不容易有鸡肉吃了，可是爸爸妈妈却在要不要叫上爷爷奶奶的问题上越扯越远。

大福古趁香香打饭时，赶紧夹了几块鸡肉，塞进饭团里罩住，想出门时，却被老婆叫住："你想干什么？"

"我全身都是汗，到门口吹吹风。"他心虚地说。

"你莫卖调皮①，莫以为我好糊弄，其实你嘴没张开我就看见你的喉咙，你是想送几块给你爷嬭食，你要是敢出这个门，晚上你就睡在你爷嬭个床上，莫跟我睡一起。"

"你呀！何必讲得那么难听，讨了老婆哪有跟爷嬭同床睡的道理，我不走行了吧，怕死你了！"大福古的"气管炎"越来越严重。

"怕我就别跟我过，有本事离了我，讨一个你不怕的。"香香一句驳一句，驳得大福古不敢再张嘴。

以前，他也曾据理力争，但争来的结果是晚上跪床凳子、睡楼板。后来他被她整怕了，老婆不是外人，能当软就当软，为了和平，也为了合作，跟她斗肯定没有出头天，要她时她碰都不让碰，让你在那里干着急，要是霸王硬上弓，她毫不留情飞脚踢向你胯下，让你翻了白眼吐白沫。咳，时代变了，妇女翻身了，男人倒受欺凌了。

再后来，为了家庭的和睦，也为了她心甘情愿地跟自己合作，为了合作愉快，他尽量顺着她，东就东，西就西，爷娘是爷娘，再怎么着也不会不认自家，老婆可不是好惹的，要是和她对着干，她就留下两个小家伙塞给你，自家拣了衣服走人，亚福古就是个很糟的例子。唉，现代社会，和平年代，忠孝也难两全啊！

---

① 卖调皮：耍小聪明。

"细，你今朝日子要去帮人载货吗？不要的话就帮忙割禾吧，人家的都快割完了，自家劳力弱，跟人换不到工日，不抓紧收回来，等到变天就糟了。"福招问儿子，心里真希望他能帮忙收割稻子，钱是挣不完的。

"昨日有人叫我运泥，我又答应了人家。你看请人怎样，我也不可能丢了馒头抢粄吃，我一天的运费够请几个人，你们能割多少算多少，多加一天割，叫秀云把细人子带到田里，让她帮帮。"

"等她做，三工日①的活十工日都做不完，细人子带去更作恶②，不是娘个哭就是那个闹，还想让她帮？"

福招真是累命。家娘在世时，常受家娘的气，如今自家做了家娘，却又要自家做生做死，因为烧粄子热了心，跑了一个生娓，如果不顺这个生娓，万一又跑了，那有三个妹子的子瑞就别想再讨到老婆了，这样岂不害了子瑞又害了孙女，罪就大了，所以她一直忍气吞声。可是大生娓又老说自家偏心，人哪，真是难做，做得再好也有人嫌。

香香和堂弟妹芳芳（贤古老婆）聊天时，告诉她说："芳芳，你看我家的两个老鬼，多偏心，我的细人子刚过周不久就要和我们分家，可是秀云嬷的细人子都几岁了还要住一起。秀云嬷多轻松啊，啥事都不用愁，有人帮着做，每日只晓得带人。可我做生做死，大福古又不在家，田里地里做了，回到家里挑水烧火煮饭，扫把跌倒都要自家扶，老鬼一点都帮不了我。"香香满肚子的气，汹涌而出。

"香香，你也要思量叔和媚，他们也很难，也累得够呛，哪还有精力和时间来帮你？媚也跟我说过，差不多也要把细人子分给亚福和秀云两公婆了，让他们有事业心。依我看，叔和媚对你还不错，你家两个细鬼子读书，他们有时还会塞给一些零用钱。可你看我家的两个老鬼，我家官在粮站，好歹也有工资领，家娘在家种烟养鸡养鸭还养猪，收入不小吧，可我细人子读书，他们就从来不会布施一点给孙子孙女，杀了鸡鸭也从来不叫他们。我都怀疑贤古是不是他们从大路上捡来的，从没看过有他们这样做父母的，以后我家有什么好吃的，倒了喂狗也不给他们吃，就爱学他们的样。"

---

① 三工日：三天。

② 作恶：可怜。

"芳芳，伯媚他们是在替你家福古（芳芳还未娶亲的小叔子）积老婆本，你家福古跟我家亚福古只差一岁，我家亚福古都讨过两个老婆了，细鬼子都三个了，可你家福古还是光棍一条，缘分不到，伯媚他们心里肯定急死了，如遇上合适的，身边有钱就好办多了，所以他们平日里就小气点，也难怪。"

"就算你说的有道理，可是有人来或是赴圩称水果之类的，他们都不给我们家细人子吃，他们人虽小，可精得很，老跟我们说，小挺的呆呆驰驰好，不但会给他们钱，还会叫他们吃好的，我们的呆呆驰驰太小气，不爱我们。有一次，这两个细家伙还好笑地问我，妈，他们是不是我们的呆呆驰驰？你说我怎么回答？我都答不出来……"芳芳越讲越生气。

两个做生娓的，在一起谈论家娘家官都心里恨巴巴的，可又你安慰我，我安慰你。早些年代，农村的情况是，家娘讲生娓，讲起不想归，生娓讲家娘，讲起难难长。现在时代前进了，生娓不再受家娘的气，有的还比家娘更刁，个别泼辣的生娓，还会跟家娘家官相骂相打呢。

"福招，咋啥事都自家做，生娓就怕做坏吗？你这样顺着她，会顺坏的，你保不了她一生世人，到时让你家亚福古骂她'懒尸嫲睡到日头斜，缸里冇水，壶里冇茶'①时，可就是临上轿穿耳朵，来不及了。现在就要带会她做事，以后分了家才不会让亚福古受苦，再说你大生娓还会讲你偏心。老古记讲，做人难，难做人，人难做，可做一个好家娘更难。"

说话的是和福招差不多年龄的李香兰，在一起干活时，这样的话，她不知说过多少回了。

"她要讲就让她讲饱哩来，我自家没有做得偏心，怕个什么。分家是她提出来的，又不是我们要分。当时，我就跟她讲，鱼傍鱼，水傍水，等细鬼子大一点再分，现在住一起可以互相照顾，分了家都要出门干活，我帮不上她。可她怕小郎子没讨老婆，怕给自己增负担，执意要分。现在秀云不想分家，我做家娘的总不能逼她分，再说亚福古又要开拖拉机。香兰嫂你说的话我也明白，可是别说让秀云做什么，一天我去女儿家，叫她背了人去放水，可等我回来一看，田里都干了，她说她连水路都找不到，有什么办法呢？！"福招说罢，连叹几口气。

---

① 懒尸嫲睡到日头斜，缸里冇水，壶里冇茶：讽刺懒惰的妇女。

"说的也是，可做得再好还是有人嫌，莫去听信她们，自家做自家的。她们也都是做父母的人了，不久也会被儿女贬撂[1]，到那时就晓得做父母的难处了。"

"我早就听香香一直说我们偏心眼，就爱亚福古这头禾，她都当面对我们说，千担粪施头禾，不知哪头禾好做种，莫到时这头禾出青公[2]。我当时就对她说，香香，你也莫咁作恶[3]，虽说十个手指也有长短，但我却是一种心肝对你们的，手心手背都是肉，我才生了四个，哪愿意有偏心？莫老是把我想得那么坏，有什么事也要从自家身上找找原因。"

"咳，现在的生娓真好做，都怪我们出世出得早，受尽家娘的欺负，自得意[4]也欺负转生娓来。"

"香兰嫂，莫这样讲，我们都受怕了家娘的气，现在我们更要对生娓好，讨一个生娓冇咁得来[5]，莫害了子瑞又害自家，还害了孙子孙女。她们爱咋说就咋说，犯不着和她们争分相，偏心就偏心，冇要紧，反正我们对得起天地良心就行。大家都有目珠，看得明白，当自家生娓的软有什么要紧？当别人的软都死不了，莫讲自家个生娓。该当软时就当软，人人都想占赢油[6]，那就有得吵。"

"咳，现在的年轻人真是冇上冇下，爷娭是天日，可是有几多个年轻人会这样想，只要自家好，有很多做生娓的一说就是又不是我的爷娭，我叫不来，有文化冇文化的都差不多，真不晓得她们是怎样想，狠下心来，真想保佑以后她们的生娓也这样。"

"不愁不学样，说不定以后她们更糟糕，都不够生娓一句话'我从你那里学来的'，她们肯定就冇一句话抵[7]。只可惜正如他们讲的，到了那时我们闭目看不到了。"福招又叹了口气。

俩人说长道短，也理不出个整治媳妇的招来。分手后，福招捶着腰，摸

---

① 贬撂：歪曲事实，挑剔。

② 千担粪施头禾，不知哪头禾好做种，莫到时这头禾出青公：把千担粪都施在一头禾上，不料没好结果，最终它只长禾苗不结谷子。

③ 莫咁作恶：别讲那么过分。

④ 自得意：照本意。

⑤ 冇咁得来：不容易。

⑥ 占赢油：争胜。

⑦ 抵：反驳。

摸摸搔搔①走到大儿家："大福，我冇米煮了，亚福古天还没亮就走了，秀云昨日转外家没回，我腰痛，你爸脚又扭伤了，你抽点空帮我把这担谷挑到守财佬家碾好吗？"

"好，等下我就挑去。"大福古爽快地答应了。

"我们要下城赴圩，冇空，晓得冇米煮为啥不早叫他们碾，偏要叫大福？啥事都自家包了，不腰酸腿疼才怪呢！咁好做②，做死你都有，吊目光。"香香说完最后一句，还用手翻了翻眼皮，真是一副幸灾乐祸的样子。

大福古见老婆发了话，不敢再去孝敬娘，只好换了个语句说："奶，要不，等亚福古他们回来再碾吧，晚上煮的先从我家拿？"

"那也好，你们要去赴圩就快去吧，月头大，早去早回。"福招不好发火，更不好当着媳妇面驳儿子的面子。

"凭什么要到我家先拿，你两个老人吃我同意，可你拿了又不是你们老人吃，我可没有多余的米谷子贴他们。"香香说得好直接。

大福古少有地白了老婆一眼："香香不好这样说话，好歹也是亲兄亲弟，逢来逢去。"

福招伤透了心，子瑞怕老婆怕成这样，男子汉大丈夫，一点主权都没有，难怪老人家讲讨了个生娓送掉一个子瑞。她赶紧低下头，怕他们看见自己眼窝里打转的泪水，道声："算了，算了，我去邻居家借，等碾了再还给他们。"

几天后的一个晚上，伺候完几个小家伙入睡，虎腔叹了叹气，对亚福古说："亚福，我和你奶想了好久，你的细鬼子都快上幼儿园了，我们想分给你们，这样对大家都好，你们有了自由，也会更有事业心，你嫂瑞也不会老说我们偏心，我们做爷娓的也实在不好做。"

"爸，嫂说什么我们都不要在意，总之最好我们不要分，再苦再累也一起过。等细鬼子进了幼儿园，秀云就可以帮你们了，她不会做的你们耐心教她，嫂当初不也是什么都不会吗，现在不也成了劳动能手？你们如今是还会做，可总有一天会老，会做不动的，那时咋办？"

亚福古一万个不愿和父母分开过。再说三个孩子都还小，大女儿秋子虽然进了学校，可秀云啥事都不在行，自己又经常出门，一分家岂不乱了套？分

---

① 摸摸搔搔：做事动作慢慢吞吞。

② 咁好做：那么喜欢干活。

了家自家就更没自由了，也不能睡到月头晒屁股，而且还得帮老婆干这干那，就秀云那个天塌下来当被盖的性格，啥事可都得靠自家了，而和父母一起过，啥事都不用费心。

但好说歹说，家还是分了。

分家后，亚福古花了点钱把还不到岁数的二女儿送进了幼儿园。他把拖拉机换作龙马车^①后，经常载煤去广东卖。秀云可就辛苦了，田地里要划算^②，家里所有的一切又都得靠自家，还要带一个三四岁大的女儿。天刚亮她就得起来，挑水烧火洗衣，累得她晕头转向。有时女儿哇哇地哭得起劲，她真想一巴掌扇她一下。她就怕分家，分家多受罪啊！田地里啥时播种，啥时施肥，要播啥种要施啥肥，她可是一窍不通。

"你是吃屎大的？嘴长好看的还是光为了食饭的？自家不会，还不会问人家？谁一生下来就啥事都会？还不是边干边学。嫂刚嫁来时，也啥事都不在行，可她现在还不是啥事都精通了。不怕学不会，就怕你不去学，偷懒。"亚福古好不郁闷，为了逃税，他和别人一样每日天没亮就出车，回到家里老婆总是啰啰嗦嗦说这不会那不会，要他帮这做那。

"好，好，我是吃屎大的，我吃屎大的你也爱？我是笨蛋，你不笨为啥不讨个样样精通的，偏要讨个笨蛋回来？现在后悔来不及了。"秀云遭丈夫这么一吼，委屈地哭骂开来。

"鬼晓得你那么笨，早晓得我情愿讨个'二手货'。农村妹子哪里有什么都不会的？啥事都想我做，我就累死算了。天天在外奔跑，为了省下几个钱，躲开煤检，老是提心吊胆，一归来还没得轻松，索性我不出门，在家陪你种那一亩三分地，丢了馒头抢粃吃，苦死算了！"

福招听到两公婆一句比一句大地吵了起来，忙过去做和事老："亚福，莫骂了，被人听到会笑话的，有空帮帮老婆也是应该的。秀云，你也莫急，有不懂的地方问问大家，大家都会教你，做不开的话，说一声，我会帮你，也就几年辛苦，等细鬼子大了也会帮得上忙。分了家，你们要和和气气，要吃口馒头争口气。大家都爱做起身家，你们又不比各类人差！"

"我哪里好意思叫你们帮忙，现在都有人鬼叫一样说你们偏心，要是再帮

---

① 龙马车：闽西当时出产的运输车。

② 划算：有计划地做事。

我，指不定会娘般。"秀云没好气地说。

"想安乐又不受话，哪有那么好的事，你能包得了人家不说话？"亚福古真是烦透了，当初看她腰圆身粗，指不定是个样样农活都拿得出手的强劳力，更是个为自家续香火的好"材料"，没想却是个中看不中用的家伙，按理农村女子，干起农活来，差差之都八点 ①。

说实话，农村男人讨老婆并不过分讲究靓不靓，只要进得了厨房出得了厅堂，不缺胳臂断腿会吃会做会当家就行，当然还能替夫家生个带把的。虽然妇女已经顶了快四十年的半边天，但要是连生几个都是丫头片子，一般男人总是怨死了女人。生男是男人的功，生女是女人的罪。

亚福古就是因为老婆一连生了俩妹子，开始动"凡心"的，想到自家这辈子要"光毛绝代"了，他就不甘心。自从运输车升级为龙马车后，找他干活的人更多了，何况他又是个"钱钻子"，见缝就钻，财源自是滚滚来，有人称他"发撒哩""发死哩"②。他怕被老婆差来差去③地干活，出车回来也不马上回家了，开始赌博，甚至和人一起入发廊。三十不到的人，说话总是让人听了想吐，看到发廊妹便说："你的咪咪让我摸，荷包里的钱自你拿④。"

因为有过当年的省城受赠之恩，我几次回家探亲时，见面后曾委婉地劝说他。未料，他却反以见过世面的神情语气回应我，说人不风流只为贫，男人有钱不嫖那才是傻 × 一个。从他不无自豪的语气里，我发现了词义的蜕变，人所憎恶的"嫖娼"一类的词，在他和志同道合者那里，怕早已成为潇洒、有本事的同义语。

我吃惊地发现，这些年的走南闯北，让他建立了另外一套词汇体系，他的那些包含诲盗诲淫内容的说教，让我落荒而逃。

农闲时，少妇们便扎堆在一起闲聊，聊得最多的是家娘家官和老公。你说我的家娘家官和老公最好，我说你的家娘家官偏心，唯一相同的是都不从自家身上找原因。还比谁的老公赚了最多钱，让老婆孩子过上了好日子。聊着聊着便又聊到了男人的花心。

---

① 差差之都八点：再怎么差也差不到哪里去。
② 发撒哩、发死哩：发念 pot。两词均形容积蓄了大量资财，富有。
③ 差来差去：差遣。
④ 自你拿：随便你拿。

芳芳说："听讲水牯头外面养了女人，两人处得火热，他都很少回家了。他老婆冬玉嬷晓得后，经常和他相打相骂，还跑到店里闹，和那女的打了个两败俱伤，那女的被冬玉嬷抓破了脸，冬玉嬷也被打掉了两颗门牙。"

"那水牯头看到两人相打，他救谁？"秀云很想知道在这种情况下男人的心态。

"听冬玉嬷说，那短命相还要救那逍嬷，冬玉嬷就是因为他救逍嬷时被打掉牙齿的，她说当时她被水牯头死命抱住，那逍嬷一拳飞来，她的门牙便牺牲了。现在两人正在闹离婚，怎么，你们还不晓得吗？"

"晓是晓得，就是不晓得到底是啥原因。冬玉嬷要相貌有相貌，要文化有文化，又很会做，屋里屋外啥事都做得井井有条，为人处世又不错，从来不做跌古事，水牯头还要爱好又爱好，有哩毛衣又爱棉袄？男子人真不是东西，有了两个膣皮瘌就作痒。"

"那有啥法子！妇人家的是菜子命①，苦，冇钱时跟着吃苦受累，他讨吃来我换筒，可等生活有好转时，男人早就忘了当初，有了两个膣皮瘌就得意森森②。妇人家最吹过③了，冇钱受苦，有钱又不在他眼中，还是受苦。"

"那还是有钱好，有钱最起码子女能好上。他爱在外面潇洒就让他在外面潇洒，别管他，不跌撇老婆子女，顾家有钱归就好。"秀云倒挺看得开。

"好笑，你真天真，待到男人外面有了货，你冇可能还能抓住他的钱，随便找个理由骗了你都绰绰有余，连你自家被他卖了还会帮他数钱。秀云嬷你也莫咁大方，像你家亚福古经常出门开车来往广东、江西，到处都有逍嬷，都讲十个开车的九个会嫖货，你要小心一点，我早就听讲你家亚福古也会入发廊，你安慰人的话留下安慰自家吧。"一个叫菊英的妇人说。

事易时移，谁能料到，当年说什么也不进发廊的亚福古，在再婚和鼓囊起腰包后，也想着及时行乐，自觉步起水牯头的后尘来了。他不信鬼神，也不信惩罚不惩罚，如果真遇上了什么不幸，那也纯属意外。他经常来往于江西、广东一带，什么样的女色没阅览过？时代变了，人也变了，外面养女人的又不是我一个，有什么好跌古的！他开始疏远老婆，有时几天不回家，回了家又说累得要命，根本就不想和老婆亲热，无心缴"公粮"。后来他找了个借口，说

---

① 菜子命：苦命。

② 得意森森：洋洋自得。

③ 吹过：可怜。

为了出门方便，多赚几个钱，要在外面租房。金屋藏娇后，他就更少回家了，想三个女儿和爷娘时，就回来一晚，给爷娘和老婆一些钱，家成了旅馆。

秀云转娘家时，在母亲面前诉苦。母亲想了想，说："秀云，我听牛牯讲，亚福古在外面租了屋子，还带了个货嫲，这样看来是真的了。"

牛牯是秀云三叔公的孙子，也是开龙马车的，和亚福古常去广东、江西，对亚福古的事情晓得不少，而且也曾劝过他，可亚福古不听，还要他保守秘密。他回来也只跟老婆讲过，他老婆哪里憋得住，又偷偷告诉了秀云的母亲。

"真个？我并不晓得，原来这花心萝卜在外面有了货嫲，难怪不想回来。娘个短命鬼，真个有良心，当初求我时，舌麻①能舔着屁眼，拐到了我，如今又在外面搞货嫲。惹得我火起来，我就把他的东西斩了喂花鸭公！"秀云本来满肚子委屈无处发泄，现在听到这个消息，更是怒火中烧。以前别人跟她含沙射影提过，她还以为是开玩笑，现在看来是千真万确的了。秀云细细一想，这家伙也真阴险，回到家总把大钱交给自己，还要自己吃好穿好，这样的男人真不该有钱，一有钱就学坏样，太忘情了。

"秀云，你有空时也和他一起去，反正细鬼子都进学堂了，你跟着走了，你家娘家官也会过意不去的，几个细鬼子不会饿着。你做人不要太老实，到时老公被人抢了去，你就连个哭的地方都没有。都说开车的男人十个有九个会在外面搞妹子，这不全怪男人，是那些女人太逍了，为了钱，连面子都不顾。"

"跟了去又有什么用？我听说过有个男人外面有货嫲，他老婆就放下屋下的活，天天跟他去，可他随便找了个借口就不见了，害得他老婆还要拦车回来。我可没那胆量，莫紧把自家跟跌撇哩。"

"说的也是，男人是滑头鬼，他要是成心骗老婆，理由多得笋打笋②，随便找个都会把她骗得头动尾动③。再说你没出过远门，他要真把你甩了，你连东南西北都找不到。没办法，你也看开一点，回去好言好语跟他讲，不要骂他，问他当初来我们家提亲时说的那些话，是不是都忘了？对付这种男人要用软功夫，不要吵闹，搞得满城风雨他面子上过不去，你今后也不好做人。花点心思，看能不能让他回心转意，不然你一辈子就有苦受了。"做母亲的边劝边教，她真的感到自家妹子太可怜了，黄花闺女嫁了个二婚男，还这等遭遇。"世上

---

① 舌麻：舌头。

② 笋打笋：一笋笋。

③ 头动尾动：晕头转向。

冇个好男人！"她恨恨骂道。

"鬼讲个，你可不能一竹篙打倒一船人，我到现在都没有做对不住你的事，难道不算是个好男人？你怎么连我都带着骂？"秀云父亲见老婆一句话便打倒一大片，心中不服。他可是个循规蹈矩的作田老哥，本应受到表扬，没想也受了婿郎的牵累，被列入了坏男人之列。

"秀云，要是亚福古有改，看在两个妹子的分上，你就原谅他，跟他好好过下去。终身大事不是细人子过家家，当软一点冇要紧，自家吃点亏，地球照样转，量大福大。"父亲也劝起女儿来。

秀云说："其实早就有人提醒了我，我只是不太相信，又觉得就算有也很正常，很多男人都这样，甚至连家都不顾。亚福古还会顾家，而且把钱都交给我，我想只要他顾家，他要玩玩也就算了，我真的不是很在乎，我最怕的就是那女人提出要和他结婚，那我该咋办？"

母亲一听，可气坏了，气归气，还得耐心教导："死妹子，真服了你了，哪有就算了的！你越老实人家就越欺负你，到时被人塞进袜筒里都活该。他给你的只是点小钱，大头早被那货嫲拿去了，我看你也别死做烂做了，保养保养，省得你老公看不顺眼。"

"我们那有个做煤生意的，外面租了屋子不说，还把货嫲带回家，说是刚认的妹妹，要老婆杀鸡杀鸭款待，晚上睡觉要老婆睡地板。老婆气不过，就和他们睡一起，听说三人睡一头，真丢人！亚福古还不会这样，只要我没看到，我就不管他。"

"瞧瞧，你女儿量够大了吧？！我们怎么就生了这么个老实妹子，连老公都看不住！"秀云父亲摇了摇头，叹息道。

几天后，亚福古提了大袋小包的东西回来，三个女儿高兴地围着爸爸叽叽喳喳说个不停，秀云看上去也是甜面笑鼻的。

"爸，奶，水做得差不多了吗？你们可要注意身体，莫累坏了，现在生活有好转了，我会给你们零花钱的，明年你们就不要再种烟了，遇着发风落雨，上烤下烤太辛苦，笃湿了感冒就不合算了，自家搭上工日不算，除了肥料农药和煤钱还剩多少？以后要钱只管向我要，我没回家时就向秀云要，她不会不给的。"亚福古不比兄长那小气鬼怕老婆。

"亚福，我们晓得，遇着发风落雨我们就推迟上烤，不要紧。倒是你出门在外，要注意安全，车子别开得太快，要多回家，莫紧我们死了你都不晓得，屋下有老婆孩子，要多顾家，不要学坏样，要香人嘴，莫被人指脊梁骨。"福招其实也听到了关于儿子的风声，她心里生气，但又不好怎样骂他，毕竟没有亲眼所见。

福招的担心，也是人之常情，烧疬子热了心的她，真怕儿子再来一次婚变。农村人，最怕闲言碎语，唾沫星子也能淹死人啊，老公当队长时得罪过不少人，如今自家出点什么事，等着吊目光的人多的是，搞得自家出门都抬不起头来，讲话声音都要小人许多。

"奶，我晓得，你们放心，一起开车的，他们一个月最多回家两次，我最多一个星期就会回来。"亚福古听出了母亲的言外之意，赶紧回话。

从母亲明显疑虑的目光下出来，亚福古刚回到自家屋里，迎面而来的是秀云不绕弯子的视线："亚福，我问你一件事，早听说你在外面有货嫌了，还专门租了屋子，是不是真个？"

像往常那样，秀云讲话总是很直接。

"冇娘回事！莫听人乱讲！"

"无风不起浪，否则人家怎么都在传呢？！"

"你娘个大番薯，烦不烦哪，我一回来就问这事，你是猪耳朵吗，听曼人鬼叫的？有货嫌我还会经常回来，还会把钱全交给你？让你吃好穿好？你娘个妇人家，连简单个世情道理都不晓得，枉食钱粮^①。"

"你经常回来是看你的爷嫒和女儿，这段时间你对我有热情吗？以前一回来就要先亲我一下，晚上吃了饭就死缠烂缠我，可现在你不是去你爷嫒那一坐个把钟头，就是去找后生哥子打扑克打到半夜，哪里还有我？"

"打扑克是为了赚钱，二十块钱一局，赢他几局都可以少走趟广东，巨划算，你懂个屁！"

"我看你们男人手里有两个膣皮瘌真个就会作痒，吃喝嫖赌啥事都会，难怪都讲十个开车的九个色一个酸，冇个好人。你也是个冇良心的人，我一个黄花闺女嫁给你，做人家的后娘，冇一个人不说我傻，可你还这样对待我！呜呜……"她哭声很大，当初原以为，他离过一次婚，今后肯定会更珍惜自家，说什么也不敢相信自家竟会落到这种地步！

"你感到亏了？那可以走呀！我看你舍得了我，也舍不得钱。你看这里的

---

① 枉食钱粮：意指饭桶、不中用。

366

妇人家有几个比你安乐的？住上了新房子，屋下又添了不少新家具，连煮饭都用煤气和电饭煲，你又不要上山砍柴，吃又吃得好，穿又穿得靓，圩圩日日大袋小袋的水果提回家，你都成九圩婆①了，还嫌七嫌八。就算我在外面有货嫲又怎么样？又没有亏待你，有些男人在外面养货嫲，甚至还生了细鬼子，他们连家都不顾，我却照样顾家。以前的男人三妻四妾，现在的男人逢场作戏搞个女人有什么奇怪？"亚福古还越说越有理了。

"冇良心的家伙，做什么好样不学学坏样，你看学坏样的有几多个有好下场，水牯头、平子就是个例子，坏事做多了天老爷在头顶上，最好小心点，要是我在外面有男人你会怎么想？"秀云不想再老实下去。

"你敢！你难道没听说过，鸡公可以啼，母鸡要是敢啼那就等着抹脖子，你要是敢找男人我就把你宰了喂母猪，你信不信？不过，像你这个貌冇貌，才冇才，连农活都不在行的妇人家，谁会要，爱我才是发青盲②，瞎目猫公摸了只死老鼠。"亚福古早已忘了当初的好话与承诺。

"娘个冇良心的短命相、死乌蝇③，以前求我时，讲个比唱个还好听，过了河就拆桥。才多久，难道你就忘了，难道你讨老婆讨得很有意思、很有面子、很光荣？你到底想讨几个老婆才过瘾？"

"以前是以前，现在是现在，你以前是细妹子，再怎么着也是没开过封的，现在你都黄脸婆了，有什么好比头，我一看就发赤目④，腱都喇到大门外⑤，哪还有兴趣？"

"你……娘个冇好兆的短命相，还敢来作践我，我今天和你拼了这百来斤的肉头……"秀云听他这样作践自家，呆子也会受不了，她气得像母老虎一样扑了过去，两人遂扭打一处。

住在隔壁房里的三个女儿被打骂声吵醒了，连外衣都没穿就跑了过去，见父母两人打得不可开交，一个个哭着央求："爸、妈，你们干吗要相打，有啥话好好说嘛，你看两个人的衣服都撕破了，妈妈身上都流血了，求求你们，莫打了，呜呜……"

---

① 九圩婆：十圩赴九圩的人。

② 发青盲：睁眼瞎。

③ 死乌蝇：乌蝇即苍蝇，指恶心之人。

④ 发赤目：原意为患眼角炎，这里意指看了不舒服。

⑤ 腱都喇到大门外：阳痿之意。

大女儿秋子十五岁了，多读了几年书的她，说出的话就是不同："爸，你干吗一回来就和媚媚又吵又打？你非要搞得鸡犬不宁吗？你赶走了我妈妈难道又想赶走媚媚？你又想再讨一个老婆吗？"农村人称呼继母为媚媚，大女儿边哭边说。常说"后来妈毒过蛇"[1]，但在秋子心中，媚媚不比其他人的后来妈，她对自家还是很可以的，妹妹有吃的，她也有，她享受到和妹妹同样的待遇。她的亲妈虽然后来又嫁到了广东，见不到她，也得不到她的爱，但她并不感到孤独，爷爷奶奶对她很好，两个妹妹又很乖，三姐妹每日都一起上学，一起回家，她也挺喜欢媚媚。

"我去叫呆呆驰驰！"二女儿悦子走到门外大叫，"呆、驰，爸爸妈妈相打了，快来救呀！呜呜……"

闻声而至的福招一看眼前情状，简直要气炸了肺："亚福古，你是不是想气死爷媛？是不是嫌我们的命太长？讨了几个老婆是件光荣体面的事吗？就算讨老婆不花钱你也不要这样子！女儿都三个了，你都三十多了，还不会想？枕头垫高一点来想，莫好样不学学坏样，你这样教有变，我们做爷媛的还有脸出去见人吗？"

福招骂着骂着，使劲跺起了脚："老天爷呀，我前世作了啥恶，要这样来惩罚我？我怎么就生下这么个拗豹子，早晓得这样，生下来我就捏死他！"

"亚福，三十多的人了，真个要垫高枕头多想想，我们做爷媛个，嘴割下来又有什么用？你的路还很长，走好走歪靠你自家，你也不是吃屎大的，从今以后，我们不管你的事了，你爱咋样就咋样，我们的脸都给你跌撒哩！"

"我一没偷，二没抢，三没骗，外面带个货嫲又怎样，又不止我一个，全公社全中国多的是，我打了流还顾家，也照样孝敬你们！"

"你……你娘个白目珠[2]，还好意思讲，水牯头个坏样多学一点，看有什么好处！我们祖祖辈辈吃一夹青菜都怕烫着，可你却……你哥会像你一样，兆名兆声，丢人现眼吗？好……好……你爱咋样就咋样，走，我们走！"

虎腔气呼呼地来拉老婆出门，临走一回头，不忘安慰儿媳："秀云，你别跟他打了，莫浪费精神，我就是冇这个子瑞，也有你这个生婗，他要是不爱你，我们就不认他做子瑞！"

---

① 后来妈毒过蛇：后来妈即继母，意指后娘对前房的孩子狠毒。

② 白目珠：白眼狼，不孝子孙。

大福古听到这边的哭骂打闹声后，拉了老婆香香急急赶了过来，问明情况后，也狠狠地教训了弟弟一顿："亚福，你也爱①想醒一点，你看爸和奶都是为了你，做生做死，背驼了，头发也白了，分了家还爱让两个老人家操心费神，做人要有良心，莫只顾自家快乐逍遥，就啥事都不顾了。三个女儿都那么大了，你还这么晃②，晃能出头呀！"

"你有啥权利教训我，作为长子，你对爷嬡有几好？为他们添了衣服鞋袜还是给过钱？就连屋下养的鸡鸭杀了也不叫上爷嬡吃上一碗汤，老婆的话比皇帝的圣旨还管用，还有面子来教训我，面会红吗！"亚福古发火了，管他老伯还是嫂子，他们根本就不配，他们带好头了吗？

亚福古一向看不惯老伯那怕老婆的样子，其实大福古也想孝敬爷娘，但老婆嘴一嘟、脸一黑，他就吓得像是老鼠见了猫，有时赴了圩买了水果，还要偷偷地塞两个给爷娘，要他们别说，弄得爷娘吃了也觉得冇甜冇香冇味道，上腹不落下腹。大福古被老弟一番抢白，脸一红。

"你有本事孝敬爷嬡，我们不会跟你抢功，你会巴结爷嬡，爷嬡也对你好，帮你做了身家。要不是爷嬡，你会有今天？你的事我们不稀罕管，你有钱讨几个老婆都不关我们的事。我们走，莫管这些衰事！"香香说罢，拉着老公头也不回地走了。

经这一闹，亚福古的逆反心理急剧膨胀开来。一个星期后，他一不做二不休，竟把那女人带回了家。

秀云一见，怒火从脚底烧到了头顶，她可不比有些傻女人，迟鸡杀鸭来招待丈夫的"贵客"，还让位给她，自家睡地板，她可没那么大方。

"娘个络人嫲③，有脸来我家！亚福古今天会不要我，以后也会不要你，我的女儿会接受你吗，你不要想得那么天真！"

秀云的连骂带吼，并没有吓倒对方，对方大大咧咧地回应："你只给亚福生了两个妹子，我能给他生个子瑞，替他埋了孤老名。再说你的女儿，只要我对她们好，她们迟早会接受我的。我会孝敬家娘家官，我会作好田、耕好地，什么我都会做得比你好，我有信心。你放心，只要你肯和亚福离婚，我会对你的女儿百倍好，你以后尽可以常来看她们，我不会拿管扫赶你的。"

---

① 也爱：也该。

② 晃：做事不踏实。

③ 络人嫲：勾引男人的女人。

那位脸上发①鸡屎堆②的女人，面皮厚得还真可以，看不出有半点拘束，还大方地叫道："爸、奶，我叫刘福莲，你们就成全我们吧，我保证对你们好，对三个女儿好。"

"别，别叫我们，我们不敢当，别让我们发鸡麻皮③，我们不会同意的。亚福，我丑话说前头，你要是敢把秀云赶走，而想和这个逍嫲过日子，你就是我们大路上捡来的，我不要了，你带着她再也不要回来。我们不想看到她，我也不认你这个子瑞！"虎腔最讨厌这种不守本分、专门勾三搭四、放荡不受约束的女人了，看那副逍相④一眼，目珠就乌三寸。

虎腔说完，福招接着说："子啊子，做人爱摸着良心，莫讲秀云不比她差，就是比她差也是你看中的，不是我们包办的。这络人嫲哪一点比秀云强，一脸的骚卜⑤，我看着就讨厌。再讲她如果是个好女人，又怎么会和老公离婚，会抛弃自家的细人子而跟你，分明是看上你有两个钱，想骗你，图安乐。如果你冇钱，鬼才相信她会跟你，你脑子里装的是猪屎还是狗屎，怎么就不好好想想呢？"

福招看都不看那自称刘福莲的女人一眼，还当面数落了一番，一点情面都不给。这样的女人会是好女人吗，谁碰上谁倒霉，迟早会害了子瑞，得趁早让她死了心。

后来，亚福古告诉我们，婚外情刚开始时，他也只是想和她逢场作戏，压根没想过要和秀云离婚，可后来两人越陷越深，感情越处越浓，再后来那女人便提出要和他结婚，到了这种地步，他也只能一错再错。当他鬼迷心窍时，任谁的话都听不进去，兄弟姐妹朋友的好言相劝、气恼斥责，他全当做耳边风。

见亚福古的魂无法从那女人身上唤回，福招气恨交加："娘个拗豹子，遇着鬼了，大家的话都不听，以后就等着做臭屎鸡！"

做父亲的面对逆子，虽然更是气恼，却也知道今天事难逆转，拉着老婆的手说："算了，算了，你就当屙了一堆屎，没他这个子瑞。我们用命威胁他，

---

① 发：读古音 pot，生长之意。

② 鸡屎堆：长雀斑、疮疤。

③ 发鸡麻皮：因受寒冷刺激而在皮肤上出现的密密麻麻的小疙瘩。

④ 逍相：妖娆相。

⑤ 骚卜：青春痘。

他都不听，看来他现在除了娘个逍嫲，连我们爷嬡都不要了。娘个拗豹子不撞南墙不回头，看他以后的路娘般走！"

在鸡飞蛋打中，虎腚还是冷静下心来，叮嘱老婆："现在我们啥都莫管，但一定要对秀云好，千万不要得罪她。等亚福娘个死佬回心转意时，我们也有回旋余地。我看那个络人嫲迟早会和亚福闹翻，只要我们坚决反对，这个家就不会散。"

"我们劝秀云不要离开这个家，让亚福古他们暂时在外面住，看他们能撑多久，只是不晓得秀云咋想。"福招忧心地说。

"抽个空你跟她说说，要她留下来照顾三个丫头，打理好这个家，等那个死佬睡醒①，向她负荆请罪。"

福招把这个想法跟秀云说后，秀云泣不成声地说："奶，你和爸的心意我心领了，可你们对我再好又有什么用，他不要我了，我在这里住还有末个搭煞？他骂我说，天大地大，做什么就爱在他腚根下过日子，是不是怕冇人要？你说我住得下去吗？"

亚福提出离婚时，秀云听了哥哥的话，要他拿出五万元作为青春损失费，两个女儿归她，房子她一半。可亚福样样都不同意，只答应给她五千元。他还坦然地说，这些年，钱虽好赚，但因建房、添置家具，在外面租房养货嫲，积蓄并不多，哪里还能拿出五万元？

秀云回到娘家，父母和兄弟姐妹听了她的一番哭诉，气得捶凳拍桌："有那么欺负人的吗？五千元，打发讨食叫花吗，我们也不能再老实了，明天大家一起去，既然亲戚做不成了，我们就把他的东西全砸了。他有钱养货嫲，就有钱买家具，看他买得快还是我们砸得快。真是太欺负人了！"

次日，秀云的一伙娘家人，气冲牛斗，骂骂咧咧地打上门来。

秀云大哥拦住刚要出门的亚福古："今天你甭想溜，把事情解决好了再走。我问你，你到底有没有可能回心转意，不和秀云离婚？"

"摔破的碗斗唔转②，这婚离定了！"亚福古回答得很干脆。

话音刚落，一阵阵噼里啪啦的声音，夹杂着男高音女高音的怒骂声，冲破了水泥板，我们半个美溪队都能听到。秀云也参与了这场毁灭性的战争，锅

---

① 睡醒：意指回心转意。

② 摔破的碗斗唔转：无法再接合安装。

头水缸、碗头碗筷、电视家具，只要能看到的，她绝不手软。她一边哭一边骂，一边用扁担狠命地砸着东西。此时的她，完全像个泼妇，看不出平日的时鬼相和老实相。

虎腚两公婆说得牙齿拐根女脑拐窟①，还是没能阻止大家。福招一边哭，一边在沰沰滴滴②的现场跪下求饶："各位大哥大嫂，求求你们莫砸了，莫砸了，坐下喝杯茶消消气吧！"

"秀云，你劝你大哥他们莫砸了，有事好商量。我会尽量骂醒亚福古，我们死也不会同意他和那逃嫲婊子结婚，我们保证只认你这个生娓，相信我们，给我们一点时间，迟早我们会让亚福古死心的！"虎腚也信誓旦旦地对秀云说。

"保证？保证有屁用，现在的人发誓冇灵，牛笔写字也冇用，娘个王八蛋、短命相，能教育好会有今天吗？"秀云的二哥骂道。

"当初追我家老妹时，说的话比唱的歌还好听，可因为生了两个妹子就不想要她了。躺在床上由你摆布，生不出子瑞是你自家冇本事，是你们命中该绝，命苦怨得了政府吗？"秀云的大嫂指着亚福古的头骂道。

"就是，难怪第一个老婆生了一个子瑞还会死，像娘个冇良心的王八蛋、短命相，就该光毛绝代。我早就说过，能把老婆赶走的男人，不是好男人，当初我就不同意秀云嫁给你。一个细妹子，嫁给人家做后娘，蚀大本了，可秀云以为你会开拖拉机，有技术，饿不死，硬是不听我的话，没想到你真个冇良冇心，真个是当代的陈世美！你等着瞧，爱做恶事迟早会遭报应，即使没有包公斩你，天老爷也会让你翻车身亡的！"秀云的大姐抓着亚福古的衣领推来搡去。

他们你一言我一句，骂得亚福古无言以对，骂得两个老人心惊肉跳，差点晕倒。

化了妆就是做戏，既然亲戚做不成了，那就做仇人，对待仇人哪还讲啥仁义道德？他们一伙出了气，拉着秀云呼啦啦回去了。

"死佬，你看看，你作啥子恶啊！有凳不坐爱坐地下，我一直教育你，做人要做本分人，不要跌人跌古。老古记讲个冇错，善有善报，恶有恶报，你就

---

① 牙齿拐根女脑拐窟：费尽口舌之意。女脑：耳朵。

② 沰沰滴滴：东西散落、掉落之样。

是不听，你现在把我的须菇都削光了！"虎腔少有地揪起了儿子的耳朵，破口大骂。

"冇掌哩，冇掌哩①……"福招泪水涟涟，泣不成声。

亚福古看着眼前狼狼当当②的场面，心里像是打翻了五味瓶。他麻木地坐在地上，脑海里一片空白。母亲的哭，父亲的呵斥，他似乎没有听到，就连被父亲用力揪着的耳朵，他都不觉得疼。

成年后所有的一切，就像放电影一样，一幕一幕展现在他的眼前。有和玉子的恩爱场面，有和秀云的幸福时光，有和情妇刘福莲的嬉戏打闹、缠绵悱恻、撩人心扉。三个女人，他更怀念和刘福莲在一起的日子，因为露水夫妻情更浓，不用为生活琐事而烦心。真的夫妻，莫讲为了开门七件事，单是为小孩就会时常发生口角。

不是有男人说过吗，别人的老婆越看越可爱，自家的老婆越看目珠越乌，自家老婆的优点都是缺点，别人老婆的缺点也是优点。不是也有男人说过吗，以前做男人真幸福，三妻四妾有轮流，现在一个老婆陪一生，腔都奔拉到大门外。这是真心话还是玩笑话？

我错了吗？老天真有目珠吗？我真会跟其他男人一样受惩罚吗？我不相信这些，可是那些背叛了家庭的男人又确实或轻或重地受到了惩罚，暴病而死，出车祸，这些又都真真实实发生了不少，真的有报应吗？一个个大大小小的问号不断撞向亚福古的脑子。天地人，都不会为他的问号作解答，他心里开始蒙了。

"呆、驰，明天周末，不用上学，我和阿姊再去外婆家叫妈妈回来，爸爸也快一个月没回来了，为什么他们都不回家？我好想他们。"

小孙女吃饭时对爷爷奶奶说，说着说着眼泪就吧嗒吧嗒掉到了碗里。人家的爸爸妈妈都在家，就算出门做生意或打工，也会经常回家，可我们的爸爸妈妈是怎么了，他们都不要我们了吗？

福招望着小孙女的泪脸，无言以对。

自从那次被秀云娘家人狠砸一通后，亚福古就没回过家。他吃了野饭屙

---

① 冇掌哩：意即不可救药、无回旋余地了。

② 狼狼当当：意即狼藉。

野屎，一心顾外头。他和秀云是快刀砍西瓜，两分开，和刘福莲却是快刀砍水难分解。他以为这下可以和刘福莲有盐同咸、无盐同淡了，那段日子过得真要成了仙家①。有福同享，有难同当，生死在一起，这是他们的誓言。

人算不如天算，车子行情越来越糟，尤其是像亚福古这样的龙马车更不吃香了，很多人买了十通车子②，超载的话一次就能载二十多吨。车子落伍被淘汰，就意味着日子不好过，亚福古又没钱买大车，近二十万元的数目，对他也是一个天文数字，加上他一向过着今朝有酒今朝醉的日子，到今天也只能是火烧旗杆——长叹了。

兔子尾巴长不了，露水夫妻也是这个样。亚福古的车子经常罢工，腰包越来越瘦，仙家做不来了，什么海誓山盟，什么无盐同淡，也都统统见鬼了。

我可不愿在你这棵树上吊死，有盐可以同咸，无盐却不能同淡，这种情，本来就是下雨天出太阳——假晴（情）。刘福莲才不会那么傻，她搭男子的心眼像蜂窝，窍门多，一看亚福古连走下坡路，离落难不远了，她便莲蓬梗打人——丝尽（私情）断。

"亚福，你的货嫌刘福莲又跟了另一个人。"

"真个？你咋晓得？"

听到这个消息，亚福古不能不震惊，难怪这些日子一直找不着她，打她手机也不接，原来是另有新欢另筑新巢了。他的心里真是胡椒浸在醋里，辛酸得很。这个女人，真是水浸牛嫌皮③，搭男人也要走鸿门，有钱便是亲哥哥，冇钱狗屎一堆。

"我亲眼看到的，那天我去加油站，看到她和那男人勾肩搭背，样子非常亲热。那男人是东风人，姓温，大约四十多岁，是开十通车子的，听说很有钱。"朋友说完，为亚福古打抱不平起来，"要不要叫几个二流子教训教训她？"

"算了，打了她又有啥用？她就是这样水性杨花的女人，我有钱时，她的嘴像抹了蜜，甜得很，如今眼见我快落难了，她就两脚一跳走人。搭上这种女人，算我倒霉。"

"嘿嘿，这个世道，真个冇什么都不能冇钱，冇钱就冇尊严，走路头都低三寸。"

---

① 仙家：指潇洒的人。

② 十通车子：当时的一种货车，核定吨位不到两吨，事实上却可以大超载。

③ 水浸牛嫌皮：牛嫌皮，老母牛的皮。引喻重量没有增减变化，江山易改，本性难移。

亚福古有家怕回，一回去连父母女儿都不理睬，老婆又回娘家了，他真个是四面楚歌了！亚福古这下好比林黛玉葬花，情悲意冷。

亚福古正急于找刘福莲行踪时，一天，他又接到朋友的电话："亚福古，我看到了刘福莲，她在烤烟场亲戚家，她亲戚是我朋友，我不能再进去了，你快来，千万别让她晓得是我告诉你的。"

"好！你放心，我不会出卖你，你帮我看住她，我马上就到。"亚福古得知刘福莲的踪迹，好不高兴，叫上哥们儿小贵为自家壮胆。

两人骑上摩托到达那里时，朋友带他们到刘福莲亲戚家的屋背后，自己则先走了。亚福古俩人等了一个多钟头，见刘福莲从亲戚家出来，遂不远不近地跟着她走了一段路，见四下无人，才上前拦下。她吓了一大跳，以为碰上了打劫的，待看清来人，一颗心才回到原位，若无其事地大声问："你们想做什么？"

"不想做什么，只是想你了，你也太无情了，害我几个月都找不到你。听讲你又有了新哥哥，恭喜你了，只是你不该让我找不到你，起码要打声招呼，省得我想你想得睡不着觉。因为你，我老婆走了，父母女儿都不理我，可你还要落井下石，见我落难了又另寻新欢，害我到了这种地步，你过意得去吗？"亚福古出奇地平静，他肚子里虽然装满了怒火，但说起话来，每一句都像是坟墓里冒青烟，阴阳怪气。

"阎王唔着裤，鬼都会笑死，你不结婚难道我就一直等下去吗？我总不能浪费青春吧，你花了钱，我失了身，败坏了名声，我没叫你拿青春损失费就够意思了。我又没和你订合同，我找谁那是我的自由，你有什么权利干涉？我陪了你一年多，我得了什么好处？陪你一晚算一百块，你算算要给我多少钱？"刘福莲柳眉倒吊，不甘示弱。

"笑话，我出一样你出一样，我辛苦你享受，损失的是我。跟我之前，你不但离过婚生过子，还不晓得跟过多少男人，害过多少男人。像你这种打流嬷①，专吃安乐饭，专用安乐钱，谁会跟你结婚，玩玩还马马虎虎。"刘福莲脸皮厚，亚福古更像无赖。

"我是什么货不要紧，反正我越贱你也越贱，乌龟笑鳖爬，彼此都一样。伏在我肚子上做坏事时说，那是你最幸福的时候。现在我发'洪水'，你嫌不

_____

① 打流嬷：不正经，东走西窜的女人。

嫌弃？要是不嫌弃，我舍命陪你再玩一次。当着你同伴的面，最后免费服务一次，来不来？不来我就走了。"

"呸！厚皮嫲，以前我土，相信你的鬼话，你说你到死都只让我屌，现在我还会这么土吗？你这个贱货，我'小老弟'就是撑破了裤子出来晒月头，也不会再去屌你。"

亚福古和刘福莲真是一对糟烂货，听得一旁的小贵两颊发烧，全身发麻，可他们一直像是在说相声，把他当空气，说尽了所有的下流话，还脸不改色心不跳。

骂到累了，也没了新鲜词了，亚福古突然飞快地跳到刘福莲面前，用尽了吃奶的力气扇了她一巴掌。刘福莲没提防，被这突如其来的一巴掌扇得倒退几步，眼冒金星，鼻孔流血。

亚福古头也不回地拉着小贵，骑上摩托车走了，身后传来刘福莲杀猪般的吼叫毒骂："娘个短命相，早死爷瑞晚死嫓，一家死斗绝。过得了今朝也过不了天光后日，你开车定会翻车死个，骨头都被鹞婆①吃光光！"

亚福古与刘福莲一段曾经灿烂的情欲之花，在这场骂战中，彻底宣告结束。目睹全过程的小贵后来对我们说："这样的结局，如冬天吃冰块，令人心寒。"

人行好运时，天赠地赠，锦上添花，踢脚指头也能踢到金砖。可要是到了行衰运，挡也挡不住，喝口凉水也塞牙缝。亚福古的日子一天比一天难过，这不顺那不顺，大病不患，小病却不断，形同鸦片鬼。父母恨他不成钢，女儿恨他太无情，在他生病时，连衣服也不给他洗，理都不想理他，活该让他受这种苦，谁叫他当初有凳不坐偏要站。

"福招，也有一段时间了，亚福郎唔郎秀唔秀②，过得确实十分吹过。他虽有千错万错，也还是我们的子瑞。再说子不教好父之过，我也有责任，差不多就算了，叫她们三姐妹要去看看他，帮他洗洗衣服，莫再气他逼他，莫真个逼得他冇气出，再做傻事，到时就真个后悔莫及了！"当队长时对社员群众一向横眉冷对惯了的虎腚，对自己的儿子向来是不乏糍粑心的。

---

① 鹞婆：老鹰。

② 郎唔郎秀唔秀：指责后辈不务正业、不成材不出息。

"咳，娘个死佬，花猫公自家屙屎自家壅^①，要不怎么会落到这般田地？害得一家都冇有安乐，我都冇面子出门见人，我怎么就会生出这么个子瑞，命苦，真个命苦！"福招叹着气说。

"生都生到了这么个子瑞，又不是猪不是狗，不然把他卖了，打死他又犯法，自家命苦怨谁去？看他有没有改的决心，有一句话讲的，人不贵于无过，而贵于有过改过，只要他能改，日子还长着呢。等他病好了，我们就叫他去求他丈人佬丈母娘，为了这个家，就是跪也要他把秀云跪回来。"

"就怕秀云不会回来。"福招担心极了。

"秀云性格虽时了点，但心地善良，她父母也是个明事理的人。再说亚福一直很孝顺她父母，秀云做了绝育手术，也嫁不到好人家了，只要亚福有耐心，真心悔改，相信秀云是会原谅他的。"虎腚显得很有信心。

"真能这样就好，只要秀云能回来，就算我天光日子死，也甘愿。"

亚福古大病一场，恍如隔世，算是读懂了人生。病一好，就在父母的催促下，去了丈人家。他路上就下定了决心，不管他们怎样辱骂，他都要扛下来，就算打他，他也绝不躲闪。打是皮上过，骂是风吹过，为了今后的日子，这点苦一定得忍下。过得了丈人佬、丈迷娭那一关，拐老婆那是滚水锅里煮棉花——熟套子^②。

亚福古厚着脸皮到了丈人家，他就决定改姓母亲的赖了。也真是，任凭他们怎样骂，他只是一句"我错了，以后绝对不会了，保证对秀云好，给我一次机会，我会加倍珍惜她"。在他们渐渐消气后，为了拐回老婆，他的舌头又能舔着屁眼了，忏悔话、发誓话、保证话，所有的好话他都毫不吝啬，只要能拐归老婆，就算要他挑猪屎粪走街串巷，他也照样能做到。

人家为了借到钱，连父母都可以诅咒，几句话算什么，狗屎都可以当肥施，言语最不值钱。亚福古心里一直很佩服一个人，那人生活艰苦，却又天性好赌，所以当生计出现危机时，很难借到钱，有次他又去一个朋友那里借赊，朋友不再相信他，他就哭着说："我母亲在病床上起不来，我父亲又住医院，你总不能眼睁睁看着他们病死啊！"那可怜相，任谁都会同情，朋友心软了，那人接过钱，一出大门却说："呸、呸、呸，狗血泼，回转你，你才失时^③，你

---

① 花猫公自家屙屎自家壅：意为自作自受。

② 熟套子：熟门熟路之意。

③ 失时：行衰运。

爷娘才有病呢！"你说这种人丑陋不丑陋？

亚福古拐老婆的耐心，好比铁磨锯，耐磨，功夫好比宽钉耙搔痒，道道多。

说实话，我们在写这部书时，真想歪曲事实，把一个最坏的结局送给这个薄情寡义的花心男人。一向看重中华民族传统美德的我们，平生最讨厌那些不守本分、专门破坏他人家庭的女人，也最恨那些抛妻弃子、贪新厌旧耍滑头的男人，我们真的好想让亚福古这样的花心大萝卜在笔下成为一个妻离子散、手残脚废、孤老终生的可怜虫，这样才合乎情理。然而，结局却恰恰相反。女人，真是心太软；女人，真是善良透顶，记性太差，不管伤得有多深，为了儿女都能忍辱负重，几句最廉价的好话，就能把女人软化。可怜的女人啊，难道你忘了还未痊愈的伤口吗？

秀云的心还在隐隐作痛，可经不住亚福古三番五次的跪地求饶，终于收拾了衣服，重又回到女儿身边。当初她和娘家人狠心打碎了所有的家具，现在除了添了锅头、水缸和几副餐具，几乎没再置新物，能修的就修。再次踏进家门，她看到了一个家庭的败落，连她自家也掉进了五味瓶里，她几乎要后悔当初自家的粗鲁了。

秀云回家，一家人都高兴得流下了热泪，秀云也抱住女儿放声大哭。

"亚福古，不管啥时候都要记住，人要有良心，千万别做亏心事，老婆再怎么着，都是最好的。不管有钱冇钱，她都会为这个家尽心尽力，与你同甘共苦，不离不弃。从今天起，你一定要加倍对秀云好，千万莫再做任何对不起她的事，记心记心①了！"福招语重心长地对儿子说。

"记住了，保证不会了！再对不起秀云，我就遭天打雷劈！"

两个老人自家掏钱买了几样菜，还把自家养的鸡鸭杀了两只，办了满满一桌子，算是为秀云接风洗尘。为了庆祝破镜重圆，他们把大福一家也叫上了，一大家子十一口人，围坐在圆桌边说说笑笑，已经很久没有这种气氛了。

---

① 记心记心：千万要记住。

花心男和倒贴女

俗话说，男人有钱会变坏，女人无钱会学坏。其实不然，这篇故事里的男女主人公，就恰恰相反。男主人公无财又无貌，只有一张油腔滑调的嘴；女主人公没文化、土里土气，家里却偏有个对她好得不得了、有求必应的老公，为此没少引来本村少妇们的嫉妒。谁都料不到，他们之间会发生故事。

"美珍子，你家乌溜古两公婆昨晡夜为啥又相打？这段时间他们总是相打。两公婆过日子，要和和气气，哪能说打就打，打是打冇出头个。是不是他把做来的钱都赌光了？你也爱说说他，做两个钱冇咁容易，有老婆和两个子瑞了，爱顾家。"

美珍婶是我们溪头队有名的神婆，说来也奇，谁家小孩有点邪气，有时连医院都看不好，可抱到她那里，她拿上一支香点燃，向天念叨几句，神便附身了。她闭上双眼，双脚乱抖，很快就能查出原因，不是"后山那个死鬼吓着了细人子"，就是"出门撞到哩鏖糟东西，转来就发烧哩"[1]。她一边念着"天灵灵，地灵灵，大神大佛下凡来，妖魔鬼怪全斩光"，一边捏着小孩的耳朵小手，拍拍小孩的颈背，向天呼叫，某某快快回家来。嘿嘿，神了，小孩真的一下子就乖了，活蹦乱跳了。

刚改革开放那年，一位外乡妇人来我们公社派出所看望丈夫后，马上急不可待来溪头队看美珍神婆，以卜今后吉凶。她丈夫怎么也阻拦不了，一怒之下，口袋里带了根绳子跟来，准备伺机绑神婆，叫她反省。妇人向美珍神婆说

---

① 出门撞到哩鏖糟东西，转来就发烧哩：在外面碰到了肮脏不洁之物，回来就发烧了。

明来意后，就烧起香来，以求神明保佑合家平安，事事顺意。神婆如是这般请来神明后，一开口就说你们不是真心求神，袋里面还带了绳子准备绑我。妇人不信有此事，打开丈夫口袋一看，连说抱歉，拿出绳子就丢于大门外。神婆闭目又说，你们不要多问了，赶快回家去吧，可能还来得及，不然的话就无法解救了。妇人听了此话，又大吃一惊，忙问怎么一回事。神婆就说你子瑞今天会掉到你大门口的塘里去，你们若不速速回家，可能就永世不得相见了。妇人丢了几元钱，拉着丈夫急速回家。到家一看，真的，她儿子在鱼塘里还在挣扎。夫妻俩急跳下去，把儿子救起来，抱到家中地板上，面朝下，背后用手挤压，使他吞下去的水慢慢吐出来。小家伙吐完水就醒转来了，晓得叫爸爸妈妈了，夫妻俩才安心说菩萨真灵，必须大大感谢神明保佑。此后每年春节，他们都会送一只鸡公给美珍神婆，以示感恩。

我没亲眼见过此事，虽然村中老人都说得有鼻子有眼，神神鬼鬼的，但总是将信将疑。一次，我大儿连着几天老哭，我家娘自作主张去叫美珍婶，让她给驱邪。她二话不说便来了，不到一支烟工夫，大儿便坐在电视机前有说有笑了。睡觉前，她又给大儿捏捏耳朵拍拍背，大儿不用吃药不用打针，就一点事都没了。她说是有个死鬼看他长得可爱，摸了他小脸，吓着了他。后来，我两个小孩只要不舒服便常找她，她连个红包都不收，说要赚钱也赚外面的，哪能赚自家人的。不少大人沾上了邪气，也都会找她捏捏耳朵呢，很多当官当户的 [①]，家里出点事也都会叫她。被说成是神灵附身的她，还真赚了不少钱。

这次我家外甥病了好一阵子，吃药打针都不见效，我家娘就叫上美珍婶上门去看看，还叫我一起去。我哪敢违背婆婆的意思，心里也很想去探探外甥的病情，所以二话不说。

路上，家娘问美珍婶她子瑞乌溜古和媳妇麦麦相打的事。我们两家只隔一堵墙，一般相打相骂都能听到。

"哪是赌博的事！那拗豹子听说有货嘛，昨晡夜两公婆相打，乌溜古把麦麦昨晡圩日刚买的簇新衫裤都撕得七零八落，麦麦也把他的 BB 机给弄坏了。我和他爷瑞过去劝他们，不管用，娘个死佬，家里的猪嘛都冇糠吃，还搭货嘛，鬼晓得他是娘般想个，后生子人的事我做娘的又不好多管。"

"话不能这么讲，老古记不是说过，'屋家有个多嘴公，油盐柴米唔会

---

① 当官当户的：有身份的人家。

空'①，你们做爷娘的都管不了，谁还能管得了？今那的后生哥子就是溷，狼缸赖擦，爱赌博还爱搭货嫲，难道在煤窑做水就不辛苦？赌博也就罢了，荷叶上的水，流过来倒过去，有赢有输，只要不大赌，也输不了几个钱，可有货嫲就糟了，嫖货是要花钱的，那是口深潭啊，填都填不满，你一定要狠狠地骂醒他。"家娘善意地对美珍婶说。

"莫讲了，我和他爷瑞都扎牙扎齿②骂了他，可那死佬不但不听，还反过来骂我们，'老鬼，我的事不要你们嘴闲咬鸡笼，再多讲等你们老了动不得时，我茶都不端给你们吃。'你说我们还能管吗？"美珍婶气恼地说。

我一直跟在她们后面，没插一句话，这下趁机问："美珍婶，那妇人家是谁？是本队人还是外队人？多大年龄，有没有老公和子女？"我怕自己一连串的问号惹美珍婶生气，但又被强烈的好奇心牵着。

"子云，你也不是那种多舌乱鼻的人，我可以实话对你讲，那妇人家是和你一般大的，也是和你同一个外家的，她家人口多，万一被她家官晓得了，乌溜古都会被他们一大家子人蘸酱油吃了，所以别人面前我不敢说。听说做细妹子时，她和你一直睡到嫁，你的话她可能会听，找个机会你说说她，我子瑞冇才冇貌，叫她别再和他来往。还有哇，你和我子瑞又是同学，有机会你也替我劝劝他，莫再咁作恶，别把两个家庭拆散了。"

美珍婶的客气，让我感到义不容辞。

少女时代的春花，因住房拥挤，和八十多岁的老祖母睡一床，她害怕老祖母突然咽气，就经常跑到我家和我搭床睡。即使患了牛皮癣，还不自觉要和我睡。我怕传染，想叫她离我远点，但心软的我最终没能开这个口，只好自己留心一点。那些时日，我真是在担心害怕中过日子。春花出嫁前几天，我去姐姐家帮助干活没回家，她无奈只好跟老祖母睡。睡至半夜，差点被一男人强奸，她吓得大喊一声，等她父母兄嫂闻声赶到，那男人已然逃脱。那男人到底是谁，只在大家的猜测中。

带着美珍婶的话回来，已是深夜十一点多了，虽然累得腰酸腿痛，但我还是睡不着，躺在床上翻来覆去，打破脑壳也想不明白，从小一起长大经常同床共被的姐妹，怎么能丢了娘家人的脸，做出这种让人指脊梁骨的丑事来？而

---

① 屋家有个多嘴公，油盐柴米唔会空：指有老人督促指点，生活就会过好。

② 扎牙扎齿：实实在在。

且她老公对她又是那么的好，从来都未曾大声凶过她。从水泥厂一回到家，还总是帮着她做家务，她怎么就忍心给他戴上一顶绿帽子呢？这里的人，无不说她是老实人，想不到老实人挑大粪也会偷屎吃。那晚，我失眠了。

一天，我挑了锄头畚箕正要出门做水，又见乌溜古和老婆麦麦大打出手。

"短命嫲，鬼叫一般，膣毛般大的事都要小题大做，大炮打蚊家，搞得一天下都晓得，你是不是怕你老公冇人收拾，想再嫁老公？我都向你保证了，你还要这般鬼叫，就不怕我打死你？"

"短命相，你保证有腔用①，你都向我保证一百次了，可还不是照样去那逍嫲家。你要有本事就打死我，好冇人管，去跟那逍嫲过潇洒一些。每次要去逍嫲家，脚跟就像抹了油，迟早有一日让她一大家子晓得，把你捉去浸屎缸！"麦麦边哭边骂，她的脸被打肿了，两颗门牙也掉了，满嘴是血。她显然是豁出去了，怒发冲冠，一个劲地用肢体和语言反击明显也已是暴跳如雷的丈夫。

"娘个短命嫲，冇招思②，再这样鬼哭狼嚎般，不愁我不打死你！啥时代了，老公搞个妇人家还要惹你大闹天宫，多少男人会这般，可有几个妇人家比你般量小？"

俗话说，好汉不吃眼前亏。可有着十个胆子的麦麦，偏不做识时务者，她就敢于坚决和老公斗争到底："短命相死个，你们男人可以乱来，那妇人家就爱当着不晓得，死老鼠任猫拖③？我量冇咁大④，你命又不靓，曼人叫你不去讨个量大点的老婆，由你怎样都不管你。如果我也去搭男子，你量有咁大吗？"

"老古记讲个，公鸡啼是好事，鸡嫲啼就得斩头，不信你试试？"

两公婆边打边骂，双方的衣服都撕破了，一直打到了我家门口。我赶紧放下东西，回头拉上家娘、弟妹去劝架。

麦麦破口大骂，完全像只发威的母老虎。乌溜古狠劲十足，一下将她推倒在地。那满是乱发的头，西瓜一般，碰在了石头上，发出"咚咚"两声脆响，接着就有鲜红的瓜汁扭曲着线路淌了出来。

没容我们从惊愕中回过神来，这破皮的西瓜却又挺身昂起头来，不顾伤痛，

① 有腔用：这里说反话，指没屁用。
② 冇招思：不怕死，也指不长记性。
③ 死老鼠任猫拖：意即随便任其做来。
④ 量冇咁大：肚量没那么大。

直向打瓜人扑去："娘个短命相，今朝日子我舍了一百斤肉头，跟你拼了！"

我和弟妹赶紧上前把麦麦拉开，我家娘当即骂起了乌溜古："乌溜古，娘个死佬棺材 ①，老婆又不是敌人，下手怎么这么狠！你自家做错了，还爱打老婆，打死了她你又有啥好处？两个子瑞受罪不讲，你还能讨到像麦麦这样的？有啥事两公婆房间里解决，吵吵打打不是好办法，别撩开大脚髀让人看笑话。今那个人，人有一撮鬼成群，爱你好的人少，看你衰的多的是，莫咁傻都三十多了，爱会想，好坏要分清。"

乌溜古烂伞尽潘："文秀婶，我也晓得是我不对，可今那都这样，又不是我带头的。你们老一辈的人讲个，熟练犁耙生当膣，不嫖不赌后世做牯，我可不想做牯，这辈子我做怕了。再说我搞了别人又不是连家都不顾了，她吃不了亏。她要时我照样给她，又短不了。"他的脸皮厚得真不亚于一堵墙。

"乌溜古娘个大面皮！我不说你，或许有人敢说你。我是爱你好，子瑞都十多岁了，做啥事都爱动动脑筋。老古记说，'好汉唔打妻，好狗唔咬鸡' ②，就算你爱嫖爱赌，那也要看风使舵，走远一点，别让小孩跟着你学坏。你搞了人家，就不怕她家人口众，打断你脚骨，再把你浸到屎缸里？在外面你怎么样大家不晓得，不过，如果你认为我是好心人，我劝你最好别好样不学学歪样，扎扎手手，本本分分，就不愁日子不好过，就是那句话，'盲老生白头，老来唔使愁' ③。"

乌溜古咽了咽口水，说："文秀婶，我也晓得你们都爱我好，以后我尽量控制，不过这需要时间。老实讲，别人的老婆就是好，不会像娘个短命嫲，整天唠唠叨叨，像个老鬼，骂老公什么恶话都能出口，一点分寸都冇，看她一眼目珠都乌三寸。"

麦麦跺脚又骂："短命相，外面有货了，看我当然会目珠乌三寸，我看你一眼，我的目珠都会抽筋。别人的老婆道得好，一日不见就舍不得，腔就会发痒，有本事我们就离婚，你去跟那道嫲过！"

"麦麦，你也少讲两句，莫一开口就是离婚，头碗饭不好吃，后碗饭不是沙就是谷，你也不是后生妹子 ④ 了，再嫁也不见得能嫁到更好的。你以后也不

---

① 死佬棺材：死人。

② 好汉唔打妻，好狗唔咬鸡：意即夫妻相爱，才是好汉。

③ 盲老生白头，老来唔使愁：意指年轻时勤劳，年老了就可以过幸福生活。

④ 后生妹子：姑娘。

要啥话都骂，他在煤窑做水，图利市。看在两个细鬼的面子上，两个人以后有事就心平气和地解决，不要大声嚷嚷，搞得天下人都晓得，让人笑掉牙齿。"家娘又劝起麦麦来。

我和弟妹搀扶起麦麦，架着她往家里走。我家娘是长辈，是妇女代表，她说话比我们有分量，乌溜古再没规矩，也不敢造次。

我们帮麦麦擦洗完身上的血迹，又给她涂了点云南白药，劝乌溜古带她去医院看看。见乌溜古没动静，我生气地说："好了，事情过了就算了，你们不要再骂了，骂到天光骂到夜，事情也解决不了。你们认为吵吵闹闹有搭煞，谁也奈何不了，日子过好过歪，是你们的事，以后还想继续打，干脆就打死算了，反正中国人口多，少你们两个地球照样转，还能让我们图个耳根净。"

"也是，你们这样三日吵四日打，大家顾不了那么多，不怕人家看衰，就继续打，打死两个算一双，让人家吊目光。你们也不是吃屎大个，两人加起来都七十多了，难道会分不清香臭？"弟妹和麦麦是同年姐妹，还是同一天，由乌溜古牵线嫁给我大叔子的，她也希望一起长大的姐妹过得好。

可是，要想让乌溜古断绝和春花的私情，那是快刀砍水难分开。虽然他们谁都晓得，这份私情是柳树开花冇结果，因为两人都是城隍庙里的猪头，有主的。但两人正处得火热，每晚都在梦中游太空，想入非非（飞飞）。他们都是吃家饭屙野屎时，错把洋芋当天麻①，不知好歹，好歹不分了，只能是错公穿了错婆裤，错上加错。

"娘个大扒头②，长年实日③鸭子大过鹅④，以为自家是兔子下崽，与众不同。今那自家生娌做出跌古事，看还刁得到哪里去。"说话的是春花的三婶。

春花三婶的老公病逝得早，三个子瑞又都没生出个带把的，她老公兄弟几个，都是自私自利之人。原先，她老公是吃皇粮的，人也很好，可好人命不长，才五十多岁就去找阎王爷报到了。三婶也是个扒扒跳⑤的人，平时仗着老公的身份，常和几个姊嫂斗气，大家都怕她，对她礼让三分，甚至敬而远之。

---

① 天麻：一种药材。

② 大扒头：地头蛇。

③ 长年实日：一年到头。

④ 鸭子大过鹅：意即自高自大，没有礼貌。

⑤ 扒扒跳：精明难缠。

她一向爱赢，自打老公死后，就如高粱地里栽葱，矮了一截子。她巴不得几个姊嫂比她更倒霉，天天都盼着他们家出点什么事，她也好吊目光。因此，她说出这样的话也就不会让我诧异了。

那天，我想逃过她的眼睛去找她的生娌英子，没想还是被她的法眼逮着了，说完上述那通话后，还要我过去，说有事要问我。

"三婶，我有事找你的生娌，我有啥事好问的？"我极力想回避，平日里，她的搭脚头功夫，在村里数一数二。

"好啊，你就这么看衰老人家，怕跟我们老人家玩！以后你也会老，后生子人也不跟你玩。"三婶半认真半玩笑地说。

"三婶，我真有事找你生娌，她在吗？"

"等下我会告诉你她去哪了，今那你见不着她，先听我跟你说件事。"

话到这里，我不由得掉转身子过去。

"你听到了吗，春花那逍嫲跌了你们几个的古，面皮咁厚，爱浪人 ① 也爱走远一点，偏偏是上下坎的人！真是鸡毛衫，跌人跌古！你有机会说说她，叫她莫咁傻，贪人家什么，一冇才二冇貌三冇钱，就贪那条腔吗？"三婶狠下心肝骂道。

她大生娌英子也是我一起长大的好姐妹，我们从小到大，连面都没红过，前脚赶后脚从美溪嫁来这边后，感情更深了，平时有点好吃的，都少不了对方，什么心里话也互不隐瞒。三婶的二生娌是乌溜古的妹子，两家近得连锅铲一响都听得到，房前屋后的，有点风吹草动她第一个晓得。其实，三婶心里巴不得大郎 ② 家出点事，一说起大郎家春花的事，她就像木匠拉线，照直绷。

我知道绕不过，只好说："我每日做水都累得要死，哪有闲工夫去管各类人的事。我也才听到不久，还不晓得是真是假，哪敢去说她。如果冤枉了她，被她臭骂一顿那就衰死了。"

"那还有假？都快一年了，我住得这般近，也才晓得不久，难怪英子说半夜经常有人在窗户下打哼哼，原来是鸡公头寻鸡嫲时打的暗号。"

"这么长时间了，那伯公和红红不晓得吗？"我们都称春花的家官伯公，红红是春花的老公。

---

① 浪人：勾男子。

② 大郎：丈夫的大哥。丈夫之弟则称小郎。

"可能还不晓得，他们一直对乌溜古很客气，还经常在一块食酒，说明他们还不晓得自家鸡嫲浪了野食。乌溜古和春花嫲一样冇目光，这种人也要，看不出春花嫲人老实，却也会偷屎吃，像她爷瑞。"三婶鄙视地摇了摇头。

"英子呢？我有事找她。"我怕她没完没了地说下去。跟她聊天很辛苦，不管对与错，你只能顺着她的意思。跟她同穿一条裤子，她会把你夸得天花乱坠，直到浑身不自在，反之，她会把你贬得一无是处，下次见面，你就算嘴上涂了蜜，她也当没听见，或是着牛骂马，损你几句。

"她去田里看水了，可能快回来了，你再等等。怎么，你真的也怕和我这个苦命的人说说话？"三婶放下笑脸，将了我一军。

"不是，不是，我真有事找英子。"我心里有点过意不去。她对别人是不善，但对我一直还不错。我和家人在她房前一过，她家只要有点啥好吃的，都会叫住我们，而且，我和她生娓英子又是最好的拜同年①姐妹。

正在我不知所措时，英子扛了锄头回来了。

"阿姊，转来了②。"英子比我小几天，所以见面的第一句就叫我姐，我也受之无愧照应不误，接下来她便叫我名字了。

"咁扎手啊！透当昼③去放水，也不戴草帽，尿筒子④晒毕⑤就不好屋⑥菜了。"我开玩笑说。

"莫咁爱赢，我的是尿筒子，那你的也是尿筒子。"她不服输，针锋相对。

"两只鬼都冇当软，我看你们两个都是尿筒子。"三婶笑着白了我俩一眼，嗔骂了一句。

"找我有啥事？是不是庆阳归来了，又想请我们吃饭了？就算是假意子⑦叫我们，我们也会来的，不吃白不吃。"这家伙，又想蹭饭吃。庆阳是我老公，他开车经常在外。

"我要是叫你们两公婆，就不会问客迟鸡，不过今年做旱天，可能会减

---

① 拜同年：谓结交同庚。

② 转来了：过来了。

③ 透当昼：正中午。

④ 尿筒子：指脑袋。

⑤ 晒毕：裂开。

⑥ 屋：浇水。

⑦ 假意子：虚情假意。

产，我得省省。天晴防落雨，积谷要防饥，我要学会当家，否则真个要啜粥^①了。你也别馋大了嘴，我来不是请你吃饭，是有事找你。"没办法，做旱天可能会歉收，我不也是半天云里装喇叭——响（想）得远？

"你呀！麦秆吹风，小气！还不到时候，就怕饿死，今那又不是六〇年。"

"咳，不防不行啊，要是真做了旱天歉收，那就水淹田园再筑坝，迟了。"

"死了死了，想吃你的饭都想不到了，你这家伙啥事都是鄱阳湖里吹喇叭——响（想）得宽，小心人未老头先白。"英子挖苦我了。

我们凑在一起时，总是针尖对麦芒，互相抢白，乐在其中。做细妹子时，两天不见，彼此就憋得慌。

到了她房里，我一改刚才的嬉皮笑脸，直截了当地问她："春花嫲和乌溜古真有这回事，你为啥不告诉我？"

"咳！我最先也不晓得是真是假，乌溜古以前总在窗户下打暗号，我以为是过路人，没在意，前几天才晓得他们有私情，留意了一下，这才晓得事情一点不假。我以为你家和乌溜古家住得近，比我还早知情。那你是怎么晓得的？"

英子的房子和春花的房子呈 L 形，说话大声一点都能听到，可见春花的"地下工作"确实做得隐蔽。

"我是前段时间听美珍婶讲的，我都不敢相信，那晚我一夜没睡，难怪麦麦和春花嫲这段时间冇合适^②了，以前好得同穿一条裤子。我就感到奇怪，娘个春花嫲，怎么能跌我们几个的古？怎么能削我们外家人^③的须菇？她面皮都不要了，抽个空，我们说说她，叫她断绝和乌溜古来往。"

"哼！俩人正处得火热，想让他们断绝关系，那是搬起梯子上天——门都没有！你别拿着缰绳当汗毛揪，说得轻巧，何况驴拉磨子牛耕田，各有各的活法，我们管好自家就好了，别蹚那浑水。我晓得你心好，但你管得了她吗，她会领你的情吗，别到时让他们都对你怀恨在心，不值！"

听英子口气，有点卖醋卖糖——各管一行的意思。她和春花在娘家是不出五服的自家人，嫁到夫家又是堂姊嫂，可因为上代人的恩怨，她们并不亲近。

我和英子之间，总是打开窗子说亮话，从不拐弯抹角。话到这份上，我再强求她一起去说服春花，那就是十二月送蒲扇，寒狗唔识热了，她心里的想

---

① 啜粥：表面意思是喝稀饭，实与"喝西北风"同义。

② 冇合适：不要好。

③ 外家人：娘家人。

法，犹如八张牌摊开，明摆着的。

可我真的好担心，我觉得有必要劝春花悬崖勒马，而且是大年三十卖画，不能再迟了。就算是她骂我多管闲事，我也不怕，只要她以后明白就行。她毕竟是和我一起长大的姐妹，一起上山砍柴，一起摘野果，一起挣工分，一起打找朋友的扑克，还经常同床共被。那些说说笑笑的快乐场面，我又岂能忘怀？如今她鬼迷心窍越了轨，我岂能袖手旁观？就凭我们同姓，我也有必要去制止她。

一天，我去稻田里放水，天快黑时，璐璐大声叫我："天黑了，快回家了。"

"好！你等我一下。"

"头先你看到了吗，乌溜古骑了摩托来，连自家的田都不去看，直接走到春花嫲田边，我们得给人方便。"

"莫乱讲，可能他也是来放水的，是凑巧。"

"凑巧？以前他做水回来，从来都不会来这边放水。再说，今天他家麦麦已经放过水了，难道他会不晓得？麦麦再晚归，我都没看过他来等过，货嫲就是比老婆亲。"

璐璐是春花的堂妹，嫁来这里后又是堂侄关系，按辈分得叫春花婶婶，但两个从小吵吵闹闹，至今还是五十度的开水，不凉也不热。对堂姐出轨的事，她显得漠不关心。

"璐，她好歹也是你堂姐，你该关心关心，劝劝她，我们几个嫁过来，应该团团结结，互帮互助，互敬互爱，为我们的外家争光，千万不要鬼打鬼，闹不团结。"按辈分，璐璐得叫我姑姑，我说这话的语气俨然有了长辈的味儿。

"你讲的都有道理，可我比她小，哪有权利干涉她的私事？再说她这人行文化，一向死乌搭瞎，心肝给她吃了还当狗肺。你看她老公对她有多好，可她这种人就是不识好，轻骨头。她又不是吃屎大的，难道会不晓得好坏？我看她是鬼迷心窍了，谁要是去劝她，她肯定跟谁翻脸。你不怕就去劝吧，反正我食哩冇咁健，就是吃饱了撑着也不会去当甲长伯姆[①]。"说着说着，璐璐已是哈欠喧天了。

这家伙，还和春花姐妹呢，嫁来这里又是春花牵的线，怎会如此撇清呢？我真有点蒙了。

---

① 甲长伯姆：喻为爱管闲事之人。

我们美溪生产队一共嫁来六个，除了两个老前辈，英子、璐璐、春花和我，差不多是前脚赶后脚嫁来的。我们一窝蜂在这里找婆家，这里的人直笑我们是喝了他们的洗裤水，才晕头转向都嫁过来了。对于他们的取笑，我们无以反驳。现在春花做错了事，她们几个亲上加亲的家伙却都怕她不领情，忍心看她的笑话，我真不希望她越走越远，一直想寻找机会和她说说。

　　不久，我去山田那边放水，顺带看看禾苗的长势和病虫害，到后眼睛一亮，春花已先到那里了。我们的田很近，只几十步远，分好水后，我们便坐在大树底下聊天。

　　情不自禁地就想到了一去不返的少女时光。记得那年我们辍学回家务农，第一件事就是受命车水抗旱，我们俩合为一班。爬上洒满阳光的龙骨水车，吱吱呀呀就踩将起来。那缓缓旋转的木头踏锤，已被无数赤脚磨得油光发亮，极为光滑，我们稍不留神，就会一脚踩溜，骇得两手紧急扣住手架，哇哇大叫，狗一样被吊起来晃悠。谁能想到，不出一年，我们就成为全队的劳动能手，而后又一前一后嫁到溪头。

　　这天，刚好没有第三者，在回忆往事，无关痛痒地闲聊时，我几次话到唇边，却又咽回。这毕竟是件不光彩的事，我虽是雨后送伞好心，可她未必会领情，弄不好反惹一身骂。我心里正在火烧旗杆——长炭（叹）时，却一眼看到麦麦在另一条山沟里放水。

　　"麦麦也去那边放水呢！哎，春花，我问你，干吗以前你和麦麦好得同穿一条裤子，今那听讲闹翻了？为啥？"

　　我不想蛇过打棍①，顺风借势，直截了当地问，至于我的忠言能不能起到作用，我都在所不惜。我是好心来挽救两个家庭，就算他们眼下不明白，日后能知我苦心就行了。

　　"鬼晓得，可能是有人搬神弄鬼，麦麦信了她，才和我翻了脸。"

　　春花做了贼却并不心虚，以为我是聋子，啥也听不到。我气恼得真想扇她一巴掌，可我是一个人拜把子，算老儿？

　　"春花，可我听说不是这么一回事。"

　　我不能再拖了，看着她，等着她的反应。我真不敢相信，眼前这么个老

---

　　① 蛇过打棍：意即坐失时机。

实人，真会挑大粪偷屎吃。

"你不信，那你说是啥事？"她一脸的问号。

"我听说是你和乌溜古有私情。"

"鬼讲个，你听哪个狗屎个讲个？花舌缭鼻①冤枉好人，就不怕被雷公打死？"

"春花，有没有这回事，你心里最明白。你别以为我是聋子，今那可能除了你家人还不晓得，私下里大家都对这事议论纷纷，你早成新闻人物了，让大家茶余饭后多了一道话题。无风不起尘，如果没有的事，大家也不会说得有鼻有目。"

"真的？有多少人晓得了？"这个蠢女人，赧然一笑后，开始心虚了。

"全队占百分之九十的人都晓得了。"我并没有夸大其词。

"奇怪，怎会有那么多人晓得呢？"

听她这么一说，我不由得又叹了一口气："春花，虽然做这事不会出火烟，但纸是包不住火的，世上没有不透风的墙，夜路走多了，迟早会撞上鬼，露水夫妻长不了，半天云里翻跟斗，迟早要落地。"

对她这个只进过两年学堂，又吊儿郎当的人，只能说这些浅之又浅的道理，"若要人不知，除非己莫为"这类深奥的道理，于她只能是对牛弹琴，恐怕到今天她也没有听过。

"不是我说你，你也真是枉食钱粮，你摸摸你的心问问你自己（我怕她听不懂，还是不能用'扪心自问'这个词），你老公对你有多好，可真是百依百顺啊，你怎么还忍心让他戴绿帽子呢，要是他晓得了会怎样？"

她低头不语。

"听我一句劝，从今天起，和乌溜古断绝关系，趁你老公和家娘家官还不晓得。如果你不听劝，以后只怕你连哭的地方也找不到。你看和你老公合伙开店的永子，在外面搞了货嫌，弄得鸡犬不宁。要是你老公也去外面搞妹子，你会乐意吗？凭他的条件，要找个细妹子，也易如反掌，可他不学永子，一直把你当做手心里的宝。"

她还是闭口不言。

我吞了吞口水，接着又说："你有这样的好老公，乌溜古又有老婆，又都

---

① 花舌缭鼻：多嘴，又没有实话。

有两个细鬼子，你们之间会有啥结果？大家都在笑话你，说乌溜古一冇貌，二冇钱，三冇才，除了一张能说会道拐女人的嘴，冇一样当得①你老公。更难听的是，说可能你老公个子小，满足不了你，你才贪乌溜古的家伙大。说实话，听到这些，我都脸红，更替你不值！"

"那么多人都晓得了，有谁来劝过你？要不是看在同年姐妹的分上，我也懒得管你，反正各个灶头各火烟，你跌古关我啥事？如果你不听劝，任着性子一条胡同走到黑，谁也奈何不了你。你也不是吃屎大的，脑子里装的不是猪屎狗屎，我喉濑水②都说干了，不多说了，你好自为之吧！"

我一心想劝她回头是岸，纵然她完全不懂良药苦口利于病、忠言逆耳利于行的大道理，但我尽心了，就算她把好心当做驴肝肺，我也轻松了许多。

半个月后，我拿了钩索杠子正要上山砍柴，耳边响起急促的叫声："老同学老同学，快帮我去开导开导麦麦，那短命嫲又在鬼叫一般，我要去外面做水了，回头再跟你细说。我走了，麻烦你了啊，越快越好！"

我还没答应，乌溜古便掉头走了。这家伙，还算晓得我心肠好，乐于助人。

乌溜古是我的小学同学，三年级分班前还曾是同桌。那时封建加迂腐，男女同学之间不说话，一张桌子分两半，一不留神过了"三八线"，一个拳头便赏了过来。初中没毕业，我便因家里困难，满腹辛酸离开了学校，早早修起了地球，此后再没见过他。没想阴差阳错，在婚后又成了他的邻居，才有今日之托。

我二话没说，放下钩索杠子走到他家，越过狼狼当当的地面，径直上楼。一进房间，就如枪口上的雀儿，吓破了胆：麦麦把自家的头套进了已系好的钩索里，踢开了凳子。我冲上前，扶起凳子把她救下，抱住她大叫："麦麦，你癫了吗？干吗做傻事？你死了两个细鬼子咋办，还不害了他们？"

"你救我做什么，那个短命相都不要我了，还三天两头打我，打人唔使拣日子③，我还活着做什么？我死了好让他跟那逍嫲过！细鬼子长大了，自家能照顾自家了，呜……呜……呜……"

见她哭得伤心，我也哭了。我这个人内心脆弱，看电视看到伤心处，都

---

① 当得：赶超。

② 喉濑水：口水。

③ 唔使拣日子：唔使即不要，意即随心所欲。

会情不自禁地哭起来，与其说演戏的是癫子，不如说看戏的是呆子，老公常骂我是个十足的呆子。

"麦麦，你也真笨，死又死在你，人家还会偷笑。命只有一次，你以为真有来世？死能解决啥问题，他们这样对你，你偏不要给他们方便。你老公出外偷吃，你来硬的不行，不妨好言好语拐一拐，不要开口闭口就是短命相。在煤窑做事的人，更图利市，你也晓得有好多男人只要被老婆骂一句短命子，便不去干活了，说妇人家嘴毒，看近难看远，谁能想象这刻的吵骂，埋藏着下刻的什么噩耗，莫真个死在煤窑里成了短命鬼，有命做来冇命吃。你总是恶言相向，越骂他就越狠心，还能和你好得来吗？你这还不是明摆着把他往人家那边送吗？"

"他爱做这事，鬼才有好心情去拐他，他是见我目珠乌三寸，就爱跟那道嫲风流了。"麦麦哭骂道。

"咳，女人就是命苦，有啥法子？嫁都嫁到这种老公了，认命吧！再说时代如此，好这门的男人又不是你老公一个，瞎子看见鬼——多的是。如果都去寻死，那全天下还剩几个女人？莫咁癫，他们之间不会有结果，迟早还会回到你身边。再说我已找到春花了，说了好多利害关系。相信我，乌溜古迟早会死心的，看在子瑞的分上，你就忍忍吧，反正自得他辛苦，那东西又短不了。"没办法，为了逗她笑，我说尽了好话和下流话。

一上午，口水都说干了，我明显看到她心情好多了。

"两个细鬼子读书快回来了，我得归去煮菜，你的也快归来了，要不去我家一起吃，我煮多一点。"

"唔爱唔爱，早上煮的还没食撤，让他们食旧菜。"看样子，她还没胃口。

"那食哩饭我还过来，这段时间没日没夜地放水，累死了，今天正好休息一天。"说完我就走了。

下午四点左右，乌溜古回来了，走进房间，他看到系在房梁上的钩索，一下子明白了。我故意不解下它，是想吓吓他，再这样下去，迟早会出人命，希望他及时醒悟。

"哟！你好有胆量，想寻死了，你别解下来，我去叫你外家来看看，你长出息了。"

"乌溜古，你回来，如果你还当我是同学和邻居，你就听我一句劝，自家做错了事，还想恶人先告状，你过分不过分？"我厉声叫住就要出门的乌溜古。美珍婶是个服侍菩萨的人，怎么就生出这么个子瑞？

"你都不晓得娘个短命嫲有多蠢，我早就跟她讲了，我不会再去了，可她还一直闹，还想去砸人家的锅头、水缸。你说要是事情闹大了，他们人口多，上代下代共二十多个男丁，杀了我还不够他们蘸酱油吃，自家的锅头、水缸都保不住。我都写保证书了，保证以后不再去，要是还去，就自家拿柴刀砍断脚骨，还要我咋样？"

"保证有腚用，发死发绝[1]都冇灵，牛笔写字也冇用，你娘个短命相、死乌蝇，一不怕衰二不怕绝，你自家讲讲，你都保证过多少次了，除了那逍嫲，你心里还有谁？所有亲戚朋友都骂过你，你有听吗？只要去逍嫲那里，就走死无踪[2]，脚底下像是抹了油溜冰。"

"娘个短命嫲，鬼叫一般做什么，是不是嫌人家听不到？"

"短命相，你面皮咁厚，还怕人家晓得？今那又不是秘密了，老嫩大细早就晓得了，都说你有本事，连别人的老婆都能勾到。"

"好了，好了，莫吵了，两人都省点精神吧，事情都发生了，再吵也无济于事，得控制自己，熄灭是非。乌溜古，事情是怎样发生的，你们合适[3]归合适，怎么做出这种事呢？"

"咳！说来话长，我做梦也没想到事情会发展到这种地步。旧年子[4]下半年秋收后，一天我下班归来，我去她家看红红回来没。她晒了很多谷，红红又没回来，她要我帮忙把一箩箩谷搬入屋，等我把楼板上的谷都搬进去要走时，她突然抓着我的手往她胸脯上蹭。我当时就蒙了，失去了理智。她主动勾引我，世上哪有呆猫不吃鱼的，就算有，那也是假正经的猫。那几天刚好麦麦的'表叔'来了，所以我就……"

就那次你们便发生了关系，也不顾一身臭汗，也太低级了吧，跟猪狗六畜有啥区别？我心里直骂这对狗男女。

"也可能是她老公走了十多天，她想男人了，当时她硬把我往床上推推搡搡，还主动脱了衣服，就算再有定力的男人，也经不住这样的诱惑，何况我正值如狼似虎的年龄……"

---

① 发死发绝：发毒誓。

② 走死无踪：快步如飞。

③ 合适：要好。

④ 旧年子：去年。

"当时你就没想过后果？"我问。

"咳！当时我是假意推辞，可你都不晓得春花嬷是何等的风骚，她的两只奶菇又白又大，全身跟肉粽子似的，正常男人都不可能控制，就算天光日子会被砍头，也值了！"

"哎哟！娘个短命相，面皮比两堵墙都还厚，讲了都不会面红，还以为自家光荣，我看你是嫌命太长了！"麦麦又骂了起来。

"短命嬷，你自家得意森森的，动不动就拿身子喉①我。我要你时，你专着刁裤子②，还讨价还价要我付钱。我花了六百九十块钱从你爷娘那里买来的，到了床上还要我付钱，真是满塘鲫鱼——冇条理（鲤鱼）！"

"乌溜古，你也是读了几年书的人，怎能这么说话，六百九十块钱就能买到一个人，未免太作践女人了吧！一头猪都不止卖六百九十呢！嫁老公就该被老公揉揉捏捏③，那女人情愿不要嫁老公。今那又不是旧社会了，你怎么还有这种想法？"我不由得骂起这个"读书读得多，料字写成科"的花少。

"娘个短命相，辛辛苦苦赚的几个芝皮癣，就愿意花在那道嬷的身上，我开玩笑向你要，你却一分不给，说是一次性付给我爷娘了，难道我就那么贱，才值几百块钱？"

"哦，你以为你很值钱！当时要不是我太不理智，像你这种箩般大个字都不识一个的女人，我还不要呢。别说要给六百九十块，就是倒贴我都不要，真是瞎目猫公摸了只死老鼠。春花就不同，她虽然也没文化，但她从不要我的钱。有次，我给了她二十块钱，可她还是硬说不要，我过意不去，临走时丢到她的桌子。她对我很好，有点什么好吃的都会留给我，随便④比娘个短命嬷好上十几倍。"

"乌溜古，你也不想想，货嬷与老婆之间的区别。讲难听点，你和货嬷之间只有性关系，可和老婆之间除了这点，更主要的是责任心。单是为了开门七件事，就有可能吵得天昏地暗，但再怎么吵，怎么打，夫妻还是夫妻，田地里该做的，还得做，床头打架床尾和，为的是一个共同的家。只有老婆，无论你贫穷与富贵，都会对你不离不弃。"

---

① 喉：馋。

② 专着刁裤子：故意刁难之意。

③ 揉揉捏捏：欺负作弄。

④ 随便：起码。

我见乌溜古不再言语，又趁热打铁："你也听过这样一个故事吧。有个男人为了考验货嫌与老婆，把钱都交给货嫌。货嫌对他也很好，时间长了，他就想考验一下她们。一次，他称了一斤猪肠放在床底下，然后搭信①叫货嫌来。两天后，那货嫌来了，却发现那男人已死在床上，他老婆在他床前呼天抢地哭得泪涕交流。那货嫌闻到臭味，捏着鼻子掉头就走，看都不看一眼，别说为他流一滴泪。货嫌一走，那男人便爬了起来，扶起老婆，跪着连声请罪，说明原因，后来对老婆珍爱有加。当然，也许这故事是广古②搭花寮③，也或许是讽刺某些花心男人，但我相信，现实生活中的确有类似故事。"

　　乌溜古心里怎么想的，我不去理会，但他并没有反驳我。我以为，两人经过我苦口婆心的劝说，会冷静并仔细地想想，不再去做那趺人趺古的事了。不承想，他却快刀砍水难分开，一看春花老公不在家，便去她那里共享云雨之欢。麦麦尾随其后，几次看着他爬过砖柱与她约会，天快亮时才回。有好几次，她都想叫起春花的家娘家官和她叔子，但又怕老公被他们打，硬是忍下了。

　　一次，有人看到他们在一处偏僻荒田里行苟且之事，心里头直骂，外面发廊多的是，为啥不走远点？害得他回家叫老婆煮红蛋，讨七家饭，说是如看到蛇编索④会衰事缠身，必须吃红蛋，吃七家饭，才能避邪气和霉气。

　　好事不出门，坏事传千里，他们之间的私情，越传越广。

　　春花家官瑞伯原是生产队小组长，分田到户后，上面有低价肥票子发，按每亩计算。可他总是自私自利，扣压不少，自己的两个儿子从来就不要买高价肥。很多人对他不服，但又不敢说出来，怕他下次扣压得更凶，如今见他家出了这等事，有人暗地里幸灾乐祸。

　　"嘿，嘿，娘个大扒头，一向从门缝里看人，以为自家有多了不起，把自家看成酱，别人是鸡屎，今那生娓做出这档子事，把他的须菇都削光了，替他脸上抹黑了，看他还能刁到哪里去。"

　　更缺德的是，有人故意找他聊东聊西，甚至故意讲些别人的风流事，讲完还问他："要是你两个生娓也偷吃野食，你会怎样？"

---

① 搭信：托人传话。

② 广古：广东人。

③ 搭花寮：无中生有，纯属虚构。

④ 蛇编索：男女之欢。

"大扒头"瑞伯自信多多，不假思索地说："我两个生娓都是老实本分人，绝对不会跌我的古，坏我家风。"

"话不能讲那么绝对，谁的巴掌心子都没有照光，一生世人难难长，做点错事有啥奇怪？说不定你的生娓早就削光你的须菇了，只是你不够醒睡^①，还不晓得而已。"这人说得够损。

"她们要是敢坏我家风，我就把她们赶出家门，我家祖祖辈辈安分守己，吃一夹青菜也要吹冷，从来没有人敢对我指手点脚，我绝对不允许她们做这种事！"瑞伯回答得斩钉截铁。

"伯公，讲话爱留有余地，莫到时有自家下不了场，这种事又没有火烟出。时代不同了，母鸡啼了也不能就斩了头，风流事件越来越多，曼人都不敢保证自家不会有桃色新闻。何况妇女翻了身，一天比一天刁，就算搭了男子，也不会装进猪笼沉塘了。再说做错事走错路的也不一定是调皮鬼，难保老实头子也会挑大粪偷屎吃。"

"说得是，不过到今为此，我的生娓还是安分守己的。"老家伙真背时，自家子瑞戴了快一年的绿帽子，可他还认为生娓是葱花拌豆腐，清清白白。

麦麦见自家男人和别人私情未断，多次拣了换洗衣服闹离婚。娘家又多次把她送回家，而每次又得花钱买酒买肉招待他们。老人们常说："投外家，害自家，花了钱财又贴柴火。"乌溜古也确实招待得体，好让他们无话可说。

一次，这对冤家夫妻又大吵大闹，麦麦拣了满满一袋子衣服要走，我和弟妹妯娌俩赶紧拦住。乌溜古当着我们的面对老婆破口大骂："你们莫拉她，让她滚，娘个短命嫌，讲都讲不醒。想走就快走，要死我都不拉住，走了就莫再回来！莫紧我没来请，你自家又逍了回来，看你能走到哪里去！我敢说，你这种女人，除了我这只瞎目猫公，倒贴都冇人要。天下再大，都没有你的容身之地，不信你试试！"

听他如此作践老婆，我和弟妹都震惊了。女人，真的好可怜！女人，真那么没用？真要靠男人吃饭，离了男人，真会过不下去吗？

几经波折，大吵大闹之后，出乎大家的意料，一对情敌却破天荒地又和好如初，又经常在一起打麻将，帮种帮收，推杯换盏了。他们三个在一起时，

---

① 醒睡：睡觉中保持警觉。

总让人想起以前的大小老婆，真让人哭笑不得。

打麻将时，春花手气不好，旁观者有意帮她转转手气，她一个也不要。但要是乌溜古这么说，她马上让位。每次打麻将，乌溜古都不坐老婆身边，偏坐春花旁边。大家笑他当着大家的面动不得，闻闻骚味也好。有一次，喝多了酒，春花错把情夫当做了老公，一边叫着老公的名字一边扑进乌溜古的怀里。麦麦看在眼里，竟不生气。对麦麦的"宽阔胸怀"，对春花的淫荡，我感到苦涩、懵懂。如果事情不是发生在我周围，我真不敢相信世上真有面皮八尺厚的男女。唉！真是一样米养百种人。

因为生活中失去了指路灯，他们便迷路走进了迷宫。因为分不清友情与爱情，为了图肉体的一时之快，他们把文明道德抛之脑后，不顾自家和亲人的脸面，公然与中华民族的传统美德叫板。

"人心隔肚皮，怎么样，你的好心被人当做驴肝肺了吧，后悔吗？我早就讲了，人家正在'火'头上欲死欲仙，你却去破坏人家的好事，你算老几，管得了人家？我这不是马后炮吧，枉你咁聪明！"璐璐这家伙，真不顾堂姐死活了。

"后悔我是不会的，我只是感到悲哀，她跌了我们几个的古，跌了我们外家的古。人家一讲，就讲是我们美溪那里出的人，一条竹篙打倒一船人①啊！"

"这有什么，各人做事各人当，她自家要往深潭里跳，曼人拉得住，爱死也快。她和她娭瑞一般死乌搭瞎，又和她爷瑞一般风流成性，真是花鸡嫲养花鸡子，像爷像嫲都不是好货。莫讲是没有血缘关系的堂姐，就算是亲姐姐，我都懒得理，我还要怪她呢！"

老人们常说："一代亲，二代表②，三代一过闲了了。"意即随着时间的推移，亲疏关系会变化。谁又能怪璐璐说出这样没心没肺的话来呢。

璐璐父亲明贵是个私生子，她祖母被男人"欺负"后，偷偷生在春花家的谷仓后，是春花的祖母把他养大的。春花的母亲彩玉生性多疑，性格古怪，心胸狭隘，和璐璐母亲经常争吵。只要看到人家跟人说笑，她便会追着问人，"烂扇多风③，娘个短命嫲又在说我什么？"只要人家嘴一碰，她便怀疑在说她坏话，于是疑心生暗鬼，常常闹出一些让人笑掉大牙的洋相来。听说有一

---

① 一条竹篙打倒一船人：意即一人失误连累大家。

② 表：客家称谓中的表兄弟，老表。

③ 烂扇多风：比喻不正派的人背后中伤他人。

次，县里有个干部下乡时刚好来到她家体察民情，看到他一支烟接一支烟，一句"食烟唔当食屁，食屁还有米谷气"，马上从她嘴里脱口而出，笑得县广播站陪同的一位女记者肚子都疼了。春花父亲金贵古听说是个色鬼，也经常做见不得人的勾当，先后有过几个老婆，而且一直都还有来往，为此春花母亲常和他大闹。老人们常说，捉猫子看猫娘，意思就是说，有风流父母，便有风流儿女。拿现在的话说，就是上梁不正下梁歪，看人得看上代。

"麦麦娘个四六货，有肉有酒，还有钱落磊[①]，要什么原则，对老公是纸鹞上天——尽放线！粜谷值多少钱，一百斤才四五十块，人家随便一拿就不止这个数。"

"吗个意思，我听不明白，难道春花也倒贴？"我再一次蒙了。

"听红红跟我老公说，乌溜古两个细鬼子读书，入学时都向他借钱。我想，春花嫲肯定在私底里也借了不少钱给他，因为红红曾叫她的钱拿出来贴补家用，她却说花完了。她要花啥钱呢，一切都是红红买回来的，她的钱不用说是倒贴给乌溜古了。我细鬼读书钱不够向她借时，她每次都说没有，这叫啥姐姐？有钱用来贴男子，你说她是不是吃屎大的？人家搭男子是为了捞钱，贴补家用，她倒好，败坏了名声还倒贴钱财。你看着，连红红的钱也肯定放飞，吊目光！"

"真没想到她会这么笨，不过有一点我也晓得，她并不把我们当姐妹。我布置房子时，向她借五百，起先她满口答应，可到了要用时，她却推说没有。此后我再也不向她借钱了，以前她困难时，连去赴个圩都要向我借钱，今那她全忘了。"我感慨万千。

"我听说，麦麦就是因为她倒贴了乌溜古许多钱，乌溜古又把钱都交给麦麦，她才不再闹的，不然麦麦肚量真有那么大？总之发生在春花嫲身上的事，我百分百相信。以前麦麦以为老公的钱会花在货嫲身上，今那晓得不但不会，反而好处多多，自家捡了安乐又少洗一件短裤，傻瓜才会跟钱过不去。只听过男人花钱嫖货，没听过女人花钱买鸡公头，新鲜！"

"唉！"我长长地叹了一口气。

"唉什么唉？为这种贱人叹气，值得吗？"璐璐瞪了我一眼，脸拉得长长的。

---

① 钱落磊：有钱到手。

"哥，春花嫲发高烧，我带她去看看，然后让她在店里休息一天，细鬼子回来你煮给他们吃。有空去黄花段上看一下，田里可能没水了。"红红对父亲瑞伯说。

在我们这个客家乡村，为了子女好带，同时避免子女与父母相克，称父母为哥嫂的占多数。我儿子出生时，接生婆也让我儿子以后这么叫我，我坚决不同意。有个和我儿子同年的男孩，五岁那年我子瑞问他，你妈妈呢？你猜他怎么回答？他说他没有妈妈，只有一个嫂。当时，我笑得眼泪都流了出来，幸亏当时自家坚持让儿子叫爸爸妈妈，不然今天我儿子也会说自己没有爸爸妈妈，只有哥哥嫂嫂。

"好！你放心吧，屋下的事有我呢，春花的病要紧！"瑞伯答应了。两个生娲，只有春花为他生了一个孙子，才没让他绝后，因此他一直把春花当做他家的大功臣。

瑞伯走到田里一看，一点水也没有，便从山塘里把水引到自家田里，然后找了个地方乘凉。过一会儿，他又去看看，却发现水被一个叫德古的人引了去，自家田里还是没有水，他火气直往上蹿，脸都烧红了。

"德古，娘个狗屌个，刁也不是这种刁法！我辛辛苦苦从山塘里把水引下来，你却等装。多少留一些到我田里还想得开，做人这种做法，莫被雷公打死了！"

"大扒头，老短命子，老死佬，你才是狗屌个，莫紧有命做来冇命吃，万一跌死了就既害老婆又害子瑞，七八十岁了，该享福了，莫啀好事①，今那日子越来越好，养养身体多活几年，多看几年世界有几好！我又不晓得水是你引下来的，你干吗不插个牌子在这里？再说山塘又不是你的，是大队的。你的爱缴公粮，难道我的就不要吗？凭啥我就不能放？"德古也不是盏省油的灯，如今不要从他手里拿肥票子了，谁还会怕他，更何况他还能活几年？

"狗屌个德古，水明明流到我田里，吃屎大个也晓得是我放水，就算爱放也得分开来，不要断到冇一点水流。你也是老作田的人了，水有可能自动流到我田里吗？"老家伙骂起人来气都不喘，像滚水锅里的棉花——熟套子。

"哦！你把水放到自家田里，然后自家就死到家中不出来，人家就要让你

---

① 莫啀好事：别那么多管闲事。

田里放够了水才能再引到自家田里。你有咁好心吗？你娘个狗屄个更绝，七老八十了还常偷着把人家田里的肥水引到自家田里。以前克扣大家的肥票子，今那又偷引人家田里的肥水，恶事做绝，小心死时还要抽筋滤血一个月。"

"德古，话不可以乱讲，饭不能乱吃，我以前还经常争取肥票子发给你们，你却冤枉我克扣肥票子，你有证据吗？"大扒头生气极了。

"哼！你像好心的人吗？扣没扣，你心里再明白不过，你敢拿你一家人发誓吗？以前大家爱从你那拿低价票子，有屁都不敢放，无奈要巴结你，才成了你菜板上的肉，任你宰割。其实大家早就像荷叶上放秤砣，承受不了了，心里暗骂你命太长，又太自不量力，都快到阎王那里报到了，还不肯下台。好在是个甲长①，要是当大点的官，老百姓哪有出头日？你一下台，谁还会巴结你屙牛屎？"德古骂起人来，如过了筛子的黄豆，冇大冇小。他仗着有四个儿子命好，说话做事不是脊梁上长疮，胸口上贴膏药，不顾后患，就是搬起竹竿进胡同，直来直去，因此每次放水，总有人跟他争吵。

"德古，你也不要以为你有四条辣毛虫就称命好，四个子瑞算什么，巴掌心子没有照光。九子十三孙，临死还爱打单身，好在你那四条辣毛虫都不像样，是兴不起大浪的泥水蛇，是'癫痫和尚，做唔好斋'②。要是当了县长什么的，全村的人都会不在你眼中，都会被你塞进袜筒里。我看你的四个子瑞都是冇老婆见面的命，烂泥糊唔上壁，迟早要让你的厨房关门。"农村人称没儿子的为孤老，有女儿的是半孤老，连厨房门都没人打开。

"呸，呸，呸，食腥嘴，乌鸦嘴，你以为你有一个孙子就能保你一世，为你送终？谁晓得是不是你家的种？今那你大子瑞冇用，你生娓才会搭男子，你大子瑞做了乌龟戴了绿帽子，你还敢咁撩刁，出门也不戴鬼壳。要是我，早就一头撞死算了，只有你才脸面皮八尺厚。"

"胡说八道，你老婆才搭男子，我两个生娓都是老实本分人，你凭啥说搭了男子？"

"哦！做这事又冇火烟出个，你就敢保证你生娓不搭男子？想知道，那你藏在她床底下去，说不定还能捞到一点他们漏出的'好处'。生娓搭了男子，有啥关系，反正萝卜拔了窟窿在，你子瑞也省得自家辛苦，本来他就不上一百

---

① 甲长：小组长。

② 癫痫和尚，做唔好斋：比喻没有本领，成不了大事。

斤。就算孙子是假的，那也是你一把屎一把尿带大的，还是叫你呆呆，你也别往心里去。"

两人因为做天旱争放水，一个是盐井不出卤水——出言（盐）不逊（顺）；一个是血口喷人，恶毒。这俩男人，骂起人来却像妇人家，真不是根底浅的嫩苗苗，面孔上涂了糨糊，肩膀上放了烘笼，绷紧又恼火。可当瑞伯听讲大生娅春花搭了男子，短瞬一顿间，想赢德古的心理突然像肥皂泡，不攻自破，任凭德古再如何辱骂，他在想做什么却突然忘了般的惶惶中，成了一捆湿柴，怎么点火也是枉然。

结合这段时间听到的耳风，瑞伯便多了一个心眼，尤其是在大儿子红红不在家时，便要竖起耳朵听动静，比看家狗还机灵。一天夜里，听到大生娅房里有动静，他竟偷偷溜到房门口，听出里面男女在窃窃私语，又看大儿子的摩托车不在，马上打电话叫儿子立马回家，说他姨娅有病。他儿子一听，吓得差点撞了大树。

等红红骑摩托车赶回，发现他坐在自家的房门口，正如漏了气的汽笛，光冒气不吭声。

"你怎么不守着姨娅，反而到我房门口？姨娅得了啥病，快带我去看看！"红红焦急地说，并不去理会父亲为啥坐在自己的房门口。

"你姨娅好好的，没病，你老婆才有病！"这下，瑞伯像是猪八戒咬牙，恨孙悟空，都是你没用，连自家的老婆都看不住，害我都快死的人了还受此羞辱。

红红满腹狐疑，拖出钥匙打开房门，见老婆穿着睡衣坐在床沿上，神色不宁。

"你……你……你怎么回来了？不是说要天光夜晡才回来吗？"春花吓得面如土色。

还没等红红开口，瑞伯举着电筒急急往床底下照。躲在床底下的乌溜古吓得如起大风穿绸衫，全身发抖，他趁红红发呆还没反应过来，一下子像只狐狸蹿了出去。瑞伯气得把电筒扔向他，可毕竟是七十多岁的人了，又在气头上，功力大减，扔出的电筒就像在飞机上钓鱼，差了速。

呆了好一阵子，红红才醒悟过来，他这下也像孟良摔葫芦——火啦，连吃奶的力也用上了，左右开弓，连赏春花几个巴掌，直扇得她眼冒金星。这是结婚十多年以来他第一次动粗。憋气又窝火的红红，就像王八钻进了火炕，一言不发骑摩托走了。

大扒头气得用手指点着春花的额头骂："你娘个死佬嫲①，这下我家的脸都让你跌尽了，我全家都对你那么驯，你还不知足？真不晓得你是怎么想的！"

此后，刁惯了的大扒头如霜打的麻叶，蔫了下来，出门屙屎也觉得人家指着他的脊梁笑话他。他开始怕出门，怕与人碰面，没事就躲在房间里看电视。自视甚高几十年，黄泥都掩到了脖子上，晚年却得对着坛子放屁——憋气。唉！一世英名就这样被大生娪娘个下流下贱的女人给废了。此后的伯佬不再是大扒头了，再怎么着也只能在门角落打拳——兜不开势了。

抓了老婆私通的现行后，红红就很少回家了。可春花和乌溜古还是干皮大葱，不死心。他们不在家里摆战场，小心加谨慎地在外面发展空间，真是外婆死了崽——没救（舅）。我再也不想去劝她，唉！岩石上的树木，自有活法。

后来，所有的亲朋好友都劝红红不要离婚，儿女和爷瑞也求起了红红。其实他也不想赶鸡下河，往死里逼，他要春花答应以后遵守妇道，不再重犯。她当然发誓加保证，跟着到了老公店里做事。可她连自己的名字也写不出，到了店里也只能做些死水②，红红又控制了财政大权，春花连买卫生棉也得伸手向老公要。

可没多久，她又和隔壁的牙科医生好上了。那牙医比她大几岁，有钱，也有十足的色胆。春花去没多久，他就向她发起凌厉攻势，第一次便大功告成。红红替人装水管，经常不在店里，给春花提供了极大方便。她有事没事总往他诊所跑，唯一不同的是，这下她有了不少的收入，真是相识恨晚啊，与乌溜古确是个天大的错误。

乌溜古除了偷情，还偷鸡，摸狗。只要是用得着的，不管好吃不好吃，他都盼望能据为己有。邻居家的鸡鸭一迷路跑到他家，他照收不误，人家问到他家也绝不承认。上梁不正下梁歪，两个孩子也受到影响，其中一个连读五年书，却算不到一百，遇到考试时，老师怕他拖了全班的成绩，叫他不要考，给他个及格。结果考试那天，他便和春花的儿子一起溜到人家的瓜田，一口气偷

---

① 死佬嫲：蠢女人。
② 死水：粗活。

摘了二百来斤西瓜，被主人告状索赔。乌溜古找到学校，大发雷霆，老师承认了错误，出面摆平此事，并保证以后不再犯。

乌溜古的两个黄毛小子相骂时更好笑，大的骂小的："细短命子，死爷瑞个。"小的回敬大的："细短命子，死姨娅个。"旁人听了哭笑不得，说他们真是狗屎出来个，连同父同母都不晓得，还互相骂爷骂娘，真个吃屎大个，枉乌溜古咁辛苦，枉蚊家刁屎胚①。

说起乌溜古偷白膜的事，那可比上次钻床底更狼狈。入冬后的一个晚上，他和老婆商量好了，由他去偷别人田里遮烟苗的白膜，老婆在自家田里接应。他得手后正急急往自家田里走时，没想让他那位小事爱细心、大事爱当真②的堂叔碰着了。他堂叔矮古因怕自家白膜被风吹开，让白霜打死烟苗，晚上十点多了还冒着寒风下田察看，远远就看到一个人夹了白膜走来，他没看清是谁就大呼捉贼。乌溜古吓得丢了白膜就逃，一边跑一边埋怨："娘个行衰运个，撞到哩衰鬼。"

那晚，我老公回来了，约了英子夫妇和我家两个小叔来家喝酒。主人打帮客③，酒足饭饱后，大家天南地北闲聊。一听有贼情，个个便连电筒都忘了拿，就冲了出去，好在是在十五的月亮圆又圆的夜晚。

全村的后生哥子都从被窝里钻了起来，大家都恨贼古。乌溜古一下子成了人人喊打的过街老鼠，东躲西藏，从田中心跑到对面山上。大家紧追不放，不顾一切地冲过去，把包围圈越缩越小。

我紧张地站在阳台上，听到一会儿喊"在这里呀"，一会儿那边又喊"贼古在这里呀"，一会儿又听有人欢呼"捉到了，捉到了"。

乌溜古被人捉住，却还喝起那人来："莫咁好事，又没偷你的！"那人看清是本队人，便松了手。

"大家别忙活了，回家搂老婆睡目吧！"那个"捉放曹"的人招呼道。

大家跑到他身边问他，捉住了为啥又放了，对贼古哪能手软，不教训一顿下次他准又来。

"追什么追，贼古是本队人，追到了能咋样，省省精力用在老婆身上吧。"

"是谁这么没出息，连白膜也偷？"我老公好奇地问。

---

① 蚊家刁屎胚：蚊家，蚊子；刁，咬；屎胚，屁股。

② 爱当真：意指较真、认真过头。

③ 主人打帮客：宴请客人，主人也可美食一餐。

"那人喜欢穿中山装，是个很有'名气'的人物。"

大家一下子就明白了这个"知名"人物，人怕出名猪怕壮，而且当时有人看到麦麦站在自家田地，那明摆着是为了接应老公帮着遮烟苗。

此后，乌溜古恨透了他堂叔，如果不是他，那晚他偷着了白膜又不至于如此狼狈。更气人的是，他以后也没有这个机会了，因为有了那一次，大家学精了，不管旧的还是新的，一律用红漆做记号。那时我大儿才读小学五年级，也在自家白膜上写下这样一行："尊敬的贼古，请你手下留情，别偷我家的白膜！"哈，这个小家伙！

美珍婶是专门服侍菩萨的人，在自家大楼上供了好多神位。每到初一、十五，她便吃斋，去神位那边烧香，香纸蜡烛常年不断。乌溜古几次趁母亲不在，自家去烧香，诅咒堂叔诸事不顺，衰运缠身。果然，不管他堂叔再怎么努力，日子也总是像懒汉过年般，一年不如一年。

在我们这里，乌溜古的堂叔矮古头脑灵活。自从福建、广东被中央定为改革开放两个"先行一步"的省份和经济特区后，他做啥事也都比别人先行一步，是个钱钻子脑袋。起先，他来个科学用电孵小鸡，可把小鸡养成大鸡，价钱跌得令他伤心，结果亏了大本。他又开始种菜买卖，花菜冬瓜荷兰豆之类的，到了好卖时，几年不下的一场大雪又似乎跟他过不去。与人合伙做生意，又亏得让人追着要债，走投无路的他，最后无奈逃到厦门卖起了芋卵头①粄。此后就像断了线的风筝，十多年了连家都不敢回，就连九十高龄的老母病了死了也不例外。一个人活到这程度，不能不令人同情，这也是上天的惩罚，因为他是一个逆子，好运不可能降临到他身上。

乌溜古已不能从春花身上捞油水了，就开始出入发廊。本队的几个后生在水泥厂上班，大半夜回家时，经常看到他不是完事回家就是乘兴而去。他们几个后生开玩笑说："乌溜古精力充沛，白天在煤窑上班，晚上在发廊加班，不会腰肌劳损才怪呢！"

"乌溜古娘个人，确实是个厉害脚，我都佩服，搞了妇人家，还能拐到人家的钱。"一天，红红在本队的一个堂姐夫，撇了嘴又摇了摇头，既称赞又鄙视地对我家官说。

"这样的啜子，你还佩服他！呸！"

---

① 芋卵头：芋头。

我油然想起前几天的一桩奇遇。那天，我正在稻田里除虫，一个在发廊工作的江西嬷走到我跟前，礼貌地打听村里是不是有乌溜古这个人。我实话实说后，她便问我，是不是乌溜古与人合伙开了煤窑。我说这个不晓得，接着问她怎么回事。她说乌溜古向她借了三四千块钱，说是投资煤窑，说好了周转两个月便还她，可现在都半年了，却连个鬼影都见不到。她说被他骗了，因为自家是外地人，又是发廊妹，所以不敢报案。那江西嬷还好靓板，看她又不笨，怎么也会上当？

听我说罢，家官长长地吐出一口烟雾："乌溜古娘个花舌子，油腔滑舌，骗骗啜啜①，方能说成圆，城府不浅，说啥都有一本正经，让人深信无疑。稍微笨一点的妇人家，被他卖了还会帮他数钱，但稍有头脑，精志②一点的人，绝不会相信他十句话中的一句。被他骗色还骗钱的妇人家，绝对是个蠢货！"

乌溜古心术不正，臭名卓著，连他的亲兄弟、亲妹妹也都讨厌他。他的父母更是恨铁不成钢，常骂他是逆子。

一次，他母亲发现放在抽屉里的钱少了五百，问他拿了没有，他矢口否认。他父母晓得是家贼，若是外贼，就会把所有的都卷走。那时，美珍婶得了癌症，已到晚期，那是她救命的钱啊！他嫁在屋后的妹妹，说了他几句，他气得拿了柴刀磨得雪亮，说要杀了这个短命嬷。吓得他妹妹背起刚满月的女儿，逃到了水泥厂老公那里，几天不敢回来。茶余饭后，大家又多了一个笑谈。

麦麦在赢得老实本分的评价时，也戴上了愚蠢、睁眼瞎的帽子。没进过一天学堂的她，出门入户有啥出卖，都得乌溜古出面。一次，乌溜古在煤窑加班没回，她去除稻虫，几天后，所有的禾苗都如霜打似的，行将收割的饱满谷穗，整排整丘都同一个姿势地耷拉着。乌溜古看在眼前，恨不得把她推进田里肥田。

"娘个短命嬷，做么个事都狗踏碓般，农药跟除草剂都分不清，不如把农药喝到肚子里，死了算了，莫来害我。自得我意就送还给你父母，讨到你，注定要受一生世人的苦。扫把星！"

麦麦被骂得羞愧难当，一句也不敢驳。原来，麦麦除虫时，错把除草剂当成了农药，该衰！

---

① 骗骗啜啜：诈骗。

② 精志：精明。

乌溜古毕竟是个初中生，老婆大字不识一个，让他伤透了脑筋。不说别的，就说看电视吧，再好看的电视，麦麦也只能看人家手脚乱动，嘴巴乱碰。呆子看癫古①，什么节目，什么意思，一问三不知，哪能说出个子丑寅卯来？怪不得他吃厌了这撮青菜，要去换口味吃萝卜。

随着年龄的增长，也随着生活的好转，进入新世纪后，乌溜古已渐渐改掉了偷鸡摸狗的坏毛病，在母亲的神像前发毒誓要重新做人。人要面子树要皮，他似乎读懂了这个道理，规规矩矩和老婆过好今后的日子。

"还是原配老婆长久啊！"乌溜古曾当着麦麦的面，信誓旦旦对我说。

但我听说，春花被老公叫去店里帮忙后，乌溜古还偷偷去过几次，后来她又搭上了隔壁的牙医，才把他拒之千里。

春花薄情寡义是众所周知的。尽管她的事大家也都有所耳闻，但她却以为大家是聋子，傻子。

春花隔壁的秋苓，有个姑子是春花老公不出五服的堂嫂。她告诉姑子：春花不但淫，而且手脚不干净，爱贪小便宜。有一次，她把家里的塑料凳子搬到门口让来人坐，一转眼就不见了。问春花，她说不知道。秋苓不管三七二十一，闯入她家一楼饭厅找遍后见不到影子，又径直上楼，结果在春花卧室里瞅见。春花死不承认，硬说那凳子是她买的。秋苓说，你怎么就买一张？她说我买几张关你什么事？秋苓说，这张凳子百分百是我的。春花说，人有相像，货有共样，凭啥说是你的？你叫得应吗？秋苓是个有心计的泼妇，说：如果不是我的，我跟你同姓，如果是我的，你就自打嘴巴。春花说声好，秋苓就搬起凳子，倒了过来，凳子背面"秋苓"两字跃入眼帘。读了小学二年级的春花此时呆了，秋苓逼着她自打嘴巴。春花再怎么蠢，也不会自打嘴巴，可要是打了，事情也不至于闹得满城风雨。

秋苓见她食言，就把凳子举过头顶，一手拖住春花出门口，扯着嗓门大骂："逍嫲，贼嫲！"其实她和春花半斤八两，只是她败坏了名声，却捞到了钱，富了家。俩人在门口对骂起来，弄得大家像看猴戏一样热闹。秋苓的姑子当然要为嫂嫂出气，闲聊时便把这事告诉了我们，只是省去了嫂嫂的许多坏话。秋苓有野男子的事是春花告诉我们的，好像还告诉我们一个现实，搭男子

①　癫古：疯子。

的并不只有她一个，多的是！

春花勾搭牙医的事被她老公晓得后，就把店搬到了英子家的对面。英子是我村里最要好的姐妹，她从老家搬到镇里开店后，我们还经常来往。此后，每次去英子家，我顺带也会去看一趟春花，毕竟是一起长大的姐妹，曾经有过许多美好的回忆。

春花以前每次从镇里回来都会来我家说说话，可后来不知如何就改变了对我的态度，总是不冷不热的。一次，我从英子家拐到她店里，她女儿看见了，热情地叫道："姨来了，姨来了。"可她坐在那里看电视头也没回一下。她没有亲姐妹，可女儿叫姨的，说明不是堂姐妹就是一起长大的姐妹，不管是谁，也不该这样对人家吧？

我走到她面前了，她才抬头看了一眼，道声"你来了"。这不是废话吗？她问我要喝茶吗？要装糖果吗（那时还是新年）？我说在英子家里吃过了，她就原封不动地坐在那里看电视，我只好落荒而逃，被人冷落的滋味真不好受。

她的这种态度，并不只有我才有幸得到"赏赐"。很多乡亲也或多或少地被她的无情伤害过。英子和她门对门，娘家是不出五服的姐妹，在夫家又是堂妯娌，可她们平时就从不走动。

英子老公有个堂姐，和英子关系也不错。英子夫妻热情好客，经常邀请堂姐和我去她家。一天我和她堂姐说起被春花冷落的事，她说："我叫你别去，你偏去，拿自家的热脸去贴人家的冷屁股，吊目光！"英子堂姐家离我家不过十分钟路程，我们经常一起打麻将，很合得来，有啥话都会互相传递。

英子堂姐对我说，有一次她去春花店里买水管，因为也是亲戚，她想与其让别人赚不如让亲戚赚。在春花店里喝茶的人问春花："这是你家什么人？"她答："是本队人。"英子堂姐一听肺都快炸了。"你说气人不气人？我也不丑、不差劲吧？难道说了是我姐，就配坏了她吗，给她丢了人？我和她老公好歹也是堂姐弟吧，还有血缘关系呢！自那回起，我就没去过她店里，以后买水管什么的，我就去别人那里买了，各个灶头各火烟，唔借唔讨般般有。"

看到她气愤愤的样子，我不由得松了一口气，咳，原来并不单是我这么可怜，被一个那么招男人喜爱的女人蓄意冷落，这就是我少女时代同床共被的好姐妹！

春花以为自己嫁了一个会赚钱的好老公，就高人一等，不把别人放在眼里。本队有老大过身，她几乎不去帮忙，最多只去烧炷香。搬到店里后，她竟连一炷香也不回来烧了。很多人气愤地说她家老鬼死后，大家也别去帮忙，看她怎么想？当然这是行不通的，因为她小叔子两公婆平日爱帮大家，总不能埋没他俩的功劳吧。春花婆婆死时，去她家帮忙的，几乎都是冲着她小叔子夫妇去的。

我婆婆突然病逝时，我全家痛苦万分那是不必说的，所有的乡亲都来烧香帮忙，他们没有一个不流泪，那些受过她恩惠或帮助的，比死了自己的婆婆还更痛心。英子不管饭店里多忙，也和老公回来帮忙，尽管大家都说，这里有我们，你们回去忙店里的事，但她一直坚持到把我婆婆送上山，落土为安。她陪着我痛哭，安慰我，要我注意身体，人死不能复生，如果能哭回来，大家都会帮我哭回家娘，要我节哀顺变，那情那景，我终生难忘！

同是一起长大又嫁来这里的姐妹，却如此天差地别。春花不但没回来烧香，连电话也不打一个来安慰。

璐璐说："这就是你多管闲事的结果，人家不但不领情，还记恨在心了。"可我一直认为，春花只是个"缺心少肺"的人，正是这四个字，使她与昔日的姐妹越离越远，也使她的人生染上污点。

人们都说，老公是嫁对了，可儿子生好了吗？春花的儿子和乌溜古的儿子一样，读到快小学毕业了，还算不上一百，而且说话不太利索。她女儿也和她一样，不太会做人。

春花给乌溜古的钱，听说有近万元，已打了水漂。这个蠢女人，后来还好意思和英子说："我老公说，只要我今后能改，他就对我以往的事一笔勾销，因为有两个孩子，离了婚对谁都不好，还会害了儿女。如果我执迷不悟，那也只好相逢不下马，各自奔前程了，他可不想被那顶绿帽子扣死。"大家都在私底下议论，春花的确命好，都到这种地步了，老公还这般大量，他的肚里真能撑船，额上真能跑马呀！

今年五一节，春花娶媳妇，我有幸地被春花想起，那几个从美溪村一起嫁来这里的都是她的堂姊嫂，当然也在邀请之列。不管平时有多大的恩怨，心里有多大的隔阂，但有好事歪事，自家人还是得去。平时她们几个，压根看不出一丁点的亲热，那都是春花缺心少肺引起的。

乌溜古竟也被邀请了去，大家心照不宣地笑。看到他和她使眼色，大家似乎也都心领神会，今后又有了一个话题，够一阵子说笑了。真猜不透她是什么意思，这个缺心少肺的蠢女人啊！

春花是如何想的，是不是还准备赧颜苟活，我至今不知。

王晃子的婚外情

春节刚过，王晃子夫妻就大打出手。王晃子的脸上满是被老婆抓伤的血印，被撕破的衣服还是年前花了近二百元新买的，而他老婆魏三兰当天便住进了医院。

我们都感到奇怪，一向老实怕事的魏三兰为何变得那么勇敢，敢和老公打起架来？一时间，魏三兰成了焦点人物，大家茶余饭后总爱提起她。出于好奇与关心，我们跑去问桂香嫂，她就住在魏三兰隔壁，啥事都逃不过她的灵耳和法眼。

"桂香嫂，你知道吗，三兰和王晃子为什么老是相打相骂呢，这次还住进了医院？"

"你们真不知道？"

"知道还问你？"

"咳，别提了，说起来呀，一时半刻说不清。"

"别急，今天我们家都没客人来，也不用去做客，有的是时间。"

"哎，你们也是好事，人家两公婆相打关你们什么事，还特意合伙来问我。"桂香笑着说。

"我们很想知道真相，不然都快睡不着觉了，你对他们家的事，是洞里观火一清二楚，当然得来问你了！"

玉平说完，福秀接上话茬说："对呀，而且他们相打相骂，常常是你给劝和的。"

"好！好！好！既然你们特意来调查，我就如实告诉你们。不过你们不要到处宣扬，自己知道就行了。"

"那当然，我们也不是爱嚼舌头的人。"我立马作了保证。

桂香告诉我们，魏三兰之所以会和王晃子相打，是因为王晃子的婚外情被她发现。那天相打时，她过去劝架，问他们为什么新年大头就大打出手，多不吉利呀！王晃子说："桂香嫂，你看这个短命嬷，我输了钱本来就心情不好，她还说起话来像坟地里冒青烟，阴阳怪气。我发火就扇了她一巴掌，结果她就跟只母老虎一样扑过来。"

三兰说的却是："桂香嫂，我实在不能再忍了，我都告诉你吧。我也不是因为他输了钱就和他过不去，新年新头，大家都喜欢玩玩，何况今天输了明天会赢，我也不是不跟时代的人，过去输再多我都不说一句。问题是他并不是把钱输在桌面上，而是输在别人的床上。本来我不想让他丢脸，只私下里对他说，可他一直不把我的话当回事，以为我老实好欺负，兔子急了也会咬人的……"

"你这个疯女人，你说，你要是说了我就打死你。"

"打死我，我也要说！他外面养了个女人，就不把我当回事了。"

桂香急忙说："三兰，饭可以乱吃，话不可以乱说，这样冇凭冇据的话不可以随便猜测，会伤害人的。"

"我没有乱说，他和……"

王晃子见三兰真的要说出那女人的名字，就跑过去捂住了老婆的嘴，被三兰狠劲咬了一口。"你这条疯狗，反上天了！"王晃子也用力扇了她一巴掌，三兰一下就口吐白沫，翻起了白眼，吓得王晃子以为她没救了。桂香赶紧打老公的手机，一起把她送到医院，医生说是严重脑震荡，得住院。

玉平听完，道："我就知道王晃子肯定有鬼，不然三兰那么老实的人，没有那种胆量敢和他相打。"

福秀问："那个女人是谁，是哪里人，她说了吗？"

"没有，刚要说，就被他打晕了。在医院里，我又不好问。不过，听口气好像是本队人……"

王晃子大名王开富，十多年前，他家是敲着破碗讨吃，穷得叮当响。父母体弱多病，兄妹又多，不管怎么努力，好运始终与他家无缘，贫穷却总是朝夕相处，如影随形。几个妹妹出嫁后，王父王母因成天愁儿子娶不上媳妇而急火攻心，无钱医治，相继过世。王晃子这下过上了一人吃了全家饱的日子。尽管妹妹们时有接济，但他却一向好吃懒做，妹妹一气之下就不理他了。可人总得活下去吧，后来他就和同龄人一起到煤矿干活，一个月下来，也有千儿八百的，那还是因为他做不惯，三日打鱼两天晒网，勤一点的话还不止这个数。偏偏他又喜欢赌，结了工资，不回家，找人赌博，总有个三光政策：人光，天光，钱光。一个月辛辛苦苦挣下的血汗钱，经常是一两个晚上就精光了。

看到同龄人都找到了生命中的另一半，自己却还是个讲话没人听、说话没人信的光杆司令，正值年轻力壮的王晃子，看到人家成双成对，你恩我爱，心里真是苦蔓上结的苦瓜，苦中生苦。晚上睡觉时，那个难受劲呀，只有他自己知道。他想，要是有个女人在身边，哪怕是个二手货也好呀，起码可以解解燃眉之急。嘿嘿，做梦当皇帝，心大呀！

更可气的是，大家还取笑他，说他的"驳壳枪"都会生锈。他不客气地说："既然关心我，你们就把自己的老婆借来，让我过过瘾，擦擦枪。"他们一口回绝，说老婆是私有财产，什么都可以借，唯独老婆不能借。老人们也当面奚落他："像你娘种人，钝刀子割唔出血①，有女也情愿用来堵水坝，要是把女嫁给你，哼，别想指靠你，绝对倒贴，没停没歇的麻烦就会降临自家，到时两公婆唔住外家就阿弥陀佛了。"

王晃子心里呀，就像胡椒浸在醋里，辛酸得很，难道我真的一辈子都是掸子没毛光棍一条？人要有人打落，火要火点着，我要吃口馒头争口气。这王晃子被人一打落，做起事情来，像坦克打冲锋有一股闯劲。此后，他改了许多坏毛病，挣钱后一元一角地存下来，为讨老婆而奋斗，一年下来也有几千块积蓄了。

木偶跳舞，自有牵线人。就在他天天做梦娶媳妇，尽想美事时，美梦在媒婆上门的脚步声中，来到眼前了。

"开富呀，我一直惦记着你的婚事，就是一直没遇着合适的。今天我来告诉你一个消息，我帮你物色到了一个姑娘，她老实本分，也会理家，一看就知道是个好姑娘。她父母也没意见，现在就看你的了。"

媒婆的嘴就是会讲。她直呼大名，连王晃子都感到意外，他都忘了自己的大名了，又听说自己的终身大事有了眉目，他比杨宗保招亲更惊更喜，一把

---

① 钝刀子割唔出血：意为干不成事，成不了器。

握住媒婆的手："玉珍婶，来，坐下说，我给你倒杯水。"

人逢喜事精神爽，王晃子兴奋得有点飘了："说实话，玉珍婶，像我这种情况，有姑娘肯嫁给我，那就阿弥陀佛了，哪还能挑肥拣瘦？只要能吃会做，不缺胳臂断腿的，我就心满意足了。此事能成，我一辈子不会忘记你的，别说脚钱了。"

"能成能成，我都和女方家说好了，只等你抽个空去相亲了。"

"今晚不用上夜班，就今晚去吧，要买些什么你尽管告诉我，我什么都不懂，一切听你吩咐。"

"既然你这么相信我，那我就直说。第一次去呢，肯定要给人一个好印象，烟呀酒呀，糖果呀水果呀，是绝对少不了的。还有满堂红什么的，长短一块布，大小一个礼。好坏多少得看你的经济状况。"

"行，我知道了，那就这么定吧，咱们就晚上去。"

原来，邻村有个魏姓人家的三女儿，已经二十有七了，归宿何处，老公姓甚名谁，毫无着落。她个小，其貌不扬，虽不缺胳臂断腿，却也被小伙们说成是半残疾，怕她生下的儿女会是一个小不点，所以她一直还是个高山上的荒田没人耕。她的父母眼看女儿快成老姑娘了，心里着急，自己老了，照顾不了她一辈子，可如何是好？而且让他们提心吊胆的还有，女儿的嘴也太大了些，命相上不是说，"男人嘴大食四方，女人嘴大食爷娘"[①]吗？于是，当媒婆王玉珍上门，跟他们说了王晃子的情况后，他们满口应承，他们看中王晃子无父无母没负担，只要平平安安，勤勤恳恳，做两碗吃的，应该不是难事。

是晚见面后，魏母只要王晃子拿出一千九百元的奶补钱。王晃子说："半个婿郎半个子，有用的婿郎原个子[②]，只要以后我们有用，你们就不愁吃不愁穿。要是现在我给你一万九，你们也会花完，你们女儿嫁给我就负债，回来一次哭一回，你们忍心吗，还不是照样拖累你们？"

魏家父母听了也觉有理，王晃子趁热打铁："结了婚，我们就是一家人，我无父无母，你们就是我的父母，还愁我不孝顺你们，只要做得起人，我保证和儿子一样孝顺你们。"

魏家父母听他说到这个份上，只好膀子折了往袖里塞，干吃哑巴亏了，

---

① 男人嘴大食四方，女人嘴大食爷娘：一种不科学的相命。

② 原个子：意指和亲生的儿子一个样。

只要了五百元奶补钱。

有人说：魏家父母是逮兔子打狐狸一举两得，这下女儿降价处理了，起码不在身边碍眼。他们却也是一对擦粉进棺材死要面子的夫妻，说把女儿嫁给王晃子，是财神爷放财，无利可图。

笑王晃子和魏三兰是跛驴配瞎马，一对糟烂货的大有人在，有人还献唱了一首歌：

> 禾鹎子呀飞过河，
> 嘀嘀嗒嗒讨老婆。
> 有钱讨个黄花女，
> 冇钱讨个瘌痢婆。

禾鹎子指麻雀，嘀嘀嗒嗒指的是迎亲的乐声；瘌痢婆是相对黄花女来说的，指一般人不愿意娶的女人。

王晃子听了也不恼，还自嘲他们是才子佳人一双两好，英雄有了用武之地，高山上的荒田，也如春苗得雨，为时不晚。

结婚后，夫妻俩就像火烧灯草，一点就燃。

一天，一起在煤矿干活的同伴笑王晃子："晃子，怎么样，感觉好吧？"

"什么怎么样，已经干了几年了，当然比刚来时感觉好多了。"

"谁问你这个呀！我问你和三兰子晚上那个。"

"什么这个那个的，你直接问不就行了，你和你老婆的感觉怎么样，我就怎么样，同一类人，没啥区别。"

"那你一个晚上干几次，不会一爬上去就不下去吧？"同伴对这事显得意犹未尽。

"正是，我三十岁了才尝女人味，真想把以前的损失补回来。"王晃子酸溜溜地回答。

"就你那一百四十斤的肉头，要这样那还不把你老婆八十多斤的肉身压扁，不出一年，老婆非被你搞死不可。"煤矿干活的人，个个厚颜无耻，说话不带酸字不成句。

晃子说："不是都说男人的手力，女人的肚力吗，怎么会压扁呢？再说自己的老婆自己心疼。"

413

"你怎么个心疼法，教教我，我也好心疼老婆。"

"那晚上你来我家，我当场给你表演，你就知道该怎么心疼老婆了。"

"我呀，再怎么下贱也不看别人夫妻搞鬼事，衰死了，煮红蛋吃也没用。"

俩人说说笑笑，谁都想说赢对方，可晃子是谁呀，晃子的名号岂是白叫的。

还不到一年，王晃子的人生来了个大变样，由光棍变成人夫，由人夫变成人父。儿子出世后，晃子给他取名超，就是希望他长大后一切都超过自己。

一年之内，王晃子变了三变，升了二级，这下他的肩上就如担百斤行千里，任重而道远。可他也是手里的骨头换肥肉，心甘情愿的，从煤矿下班回到家里，他还会做些家务，也不再大赌，有空时最多打打一块钱的麻将，纯粹是消磨时间。儿子长得像他，健康可爱，老婆虽相貌不济，个头小，理理家还是马马虎虎过得去。他也很知足，一直把老婆当做天上掉下的馅饼，不时还和人开开玩笑："比起刘玄德，夜夜睡唔得；比起叫花子，俺又还较得①。"就这样，一家三口过着平静而又安稳的生活。

一晃几年过去了，王超被送进了幼儿园。因煤价一直上涨，煤矿工人的工资也水涨船高，一个月下来，高的竟达三千元，晃子一个月还拿过五千多元呢。这样一来，当年穷得叮当响的冇血痨虫，如今也像胆小鬼坐飞机，抖了起来。工价高了，身价自然也上去了，生活质量也跟着提高，冰箱、电视、洗衣机、电话机、摩托车都一一请回家中，还建起了新房，给自己买了部手机。

有了钱，人精神了，口气大了，走在路上也昂首挺胸了，白衬衣配牛仔裤，派头十足。有人笑晃子，走到哪里屁股后面也会跟来一群细妹子。

时代开放，只要自己稍微放松警惕，生活中就会发生各种各样不该有的麻烦。煤矿干活什么人没有？他们领了工资，经常在一起赌博，王晃子本来已经下决心不赌了，可最终又被他们拉下了水。

更糟糕的诱惑来了："晃子，有了钱，就不想换换口味，吃青菜没吃烦？老吃中国菜，就不想吃西餐？"

他知道工友话里的意思，却断然拒绝，这个就莫去沾了，辛辛苦苦做了两个钱，又赌又嫖，哪还有钱养家？于是说："谁有那闲钱来补罩箩②，屋下的

---

① 比起刘玄德，夜夜睡唔得；比起叫花子，俺又还较得：意为比上不足，比下有余。

② 有那闲钱来补罩箩：没有多余的钱来做荒唐事之意。

414

'母猪'都冇糠吃了，还能养其他'野猪'！"

"哈，傻瓜，你以为要很多钱吗，真是孤陋寡闻，要不我请你。"

"别，别，我不去，老婆虽丑，也是私有财产，我不想做对不起老婆的事，我还要养儿子。"

"你呀，真是不开通，都什么时代了，还守着一个忠字。再说，你老婆值得你守吗？又不是要你抛妻弃子，只是去快活快活而已，现在趁年轻，还爬得动，啃得动，就得快乐快乐，等以后老了，爬不动了，再有想法也不行了。到了那里一条龙的服务，保证你去了一次还想去。"

看到工友眉飞色舞的样子，晃子不禁心猿意马起来，人家说得有理，想快乐时就快乐，只要对得起自己就行了，我王晃子过去受了那么多苦，现在有钱了，也得享受享受，唔嫖唔赌，后世做牛牯，反正我不抛弃这个家。就这样，下次有人再邀他入店时，他就跟着去了。

在闽粤交界处，一些饭店是对外的招牌，其实，里面统统是"地下工作人员"，而且层次分明，有洗头的，有按摩的，再就是男欢女爱的地方。去过的矿工都说，"那里是神仙过的日子"。

王晃子被人拉下水后，又摇身一变，晃子更晃了，一下班便脚底下抹油，当然并不是早回家，而是去安乐窝，经常玩到深更半夜，甚至干脆几天不回家。魏三兰起先还能忍，她一向对老公言听计从，叫她往西她绝不会向东，她认为自己是前辈子修来的福，嫁给晃子，她屙屎都对壁笑。但人的忍耐是有限的，狗急了还会跳墙呢，何况人！久而久之，她终于忍不住了。

"开富，你最近干吗老是不回家，是不是赌博输了想盘本？煤矿干活那么辛苦，又要赌到天光，这样会受不了的。算了，输了就输了，身体要紧，手气好时再去盘吧。"

对老婆的关心和"开导"，晃子听不进去了。隐形了几年的王晃子再次现形，而且面目狰狞更可怕。他很对得起自己晃子的名号，以前他只是好吃懒做，东溜西溜而已，如今却是吃喝嫖赌成瘾。当三兰再次劝告和哀求他时，他报以粗言粗语："你有什么资格来管我，我供你吃好穿好，还要来管我。"

既成夫妻，哪能不管？可她招来的不是难听的粗话脏话，便是啪啪响的巴掌，再啰嗦便升级为拳打脚踢。王晃子说有多损就有多损，打骂完老婆还不准她哭，怕被人听到，且不管她愿不愿，需要发泄时，总是霸王硬上弓。

一次，三兰哭着对邻家姐妹说，上周晃子打了她，还想和她干那事，她不从，就被他打得全身都痛，她拼了老命反抗，结果他骑上摩托就走。几天后儿子哭着给爸爸打手机，他才回来，晚上厚颜无耻地对三兰说："外面的漂亮女人多的是，个个风骚，技巧又多，只要身上有钱，都能拐到。"你说气人不气人！

三兰看似老实，其实心里也明亮得很，只是比较能忍。

每当三兰不从，王晃子就会这样有恃无恐地开骂："你是什么东西，你以为你不愿意就吓得倒我，有钱，没有开封的女人多的是，才几百块钱。要不是我可怜你，怕你早死，我还不要你呢。"

更下作的是，这次打得老婆住院后，他还恶人先告状，买些酒菜水果好烟去她娘家，在丈人面前把三兰说得屁股上擦香油——不值一闻（文）。三兰父亲也是个酒色之徒，魏母更是爱贪小便宜，王晃子买些酒菜给些零花钱，就能使这对夫妻心花怒放，失去做人原则，女儿的遭遇与好酒好菜相比，那真是"不值一闻"了。

喝下几两黄酒，魏父当着老婆的面对婿郎说："男人嘛，穷的时候吃着青菜也香甜，有了钱，自然就想吃吃萝卜，换换口味，什么样的味道都得一一去品尝，不然枉来人世走一趟，死都不甘心。三从四德说的是女人，不是针对男人。"

丈人和婿郎是蛇鼠一窝，就像锤子打钎——想（响）在了一个点上。魏母虽然心里多少有些闷气，却也不敢得罪婿郎，唯恐他一怒之下把女儿送回来，这点他已说过好多次了。三个女儿三个驸马，还算他最孝顺。

"开富，现在世道如此，我们也不好多说，不过呢，结了婚生了子，就要有责任心，赌博也要有分寸，搞女人也不是吃饭，一天三餐离不了的，莫让人说你是水浸牛嫲皮。你有老婆，虽说她面貌不靓板，但同样也是女人。不念今天念当初。既然当初你看上了她，就应该对他们母子负责。她劝你，说明她在乎你，丑妻家中宝，也只有她才会和你同甘共苦，不离不弃。你就是要到外面快活，也要当好家。她是你老婆，你做得不对，说说你也是正常的，你也不该往死里打，打到人家住院。这是你不对。"

"妈，我也不想这样，不过你不知道她当时有多可怕，跟老虎一样，我火气头上哪还有理智？刚好那天我输掉好多钱，心情不好，她还没完没了，我能受得了吗？"

"别说了，别说了，事情过去了就好了，以后手脚轻一点，吓唬吓唬她就好了，相骂没好言，相打有好掌，要是失手打死了人，也不是件光彩的事，还会害了儿子。"

"爸妈，以后我尽量注意。"

世道如此，魏父魏母也只能说些"流爱打，家要当"①之类的话，船到桥头不顺也得顺呀。魏三兰就像庵堂里的木鱼，天生只有挨揍的命。老公经常出入风流场所，几次都把性病带给了她，搞得两公婆都去卫生所打针。他习以为常了，脸都不红一下，她特别难为情，每次都是在王晃子的强迫下才去的。

此后，王晃子吃怕了药，打怕了针，对入店已生畏惧之心。可正值如狼似虎的年龄，老婆干瘪瘪又满足不了他。他一筹莫展时，一个叫映玉的女人在一次千载难逢的机会闯进了他的生活。她和三兰是姨表姐妹，又嫁到一起，相距只有几十步。两人平时也有往来，遇到农忙时节，还会互相帮衬。她老公在水电厂上班，经常不在家，她四十出头的人了，风韵不减当年，而且更添一种成熟美。人长得苗条秀气，大而明亮的眼睛挂着长长的眉毛，高挺的鼻梁，樱桃小口，和那胸前两座高峰，让那些好色之徒想入非非，看上一眼就神魂颠倒，恨不得立即和她共奔爱之海。有男人开玩笑说："只要和她睡一晚，死了也心甘。"以前王晃子守穷时，映玉也看不起他，自从他有了钱，她就改变了对姨表妹夫的看法，有点好吃的也会来来往往的。王晃子能说会道，经常说些笑话令人喷饭，映玉读了几年书，和他有共同语言，经常一起打麻将，还互相让和。俩人眉来眼去，心照不宣。映玉的老公，在水电厂活儿多时无法回家，一次还外出干活二十多天。以前从没离开过这么久，事情就坏在这段时间里。

为了联系方便，映玉老公也给她买了部手机。六月天，晒了好多谷子，突然乌云密布，大雨将至，她慌了神，都已晒干了的谷子，要是淋湿了可咋办，两三天就会生芽。她只好打电话给三兰，可她在娘家还没回来。只好又打手机给王晃子，王晃子火速赶到。因为抢收得快，下雨时，谷子基本入仓，剩下一点淋湿了的，映玉说反正要喂鸡，没关系。当俩人协力把最后一箩谷子搬进房里时，被箩索绊了一下的映玉刚好扑进晃子怀里。晃子以为她投怀送抱，世上哪有馋猫不吃鱼的。映玉因老公走了多日，也把持不住晃子的搂抱和亲吻，整个人软酥酥的，无力抗拒。俩人犹如干柴烈火燃烧了起来。事后，映玉

---

① 流爱打，家要当：既要在外潇洒，又要顾家。

后怕极了，生怕被人知道，王晃子极力安慰她。她怀着侥幸之心，有了一次就有第二次，她已经挡不住晃子身上那种男人特有的气息，他是那么的强有力，又是那么的温柔，每次都令她心醉，几天不见，比思念老公还强烈。

映玉儿女都不在家，但家娘家官和她住一起，晃子来时得小小心心、轻手轻脚。但他每次总是有求必应，从不爽约。

暗度陈仓的晃子还摆出一副若无其事样，公然想着在家里好好请映玉一顿，一天下午一入家门便叫唤起老婆来："魏三兰，我称了些肉，你去摘些菜蔬，再迟只鸡，晚上叫桂香嫂两公婆和映玉过来一起食饭，可惜红生没回来，不然可以一起食酒。"

"哼，你都巴不得他别回来，他一回来你就冇搭煞了，方便你了还不好！"

"哎，你说这话什么意思？坟头上烧香，阴阳怪气的！"

"你别水仙不开花，装蒜了！什么意思你肚里最清楚，不用我道破。你事情做得绝，也别把我当呆子。"

"哎，桂香嫂他们帮了我们那么多，好事坏事哪一样少得了他们，映玉又是你表姐，请他们吃食饭怎么了，苦死你了吗？钱又是我赚，那么小气干吗，说出去还不笑死人？"

"我不是说桂香嫂，也不是小气，只是我辛辛苦苦忙里忙外，杀了鸡给某些人补足精神，好做对不起人的事，这我就划不来了。好着了各类人，累着了自己。"三兰老实，但也不是好惹的，说起话来话中有话，有理似无理。

"哦，原来你在怀疑我和映玉，可别疑心生暗鬼呀，我并没和她怎么样。"王晃子心虚了，但还故作镇静，"我可以对天发誓，如……"

三兰闷声闷语地说："别，别发死发绝了，现在发誓冇灵了，有灵的话，你都死了好几回了？我听得耳朵都长茧了。"

晃子咽咽口水，换了个语气："那你要我怎么样才肯相信？"

"我是什么人呀，敢要求你，别抬举我了，我会受不了的！"

晃子有些火了："你这个无理取闹的疯女人，跟你说不清楚。"

三兰昂头逼视丈夫："你早就和我说不清楚了，有了一个称心的人，哪里还有我？"

"啪"的一声，晃子的巴掌和恶言重重地落在了三兰的脸上和心里："打死你都不过分！"

"打啊，打死我算了，反正有人陪你睡觉了，我成全你们，来呀，打死我呀！"

三兰发疯似的向老公扑过去，把晃子的背褡子①都扯破了。晃子用力将她推在地上，脱了背褡子凭空一扔，赤裸着上身骑上摩托，一溜烟走人了。三兰哭得没了眼泪，想了一遍又一遍，觉得活着没意思，随便收拾了换洗衣服，回娘家了。

桂香回家后，见隔壁晃子家只有王超在喂鸡鸭，天黑了他们两公婆都不见鬼影。王超才过十岁，不会做饭，她就叫上他到自家吃，然后打手机问王晃子怎么三兰不在家。

晃子愣了一下说："桂香嫂，那疯女人不在家吗？那我儿子呢？"

"我让超超上我家吃了，你快回来，看三兰子去哪里了，不会是干活太疲劳晕在田里了吧！"

"好，好，我马上回来。"

半个小时光景，摩托车"呜呜呜"的噪声把王晃子带回了家。在桂香嫂家做作业的儿子，闻声而出，问："爸，你怎么这么晚才回来？妈妈不知去哪干活了，到现在还没回来，鸡鸭我都喂好了，你快去找妈妈吧。"

王晃子爱怜地摸了摸儿子的头："超超好乖，会喂鸡鸭了，了不起，长大后肯定要比爸爸强许多。我知道妈妈去哪了，我去接回来就是。"扭头又对桂香说："桂香嫂，麻烦你了，超超做完作业，就督促他休息，不要让他看电视，不然明天上课又要笃目睡。"

桂香应道："好，你就快去接人吧。"

在王晃子一路思想如何收场时，他的泰山和丈母娘已经帮他在做工作了："三兰你就看开一点吧，男人以前三妻四妾，女人还不照样生活？现在一夫一妻了，花心的男人当然就会在外面拈花惹草，女人要是都回外家或寻死觅活的，世界不是乱套了。外家有兄有弟住不下去，嫁出去的女泼出去的水呀，嫁鸡随鸡，嫁狗随狗，嫁了狐狸满山走。再说寻死也不是办法，死又死在自己，还害了子女，我看肚量大一点吧，啊！爸妈送你回去，开富要是还没回来，超超一个人怎办？屋下养的那么多鸡鸭要是被人偷了咋办？"

"爸、妈，我不回去了，他都不要我了，我回去做什么？超超十岁了，也

---

① 背褡子：无袖上衣。

要学会照顾自己了，再说我不在家，他也会打他爸爸手机的。你们放心，超超是个小人精。"

"你听，好像有摩托车声音，可能是开富来接你回家了。三兰呀，你不可任性，跟他回去吧。夫妻俩床头打架床尾和，哪有隔夜仇的。"

魏母还在有理无理地教育女儿时，魏父已把婿郎叫到客厅坐下了。

王晃子买了水果和烟酒，还带了下酒菜，一见面就问："爸，三兰子是不是回来了？"

"是，她妈正在说她呢。女人嘛，亲也要打也要，不过手脚不要太重，打伤打死也不是好事，不对的地方，教训教训就行了。"魏父知道女儿受了委屈，但看在好烟好酒分上，原先的一肚子气就消了，原则算得了什么？

"三兰呀！开富来了，你帮你妈把这些菜和肉煮了，我和开富喝两杯。"

"酒、酒、酒，我看你迟早得死在酒上！"三兰没好气地嘀咕。

"你呀，坏就坏在嘴上，被他们听到了又要挨骂了。走吧，做女人就是要被男人使唤的，下辈子投过胎争取做个男人吧。"魏母叹了口气，万分无奈地说。

酒毕，魏母一语双关地吩咐婿郎："开富，食哩酒，路不好走，又那么晚了，骑摩托慢点，小心点，啊！回去好好过日子，两公婆不要老是相打相骂，会被人笑话的。女人嘛，屙尿都不上三节梯，你是大老爷们儿，别跟她一般见识。"

"妈，我知道了，你放心吧。"

"好，那回去吧，有空再来，把超超带来，我想他了！"

"好，那我们回去了，你们早点休息吧。三兰，走，回家吧。"

三兰心里非常矛盾，回不回去都成问题。娘家已经不是自己的家了，可就这样回去自己又实在太没面子。对于王晃子的"你放心"三个字，她早已听烦了，那是打屁安狗心，他永远都不可能让人放心。

男人有钱会学坏，虽说这话大有一竹篙打倒一船人的意思，但就占多数的男人来说，却大率如此。王晃子这号人，穷得叮当响时，心想讨个二手货也是祖宗积德，有了钱就想着换口味，挑肥拣瘦耍风流。

魏三兰对老公的勾当虽然心知肚明，但到底被拳头打怕了，乃改变主意，偷偷跟踪老公，准备来个捉奸在床，好让奸夫淫妇无话可说。

情人不是瞎子就是呆子，晃子和映玉也是这样。他们经常在外幽会，天大地大，何处没有落脚的地方。

这天，天蓝蓝的，云白白的，山洼处一侧河岸，齐腰深的婀娜绿草，轻轻地轻轻地埋住了翻云覆雨的他和她。在青蛙和蝉的合奏中，两具倾倒在地死去活来的身子，终于直了起来，裹上了衣裳，在相望中，却又迅速合在一起。

这一切，恰被一位想打从这里牧牛的男子看见，隔着数丈远就赶紧掉头，连"呸"三口水，还紧绞衫尾。农村人迷信，说如果看到"蛇编索"就会很衰，见者就得和不慎掉落粪坑一样，煮两个红鸡蛋，或讨七家饭吃，才能赶走晦气。

牧牛者高祥，是红生的堂姐夫，同住一个村。他还没回到家门，就喊老婆："刘玲，快煮两个红鸡蛋给我吃。"

刘玲笑问："怎么啦，屙屎不小心掉粪坑里了？"

"不是不是，咳，我……"高祥不好直说。

刘玲是个急性子，马上缠上了丈夫："怎么了，不是掉粪坑难道看到'蛇编索'了？快说，是谁和谁呀？"

在刘玲的催逼下，高祥掩上门，来了个竹筒倒豆子，全告诉了她。

刘玲不相信，骂他是不是看错了，说她堂弟红生一向对映玉百般疼爱，看映玉也不是轻骨头，不是那种轻浮放荡的女人。

"鬼迷心窍了，谁都包不得不犯错，再说红生经常不在家，王晃子就会钻空子。他一张嘴能说会道，树上的小鸟都拐得下，映玉上当那也不足为奇。"

刘玲急了："那还了得！红生那么顺着她，她竟然让他戴绿帽子做乌龟，太过分了！我得去告诉大伯和伯母。"

"别冲动，得找个适当的机会告诉他们，别把事情搞得满城风雨，最好不要被外人知道。你还不知道大伯多爱面子，他心脏又不好，如果冒冒失失告诉他，万一出个意外咋办？"

"这倒也是，大伯因为映玉生了个孙子给他，一直很得意她，如果一下子知道生娓不守本分，给儿子戴了绿帽子，肯定受刺激。那该怎么办呢？真急死我了！"

看刘玲坐立不安的样子，高祥想了想，建议道："要不晚上一起去你大伯家，探探口气，看他知不知道。"

刘玲轻叹了口气："也只好这样了。"

晚饭后，夫妻俩提着伯母爱吃的香蕉、大伯爱抽的"白狼"，串门来了。见伯母还在洗碗筷，刘玲进门便亲热地说："大伯，伯母，这才吃过饭啊。"

"刘玲来了啊，今天傍晚，母猪下崽，忙完才煮饭，所以比往日晚了点。来坐，来坐，高祥，坐！"

"好，刘玲，你帮伯母吧！"

"好！"

"别，别，快完了，你去坐吧。"伯母边说边推开刘玲。

"来就来，还提那么多东西干吗？看，常吃你们的，我和你伯母牙掉得没几颗了。"大伯年过七旬，但喜欢开玩笑。

"大伯，我们还是你做生日①时来过，都一个多月了，大伯和伯母对我最好了，我想你们了，难道你们不想我？"

"哪能不想你们呢，你也是我的闺女呀，我们当然会想你们的。"伯母连忙接上话茬。

刘玲十六岁时，父亲病逝，留下母女仨，妹妹十二岁，孤儿寡母的，日子着实难熬。后经人介绍，刘玲母亲改嫁。那男人死了老婆，留下一个十七岁的儿子，也许是命中注定，今世有缘，刘玲母亲和后夫很般配，合得来，刘玲妹妹后来和那男人的儿子也结成了夫妻。村民们都说那男人彩头好，逮了兔子又打了狐狸，一举两得。当时刘玲不愿跟母亲走，是伯父伯母把她接到身边的，直到二十五岁出嫁。他们把她当亲闺女看待，她也把他们当亲娘亲爹看。

"红生啥时回来过？好久不见了，真想跟他聊聊。"高祥开始试探。

伯母掐了掐指头，说："又快一个星期没回来了。"

"映玉呢，怎么不见映玉，又去打麻将了吗？"

"不知道，吃晚饭时，有人打她手机，她出去说了几句，回到桌边说晚上有点事得出去一趟，吃过饭她就走了。"

"男的还是女的？"

"这个不知道，她一看电话就出门去了，我们也不好问。"

刘玲想了想，拿定主意，开始半认真半玩笑旁敲侧击："大伯、伯母，红生经常外出接活干，又不可能把老婆拴在裤头上。映玉四十多了还那么好看，现在坏男人又多，你们在家可得注意一点，别让人把映玉勾了去。"

---

① 做生日：过生日。

422

大伯哈哈一笑，接口说："傻丫头，莫信人拐，映玉不是那种人，何况我们大家都对她那么好，红生那么顺着她，又不愁吃愁穿的，她不会让我们丢脸的。"

"知人知面不知心，海不可斗量，人不可貌相，不怕一万就怕万一，你们留心一点冇坏处。"刘玲见他们太信任映玉，说话的语气和内容就深刻了一点。

"刘玲说得没错，现在世道如此，经常能听到两公婆相打相骂的，不是因为好赌输掉了钱，就是外面搞婚外恋的，什么乱七八糟的事都有，这段时间映玉经常半夜回来，我当是打麻将了，还劝她不要经常打这么晚，以前可不这样。"伯母明显有了疑惑。

"刘玲，你是不是听到什么了？要是听到快告诉我们，我们也好及时挽救她。"大伯的心跳加急了，拉了拉刘玲的衣服，说话也有些气喘了。

高祥见状，忙说："没有，刘玲只是担心映玉那么招人喜欢，怕她鬼迷心窍。"

"对，我只是随便说说，开开玩笑，你们别着急好吗？"刘玲随声附和，大伯心脏不好，她也不敢太直接，万一……后果就不堪设想。

重阳节那天，红生的姐姐红秀打电话来，要父母去她那里过节。早饭刚过，红秀老公骑了摩托就来了，还说："映玉，一起去吧，红生不在家。你一个人省得烧火，把老人送过去后，我再来接你，你收拾一下屋下，我很快就来。"

"不要了，姐夫，我身体有点不舒服，可能是感冒了，老想睡觉，我一个人随便煮点吃的就行了。"映玉推辞。

"爱唔爱带你去看医生？"

"唔用唔用，老毛病了，屋下有药，没啥事。"

"有事打电话给我们，啊！"家娘家官同声吩咐。

"好，哥嫂，你们放心吧，有事我打电话给你们。"映玉巴不得他们快走。那时，农村人为了孩子好带，很多人都称父母为哥嫂。

他们一走，映玉马上打王晃子的手机，约他到家里来，说有事跟他说清。那天王晃子刚好不要上班，老婆又去菜地了，接到电话，他故作闲逛，看看左右没人，迅速溜进映玉家里，一见面就紧紧抱住她。俩人如干柴烈火，一点就燃。

三兰从菜地回到家里，不见了老公，摩托又没骑走，打他手机，电话已关机。她怒火中烧，知道老公准是"偷吃"了。她再也无法忍受了，你无情我何必有义，她拿了条扁担，准备"大闹奸房"。

她早就想捉奸在床，早就想去砸了映玉家，只因王晃子连哄带吓加保证，才狠不下心来。红生家上下两代兄弟多，王晃子怕事情闹大，那天见老婆大有大闹之心，乃少有地央求起来："老婆，你别这样，我保证和她断了，否则你不打断我的脚，我也会自己拿柴刀砍了自己的筋。""你说话可算数吗？""有，这次真有，我发誓……""鬼金贵，你都发了多少誓了，什么时候灵过？"王晃子趁机又说："你想去砸她家的东西，自家的东西不被砸个精光才怪，她家人口多，你老公就是不被他们宰了蘸酱油吃，也会被他们扔进粪坑里淹死，这对你有什么好处？"三兰想想也是，不替自己着想，也得替儿子着想，于是她又一次忍下了。

狗改不了吃屎，王晃子和映玉犹如热恋中的情人，失去了理智，除了有人的地方，什么地方都有可能是他们临时的幸福小窝。三兰气得肺都快炸了，她先找到了妇女主任明月，把一切都告诉了她。明月和映玉是同学，关系一直很好，时有往来。她听后马上把映玉约到自家来，准备劝她悬崖勒马，与王晃子断绝关系。

一见面，明月明知故问："映玉，听说你和三兰子闹翻了，为啥事，你俩还是表姐妹呢，怎么说翻脸就翻脸呢？"

映玉心虚地说："有次打麻将，我输了，三兰子却还要欠我的，太不干脆了。我说了好几句，我们就吵了起来，然后就再也不来往了。我不记仇，见了面还和她打招呼，可她不理我，我有啥子办法。"

"真是这样吗？"

"当然是真的了，骗你干吗？"

"可我听说是你和王晃子有一脚，三兰子才和你闹翻的。"

映玉的脸刷地红了，但更大更快速的反应还是言语："鬼讲的，你听谁鬼叫，没这回事。"

"纸是包不住火的，若要人不知，除非己莫为，这句话你应该理解，我听谁说的不重要，重要的是你要赶紧刹车，趁现在红生还不知道。如果再这样下去，你会害了别人又害了自己。再说，你老公对你那么好，你竟拿顶绿帽子让他戴，太过分了！我真不希望人家说你是金乌蝇一肚子屎①。"明月毫不客气地数落了她一番。

事到如今，映玉有点后怕，讷讷地问："都有谁知道了？"

"没几个知道，但若还不舍得和他断，你就等着毁灭吧！"

红杏出墙前，映玉并非不知道晃子那毫无体面可言的底细，但自从鬼使神差地向他交出身体以后，她内心深处竟然受到了某种说不清道不明的刺激，偷情产生的焦灼、兴趣和暴风骤雨似的迷醉，以及寂灭之境，让她心潮起伏地进入一种欲罢不能的盲区。妇女主任同学的一番心里话，如锤般敲打着她的脑袋，映玉检点着自己的行为，羞愧有加，决心要与王晃子断绝关系。

也是，老公红生除了个头较小，言语表达稍差，无论哪方面都比他强，跟着他才最安全可靠，她也不想失去他。于是重阳节这天，她趁家娘家官去女儿家时，约晃子来家说明心事，没想一见面又被他身上那股熊熊烈火烧得丧失了理智。

他们谁能想到呢，魏三兰积抑多时的醋性此时前所未有地爆发，操了扁担要打上门来，而且刘红生也凑在今天回家来。

以前，红生每次回家，都会提前告诉映玉，让她准备些酒菜。这天却把手机弄丢了，快到家时，摩托车又熄了火。也活该这对野鸳鸯行衰运，他们的"地下工作"已有一年之久，把许多人都蒙在鼓里，最后一次却被捉奸在床。

红生推车回到家里，还没进门，三兰操了条扁担也跟过来了。他见后，亲热地打起了招呼："三兰子，你挑什么？"

"我家那只该死的老花猫老是走斗，都成野猫了，今天我想把它宰了吃了，免得它老来你家。"三兰子含沙射影。

红生不知就里："那它跑哪去了？"

"跑到你房间里去了！"

"鬼讲，我房间又没老鼠。"

三兰没好气地说："有冇老鼠，你打开房门就知道了！"

红生半信半疑，掏出钥匙开门。屋外两人的一问一答，如麦芒般直刺房里俩人的耳膜，吓得他们面如土色，映玉更是连衣服都穿反了，全身抖个不停。王晃子刚帮她穿好衣服，外头的两人已一齐进来，他们来不及躲藏，只好

---

① 金乌蝇一肚子屎：比喻表面美丽，却是愚蠢的人。

425

腔上吊沙罐——等死（屎）。

回家路上还满怀激情的红生，见到此情此景，如撤了火的钢精锅，立时冷了下来。肚子里的气，就像蹦起的皮球，两眼也像发了酵的面粉，气鼓鼓的，半晌还说不出话来。

旁人走了，红生和映玉一直干坐到天黑，红生才哼出一句："映玉，我们离婚吧。"

自红杏出墙来，映玉一直胆战心惊，到今天这地步，既是意料之中又出乎意料，她只恨无人发明后悔药。

"红生，不要离婚，看在二十多年夫妻的情分上，也看在儿女的情分上，给我一个改错的机会。如果以后我再犯，你把我怎么样都行，求你不要和我离婚，好吗？"映玉跪在地上，声泪俱下。

"二十多年来，我是怎样对你的？我经常出门在外，什么样的漂亮女人没见过？可我一直把你当做手心里的宝，不敢越雷池半步。有一次帮人装水管，房东的女儿主动向我表达情感，可我都不曾动心。我一直坚守承诺，有人笑我是呆猫不吃煎鱼，还有人说我是什么柳下惠，女人坐进怀里还往外推。呆猫也好，柳下惠也罢，有你，我就心满意足了。可你……"

红生抹了一把泪，又说开来："我辛辛苦苦赚那么多钱干什么，还不是为了你和孩子过上好日子，成天加班加点，有时活紧时，饭还没咽下就开始干，我对你千依百顺，声音大点都感到过分，可你却拿别人个屎胚做面皮①，败坏名声，你对得起人还是对得起鬼？"红生说完哭了起来，他伤心至极。

映玉的心里，如万箭穿心。

家娘家官回来后，映玉"扑通"一声跪在他们面前："哥嫂，求你们俩帮我求求情，我知道错了，以后再也不敢了，我向你们保证。"

"你……你还有面子来求我们，我祖祖辈辈都勤劳善良，安分守己，现在却只有你不守妇道，败坏门风，叫我以后如何出去见人。"红生父亲一手捂胸口，一手指点着儿媳，面色铁青像是包公。

红生母亲叹了口气，拍着丈夫的肩轻柔地说："老头子，你别生气，别生气。"

"我能不生气吗？这叫什么事呀！祖辈几代人的脸面都给跌尽哩！以后人

①　屎胚做面皮：意即不知羞耻。

家还不指着我的脊梁骨骂我？"红生父亲曾当过调解员，他一生都是擦粉进棺材——死要面子的那种人。

"映玉，你怎么这么糊涂呀！红生一向那么得意你，我和你家官也一直很看重你，你还这样不知足，爱做贱骨头，叫我们怎么去帮你呢？"

"嫂，我真的知错了，可我真的不想离开这个家，只要红生不跟我离婚，后生世人我做牛做马都会报答你们的。"

一阵难挨的沉默后，红生母亲开口了："老头子，看在她孝顺我们的分上，我们就去求求生生吧，给她一个改过的机会吧。"

做母亲的真的很看重这个儿媳，舍不得她离开。

做父亲的虎着脸，吧嗒着烟，沉默是金。

"生生，"母亲转而亲昵地叫了声儿子，"既然映玉已知错了，就原谅她，给她一个改过的机会吧。"

"不行，这婚我离定了！什么我都可以原谅她，唯有这事我真的咽不下这口气。"

一想到自己只差没把心肝挖给她吃，可她却让自己戴绿帽子、做乌龟，红生就怒气难消。农村发生这样的事，唾沫星子也能淹死人，以后自己还能大声说话吗？那种讽刺、耻笑的眼神，就像六月正午的太阳，射到自己身上，丑事就像豆腐掉在灰堆里，洗也洗不干净。

老头虽恨她败坏门风，可事情已经发生，纵使把她剁为肉酱也无济于事，唯一的办法就是挽救他们。终于，他放下了尊严，亲自求起儿子来："生生，人活一世，能不犯错最好，但既然已经犯了，就应该给人一个机会改正。古人云，人非圣贤，孰能无过？人不贵于无过，而贵于知过能改，虽然映玉这次犯了大错，跌尽哩几代人的颜面，可我们也是善良之家，也不能一棒子打死人吧。"

"哥，我……"

"不要再说了，得饶人处且饶人吧！"

"那好，这次就饶了她，如果以后再犯，就是皇帝出面也没用！"红生一向孝顺父母，尊重父母，既然父母都出面求情，他也不好再固执己见，咬着牙说。

躲在门口的映玉听到这话，像十五个吊桶子七上八下的心终于落下了，而刚止住的泪水却又像决堤的河水一样倾泻而出。

屠　者

　　谁也不曾想到，生产队的一次骟牛行动，年方十八的水牤头竟自告奋勇主刀。

　　高大的公牛已被牢牢捆绑在了坚实的树干上，为保险计，前后两条腿箍了一圈又一圈，还有两个壮实的小伙子按压着牛头。水牤头一亮刀，刚才叽叽喳喳看热闹的孩子们，便都屏息，扭转头不敢正视。

　　"压好，割了！"水牤头闷声喊罢，就一刀抹上去。公牛那鼓鼓荡荡的蛋囊立时被拉开一道口子，血汩汩而冒，疼得它直抽动皮肉，挣扎着要掀动身子，可任凭如何冲撞，动弹的幅度都被控制了。

　　牲畜汗出如浆，屁股底下更是血糊糊一大片，水牤头毛孔眼儿也都冒汗，两手鲜红鲜红满是血，可他咋也弄不出囊皮里头的蛋丸。看着快出来了，又滑进去，看着快捏出来又缩进去。

　　"操，老子不信弄你不出！"水牤头骂骂咧咧，斜坐地下，发狠地用脚帮忙，使劲顶着牛肚，双手捋着那物事，一下一下地往外挤。

　　谁也不知道，水牤头为何对这个东西这么恨之入骨，而对牝牛的那个东西，却总爱多瞄上几眼。

　　其实，他更爱看女人的那个啥了，打小就这个样。

　　孩提时，只要听到母亲"嘘嘘嘘"吹响口哨，他浑身一个激灵，像是听到好吃的招唤，吃饭停下来，床上要起来，邻家要回来，上楼要上下楼要下，为的是看母亲给小妹妹把尿。小妹妹在母亲的两手兜抱中，劈开双腿，由着"嘘嘘"的引导，从腿裆处冒出水来，先是滴滴答答，接着汇集成一股透明的水

428

柱，把泥地板射出一个乱七八糟的图案来。每见水牯头或近或远津津有味地观看妹妹尿尿，他母亲总要叫他闭眼转身，说"看膣发赤目"（看女阴得眼病），见不听劝，便骂他不要脸。可他还是当耳边风，看得出神，看得发呆。有次，他妈气恼中猛地一抬小妹妹的屁股，那尿着的尿便形成一个长长的弧线，刷地向他的脸上直扫过来，一边骂道，叫你看叫你看。他不躲不闪，在妹妹的咯咯笑中，任尿水洒满一头一脸，也不拿袖子擦，任这液体顺脸颊而下。

邻村有一神经不甚正常的光棍，喜欢在放学回家的男女小学生面前露阴。小女生羞红了脸，水牯头和几位小男生却哈哈大笑。

一次，水牯头回家路上，那光棍汉又从旁拦住了："嗬，知道你是怎么来的吗？"

水牯头摇摇头，这正是自己感兴趣的问题呢。

"晚上叫你妈不要关门啊，我会穿红节裤子[1]来。"

他不知是啥意思，回家一说，他妈放下碗筷，立时就拿了把镰刀往那人家冲。镰刀在阳光下一晃一晃的，远远就晃到了人眼，那人见状，慌忙放狗出来。狗的凶光敌过了镰刀的亮光，他母亲也不敢死命往前冲了，只在门外破口大骂："短命子，有种你就出来，看我不把你那条烂腚剁下来喂花鸭公！"

有次赶集路上，水牯头他妈和那光棍在大队部碰在了一起。冤家路窄，他妈当众脱下长裤，只着红裤衩，沿着田埂死命地追那男人，要用裤子打他。被女人裤子打着，那是会行衰运的。男人在慌不择路奔跑中，跌落水田，摔成了个泥猴，换来看客们一阵开心的大笑。

这难忘的一幕，连同母亲诲以的"牛善被人骑，人善被人欺"之说，铭记在水牯头的心里。脸红心跳中，在他脑海里反复出现的，还有性别特征，特别是裆下那个肉瘤瘤的秘密。

有好长一段时间，水牯头爷爷受命专职为生产队放牛，他就常跟着爷爷身后，更准确地说，是跟在牲口背后。这头两岁的黄牛长得倒有几分耐看，浑身没根杂毛，他也不看别的，就专注于它翘尾巴。每当尾巴翘起，平时躲在尾巴后忽隐忽现的那块肉瘤，便暴露无遗，就有液体从肉缝儿里哗哗涌挤而出。尿毕，潮湿的肉瘤忽扇忽扇几下后才慢慢合住，再慢慢地把尾巴收回，盖盖住那块地方。又得等下回才能看了，他真恨那根尾巴，要没尾巴该有多好。

---

[1] 红节裤子：红短裤。

每回看牲口尿尿，水牨头就感到浑身燥热，一边擦汗一边问："呆呆，它们长尾巴干啥？"

"就像人穿裤子，为了遮羞。再说，要是有尾巴，蚊家乌蝇就都会趴上去，痒痒得哪能受得了？它们全凭尾巴抽打赶走蚊家苍蝇。"

该死的蚊蝇真不要脸，老往人家那个地方叮！他骂完，浑身又莫明地燥热起来。

更不要脸的是一头公牛，有次围着水牨头爷爷放的那头牝牛转了半天，越靠越近，动作越来越邪乎。先是伸出舌头去舔那已被扬起的尾巴暴露的肉瘤瘤，然后一跃上背，把裆下那处伸出的红红长长的管子，几下工夫就没入了肉瘤的缝里。

水牨头不知道这是干啥事，又不敢赶公牛，只好作为旁观者津津有味地看着，边看边浑身燥热起来。

"哈哈，水牨头看牛屌膣①，也不害臊！"

"没看过真人做鬼事，看看动物做也过瘾，省得学。"

在远远传出的放浪的嬉笑中，水牨头不情愿地被爷爷叫走了。

慢慢地，黄牛的肚子就大起来了。爷爷告诉他，快有牛宝宝了。

数月后，黄牛产下一匹小牛犊。他遗憾没亲眼瞧见如何出生，又是从哪个地方蹦出的，不觉又想起了那个光棍的话，人又是从哪出世的呢？问母亲，有时答是从树根下捡回来的，有时答是从石头缝里蹦出的，有时答是从嘴巴里吐出来的，有时又答大便时拉出来的。越是不解，越是疑心，越觉神秘，稍及长大，看牲口尿尿已不解瘾，就想窥探女人脐下三寸。别的女人他接触不到，即使碰巧见到别的小女孩尿尿，他看久了，必遭人家的父母兄姐呵斥或扔石子。

上小学五年级时，他因为偷窥女生如厕，挨了老师批，挨了同学笑，还挨了大人的耳光。他一气之下，就退了学，让原本就不着边际的"学而优则仕"成为破灭的泡沫。混到十六岁时，他居然学会了阉割手艺。

他独立作业的第一桩阉事，是给生产队的一头公牛去势。这头公牛太雄，差点伤过生产队长虎腚，又频仍发情，常常见母牛就上，水牨头放过的那头牛

---

① 牛屌膣：牛交配。

嫲，就是被这家伙搞大肚子的。为了防止公牛再斗人[①]，又能下地干活，办法就是对它实施阉割。当虎腚把这个决定让水牭头执行时，水牭头二话不说提刀就上。

不知是技拙，还是故意要折磨那头让他憎恨的公牛，水牭头前后倒腾了一个多小时，才让公牛的蛋丸离开身体，差点没让公牛昏死过去。

几天后，公牛远远看见他，瞪着血红的眼睛，旋风一样向他直冲过去。他吓得连尿裤子的时间都没有，猛跑几步后，像猴子一样蹿上路边的一株枇杷树躲过一劫。有人笑话他，肯定是阉牛时粗心大意，忘了给牛蒙上眼睛，让牛给认出来了。

后来，水牭头一看到那头公牛，就心有余悸，远远躲开。如此一年多未打照面，久而久之，那公牛不知是认不出他来了，还是享受到了无欲则刚的乐趣，抑或是懒得理会了，倒也两相无事。

水牭头最烦需要犁耙辘轴的农活，分田到户后，对识字村民们普遍热衷的科学种田、科学养殖一类的小册子，他看也不看，即使农技站免费发送，他也撕成纸片卷烟丝。科学养猪、科学养兔之类的广播他也无动于衷，有次还烦喇叭声惊扰了他的美梦，黉夜偷割了充当广播线的铁丝，用来箍尿桶。

他所掌握的阉割手艺，鉴于有此必要的禽畜数量有限，让他英雄无用武之地，遂又和人合伙做起木耳、香菇等生意来。

那阵儿，他可真是勤快。往往太阳刚射出第一缕曙光，他的身影就已出现在镇里临街的商店里，打开了迎财的大门。他听老人说，店家推门时若碰落了天上的星星，必定日进斗金，因为天上星星是地上的银锭。那租借的商店不大，他和合伙人还在店门外摆地摊。地摊简易得很，从店里搬出两三条板凳，随手架起三五块木板，或用几块石头界定四角，再把一些货物从店里弄出来，三尺地摊瞬间便成。待他做完这些，绝大部分商家，或提或担，大箩小筐，步行搭车正匆匆从四面八方赶到。满街登时热闹起来，鸡鸣狗吠交汇着猪嚎牛哞，加上几千人头毫无秩序的攒动，宛如清静的谷地骤然响起大合奏。

土特产生意无所赚头后，他就专做贩猪崽的营生。他入门快，熟练也快，右手抄起猪崽的后腿，晃悠悠对死命嘶叫的小猪一个倒挂，而后左手托起猪下巴，便可鉴定猪崽的好孬。

---

① 斗人：伤人。

431

做生意毕竟要有资本，要承担风险和不时之虞。再后来，他又做起了无本生意，干起了宰牛杀猪的血腥事。

每临入夜，他便磨刀霍霍，声震天地，活泼的鸡犬莫不被这种声音和雪亮刃口上波动着的寒光吓得瑟瑟发抖，笼罩在某种凶念之中，使它们不自觉地乱窜，担心被刀柄嗖嗖嗖呼啸着扑中。

短短几年间，水牯头从阉夫练成一介屠夫，从给公畜取蛋丸，到不分雄雌地要结果它们的性命。近朱者赤，他是近猪者肥，杀完猪，在热气腾腾的锅灶边，总能吃上几块猪肉，喝上一口猪血或猪肝粉肠汤，嚼咬得满嘴流油，抹抹嘴打个饱嗝满意回家。不消一年工夫，他就靠着油水，吃成了一头小肥猪。

到男婚女嫁年龄了，谈了几个，都因这个营生的声名欠佳而无成。有人叹曰，畜生毕竟也是一条命，长此以往，累累血腥，动刀子者难免要遭报应。在屠宰现场对淋漓的污血和肉案上一双双直愣愣没闭上的眼睛无动于衷的他，冷不防理直气壮说出颇又有些水准的话来，说上帝造人造物是有考虑的，畜生虽是一条命，但肯定是因为前世作了孽，才让它们来现世遭罪受苦，宰杀它们，让它们以身上之血肉将功赎罪后，才算脱离苦海，也才有希望转生，这么一件大恩大德、让畜生和食客都有好处的善事，却让我们担负恶名，也太没有公道了吧？！到底还是前世有缘，那位被他偷看过如厕的小学女同学冬玉，受了言语的感化，兼着瘦小的身体需要一个健壮的躯干来护卫，和她那位爱吃肉却愁三月不知肉味的母亲一说，就应承下婚事来。

水牯头走上杀猪宰牛这条路，似乎在某种程度印证了"龙生龙，凤生凤，老鼠儿子打窟窿"的俗语。连着祖孙三代，都从事过此种营生的，在我们美溪村仅此一家，别无分店。

水牯头祖父曾和其内兄共同合本做杀猪生意，经常到闽西粤东交界的岩前圩场卖肉。有次，内兄因病先行回家，留下他一人在那里经营。从抗日前线逃回的本族一兵痞，眼见谋财的机会来临，便打了主意，一个下午数次到卖肉场转悠，说话的意思也差不多，细叔公要不要回家去，还有一点点拿回家自己吃好了，天差不多要黑了，不要再卖了。水牯头祖父看出端倪，因为这个眼中无人的兵痞从没这样礼貌，今天突然关心自己，其中必有问题。他心中有数，当对方第三次过问时，他说"快了快了"。兵痞就说，等一下我和你一起回去，天快黑下来了，一起结伙回家，免得途中出问题，我转朋友家拿一个东西就来。对方一走，水牯头祖父火速收拾东西回家。待那兵痞与俩同伙商量动作后赶过来时，见人不在，三人马上起脚狂追，准备在途中一个叫焦子岩的地方下手，塞尸岩洞。可一直追至美溪村口，才见水牯头祖父拿了杀猪用具和剩下的猪肉在前面疾走，顾忌重重的他们，也就不敢下手了。

水牯头父亲少时仗着兄弟多，敢作敢为。有年冬天，他邀集村里数人到外村"跌三白"①。临到水牯头父亲把三白头丢在空中跌下来时，因有魏姓碍到了三白头子，结果跌下来时是三字，就要赔钱给别人。水牯头父亲坚决不予赔钱，说若不是某人妨碍，决不会是三字。魏姓对方不服，两人就争吵起来。水牯头父亲认为受欺，火冒三丈，随即把所携火笼向魏姓人当头打去，对方当场晕倒。在场魏姓人纷起反抗，他们几个只好边打边退，而魏姓人越叫越多，有的拿了刀具、铁尺、耙头等物，拼命追来，一直追到离美溪村屋门口百来米处才停止。美溪村皆钟姓人家，认为不能受外人之欺，就由水牯头爷爷拿出战鼓到对门禾坪上擂将起来。邻村几寨钟姓人员闻鼓声而出旗，由对岸溪坝浩浩荡荡赶来救援。魏姓人一看，不得了啊，也就马上火速退去。一传十，十传百，搞得魏姓人家人心惶惶，大喊大叫，叫家人不要开门。都到这地步了，意味着事态已严重恶化，不送掉几条人命，问题就不大可能得到解决。妇女们抱着小孩在家里走来走去，有人还哇哇直哭。虽然美溪只有二十多户人家，但附近钟姓人多，魏姓人不敢与钟姓人交火，就由魏姓父老出面，向钟姓人道歉，又经我祖父从中调停，这场因一件小事而差点引发姓氏斗争的风波，总算平息下来。

受着基因遗传的水牯头，连着几年宰牛杀猪下来，刀法日趋娴熟，名气越杀越大。别人杀猪，少不得要有三两帮手协助捉猪和捆猪，壮如山墩的他，却时常单枪匹马。待宰之猪无论大小肥瘦，他只要瞟一眼就有主意。他友好地靠近猪身喂食，抚摸着猪头时，一手冷不防从身侧突然起刀，直捅捅地捅入猪体命门，接着迅疾利索地旋转一圈，再猛然拔出。猪来不及嚎叫挣扎，晃荡的肉躯已颓然倒地。他嘿嘿一笑，就着猪身把滴血的刀把子从容地揩拭干净。

不仅杀猪，他还兼卖肉。熟能生巧后，据说他卖肉不再用秤，你要一斤二两，他不差你半毫。若有人怀疑其斤两的准确性，他则必从对方已割好的肉中挖下一小块，任由你在公平秤上过秤后再来论理。一旦成交，他松开裤头，左手从裤裆里掏出一个油光可鉴的装钱小布袋，找零后，重又塞进裆间，扎好

---

① 跌三白：一种赌博方式。

裤带，继续大声招揽生意。

水牯头祖孙三代，受雇宰杀完牲畜后，几乎都要索牛鞭猪鞭，回家叫老婆煮了享用。有人说水牯头胯下之物大且有力，八成是打小吃多了这玩意儿。与祖上作业有所不同的是，他对雌性动物的那个啥，有时也带回家，浸泡在酒精罐里。至于是吃是玩是赏，谁也不知，反正有次他老婆冬玉在床底下看到这满满三罐东西后，气得统统打个粉碎。

仿佛是与老婆赌气，那天夫妻为此吵架后，水牯头第一次入发廊松骨，而后像吸食鸦片一样成瘾，一发不可收拾，不仅隔三岔五往这方温柔乡跑，还自己出资，在两省交界的镇里租店开了家发廊，养了几个发廊妹，既赚钱，又可饱餐无边秀色。渐渐地，他操刀屠宰的瘾头消退了，只觉改行做这既轻松又潇洒。

水牯头老婆冬玉寻思，自水牯头六兄弟和父母分家后，分到自家的田地不多，又先后增加了三个小家伙，开支增大，水牯头对外若能搞活，今后也有个指望。但她最放心不下的，就是水牯头裆下那管物件会不会出墙。水牯头保证完，她还不信，拽着他来到村口的伯公树下，要他发誓坚守承诺，对老婆子女负责，决不越雷池半步。反正女人得哄，食言无信又不会遭天打雷劈，一肚花花肠子的水牯头就这样干上了这行。

出入花丛柳林，有个发廊妹很快就和他眉来眼去，主动投怀送抱。水牯头怎能抵抗得住那种色诱，很快就把那不值钱、原本也是为了哄老婆的誓言抛之脑后，什么道德底线，什么家庭责任，统统见鬼去吧，赚钱为了什么，来到这世上，就得潇潇洒洒走一回。

世上没有免费的午餐，时间长了，那发廊妹便提出要和他结婚，她想做老板娘。这下，水牯头慌了，打心眼里，他不想失去老婆子女，和发廊妹也只是逢场作戏而已。他清楚，老婆勤劳能干，是个会过日子的好女人，而发廊妹是个爱吃懒做，只图享受的垃圾货色，万一哪天自家没钱了，肯定要来个拜拜另找新欢，那自家眼泪就有的流了。

"水牯，你和你老婆讲了吗，她同意吗？你说不通，我去跟她讲，反正这辈子我跟定你了，你别想甩开我。"

"不行，你千万莫去，给我点时间。再说，我们这样不是很好么，干啥非要结婚？何况我比你大十多岁，又有三个细鬼子，他们肯定不会同意我离婚的，我父母和几个兄弟也不会同意。我老婆对我父母可真不错，算了，你何必就要那个形式和名分，如果你遇上了比我更好的，我保证不拦你，还给你包个大红包。"水牯头想撒脱手网。

发廊妹却不依不饶:"啥,你真是把我当做玩物,不是真心对我,我可是认真的!我不怕所有的阻力,到时我做得比你老婆好,不愁你的亲人不接受我。"

几天后,发廊妹找个借口请了假,一路打听,径往水牯头家而来。找到水牯头老婆冬玉后,开门见山就说:"冬玉,我跟你说件事,我想和水牯头结婚,你就成全我们吧,我们会给你一笔钱做补偿。"

"呸,逍嫲、婊子,那是你的钱吗?你以为钱能买到一切吗?那本来就是我老公的钱,我凭什么要把老公让给你?你娘个逍嫲婊子,天下有男人了了,就爱跟人抢老公!嫁不出去也不要拆散人家庭,东西会痒自家不会挠?我还没看过面皮有这么厚的,抢人家老公还好哇事寻上门,怕大家不晓得你是个逍嫲?芝面皮这么厚,我建议你戴个鬼壳。"冬玉一边说,一边气得拿起扫把要赶她走。

"你自家不会拐老公,自家的老公都看不住,还好意思讲。你拿面镜子照照,你脸上像什么,发哩一脸的乌蝇屎,一看就让男人冇兴趣,哪里看得出才三十多岁呀!你老公都跟我说,你只晓得干活,不晓得服侍,不然他又怎么会发花癫①、和我好?像你这样每日做得头不梳脸不洗,乌溜撒瘌②,躺在大路上男人都不要。"

那发廊妹抢了别人老公好像还有理了,还光荣了,巴不得举起喇叭筒广播一下,她是个男人都爱的女人。

"娘个短命嫲,大家听听,她的面皮是不是比地皮更厚?每日靠那一样东西赚钱,做不了辛苦活,难怪嫁不出去。你想跟我子瑞结婚,还不是为了安乐?鬼才爱你做生娌,想你这种吃不了苦的妇人家,一生世人都嫁不出去。"听到这里的叫骂声,水牯头的母亲赶紧跑来为生娌助阵。

很快,水牯头的几个兄弟和所有的亲房叔伯统统围了上来。他家上代下代都人口众,一个小组里几乎占去一半。

"那挡子嫲③真是个早死爷娘冇教养的人,是狗屎出来个,狐狸唔知尾下臭,面皮冇一丈也有八尺厚,自家抢了人家老公,还有胆子找上门!"

---

① 发花癫:发,音 pot,因渴求异性而致精神失常。

② 乌溜撒瘌:全身乌黑。

③ 挡子嫲:土婊。

发廊妹不晓得会遇上这阵势，大家你一句逍嫲，他一句婊子地骂，连她自家都感到跌人跌古。几个女人把涎沫呸在她身上，用扫把赶她，拿烂菜砸她，搞得她狼狈不堪，既无还口之功，更无招架之力，瞅个空隙急急溜之大吉。

水牯头一回家，便被父母和兄弟姊嫂骂了个狗血淋头。从内心讲，他是不想离婚的，他始终认为打流归打流，家是不能丢下的。

那发廊妹却不依不饶，一直逼他离婚，还威胁说，要是不和她结婚，她就杀了他的老婆子女，烧了他的房子。他一直和兄弟们住在父母的老房子里，真要烧起来那可不是他一家。那发廊妹还更狰狞地说，达不到她的意愿，就要剁了他的命根子拿去喂狗，乍一听就会让人不寒而栗。水牯头晓得她说到做到的鬼性，怕了她的淫威，真是早知今日，何必当初，不得不向老婆提出离婚，但哪里又能获得同意！村里人见这个杀猪宰牛不眨眼的壮汉，竟怕着一个发廊妹的威胁，就暗地里嘲笑他"腚大胖心"①，胯下无丸。

水牯头就像猴子抓了一把姜，丢了可惜，吃了辣嘴，连他自家都不晓得要怎样处理了。后来他老婆跑到店里闹了好几次，叫他关店门，还是回家干宰猪的老本行。可是就算水牯头放得下那发廊妹，那发廊妹岂能放他一马？

冬玉见老公好长一段时间都没有回心转意，晚上也不碰自己，气恼之中毫无办法，干脆就放任自流了。平常就不太在意形体的她，也就更松垮起来，似乎存心要虐待自己、刻意报复什么人的劲头，样子有点过分。有人好心地提醒她，她却报以飘忽不定的傻笑，沙哑着嗓子不知所云。

村里的女人们，万分同情着冬玉，在唾沫里把水牯头喷进喷出。

水牯头一次骑摩托车送发廊妹回家时，两人因争吵而致车祸，双双受到重创。冬玉得悉，脸上悲喜不见，只是立马收拾了衣物，赶到一百多公里外的市医院照料。

村妇们在一次搭嘴搭舌的闲聊中，秀云率先为她叫屈："自得性就不要去服侍这个有良心的男人，连上天都看不过眼了，惩罚了他。"

芳芳等人也是同仇敌忾："上天有眼，就爱惩罚这种人！""龙坊那个修手表的平子，抛弃了为他做了身家的老婆，搭上了一个年轻妹子，结果怎样，还不是也被车撞死了！"

水牯头的脚虽已残废，但心还算健全，看到老婆不计前嫌，每日不离病

---

① 腚大胖心：腚，男根；胖，空瘪。意指外强中干、没用之人。

床精心服侍，心里的愧疚真是无从打住。

　　跛脚出院的水牯头，第一件事就是把发廊关了，又干起了杀猪老本行。平日鲜有说笑的他，只是面对待宰之猪，特别是听着那一串串猪叫，脸上才有些激动的神色。他老婆的气色，在他回到身边后，才算活了几分。

乌龟和钱归

"琴琴，快去叫你公呆娭驰过来吃饭，就说屋下买了好吃的。"曾全顺吩咐女儿琴琴。

琴琴高兴地"哎"了一声，飞快地跑去叫爷爷奶奶了。谁知任凭她小嘴多甜，两位老人就是摆手，说着同样的意思，让琴琴回去，他们不吃那些不干净的东西。琴琴只好无功而返，气喘吁吁地对曾全顺说："爸爸，我去叫了呆呆驰驰，告诉他们我们家有好吃的，妈妈还买了好多东西回来。呆呆问我，妈妈是跟谁一起回来的，我说跟一个叔叔回来的。驰驰就说，妈妈是贱货，鏖糟①的东西他们不吃。"

"不来就不来，以后倒到猪汁桶里也不给他们食。这两个老鬼怎就那么多废话。"曾全顺的老婆梁美莲发火了。

"妈，什么是贱货呀，是不是我也不能吃？老师说要讲究卫生，你们为什么不把吃的东西洗干净呢？"琴琴天真地问妈妈。

梁美莲恼火地冲女儿吼起来："小屁孩子家家的，问那么多做什么，有吃你就吃，不吃就拉倒。"

十一岁的琴琴一向伶牙俐齿，根本就不怕父母。妈妈凶她，她更凶："你凭什么凶我，又不是我说的鏖糟，有本事你去凶呆呆驰驰，你就会欺负细人子，细人子就那么好欺负的吗？"

"再鬼叫一样，你也别食，滚蛋。"

---

① 鏖糟：肮脏、不干净。

"滚就滚，你们糜糟的东西，有吗个稀罕？统统让你们吃，好让你们吃哩肚子痛，拉肚子到天光。"

琴琴最后一句够刻薄，话一说完就往爷爷奶奶家跑，比兔子跑得还快。每次跟父母闹翻，她就跑到这避风港里避风。

"咦，琴琴，你干吗气呼呼的，难道你又挨骂了？"

"驰，呜……呜……妈妈叫我滚蛋。"琴琴扑进奶奶的怀里伤心地哭了起来。

"为什么叫你滚蛋？"奶奶问。

"我回去把你们说的话全说了，妈妈就凶我，我也凶她，她就要我滚蛋。"

"乖，琴琴不哭，糜糟的东西咱不去吃，驰驰给你煮荷包蛋，好吗？"

"好，我最喜欢吃驰驰煮的荷包蛋了。"琴琴又笑了，她性格活泼天真，翻脸比翻书还快。

在奶奶煮蛋工夫，她又在旁嚷开了："驰，为什么你总说妈妈是贱货，是婊子，贱货和婊子都是坏蛋吗？可是妈妈赚了好多钱，她把钱交给爸爸的时候，我都看到了。爸爸很高兴，说把钱存起来，准备建新房子呢。"

"你爸妈为了钱，连面皮都不要了。你爸爸是软骨头，难怪大家都骂他乌龟头。"

"乌龟头又是什么呀，我们书上怎么没有呢？班上的同学也说我爸爸是乌龟头，乌龟头是不是比坏蛋还坏？"

爷爷好像听不下去了，发话说："好了，好了，老太婆，莫跟小孩子讲那么多。琴琴，小孩子不要问那么清楚，等你长大了自然会明白的，快把鸡蛋吃了吧。"

夜空中，密密麻麻的星星可怜巴巴地挨着冻，发着抖，放射出隐隐寒光。星光下的乡村，在经过白天的喧嚣之后，已一片静谧。劳累了一天的人们，本该和星星一样进入甜甜的梦乡，可今年入秋做旱天，已经个把月没下雨了。谷子还不好收割，有些晚稻还在灌浆，害得大家天天围着稻田转悠。放水，抽水，本来满满的两个鱼塘都已抽干，鱼塘的主人只好把鱼网上来贱卖了。尽管这样，不少人家的稻田还是皲裂开了，不久就可以收割的稻谷眼看就要遭殃，大家都忧心忡忡。

农民"以粮为纲"，如果因做旱天歉收，那意味着什么，谁都明白。因此，大伙每天放下其他能放下的事情，把放水灌溉当做头等大事。能放到水的日以

439

继夜、夜以继日地放，放不到水的，就买抽水机抽。旱田多的，一家老小轮流守着，连饭都送到田边吃，晚上带个蓑衣就在树下眯上一会儿。有时只是想眯上三五分钟，结果却睡死了过去，辛辛苦苦拦下的水被人引到了自家田里，气得暗骂自己是死猪。秋天蛇虫常在田地出没，遭蛇跟踪或被蛇咬也是常事。周末，小小的读书郎也派上了用场，充当了角色。孩子不讲理，只要能把自家的稻田放到水，什么事情做不出来？有些孩子还把别家田里的水引到自家田里，挨人骂后，他还有理了，说："你家稻田满满的，我家的都快裂开了，反正会被太阳晒干，不如引到我家田里，还有人情。"放水时，有人因分水不均，大打出手。孩子呢，管你均不均，反正我就是天皇老子，我来了就得让着我，你要是不服，就一屁股坐在那里堵住你的水路，打又不敢打我。面对这样的孩子，这样的死办法，大人们也无可奈何。有人气不过，我家的都旱死了，不如大家的一起旱死，这才公平，就走到水源头把水切断，硬是让它流往别处。

根据田里禾苗的需要，随时调节添减水量，是看水人的任务。肩一把锄，在田垄里游转，白天播下的脚步声，连着留在不眠人的夜里。这天晚饭后，曾全顺叫琴琴跟奶奶睡，自己只穿了个背褡子，卷起蓑衣来到田里，一直走到水源头，才发现一渠的水都被一个叫王香玉的女人拦到了她田里。这个王香玉不在场，曾全顺去她田里一看，发现整丘田都有了水，想了想，才把水转拦到自家田里。

等水到了田，他见还没人来，就把蓑衣放树下，点了随身带的蚊香，打算眯瞪一会儿。他白天夜晚地放水，顾了这边顾那边，又没人替换，一连几个晚上都没睡个安稳觉，只要头一挨枕，就能做上数钞票的美梦。

不知睡了多久，他才被争吵声吵醒，看看手表，都已凌晨一点多了，睡了好几个小时了。"坏了，肯定又没放多少水。"他心里这样想着，一骨碌爬了起来，拿起矿灯和锄头来到田边，看水引到哪里了。屄，一亩二分多的稻田，只有二分田左右的稻田微见水迹，而水沟里早已断水，分明是被人引了去。

曾全顺带气来到水源头，发现有名的泼妇香玉来了，正和单身汉钟定宁吵得不可开交。王香玉的骂话荤味十足："难怪你三十多了还闻不到女人味，你这辈子都只有打光棍的命，谁做你老婆谁倒霉，你活该搂着枕头睡，活该你'小老弟'没人要。"

"你这个泼妇、霸坑鸟，别以为大家怕你，我就是不怕，刁也要有分寸，大家怕了你，不理你，让你做臭屎鸡，有搭煞吗？"

"我偏要刁死你们。"

"全部人都死了，对你有什么好处，我们做鬼都会来找你算账的。"

"你这个短命鬼，在家迟早会被屋压死，出门被车撞死，骑摩托掉水沟里淹死。"

"你这个短命嫲、霸坑鸟，自得我个意①，一锄头劈死你算了，省得害大家。"钟定宁被她恶话骂得火冒三丈，真想举起锄头结果了她，反正自己一人吃了全家饱，没个牵挂，也为大家除"害"。

他怒气冲天刚把锄头凌空举起，就被刚赶到的曾全顺给拦下了："宁古，别跟她一般见识，好男不跟女斗，咱们回家吧，别水又没放到，觉又没睡着，还浪费精神，划不来。"

"对呀，快点回去吧，反正有老婆的老婆跟别人睡了，冇老婆的又冇老婆，刚好你们回去搞同性恋。"

"你……"

"你什么你？我帮你出了主意还不多谢，还想打我吗，真冇良心！"

王香玉边说边走近他俩面前，只要他们敢碰她，她就借题发挥，告他俩一个调戏妇女的罪名，敲上一笔竹杠。

他们都不是呆子，知道这母老虎的屁股断断摸不得，别到头来羊肉冇食到，却惹一身骚，于是，她走前一步，他俩就退后两步。碰到这种麻烦女人，不忍也得忍，稍微冲动一点，就会秀才遇到兵，有理说不清。

曾全顺憋着气说："香玉嫲，别以为我们都怕你，只是不想跟你一个妇人家计较，都是左邻右舍，油都要分着吃，何况是大家都有份的水！再说你的田里一直都没断水，我们的都快旱死了，你过意得去吗？你的又是旱稻，不需要再放水了，何必跟大家过不去！"

"你这个短命鬼、乌龟头，有什么资格来教训我？有本事管好你老婆，我放不放水关你屁事！你们的田旱死，我家的淹死我都乐意，怎么着，谁叫你病手抓阄时抓到水尾田，活该！"

谁惹她，谁倒霉，真是出了名的霸坑鸟！

而且，即使不惹她，爱管闲事的脾性，加上那张闲不住的嘴巴，总要主动制造一些事端来，全顺老婆美莲一见她就心虚。某天，美莲来坝溪边洗衣

---

① 自得我个意：若按我性子。

服，待看到她也在时，犹如脚板被酷夏滚烫的石头烫了一下，条件反射似的后退两步，想折头回去却又被人叫住了，最让她窝火的是，跟着来的小女儿已抢先她一步到了溪边。

美莲硬着头皮踩着蒲草走到溪边，在离王香玉较边的地方蹲下，也不和人搭话，咕嘟咕嘟把一桶脏衣服按进水里。一群大头蝌蚪摆着长长的尾巴游走了，却又有几只蝌蚪摇着尾巴游过来，似乎想弄明白这里咕嘟咕嘟冒水泡是怎么一回事。

美莲身旁不远处，有两只蛤蟆抱成一团，旁若无人地沉入爱河。同来的女儿一眼瞅见，好奇地问："妈妈快看，这两只蛤蟆在干吗？"

美莲脸上微微发烫，呵斥小孩："你管它们在干吗！"

天真的小孩还是问："快告诉我嘛，它们抱在一起在干吗？"

溪边的妇人们就嘻嘻哈哈地笑开了，却是笑而不语，香玉大声给小家伙解谜："它们在做小蛤蟆呢！"

天真的小孩脸上笑开了一朵花："哦，它们是小蝌蚪的爸爸妈妈呀！"

"这个爸爸妈妈也是不称职的，只顾自个儿享受，而且一弄就弄出成百上千的小蛤蟆来，也不管是否养活得了？还是做人的好，享受了还可以不弄出小孩来负担，以为神不知鬼不觉。"

美莲觉得脸上越发地烧了，起身一脚把那俩蛤蟆踢进水里。

这两只蛤蟆落水后，却还是死死地搂抱在一起不松开，越过脊背交叉搂着两胳膊的是公的，在公的白肚皮下紧抱不放的不消说是母的。

"哈，人有时也还知羞，却不知足，牲口呢，却是知足不知羞。"

听着王香玉那刺耳的话中话，美莲羞得恨不得找条地缝钻下去。

曾全顺听过老婆的诉说，对王香玉也是恨得要死，却是奈何不得，还想着修正关系，免得被她那张破嘴不依不饶地跟踪追击。今天有意为她解围，却不料，好心遭雷打，竟也被这个不识好人心的母狗咬上了，他心里恼火，气急败坏地说："你这样刁，迟早会遭报应的！"

"报应，我没读过书，不会写报应这两个字，可乌龟头三个字我认识。我只晓得农民种田就要手勤脚快，收割时亩产才能达千斤。我又没做亏心事，没丢人现眼，没让老公戴绿帽子，哪来的报应？你是有老婆养着，不耕田都可以享福，每天鱼一串肉一串的，跟着老婆吃香的喝辣的，多好。萝卜拔了窟还在，你要多合算有多合算，各类人用了你照样用，全村都冇像你这样屙屎捉狗虱——一举两得的事。"

曾全顺见王香玉如此讥笑加讽刺，真后悔刚才拦着钟定宁，没让他一锄头劈死她。他腮旁的肌肉一阵阵抽搐，五官互相狠狠地扭杀着折磨着，总算爆出了一个音："你……"

这下轮到钟定宁劝他了："好了，好了，我们回家吧，莫跟她浪费口舌了，早死就早死吧，籴米也不贵，最多名声不好听，耕田的还要籴米吃。"

"像他这种人怕什么名声，'乌龟头'最不好的名声他都当得起，什么帽子不好戴，偏要戴绿帽子！"王香玉损人损出了名，而且不假思索，就像打好了腹稿，水来土掩，兵来将挡。

曾全顺暴跳如雷，挣脱着钟定宁的手，说出的每句话都带着火药味："你放开我，今天我不教训教训她，我就跟她同姓！"

都到这程度了，可王香玉还是不住嘴，呸了一口，道："鬼才要你同姓，像你这种吃软饭的乌龟头，做我们王姓的狗都不要！"

一个大男人竟被一个妇道人家损得体无完肤，曾全顺既愤怒，又感可悲，真想跟她同归于尽，无奈钟定宁人高马大拦住了他，连推带挟转身走开。

香玉却还意犹未尽，在他们背后大声嚷嚷："光棍汉，乌龟头，你们不是要教训我吗？怎么又要走了，没胆打死我的是狗娘养的！"

"闪狗不是傻瓜！"钟定宁说完，头也不回地推着曾全顺回家了。

左邻右舍中，唯独钟定宁没骂过曾全顺乌龟头，他们从小一起长大，很谈得来。钟定宁幼年丧母，父亲娶了后妈后，又生下两子一女。数他命苦，高不成低不就地过来，一晃三十多了晚上还是守空房，搂着枕头流口水。当然，有强烈的生理需要时，他也会去"鸡店"解决。这在乡村虽不是家常便饭，也是司空见惯了。有妇之夫和六七十岁的老头都无法独善其身，隔三岔五地去，何况是他。近年来，背旮旯那些荒坡旱田里，不时冒出树枝架起的简易小屋，地上铺的是树叶、嫩草，一看就知道那是男女露水之窝。

其实，在他们那边，不止曾全顺一个乌龟头，只是其他人的地下工作做得出色，潜伏隐蔽得法，而曾全顺老婆梁美莲却闹得众所周知。之所以这样，和她一贯的风骚有关系。男女关系还相对有序时，她就是村妇中特别引人谈笑者。公共场合，特别是有一个以上男人在场时，她乍惊乍喜的叹词总是特别多。明明是一条大蚯蚓挡道，她超常规的惊诧，特别是毫不负责任的一声"哎哟"，却可以柔媚无限，促使男人们强度不一地感受到这种声音另外的出处和背景，进而无比丰富地胡思乱想她在那个情境下的姿态及其他种种。凡此种种，她纵使貌不如他人，也可以把男人们的目光从她们身上夺过来。她每每从其他女人交织着轻视或妒忌的目光下昂首挺胸走过，胜利的快感掩饰不住，也根本无须掩饰。

让她郁闷的是，好长一段时间，她的风骚，在村里却无人能解风情，害得她熬不住那个一直思谋着出墙的红杏，在某个春风到来时，开放在了千树万树梨花开的"鸡店"。

在"鸡店"，她先是耽于肉体的刺激和欢愉，继而掉进孔方兄的眼里，只要有钱，连七老八十的男子都可以肉身相搏。

不少男人一滴汗水摔八瓣儿辛苦赚钱，却又流水般花在了她们身上，夫妻间的感情早就像寒冬天气那样，冷得让人哆嗦，大吵三六九，小吵天天有。

去过"鸡店"的钟定宁，也知道做鸡的痛苦。有些男人自以为出了钱，根本就不把她们当人看，只看做是自己发泄兽欲的工具。钟定宁一次曾对曾全顺掏心窝话说："顺子，说实话，如果是我老婆，就是苦死，我也舍不得让她去。到了那里，什么乱七八糟的男人都得接。难道你就真忍心让美莲受这份罪？你就别让她去了，少耕些田，我们一起去煤矿干活，也养得起一家，帮人打工虽然富不起，但也饿不死，起码还有一份尊严啊！"

曾全顺重重地叹了口气，道："我何尝没劝过她，可她说一百斤谷子才几十块钱，一亩田丰收也最多干产一千斤，病虫害过不了关的话，吃的都成问题。还得经常熬夜放水，跟人吵打。虽说粮价提了点，但肥料农药不断涨价，本钱太大，自己的工日不要算了，累死累活也赚不了几个钱。她情愿让它荒，也不想作田了。这点田是我坚持要耕的，她都叫我不要再种了。"

"那你就真的不怕各类人叫'乌龟头'，一直这样叫下去？"

"管他白龟红龟还是乌龟，只要有钱归。"

"那你和大宝老婆的事她知道吗？"

"知道，其实是她要我去勾引她的。她说，这才叫公平，我们互不干涉各自的婚外情，也不会因为婚外情而影响我们之间的夫妻情，回到家里我们照样恩恩爱爱。她每月交给我几千块钱，可我不可能都花在别的女人身上，我要准备建新房了。"

曾全顺唾沫横飞，把一切毫无保留地告诉了好兄弟钟定宁。在他们那里，真有让人匪夷所思却又见惯不惊的风月。老一代也好，晚一辈也罢，很多都是上家搭下家①，只要有谁看中了那个，跟人一说，就会有人帮其成全好事。他们约在一起玩牌，晚了使个眼色，大家一起先行开溜，留下这一对如愿以偿。他们那也没有几个姑娘外嫁，说这叫好牛不出栏、肥水不流外人田。有老婆的还用来互相交换，老公睡老婆有的还得先付现。

常有人指桑骂槐："女人是块田，大家都耕得。成了老婆，这女人虽成了私有田，但男人推犁推耙耕作累时，若来个拉套的，自己省劲不说，这犁耙走得也就轻松了许多。这个乌龟头哪里是白痴？"

曾全顺心里想的却是，犁田累时配个拉套的，有啥不好？不仅让我省了力，还省得被迫交公粮，再就是拉套的还要给钱，帮助我养活一家子，要不这辈子哪还敢奢望建新房！对美莲确是辛苦了点，不过这也没啥。

我们这头与曾全顺那头隔了一道不大不小的山，所谓十里不同风，百里不同俗，听他们那里的人如此一说，我们这里的人都不禁脸红心跳，说你们那边的人不是人，很多是猪狗六畜。

---

① 上家搭下家：男女间互相勾搭之意。

赌　徒

这些年，无论城市乡村，赌博风气像是雨天的黑云，越来越浓。不管男女，无论老少，对赌博的兴趣有增无减，就是有个别不赌的，站在旁边看热闹呐喊喝也刺激。赌博名称五花八门，时鬼一看便会，在这方面谁都够聪明。不少人以赌为生，到了废寝忘食的地步。

"要是把这些钱财和精力用在正业上，大家兴许早就奔小康了。"不赌博的人常这样说，那些牢记父辈"坐端正，莫交脚，爱学乖，莫赌博"家训的人，说得更坚决。

"不见你赌博，可怎么也不见你过得多好。"赌场中人调侃道。

"酒鬼自有酒钱，烟鬼自有烟钱，赌鬼自有赌博钱。"在赌场上"友情客串"过的人虽然不怎么旗帜鲜明，但有自己的选择。

赌风日炽，家庭不和、夫妻离异现象日增。一次，有对夫妻吵吵打打来到村部闹离婚。一路紧跟的兄弟姐妹不管怎么劝，也没劝出个所以然来。

村里的调解员搞清前因后果后，问男方："老婆和赌博，你选择哪一个？"

男方不假思索地回答："人生不赌博，快乐何在？我也想博一博，单车变摩托，谁乐意将单车也博掉？今天输了怪彩头唔好，下次我运气好了，肯定连本带利博回来。要是让我戒赌，那我情愿戒老婆。"

调解员听了，像是红白好事一起做，哭笑不得，费了许多口舌，还是没将事情搞掂。几个兄弟姐妹出尽了风头，连推带拖才让他们回家是岸。

一路上，许多人像看戏一样笑话他们："四六货，要离婚现在也不必兴师动众，今那又不比以前要抗战三年，只要拿上户口本和结婚证，去结婚登记处

446

就 OK 了。"

也不知什么时候，嫖跟着赌也在农村扎下了营寨。不赌博时，大家扎堆说东道西，也无伤大雅，正如在嫖赌方面各有一套的魏瑞伯说，讲酸话不犯法不得罪人又不花钱，还能让人捧腹大笑，划算。

某天，几个上了年纪的老人又聚在魏瑞伯家，恭喜他昨晚又中了六合彩。

"大哥，听说你又中了五元特码，也不告诉我，不然我也买上几块钱。"他的二弟满忠率先开口。

"咳，又不知道是真，要是不对，岂不害了你，我也才买了几块钱，我看中 37 号，却开 49 号。"

"那你 37 号的买了多少？"有个叫魏福照的老人问。

"37 号的我下了二十元，出这个号我就可以拿到八百元了。"

满忠又问："你从哪本资料上看得那么准？"

"哈，我是从六合大全中看到的，上面有句说：'偷仓钻洞最在行，不劳而获人皆恨'，那不是老鼠又是什么？"

"那为什么你又能买中这两个号码？"满忠继续问。

"人会算，天会断①，我从《天线宝宝》中看出要开大，又从赛马资料中看到这样一句诗：'合十号码开今期'，所以我很看中 37 号。"

"老头子，你会看，下次看准了能不能告诉我，让我也买上几块钱用用？"一个叫桂花的老女人说。她没文化，不会看资料，输了不少钱，押单双，买大小，老也不中，把儿女给的营养钱都赌光了，还一直不死心，想盘本。

"好，我要是看出来了肯定告诉你，反正又不用我出钱，这有什么要紧的。"魏瑞伯满口应承，心里却在嘀咕，我辛辛苦苦解特码，凭什么要告诉你们，输了会怨怪，赢了冇多谢。

魏瑞伯的名气不小，家里常被摩托车、自行车甚至小汽车包围，老远老远都有人来找他，请他猜彩票的中奖号码。有一段，我们这买六合彩，简直要买疯了，镇街一片萧条，百货无人问津，饭馆酒店顾客零落，人们兜里的钱，银行的钱，甚至把从别人口袋里借来的钱，全都拿去变成了彩票。镇村两级干部一边急得大骂，说再这样下去连农药化肥都没人买了，生产还如何搞？一边却也偷偷摸摸地玩他一两回心跳。当预测中奖号码成为大伙最最揪心的话题

---

① 人会算，天会断：意为凡事可以预见。

时，最受公众注目的人，不是干部，不是老师，而是有名气的猜号者，谁都不愿财运与自己擦肩过。

魏瑞伯是原甲长，被人称为理论家，一向好强，鸭子大过鹅，对十二生肖相生相克了如指掌，对天文地理也粗通一二，因此很多人家的婚丧嫁娶、排八字、建房做灶，都会求他给看个好日子。当然这是会给红包的，他自然有"求"必应。

"大哥，你看资料了吗？下期像什么，有特码别光自己买，让我也发发财。"一天，魏满忠又来问他大哥下期的特码。一个星期开三期，分二四六开，他们期期不放过，对曾道人、白小姐①贡献不小。

"下次还是单，不过要出小，我看很像11号。"魏瑞伯摸了一下胡子，决定赌上一把，反正快过年了，儿女们又有红包拿来。其实他看中的是23号，虽然他说给他弟弟的生肖对头，但号码不对，他这人，就怕人发财，哪怕是亲弟弟。

"大哥，你准备下注多少，我也下多少，反正一也赌，二也赌，要赌就赌大一点，看出了特码才买一两块钱，觉都睡不着，后悔没多买。如果不是，大不了少买一些营养品。"魏满忠也下了决心下注多一些，他哪里知道亲老兄还会对他有私心，以假码子告诉他呢！不过他这人也不是盏省油的灯，只要有谁告诉了他一个号码，他就一路生肖几个号码一起买，所以他的中奖率比较高。

嫖到底是难上台面的，除非扎堆人没有女人，且都是嫖友，但六合彩就不同了，只要有群，人人都有一肚子话。

"说来好笑，我们年轻时都不好赌，只知道多干活赚工分，快进火葬场了，却迷上了六合彩，省吃省穿省下钱拿来赌'六叔公'②。"

"以前死做烂做，不管天晴还是落雨，甚至下雪都没完没了地做，日子也过得不怎么样。这老了老了，黄泥都掩到脖子上了，再不赌就来不及了，老古记讲个，唔赌唔嫖后世做牛牯。这辈子做怕了，做电站，做水库，平整土地，开路，哪一样不是我们带饭包做的？后生们享福啊！"魏福照也感慨万端地说，他后悔出世得早了点。

"对，叫我嫖是不可能了，爬都爬不上去了，只好赌了，为了下辈子不当

---

① 曾道人、白小姐：两者系香港六合彩的董事长、经理或股东。
② 六叔公：六合彩。

牛牯。"进屋后一直一言不发的王老大也开口了，他喜欢说酸话，只要尊口一开，说出的话又酸又实际，总让人捧腹。

他们说来说去，又说到了下期的特码。大家纷纷掏腰包，拿出几十元买了11号这个号码。桂花一咬牙，也掏出五十元买了。满忠把四个号码买齐，说自己漏脚漏怕了。自从学乖后，他一买就是一路生肖。瑞伯帮他们一一记下，并开了一张票子给他们。他们商量着，不管中不中，自己知道就行了，别让儿女们知道。虽说儿女们也好赌，但他们花自己赚的钱，老人们不好多说。

一天，几个妇女在玩麻将，突然有人喊一句"抓赌的来了"，吓得忙停了下来。抬头一看，却是组长友仁在开玩笑，遂七嘴八舌起来："甲长，莫吓我们，我们不经吓，吓死了我们，你担当得起吗？""甲长今天怎么也有空过家了？"

"甲长伯姆，兴许你们打麻将，就我该累死吗？闲工谁不想玩玩，命长才能吃上饭，莫有命做来有命吃，我也不是呆子。"友仁不会打麻将，有空时就过家，这家玩玩那家玩玩，无聊至极。他说打麻将复杂，心情好就和人打老 K^①。

"甲长，猪卖上了好价钱，烟又卖了几万块，借一点我赌一赌？"添香开玩笑说。

"我有钱丢到火堆里也不借给人赌，钱你自己多的是。"

"我没养猪，烟又种得少，细鬼子读书还要花费，我两公婆又喜欢赌，哪有多的是的钱？"

"活该，赌死你，谁叫你们好赌。"

"甲长你别这么说，你打老 K 不也赌吗？"小玉将了他一下。

"我那不叫赌，叫娱乐。"

"甲长讲话太刁了。"

"以后不要甲长长甲长短地叫了，要叫就叫公公。"

农村称呼上了年龄的人为公公婆婆，就跟城里人叫爷爷奶奶一样，农村人总喜欢占口头便宜。但小玉却不让他占一点口头便宜，说："叫公公？等我孙子出了世再叫吧，谁叫你辈分太小！"

添香打趣道："要想有人叫公公，就得抓紧替儿子讨老婆。"

"我儿子才二十一岁，还不到法定年龄，怎么讨？"

---

① 打老 K：扑克。

"可是他跟我们说晚上睡觉很冷，要抱枕头睡，你不抓紧替他讨老婆，小心以后不理你。"

另一个叫罗秀秀的女人接上小玉的话音说："听说甲长十九岁就讨老婆，那时候的你都能做出两三个像模像样的人坯子出来，何况你的儿子？长江后浪推前浪，你儿子肯定比你强，指不定不到一年你就可以升级，那时你不但有人叫公公，还有人叫爷爷，一举两得，多好！"

"弄出孙子来还麻烦，不到年龄就早婚早育，国法难容。平时辛辛苦苦种点烟，养猪赚点钱，还要用来交罚款，划不来。"

"问题是你儿子发育得早，怕等不到法定年龄，不抓紧买个'暖壶'，小心他也去干坏事。"

"不跟你们少妇队的说了。"

友仁占不了口头便宜，赶紧溜之大吉。他平时虽能说会道，可与这些少妇队打"口头官司"，想赢可没那么容易。

自从魏瑞伯下台，友仁上任做了村民小组长后，大家都开玩笑叫他"甲长"，名字都不叫了。大家一有点什么事情都找他，他也尽心尽力帮大家，比私字当头的老甲长得人心。

友仁走后，几个少妇一边打麻将，一边拿他做话题议论开来。小玉说："听说甲长不想做了。"

罗秀秀说："是啊，听说前一届他就不想做了，可是没有合适的人选，大家也愿意选他。"

添香说："也难怪，这差事吃力不讨好。一个月才十多块钱，都不够老婆买卫生棉，他又不缺钱用，何必去得罪人，有点屁大的事都找他。他养了那么多猪，又作了那么多田，哪来这么多闲工夫。"

"也是，要想调解矛盾纠纷，很难两全其美，总有一方不满意。"小玉又说。

添香接着说："想想也奇怪，瑞伯当甲长时，老家伙赶都赶不下，小组长又不比村干部，能捞上什么呢？"

"听人讲，以前的山价款、割松油的钱，还有其他一些钱，都被他给花了。"小玉说。

"那大家就那么老实，不叫他交出来？"罗秀秀说。

"花都花了，他不交出来，总不能叫他去死吧，何况谁又会去得罪人，大家都想做好人，自家分又分不到多少。"

"这老家伙，太自私了，吃了那么多恶钱，死前定会病上几年，让他在病床上躺上三年五载，让他的儿女厌死他。"小玉没好气地说。

"你们女人就是这样，一有空就赌，还要诅咒人家，真个够恶。"魏卫祥拄着拐杖跳过去，刚好听到小玉的话。

"甲长伯姆，你病脚都闲不住，我们收的收了，种的种了，有空不打麻将那干什么？"添香笑道。

"上山砍柴呀！以前山上光光的，现在都能养老虎藏野猪了，都是你们这些懒尸嫲成天就知道赌，老古记讲得真是好，'懒尸懒骨害人嫲，万金家门败得了。'"他用手指点着她们说。

"我们算什么赌，小打小闹，你们男人那才叫赌，押九点半时钱就不是钱，像树叶子，一押就几十元，甚至几百元，那才叫赌，万金家门不败才怪。"添香不甘示弱。

"女人哪能跟男人比，你们看，母鸡要是会啼，那肯定杀头，只有公鸡才能报晓嘛。"

"你这男人真自私，都嘛个年代了，还这样作践女人。好在我没嫁给你，不然可有苦受了。"罗秀秀说。

"别跟这种人讲，我们打我们的麻将，快到食饭的时间了，抓紧赢点水果钱。"小玉说。

"莫连猪肉钱都输掉了。"魏卫祥不知趣，女人最听不惯男人说话不把女人当回事。

"我们输的是自己的钱，不关你事。"

添香没好气地说完，罗秀秀接着放上一枪："甲长伯姆，都说手痛过家，脚痛绣花，你怎么不在家绣花，跳来捣乱干吗？"

"好，好，我走，我走总可以了吧，下昼让个位置给我。我会早一点来，赚一点医脚费。"魏卫祥拄着拐杖一边往外跳，一边说。

十二点了，她们才住手，三倒一，一直不太说话的高红兰赢了几十块，其余三人占了口头便宜，却都输了钱。高红兰被大家称为精狗子，麻将桌上她从不和人议论什么，总是认认真真打牌，所以赢的机会多。

罗秀秀说："精狗子，你赢死了，后圩称了水果我们都要吃。"

"小意思，不过下次你们可得输多一点，一上昼你们三个人拢共才输五十多块，也太小气了。"

"你这个精狗子，真是人心不足蛇吞象，赢了五十想一百。"小玉骂道。

"不想赢钱谁来打麻将。"

"精狗子，我们输光了谁还跟你打？"罗秀秀说。

"你不会向你老公要？"

"一打就输，我都唔好哇事向他要了。"

"那你没有私房钱？"

"私房钱，哪来的私房钱，屋下卖了猪卖了烟都是他一手控制，最多给些零头。"罗秀秀说自己没赌命，十赌九输，所以老公一直控制着财政大权。

添香说："要是不给钱，晚上他要是想碰你，别理他，让他受点苦，他不给都不行。"

"酸鬼，你就是这样向老公要钱的？"罗秀秀问。

"那当然，后来不用向他要了，他自动自觉付钱。"

罗秀秀说："我要是这样，我老公肯定早入发廊鸡店了，你看现在多少男人在外面有'货'，把钱花在别人身上不说，还把病带回家，害得老婆也传染上，现在要想在这方面吓唬男人，哼，怕是搬梯子上天——门都没有，反而害了自己。"

"我老公没那个胆，他要是敢，我就把他的'命根子'割下来喂花鸭，让他做太监。"添香气势汹汹地说，她性格泼辣，谁都知道她老公确实怕她。

罗秀秀回到家，就看到老公的摩托放在家门口，心想肯定会挨骂，不禁吓得大气都不敢出。走进厨房准备煮菜时，被她老公看见，果然大发雷霆："赌，一有空就赌，赌死算了，还回来干什么，都几点了，猪也不用喂，也不洗猪栏了，越赌越输，还赌，我做两个钱够你赌吗？人家辛辛苦苦干活回来，连饭都没得吃，你说你像什么样子！"

罗秀秀轻声轻语地说："谁知道你会回来吃午饭。"

"我不回来你自己就不要吃了，猪和鸡鸭就不要喂了？难怪自家的猪老是冇肥冇大，都是你三心二意，迷赌！"

罗秀秀见老公发了大火，都快把房子烧着了，哪里还敢再回话，只是由着他骂，默不作声地做起饭菜来。她老公见她不发一言了，再大的火气也无处发作，也就停嘴了。他在煤矿干活，好做的时候一个月有三四千，少时也不低于两千，家里日子比别人好过许多，今天因矿里停电，所以回来早了。也活该罗秀秀挨骂，她以前一般都是在十一点半前回家的，所以很少碰到像今天这种情况，难怪一个上午眼皮老是跳。

添香的老公新华和罗秀秀的老公方元同在一个煤窑上班，两人也是一起回的家。他到家后，见老婆还没回来，就把猪喂了，把饭菜做好，让两个读书的儿女先吃，自己则一直在等她。听到老婆的脚步声了，他马上摆上碗筷和饭菜，叫她洗手吃饭。饭桌上问她："今天赢了吗？"

"赢了二十块，刚好半天小工钱。"添香一脸笑容，回答得也爽快，其实她输得最多，快三十块了，不过为了让老公心情好，她习惯性说谎，有时输得再多她也说只输掉几块钱。

"赢输冇关系，小打小闹，一年也输不了几个钱，只要你开心就行。不过，得有分寸，到了食饭时间就得回家。两个细鬼子要读书，你自己胃又不好，还得喂猪。现在秋收冬种都完成了，有的是时间，以后尽量别这样迟回家，今天猪我喂了，猪舍也冲了。"

添香说："其实十一点半就停了，只是我看有太阳，就去菜地里摘菜晒了，所以回来迟了点。"

吹牛唔使本钱又不上税，撒谎也不犯法，善意的欺骗连上帝都会宽恕。添香很了解自己男人的性格，不仅好骗，而且从不追究她说的真假，总之每一次都能顺利过关，夫妻间也一直风平浪静。

两天后，同一个地点，同一群人，同一项活动，又周而复始地开始。听了添香的经验交流，罗秀秀羡慕不已，说："有时，花嘴花舌真的不是一件坏事，可我就是学不会。"

小玉奚落道："你学会了又有啥用，一旦被你老公查清，有你好果子吃吗？"

添香笑笑，不语。在她看来，婚姻究其实也是一场赌博，她庆幸自己像买六合彩那样，押中了号，嫁了一个好男人，不像罗秀秀那样，非得早请示晚汇报，连个善意的谎言都不敢轻易造次，更不像村中有些妇人因赌毁家。在婚姻和赌博之间，要让她选择哪个最能让她快乐，她现在还真是要费一番踌躇。

村妇的名节

　　她是一个普通的乡村女子，把作田耕地、相夫教子、侍奉双亲视为职责，忠孝和名节在她心目中，比生命还重要。

　　一天晚上，她踏着满地星光巡田管水。山田离家有好长一段路，因老公开车在外，家里的一切都得靠自己。遇上旱天，整日都在稻田里放水，太阳太大，管了这处又得顾那头，夜以继日那是家常便饭。没有月亮，黑得伸手不见五指，她也得拿着手电筒硬着头皮去。山沟沟的田最让她吃苦头，那里没人家，黑黝黝的，有点什么风吹草动，她便吓得抖如筛糠，站立不稳。

　　山里多蛇，炎热的夜晚，这些可恶的家伙常常不约而同地钻出洞穴和草丛，横七竖八地躺在路上乘凉，幅度不同地蠕动浑身绚丽的图案，不怀好意地向路人投来绿莹莹的目光，芯子急遽地弹射和抖动，在月光下闪烁如花。

　　某晚巡水回家，她困倦难支，恍恍惚惚东偏西倒，一不小心踩上了一截柔软且突然活动起来的东西。她吓得差点晕过去，脑子里还没冒出个蛇字，本能地魂飞魄散连连大跳，恨不得长一对翅膀飞走。常听人说，山里有眼镜蛇出没，追人的速度比风还快，发出的叫声，连野猪都会吓得变成石头。多年前，她曾被它的家族咬过一次，险些废了一只胳膊。所谓一朝被蛇咬，终生怕草绳，想起这事，总能让她夏天发抖，不寒而栗。如今再次遭遇，岂能不紧张？她旋风一样跑出几丈远，才鼓足勇气看了看双脚，倒没伤口，回头看，也没有蛇尾随而来。

　　后来，她那看书破万卷的父亲，不知从哪本古书上采到一条珍闻：怕蛇的人夜行时最好带一根竹棍或竹片，因为多数蛇都好色，而竹子是其情姐，有竹在手，它一般不敢造次。

也不知是不是真的能奏效，反正她如法炮制后，给自己壮胆不少，而且很少再和这古怪的冷血动物打照面。

但大自然尤其是夜幕笼罩下的万象，无奇不有的精灵古怪，却也让人心惊肉跳。

又是一个没有月亮的晚上，水田边静悄悄的，一鸟忽然在她眼前一飞冲天，落下一串怪叫。因为听说以前曾有几个在这片山沟寻短见的，有人还信誓旦旦地说曾亲眼看到一个红妹子坐在山塘的边沿上，这突如其来的怪叫，让她汗毛倒竖，脚下一滑，跌倒在地，幸有神明保佑，才没掉下几丈高的山崖。想起这样的经历，犹如胡椒浸在醋里，辛酸得很，觉得自家有点像山坳上的松树，饱经风霜。

家里家外，田里地里，白天黑夜地忙活，让她几乎忘了所有。两个孩子又小，自己身体又不好，营养跟不上，她都快支撑不住了。活着真是太苦太累！可是，不管是成年后为人女，还是婚后为人妻、为人母，她肩膀上扛着的是责任，责任心让她咬着牙渡过了一个又一个难关。

一天放够水回家时，已是下半夜两点多。和她同行的还有一个男人，他见四下无人，小声地说："秀秀，你老公不在家，一人太孤独，不如我陪你吧。"

她一口拒绝："我早就习惯了，有人在身边反而更讨厌。"

对方不死心，又说："你一个妇人家，夜里去山沟里放水，就不怕被男人抱到草丛中？"

她不假思索地说："谁要是敢动我，我就一锄头砸死他！"

对方哼哼唧唧了一阵，快分路时，再一次说："反正你老公不在，儿子又睡着了，就让我陪你吧，以后那边的旱田我替你包了，再也不用你那么辛苦，我还会给你钱。"

"难道为了钱就可以出卖自己的灵魂？这样的人活着还有什么意义！"

她断然拒绝，说情愿让田旱死，也不做对不起老公的事。她性格开朗、随和、爱看书，平时还喜欢记日记，报上曾发表过她的三篇豆腐块，是个对生活有幻想有憧憬的人，但在生活作风上，却很传统，从心底里鄙视那种水性杨花的女人。

后来，又有几个男人开她的玩笑，玩笑归玩笑，真是打她的主意，门都没有。他们是求雨走到了火神庙，找错了菩萨。但她也有了恐惧感和自责感，怕他们以后会不断地骚扰自己的生活，难道我有什么地方不够检点，让他们产生了这种企图？可她自问对得起天地良心。

一段时间下来，见她雷打不动，他们也就不敢再打她的主意。她为自己可以安安心心地过日子而感开心，暗许自己是不怕火炼的真金。

没想到，在刚买手机不久，老是有人发来短信，而且够有情调。她以为是那些无聊的神经病闲着没事，不加理睬。却不料，这人知道她的名字，而且还和她老公一样叫她的小名，让她回短信。她一条也没回，收到即删，他却短信照发，还责问为什么不回复。

她不知道他是谁，也不想知道，心想只要不理他，他自然就会死心。到后来，他越发频繁地发短信骚扰，而且内容越来越肉麻，说他想她好几年了，都快疯了。她一下蒙了，这人到底是谁，自己有什么地方值得他想几年？在纳闷中，她还是把短信通通删除，心里还骂了一句神经病。

一天，老公回来了，她到溪边洗衣服时把手机留在床头柜上。那人的骚扰短信又至，自然落入她老公眼里。等她回来时，老公让她看了短信，笑着问："这是谁发来的？胆子那么大，敢打我老婆的主意。"她说："谁知道是哪个四六货那么无聊，想破坏我们夫妻的感情。"她问心无愧，心中坦然，老公也不会怀疑她，不然她可真是豆腐掉到了木灰堆里，洗也洗不清了。

老公走后，短信又来了，而且加重了药量。她知道，第二次严峻的考验又降临到头上了，她自信世风再怎么日下，世上也还会有贞女。

某个夏日，她回邻村娘家探望父母。吃过晚饭后，因路途不远，天又没完全黑，就没麻烦胞兄送，一个人步行回家。快到家时，天就黑了下来，她都看到家里的电灯亮了，那是公公房里的。到家的感觉真好，她高兴地哼起了儿歌。突然，冷不丁地从路边跳出一个人来，从身后紧紧地抱住了她。她吓得腿都软了，全身就像刮大风穿绸衫，发起抖来。

我的妈呀，这是什么世道，竟有人这么大胆，在人家家门口拦路打劫呀！她刚想喊救命，那人早有准备，腾出一手捂住她的嘴，轻声说："别喊，是我。"

她听出了声音，原来是本组人，比自己小几岁。她定了定神，奋力挣脱对方的怀抱，生气地责问他："原来那些短信都是你发的！"

他承认下来，还说为等她的短信都快发疯了，说她不够朋友，一条短信也不回。她只好说，自己不会发短信，接着问："你怎么会有我的号码？又怎么知道我这时候回家？"他不告诉原因，只要求她接受他的爱，说单相思害了几年，现在真的受不了了。

"同志，我不值得你爱，我比你老几岁。"

"你不老，你一点都看不出变化，观音菩萨，年年十八。不知为什么，我觉得你比别的女人特别。"

她没有被他的好话吹得晕头转向，正色道："你有老婆，我有老公。你可以做对不起你老婆的事，可我不能做对不起我老公的事。"

"他们不会知道的。"

"世上哪有不透风的墙，纸又怎能包得住火？若要人不知，除非己莫为，我要是连这点道理都不懂，那我真是枉读几年书了。"无论他说得多么动听，她一点都不动心，一再拒绝。

他感到沮丧，说她对不起他几年的相思，一点回报都没有。

她想起来了，难怪他平时当着大家的面也开她的玩笑，原来真有这么回事。

"你找错了人！"当她转身准备回家时，他再一次强行抱住了她，而且动作起来，意图十分明显。

她又气又急，心里却没乱分寸，语带威胁地说："我是打不过你，可你要是敢动我，我就把此事公布于众，然后自杀，让你抬不起头，做不起人来！"

他刚才绷紧的全身肌肉马上松弛了，紧箍的大手无力地松开垂落。

次日，她又发现了他的短信："昨晚的事，我想对你说声对不起。不过，我不会放弃，我会等到你心甘情愿的时候，能给我回个短信吗？"

不能！她永远都不会心甘情愿接受他所谓的爱的，他看错人了，吃着碗里却想着锅里的男人，会是好男人吗？！

他不断发来短信，她烦透了，反感极了，也害怕极了。有人说，被人追求是一件幸福的事，尤其是人到中年时，可她却不然。她感到自己就像做了亏心事，于是换了手机卡，心想这下好了，再也不会被他的短信骚扰了。但很快，号码又被他知道了，于是她索性停机。他贼大胆，竟往家里打电话，问她为什么停机。她说带手机嫌麻烦。他央求道："我帮你交了五十元话费，为了方便联系，你还是开机吧。"

她心里非常懊恼，如果再这样下去，不知以后会发生什么样的事，得阻止他，让他死心。但毕竟是低头不见抬头见的人，又不能伤害人家的自尊心，何况爱一个人也实在没错。她想了想，提笔写了一封信给他：

同志：

　　首先，我向你道歉，向你说声对不起。因为我无法接受你的爱，你爱上谁，那是你的权利与自由，别人无权干涉。可是千不该万不该，你不该对我有意。在我的心目中，我的老公是最好的。在我与他的词典里，没有背叛，只有忠诚，我与他相约了三生。如果你真对我有意，三生过后，你再来找我，到那时，我才能对你今生的爱，来回报你。如果你真的把我当朋友，那么，请祝福我，并请对你的家庭负责。

　　望三思。

　　随信装入信封的，还有一份报纸，上面刊登了她的一篇习作，名曰《相约三生》。她认为，这篇习作最能表明自己的婚姻和家庭观：

　　老公今年45岁，我43岁。他从部队退役后，开过货车、客车，去年又去厦门开工程车。二十多年来，他一直小心谨慎，算是个老资格的平安司机。如今很多驾驶员都会偷卖汽油，甚至做假单，老公从来都不曾随波逐流。他说，年轻时都不曾做过亏心事，何况现在。在上杭车队开货车时，队长说，如果每个驾驶员都像我老公那样遵纪守法，那么车队根本就不用什么规章制度。

　　老公性格内向，不苟言笑，而我性格外向，谈笑风生，总想活跃气氛。两种截然不同的性格，在一起生活了二十多年，是多么不容易。每当我身体不好又心情不好时，我是多么的需要老公赛过金钱的美好语言来安慰啊！可是我只能自我安慰。他身体欠佳加心情欠佳时，我想尽一切办法来安慰与开导他，他却用沉默来回报我。我做得再好，他连一句良心话都不曾说过，更别说表扬了。我对他说，凭着我二十多年来不曾和你父母争吵，和教育好了两个儿子，你也应该表扬一句吧？他说，表扬了我怕翘尾巴。有时我真的好灰心，对那些优良传统不想再接再厉。我和老公闹矛盾，大多是因为他的不善辞令。我跟他说过，我嫁给你，不图荣华富贵，只图夫妻恩爱，不图穿金戴银，只图一家平安。物质生活富裕而精神生活贫穷的人不一定幸福，有钱人家，如果夫妻之间大吵三六九，小吵天天有，又有什么幸福可言？而夫妻恩爱，有商有量，共同努力，黄土也会变成金的。谁敢说上半夜的"三斤狗"，不能变成下半夜的"三叔公"？

说实话，老公的沉默寡言，的确让我伤透了脑筋，也曾流过不少伤心的泪。我绞尽脑汁想改变他，结果是"旧恨"添"新伤"。他常常突然不和我说话，令我丈二金刚摸不着头脑，不知道自己又在什么地方得罪了他。有一次，我跟他说什么都不回答，恨得我一口咬下去，痛得他"哎哟"一声，骂我是"疯狗"。看到留在他手上的"杰作"，我竟不觉得自己过分，而是他活该。

有一次更让我终生难忘。早饭时，他还和我说说笑笑，早饭后突然又"旧病复发"，我想方设法逗他笑，他却像是吃错了药，一个上午坐在电视机前一言不发，叫他也无反应，搞得我非常恼火。孩子不在家，怎么办呢？我灵机一动，叫道："大头古，你什么时候偷了我的零钱，也不告诉我一声？""谁偷你的钱了，冤枉好人！"老公立马由坐变站，我心里得意至极，却不动声色："不是你偷的那会是谁偷的，孩子又不在家，如果是小偷，他还不统统偷了去？""我真的没拿，别冤枉好人，肯定是你自己算错了。"我说好歹也读过初中，再差劲也不会连一百块的零钱都数不清，还一口咬定是他这个"惯犯"作的案，骂他是个死贼古，偷了老婆的钱还不承认。

老公一脸冤枉，还说如果我再冤枉他，他可就真的去拿了。我看火候已到，见好就收，一手捂着肚子爆笑不已。老公看到我诡异的笑，恍然大悟，知道自己上当，狠狠地捏着我的鼻子说："以后还敢不敢冤枉好人？"我开心地说："其实是我太冤枉了，为了逗你说笑，连压箱底的绝招都用出来了。"一场可怕的冷战终于化解。不害羞地说，如果我多喝一点墨水，肯定也是个不平凡的人物。有时候，我真的好佩服自己的聪明。

当然，在语言上，老公永远都无法过关。无论我怎样跟他说，幽默是生活中的调味剂，如果生活中缺少了风趣与幽默就像煮菜没放油盐味精，人与人之间是少不了语言沟通的。有时候，美好的语言能使人忘掉忧愁，看到希望。我嫁给他，缺的是安慰，少的是开导。

话说回来，老公虽然不善辞令，但他心地善良，是真心爱我的。每次开车回到家里见不到我，都会去寻找，并总会帮着干些田里地里的活。我心里很过意不去，也怕别人说闲话，他总说，帮老婆干活是天经地义的事，不要在意别人的议论。小儿出生后，我因坐月子时不小心受凉，病魔缠身，常常是这病没好，那病又至，有时甚至几种病同时光临，搞得医生开药方都难。那些年，我的饭量比药量都少，三餐几乎由药物填饱肚子，什么中药、西药，什么药丸、草药，家中常有，我都吃怕了药，打怕了针，苦不堪言，心灰意冷，总觉得自己是这个世界多余的一个，几次都失去了生活的勇气，拿起农药，想一死了之。但老公从没嫌弃过我，总是一直无怨无悔地带着我到处求医，甚至迷信带我去神婆那里。多少个风雨交加的夜晚，老公或背着我，或用自行车推着我，后来有了摩托车，带着我看病才轻松了一些。有一次我因食物中毒，又吐又泻，痛得浑身一点力气都没有。老公吓得要命，他一手驾驶摩托，一手反抱着连抱他的力气都没有的我，一路不断呼唤我的名字，明显带着哭腔的话音，却再三鼓励我坚强、坚持住。在医生那折腾了整整一个晚上，才止了痛，老公哭着抱着我说："老婆，你太可怜了！"至今，我的耳边还时常回响起当时他那急切的声音，我总是情不自禁地潸然泪下，觉得自己是世界上最幸福的人之一。

每当忧伤时，是亲情和爱情鼓励着我。每当觉得自己好苦好累时，是亲情和爱情给以力量和信心，使我有勇气面对生活。亲情和爱情，使我懂得了生活的许多道理，懂得一个人活着不能光为自己，还得为亲人而活着。只要想到亲情和爱情，我的好些荒唐的想法，就会被彻底推翻。

结婚二十多年来，我们之间也有过不少矛盾，但更多的是关心牵挂。老公不苟言笑，不会说好话逗我开心，也没赚过大钱让我过好日子，但是，嫁给他，我于愿已足。他这人可靠实在，心地善良，虽然一直出门在外，可从不拈花惹草，是属于下班回家的第四类男人。婚后，我和老公虽然过着离多聚少的日子，但彼此的心中都装满了思念与牵挂。我也想通了，老公性格内向，缺乏幽默，改变不了他，就改变自己。既然有缘走到一起，就应该陪着他一起叹息，一起欢笑，包容他的缺点，欣赏他的优点，开开心心相依相伴一生。

有一天，我问老公，讨了我做老婆后悔过没有？他说没有什么可后悔的，还说下辈子如果我愿意，他还找我。我说，我当然愿意，我愿意与他做三辈子的夫妻，三辈子过后再考虑要不要再订"合同"。那好，我们就先订三辈子的"合同"，于是我们拉了钩。老公，我爱你！我最想说的就是这句心里话！

找了一个适当的机会，她把五十元话费夹在信里，一并交给了他。他的脸上堆满了幸福的笑容，以为收到了情书："秀秀，这是什么？"他温柔得让她受不了。"你看了就知道了。"她心里却说：千万别笑，看了信，你肯定会笑不起来，会恨我。

他恨她，她才会心安理得，因为她断了他的念头，经受住了考验，因为她对两个家庭负了责，也活得轻松。

此后，他真的再也没有任何骚扰之举，她如释重负！

说实话，她要是会犯错，十多年前就犯了。那时，两个儿子都在读书，自己身体又不好，需要很多钱，老公又一直出门在外，啥事都得靠自己，常常对着孤灯，黯然神伤，独自一人承受着各种各样的压力。见她老公常不在家，曾有人打她的主意，她都不曾越轨，何况现在！

老公也算个英俊潇洒的男子，四年的军营历练又使他多了一份阳刚。在她近十年的疾病缠身中，朋友们曾开他玩笑，换个新的吧，也不用花那么多钱治病。他却正色地说："糟糠之妻哪能换？"不少坏女人主动投怀送抱，他都不曾动心，一一拒之千里。同事们笑他是呆猫不吃煎鱼，说他是第二个柳下惠。如此，她又怎能做潘金莲？

儿子考上大学后，因生活所逼，老公又去厦门开工程车，她又因诸多原因离不开家，可他们之间除了思念就是信任，没有一丝怀疑，别人也笑他们是一对信得过的产品。

坚守阵地，就是坚守自己的名节，男女均是。

夫妻之道

夏收闲工时，去了趟厦门。老公在那里开工程车，两班倒。到了休息这天，几个驾驶员又约好在王队长房里喝酒。人家毕竟是带长的，待遇高些，房里厨具也齐全。

我老公和队长住对面，早早就备好了菜，上午九点多生火。锅开了，水滚了，大鱼小虾下水了，海味山珍和着红的辣椒片儿和绿的葱叶丝儿，在锅里咕噜咕噜冒着气泡翻腾着。

十点多，老公就叫开饭了。我很纳闷："你有问题吗？现在才几点就喊开饭？"他说早三餐晚三餐，完成任务就行了，不要管它几点。

锅盖一揭，一股扑鼻的香气直钻肠胃，人人情不自禁地咽了咽唾沫。我给这几个不要出车的"驾哥"每人海了一碗，他们吸溜吸溜地吃些东西垫肚后，开始边喝酒边说笑。

他们中，有一张新面孔，昨天刚到，先前也在这里开工程车，后来被老婆叫回去了，照他的话说，"因为和老婆吵架，心里烦，所以想来这里了几天。"

新面孔这么一说，氛围便热闹起来了，几杯酒灌下，男人们纷纷走进了说老婆坏话的行列中，听得我胆战心惊。

王队长说："老婆老婆，一讲老婆我就伤心，我老婆的事三天三夜都讲不完，写成一本书，保证畅销。"

我说："那你说说你老婆是怎样的人。"

"她死鸟搭瞎，不懂人情世故，冇半点素质。总之，她做人很差板，我都不晓得要怎么样形容她。"

王队长喝了一口高粱酒，接着又说："要不是兄弟姐妹和爷娘劝解，加上妹子还细，幻想她迟早会变好，早在二十多年前，我们就离了。有次吵了后，下了决心要离的，我在镇政府门口等了她很久，可她没来，被她的爷娘和兄弟姐妹送回了家。要是那次真离了就好了，我也不用受那么多的苦，说不定也找了一个通情达理，又靓板，又能给我生小子的，今朝日子我也不会孤孤单单地在外闯荡，有老婆却跟冇老婆似的。"

我不解地问："你为什么会这么恨你老婆？也许随着年龄的增长，生活的改善，她也在改变对你的态度，夫妻间闹些矛盾是难免的，一夜夫妻都百日恩，何况你们的妹子都已结婚了。都是四十多岁的人了，夫妻之间跟仇人似的，何必呢？这样活着多没意思！"

王队长说："你不晓得她娘种人，曼人遇到曼人行衰运。"

"莫讲人家咁差板，要是真个这样，你当初会讨了她？"我开玩笑说。

驾驶员肥古接话说："你不晓得，当时他一讲有老婆讨，高兴得目珠都睁不开了，哪还考虑得那么多。再说那时也不比今那，今那的年轻人，个个都比狗条子①还精。先前我们那个时代，有老婆讨就行了，会吃会做会当家，又会生细鬼子就成。至于好不好靓不靓都冇关系，农村人不讲究靓板。王队长那时可能是猴急了，也就不去打听打听人家脾气好不好，摸摸人家讲不讲世情道理。"

王队长叹了口气："先前确实没想那么多，鬼晓得她会是娘种人，要是晓得，我情愿打光棍。"夹了一箸菜入口后，又说："先前在林业局上班时，我买了两只铁桶，拿回去一只给我母亲用，你们猜我老婆怎么着？她竟然抓一把碳氨肥丢到那铁桶里，让它生锈。我奇怪了，自家那只好好的，为啥老家的生了锈？问我妈，我妈说装了洗锅水，我不信，逼问老婆，她承认了，气得我……要不是我妈拦住，我真想一巴掌扇死她。我爷子②早死，班是我接的，有个老弟还在读书，我得让他完成学业，可她不让我缴他读书，跟我吵，跟我闹，还故意让我妈和老弟听到。前两年，我妹子考上了大学，有亲戚朋友来庆贺，她把家里养的鸡鸭全卖了，还问我有几桌猪朋狗友来。你们想一想，娘种人是不是欠揍？她种了许多菜，挑去菜市场卖，看到我老姐在买菜，她也不叫一声，

---

① 狗条子：小狗。

② 爷子：父亲。

卖不完的，就是拿回家烂掉，也不送给我老姐半片。"

肥古接上来的话茬像热菜那般冒气："衰各衰绝，讨老婆讨老婆，早晓得就不要讨了，自由自在，没人管，又不要负什么责，做了再多的钱也由着自家花。跟她睡过后，啥都得服她管，其实行房又不单是好我，她也好上了，每人出一样，跟打斗四一般般。最衰的就是跟她随便一睡，就睡出个细鬼子来，要是体育彩票随便一买就回回中奖，那该多好！"

竖着耳朵听了好半晌的新面孔又说话了："我以为天底下只我行衰运，讨到一个比狗屎都冇咁厌的老婆，听你们一讲，原来你们也是衰鬼一个，哈，真是跌落屎坑平界①！我老婆天天骂我，骂得我站不住脚，我被她骂怕了，一气之下来厦门待上几天，等气消了再回去。"

我越听越不自在，说："我为女同胞提出强烈抗议！你们男子人总说，妇人家冇腔事搞②时，便聚在一起讲老公，比曼人个老公好，比曼人个老公懒尸，我看你们男子人讲老婆才过分，啥都敢讲，讲得妇人家体无完肤，好像世上好女人都死绝了！"

新面孔喷着酒气，摇摇手："那也不是，我看别人就很会讨老婆。我有三个嫂瑞，她们就不会老骂我的老伯瑞，我兄弟几个就我行衰运，做了回瞎目猫公，摸了只死老鼠，骂人一档③，什么骂人的话她都骂得一溜边，一开口就是短命相、懒尸古、赌博鬼，我要是回骂几句，她就跟老虎嫲一样扑过来，要跟我决一死战，大家救都救不开。要不是看在细鬼子的分上，我真跟她离了，跟她一起过日子，命都会短几十年。"

肥古不甘沉默，怕被王队长争了去，马上又接上了："当时相亲时，看她斯斯文文，也有几分可爱，以为自家命好，遇上了个好妹子，今后的日子会过得丰富多彩。可时间一长，原形毕露，每天看到的都是老长的臭脸，管老公跟管劳改犯差不多，辛辛苦苦做了一月的工钱，必须全部上交，每天就给我二十块零花钱，一分也不多给。还要我做家务，不准我在外面喝酒，哼，和她一起吃，喝一口酒我都嫌多，哪还能喝两杯？再这样下去，曼人受得了？哼，迟早我也带个小鸟依人的细妹子。"

"肥古，自家辛辛苦苦做来的钱，千万别被老婆卡得那么死。反正她又不

---

① 跌落屎坑平界：意为同一层次，或相同遭遇。

② 冇腔事搞：没事做，闲得蛋疼之意。

③ 一档：一流。

晓得你一个月做了多少，何不留着点？别那么土，得留一手。我都吸取了经验教训，大前年我存了八千块钱，把存折和密码都告诉了老婆，一次我出车要货款，一看卡里都空了，问老婆，她说怕我赌掉，早就转账了。叫她拿出来，她死活不肯，你说，下回我还会这么土吗？"

"当然，我早就留下了一手，我又不是吃屎大个，我要抽烟要喝酒，要吃饭。天气热了，一天两瓶矿泉水不多吧？吃啥都得吃最低档的，再这样被她糟蹋，我都快被踩成人干了！早知今日，鬼才去讨老婆，有钱在身，细妹子多的是，想多靓板就有多靓板，哪还用去看黄脸婆的脸色过日子？"

肥古不用新面孔教，说自己每个月都会留下二百元，不告诉老婆。可有时东藏西掖，连自家都会忘记。有次放在鞋垫底下，老婆洗鞋时发现了也不告诉他，他也不提起。只是她管得更严了，要他把工资表拿给她看，想对他实行残酷的经济封锁，为此两公婆没少吵架。

新面孔又说："我三个嫂瑞从没骂过老公短命子，对我妈好得没的说，就我那老婆经常对我妈横眉竖眼的，一句好话都冇，有好吃的她倒来喂狗也不叫我妈吃。更可恶的是，有一次，趁我出车时，竟把我妈的电度表移开了，另装一个。你们想想，有这样小心眼的妇人家吗？老人家一个月才十块钱左右的电费，再苦我也缴得起，随便从啥地方我也能省下，为什么要这样做呢？我骂她几句，她却大声说，故意让我妈和三个嫂瑞听到，说你妈才生你一个吗，凭什么要跟我们同一个电度表？他们三个比你大，凭啥要最小的出，有分都是四兄弟分，要出凭什么就要我们出？我们又没多分。"

新面孔说得差点就要哭出来，调整了一下情绪，又开始大吐苦水："我妈原来和我住的，后来实在受不了她的辱骂，就自家过了。生了那么多儿子，七老八十了还要自家过，人家会怎么想？我真想和她拜拜了，跟我妈过，可又有一个细鬼子。那次我跟她说，一个月才不到十块钱，就算有意见也得先和我商量，不能私自做主就把电度表装开，还要让老人家出电度表的钱。她却说，一个月十块钱，一年就一百二，要是活到一百岁不死，那还得出多少钱？要是才生你一个，倒也无话可说。啥道理都讲了，她非但不听，反而一直骂我和我妈，我妈差点就喝了农药。虽然我可以偷偷把钱给我妈，但这样心里好受吗？我越想越窝火，连车也不想去开了。开车作利市，她却把短命子整[1]歌唱，一

---

① 整：当做。

天不骂就会死，莫紧被她骂着了，翻车做了短命鬼，那我赚那么多钱还不好上了她？还是来厦门避避风头吧……"

说的不说了，笑的不笑了，眼睛跟来跟去地瞅着新面孔。

我见新面孔眼里湿漉漉的，忍不住劝他："那你老婆会以为你失踪了，着急了咋办？莫让她屎缸^①里也去捞，得打个电话告诉她。"

新面孔不知是真被辣椒辣了，还是动了情，揉了揉眼说："她打来了六七个电话，我不接。既然骂得我站不住脚，还找我做什么？我就是死在外头她也不会闹，真个短命子死了，她还可以嫁人！"

"你们男子人也不能这样没出息，动不动就学妇人家个样，离家出走。公婆之间哪有不吵架的，舌头和牙齿也时常相碰。老人家说的，公婆间没有隔夜仇，床头打架床尾和，老婆又不是仇人，该当软时就当软，多跟她讲些人生道理，相信她会理解的，总是吵吵打打，对细鬼子不好。"

"鬼才有那般好心情！跟她讲道理？三句话没完，她便骂，我不听你鬼喔，你爱鬼喔走远一点。好，走远一点就走远一点，我走时跟她说，我实在不能再忍受你的辱骂了，给你一个月时间，你好好想一想，如果不改鬼性，那就拜拜吧，我要过那种人过的日子了。"

王队长休息了很久，又忍不住插话了："真个行衰，不讲老婆还能喝得下酒，这一讲老婆吧，酒都变了味，食欲都没了，莫讲性欲。我的老婆自我出门半年了，才打了一个电话给我，说'你侄子做过周^②了，不关我事'，然后挂了电话。既然不关她事，还打电话给我做什么？我的兄弟姐妹那里，她从来不去，啥事都不管，好比仇人。我走再久回去，她也不跟我讲话，我先开口，她还笑我回去是因为要求她了。屁话，我要求她？我求她屙牛屎吗？我对她说，我到死也不会去求你。我恨死她了！平时我家从来没有亲戚朋友来，新年好不容易来了人，她连茶也不倒，也从不招呼，除非她的外家来了人，那才热情。你们说，跟她娘种人过日子，人生是不是跟一杯白开水一样？简直是浪费了我的青春岁月！"

"就是！骂又骂不过她，打又打不过她，因为她比我还高大，这辈子算是被她害死了。她身体好，命又长，又不快点死，早点死了就不会再浪费我的人

---

① 屎缸：茅房，厕所。
② 做过周：一周岁生日。

生了，说不定还能讨到好老婆，生活就有了彩色，不然我真个一点意思都没有！"肥古接上说。

"冇差①，她们早死我们就早安乐，她们死了也要把她们埋在高山上，让我们有财发能讨到好老婆的地方。"王队长也真恶毒。

肥古说："对，一定要埋得高高的，好让她看到为啥跟她过得那么辛苦，一点快乐都没有，而跟好老婆却过得开开心心，有讲有笑，气死她！"

我骂道："你们也太恶毒了，本来她死了，又还要再气死她，你们想让她死几次？如果她们真个死了，你们真个一点不伤心，真个不会流一滴泪？既然如此恨她们，那你们不会买包老鼠药毒死她们？"

肥古说："像娘般的老婆死一百次也不过分，她死了我高兴还来不及呢，鞭炮我都要买大一点，为啥要伤心，为啥要流泪？人来世一遭不容易啊，可结婚后，她白白浪费了我几十年的青春，死了也应打入十八层地狱。"

王队长说："连鬼都晓得我们一直过着有名无实的夫妻生活，再恨她也不能毒死她，就算她突然得恶病死了，人家都会怀疑是我害死了她。她的外家要是来找麻烦，我就死翘翘了。为了娘种妇人家，搭上自家性命，太不值了，我可没那么笨！"

"咳，可能是上代祖宗的地②选得不好，地理先生没看分相，害我讨到一个咁难讲③的老婆，半生世人都快过完了，还没过上几天好日子，每日一看到她目珠都乌三寸，饭都不想吃，睡在同一张床上，一点动作都没有。人到中年万事休，可我还没到中年就万事休了！"

肥古本来就不爱笑，皮肤又黑，又要黑着脸说话，看到他这副死气沉沉的样子，大家笑得差点打喷嚏。

"公婆之间恨到这种地步，太悲哀了，两个人加起来都九十多岁了，人生苦短，何必呢！再说，不要把所有的错都强加在老婆身上，多从自家身上找原因，一个巴掌拍不响。我不相信都是她的错，公婆一起过日子，该骂时就骂，该得意④时还是要得意，不是说男子人大丈夫，床下孤就床下孤⑤吗？忍一时

---

① 冇差：没错。

② 地：墓。

③ 咁难讲：不说理。

④ 得意：宠爱。

⑤ 床下孤就床下孤：孤，蹲下。床下罚蹲就床下蹲。

467

风平浪静，退一步海阔天空。子女再孝顺，但有些话有些事，还是要公婆之间才能行得前。身体好年轻时还好说，怕就怕病了老了时，子女有子女的事业，就算子女孝顺，也不能放下事业来照顾爷娘吧，到了那种时候，也许你们就会感到还是老婆好。"

我很想说服他们，让他们几个能和老婆重归于好，不再过他们申诉的那种痛苦日子。

王队长说："讲上天讲下地，我也不会原谅她。以后我老了，我就进养老院，最好早一点进去，看那有没有合适的妇人家，反正有退休工资，愁不着我。今那也不愁，细妹子哪里都有，对我不好我不要。子女大了他们会养活自己了，我的钱没人管，又没有负担了，带几个细妹子都行，活得几潇洒①？比神仙还自在，每日想喝酒就喝酒，想带细妹子就带细妹子。"

"就算平时咋样都行，活得也自在，可逢年过节行吗？不管是情妇还是逢场作戏的细妹子，总是像地下特务一样，不能光明正大，平时带出场大家看了也会指着脊梁骨议论，过年过节你能把她带回家吗？"

王队长说："讲实话，过节我不管，但是我确实最怕过年了。有家可以归，但归去又冇一点意思，没那种温馨的家，回去也痛苦。旧年过年时，如果不是出了嫁的妹子会带婿郎回来，我可真的不想回去了。"

"听你们讲得咁冤枉，我真想把你们的辛酸事写成一本书，挣些稿费花一花。"我开玩笑地说。

"好！好！好，你作紧②写，我冇意见，还会尽量给你提供素材。如果你不信我说的，我还可以带你去采访我老婆，来个三对面对证，看我有没有讲假③。还有一事我差点忘了，就是在我买断公职时，我老婆以为我从此没了门路，便叫我天天和她一起做水，啥事都要我做，说从此以后我就要服她管了，因为我下岗了，到老都冇钱领了。后来她老弟告诉她说，姐夫交了社保，虽然买断了，但六十岁过后还是有退休工资的。她听了又对我好了一点，会主动和我说话。可我还会领她的情吗，这种落井下石的妇人家，目光太短浅了。"

"以前我不太相信你说的，以为是你对不起你老婆，你老婆恨你，才会这

---

① 几潇洒：多潇洒。

② 作紧：赶紧。

③ 讲假：说假话。

样。新年我和老婆去了你家，你老婆见来了人，连招呼都不打一个，更不用说过来倒杯茶，这种连外面光都不要的妇人家，的确讨人嫌。"我老公开始发表意见。

"我老公可是从来都不议论别人好坏的，受你们的病毒感染，今朝日子也按捺不住了。再和你们相处下去，我真担心他会变坏，和你们狼狈为奸，也做对不起老婆的事，也把老婆贬得一文不值。"

"哈，你老公？你老公比我们还先学坏，搞细妹子都是他带我们去的，哪里的妹子靓，哪里的妹子道，他比曼人都清楚，你不来他身边管着点，小心他开除你。"

这帮家伙捉弄起我来了。

老公说："老婆，莫听他们鬼喔，他们是看我们咁合适①，目热，想破坏我们。你老公是什么人，你最了解了！以前开货车时，广东饭店里的细妹子坐到我腿上，我都无动于衷，莫讲今那老了。在我心目中，老婆是最好的！哪会和他们一样行衰运，讨个老婆咁死乌②。你还可以一万个相信我，我还是属于放心牌的。"

老公说完，拍了一下我的肩膀，我感到有种力量传遍全身。

"去，去，去，莫在这里玩浪漫了，想气死我们三个吗？想玩浪漫回房间去，莫害我们喝不下酒。"

肥古说着，右手在空中画了个弧，一把拿开了老公的酒杯。

"我拍我老婆肩膀关你啥事？自家行衰运关我屁事！上代做了恶事才会连累下代，拿来！你自家冇心情喝酒，还不让我喝了？"

人高马大又有几年兵龄的老公，三下五除二便抢下了酒杯。

"老魏，说实话，我们的命比不上你。你老婆懂世情道理，又有文化，说出的话让人听着舒服，对你爷瑞又孝顺，两个细鬼子也教育得好，有礼貌又懂事，父亲节时，一个打电话问候，一个带着女朋友来看你，还买衣服给你穿。我三四个妹子，没一个打电话给我，莫个人比人气死人啊！难道真个花鸡嫲养花鸡子③……"

王队长说着说着，竟喉咙哽咽起来，一双眼睛都红了。

---

① 咁合适：很恩爱。
② 咁死乌：很不讲理。
③ 花鸡嫲养花鸡子：意为有其母必有其女。

肥古眼尖看到后，忙说："莫讲了，莫讲了，再讲就真连酒欲都冇了，来，喝酒，喝酒，再讲那些衰事，我就要哭了。"

没讨老婆的华古说："哎哟，听你们一讲这些辛酸史，我都有恐惧感了。讨这样的老婆还不如不讨，做一个快乐的单身汉。"

肥古白了他一眼："你家才你一个子瑞，不讨老婆就会绝种，那你父母还不喝农药自杀？"

王队长劝道："又不是每个人都行衰运，你看老魏不就行好运吗？不过我教你一个经验，捉猫子看猫娘，母亲冇世情道理，做女儿的就好不到哪里去，子不教父之过，女不教母之过，婚是要结的，你今年都二十九了，不能再拖了，就算上个月结婚，下个月离婚，也算讨过了老婆，也过过了搂着老婆睡觉的日子。"

新面孔深有感触地说："讲的也是，讨老婆也要看她的家庭成员。如果是善良本分的人家妹子，那你就可以放心。最好不要找那些条件优越的，穷苦人家出身的妹子一般比较善良，比较会当家。如果她家里人都经常吵吵闹闹，拳打脚踢，这样人家的妹子尽好都八点①，你就是腔硬撑烂棉丝被也不要，既伤财又伤心，莫拿自家的幸福当儿戏，真个上月结婚下月离婚多丢人。"

"也是！我们三个以前就是因为幼稚又饥不择食，以为会吃会做会当家就行，才落到今朝日子的下场。我们的一生已经谈不上幸福了，最好你不要步我们的后尘，吸取经验教训，谨慎再谨慎。人生苦短，老人家说得对，'不会讨老婆害一世，不会养儿子害半世'。"

肥古说完，和华古碰了一下杯。

"要不是八十多岁的老公呆一直逼我快点结婚，我真个不想讨老婆了，多恐怖呀！万一讨到一个和你们一样的就死定了。"

"你不是说你妈是神婆，家里服侍了神明吗？就不会叫神明下凡，帮你查一查？"我开起了玩笑。

王队长说："莫急，看了妹子先什么手续都不要去做，花点小钱先试婚。如果她不好，那就不要心疼那点小钱。千万不要委屈自家，莫个结了婚再离婚就麻烦了。"

"哇！你们娘种男人好恐怖，居然用这种卑鄙的手段对付妹子人，恶鬼！"

---

① 尽好都八点：好不到哪里去。

我听了他们的对话，不能不为天下姐妹担心，现在的男人，啥点子也能想。

"冇办法，教精学精，女人咁坏，男人就得想出点办法捍卫自家的幸福，也莫说是鬼个子①。"

一直喝到下午一点多，几位中年男人在吃喝和说笑中，把所有的酸甜苦辣都倒了出来，顺带也把自以为是的人生经验传授给了尚未说亲的小男人。

回房后，老公从我复杂的眼神里读懂了我的心思，马上把我拥进怀里，安慰说："你放心，我不会违背我们的誓言，这辈子我赖上你了，还记得我发给你的短信吗？"

我马上想起了其中的一则短信："你是我的最爱，你是我的唯一，你是我的宝贝，我永远属于你。"一次去朋友家，我把这个短信拿到她面前炫耀，朋友嫉妒得要命："哎哟，你好幸福哦，你老公好浪漫哦！"她要她老公也发一个短信和她谈情说爱，还笑我老公："看你平时不言不语像个闷葫芦，想不到也这么浪漫，教教我老公吧！"我那时的心情，有点像初恋的少女。

我望着老公已然微红的双眼说："记得，我都记在心中了，怎会忘呢？不过，你说你这辈子赖上我了？"

"嗯！"

我用手做了一个"驳壳枪"的样子指向他的心窝。

"咋？难道不行？"他蒙了。

我用力一击，再次佯装生气，我相信他会想起来的，那是我们的约定啊！

"哦！对，对，对，我差点忘了，对不起，都是他们害的，三辈子，三辈子过后，重新考虑。"

我幸福地放下"驳壳枪"，真正投进他的怀抱，我们相约了三生，尽管那是神话，但我们不该忘记，如果真有来世，就不会再去找别的另一半。

就又回味起了我们的初恋。

十八岁的那年冬日，父亲叫我去几里外的市场称半斤猪肉。走到九驳桥时，见到了堂兄荣宝，他告诉我说，中午国生叔和文秀婶会来我家。我心里纳闷，从来都没有来往过，他们来是什么原因呢。

回家后，人还没来，我问父亲来客是什么人，为什么以前从未听说过。

---

① 鬼个子：鬼点子。

父亲支吾了一阵后，终于说出了原因，是堂兄荣宝要帮我介绍对象。我听后很生气，怪父亲事先不告诉我，不尊重我，不跟我商量。那时，我连想都没想过自己的终身大事，倒是想到哥哥已到结婚年龄。可生气归生气，我从小就怕父亲，虽然他从没打骂过我。听了父亲的解释后，少女的心里忽然又充满了期待。

原来，堂兄和国生叔在大队里共事，知道他在部队服役的大儿子到了谈对象的年龄，就有心把我推销出去。他父母写信告知他后，他也不敢违抗父命。后来他告诉我说，本来他也不想那么早就谈恋爱，只是顺着父母的意思而已。

得到儿子同意后，国生叔和文秀婶就决定带宝贝儿子的照片来相亲。尽管在同一个大队，又在同一所小学读过书，而且他和我哥哥是同学，以前还来过我家，但我毫无印象。相片中的人英俊潇洒，我一看就有点喜欢了。他父母见到我真人后也很满意。这样，我和他就在大人们的"阴谋策划"下谈起了恋爱。听父亲说，在我十七岁时，就有不少人上门提亲，父亲都以年龄还小为由给辞掉了，为此还得罪了不少人。

后来我问父亲，那为什么他家来提亲您就同意呢？父亲说，因为认识他的父母，也认识他，重要的是，他在部队里得了奖、入了党还学会了开车，我嫁给他肯定饿不死。也是，要知道那时的汽车司机招牌如同今天的大老板，被普遍看好。想想当时，有幸和他谈恋爱的甜蜜心情并不亚于时下某些女子傍"大款"那般。很多小姐妹都说我运气最好，碰上了一个好人家。

过完年的正月初二，我就收到了他的第一封情书。所谓情书，其实都是客气话，还不上一百个字，只有一句"求爱"的话，问我同不同意父母的安排。回信中，我也只有一句话，不但同意父母的安排，还同意上苍的安排。后来，书信往来便成了我们恋爱的桥梁，所有的山盟海誓、爱慕与牵挂都靠鸿雁传书来表达。虽没有花前月下的惬意，却另有一番甜蜜，很有那种相识恨晚的味道。自从有了他，我的闺中生活变得丰富多彩。直至今日，我还在心中感谢堂兄当年的介绍，感谢父母们的"阴险"和厚爱。

记得热恋中，我就在信中对他表示过，物质生活固然重要，但精神生活更重要，物质生活富裕而精神生活空虚的人，还是个穷光蛋。夫妻同心，黄土变成金。我这人把精神生活看得比较重要，有时闹别扭，我会很痛苦，一旦钻了牛角尖，就很难自拔，感到灰心沮丧，看彩电也以为看的是黑白电视。我常常囊中羞涩，却从未失去过信心，坚信只要一家平平安安、和和美美，馒头会有的，面包会有的，牛奶也会有的，一切都会有的。

现实生活中，经常上演兄弟姊嫂吵吵闹闹、拳打脚踢的影视剧，有时连锅头水缸都砸烂，搞得周围的人都来看热闹，还把笑话当做特大新闻传播。两三代人也都和仇人一般，一照面，便你一口唾沫他一口唾沫来解恨，连细鬼子都成了受害者。有些公婆也是，因为一些鸡毛蒜皮的事，搞得大吵三六九、小吵天天有，三句话都说不上，又是一个三句不离老本行：

"娘个短命子，早晓得你咁恶，堵水坝也不嫁给你！"

"娘个短命嫲，晓得你咁死鸟，做和尚也不会讨了你，行衰运个！"

相骂有好言，相打有好拳，什么伤感情的话也骂得出，什么伤感情的事也做得出。

老公有个大伯，快出服的，膝下三子，皆不让他省心。老大贵子巴，人称"外号专家"，专门爱替人起外号。肥一点的称肥古，瘦一点的叫猴哥，女人能说会道的是阿庆嫂，细妹子伶俐一点的是画眉鸟，还有什么邋遢古、拉鼻古、四十六号[①] 等等歪名他信口就来。大家骂他，他还笑，以为自家聪明。

他讨了一个很泼辣的老婆，能干，也会当家。你不得罪她，她好说，要是和她对着干，她可不管什么家娘家官、兄弟姊嫂，绝不让步，更不用说外人，她说"当软会当惯"。

贵子巴是个时鬼[②]，意遢货[③]，再紧的农活，只要有人喊声"贵子巴，了一下，抽支烟"，他都放得下。烟一到嘴，便忘了自家要做什么了，一聊，天南地北，春夏秋冬，从出世到现在，聊个昏天黑地。一次，被人叫去抽烟聊天，忘了自家放牛，结果牛什么时候跑到别人菜园吃菜了也不知道，让人把牛牵了去，要他赔。

只要有的聊，他连饭都不回去吃，害得老婆左等右等，上叫下喊，还不见踪影。次数多了，她也不等了，自家先吃，狠心时，把没有吃完的统统倒进猪食桶里，结果便是又打又骂，弄得左邻右舍都来相劝。冤家一样的兄弟姊嫂在偷笑，年老的父母边骂边劝，子女边哭边喊："爸，妈，你们莫骂了，莫打

---

① 四十六号：即四六货，傻瓜之意。

② 时鬼：反应迟钝之人。

③ 意遢货：做事不着急，哪里都能停留玩得之人。

了呀！"可是无论是两个"当权长老"的劝骂，还是宝贝儿女的哭喊，战争也不会马上停止。

贵子巴癫性发作，把碗头碗筷锅头水缸，来个大轰砸。他老婆见状，也不甘示弱，连米缸、尿缸也不放过。那时他们家没有电视，如果有，相信气火头上，也绝对难逃一劫。

次日吃饭时，用缺碗的用缺碗，用水勺的用水勺，自家想起后悔不已，别人看了说句："何苦来着？"

晚上上床后，男性本能发作了，想和老婆"做生意"。老婆气未消，抓紧裤头不让脱。贵子巴来个坚决镇压，霸王硬上弓，被余怒未消的老婆一脚踢去，正中下身，他"哎哟"一声，贼眼直翻，口吐白沫，吓得他老婆又拍又揉又捏，好在只用了一半的功力，不然贵子巴就成了风流鬼了。贵子巴慢慢睁开贼眼后还骂："短命嫲，想谋杀亲夫，再嫁老公吗？"

贵子巴是时鬼加邋遢古，几乎没啥优点。老婆性子急，做起事来风风火火，人很泼辣又精打细算，是个算盘上面睡目的主儿。夫妻俩性格相差十万八千里。

这对公婆，一个是番薯，一个是土豆，都是土包子一个。读了几年书的贵子巴和没进过学堂的老婆，同样写不出爱情两个字。他是死脑筋一个，以为是订了"合同"的，他想怎样就怎样，人家树上的小鸟、别人怀里的女人也能拐进自家的怀中，他却同床共眠的老婆都拐不到。因此，到了欲火冲天的时候，总是残酷地被老婆拒之于千里之外。有了那次的教训，他又不敢再拿自家的性命开玩笑，只好强行忍住。后来，不知用了什么手段，贵子巴竟也勾搭上了一个女人。那女人的老公比贵子巴还土，奈何不了老婆，三个细鬼子正在读书，生活很艰苦，老婆不赚点外快，日子很难顺利过下去，为了维系这个家，也只有闭只眼睁只眼做回独眼龙了。每每见贵子巴到家，便识趣地闪开，给他们提供方便，尽管心在流血。人穷志短就是这个道理，他心不甘情不愿地做了乌龟。

起先，贵子巴老婆并不知情，只晓得老公骚扰自己的时候越来越少了，后来陆续听到了风声，也不敢抓实，乃暗中跟踪。人赃俱获后，便又多了争吵的机会，在和隔壁的秀美闲聊时，又给老公加上了一个罪名。

两个男人气鼓鼓地说："你们两个妇人家，专门拣老公的坏处讲，其他妇人家会这样吗？"

她们理直气壮地说："你们做好了，我们也不会说你们坏话，怕人讲坏话，就爱做好来。"

"我们不好，为啥要嫁给我们，不去嫁个好老公？是世上有男子还是你们嫁不出？"

无言以对。

贵子巴的大弟，小名二古头，个头和封神榜的土行孙有的比，肤色像是非洲移民。和哥哥一样是个时鬼，天塌下来也当棉丝被。"好样学唔到，歪样一千担"，他比贵子巴更"出色"。比如好赌，什么赌都有他的份。比如嗜烟，刚做的新衣，两天就见洞。再如目光短浅，鸡肠小肚，喜欢挑拨离间。更是个十足的邋遢古，他老婆老嫌他，说他经常牙不刷半年不洗澡。我们笑他老婆，他不刷牙，就不要跟他亲嘴。她说，我们从来就没亲过嘴。这话谁信？

二古头的懒也是出了名的。他在煤窑干一天休息一天，在家那是一样也不做的。老婆腰痛也得挑水，他也看得过去。他自私又独吃，有次他女儿赴圩买了香蕉回来，他一口气全吃了，还把香蕉皮丢门口。老婆满头大汗干活回来，看到了香蕉皮，问还有没？他说落肚变粪便了，老婆气得骂他是独吃鬼。他喜欢吃蛋，饲料蛋也喜欢，如果平时没啥好吃的菜，他就买蛋吃，每次只两三个，自家煮了自家吃。老婆说："也不多买几个，老婆子女都有吃。"他出口就是鬼话："你又不是病脚，不会自家去买？"

"气死人，这样的人干脆不要讨老婆！"他老婆细逼每每说起，都是咬牙切齿。

细逼任性固执又小气，是个豆子算出麻、麻子算出豆的精算女人，而且从不记人之善，只记人之过，和人吵骂寸步不让，要打要骂奉陪到底。你一张嘴，我嘴一张，你一双手，我手一双，当今世界谁怕谁？你打得我痛，我打得你痒。

她和贵子巴老婆自从成了妯娌，就没消停过战火，一打就是二十多年。住同一房，上下楼还是同一张梯，你来我往的，天天打照面，真搞不懂她们是怎样过来的。后来她嫁女、乔迁，也不叫嫂子。兄弟姐妹、亲戚朋友，还有她娘家的人全都想趁这个机会让她们姊嫂和好，劝她叫。她说："我恨死了她，要我叫她，等月头从屋背后出来。"我们住在太阳落山的地方，她们这辈子看来是休想和好了。

细逼见老公这样对待自家和子女，很是伤心，连身体不好时都得不到老公的照顾，今后的日子还有啥看头？

对老公一旦失去了信心，生活就如一张白纸和一杯白开水，反正自家会吃会做，也不用求他。你不关心我，我又凭啥关心你？这样一想，心里稍微平衡了一些，也有了你过你的我过我的咱们井水不犯河水的想法，于是当二古头求欢时，她可没那么好心情，你不让我称心，我又凭啥要让你快活？我还少洗一件短裤呢！你要，给钱！

屡遭拒绝的二古头气愤过后，也和别人一起入起发廊来了，"你不愿，天底下的女人又没死光，只要有钱，什么细妹子都有，你以为你很靓很值钱吗？"

听了这些，哪个女人还能忍住气，那就是脑袋有问题。

战争的结果，常常是两败俱伤，身体和身心受到重创。细逼气得连衣服也不替他洗了，还不让他进房，二古头不是赌博就是习惯性入发廊，半夜回来进不了门，有时一脚踹开，有时就在柴火间里睡。再后来，性病就传染给了老婆，俩人一起去医疗室打针。等细逼意识到事情的严重性时，已经是八十岁学吹打，为时太晚。

自后不再拒绝，主动求爱，还拍老公马屁。可是老公的心野了，男人一旦沾上了这一爱好，有了念头 [①] 就很难收心，对老婆没了兴趣，只说我累了，睡觉。细逼拍马屁又拍到了马腿上，不但没得好处，反挨一脚，恼羞成怒中，威胁说："你再入发廊，我迟早把你的家伙割下喂花鸭。"

老三矮之古，高中毕业后学修理，两个月下来只学了个"半嫌古"。自己开修理店后，经人介绍，讨了个叫玉玉的女孩，大家说矮之古这堆牛屎，也能插上一枝鲜花。矮之古能讨到一个电影明星般的老婆，很高兴，父母也差点乐死。他父亲说："做梦也没有想到我这屋檐下能招来一个咁靓板的生娓，我自家不吃，也要给她吃。"三个儿媳，也确实玉玉最靓，公公婆婆全心全意爱她，就差把心肝挖给她吃。

他们很快有了一个儿子。为了他们更有事业心，做父母的想把家分开，让他们自家独立生活。其时矮之古因店里生意不好，没有再撑下去，他这人无才无貌，又缺心缺肺，一句话说出，准会让人气得吐血。因为是满子，上有父母的庇护，下有兄弟姐妹的照顾，读书读到二十岁，回来啥也不会做，几个手指头又因先天性缺陷而不方便，根本就不是女子所能托付终身的男子。可以

---

① 念头：瘾。

说，跟上这样的男子，就意味着走进地狱。

听说要分家，本来就起了凡心的玉玉更是慌了神。她虽是苦出身，但也是有父母和兄嫂姐姐们的庇护而受不得一点苦的，当初会看上矮之古，是因为他开了店，自家怕干活，想做老板娘，如今希望破灭了。没分家还好说，自家还可以天天在家带着刚过周的儿子，风吹不着雨淋不着，也不用去田里地里干苦活，更不用为了开门七件事烦恼。一分家就不同了，凡事得靠自家。自家吃不得苦，老公又不像样，挑个五十斤的担子，不小心点也会跌死，这样的日子还有啥过头？

玉玉思前想后，不顾褟褓中的儿子，狠心提出离婚。矮之古死活不肯，好不容易讨到一个漂亮老婆，要是离了，有个细鬼子，自家条件不好，父母又都是不看前面只看脚跟下走路的老人，以后，就是那木头一样踢一下滚一下的二手货，打着灯笼也难找，自家下半辈子还不打光棍？

女人起了凡心，是很难再回头的。玉玉丢下儿子，拣了自家的衣服回娘家了。矮之古那时下煤窑干活，因为手不方便，每个月只能挣个几百块，为了让玉玉回心转意，他把工钱都交给她，她照单全收，却不让他上床，也不准碰她。在玉玉娘家，矮之古束手无策。

"没离婚就是老婆，钱都要，人却不让碰，哪有这样的事？想个办法把她拐回家，就说子瑞发高烧，母性是天性，她听了准能回去。老虎嫲都不食子，我们就不信她会这么狠心。"

听几个一起干活的男人这一教，矮之古觉得是个好办法，从煤窑下了班，就骑上自行车去等老婆回家。玉玉一听说儿子有病，也急了，回家一看，儿子好好的，啥事也没有。问他，他说吃了药，打了针，有好转了。

几天后，他们发生激烈战事，我听到后，赶紧过去劝架。

矮之古的母亲一个劲地骂儿子："娘个死佬棺材，刚刚归来冇几久，又打生打死，是不是嫌我们命长？嫌我们命长，乐果①拿前来，我们吃死算了，呜……呜……"

我忙过去劝她："伯姆②，已经够乱了，你老人家就少说两句吧。"

来劝的人也一直在指责矮之古。他母亲叫我上楼去劝劝玉玉，她说我会

---

① 乐果：农药。

② 伯姆：伯母。

说话，有说服力。

受此重托，我走进了玉玉的房间。她一直在哭，披头散发，衣衫破烂，我赶紧帮她整理好，然后好话说尽，大道理搬了个空，最后还搬出了细鬼子，希望她看在孩子的面子上，不要离了，说不定慢慢地矮之古会改变。

"子云嫂，你想，月光都冇光，还能靠星子？这婚我离定了，做尼姑我都认了，跟他这样的猪狗过日子，不死也得疯！"

"没那么严重吧？"

"呜呜……有次我发高烧，他不关心也罢，还要上我身。我不愿，他就耍流氓强奸我，害得我第二天还起不了床。他不带我去看医生，也不端茶送水，就去煤窑做水。那天我躺床上，好比躺在秋千上，一天没吃饭，泪水都流干了，一直天昏地转……"

我浑身起鸡皮疙瘩，平时还算能言会道的我，竟找不到一句适当的安慰，只是拖出手帕，同情地为她抹去眼泪。但她的眼泪如决堤的洪水，抹都抹不净。

"有次，我做小月①，娘个短命子还不体谅我，也要我，我死命抵抗，可是他一巴掌将我打晕了。等我醒来，发现他睡在沙发上，床单上全是血。那天我要是还有半点力气，真会下楼拿把菜刀砍死他，然后自杀。那次，害得我一个月都不干不净，还得了妇科病，我才跑到父母家的，在那里养了两个多月，每天吃药打针。是他害了我，他给我钱，我能不要吗？不要我就没钱医病。"

我轻轻地"哦"了一声，还是不知说什么好。

"前几天，他骗我说细鬼子发高烧，我就回来了。我天真地认为，他不会再这样对我，没想到娘个短命相，一点没改，还是把我当做发泄兽欲的工具，想要就要，从来不管你愿不愿意。昨天晚上碰了我，今天他不用上班，中午又想碰我，我受不了，就和他对抗，他又狠命地打了我。子云嫂，你说，我不离婚，还能活多久？他是猪是狗，哪是人啊！"

可怜的玉玉，我还能说什么呢？我将她抱住，眼泪直流，一句话也说不出，只是用手一直拍着她的背，权作安慰。她也紧紧地抱着我，把我当做她暂时的依靠。我听到了她的心在滴血，我的心也在滴血。

那一晚，我彻底失眠了。生为女人，世上该没有比玉玉更悲惨的了吧？

---

① 小月：来月经。

在我想象玉玉今后的出路时，玉玉的惨剧竟令人发指地到了一个极端。

大概三天后，玉玉趁矮之古父母不在，拣了衣服要走。矮之古没拦住，后来追上她问："你真的要离吗？"她说："不离我还在你家等死吗？"话一出口，矮之古捡起地上的石块猛地砸向她的脑勺。受了伤的玉玉一点反抗能力都没有，任发了疯的野兽往死里打过去。玉玉昏死过去后，长短裤齐刷刷地被扯下，下身被捅进了一根拳头粗的木棍。

野兽逃走了，过往行人发现了一动不动躺在血泊中的玉玉，马上叫了家人来。

不管是娘家人，还是婆家人，都无法面对如此惨景。娘家人看到自家妹子遭此毒手，如手榴弹爆炸，心胆俱裂；婆家人看了，也像冬天吃冰块，寒到了心。

玉玉在医院昏迷了三天，才从鬼门关上走过来。醒来后，她两眼发直，问她什么也不说，只是一个劲地流泪，大家也都跟着流泪。

矮之古很快就锒铛入狱，法院既判了离婚，也判了他十五年的徒刑，不知能改变他什么，但谁都可以想象，从小就失去父母之爱的儿子，在破裂的家庭里，能有什么样的命运？

对多数农村妇女来说，她们的宿命，岂在天意，不负责而野蛮霸道的男人，正是她们的冤家！

周围泛起的婚姻裂变，不止一次地成为我和老公探讨的话题。

公公和婆婆恩爱一生，堪称老一代夫妻的楷模。

婆婆生前常对我们说：既然有缘走在一起，就要互相珍惜，互相谅解，互相包容缺点，互相欣赏优点，给社会给家庭创造一个和谐的环境。

当过大队党支书的公公，说的话耐人寻味：人生不是一种单纯的享乐，而是一份混凝着乐和苦的建设。居家过日子，难免为了一些鸡毛蒜皮的事争执，如果互不相让，矛盾就会升级恶化，如果各自礼让三分，就会使大事化小，小事化了，夫妻齐和得富贵。

有过一次婚史的父亲，对夫妻之道的分合更有认识，说：如果确实因为各种各样的原因而不能再生活在一起，那么来个好合好散，潇洒地说声拜拜，夫妻做不成，还可以做朋友嘛！

我和老公结婚二十多年来，从未动摇过对彼此的信任，成了朋友们羡慕的对象。尽管在物质生活上，至今还处于贫困状态，但在精神上，我们并不贫困。有几个朋友故意想破坏我们，想吃我们的离婚酒，我说："你们这是搬梯子上天——门都没有！"

我想对老公说："老公，我爱你到永远！"

老公肯定会回应："老婆，我爱你到天荒地老！"

旋转人生

新千年刚过，一位在村里乐于修桥补路的好人突然去世。噩耗传来，无人会相信自己的耳朵，昨天还在义务帮人干活，今天早上不到九点，怎么说走就走了呢？事情证实后，人们莫不失声痛哭。死者的儿孙、亲戚更是哭得呼天抢地，天昏地暗，两个女儿眼中都快哭出血了。大儿媳和她一向情同母女，家娘突然去世，她哭昏了几次。然而，再大的哭声，再滂沱的泪水，都无法挽留这位一生行善积德、操劳了一辈子的好人。

好人名叫魏玉玲，去世前的那天晚上，因吃了刚施药不久的青菜而轻度中毒。村里医生看过后，说并无大碍，开了点阿托品吃。她次日醒来，略感头晕，又去村医生那看诊。医生给她挂瓶，挂到一半，她已感不适，刚张口想说话就昏厥了过去。医生慌了手脚，知道是不良反应，赶紧打抢救针，却忘了拔掉挂瓶。抢救针打下后，她已嘴唇乌紫，一动不动。在紧急送往县医院的路上，她的亲人一直大声哭喊，希望她听到哭喊声能与死神搏斗。一小时到县医院后，面对她那些哭得撕心裂肺的亲人，医生只能投去同情无奈的眼神。

魏玉玲死后，村里那位为她看病的郎中慌了神，比川剧变脸还快就成了一张泥人脸，毕竟人死在他的诊所里，纯属医疗事故。他和妻子面如土色来到死者家里，面对她所有眼红声哑的亲人，越发觉得自己罪不容恕，因为粗心，害得他们有这失亲之痛。他全身冰凉，等待死者亲人给予严惩，谁都认为这是在所难免的。

然而，出乎意料，死者丈夫强忍悲痛，和泪的出声让人难以置信："你又不是故意的，就算把你告上法庭，送入牢房，再赔上一笔钱，我的人都不可能

481

再活转过来。即使把你剁成肉酱，也难解我们心头之痛。玉玲一向与人为善，所以我们不想为难你，你走吧。"

面对如此心胸宽阔的一家，医生感激涕零，难得呀难得！要知道，在农村，谁要是骑摩托撞死一只黄毛鸡子，主人也少不得拉你要赔偿，何况是一个活生生的人！像这样的一家人，恐怕世上难有第二。医生和妻子双双跪在死者亲人面前，发誓要用一辈子的时间去报答他们，永远将他们的恩德铭记于心。

魏玉玲刚过六十，膝下有四男二女，家孙外孙一大群，个个儿孙都孝敬老人。儿女们成家后，为了方便和自由，夫妻俩虽然还和小儿一家同住，但另开伙食。平时风寒感冒，慰问者人来人往，逢年过节，儿女们更是济济一堂。家里有好吃的都落不下老人，两位老人过得轻松自在，开开心心。

歌里唱的是"好人一生平安"，村里叹息的是为什么好人命不长呢！

好人魏玉玲的命虽不长，家人宽恕的美德却能成千古。

魏玉玲在世时，王长生的洗脚水和换洗衣服都有人准备，她的突然撒手，丢下老伴王长生孤灯瞎火。王长生痛不欲生，万念俱灰，恨不得随她而去。他天天以泪洗面，时刻沉浸在对亡妻的思念之中，几天下来，就像老了十岁。儿女们看在眼里，疼在心中。

满七一过，儿女们就老人今后的食住问题召开了家庭会议。老大王春兴首先表态："明天开始，父亲就搬到我家住，你们的嫂子也没意见。"老二春贵、老三春贤两家都同意。老四春生夫妻却不同意，说母亲刚走，父亲就搬走，传出去叫他们如何出去见人？

春生的老婆桂英还说："不管以后怎样，今年家官得在我家住下去，才算对得起我们，不然别人会怎样说我们，肯定要让我们落下容不下老人的罪名。"桂英在妯娌四个中，最有心计，且比较刁钻，名符其实的"铁算盘"。

长生老人嘴上不说，心里却不愿意跟她住一起，但考虑到儿子的面子问题，也只好如此了。

王长生时常对着老伴的遗照大声哭泣，大儿媳兰文秀经常过来探望家官，但只要一进房间，看到家娘的遗照，便心如刀绞，顿时泣不成声。她想，自己都承受不了失亲之痛，何况老人。后来，她就偷偷地把照片藏了起来。

一年下来，老人的头发更白了，几乎看不到黑丝，背佝偻了许多，人也老了瘦了。虽然儿女们尽量在生活上温暖他，饮食上照顾他，言语上顺着他，但他始终摆脱不了失去老伴的痛苦。

留家官在家住了一年后，桂英怕负担不起，让丈夫把兄弟姊嫂叫到一块，商量老人今后的去留问题。老大老二都择地另建了新房，老三和老四还住在老家，老人不想离开夫妻俩辛苦建起的老房子，还想在老宅居住。人老了，便成累赘，虽说生有四男二女，所谓子得爷娘女得吃，嫁出去的女，泼出去的水。建这座房子时，两个女儿辍学在家帮父母挣工分养家糊口，儿子们却都在学校里学习。父母再大的家业都是儿子的，女儿再辛苦也分不到一块瓦。所以女儿再孝顺，老人都不可能和女儿住一起。商量来商量去，还是决定四个儿子家轮流住一年，不上百元的风寒感冒药费住谁家谁出，百元以上的费用由兄弟们平摊。这也是办法中的办法，老人第二天就住到了老三家。

"大嫂，老四他们也太精了，按理老家官的东西应该四兄弟平分，可所有的碗头碗筷、锅头水缸、家用电器、谷子柴火，都归了他们。怪不得当时老四他们说得那么好听，原来在算盘面上睡觉。"老二媳妇爱珍说得来气。

老三媳妇桂香邀了二嫂来大嫂家，她一向老实本分，家里一切全由老公做主，她也乐得当个闲人。她听二嫂一嘀咕，心里也冒气，于是一同来找大嫂说道说道。

"老四他们太精了，难怪大家说是铁算盘。想得到老家官的家产时，两公婆的舌头能舔到屁胚，现在得到了就不要他住了，如今和我们住一起，除了一个人，就什么都没了，真把我们当傻瓜。"三嫂和二嫂一样，想到老四夫妇的算盘算到自家兄弟姊嫂身上，就气不打一处来。

大嫂文秀一向宽宏大量，啥事都以和为贵，只要大家和和气气，不惹老人生气，她情愿自己吃苦。"算了，那些都不是啥值钱的东西，好聚不好散，就让给老四他们吧，他们现在也比较辛苦一点，何况东西太多放在屋下也会霸地方，碍手碍脚，自家兄弟姊嫂不要太计较，吵吵闹闹争东争西，伤了和气还让人笑话，划不来。现在的世上，人有一撮，鬼有一大把，有人故意煽风点火让你们鬼打鬼，他却躲在暗处偷笑。以后有事，咱们自家商量解决，不要在外面嚷嚷。家官听了会更难受，家娘的死，对他的打击实在太大了。"文秀说着说着，眼泪又像掉了线的珍珠。

二媳妇爱珍不服气："老四得了家官那么多东西，应该多让他住一年，这才说得过去。我们什么都冇得，还以为我们是呆子。"

"你说你没得东西，老房分了一份，菜园也有一份，话不要说得那么难听，就是真的什么都没得，最起码得到了一个好老公。"文秀耐心中带有幽默，认真中带有责备。

桂香说："我们又不是嫁不出去，非要嫁给他家，你们的算好老公，我的不算。"

"那你自己讲，你以前相了几个都不成，为啥和老三却一见钟情，才见几次就和他上了床？"

"鬼才晓得那时是吃错了什么，会看中他，真是瞎目猫公遇着了死老鼠，早知道这样，堵水坝也不嫁给他。"桂香也开起玩笑说。

"蛋无满督，人无满足①，得了便宜还卖乖。就你那永远长不到一百斤的瘦肉型饲料猪，堵水坝也有用。"爱珍和桂香打起了嘴仗，气氛一下子变得活泼起来。

文秀调整了一下心绪，继续给她们上政治课："今生今世我们才是姊嫂，后辈子是啥样谁都不知道，所以大家今后没必要鸡肠小肚斤斤计较，量大才能福大。我们现在是双重身份，既是晚辈又是长辈。看看我们的后代，兄弟姐妹都那么有感情，你们忍心将上代的恩怨传递给他们？别说我们也得了老人的房子田地，孙子孙女哪一个他们没有帮助拉扯大？两个姐姐嫁出去后，那才是一块瓦都没得，可她们比我们更孝顺爷娘，我们还有什么面子讲七讲八的。"

见两人红脸低眉，一句话都不说了，文秀便乘胜追击："我们有缘嫁入了同一个家，就应该互相珍惜，团结一致，互相帮助，才不会被人看衰，我们自己又能开开心心，多划算啊。"

文秀喝了一口水，接着说："我们子女也懂事了，看到我们对爷娘好，以后我们老了，也会对我们好的。老人们不是常说'屋檐流露水，点点不差池'嘛！现在电视上也说，父母是最好的老师，为了我们以后能过好日子，就应在子女心目中树立一个榜样，你们说呢？"

桂香咬着嘴唇想了想，首先表了态："大嫂说得对，我们也是做父母的人了，不养儿不知父母恩，我们才两个，都觉得这么辛苦，何况我们的父母？以后真的要更加孝顺老人了。"

爱珍接着说："我觉得也是，虽然家官不是生我们养我们的，但娶回我们四姊嫂，也不容易，既然嫁到他家，他就是我们的亲父母。现在他年纪大

---

① 蛋无满督，人无满足：督：底部。意为人心不足。

了，俗话讲个，'老人成细子①'，大家更要善待他，孝顺他，让他度过幸福的晚年。"

文秀多读了两年书，心胸宽阔，知书识理，说起大道理来一套一套的，句句出口，声声入耳，让人听了心情舒畅。再刁钻的人听了也无法反驳，难怪家娘家官最喜欢她，左邻右舍莫不称赞她，都说她爷娘教女有方，说王长生魏玉玲夫妻的钱财有目，娶到这么好的儿媳。

桂香和爱珍从大嫂家回来，心情畅快，满脸堆笑。老公笑问，路上捡到钱包了，还是打麻将赢了？听她们说了后，都说：早就跟你们讲过，没事多跟大嫂玩玩，多去她那里取取经，不要一有空尽顾打麻将。

王长生在春贤家住了一年后，又要搬到老二春贵家时，恋恋不舍。其实，老人都有一个心愿，就是希望自己百年归仙时，能够在自己辛辛苦苦建下的老宅再住一两个晚上。可现在好多都因拆旧建新，没了老房子，一些有心结又固执的老人就会死不瞑目，搞得孝子孝孙跪在其遗体前说尽好话，老人流下最后两滴泪水后，才慢慢地闭上眼睛。其中情由，难以弄清。

王长生搬到老二家后，尽管夫妻俩都对老人很好，孙辈们也很懂事，可老人总是闷闷不乐，时常跟小孩一样哭鼻子抹眼泪，还经常回到老房子那边，搞得春贵夫妻俩非常被动。老人发火时，他们就让他尽情发泄，事后见他心情安定了，再跟他讲道理，他也会承认错误。可有一次吃饭时，爱珍不小心出口一句"现在的老人实在难伺候"，老人竟把桌子掀了，饭菜撒了满地。爱珍吓坏了，泪水夺眶而出。春贵当着老人的面不好安慰妻子，忙使眼色叫她回房，然后又好言好语劝下老人，把屋子收拾干净后再回房劝慰老婆。做个中间人，比上山砍柴还辛苦，老人和老婆都是得罪不了的。

有人说，和老人一起生活，夫妻间的感情会变淡。爱珍以前不太相信，认为自己只要真心对待老人，老人不会无理取闹。可是时间一久，加上从来没跟老人住一块，老人的有些习惯和毛病很难适应，比如忘冲马桶，吃饭扇鼻②，晚上睡觉呼噜打得震天响，还发出各种各样的怪声音，三餐吃饭了还得人三叫四呼才上桌。起先，爱珍什么都忍下，可忍字心上加了一把刀，时间长

---

① 老人成细子：老人有童心。

② 扇鼻：揪鼻涕。

了难免会受不了。跟老公一说，老公又不安慰开导，反而指责她。再好的脾气，也有爆发的时候。以前他们从不吵架，如今因为老人时有口角，而春贵也老鼠入风箱，两头受气，夫妻之间说起话来没了以前那种春风般的甜蜜，却有了春夏秋冬之分。爱珍盼着这一年快点过去，三年以后鬼才知道又是个什么样子。

日出日落，春去秋来，魏玉玲去世三周年了，王长生也和儿子媳妇们住了三年。又到了搬走之时。可大儿春兴家离老宅较远，那里的住家不太相交，老人不愿去，说情愿自己一人住，回到老房子，春生和春贤会照顾的。还说他在那里住了几十年，死也要死在那里。可文秀认为，如果老人没跟自己住一起，没有尽到做长媳的责任，自己有愧于心。她跟老公说："老人都奔七十的人了，如果能活一百岁，也只还有三十年。以后的日子就在我们家过，不要再让他搬来搬去了，这样对他打击更大。虽然负担重点，但想想以前父母的恩情，我们的这点负担又算得了什么？"

文秀说得入情入理，感人肺腑。春兴听了欣慰之情溢于言表，他激动地搂住老婆，来了个满分的亲吻，"老婆，谢谢你了！"

"傻瓜头，谢什么。子欲孝而亲不在，想想家娘，就难过，现在无论你赚了再多的钱，也赎不回她，那是个不归路呀！一年一次的祭拜，也只算是还生不孝顺的债，死了奉鬼神，那是做做样子而已。我们最该做的是孝敬在世的老人，让他吃好穿好，开心过好每一天比什么都强。爷娘爱子路般大，子爱爷娘扁担长。其实，爷娘的恩我们是没法还清的。"

"文秀，你实在太好了，有你做儿媳，是我爷娘的福气。"

"那你呢？"

"那还用说，我是福气冲天了！"

"拐老婆拐得头动尾动，难怪大家说你连树上的鸟都能拐下来，我既然有咁好，你拿什么奖励？"

"只要我能实现的，什么都行。要不，晚上我请你吃'香蕉'？"

"酸鬼，你那'香蕉'越吃越糟糕，我情愿不要。"

"那可由不得你，爱唔爱我现在就请你吃！"春兴说着抱起文秀准备进房。文秀假装生气地说"再闹我不客气了"，他才轻轻放下。

文秀比春兴大两岁，都说女人四十豆腐渣，可已过四十的她并不像豆腐渣，却显出一种成熟美。她体态丰盈，走起路来咚咚响，衫尾都能打死狗，干起活来雷厉风行，力气大动作快，说起话来却温柔体贴。有人笑她健壮得老虎尾巴都能拖得住。而春兴却像是个五十岁的小老头，在煤矿干活，工钱虽高，人也辛苦，本来就皮肤较黑的他，犹如炭上磨墨，黑上加黑。有人夸张地笑他夫妻俩是父女俩，文秀是一枝鲜花插在牛粪上。

话说回来，得知老人不太情愿搬到自家来住，夫妻来到春贵家，耐心劝说，说周围都有老人，而且和他一样喜欢玩纸牌打麻将，一回生二回熟，住上一段时间就会习惯的。听说有纸牌和麻将玩，老人心动了，说那就试住一段时间吧。没承想，搬到大儿家住了才几天，老人就好像变了一个人。原来，文秀怕老人不习惯，便买了一张麻将桌和一副麻将，叫来邻居家的老人和公公玩。凑巧的是，那些老人有几个还是王长生的老同学，爱好相同，也很投缘，凑在一起说起学生往事，个个神采飞扬。那个说你是全班最捣蛋的一个；那个说你最会欺负女同学，经常被老师留下来罚扫地。一群白头翁，几十年后在一起畅谈读书郎年代的旧事，真叫人爽快。

在煤矿干活，虽是无本生意，只要肯出力，就有钱来；但煤矿湿气重，时间长了毁人，何况在此讨生活，那是和阎罗王交朋友。眼看煤矿事故层出不穷，文秀坚决不让丈夫再下矿。春兴拗不过老婆，回家办了个废品收购站。因为价钱比别处高一点，周围的人经常亲自送货上门，不用他出去收，生意越来越好，日子过得越来越滋润。

文秀夫妻人缘好，邻里乡亲有事没事总喜欢往他家跑。因为俩夫妻体贴入微，又有老人常来往，王长生在这里过得很是舒心。随着时间的推移，他对老伴刻骨铭心的思念渐渐转化，心情好了，身体就好。气色红润的他，常在老哥老弟面前夸文秀夫妻，惹得大家羡慕不已，暗叹自己运气不好，钱财没目，没能娶到像文秀那样的好儿媳。

王长生和几个老哥老弟在一起很投缘，大家无话不说，无事不谈，几乎每一次扎堆，都觉得时间如流水。

在邮电所退休的有禄说，他老伴也死了好几年，他每月上千元的退休金，正常情况下是花不完的，可儿子和媳妇却派了个任务给他，家里每月的水电费、电话费，还有孙子读高中的生活费，以及平日人来客往的伙食费，均由他负责。这样一来，他所剩无几，遇上打麻将打纸牌手气欠佳时，或有个风寒感冒什么的，他就变得身无分文，甚至还要借钱。

招富原来和老伴在老家住，田地租给别人耕作，他们种点蔬菜，养些鸡鸭，日子倒也过得开心。后因高速公路建设，老房被征收，所得十多万元儿子媳妇用来盖了新房。因为老房是他们夫妻辛苦所建，当时他想给自己留下一万元，以防不测。儿媳却勃然作色骂开来："老鬼，你们也太没良心了，跟我们住一起了，不愁吃不愁穿，还存什么私房钱，死了又带唔入土。"他也不好意思再要。搬到一起住后，儿媳从来就不曾替他们洗过衣服，他们病在床上起不来，也不来过问一下。老伴病好后，一洗就是一大堆的换洗衣服。本来就体弱的老伴终于在一次洗衣服时，倒了下去，再也没有醒过来。老伴死后，他就只能自己洗衣服，儿媳还经常骂他老不死。他女儿来看望老爷子，都要自己带菜来，不然就得回家吃。女儿不时买些补品给他吃，儿媳却说姑子肯定得了不少好处。更可恨的是，儿媳竟然叫姑子不要再买补品给他吃，说补品越吃，他的命就更长，就更难死。他今年八十有五了，但身体好，吃得来，每顿还能吃下两碗饭，儿媳骂他吃子吃孙，说他要是再不死，儿孙就会被他吃穷。家里有什么不顺，儿媳都怪他，连死一只黄毛鸡子都说是他晦气。一次，他忍无可忍，顶撞了她："抚养子女是父母的责任，赡养父母是子女的义务，你要是再虐待我，我就去告你。"结果，她连剩菜都倒给狗吃了。

老人说着说着，老泪纵横。王长生同情地问："那你儿子也不整整她？"

老人越发伤心："儿子？我前世又没作恶，为什么就生下这么一个儿子，儿子和媳妇，是疤上长疮，坏到一块去了！"

年逾花甲的文富老人，膝下有四个儿子，诉起苦来也是一箩筐："过去常说子多福多，生下小子连鞭炮都买大一点，生下丫头时，起了火准备杀的鸡公，还会放跑灭了火。如今想起来，真是后悔，什么叫多子多福，根本就是多子多冤家，现在用的穿的都是两个女儿给的。分家时，兄弟姊嫂争吵不休，大伤和气，赡养老人时，又都往外推，有疾有病假作不知……"

文富老人和老伴，还有一个九十多岁的老娘，一起生活，老房子也因高速公路建设而征收。他不想把钱给儿子，准备买一座旧房，三个老人就在那永远居住，反正儿子们都不孝，死后由他们怎么着都行。但儿子媳妇们坚决反对他们做屋自己过，可三个老人跟谁住都是一个沉重的负担，谁都承受不了。结果商议来商议去，他们用抓阄的办法，把三个几十年都没散伙的老人分了开来。老人虽然一万个不情愿，却也只能霸王别姬，三个老人无奈分成了三家，各自带着一笔钱到儿孙屋檐下过日子。

文富老人喝下王长生递过的凉茶后，接着说："现在我们几个老人过的日子，就像在暗室里穿针——难过。我住在老三家，老伴在大儿家，我老母住老四家。老二没抓到阄，本来说好他每月要付给我们三个老人五十元生活费的，可他老婆不同意，说卖房子那么多钱，他们没分到，到死也不会对我们负责；还骂老公病手，没抓到老人，不然也可以人财两得，出门干活就不用关门闭户，有个看家的老狗，贼古都不敢来；又说养个老人比养狗强多了，狗见了生人只会汪几声，老人还能说上几句话。而抓到了老人的，又说老二他们运气好，落得一身轻松，不要照顾老人，别看现在老人生活能自理，也还有几个钱，但如果钱用完了人还没死，病上一月半月就够呛，要是病上个半载或一年的，那还不赔本赔到了外家？我那几个生娌呀，个个都像剥了皮破了肚的墨鱼，一副黑心肠！"

文富老人喉咙哽咽，泪水在眼窝里打转："我老母住在四儿家，不到一年就死了。大儿二儿三儿的媳妇都说四儿运气好，老祖母这么快就死了，解放了，钱还没花完呢。她们说我和老伴活着，她们就没解放，还在水深火热中过日子。我离老伴不远，还会常去看她，生娌就骂我老不正经，黄泥都掩到脖子上了，还要去找老婆寻欢作乐。这边的生娌不准我到她家去，那边的生娌又不准老伴来帮我洗衣服，老伴有时偷偷过来帮我洗衣。一旦被发现，八角灶头也会转向。我和老伴偷偷地流了不少泪，真想买一瓶农药喝死了算，却又舍不得两个孝顺的女儿。老伴患有心脏病，大生娌脾气坏，一不顺心就着牛骂马，撒东撒西，简直就是个泼妇，常常吓得我老伴大气不敢出。从没受过这种活罪的老伴，今年春也死了，老大一家也就解脱了。我也是腚上吊沙罐——等屎（死），今那是做一日和尚撞一日钟，该快乐时就快乐。反正我们老人，就像塘里的泥鳅，翻不起大浪了。我那几个儿子都是得鱼丢钩、忘恩负义的东西，我是盼西月出，没一点指望了……"

"长病冇孝子，百子千孙两公婆①，老古记讲个话一点都没错。"

"人老了，就像秋后的蛤蟆，没几天叫头了，看什么事情都得玻璃瓶装清水，看得透。"

"是啊，没几年活头了……"

王长生听罢，忽觉眼里一湿，忙举眸望出客厅外。山冲里的雾气，此时

---

① 百子千孙两公婆：子孙再多，还得靠夫妻互相关心才好过日子。

正一浪接一浪涌来，门口稻田里的水面顺着风被揉皱了，对面猪圈左侧的土墙似乎也被扑湿了，就连他的头发也微微濡上了一层微薄的湿气。

雾气中裹挟的压天黑云，在向前推进中，惊飞了枝头的两三只鸟雀，加速了厅里几位老人的散伙，而王长生却还呆坐着。

听了众老的悲惨故事后，王长生感到自己真是身在福中不知福。跟他们比起来，自己在天堂，他们在地狱，自己是豆酱，他们是鸡屎，没的比。自己的四个儿子，从不敢顶撞自己，四个儿媳除文秀外，虽磕磕碰碰的事偶有发生，但也不致嚣张，大道理还是分相的，何况文秀也会经常跟她们讲道理，让大事化小，小事化了。

一天，王长生感慨万千地对文秀说："文秀，我应该多谢你。"

"谢我什么呀，倒拿拐棍 ① 我可受不起！"文秀奇怪老家官突然说出这句话，他可是一向心高气傲，从不轻易谢人的。

"谢你带头带得好。"

话不多，文秀却听明白了，准是老爷子听到那几个老伙伴的悲惨故事后有所触动。她轻声轻语地说："这有什么好谢的，这都是我们应该做的。再说了，生儿育女，不就是为了享受天伦之乐，不就是为了病了老了时，有人端茶送饭吗？吃得走得时，哪里需要儿女照顾呢。其实，对老人好，就是对自己好，我们的儿女也长大了，他们会学样的。"

后来，王长生就一直住在文秀家，再没有动过回老家住的念头了。其他儿子媳妇、孙子孙女，常来探望老人，女儿女婿也常带儿女来看他。文秀夫妻不说闲话，总是盛情款待，开销再大也乐意。

文秀知道，老人是那种棺材里抹粉死要面子的人，所以她总是以自己的一片真心去换取真情。叔子妯娌们以大嫂做榜样，在家行孝，出门讲义，为人处事，礼让三分，在自己的家之上营造了一片阳光灿烂的天空。

---

① 倒拿拐棍：指长辈给晚辈行礼或送礼。

唢呐班

八月是个不平静的月份，按农村风俗，八月初一是"改死佬"①的日子。上世纪九十年代以前，在还没有进行殡葬改革前，村里死了人都是装殓入棺，送上山入土为安。三到十年后，死者肉体已融为泥土，乃将其遗骨拣装到一个大钵里，选块好地再葬，民间称之为"改地"、造墓。

相传，农历八月初一是"大天赦日"，这天百无禁忌，做什么事都不会相冲相克。因此，在我们这，农历八月初一这天就让位给阴人了，是死人"上身"之日，其他时间一般不会去"造墓"。但也有种说法，生肖相冲者还是不去现场为好，免得万一犯着。村里有个叫月月的女人，和其父的生肖相冲，但她不信。为她亡父"大葬"前，她做了一个梦，她父亲说他在地下没人照顾，要她下去作陪。她次日早上到溪边洗衣服时，跟几个邻居说了。邻居说你当时干吗不告诉你爷瑞，叫他请别人？

八月初一"改地"时，她又不听劝说去了。一个多月后，她家里发生了一点小事，就二百元不见了的事，害她服药自杀。才两汤匙乐果，不至于抢救不过来，偏偏那时她正来月事，抢救了一星期，花了上万元，还是没法把她挽留在这个繁华人间，去了极乐世界。

现在好了，死了人一般不再用棺材了，可以火化了。以前村人一到五六十岁，就提前买木料，择个闰年闰月做好棺材，油了漆，放在一个不起眼之地。记得，我父母的寿材就放在老家天花板上，用一块白膜覆盖，而我们就

---

① 改死佬：挖死人，指迁坟。

睡在下面房里。当然，习惯了，也就不害怕了。

农村人迷信，加上现在命也金贵了，以前穷，累死累活还吃不饱穿不暖，总是自家作践自家，"一分钱都能买上十条的命，有啥要紧"？现在不同了，日子越过越好，有个头痛感冒就怕得要死。所以一到八月，总是互相叮嘱尽量少出门，说八月天，鬼最凶，特别是夜间，夜路走多了，迟早会遇上鬼。虽说神鬼是迷信的说法，谁都没有亲眼所见，但关系到身家性命，大家宁可信其有，不愿信其无，何况有些故事确实令人琢磨不透，连科学都解释不清，听起来是那样真实。

我有个从小一起长大，长大后又嫁到一起，亲如姐妹的好朋友璐璐，一次告诉我说，某年年关，她住隔壁的小姑子对她说："嫂，昨晚我做了一梦，梦见爸爸了，他说过年了，大家都忙着置办新衣，要我买一套西装给他。"

璐璐说："都过年了，累得半死，哪有时间？等过了年祭墓时再买给他吧。"

就这一句话，没想得罪了她刚死不到两年的公公，好像当时他就站在旁边。那天璐璐烧红烧肉的时候，一直很不顺，油花四溅，噼里啪啦的声音吓死人，连红烧肉也跳出了锅。她吓坏了，忙把锅盖盖上，用手按住，没用，连锅盖也被掀翻了，热油溅到她身上，烫了她的手和脸。她不知所措，不敢再近前，任由锅里沸腾。

她想到了，肯定是死鬼公公在作怪，忙打电话给住老屋的家娘，把事情的经过一五一十相告。我们这里的人都叫她公公六叔，婆婆六婶。六婶听说后，大骂："娘个死鬼，冇一点思量子女，咁爱靓！咁爱靓自家病脚不会去买吗？烧了那么多纸钱给你，再靓板的也由你自挑自选。我拿三炷香断一下。"

六婶在电话里骂起了死鬼老公，好像打电话的是老公而不是儿媳。放下电话，她便拿了三炷香，点燃后往老公的葬身方向唱了三个野鼓①，一边说："死鬼，你还生是个人，死了是个神，你对子女要远看远亲，不要去扰乱他们的生活。还生时你爱了他们，现在你死了，不再需要你去爱他们了。要是你再去扰乱他们，到了春上祭墓时，就不再烧纸钱给你，也不买其他东西给你。你要保佑他们平平安安，左脚踏银右脚踏金，一年四季行好运。"六婶是个服侍神明的人，附近的庙庵里有啥聚会，她都会拿了香纸蜡烛去。

现在死人的东西和活人用的东西都是应有尽有，而且做得非常逼真，三

---

① 唱了三个野鼓：磕了三个头。

层屋子，电视、手机、项链、凳子、金戒指、金银财宝……乍一看，你会真心实意佩服这些挣死人钱的营生。

那次，真是太奇了，三炷香还没烧完，红烧肉便停止了"舞蹈"，油也不溅了。璐璐这么一说，我真不敢相信，但出自她口的事，我又不能不信，因为她是个从不说假话的人，我宁愿不相信自己也不愿怀疑她，几十年了，我们从未红一次脸，吵架根本提不上，再说，她有必要说这种假话来骗我吗？

以往的八月，我并不感到有什么不同，八月初一"改地"那天，大家大不了早点起来洗衣服，一整天不要出门，躲在家里打麻将。有个别勤快的，照样会上山砍柴，也没见发生啥子衰事。但八月初一，远近的煤矿一律放假，要是有人一时没想起原因，问起矿工："今天不用上班吗？"他会反问："今天是什么日子？！"对方就会马上会意。

今年的八月好像特别奇怪，死人特多，几乎每天都会听到那鸣鸣啦啦的唢呐声，晚上搅得人睡不着觉。烦死了！短短一个星期，我竟去了五次孝家[①]。最先是刚上六十的舅妈绝食了，电话打来告诉我们说舅妈要去守山了，我和老公还有两个弟妹前往烧香，次日又要去送葬。舅妈刚送上山，我们还没回到家，一个朋友打电话说，他的父亲不吃饭了。

朋友的父亲还未安葬，一个老表又打来电话说，大姑病重，已经吃不下饭了，正在打强心针，也就这几天的时间了，要我们去看望一下。我一听，手都软了，手机都差点拿不住。老公问我怎么了，我苦笑了一下，说："你大姑也不吃五谷杂粮了，也来凑热闹了，可能守山的工资提高了，他们都争着去呢。"

次日，因为头痛，就没去探望大姑。听说老公他们去后，只叫了一声大姑，大姑听到了，喉咙里咕噜了一下，就闭上了眼睛。

就几天工夫，走了三个与我们有关系的人，害我花了上千元。真是一个倒霉的八月，我开玩笑说。

他们仨死了，请的都是同一个唢呐班。我从中发现了一个问题，一个最现实的、最经典的问题，那就是，唢呐班永远生意兴隆，而且永远不会失业，他们从这家走了，又去另外一家，天天有事做，天天有钱拿。

---

① 孝家：死了人的家里。

一般情况下，家里有老大①过身，都会请唢呐班开开门路，做半夜光。有钱人家，孝子孝孙多的，就做天光斋。开个门路做个半夜光也要花一千多块，如果做天光斋，价钱就得翻一倍。

当然，做这些不但显示自家能跟上风俗，有孝心，也是为了热闹些。如果家里死了人不请唢呐班，人家就会说，"某某家死了只黄毛鸡子。"哪怕是你平时割了自家的肉去孝敬父母，父母死时已过百岁了，还会有人说某某的父母死得冷冷清清，不值。子女不请唢呐班开个门路，就会使死了的人没门没路，做孤魂野鬼，没人接纳。

唢呐班越办越多，却一直空闲不下，一班通常五六个人，有男有女，想着法子为孝子孝孙减去不少负担。只要有钱，他们可以代替子孙哭灵，主角只有一男一女，其余都是配角，工钱也少了几十元。

唢呐班一般都要在成伏②前才来，他们一来，气氛便不同了，马上十哭灵堂：

> 一哭灵堂阴沉沉，俺娘今日永别离，有娘有姐千般好，冇娘冇姐哭断魂。

> 二哭灵堂真痛心，俺娘俺姐别阳间，千句万句喊唔应，丢别子孙好狠心。

> 三哭灵堂哭断肠，声声痛骂阎罗王，俺娘今年七十外，不该命薄把命亡。

> 四哭灵堂泪淋淋，只见棺材不见人，俺娘昨日都晓讲，今朝日子命归阴。

> 五哭灵堂火烛光，紧哭心肝紧悲伤，俺娘临死唔晓食，空肠凹肚见阎王。

> 六哭灵堂心会真，俺娘今日永分离，有娘有爷千般好，冇娘冇爷苦子孙。

> 七哭灵堂火彤彤，俺娘今日别阳间，办有三参和酒肉，俺娘吃饱好上路。

---

① 老大：老人。

② 成伏：办丧的一个环节。

494

八哭灵堂火烛沾，你今去了心爱甘，家中事情你莫管，变神变佛到阴间。

九哭灵堂泪哭干，泪水双双浸湿衫，你今食尽世上饭，升到驾鹤别人间。

十哭灵堂哭脱神，哭到泪干人发昏，谁人喊得俺娘转，多少钱财都应承。

接着又唱："亡魂今日别人间，一安心来二甘心，今晚弟子为你开门路，顺顺利利过十关，孝子孝孙泪始干。你今穿了新鞋新袜又新衫，三栋出水新灵屋，金童玉女来陪伴，做神做佛住庙庵。"

唱词中，依照死者的身份和葬法，可将称谓中的"娘"改为"爷""姐"，"棺材"改"骨灰"。

十哭灵堂后，他们又为死人追荐，开通门路，超度亡魂，代还超生。接下去，又有十二场法事。

第一场"成伏"，念成伏经。成伏便是把死者的灵牌拿到禾坪里，把办好了的三参摆在灵牌前，死者的至亲披麻戴孝，拿着一炷香，跟着女主角向四角天地跪拜，边跪边唱：

亡魂呀亡魂，今日亡魂永辞别，割断心肝割断肠，全家大小泪汪汪。我亲娘①，你今一别永不回乡，天灵灵，地灵灵，西天佛子到家庭，上有青天下有地，家中跪别老娘亲，兄弟子孙并叔侄，披麻戴孝坪中心。男女大细②分等别，麻索系在腰中间，马弄头，头上戴，个个着反衫，全家大细哀哀哭，阵阵悲声入九泉，黄泉路上阴司路，观音现身闪闪光，金童接引献茶果，玉女献羔又献糖，引魂童子带娘走，去到五殿拜阎王，阎王欢喜来迎接，恭请娘亲到五殿。

第二场是请神，代还超生：

---

① 亲娘：亲姐。
② 男女大细：男女老小。

亡魂呀亡魂，亡魂今日别阳间，摆设灵堂求超生。灵堂内设三宝殿，烧香点烛三参摆，好茶好酒请天神。今晚弟子来求情，三跪六拜哭得哀。

　　一请天地日月光，求请日月下天堂，请到三宝殿上坐，开通门路过十岗。

　　二请昆仑地母娘，地母娘娘多思量，请到三宝殿上坐，开通门路过十岗。

　　三请西天如来佛，如来大佛好心肠，开通门路多相帮。

　　四请南海观音娘，观音娘娘慈母法术保我娘，腾云驾雾到灵堂。

　　五请大宋定光佛，定光古佛来相帮，妖魔鬼怪一扫光，大佛早早到灵堂。

　　六请阴司阎罗王，阎王勾魂目唔光，开通门路少沧桑，速请阎王快到堂。

　　七请三界佛主王，佛王显法理应当，三跪六拜来相帮，开通门路到阴司。

　　八请太上老君王，太上老君有帮忙，帮助亡魂过十岗，速速下凡到灵堂。

　　请来诸神到灵堂，各显神通来帮忙，帮助亡魂度超生，顺顺利利过十岗，大神恩德永难忘。

超生完毕，还得念离别经。经曰：

　　对佛离别到佛堂，对法离别到法堂，对僧离别到西方，对天离别日月无光，对地离别草木皆荒，江河离别鱼虾遭殃，山林离别鸟雀难宿，大路离别无人行往，父母离别难报恩养，兄弟离别手脚分张，姐妹离别裙钗分行，夫妻离别拆散鸳鸯，子女离别刀割心肠，六亲离别无来无往，邻舍离别日夜思量。可惜可惜真可惜，可惜亡魂留不得，可伤可伤真可伤，有钱难买寿年长。有人留得我娘在，愿谢黄金千万两。悲痛悲痛真悲痛，哭干了眼泪哭断肠，哭哑了嗓子撕裂了心肺，失去亲人永不见。

接下来，就是替亡魂洗身。当然这是做做样子，但经还是要念的，得人钱财为人消灾嘛。

亡魂亡魂，终魂终魂，生莫叹来死莫愁，且求生死问缘由，六十花甲从头算，哪有几人白了头？也有一十二十死，也有三十四者亡，也有胎中失漏，也有对岁离娘。山中自有千年树，世上难逢百岁人，长江后浪推前浪，世上新人占旧人，古人不见今时月，今月曾经照古人。张果老七万八千岁，如今又何在？彭祖年高八百，自叹不满一千。庄王秦王并霸王，终须还到奈河江。宋仁宗唐太宗，帝王还是一场空。孔子孟子及曾子，哪个圣贤能不死？孔子能做诗万卷，到头还是没长生，鲁班能造楼万丈，也没做到刻木自宿。甘罗十二为丞相，姜太公八十遇文王，可惜也难买得万年长。一条手巾尺半长，亡魂洗身进浴场，洗净身子甘心去，做神做佛上天堂。

洗了亡魂身，又唱亡魂歌：

亡魂恰似天上星，天上星斗照凡人，天上星斗年年在，世上新人换旧人。

亡魂恰似一孤舟，每朝每日水上漂，船身坏撇①易修好，人身一失万劫难。

亡魂恰似一园蕉，生在蕉园叶飘飘，蕉头倒下还生笋，丢撇②蕉头真可惜。

亡魂恰似一枝莲，莲叶排排面向天，莲子好食人人摘，丢撇莲叶也孤单。

亡魂恰似一笼鸡，同笼关宿共啼鸣，有朝一日笼门坏，子在东来母在西。

亡魂恰似一只鹅，鹅羽斜斜飞过河，飞不过去死河中，连叫三声唔奈何。

---

① 坏撇：坏掉。
② 丢撇：丢掉。

亡魂恰似一树梅，严冬正月透雪开，梅子好食人摘走，丢撇梅树也还衰。

亡魂恰似一条龙，一羽飞过白云中，老虎上山龙下海，千年万载不回乡。

亡魂歌唱完了，又要跟着唢呐班拜十殿，帮助亡魂过十殿：

一拜拜到滑台岗，滑台岗上放娘行，滑台岗上琉璃瓦，琉璃瓦上白茫茫。合掌代娘低头拜，拜到一殿秦广王，秦广明王放娘过，引魂童子带娘行。

二拜拜到菌君岗，菌君岗上放娘行，百草生来都有路，莫来挽烂娘衣裳。合掌代娘低头拜，拜到二殿楚江王，楚江明王放娘过，接引佛子带娘行。

三拜拜到胡其岗，胡其岗上放娘行，胡其吸血娘惊怕，两边绿水正凄凉。合掌代娘低头拜，拜到三殿宋帝王，宋帝明王放娘过，观音佛子引娘行。

四拜拜到饿狗岗，饿狗岗上放娘行，饿狗岗上放娘过，百只恶狗叫得狂。合掌代娘低头拜，拜到四殿五官王，五官明王放娘过，目莲孝子带娘行。

五拜拜到老虎岗，老虎岗上送娘行，牙似刀山舌似剑，狭路相逢难抵挡。合掌代娘低头拜，拜到五殿阎罗王，阎王天子放娘过，地藏菩萨带娘行。

六拜拜到毒蛇岗，毒蛇岗上放娘行，百条毒蛇舌头长，蛇王点头放娘行。合掌代娘低头拜，拜到六殿卡壮王，卡壮明王放娘过，关赵元帅带娘行。

七拜拜到雪山岗，雪山岗上放娘行，上有刀山并火海，下有火坑并火场。合掌代娘低头拜，拜到七殿大山王，大山明王放娘过，龙父祖师带娘行。

八拜拜到度子岗，度子撑船来等娘，度子问娘去何处，去到阴司见阎王。合掌代娘低头拜，拜到八殿平壮王，平壮明王放娘过，真武祖师带娘行。

九拜拜到奈何岗,奈何桥下水渺茫,罪轻之人桥上过,有罪之人桥下亡。合掌代娘低头拜,拜到九殿都市王,都市明王放娘过,世尊佛子带娘行。

十拜拜到泰山门,泰山门外挂金牌,十个金牌有名字,十个金牌有娘名。把案判官揭部看,几十几岁见阎王,合掌代娘低头拜,拜到十殿转世王。

帮助亡魂过了"十殿",又有三十六哭,哭得大家心发慌,泪直流。

一哭娘来二哭娘,三哭四哭哭亲娘,天子一光哭到暗,夜晡愁闷到天光,泪汗双流浸湿衫。

五哭六哭哭亲娘,哭到目红声音哑,哭到鸡毛沉落井,哭到河水往上流。

七哭八哭哭亲娘,哭到月尾出月光,哭到星星归地府,哭到下夜日头黄。

九哭十哭哭亲娘,哭醒金鸡并凤凰,金鸡开声哀哀叫,凤凰悲声痛心肠。

十一哭来子哭娘,父母爱子极少有,食尽亲娘奶浆汁,咬烂亲娘奶菇头,辛辛苦苦带大子,唔愿①睡好一夜晡,望子大哩春光日,可恨阎王瞎目珠,福右享到魂被勾。

十二生娓哭家娘,一句两句喊亲娘,有我亲娘百般好,右了亲娘苦难当。夜了屋下有人理,烧火煮食又扫地,喂鸡喂鸭又洗衣,照顾儿孙极分相,可惜亲娘命右长,哭断心肝哭断肠。

十三老公哭老婆,我俩合适世间少,早晨打便②洗面水,夜里衣服拿浴槽。从来唔愿骂过嘴,恰似秤杆不离砣。阎王咁恶来拆散,哭到脱神站不住。

十四孙子哭驰驰,昨日还有驰驰叫,今日突然来分手,心肝宝贝爱孙子,百呼百应样样顺,出门三步有等路,买吃买穿买玩具。

---

① 唔愿:没有。

② 打便:打好。

曼人晓得命咁短，没有一百就走了，离别子孙到世下。

十五妹子哭娘亲，哭断心肝哭断肠，有我亲娘千般好，转来娘家有娘喊，今日冇娘万般苦，转来娘家冇娘疼，冷冷清清好凄凉，一回走来一回哭，苦难日子亏我当。

十六婿郎哭丈母娘，两眼双双泪汪汪。半份婿郎半份子，岳母对我咁思量，赠金赠银多关照，里里外外极分相，可惜今日来分手，悲痛万分痛断肠。

十七十八哭我娘，三跪六拜观音娘，我娘冇命归阴府，发梦我爷命冇长，屋下事情全交代，贫苦家庭拿爷当，全家大小好凄凉。

十九二十哭亲娘，以前日子唔好过，大个爱食细爱穿①，冇钱冇米家难当，愁愁闷闷度光阴，经常青眼到天光。

二一二二哭亲娘，我亲娘啊我亲娘，亲娘自家着烂衫，就怕子女受寒冷。着个草鞋露脚趾，戴个笠麻又漏雨。

二十三四哭亲娘，亲娘爱子路般长，今日丢下众子女，蜡烛点灯支支光，兄弟姐妹哭脱神。

二十五六哭亲娘，贫苦家庭难春光②，三餐食个是粥汤，做客着个旧衣裳。我娘省吃又俭用，甘愿自家喝粥汤，省下米谷养子孙，唔愿天光③做到暗，累到面黄又肌瘦。

二十七八哭亲娘，一想亲娘痛断肠，一生吃苦又受累，唔愿过过好日子，阎王勾部不合理，亲娘没上一百岁，不该命短去阴府。

二九三十哭亲娘，千辛万苦为子孙，得常④半夜喊天光，一生没有得好食，烂衫烂裤又烂鞋。

三一三二哭亲娘，挑担要去江西路，又怕子女会相打，又怕玩水跌落塘，提心吊胆护子女。贫苦子女早相帮，十二三岁冇书读，重担苦水早担当，得常自哭又自解。不怨爷来不怨娘，就怨自家命运差。

三三三四哭亲娘，亲娘爱子路般长，割肉喂子也甘愿，宁可自

---

① 大个爱食细爱穿：大的爱吃小的爱穿。
② 难春光：难见曙光。
③ 唔愿天光：还没天亮。
④ 得常：经常。

家睡楼板，就爱子女有烧暖，盼望子女早成长，祈祷子女狗般活[1]。

三五三六哭亲娘，声音哭哑肠哭断，头昏脑痛眼出血，亲娘还是不还魂，今日冇娘来思量，往后日子样般过？脱神脱脉躺在床，娘啊娘，后世还做娘子女。

三十六哭哭完后，还要念古文：

正月古文正月正，深山树木满山青，枯木都能回春转，花繁叶茂年年生。二月古文二月初，燕子万里向南归，鸟类都能寻回转，人不回头待哪时。三月古文三月三，太子出生在田间，十月怀胎娘辛苦，四礼八拜报娘恩。四月古文四月荒，四光六暗日子长，家中双亲已年迈，冇钱冇米难度荒……六月古文热难当，农夫耕田汗淋淋，可怜旱公犯了罪，撤除官职出朝廷，阴期三日要报到……十二月古文唱完场，大家听了乐洋洋，老人听了添福寿，细人听了身健康，一年四季行好运，万事如意家运昌。

十月怀胎这一场是必不可少的，由女主角唱：

正月怀胎笑盈盈，手点香烛拜神明，拜得观音微微笑，满堂佛子都极灵，保佑今胎生贵子，欢喜乐到全家人。

二月怀胎雨连连，身着蓑衣去出门，行到半路又回转，家娘问了唔好言，只想怀孕多休息，又怕姊嫂会闲话。

三月怀胎来下田，手拿镰刀割田唇[2]，割冇三尺手脚软，丢下镰刀草上眠。

四月怀胎四月荒，家中冇米煮粥汤，吃粥上山唔经饱，手软脚软头发昏。

五月怀胎上山岗，见到杨梅满树红，看到梅子哈哈笑，舍命爬到树顶上，酸甜杨梅口味好，吞落肚中身不适，自家身体自家晓，

---

① 狗般活：生龙活虎之意。
② 田唇：田坎。

千万唔敢自肚装①。

六月怀胎热难当，总想树下来乘凉，再好肉食唔想吃，眠在凳上当花床，手脚发软总想睡，冇精冇神苦坏娘。

七月怀胎秋风凉，心想生个好孩郎，添丁添财家运好，只求爷娘命爱长，帮我子女早带大，看管家庭看孩郎。一来怕他去搞水，一不小心跌落塘，二怕炉中去搞火，三怕路上车辆多，车辆撞到危险大，玩火烧房万物光，唔得孩郎七八岁，早早送去入学堂。

八月怀胎桂花香，娘娘喜爱桂花样。九月怀胎真可怜，肚大难看三尺前，透气都爱打开嘴，行路都想人来牵，走得快来肚作痛，睡目下下压胸前。

十月怀胎难出门，生子唔晓娘辛苦，生女才来报娘恩。到哩出生日子来，滚肠滚肚痛脱神。生个子瑞全家乐，好言好语又好肉，来谢家中大功臣；生个妹子好凄凉，家官家娘冇好面，泼了火来又放鸡，老公怨怪冇理由，自家哀声又叹气，就怪肚子不争气。

三年带乳苦坏娘，拉屎拉尿冇目睡，换裙换衣就天光，冇病冇痛还过得，有疾有病愁坏娘，每时每刻盼儿大，长大能报娘恩情。

十月怀胎是家里死了娘才念的，缴官钱、十拜江河、圈棺这几场可以不做，但十送亡魂、化粮米则不可少。

到了吉时，便要"出究"，就是把棺材或骨灰盒弄到禾坪里，孝子贤孙披麻戴孝。只要一披麻戴孝，旁人一眼便看出死者有几个儿子儿媳、女儿女婿、家孙外孙。如有过继或入赘给别人家的儿子，便要戴一片红一片白的马弄头，儿媳也一样，连孙子也这样，说这样才对得起他身边的父母大人。

儿子是戴马弄头，孙子是戴圈子，儿媳披麻系绳，女儿不用披麻，腰上系一条绳子即可，往后腰系，儿媳在前面系，女婿则戴一条长白布，明眼人一看都立马明白。还有其他要戴孝的，比如兄弟子侄外甥什么的，也都布排分明。看到披麻戴孝的人越多，死人即使不到六十岁，旁人也说死得值。送葬的队伍排得跟长龙一样，说明他家亲戚朋友多，子孙后代众，会做人。这些年，农村人越来越讲究排场，越来越铺张浪费。

---

① 千万唔敢自肚装：千万不能任意多吃。

十送亡魂念的是：

一送亡魂出乡村，从此亡魂不进村，村中事情你莫管，各家吃饭各安门。二送亡魂出家中，四门六亲送你行，今日六亲怀念你，从此不需再来往。三送亡魂归九泉，一门外家送你行，从此外家有来往。四送亡魂爱甘心，世间事情你分明，家中事情莫再管，大小事情有子孙。五送亡魂爱喜欢，送你金银万万千，一路坐车又坐轿，河坝茫茫到西天。六送亡魂上山岗，你今睡到好地方，等到七七四九日，做神做佛去天堂。七送亡魂别众亲，你今别阳转阴府，走到阴府做新客，交过朋友结过亲。八送亡魂心爱甘，你今着了新鞋新袜又新衫，别了阳间去天堂。九送亡魂泪淋淋，阴阳相隔无奈何，梦中相见一场空。十送亡魂入鬼门关，世上世下有一般，你今一去永离别，心甘情愿住天堂。

念完十送亡魂，就是开追悼会。村主任致悼词，所有子孙、亲朋好友向亡魂默哀三分钟，然后由女主角出场，化粮米就是保佑词，把一大碗头的白米撒向大家。大家图吉利，都会掀起前衣襟，让女主角撒来的粮米装进自己的衣襟中，带回家喂鸡，似乎用这粮米喂的鸡就再也不会发瘟病。

"一化千年宝，二化万年财，三化三年及第，四化四季发财，五化五子登科，六化天下太平，七化风调雨顺，八化禾苗丰收，九化永久富贵，十化子孙满堂。"女主角唱词保佑完毕，把手中装了米饭和豆腐的碗举过头顶，猛地摔在地上，摔个粉碎。男主角适时高喊："大哀至圣，敬送亡魂，起奏！"

于是，呜呜啦啦的唢呐声伴随着哭喊声，跟着四门六亲，送亡魂上山。至三岔路口，四门六亲和唢呐班返回，所有的麻衣孝布、香烛，一起在三岔路口烧掉，子孙再次跪地哭喊，之后得绕路回家。

回到家中后，又得把买给亡魂的灵屋送到祠堂里烧掉。子孙围在四周，把铁锹、火钳、镰刀等几样铁家伙丢来丢去，为的是不让世下其他亡魂欺负新客，霸占了去。烧给亡魂的东西，也和世上一样，要封条，写清楚送给阴间某某收、阳间某某寄，以免遗失。

村里流传着一个故事，有家死了人，烧了许多东西给他，后来去问神婆，那神婆双脚乱抖一番，亡魂就附体上来说话："你讲烧了很多东西，可我一样冇收到，你肯定是唔愿写封条，被别的野鬼霸了去，害我冇得一样，又冇钱买。以后再烧，一定要写封条，写上名字，才不会遗失和被人占去。"这么一说，亡魂的亲人才自责太过大意，急忙通过神婆请罪。

中国已进入老龄化社会，唢呐班的业务一天比一天繁忙，方圆十公里远近，有请就会到。法事一做完，主家就得付现。

那天送走大姑，往回走时，我问男主角，也就是唢呐班的班头："钟师傅，你带了经书吗？能否给我一看？"

"经书是有，但没带来，怎么，你也想学？欢迎啊！"

我忙摇头："不，不是我想学，我可没那么聪明，我学不好。"

他笑着说："我看你人很聪明，肯定能学好。"说着，手指身旁四十来岁的女主角对我说，"她都学得好，你怎么会学不好呢？你要真想学，我定帮你学会。"

我说："我真学不会，我是看这种职业很稳定，很经典，农村人都兴这个，不但钱现又不会失业。我是想写一个关于这样的故事，想看看你们的经书，为一个死者做一场法事，怎样才能让家属满意。"

钟师傅想了想，应道："你抽空到一下我家，我拿给你看，你真不错，居然会动笔写故事。你是谁的妹子？"我报了父亲的大名后，他说认识，我们还是同一个祠堂的，他就住在祠堂周围。

说实话，尽管这种职业很赚钱，但毕竟不够光彩，而且一般都要在外面过夜，又要东奔西走，一个女人家，经常与男人们一起出门，冇事也有事。就算一身清白，你自家认为身正不怕影子斜，但渑沫星子也能淹死你，背地里常会被人指着脊梁鄙视。

就说这个女主角吧，所到之处无人不说是个道嫲，别人都说她和师傅有染，本来她以前就是个水性杨花、不务正业之人，而且开过发廊。好上这个职业后，闲言碎语更是汹涌而至，搞得她也很尴尬。可是为了赚钱，又不得不厚着脸皮到处与男人们一起东家出西家进。

她经验老到，表情到家，嗓子又好，哭得伤心，一把鼻涕一把眼泪的，连旁人也会被她的哭声感染。记得舅妈死后，她女儿的伤心度都不会感染我们，反倒被这女主角哭得动了情。

无论这种职业多么赚钱，可丝毫也没打动我的心。我想，即使再贫困，我也不会去学这个。我情愿少吃一点，穿烂一点，也不愿人生有什么污点。赚钱的门路多种多样，我看不起这个职业，但在钟师傅面前，我只能一个劲地说："我学不来，从小就记性不好，记了上句忘了下句，莫到时砸了你们的饭碗。"

管他信不信呢！

铺路进行曲

美溪村隔壁的一个偏僻小组溪头，几百户人生活，也许应了"众家奢众家碓，众家姑婆冇人爱"[①]这句话，解放多年来连一条水泥路都没有。每逢雨天，自行车和摩托都得推着走，回到家里衣服和鞋袜都成了黄色。因为交通不便，这里的人们出入都非常困难。小伙子相对象，姑娘一听这个地方，十有八九一口拒绝，有人笑嫁到这里的姑娘是"笨姑娘"。久而久之，这里的小伙子只好纷纷"倒插门"。几位有志守土的男青年，早熬过了结婚年龄，却还是与"笨姑娘"无缘。因此，铺路成了这里的头等大事。

友仁当选小组长后，和妇女代表明月商议，召集大家开会，解决铺路的大事。这天晚上，友仁家里聚满了人，五六十户人，每家都至少来了一对，还得自己带凳子。大伙怕自己的意见别人听不到，都尽量提高音量，一时间，友仁家比菜市场还吵闹。

好半天，友仁见大家还没停下之意，忍不住站了起来，做了个示意安静的手势："大家不要再吵了，这样说来说去，还是冇个结果，让我先说几句好不好？"

妇女代表明月也起身说："对，大家先静一静，让大头先说几句。"她直呼他的小名，这里的人都叫他大头。

"前几天，我去村部开会，在会上我提出了我们组的铺路问题。村委会研究后说，虽然上面有拨款下来，但因为僧多粥少，各个小组都要铺路，只能拨

---

① 众家奢众家碓，众家姑婆冇人爱：意为公益事业没人管。

给我们十吨水泥，其他一切都要我们自己解决。"

"只拨十吨水泥太少了，打发叫花子呀！"有人大声抗议。

"听说第三组修路都给了二十吨，第五组给了二十五吨，第十组给了十五吨，凭什么就给我们十吨，太偏心了吧！"有人接着附议。

"那是因为村书记在第三组，村主任在第五组，会计在第十组，我们这里有个村干部，厨下没人莫乱餐。要是支书主任出在我们组，那我们也有指望了。"

人多嘴杂，说什么的都有，大家说得也都在理。

"不如我们大家都出点钱，让大头请村干部吃上一顿饭，也许还能多给几吨水泥呢！"旺兴提议。

"哟，旺古最近变聪明了，大家想不到的都被你想到了，了不起了不起！下届我们选你当村干部。"被人称为"挖苦专家"的能佑马上开起了旺兴的玩笑。

不待旺兴回应，七十多岁的瑞伯倚老卖老地说："我看这个办法行得通，也就一吨水泥的饭钱。如果真是烂泥田里打辘轴①，一家也就几块钱的事，亏不死人。"

"那要是偷鸡不着蚀把米呢？"

"那就苦死你了吗？"瑞伯训斥说话的小气鬼水清。

"能行吗？"组长友仁心中没底，毕竟自己上任没多久。

"我看行！"瑞伯对这行情似乎轻车熟路，"再大的官也是吃五谷杂粮长大的，何况村干部。以前我当小组长时，还不是常送鸡蛋和鸡鸭给他们，才争取来那么多化肥票子。"

"瑞伯大伯，难怪你们家以前从不要买高价肥，连有票子的低价肥都用不完，原来你贪污了我们的。"有个叫秋生的后生开起了不咸不淡的玩笑。

瑞伯做小组长时只顾自己，发肥料票子时，每家每户都遭他克扣，他自家儿子们用的，从不用买一斤高价肥，因此大家都从心里排挤他。虽然他不知趣，不愿从小组长这个位置上退下来，但到了换届选举时，一票也没得，这对他打击太大了，面子上放不开，很长一段时间都不理大家。

听了秋生的话，瑞伯也不辩白，只是说："不瞒你们说，过去的村干部，

---

① 烂泥田里打辘轴：意即行不通。

就是贪生怕死，看着金灿灿的金条都不敢拿回家，就怕被人揪斗，怕评上一个地主富农的成分。现在的村干部是越换越贪，他们就像一群蚊子，吃饱了的飞走了，来的又是一批空肠空肚的。"

"没想到瑞伯大伯这么有见识，而且还那么狡猾，也会拉拢干部。"

"要不是会拉拢干部，他的小组长能当那么长时间，能贪那么多吗？"有个叫金贵的中年男子说，他是瑞伯的亲侄子，讲话一向爱吹牛皮，因此得了"车大炮""风车尾""乒鬼"①的绰号。

小组长见大家的话题越扯越远，忙打住说："大家不要再说其他了，我老婆身体不好，怕吵，这样扯下去，到天亮也解决不了问题。如果没意见，我先带个头，我出十元。"说完，从口袋里掏出十元钞票，放在桌上。

"我也出十元。"

继瑞伯掏出十元后，妇女代表明月也从荷包里掏出了十元。

他们带了头，大家纷纷从口袋里掏钱，没带钱的就从别人那里借。

友仁在一块揉捏得皱巴巴的纸片上，鸡嫲带鸡子般一一记下人款。清点后，竟有四百多块。他叠好钱，对大家说："这些钱，如果没花完，就用在铺路上。你们放心，我大头保证不会贪你们一分钱。"

"我们大家都信你！"大伙异口同声。

半个月后，友仁又在家里召开一次会议。大家急着想知道结果，都提前来到。

"前几天我按大家的意思请了他们，瑞伯大伯和明月也在。我们谈了铺路的具体情况，村委会决定再给我们五吨水泥。"

友仁话音刚落，有人就气愤地接过话来："这些腐败分子，就知道贪吃、贪钱，凭什么给我们这么少，难道我们就不是本村的村民？"

"他们说村里几个小组都在铺路，困难不小，还说我们这里比较偏僻，要修一条水泥路，不太容易，要是能等到明年再铺，就保证拨给我们三十吨水泥。"

"明年再修？我的妈呀，那我的女朋友还不跟我吹了！她跟我说今年铺了路就跟我结婚，否则没戏。你们想想，我相了几次亲，都是因为交通不便而告吹，好不容易好上一个，要是又吹了，我肯定得疯。和我一般大的几个人，还

---

① 车大炮、风车尾、乒鬼：均指说话不实在的人。

没有对象呢！"二十七岁的龙斌一听要明年修路，急得话音都带哭腔了。

"对，不能再拖了，再拖我们弄不好就要一辈子打光棍了。"几个大小伙子不约而同地提高了音量。

瑞伯吐出一口烟来，说："路可以拖，可他们的年龄拖不得呀！"

明月站起身来，提了个建议："既然大家一致认为，路今年必须铺，我也同意。可村里给的十五吨水泥实在太少，何况还要沙石和人工。这人工当然得由我们大家出，沙子呢，也可以大家一起去挑。石子就不行了，还得不少运费。如果认为好，每户就按人口出钱，有摩托的多出一些，有货车的也多出一些。"

"我赞成，因为没有水泥路，不但赴圩出入困难，连我们的终身大事都得悬！"龙斌最着急。

友仁拿定了主意："大家看这样好不好？我们各人捐五十元，有摩托的捐八十元，有货车的捐一百元。人工也按人口出勤，各人先出五天。钱和人工不够的话，以后再开会商议。钱有多就退给大家，多出勤的也按每天二十五块钱给予工钱，大家说好不好？"

"好，就这么定了！"

"那明天就开始去挑沙子吧。大家自觉一点，不要人再喊。"瑞伯对明月说，"你带上笔和本子，把出勤的人工都记下。"

就这样，经过两次会议协商，铺路计划得到了实施。大家团结一致，经过一个多月的紧张劳动，一条像模像样的乡村小道展现在大家眼前。大家心里莫不高兴，都为这条道路凝聚了自己的血汗而感自豪。

赴圩出入方便了，下雨天肩上不用扛单车，双手不用推摩托了。姑娘小伙出门穿的衣裳，回家也不再变色了。自然，嫁到这里的也不再被人称为"笨姑娘"了。

这几百口人家脸上的笑容，比阳光还灿烂，那是以前难以看到的。

此后，也许就有这样的传说通过老人的嘴巴，驻在儿孙们的心田："以往我们这地方呀，与那'蜀道之难，难于上青天'相差不了多少，通往外头的那叫什么路！每担谷、每担柴、每袋化肥进出，无不用铁肩头、铁脚板去磨蹭。每当夕阳西下尤其是大雨来临之际，挑得大汗淋漓的村民们跌跌撞撞往回走，谁看了都会怨叹种田人命苦。如今开了大路，打上了水泥，桥头路尾，人行得，板车单车摩托行得，拖拉机汽车也入得，姑娘们就跟着嫁进来了，谁还怨天骂路、唉声叹气呢？！"

征地补偿众生相

风声是刚跨进新世纪大门时放出的，说要在我们这建一条连贯广东的高速公路。后来，就看见地质队的人来勘测，插了很多木桩和小红旗。大家一看便晓得，那些插红旗处肯定是建高速公路所在。

那段时间，几家欢乐几家愁，没有几家睡得香，总的还是愁比乐多。住得好好的，几代人了，突然要拆迁，自家田地在这里，搬到别处，人生地不熟的，没田没地，连个菜园都没有，今后吃啥，岂不成了农村户口居民粮了？房子拆了，住哪？以后要重建新居，钱可是个大问题，虽说房地征收有补贴，但能有多少，够不够买地盘？有人说，就算政府送一套城镇新房，我也不要，住在城镇里头，出门三步脚都得花钱，又没有几千元的退休工资，还不饿死？

说得也是，农村有农村的好处。政策一年比一年好，现在不仅免了皇粮、农业税，还每亩发补助，而且年年有加。农村人自由散漫惯了，受不得拘束，每年种上几亩烟叶、萱草，养上几头猪，也能卖上万把块钱，粮呀菜呀自给自足，既方便又放心，自家吃的不会乱喷药。鸡呀鸭呀自家又都养了一伙接一伙，吃不完的可以卖，而市场上买来的大多是饲料鸡饲料鸭。

现在农村人也讲究营养，饲料养的家禽家畜不好吃不说，营养也不丰富，所以家养的都留着自家用。啥时想吃了，抓一只杀了，由你炖、炒、焖、蒸、白斩，花样多，一家人都吃不完。钱嘛，能多能少，多时多花点少时省着点，做比不上省般快。农村人，三、六月紧工辛苦点，秋收冬种也就那么几天，何况自家管自家，想做就做，想了就了，时间自得皇帝个①。因此，中老年人还是喜欢农村生活的。

等着拆迁，希望拆到自己头上的也有。有些住着破烂房子的，本来就盘算着重建新房，正愁没地盘呢，这下天上有馅饼掉、世上有狗屎运行，巴不得就落到自家头上。以前建的都是两层半的泥瓦房，只要有几间这样的房子，加上田地，补来的钱重建新房绰绰有余。土地是国家的，田被征收了，钱就进了自家的腰包，如果合同期满了，以后重新分田，自家照样还能分到。最好全部被征收，一亩田就有两万多块，要是征到几亩田，那岂不发财了，还愁什么？

有些人比狗还精，现在根本不用愁没田耕，如今已有不少人情愿出远门打工，也不想耕田了；还有不少人，子女都出来工作了，也就放弃了不少田，田税再低也情愿租给别人耕作，不致抛荒就行，自家只消耕上一两亩，够吃就好。有些还不用田税，拱手白送给别人耕。

谷贱伤农，肥料农药又不断涨价，自家有耕牛还说得过去，不然得高价请人做牛水活，一亩要花个百二十块呢。即使请拖拉机打田，也不便宜，而且每年都在涨价。总之，一亩田除了肥料农药、犁田的工钱和伙食这些成本，也就没甚赚头了。大家都说，不奈何才去作田，自家要吃，要是去买，便宜也要便宜钱，最不划算的就是作田。因此，每个人都巴不得自家的田被征收走。

并不是你想征收就可以遂愿的。就我们美溪队而言，也就靠近山脚下的十多户人家，才有幸被征收到。我娘家和两位堂嫂的也在征收之列，还有几户做了几十年的老邻居。这幸运的十几户人家，不但房子被征收了，连田地也被征收了不少。这十几户人家中，哥哥子瑜无疑是最幸福最令人羡慕的一个。

哥哥连着父母，共有一厅二间的老泥房，还有才建几年未及粉刷的三间一层的平房，外加几间猪圈，几处果园、菜地，几亩稻田，算起来也近二十万吧。别人家的补助，父母兄弟甚至出嫁了的姐妹要几份开，而哥哥却正如大家所说，可以一个人支配，没人跟他分一分钱。年迈的父母没拿，在城里工作的子龙不但没要属于他的那份，反而应哥哥的要求，另行补助他六七万建房。有人和我说："你老弟生娭量也够大，换着别人，就算老弟子②有咁好，老弟生娭也会有意见。"我说那是绝对的。

---

① 时间自得皇帝个：自由掌握时间，像皇帝那般。

② 老弟子：弟弟。

说实话，房地被征收后，我跟母亲说："补了那么多钱，真想叫哥哥买一身新衣服。"母亲那时还在福州的子龙家住，她在电话那头跟我说："妹呀妹，莫去想，你个老伯瑞想不到这一点，他哪里晓得你当年的辛苦？"

　　也是啊，想当年，姐姐出嫁后，少了一个劳动力，父母犹如少了一只手，为了减轻父母的重担，让哥哥弟弟安心读书，我含泪离开学校，归来与父母一起挣工分。那时我只有十四五岁，初中还没毕业呢。

　　因为百年老宅太破烂了，处在风雨飘摇中，为一家安全考虑，必须另建新房。我还在学校时，就开始打屋基了。依山而建，得削大半个山坡，土头很高，有好几米呀，寸土千担。在"愚公移山"革命精神的鼓舞下，我给自己立下任务，早晨挑二十担，中午二十担，傍晚二十担。有时，姐妹们来邀我上学，还得帮我完成任务再说。

　　那时，哥哥在县城读书，弟弟子龙小我三岁，也常带领班上要好的同学，与我一起搬石头，挑泥土。我辍学回家后，去深山那边的田地里干活，回家时，无论腰再酸背再痛，畚箕或箩筐里总也得带上几块石头，有时尿桶里也不能空着。那份情景，那份艰辛，至今想起还觉心酸。

　　建房时，我累病了，躺在床上老做噩梦，说胡话，还看见小弟出世那年就死了的祖母，真真切切，吓得我大叫起来。母亲吓坏了，到处求医拜佛。高烧不退的我，心里想的还是做房子的事，母亲说我是家里的"火车头"，一天不走就乱了套，何况是关键时刻，父母怎能不急？挑水、浇菜、洗衣，是我早上必须完成的三件事，再说请小工是要花钱的呀！不是我脸皮厚，也绝不是诸葛亮夸孔明，自夸自，那时我虽只有十五六岁，但是真个是和姐姐子珍一样，是个人人跷大拇指的劳动能手。我这时病上几天，对母亲来说，地球都不会转了。

　　真的，为建那一厅两间房子，我流了不知多少血汗，其中艰辛一言难尽，今日房子被征收，我真的希望哥哥能给我当年的付出予以一点点补偿，一点点安慰。可是他又怎能知道当年的情景？

　　建房正急需用钱，在县城读高中的他还不断地向家里要钱。一天，父亲汗流浃背地从深山里扛了一根杉树回来，收着他要钱的信，气不打一处来："娘个瞎目狗、大目田鸡，不晓得家里的辛苦，明知道做屋①要很多钱，还不省着点，以为家里有百万，自得我意做了一半我都不做了！"看到父母如此无奈，

---

① 做屋：建房。

我只恨没有点石成金的本领，变不出一栋琉璃碧瓦来。

费了九牛二虎之力，终于就把房子给封顶了，未及粉刷就搬进去住了。后山土头太高，刮风下大雨时经常发生塌方。我和父母每每都得及时清理搬运，以免房子被推倒。记得一天深夜，又发生下雨塌方之事，我都累哭了，说这座一厅两间的房子今后要有一间归我。当然这是气话，是不可能的事。无论过去还是今天，父亲都是个重男轻女的人，他总说，以后死了，骨头缸都要子瑞才端得，墓头还得子瑞祭扫，子得爷娘女得吃，嫁出去的女，泼出去的水。

有时想起，不禁为所有的农村女孩打抱不平。想当年，男孩子们都坐在教室里享清福，充实自己，而女孩子们却都在日晒雨淋，为挣那几个死工分，连小命都不顾，农闲时，还得上山砍柴，多可怜呵！

十几岁的我，常常牺牲午休，冒着火一般的骄阳去山上砍柴，回到家里就跟"水鬼"一样，全身湿淋淋的。母亲见了，心疼地骂一句："不要命了？"

我这人见缝就钻，担心子龙也考不上大学，回家务农，那么家里的那点菜地就不够兄弟俩分了，为此就去开了不少荒。后来子龙跳出农门后，所有的菜地都是哥哥的了。母亲一次说起开荒的事，嫂子却说："开那么多荒做什么，累死人了！"

农村人，田地是财富，守住一份土地，就是守住了一份希望。我们那时候，实在没几个懒人，能种两头①菜的地方都不能让它荒着。兄弟多的，为一点菜地，常常争得跟仇人一般。嫂子不同，没人跟她争，当然就会嫌多。我最不愿看到为了争点什么而不顾亲情，弄得兄弟阋墙、姐妹失和，那是多么悲哀的事啊！所以，我不能不为自家兄弟考虑，如今行了狗屎运，连当初开的荒地都卖了不少钱，嫂子的心里还会嫌七嫌八吗？

"你爷娘的房子和田地被征收了，你当年开的那么多荒地也列入征收了，你老伯瑞有没有给你一点好处？"

征收款到位后，一天，璐璐这般问我。

"哪有那么爱好，说实话，我想叫我老伯瑞替我买身衣服也没好意思开口，我晓得他这人，就是赌光了也不会给的，莫讲给钱，招呼都不打，也不请我和姐姐姐夫吃上一顿饭。"说完，我真的感到无限伤心。

---

① 头：棵。

璐璐眼泪汪汪地说:"你爷娘还在世,却也没有主权。我晓得的,做这几间房子,你真是太辛苦了,后来连书都读不成了。我们做女儿的就是差,爷娘有疾有病时,首先想到的就是要叫上女儿。我爷娘病重住院时,资金、人工我没少出,当然这是应该的,可是今天爷娘的房子被征收了,好几万呀,三个老伯瑞又有哪个想过我这个老妹子?要是我爷娘还在,绝对少不了我的。说实话,和他们平分,我想都不想,但是给点零头我还是想的。爷娘我也有份,需要出钱出力时有我的份,分钱时却没我的份,这公平吗?"

说着说着,她大哭起来。

璐璐是当年帮我完成挑担运土任务的姐妹之一,后来又有缘嫁到一起。她母亲死得早,有三个哥哥,一个考上了大学,在大城市工作,另外两个在"修地球"。她父亲是水泥厂的退休工人,父母健在时,都非常疼爱这个幺女,她特幸福。她出嫁后有段时间生活不是很好,她父母就经常买些肉来,还经常带她的两个儿子赴圩买衣服,买书包,惹得她的两个兄长老大不高兴,说父母二样心,人家重男轻女,可他们却重女轻男。我们几个一起嫁来的姐妹们听说后,也惹得个个眼红。

她母亲临终前,对三个儿子千叮咛万嘱咐:"你们三个做老伯瑞的,才一个老妹子,我死后,你们一定要加倍爱她。"可只有她那个在大城市工作的二哥,心中常惦念着她,时不时予以资助。

"三个老伯一个妹,猪肉豆腐整酸菜",意思是说,有三个哥哥的妹子,吃猪肉豆腐就跟吃腌的酸菜那样容易。我们时常用这句话笑璐璐,有时她会伤心地说:"你们都还有娭瑞疼爱,我没有福,娭瑞死得早,老伯瑞再好也比不上爷娭,莫讲还有嫂瑞。老伯瑞就算有咁好,也不一定嫂瑞也有咁好,何况她们自家好了就好了,哪还顾得上我这个老妹子?"

她父亲也死了好些年,就这次房子征收一事来说,确实令她伤心不已。几位胞兄竟没有一个提出给她一点安慰,其实每家少用一千,给她三千,她也会很满意的,这也说明有人心中想到了她,没有把她弃之一旁不闻不问。为什么父母有事时总叫上妹子,父母的房子卖了,却招呼也不打,明摆着是怕她来分钱嘛。

她老公心里也不舒服,但见她伤心,也只好劝慰:"莫伤心了,你自家的老伯瑞这样对你,伤什么心?膝头不长肉,贴不上肉,自家不扎手,靠别人施舍,富不起来,什么都得靠我们自己!"

守穷了大半生的村民，一下子见到这么多钞票，在先前征收的风声中一直难以平静的心理，开始失衡了。

住在我娘家屋坎下的守财，也就是璐璐的堂叔，膝下有二子一女，房子征收后，他很想拿一万块钱给女儿。他女儿嫁到县城，丈夫是教书先生，好不容易把儿子养大到十六岁，却在旅游时不慎殒命悬崖，真个孤老嫌死子瑞，该衰！现在又生了一个儿子，日子过得非常艰辛。父母怜惜她是正常的，可她兄弟一听，却说："你统统给她算了，老了以后就跟她过。"说话时的声调，就如张飞唱曲，粗声粗气，守财再想给妹子一点钱，现在也是太岁头上的土，动不得了。

在我们美溪十几户被征收的人家当中，只有一个嫁出门的妹子得了这种钱，虽然不可能和兄弟平分，但多少是得了。她叫秋莲，父亲水笋早死，还有一个老母亲，她的两个胞弟都在县里工作，从征收补助费里给了她两万元。

璐璐想得点零头，天经地义，我盼望哥哥给我买身衣服，也情有可原。遥想当年，我真的是太辛苦了，白天干活，遇到做旱天时，还得整夜整夜地熬夜放水。水源又远，要走山路，山上有坟墓，可我还是壮起胆子。有次，我一连熬了三个晚上，终于支撑不住了，掉在水沟里，摔伤了腿。那时我已定亲，未来的婆婆来看我，见我走路都像不着地，她心疼地说，几天不见，人都瘦了一大圈。想起那段往事，真是吃口生姜喝口醋，尝尽辛酸。

我只怪兄嫂不该连声招呼也不打，我真的不想分钱，如果能力允许，我们还应帮助建好新房，但他不该把征收房子的钱拿去赌，还把摩托和手机换新了，明知建房需要钱，却还摆阔。

经常有人告诉我，你老伯瑞昨天又输掉了多少钱，他这人有赌命，十赌九输，一输就是数百甚至上千元，尤其是赌六合彩，波段，大小，单双，合数单，合数双，生肖，有钱时，他赌得很凶，想一夜暴富，没想投出去的钱每每如石沉大海。

我晓得他的脾气，爱说大话，"我钱多都能砸死你。"有人当面还击："你啥子货，要不是你命靓摊到了一个好老弟，你当不得一堆狗屎，有钱？你哪来的钱？你又没有开银行，整天游手好闲，连个正当的职业都没有，要不是做高速公路，你一辈子也看不到那么多钱，你有啥资格跟人比钱？"

他就是这脾气，没钱时死来火一般①，等身上有了几个膛皮癞，就会捉龙②，还爱露财。我曾说过他，可他当做耳边风，还是滚水锅里煮棉花——熟套子。

而且，他总是禾鸸子生了鸡蛋，讲大话，反正吹牛皮不犯罪，身上有了钱，就像头上安了电风扇，大出风头。没办法，他是哥哥，对他的这种恶习，我也只能是火烧旗杆——长炭（叹）。

不少人都说他是个十足的胡鸭，任人宰割，尤其是喝多了酒时，人家偷换了牌都不晓得，而且，他赌博向来是三光政策：钱光，人光，天光。一起和他赌博的人告诉我，他把房子征收的钱也赌掉不少。有次，他也恼着老输钱，人家却笑他："你怕啥，反正有个老弟有钱，冇钱口一张，手一伸，老弟又会给你，有个有钱的好老弟，你还愁啥？"

征收补助一共有多少，大家都不知道，即使问了，他也不可能实话实说。我也从来不问，问了反而会让他以为我想分钱。听侄儿福福说，比他还多。福福都有十八万多，他就可想而知了。当时，哥哥还把父亲支开，一再动员他去福州弟弟家住，弄得父亲恨心恨肺："娘个拗豹子，想赶我走，怕我分钱？"

村里有个叫有富的，他的房子和田地也被征收到了。老父母和他一起住，兄嫂早分家了，四十岁还没娶老婆的他，买了套旧房。因为父母名下的房子所得征收款，没有分给兄嫂，导致父母住院，做哥哥嫂嫂的不闻不问，出院后也不去看望。他嫂子说："爷娘和你住了多年，有入你入，要出你出，我们不管。"有富说："爷娘要是你要，我愿倒贴，以后就跟你们住到死。"两个老人病恹恹的，他兄嫂才不要呢！有人说，自家的老人没奈何，别人的老人就是有三千块的退休工资都不要。

有富补了十几万，除买房外，都存进了银行，可后来又忍不住把它或多或少地提出来，用作赌资。村部很热闹，尤其是晚上，跟小香港似的，赌徒们经常赌到天亮。有富只要得空，几乎夜夜不落，人家说他是肩膀上扛屋的人，有钱等人花。麻将，金花，斗牛，吊鱼子，吊鸡公，九点半，五花八门的赌法，不管大小，他都不拒，确实风光热闹了好一阵子。

但好景不长，有限的钱很快就不够挥霍了，只好做缩头乌龟了，赌博凳，

---

① 死来火一般：意指毫无生气。
② 捉龙：狂妄、嚣张。

没钱不敢坐，他只有在旁鼻肩胛①。一次人家打麻将，他兜里没钱，只好旁观，但心痒痒的，忍不住作些评论，还动手抓牌看。人家说他，他还不服气，骂起人来粗话连篇。最后的代价是，两颗门牙被人打落，额角流血还鼓起了个包。

大家背地里奚落他是扶不起的阿斗，烂泥糊不上墙，说他这一生是耕地不撒种，白走一趟，孤老做定了。说来也是，家里有两个七十岁的老人，自家又不勤劳，还爱赌，有哪个女人愿意给自己戴上枷锁，哪个女人会去做瞎目猫公，去摸他这只死老鼠？那些小姑独处的女孩，一听媒人提到他的大号，就回话说，就算一辈子没老公见面，也不嫁这样的人。

生产队核算时当了二十年队长的虎腔，房子虽没被征到，但多少还是征了些田和地。只是田被征收后，钱却被小儿子拿了去，说是要换辆车，钱不够，等以后有了会还他。父母问，那要等到啥时候，是不是要下辈子？小儿子便骂："你们两个老人家怎么这样说话，我是不是你们的子瑞？"

虎腔原来有块菜地，后来被大儿子用来做了猪舍，征收后，也补了好几千块。早已奔了上康、在集市里做了高楼的大儿子，得知父母卖田的钱被老弟占了去，遂也把卖地的钱据为己有。日子过得艰辛、七老八十还要种烟耕地的虎腔老两口，前去讨要，大儿子却说："老弟子用得了卖田的钱，难道我就用不得卖地的款？"

他还说："我家是长子长孙，老弟只有三个妹子，以后你们百年归仙时，还得我端灵牌，由我儿子端香炉呢！"

虎腔气得大骂两个儿子忤逆。见父亲发了火，大儿子才说："老弟啥时把卖田的钱拿给你，我就啥时把卖地的款给你。"

一些老人对此摇头叹气："没钱的人说得过去，富人也这样把钱看得那么大，真不晓得他们是咋想的？"

马上就有人表示不同意见："钱多又不咬人，有谁跟钱过不去？大家都是向钱（前）看，难道你看到钱会往后退？有钱声音都大，没钱威风都没。"

说得也是，现在的都是饲料人，都养成四目狗子了。你有钱时，就像苍蝇一样围着你，天天热热闹闹，经常推杯换盏，称兄道弟；落了难，他避之唯恐不及，有事找他帮忙，总是推七推八，往日的情分早已不知去向。所以说，

---

① 鼻肩胛：鼻，闻。意指只有在旁看赌，闻别人肩胛味道之意。

没有钱是万万不能的，虽说钱不是万能的，但有钱总比没钱好啊，中国有句老话说得很是生动透彻："富在深山有远亲，贫居闹市无人问。"

一栋栋旧房子，在大功率推土机的粗声中委地，化为离散的固体和飘扬的粉尘。

一栋栋新房子，像雨后的春笋一般，在人们关注的目光里日高一日，拔地而起。

所有被征收了房子的人家，除那无后的两三户买了邻村人家的旧房外，都重建了新房。

钢筋水泥浇筑后贴上了各色瓷砖的新宅，楼层虽高，但相比于土墙黑瓦的老房，窄小不说，且显得封闭。对于办喜事的人家来说，如何在家里操办十桌二十桌以上的酒席，就要颇伤一番脑筋了。

就想到以往，想到年节喜事之时，小村落一改平日的寂寞，洋溢出一派喜庆热闹的色彩。大年前后，依客家习俗，喜事特多，婚嫁寿喜接踵而至。以至于，村头这边刚刷新红对联，没几天，村尾那边又贴上了新对联，一重又一重喜气装扮了溪流两岸。如今，这情景只在记忆里了。

笔直而起的高速公路座基下，埋着我家的老祖宅。那上百年类似客家围龙屋的构筑，地盘还真不小，有上下厅，有左右厢房，厅连房，房连厅，大天井还投来明亮的阳光，也许与客家最大的房子，那出了名的"九厅十八井"，还有得一比。这开放式的大房子，容下过多少热闹？且把这美好的记忆带到新居。

因为与老宅相距不太远，迁居的乡亲还能自如回来耕种自家那些没被征收到的田。当初有人愁得睡不好吃不香，现在有了新房子，又和周围的人熟悉了，倒也过得快活自在。热闹不说，征掉不少田后，也让他们清闲了许多。

曾为征收款多少而争执过的几个老人，在事过境迁后，高兴地说："如果不是做高速公路，我们这辈子也许就住不上这样的新房，得感谢政府！"

只是，像我一样时常在已了无踪迹的祖宅和稻田忆旧怀逝的乡亲，还真不少。算起来，拆迁行动已近十年了，但他们对曾是自家的屋自家的田记得特别牢。连稍微大一点的娃崽，也都知道原先自家的屋在哪个位置，自家的田在什么地方。

扶贫款

入夏后，村里几个干部去镇里开了个会，了解到上头拨下一笔扶贫款后，回来就在村里接着开会，各小组长也都参加了。根据上头的指示和镇里的意思，这笔款子分配到各小组，按各小组的人口分配，再由各小组自行解决，将这笔扶贫贷款落实下去。我们溪头组一共三份，每份一万五千元，这是当时小组长说的。

会议第三天，小组长金田正在家里和人打扑克，忽接村主任大脚古电话："金古头，你们组的三份扶贫贷款，你替我堂妹搞一份吧。"小组长金古头哪有推辞之理，爽快地答应了。过了一会儿，林业主任的电话又至："龙头是我亲戚，你关照关照！"金古头马上回话："好，你放心，我会给他一个名额。"这样，万家山三份扶贫贷款的名额便被小组长和两个村干部的亲戚得了去。

元贵当时不清楚到底是啥款子，便问金古头："什么款子，搞得这么神秘，连村干部都出了面？"

"咳，是上头拨了一笔款子下来，听说是中央搞试点，我们县是贫困县，有权享受扶贫贷款，可能利息很低，也没确定什么时候还。"

"哦，有这种好事，我天天去煤矿干活，天天从村部路过，怎么没听说过？这是什么时候的事？"生生是个问事问到尿桶底的人。

"也就才几天的事，上头的文件还没正式下达，没有明文规定，这事也不好弄。"

元贵的一张利嘴马上回过去："不管好弄不好弄，这事你凭什么就自作主张，凭什么要他们两个享受？他们俩是贫困户吗？你这个小组长是怎么当的？

这么大的事也不让大家晓得，你头脑也太简单了，要是大家晓得了，不骂死你才怪呢。"

"就是，凭什么要他们享受？你是小组长，有名额是天经地义的事，可他们是移民过来的，又不是困难户。既然是扶贫款，就得扶贫，这样才能符合中央规定。反正我也坚决不同意他们两个享受，他们不是贫困户，无权享受！"金贵也极力反对。

"那你们说说该咋办？连村里都头痛，也不晓得这笔钱要咋处理。"小组长心虚了。

元贵说："按我个人的看法，这笔款子要落实到真实有困难的人名下，或是落实到有读大学的人家里去。你家也有大学生，供一个大学生多不容易啊，以后大学生出来了，有出路了，对家乡贡献也大。"

"这个提议好，我赞成！"金贵有个儿子正读高三，成绩一直很不错，他当然同意元贵的意见，好像他的儿子就一定能考上大学似的。可是就算能考上，这件事也早就处理分相了，还能等到那时候吗？

"嗯，有道理，我马上打个电话给村主任。"小组长说完，拿起手机就打，"喂，主任，扶贫贷款的事，很多人不同意这样安排，意见挺大的，要推翻原来的决定。"

"推翻就推翻，我只是推荐一下而已，最终还是要你们大家决定才能生效。如果大家都不要，那就留个名额给我堂妹，反正又不是白拿的，连本带息是要还的，不是各人都要的。"

听了扬声器里村主任显然不悦的应答，水古冷笑一声，道："真个好笑，他一个村主任，手也伸得太长了，分配到我们组的名额凭啥要他指手画脚？我们万家山没有人吗？这些当干部个，头脑也太简单了，也不怕人笑掉大牙。我要是没有名额，一个电话打到扶贫办，曼人都莫想享受这笔贷款，只要是有人闹，扶贫办就会马上撤贷。"

"娘个死乌搭瞎个，真个狗屌个，你干啥跟本组人过不去？就算你自家享受不到，邻里乡亲有，借也方便许多。火烧屋还要本郊人①，你怎么这样没脑子呢？"金古头劈头盖脸骂将过去。

---

① 本郊人：本地人。

"哼，借？今那个时候，人冇一撮鬼成群①，越有钱个人架子就越大，越瞧不起人，冇钱个人，莫讲旁人，连自家个兄弟姊嫂、亲戚朋友都会看衰。我敢说，这笔钱落在曼人身上都不行，都会被搅黄，这是一笔火根钱，不信你们等着看好戏！"

小组长金古头沉吟了好一会儿，道："的确是火根钱，事情不好处理。听说其他村早就乱成了一锅粥，村干部头都大了，很多小组打得都快出人命了。"

"依我看，这笔钱要直接落实到有实际困难的人身上去，最好就落实到大学生身上，让他们自行解决，或捡勾，或自动相让，总之这钱绝对不可以让有钱的人再享受。有可能这笔钱和以前的扶贫物资那样，到时不用还。既然是扶贫款就得扶贫，不然就失去了意义，不符合中央的规定。反正我家还没大学生，我不会去想享受。"元贵话说得很干脆。

"这也行不通，要是不用还，那就啥事都没有，可是要利息又要还的话咋办？要是到时因为太困难还不起曼人负责？再讲就算落到困难户那里，曼人愿意为他们担保？你愿意用你的房产证为他们担保吗？事情真个不是那么简单。"小组长金古头越讲越难决断。

一日，村书记钟华领着村主任、林业主任光临我家，看望我公公。我公公是村里的老干部、老党员，一生以"富贵不能淫，贫贱不能移""人穷不能穷志气"为信条，追求人格和境界，不管是当保管员、治保主任还是大队长，他做人都清清白白，好事做了一箩筐，加上管钱管物管得清清楚楚，一个铜钱不贪，卸任时两袖清风，在本村很有声望。今日几位村主干找他，主要也是想听听老干部的意思。他们说清了事情和此行的目的，最主要的是，这次搞试点到底是钱是物，要还或是不用还，上面没有明文规定，让村干部们都没了主意。

公公听后说："这事不好办，但是不管要还还是不要还，是钱还是物，都要考虑清楚，不能狗踏碓般。既然是扶贫款，那么就得按上面规定，只有扶贫才符合上面的改策，这件事上面可能还会派人来调查。所以处理此事千万要小心，一不能投标，二不能捡勾，三不能走私，只有发扬民主，多听大家的意见，再做决定，事情才可能圆满解决。在这件事情上，我劝你们几位，千万不

---

① 人冇一撮鬼成群：指正经人少，鬼头鬼脑的人多。

要徇私舞弊，别引火烧身，免得到时自讨苦吃。"他话中有话。

"嗯，有道理，姜就是老的辣啊，想事情就是想得透彻。"钟支书由衷地说。

"对，对，老干部就是老干部，一肚子的民主主义，我们就没想到这点。"随行的两位村主干随声附和。

一周后，村里再次召开会议，各小组长全部到位。小组长们都被这事搞得焦头烂额，没有一个组已处理好此事，所有的人一见面就问："你们组的扶贫款处理下去了吗？"得出的结论都是两个字："没有。"先头村干部和小组长推荐的名额全被推翻，因为他们推荐的都是自家的亲戚或朋友，且都不是贫困户，这就好比抛石头入公厕——引起了公愤（粪）。

正开着会，几个村民走到会议室门口，七嘴八舌说出的话，如坟墓里头冒青烟，阴阳怪气。

收破烂的王才华说："上头政策再好，也好不到我们平民百姓的身上。我一不是村干部的亲戚朋友，二不是小组长的兄弟子叔，这笔扶贫款子，就算我苦得冇钱买盐煮菜，我也想不到。"

一个煤矿工人说："咳，我也跟你一样，运气很差，村干部和我非亲非故，小组长还和我吵过架，我这人平时又不晓得巴结村干部，大年初一见了人，都不讲恭维话。要早晓得会有咁好的事，养来过年的鸡公我也会杀了叫所有的村干部吃上一顿，巴结巴结他们，说不定我就也有一份了。"

另一个村民也接上话茬："咳，尿急找粪坑，临事抱佛脚，来不及了，只有教会子瑞，做人就爱学会巴结有权有势的人。也要学爬梯子，人往高处爬，水往低处流，哪个朝代都是百姓遭殃、干部享福呀！"

"是呀，牛上田坎扯尾巴，水淹田园再筑坝，是时针指向了十二点，太晚了！以后呀，我就开始学聪明一点，要是见着了何仙姑①，我也喊舅媚②，多少也沾点儿仙气。"

"要不，下届选举你给我一个红包？我一家五口，可都是有选举权的。往后有好处，你多想着我。"

---

① 何仙姑：传说中的八仙之一，相传曾在本乡起居活动多时，乡里名列中国著名风景名胜的狮岩曾有她的庙。是故，乡人说仙言必称何仙姑。

② 舅媚：舅母。

"即使他日有官做，今日也唔得过①呀，还是你去当吧，我们好搭帮②你。"

"哼，现在的人，哪个不是'冇当官想当官，当哩官一般般'，天下乌鸦一般黑呀！"

"天在头上，会有报应的，贪官一代当官三代绝……"

"骂唔倒个，不是说'直肠直肚，洗锅冇米煮；横肠吊肚，门前搭马古'③吗？我看还是那句'敢死有官做，怕死唔得过'讲得在理。"

正在开会的干部们晓得他们几个是夜猫子进宅，无事不来，遂停下会议，先让他们发泄。

几个村民不管三七二十一走进了会议室，来了个茄子炒胡瓜，不分青红皂白，乱吃一通。

钟支书见他们闹得实在不像话，便喝道："你们几个说够了吗？没有说够接着说，我们会都不用开了，就听你们说，有凳，你们坐下来说，跂着④咁辛苦！"

"要讲说够，我们三天三夜也说不够，你们当干部的不公平，我们平民百姓说上几句牢骚怪话都不行吗？"

"公平，哼，古今中外，何时真正公平过？宣统皇帝和国民党在时，泥水师傅住茅房，木匠师傅篾缚床，地理先生冇屋场⑤，现在很多地方却也冇平啊。"

"当干部也有当干部的难处，干部也不是你们想象的那样腐败，那样轻松自在，做老百姓还是比较单纯。"

"鬼金贵，当干部有多自在啊，有权有势，有啥好处还不是先满足干部。就说前阵子那个什么项目，一个人五十块的，到底是吗个意思，我们晓都不晓得，还不是先满足了你们的亲戚再满足你们的朋友？"破烂王可不理会，今天是个好机会，千万别错过，想说什么就说什么。

"就是就是，当干部就算有难处，可好处多了百分之九十九，真要难做，为啥到了换届选举时你们就提前拉拢关系，一个一个红包、一条一条好烟和一

---

① 即使他日有官做，今日也唔得过：意为远水解不了近渴。

② 搭帮：依靠、沾光。

③ 直肠直肚，洗锅冇米煮；横肠吊肚，门前搭马古：意为好人遭殃，坏人得福。

④ 跂着：站着。

⑤ 泥水师傅住茅房，木匠师傅篾缚床，地理先生冇屋场：比喻社会不公平的现象。

瓶一瓶酒大大方方地往外送？有人还没那么快到选举，就对人说，'要是你们选了我，选上后我就请你们去旅游。'大家想想，旅游要多少钱？可他们都愿意出旅游的钱了，还说当干部有难处，我看有难处也就是怕捞得太多了会花不完。"

"对呀，要是说当干部不好做，那你们可真是狼心狗肺了。这十多年当干部的都捞足了，房子做了一栋又一栋，银行卡里的数目一位一位往上增，你们也没做什么大生意，这些钱难道是你们的老婆搭男子来的吗？我们日做夜做，却还是要节衣缩食才勉强能供两个细鬼子读书，真是人比人气死人！"

村主任大脚古实在听不进去了，一下站起来大声喝道："你们还骂得不够满意吗？我们都忍了这么久了，我劝你们不要太过分了，你们再影响开会，我就报派出所了。"

"你们哪，就是瞎子看书——观点不明，戏台上打架——不知真假，连我们都还不晓得是怎么回事，到底是钱是物，利息多少，啥时候还，上面真个有明文规定。再说，怎样安排，又还没有决定。我们不正在开会，商量怎样处理吗？你们吵什么吵，曼人讲个其他村都已经解决了，钱也到手了？我们怎么就不晓得，肯定是有人唯恐天下不乱，是鹭鸶腿上劈精肉，无中生有。"钟支书极力压住心头火气，耐心地说。

"哼！阎王爷说谎，骗鬼，我看当干部个都是耗子窟窿填不满，见了寿衣也想要，贪心鬼！"

"就是，你们一伙都是衣食不愁想当官，做了皇帝想成仙的贪心鬼。想想看，我们大队好卖的都卖了，现在连黄泥都卖了，以后没啥卖了你们还怎么捞？你们说你们没贪，那你们敢拿一家人的性命来发誓吗？"破烂王啥也不怕，就像是新摘下的板栗球，刺多。村干部个个被他气得七窍生烟，又不敢发火，好比漏了气的汽笛，光冒气不吭声。

"走吧，村官们没请我们坐，趑客难留①。大红，我们走吧，看村官们都快发火了，得罪了村干部，以后有啥好处就更轮不到我们了，我们的日子就更不好过了，莫连我们的后代登记结婚时，都不给我们开证明。"

"他们敢吗？今那政策那么好，信息那么灵通，一个电话就能让他们尿湿裤子。只要上头不腐败，我们平民百姓就不愁没好日子过，当官爱腐败，就如

---

① 趑客难留：站着的客人不会久待。

螳螂挡车逞霸道，没有好下场。村官算什么？他们就好比一篮子鸡蛋滚下了坡，一个好的也没有。不说说他们，还以为我们是吃屎大个呆子，哎！上正中歪下腐败，这话一点没错。"

过分，真是太过分了！村官们早就打破纸灯笼，一个个眼里有火。村主任更像鸡蚯婆垫床脚，鼓起了一肚子气，他的面孔上像是涂上了糨糊，绷得紧紧的，也怪自家头脑简单，办事冲动，真不该那么着急地去推荐老妹子，也就不至于被人冷言冷语骂得心中恼火，他在心里不由得骂起了自家。

"有完没完？你们在这里大呼小叫，鬼喔一般是啥意思？大家正在开公，有意见等会开完了再讲！你们要是再影响开会，我真个打电话给派出所了，再不给你们点颜色，你们就不晓得天高地厚了！"村主任说罢，真的拿出了电话。

"走就走！反正这次扶贫贷款要是没有我的份，我一个电话打到扶贫办，告你们村干部徇私舞弊。"破烂王扔下几句话后，和几个"惹事棍"走了。在路上，几个惹事棍笑得特开心。

会议可以继续了，但最先的一句话是村支书的叹息："咳，上头突然来搞这个试点项目，又冇明文规定，搞得我们头昏脑涨，搞得群众意见很大，怎样解释都冇用。现在整个县都还没有一个具体方案，各镇各村都有不少人在互相猜测，互相争夺。到底是钱是物还不晓得，就弄得一片混乱，伤了身体又伤和气，差点出人命，最好我们村能做到不伤和气又能合理分配。"

"咳，说得容易，做起来难。这个项目，是上头的指示，又没有明文规定，事情相当棘手，而且村民们又见风就是雨，什么说法都有。有人还造谣说某某村的已经解决了，钱都到手了，这不是扰乱民心、无中生有吗？"村主任接过话，他确实想不出更好的办法。

"那有啥办法，困难再大也要把这事办好，只要村民冇意见，用啥办法都行，我们村干部各小组都要去走动走动，做做群众的思想工作。时间紧迫，过几天就要上交了，得尽快解决。但各个干部要记住，各个小组都有个别刁民，你们要做好思想准备，尽量不要和他们发生冲突，要心平气和地跟他们说明情况，一旦你们失心耐心，事情将会变得更糟糕。"钟支书对与会的村干部们千叮咛万嘱咐。

"也只好这样了，晚上就开始出发，分别到各个小组开会，听听村民们到底要咋办？再不落实，我都快成精神病患者了。这几天头都快爆炸了，头痛散吃了都没用。"村主任指着头说。

钟支书最后说："各小组长回去通知大家,各小组派一个村干部去,把上面的意思向大家说清楚。多数村民都老刁根了,什么牢骚怪话都有,大家千万莫出洋相。"

月光皎洁,蛙鸣悠扬。那晚,我早早来到小组长金古头家,等村干部到来。接到通知和互相传达后,几乎每家每户都来了,有些家里甚至还来了两三位,好像有打一般,就连搬迁到别处的人也回来开会。小组长家把所有的凳子都搬了出来,还不够大家坐。我从没见过有这么齐的村民会议,以前捐款铺路,还没这三分之一呢!有东西分就是不同,谁愿意跟钱过不去?

"哇!十分有搭煞,难得大家这么整齐,我都不晓得啥时见过这种场面了。好在政策好,中央关心老百姓,给了大家这个机会,坐在一起聊聊天都抵得,莫讲还可能有好处。"

有人开起了玩笑,很快得到响应:

"当然,有分大家都有空,要是捐救灾款,或捐钱铺路,大家就推七推八讲冇空了,这是一向的惯例。"

林业主任喝了一口茶说:"人到齐没有?到齐了我就传达上头的指示。"

"还有几个可能没通知到,也可能忙,再等一会儿吧。"小组长说。

"不可能一个都不缺的,反正有分不能少了他就是,我明早要干活,今晚要早睡。"有人等不及了。

"赌博赌到天光都不想睡,有分都精神倍增,大家在一起说说笑话也好,回去有末个搭煞?和老婆做'生意'三次都还得及,急什么?"

"哈,哈,哈,说得对呀!难得大家这么齐,迟一点回去老婆不会骂你的。"

"娘个酸夹古,做水乱板曼人有咁好个精力?年轻时一晚上都没做过三次,莫讲老了。"

"好了!好了,大家莫讲酸夹话了,讲酸夹话讲得有盐搭味①,让村干部笑话。"

"村干部也是人,又不是不吃人间烟火的外星人,指不定他还很喜欢听呢!"

---

① 有盐搭味:津津有味。

小组长见大家没完没了，林业主任显得有些烦躁了，忙挥手制止："安静安静，爱讲你们到外面去讲，这里面爱讲正事，今那就让王主任先把上头的意思宣传一下，然后大家再发言。"

小组长发了话，大家很快静了下来，袅袅的烟圈把大家连在了一起。

"好，那我先说几句。"林业主任又呷了一口茶，接着说，"上头还没有明文规定，但大概意思也许大家都晓得了，村部门口已贴出来了。要是按照那些规定，我相信大家都不符合，曼人屋下一个月没有一千八百块钱的收入？要说劳动力，今那有些八十多岁的老人家都还不输后生哥，一百斤的担子挑起来还不会喘气，细鬼子十多岁也都会帮助做事了，所以这事不能按那种规定处理，不管是钱是物，既然政府咁关心，大家就不要让这些钱或物流失，争取过来，大家和和气气，尽量妥善处理，请大家放心和相信，不管是钱是物，当官的都不会去贪。上头搞这个项目，肯定会检查和追究，曼人贪曼人倒霉。还有，这事也不能走私，当时我们也只是推荐名额，是我们的错，现在改正过来。大家也就不要说牢骚怪话了，多想想办法，要咋样解决大家才能皆大欢喜。"

"照捡勾，曼人捡到都冇话好讲。"

有人脱口而出，马上换来一通骂："娘个大番薯、大昂磅，冇脑屎个，早就讲了不能照捡勾，捡到勾的会乐死，没捡到的会闹死。要是有人怕好上了别人，不甘心，一个电话又使扶贫办撤贷，还不是一样解决不了问题！"

"阿爹的须菇，曼人也择得；阿婆的奶菇，曼人也摸得①，我以为按人口平分最合理，只要有脑袋的都有份，分到一块是一块，能装一块豆腐吃也好，能称一斤猪肉吃也行。总之能分多少是多少，绝对不能只好上几个人。"

"就是，不然我一冇权二冇后傍②，哪能有我的份。爱讲贫困，我最贫困。我还有三个子瑞没讨老婆，要是这三份都给我，我都还嫌少，可我又没那个命，想也白想。"贫困户武德古说。

"是呀！比如前段时间那五十块钱的事吧，虽然钱不多，可是情理上说不过去。为啥村干部的亲戚朋友都有份，我们不是干部的亲戚朋友，晓都不晓得，这不是光头古的头上落乌蝇，明打明的事吗？"

能文话音刚落，华兴马上开起了玩笑："曼人叫你不去摊上几个当官的亲

---

① 阿爹的须菇，曼人也择得；阿婆的奶菇，曼人也摸得：意即大家有份。

② 冇后傍：没后门走。

戚朋友，不然这生世人撑死你都有，也不会冤之冤枉。冇阿冇傍^①，做生做死也富不起。"

"咳！命苦，要是做人做得好，屙屎都不要孤倒^②，当官个要是都能'立党为公，执政为民'，那我们平民百姓的日子都好过。"

"会叫个雕子无三两重^③，不要越岔越远了，再讲牢骚怪话到天光都解决不了问题。同意按人口分配的请举手。"林业主任不想再浪费时间，在这种场合下，待的时间越长，越有可能患心脏病，越有可能被村民们的唾沫星子淹死。

"我举双手赞成，要不是这样，我是一分钱也分不到，名义上是扶贫款，实际上是钱赠钱，扶富。就算我手指头咁肥，行狗屎运^④捡勾捡到了，曼人会替我担保？"

武德古大声说着，还举起了双手，惹得大家哄堂大笑，却也纷纷举起了手。

"那好，你们这组一共三份，为了还息还款方便，你们选三个代表出来，是按人口还是按户头，你们大家决定。到时还款还息就由三个代表负责，你们大家自动自觉把利息和本钱送到他们手里。你们这组多少人口，可由这三个代表划分。"

林业主任的办法得到不少人的认可。

但元贵却说："其实这样也不是办法，当然要是这笔钱不要还就啥事都好办，可要是到时必须还那就麻烦了。今那是晚上，讲不好也讲不坏，我是打个比方，还款时有人死了咋办，这钱叫曼人还？叫他亲属或子女还，他们会说，我又没用他的钱，凭啥要我还？再说，每村都有个别钉子户，还款时，连代表都会头痛，去追款时，他一句我又不是欠你的，是欠共产党的，我今那冇钱你先帮我垫出去，以后我有了再还你。那就遇到鬼了，连个告状的地方都没有，捡到神来费^⑤。"

元贵想得周到，这种情况绝不能排除。

"对呀，代表也不是那么好做的，这种蛮不讲理的人，曼人组上都不敢接

---

① 冇阿冇傍：没人帮助和依靠。

② 孤倒：蹲下。

③ 会叫个雕子无三两重：雕子，鸟。意为沉默是金。

④ 行狗屎运：行好运的反说。

⑤ 捡到神来费：多此一举的瞎操心。

受，曼人要是接受了这种人，曼人就是唐山的火车——倒煤（倒霉）！"

"到时分钱的时候，各人都签字画押，曼人都不能赖账。"

"哼，牛笔写字都不管用，他冇钱还你，能叫他去偷去抢？有个别人，即使有钱赌博也不想还人家的钱；还有一种人，你叫他还钱，他还骂你，'少你百万吗？总有一天会还你。'你要是跟他急，他比你还刁，拉链一拉，里头硬物一捧，'你鬼喔一般，我就不还你，跟我腔来讲。'你又不能杀了他，钱不多还怕不了，随便去他家买上几只鸡鸭就能抵掉。不愁他耍赖，也不怕他拉链一拉屄一捧。怕就怕钱多，那就不好办了，什么朝代都有这种人。"

听元贵这么道来，大家都点了点头。

"咳！我觉得有道理，我们这里就有几户这样的人家，阎罗王都会怕他。"

"这么说，你们这三份扶贫贷款就不要了？"林业主任也晓得这种人确实存在，他也头痛了。

"鬼讲个，这钱不要白不要，让贪官吃掉才好吗？以后的麻烦，以后再想办法解决，今那先不要去考虑。当务之急是先选出三个代表，然后把三个代表的名字先报上去，其他问题以后再商议。"

三个代表在大家的表决下选了出来，一个是现任小组长金古头，一个是前任小组长友仁，还有一个便是能说会道的元贵。大家再一次举了手，算是同意这三人做代表，有个调皮鬼甚至把双脚都举了起来，惹得大家又一阵大笑。

林业主任说："讲实话，你们组还是比较好商量，其他小组早就打生打死了，听说大布村的都打进了医院。就你们这里还没听说相打相骂的。我都没想到会这么顺利，好了，大家回去休息吧，耐心等好消息吧。"

"回去喽！哎呀，好有搭煞，自出哩世，我都没开过社员大会。"一个搬迁在外的年轻人笑着说。他三十岁了，还是头一回开这种有趣的会议。

一个月过去了，两个月过去了，半年过去了，扶贫款还没有下落。但有人说，已经分下去了，只是谁谁谁，各有多少，还不清楚。总之，这是"念经少，咳嗽多①"的干部们的习惯性做法。

一天，村部周围一片热闹，大家议论纷纷，都在说："才！这个人太才了！"我不明其意，就莫名其妙地问他们："什么意思？你们说曼人咁才？"

_____

① 念经少，咳嗽多：比喻办事不专心。

他们告诉我，某个深夜，有人在路边的墙壁上写下一首打油诗，大家看了都拍手称好，真是大快人心，村主任看后却把它给撕了。

原来是这样！他们你一言我一句，把打油诗给复制了出来：

瞒天过海糊涂账，水利不修田在荒。
全封山区卖黄泥，水源头上来挖矿。
造桥就来改图纸，村民实事冇几样。
选举时候说大话，送钱送酒拉关系。
干部油水捞稠稠，群众喝粥稀溜溜。

有的干部听说后，不思自省，也不道明扶贫款的来龙去脉，却冷嘲热讽说，毕竟是农民，关心的就是眼前的芝麻绿豆，真是不可救药的现实主义者。

村选一二三

北京奥运会一年后一个流火的下午，几位村妇在我家"搓麻"。一到农闲，地里的活计，只消花个早上和傍晚的工夫，就已足够。白天太阳太大，大家怕中暑，爱躲屋里打麻将，日子过得逍遥自在。

曾经担任过村民小组长的友仁，也闲着没事，找我公公喝茶闲聊。他告诉我们说，晚上要去小组长家开会，一是选举村民小组长的事；二是电力公司的电费钱下来了，要我们去拿。

我们村的水电站，是我们的父辈们在大跃进期间做的，前些年被县电力公司合并了，老板跟村里订了三十年合同，条件之一，是要给我们全村的公民，每人每年十元钱的电费补贴。每年七月是领钱的时候。

"开会？曼人讲个？为什么大家都唔晓得？金古头没通知我呀，你们有听到吗？"一起打麻将的王桃花问我们。

"你都唔晓得，我们的耳朵谁还比你灵通？"钟青梅说。

"金古头这个人太简单了，有啥事都不通知大家，是不是他也不想当了？不想当就自觉一点，自动让位。他也不是当甲长的料，做事太武断，啥事都不跟人商量，自作主张。这次大家不要选他好了。"

我家弟妹说话干脆。三个女人一辆车，何况还有在旁看的，六七个女人一起咿里哇啦地乱发牢骚，搞得叫碰都听不到，大家只好不打了。

"金古头个人，懒得行，他只叫别人传达。记得的传达了，没记得的就通知不到了，所以肯定有不少人唔晓得，坏就坏在懒字上。可能傍晚他会再通知一下，如果到时还没到场的，也许他会打个电话叫一声。"

友仁这样一说，大家心想可能也是这样。

"听大家的口气，好像对金古头不满。既然这样，我看魏才贤娘个人还可以，晚上大家能不能都投他一票？"友仁推荐了一个后生。

"他人是可以，就是离我们太远，走路得半个钟头，有事找他多麻烦。如果开会或每年领电费补助，我们又不会骑摩托，去他家走那么远的路哪行？我不同意，我们这边又不是没人，凭啥要选那边的人。"

"就是，他虽然也是本组人，但早搬走了。开会麻烦，反正我们这边人头众，比他更来得①的人多的是。友仁，莫以为你跟他合适就推荐他，除非还是你当，那我们大家二话不说，全投你的票。"王桃花笑着说。

"别！别再投我的票，我要是想当，当初就不会去辞掉。这种得罪人的生意，我发誓都不做了。我真是当怕了，做得再好，还有人嫌，烦都会烦死。没当甲长，落得一身轻，肉头都长加几斤，几好！"

"娘个死友仁，现在都够肥了，还要再肥，就不怕压死你老婆吗？"有个叫四妹巴的女人说，她比我们大几岁，讲起黄色笑话唾沫横飞，脸不红心不跳。

"鬼讲个！男人的手力，女人的肚力，难道你肚力不足？难道你们做那事时，你老公不会用手撑着？再说了，我们老人家哪还能干那事，这事也就你们后生子人才爱做了。"

"娘个狗友仁，五十出头就想老年猪肉吊②？老虎尾巴都还拖得住，走起路来地下都震动，算啥子老人家，送你两个细妹子，你肯定一手举一个。"

"莫鬼喔，我有那么雄板？那事想不着了，腔都硬不起来了。"

"好了，好了，莫酸酸果果③的话讲起来有盐有味，讲正事要紧。大家晚上选曼人，反正得拉下金古头。晚上顺带提提意见，那征收田的钱还有三千块，得叫他拿出来，莫让他私吞了。"

"金古头娘个人说话瞎里瞎气，做事自私武断。比如前段时间修水沟一事吧，虽说是公益事业，但毕竟是组里的钱，得征求大家的意见，可他连个招呼都不打，听说给小工和师傅的工钱都是五十元，现在有五十块工钱的师傅，有五十块钱的小工吗？那为啥不叫我们几个去做小工，倒叫他老婆和合适的人

---

① 来得：能干。

② 老年猪肉吊：意指争老，以便得到有关方面照顾老人的好处。

③ 酸酸果果：下流。

去，这不是自私吗？"我也忍不住议论起是非来，这事大家早就晓得的。

大家一致同意，这次得好好行使一下公民选举权，得另选贤能。本组除了几个和金古头要好的，以及他自家兄弟，八成的人对他有意见。

记得有一次，我们村分山林补助，钱不多，一人也就一块八。我一家四口加上公公的那份，还不到十块钱。平时要是借了人家十块钱不还，那你的名誉将会受损。属于自家的那份，不管多少，都要拿回来，不然以后人家也以为你已经领了。十块钱用来买盐，半年都吃不完。

听人说，交了医疗保险的才能领山林补助。我交了，发票还在，那时我正在打麻将，有人去拿，叫我把医疗卡给她，她顺带帮我一起领回来。她回来后却说没我家的名单，要我自己去问金古头。

我另找了个时间去金古头家，问他："我的医疗保险交了，发票都还在，为啥会没有我家的名字？"

他说："不关我的事，可能是村部作弄你家。"

我说："村部为啥会作弄我，我家又从不做坏事，一向循规蹈矩。"

他不耐烦了，瞪眼说："关我屁事，不用问我，你去问村干部。"

见他这个态度，我来气了："你是我们万家山的小组长，我有事首先就是找你，你挑起了这个担子，就得负责，不关你事关曼人个事？"

他也很生气："跟我腔来讲，就是不关我的事。"

"你再这样有素质地说话，我就说你私吞了我那份。"我也顾不得他的面子了。

"放屁，我凭啥要私吞那点钱，吃了那点钱，还会消化不良！"

"我告诉你，你不要一有啥事就说跟你腔来说，你的腔再牛，也只有你老婆喜欢。你讲话有素质，我也不必跟你客气。不是钱的问题，打麻将自摸一次都不止十块钱，是理性不对，以后村里组里有啥分，都会没我家的份。十块钱再苦我也看得破，你必须替我搞清楚。"我扔下话回家了。

见我气冲冲的神情，一路上人们纷纷问原因，我如实说了。大家莫不骂金古头瞎狗。

回家后，我给村上会计打了个电话，他说会尽快帮我查清。

公公见我受了委屈，也打了个电话给村主任。村主任说，改天我批评他。

几天后，会计把钱送到我家里，说金古头说的话确实不对。

"选选选，选个屁，金古头是曼人选个，有曼人晓得？听讲村民小组长是村主任任命的，想当甲长就去巴结村主任。"青梅说。

"友仁，还是你来当吧，你当我们都放心，曼人当都不如你当。"

友仁连连摆手："我呀！下辈子都不想当，苦到冇节裤子① 穿我都不要那点钱用。"

整个上午，大家都在说同一件事，说来说去也没说出个子丑寅卯来。

"选曼人是你们的权利，依我看大荣、元贵和才贤三人都可以，他们三人能说会道，出门多，点子也多，准能为我们这个组争取点什么。"

我公公一直是个听众，最后他发了话，大家都点了头。

晚上出门开会前，接到小叔子的电话，运动我投魏才贤一票。我知道，这肯定是友仁和他说了。

一到金古头家，禾坪里已经坐满了人。因为有钱拿，家家户户都不想缺席。让我感到意外的是，好友小王夫妻和她小叔夫妻，以及堂弟夫妻他们也到了场。他们是金古头的兄弟姊嫂，以前可从来都没回来开过会，很明显，他们是不会为了那点水果钱回来的，以前都是小组长送过去的，明摆着是金古头为了拉票，才特意叫他们回来的。金古头早就说不想当了，看今晚的局面，他是阴沟里洗手，假爱清洁。

还有两户没到，大家就七嘴八舌议论开了。有几个人在为重装电度表的事争得面红耳赤。因为做旱天，禾苗干枯，水供应不上，有些水尾田已经裂开了大口，两口山塘的水都被抽干了。有时七八台抽水机一起作业，电度表承受不起，不保险，前几天隔壁组就电死了一个人，电力公司为了安全起见，重新装电度表，双保险的。

可是电度表的钱要老百姓出，所以那边有田的，要抽水抗旱的，就得出钱。问题又来了，有人田多，有人田少，有人的田又暂时租给别人耕种了，这样就引起了一番争执，有人说我才几分田，也要和你几亩田的一样出钱，那我岂不成了呆子，我又不是下雨天出世的。有人说，我的田租给别人了，现在我不用抗旱，以后我耕种时再出钱。有人说，现在不出以后就不要你出，这个电度表你就没份，以后不准使用。

选小组长的会还没开，他们几户倒先开起来了。他们一个个争得目珠突

① 节裤子：内裤。

出，声音一个盖过一个，都怕自家说的话别人听不到，狗争屎吃一样。那种搞笑的场面，如果有部摄像机，就可省去文字表达不清的局限了。

专门负责我们这组的村林业主任一到，马上做了个让大家肃静的手势，说："大家莫吵了，这事你们改天再商量，现在人都到齐了，让我说清今朝夜晡开会的主要原因，一是选小组长和代表；二是发电费补助；三就是上回开会时讲的扶贫款一事。把三个代表的名字报上去，贷款到了，大家平分，如果大家冇意见，就这么定了。"

"不行，听讲这笔钱曼人个名字就曼人落磊①，真个这样，我们大家腔都冇嘎，汤都没得喝，莫讲吃肉。"有人马上提出抗议。

"那就让家里有大学生的，或确实有困难的人去享受这笔钱。"林业主任有点伤脑筋了。这没有明文规定的事不好办，老百姓见风就是雨，有时解释都解释不清，真是秀才遇到兵，有理说不清。

"大家都爱做了才有吃，老百姓曼人冇困难？再说，财不露风，你晓得曼人家冇存款？"

"这不行，那不行，那就大家都莫想。既然大家都怕好上别人，那就算了，让扶贫办取消了事。"林业主任可没那么好耐性。

"这样吵来吵去，吵到天光都解决不了问题，这事先放下，改天再议，现在先发电费补助，叫一个进一个。"金古头站到禾坪中心大声说。

林业主任说："叫到名字的就进屋去领电费补助，签名后再领一张选票，然后把自己认为有能力的人写上去，最多只能写三个，多者无效。"

随后，就由本组党员、烟草检验员德仁拿着名单一个一个地叫，叫到的人就进去领了钱签了名，再拿一张选票和笔，走到另一间屋子把建议名单写上。

如此这般做完，由魏德仁唱票，由教书先生华明写在黑板上。

第一个上榜的，竟是我小叔子。他看到名字，开玩笑说："哎，我又唔愿拉拢人家，曼人咁看得起我，讲出来我请他吃饭。"大家听了不由得哈哈大笑。

"魏富文、魏金田、魏才贤、魏荣贵……"德仁一个一个往下念。

荣贵看到有自家的名字，不无诙谐地说："讲实话，我不怕跌古，我的名字是我自家写的，我自告奋勇选自家。"

"娘个短命相，想当讲一句，给我十块钱买烟抽，我准保选你。"有人开

---

① 曼人个名字就曼人落磊：谁的名字就谁享受。

他玩笑，大家又大笑起来。

"早不讲，早讲二十块我也愿出。哎，看，又有人选我了。曼人咁看重我。哪天有特码我准告诉他。"他把六合彩也派上用场了。

华明老师听到有自己的名字，说不用写上去，德仁说"不行"，他便把自己的名字写在黑板的角落。

我的大叔子听到有人选他，笑嘻嘻并拍手说："哎，不错，做梦也想不到有人选我，不过最好把我的名字写在这里……"他边说边走到黑板前，指了指华明两字的下面。

念到圣华时，他老婆笑着说："哪个脑袋有问题把我老公也选上了？"

我说："有人猴 ① 都猴不到，有人选你老公你也有意见？"

"我老公啥货，哪是当官的料！"

"大番薯，当了官行得前，有啥好处都晓得，虽是小官，也好处多多，要不他们怎会拉关系，又不是吃屎大个，有钱浦了 ②？"有个叫二妹姑的人也笑她。

一共有十几个人头赫然在榜，有一两票的，有三四票的。才贤二十五票居榜首，元贵十八票其次，金古头十七票排第三。三个代表由此产生了，再从三个代表中产生一个小组长。才贤虽然得票最多，但当得当不得小组长，还得村主任说一声。

金古头说："曼人当都爱扎手做了才有吃，开一次会妨碍做水，那就衰死了。"

"口是心非，嘴里讲唔想当，心肝 ③ 做梦都想当，看今朝夜晡的派头就晓得。"有人低声嘀咕。

前届小组长友仁趁大家都在，说："大家静一下，听我讲两句。我当小组长时，公共积累共有两千二百三十块，铺那段路花了两千一百块，还剩一百三十块，所有的发票都在。曼人当，我就把它交到曼人手中，以后就冇我的事了。"

"友仁，你娘个大番薯，这点钱你也用得，交到别人手里，还不好了他。说不定他们赌博、嫖货冇钱了，都用公家的钱。卖田不是还有三千多块吗，他

---

① 猴：想。

② 有钱浦了：打水漂。

③ 心肝：心里。

敢说出来吗？"有人故意骂起友仁来。

马上有人会意，接腔道："不是每个人都和友仁一样公正，友仁跟钱有仇，人家也要跟钱有仇吗？有些人见了钱就跟死乌蝇见了血一样，这三千多块钱如果现在他还能拿得出，我的名字可以赖赖倒吊①。"

这些人的话虽是难听了点，但也是金古头咎由自取，谁叫他平时说话得罪人，做事自私武断，为人处世鼠目寸光。本组有老大过身，他连人影都看不到，哪像友仁，大家屙屎不出都找他，谁家有老大过身，他都忙前忙后。不当小组长了，他也一如既往，所以大家都说友仁不当是本组的损失。大家锣声鼓响，金古头装没听见，相信他心里也不好受。

大家任意发泄，看到三个代表中，金古头得票最少，估计当不成小组长了，都露出幸灾乐祸的神色。

小组长还没选好，村里选举又拉开了序幕。

历届村选，情况大抵是：

一、由原来村委会召开党员村民组长、村民代表会，宣传选举工作，并安排有关选举事项。

二、公布选民登记工作。

三、选举产生下届各小组长、村民代表。

四、全村进行村民推荐，村委人员及副主任人选，须村民十人以上联名推荐上报村委。

五、村委会公布各村民联名推荐人名单。

六、召开村民代表会，产生并公布正式候选人名单，并向上报告。

七、经上级批准候选人后，向全村公布主任、副主任委员的名单。

八、名单公布后三天，召开村民代表大会，安排全民投票工作并公布选举结果。

沸腾了，整个村庄都沸腾了！村选情况一公布，便成了大家茶余饭后最热门的话题，连六合彩都置之一旁，好像除了这件事，其余的都不值一谈。

发添、文明竞选村主任，原主任大脚古落选，另有十人竞选副主任。

8月24日，几个女人又来我家闲聊，友仁也来找我公公讲选举的事。他

---

① 赖赖倒吊：倒过来写。

是原代表，他说："想都想唔到连组长都没当过的钟文明，竟有二十三票，发添才二十五票，看来文明的活动能力好强。"

我公公说："文明是圆是扁大家都唔晓得，能力有几斤几两大家还不清楚，想做第一把手，就要先从组长做起，连代表都没做过，要是我，说实话，我不放心将这个'家'让他去操纵，当不好，大家就跟着饿肚子。"

"老叔讲得冇错，什么都不是的人，连名字我都现在才听过，就想当家，到时我们大家都莫去选他。"四妹巴说。

"发添娘个人，大家熟悉，敢说敢当，会为我们老百姓讲话，比如全封山区卖黄泥一事，要不是他，有曼人晓得其中奥妙，村干部冇啥好卖了，连黄泥都卖，一吨黄泥一块钱，大家算算，那座山大概多少吨，能卖多少钱？听讲现在又想把高速公路边界的两百多亩山林卖了，才二百六十块钱一亩，开村民小组长和代表会时，代表们都不签字。县里又一直在追，村书记钟华狗都冇咁精，把这事交给大脚古（原村主任）去处理，搞得大脚古直冒汗，上面追，这边大家又不合作，又正是选举时，大脚古自家会不会下台还是个未知数。"代表元贵从煤矿一下班就直奔我家，把一次村民代表会的情况一股脑儿地告知。

发添是前一任林业主任，他把这事事先都告诉了代表们，所以开会时，大脚古哪能轻易叫动代表他们签字。有个叫"黑帮"老大的代表叫桥巴老，他说，讲到月头从西边出，我都不会签这个字，字一签，这两百多亩山林就是别人的了，钱我们又分不到，以后我的子孙想在那做房子，也得吃别人的贵水①，打死我都不签，除非租给上头，而且和电站一样，给每个村民每年一点补助。"

代表们都赞成，他们是为子孙后代着想啊。村主任和书记都骂发添，发添说，我对得起大家，对得起天地良心。

元贵还说："选举真个残酷，票一开，发添二十五票，文明二十三票，大脚古立马就灰头土脸的。监票完后，镇书记宣布，不是代表的可以先退场。文明见自己的票只少发添两票，非常高兴，以为只要再下功夫，估计也有可能当第一把手。他一脸笑意，一副稳操胜券之样，兴冲冲地退出了会场。"

友仁忍不住插话说："我看发添就是当官的料，他毕竟当过几年兵，在部

----

① 贵水：意指占主动。

538

队锻炼过，又是文书，看过大蛇屙屎①的人就是不一样。开会时，参加竞选的人都要上台演讲，其他人稿子都四五页，讲得口干舌燥，发添却不同，他只一页，而且打印了，一站上去，原来在打瞌睡的人一下子都来了精神。他只看了一下稿子就讲得一溜边，稿子不长，简单明确，都是最关键的一点，绝不拖泥带水，连镇书记都听得直点头，还拍了手。大家都说娘个家伙头可能一晚没睡，背熟了。"

"有几个人稿子长，又紧张，唔脱舌②，一下台，就跟澈死鬼③一般，冇个干地方，面色铁青，吓死人。担任过几年村主任的大脚古，也算是看过大蛇屙屎的人，可就做不到发添那种境界，那种镇定，虚汗直冒，双手发抖，连稿子都差点掉到地上。发添面不改色心不跳，下台后额头一点汗珠都看不到。"元贵说得口干舌燥，呷了一口茶后，继续介绍选举的残酷，"票一开，大脚古落选，面色如乌云密布，就差点哭了出来，估计昨晚又一夜没睡好，开会时还含着西洋参含片。最有官运的是春春和莲花，十个竞选副主任的人有八个自动退位，退到村委的位置上，他们两个就不用再选了，就这样托了上去。一看这种场面，谁不感到十分好笑，听说医疗室的西洋参含片都被人买光了。心脏不好的人千万莫去参加竞选，莫紧官没争到，命却争掉了，唔抵得。"

自从开了代表会，产生了正式候选人名单，我家更热闹了。元贵只要有空，便和我公公说选举的事，而且几乎天天有人来我家，尤其是那些候选人。今天你来，明天他来，连平时大家不晓得是圆是扁的文明，在我哥哥的带领下，也来过几次，要我们到时关照关照。当着他的面，大家都客气地说："晓得，晓得。"

要想当和尚，就得先学会敲木鱼，要想当第一把手，就得从基层做起，连代表都不是的人就一下子想当家做主，这未免也太单纯了，真是十二月卖蒲扇，不识时务。

有人开玩笑说，除非两百块钱一张票，我全家只要有选举权的，保证选他，反正谁当都只顾自己的腰包，听说城里的选举更出洋相，选举那天，人家看着写，一张票五十元，现拿。我说，要是我们村也这样的话，那我家五个人

---

① 看过大蛇屙屎：意为见过世面。

② 唔脱舌：不流利。

③ 澈死鬼：水鬼。

都有选举权，给我两百四十元就行了，我可不要二百五。大家笑着说，就是，真要这样的有多好。

做干部的，选举时说大话，到时又放落斧头聊天，只说不做，自己捞得出油，哪还记得当时的承诺。三年一过，又不晓得谁当了。在任时能捞尽量捞。老百姓嘛，就选举这段时间还算吃香，看在你那张选举票上，想当官的见到了，会抽烟的，他就给你发支烟，嘴皮子都像抹了白糖，讲得甜，都客气得出乎寻常。当然，此老百姓已不是五十年代的彼老百姓了，见多识广，老油条了，对方要是一说到时关照关照，他马上就会心知肚明地说："绝对，绝对，你放心。"对哪一个想当官的都是这句话，真是大年初一见到人都讲恭维话。你一转身，他便"哼"的一声，平时不烧香，临时抱佛脚，我又没得你好处，你算什么货，我凭啥选你，你只要一当上官，心里想着捞钱，连爷娘姓啥都忘了，哪还记得我这小小老百姓？

不少人说："还是让原来的老干部当好，老干部捞了几年了，总有吃不下去的时候，再吃会撑死。新脚子^①一上台，肚里空空，会饿鬼见白饭一样，再多的村财收入也折腾不了几天。三年一次换届选举，吃饱了的走人，饿鬼又上场，何时是个头啊！"

"世上曼人不想做撑死鬼，愿做饿死鬼？老脚干部，老奸巨猾，他们就像吸血匹婆子^②一般，吸上了瘾，吸得有门有路，一天不吸就受不了。为了捞钱，脚指甲里的个子^③都想得出来。"

"说得也是，曼人当都一样，天下乌鸦一般黑。要是我们当，可能也会和他们狼狈为奸，不可能像荷花那样出污泥而不染。目热就自家也去竞选，过过官瘾，也捞他一把，一生世人也算风光了几年。"

"就我们？哪是当官的料！要那种心和肠子都在这边的人才当得了官。"四妹巴用手指了指自家的小肚边说。

大家又是一阵大笑，沉重的心情突然轻松了许多。

组长选举的序幕一揭开，议论纷纷起，笑话日日有，新闻天天出。为了争组长，今天这个组争得吵打杀，明天那个组争得捶凳拍桌，后天那个组又搞

---

① 新脚子：新角色。

② 匹婆子：蝙蝠。

③ 个子：点子。

得做父母的在狠心狠肝地对骂，刨根究底，从祖宗十八代骂起。你哪一代比得了我家，你有啥资格与我家争？也不撒泡尿照照自家。

到了村选这天，我还在睡梦中，便被人吵醒："起床了，起床了，选举了。"

我拿了选票，把想选的人填上了，以为就没事了。可到了下午，又有几个人提了选举箱来，说是要重选，因为我们组有二十多人没拿到选票，选民非常气愤，跑到村上大吵大闹，责问是谁剥夺了我们村民的资格和选举权，要控告他。

经查，花名册与选票符合，那么，是有人暗中作怪。选举会无法进行，开了几箱选票，咋办？村干部们头昏脑涨，有人提议会照开，票照念；有人不同意，认为不妥。问镇上刘书记，刘书记也拿不定主意，打电话问县政府，县政府回话，我们组的重选。就有人提议再把那二十多张票和以往一样补上，有人说不行，那就膨胀了，不能再和以往那样了，如果这样，那每届都会再出现这样的事，这样的事绝对不能再发生了。

有人也不同意一边开票一边重选，如果这样，那么会有人马上拉票。我们组一共一百九十多张票，他们就算花二百块钱买一张票也花得起，一定要辛苦一点，等我们这组的选票到了一起开，等到再晚也要等。

于是，下午四点多钟，又有几个人提了选举票箱来了，再次挨家挨户地送，又再次听到了冷言冷语："怕啥，再走一趟也不怕，反正五十块钱一天，又不会辛苦。"

晚上九点多，村部热闹非凡。不少家属都来了，隔溪对面片子来了七八桌人，都在离村部不远的小学堂吃的饭。原来的小学校，因生源不足，现在成了农民之家，村里请了两个主厨。我们这片子的人说，你们那片子的人真是惹脚，猴吃鬼，搞得农民之家像是做大好事一样，可他们却说是关心国家大事。面皮真厚！

发添和文明都是溪对面片子的，他们那片子，一派人选发添，一派人拥护文明。要不是有派出所和镇政府的人，他们两派人就差点打了起来。

因为天时已太晚，有人提议明天再开票了，先封存，送到派出所放一晚上。可有人又说，放在派出所也不见得就安全，派出所也会被人搞鬼，而且情况会更糟，不行，就是到天亮大家也要辛苦一晚，一定要在今晚开票。

经镇书记认可，选举挑灯夜战，两人唱票，两人监票，两人写票。因为天气太热，会议室里里外外都是人，大家心情又紧张，因此都臭汗直冒。

发添以二千九百多票当选为本村的当家人，文明以二千一百多票落选。一伙人欢欣鼓舞，口哨直吹；一伙人垂头丧气，唉声连连。其时已是深夜三点多了，有些人差点就晕倒了。有人骂我们组的人，都是你们害的，自出了世都没受过这样的苦，要不是你们万家山的选票有问题，何至于这样。

元贵反驳说："不能一篙子打倒一船人，这不关我们的事，我们也有选举权，凭啥会没有选票？是某些人工作失误乱发票，走私！"

金古头是文明那帮的，他一直都在为他拉票，不但把票多发给他要好的人，还指示他们都投文明的票。他以为和往年一样，票不够再去村部拿，有的是，没想今年却不同了，按花名册上的名单发选票，一张也不多，因此出现了二十多人没选票的情况。

桥巴老家里有六个成年人，可是花名册上只有四个人的名额。他要拿六张票，人家不给。他说不发给我六张票，票箱我就砸了，丢到九驳桥里让大水冲走。有人说，你想坐牢房，我们也拦不住你，要砸你就砸吧，反正派出所的还在村部维持秩序。在他老婆劝说下，他才没动手，其实他也不是真想惹事。

金古头一直想帮文明，可我们组的人又都拥护发添。他见人拿了票要填，就叫人选文明，还跟进人家房里，结果被人轰了出去，"选曼人是我的权利，用不着你指手画脚。"弄得他很没面子。

有个叫金贵的男人，外号"风车尾"，也就是秕谷，空的或不饱满的谷粒，因为他总喜欢吹大炮，所以有了"风车尾"这个绰号。他那天早上也和金古头一样，一直跟着工作人员，只是他拥护发添，他说发添敢为村民说话，他说他是在监票，怕金古头他们乱来。

元贵一次又和我们说起那晚的事："我从没开过这样的会，哪晓得这些底细，那天晚上口渴了，肚也饿了，自己去小食部买点心、买红牛、买烟，可是其他人老刁根，去村书记老弟那小食部拿，赊账一切开销都由村上出。人家笑我是傻瓜，我也确实是番薯。后来发了两瓶红牛，念票时，放在桌子下面，念完想喝时，连瓶子都不见了。"

"本来要放鞭炮的，买都买来了，笭般大的，可是一来怕影响大家休息，二来怕刺激落选的人，就没放，只好请大家去吃夜宵，去了七八桌。当然都是发添这派的，那落选的回家哭都来不及，哪还有心情吃夜宵？"

那晚又有更多人失眠了，无论是选中的还是落选的，还有为文明拉票的，也肯定失眠。那些想当小组长的，也有个别人失眠，因为发添说过，要是他当上村主任，第一就是摘了那些不受群众欢迎的小组长，第二就是查村财收入。想想，会有多少人失眠？

更好笑的是，文明的老婆见老公落选，马上哭了，边哭边骂，"娘个光毛绝代的短命相，手段咁恶、咁绝、咁爱当官，就当死算了，撑死你！"明显骂的是死对头发添。接下来，指着老公又骂："你娘个吃屎大的败家子。手段比不得人家就莫咁爱跟人争，这下好了，你乐意了吧，争生争死，到头还是竹篮打水一场空，不吃不喝，三年也省不下那些，我早就说过你争不过人家。"

听说文明为竞选主任，到处活动，花了不少钱，本以为希望多多，因为发添经常把领导班子的一些事说出来，大家都很头痛，想尽一切办法要挤掉他。几个村干部都在为文明活动，连下了台的老支书也帮他活动。文明一位颇有人缘的堂兄，也到处为他活动。几股力量，不能不使发添为自己的前途担忧。

对发添的当选，镇书记说了一段振聋发聩的话："得民心者得天下，因为发添会为老百姓说话，所以深得民心。做干部就要立党为公，执政为民，打铁先得自身硬，如果用政治压倒一切，假公济私，中饱私囊，就有可能阴沟里翻船。古人云'损百姓以奉其身，犹割股以啖腹，腹饱而身毙'，百姓不是以前的瞎狗子了，经常看电视看新闻，还会那么无知吗？"

那段时间，最惬意的是代表们，经常有人请吃饭，送好烟好酒。元贵说他就收到了六七条好烟。当个代表也如此吃香，下届我也去竞选，也风光风光。

一天晚上，发添打来了电话，说要感谢我们的大力支持。我公公说首先祝贺你，还说因为你敢为老百姓说话，所以大家愿把这个家交给你当，希望你不负众望，当好这个家。他高兴地说，一定，一定。我大声说，改天你一定要买点水果给大家吃。他说，那是自然的，等这个风头落一落。

选完了村干部，代表们还得选理财小组，原来的理财小组都撤了，得重新选几个。理财小组选好后，代表们吃香的日子又要再等三年了。很多人说，吃惯了甜头的人，最好每个月都选举，开会有钱发，提选举箱还一天五十元，包吃两顿饭，还报销一天的烟钱、饮料钱，开票那晚还发加班费。

代表们烟也收了，酒也喝了，饭也吃了，确实惬意了好一阵子。

选举过后，一切又恢复到原来的样子，人们一下子又从忧虑和期待、希望和失望中回过神来，一切都变化得那么自然、正常，好像这些好笑的事从来就不曾发生过。

我开玩笑说，我家的茶叶也省了。

本想这事又要三年后再热闹起来，没想国庆六十周年前几天，元贵又说了两件事。

一件是发添当初说得响丁当，一上台马上摘了不受欢迎的小组长，二是马上查账，结果一切还是老样子。而且他没有主见，啥事都说问支书，连开个会也说问支书，比大脚古还更怕事。

"娘个发添，以前说得腔都冇咁硬，现在也软蛋一个，真是令人失望，三年后，我们不要再相信他。"

元贵又说："也可能他是以静制动，还没有发挥吧，反正现在他的口气不同了，比做民兵营长和林业主任时都不同了。大家先看他一段时间，看三把火到底能不能烧起来。"

也有人分析说，他拼了三届才把村主任拼到手，前两届和大脚古拼，都拼输了，这次又和文明拼，虽说胜利了，却也拼了个头破血流，元气大伤。本来领导班子的人都想挤掉他，想排除异己，发添又不是笨蛋，来之不易的位置，岂能让人排除？他也不想让整个领导班子的人都仇视自己，只能对不起老百姓了。

第二件事，就是永武高速公路边沿的那二百六十亩山林，被县政府以二千六百元一亩买去了。那里很多还是私人自留山。

听说合同去年就订了，那天县政府的小车来了好几辆，村民代表们不敢签字，县政府又强迫执行。村干部无奈，就偷偷把它卖了。

那天，村支书本来上了县政府的车，被桥巴老抢白了几句："卖了那么多钱，又有得分了，去啊，去和他们一起去吃饭呀，二千多块钱一桌，吃饱一点，撑死来！"村支书听了，又红着脸走下车来。

村会计正好是山林那边的人，晚上躲在办公室里大气不敢喘，灯不敢开，门也不敢出。有两个男人走上去，差点把办公桌都从楼上摔下去，被闻声赶来的桥巴老给制住了。

因为事情得不到解决，次日，有自留山被卖的人家，都去村部闹，全是女人，不下二十人。她们嚷着把村部围了起来，村里叫来了派出所的，可她们不怕，只让车子进，不让车子出，大门关上，打开了又关上。村干部又打电话，叫来了刑警队的，然而事情越发糟糕。

女人们私底下说："不怕，中央来人我们也不怕，我们是维护自家的利益。上面早就讲要把自留山归还大家，现在他们却把它卖了，我们没有犯法，他们不敢抓我们，要是他们敢碰我们，我们就告他们调戏妇女。"

"对，我们不能再这么老实了。他们当官的，卖了一样又一样，山林卖了，连黄泥都卖，身上的腔为啥不拿去卖？老婆子女为啥不拿去卖？再老实，以后说不定还会把我们卖了。"

女人们连着闹了三天，如果事情得不到合情合理的解决，她们是不会善罢干休的。

前几年，所有的自留山都被人投标去了，村里得了不少钱。后来有人从电视新闻中看到所有的自留山都得归还，就去村部说，村部又怎么可能退还自留山呢？去县里说，县里又没有好消息。有几个人商量着去省里打官司，每家出一百元，由几个能说会道，又对这行熟悉的人代言。

事情正待解决中。

2008 年 10 月 8 日—2010 年 2 月 26 日

闽西福州苦乐斋

后　记

　　记得是四年前吧，看到二姐一篇六万字见长的小说手稿，心里着实吃了一惊：初二便因家贫而辍学的胞姐，这些年受了我的某些影响和鼓动，不仅重新做起了久违的文学梦，而且不满足于豆腐块的陆续见报，竟偷偷做起了小长篇。这篇小说压缩成两万来字后，还真被省内一家文学刊物看中，可惜天公不作美，该刊不久在报刊整顿中寿终正寝。我见二姐并没气馁，便鼓励她从熟悉的农村生活写起，既做练笔，又可充实业余生活。

　　这个时候的我，在写了十多年传记后，开始思考如何延续今后的文学道路。我考虑转型，有意为平凡的父老乡亲树碑立传，有一定文字功底和写作兴趣且有充裕时间的二姐完全可做助手，借着天时地利人和，尽可在农闲时广做田野调查。2008年春，我给她布置完作业和预付部分稿酬后，就负笈北上，到鲁迅文学院读书面壁去了。其间，二姐时断时续地寄来一些书写得密密麻麻的作业簿，读后虽感文字稚嫩、故事零乱、谋篇布局时有不济，但字里行间总也能见到像金子一样闪光的火花，一个个为我熟悉的人物、场景活灵活现在眼前。我给了她必要的点拨和一些可供阅读的文学书刊后，感觉她越写越快，也越写越好了。

　　待我从鲁院毕业回闽，她已出手了十几万字，我又有的放矢地给她出了些题目。一年倏忽而过，我案头不觉拢聚了厚厚三十多万字的手稿。其中有些文章，是我回老家时她当面给的，为的是省下不菲的邮费，每每让我手不释卷，从闽西武平一路读到省会福州。

　　十五年前的二姐，家庭的经济压力，加上长年务农对身体的损耗，给我的印象总是病恹恹的，但她乐观着，再苦再累也没有放弃读书写作的爱好。文学和她最看重的亲情一样，给了她足够的滋润和信心，给了她恒定的目标，使她从多年的病痛沉疴中振作，她确确实实地爱上了文字和书写，文学在一个农妇身上产生了神奇的力量！

二姐告诉我，在她伏案笔耕时，才真正体会到我这些年写作的艰辛。而今电脑时代捧读二姐一字一句码成的手稿，我也深深地被她无数个日夜凝成的心血给感动了！

我凭着自己对三农的昔时印记和现实了解，对二姐的初稿做了必要的润色和加工，并增写了二十来万字篇幅。好几个节假日，我回到乡村，和二姐一道向父母、兄嫂和周围父老请教，极尽可能地详细了解客家风情、俗语、人物，力争把乡村的前世今生、古韵新风发酵后做成一坛坛美酒。

我生长在客家农村，二姐更是纯农妇，对乡村生活有着刻骨铭心的体验，熟悉农民大众，对父老乡亲的命运深为牵挂和关切。我们的首度文字合作，以闽粤赣三省交界的客家乡村为创作舞台，描写百年来特别是改革开放前后中国南方农民群体的命运遭际和心灵秘密，揭示农民大众的喜怒哀乐，尤其是转型时期他们所遇到的种种问题，以及新农村建设中不容回避的现实矛盾。我们从血脉深情的感受出发，以几十年的精细体察和温情关切，试图真实反映农民大众各自的生存方式、在数十年来城乡二元对立模式造成巨大差距中的追求和抗争、堕落和尊严。包括被打成"地富反坏右"在内的几代乡亲，在小小行政村这个舞台上相互纠缠，演绎出新与旧、官与民、闯与留、宗法与伦理间的冲突、老与少、男与女的情感纠葛，还有美与丑、善与恶的斑斓画卷。我们想通过这部作品，在描摹浓郁的山野气息和乡土意象中，宣泄真实人性，以忧患意识、悲悯情怀和独到眼光，透视底层百姓的疾苦和内心世界，刻写主要人物对美好、健康、文明生活的向往与追求，并艺术展现这个深刻的体验，通过个人情感去辐射大众情感，以期引起广大读者对农民群体生存的关注和对他们命运的理性思考，呼应社会和谐的精神诉求。需要提及的是，书中人物和事件虽然其来有自，但都是经过艺术化处理了的，本书体裁是小说，综合了诸多原型，'勿对号入座，如因巧合雷同对一些乡亲有不恭或冒犯之处，敬请见谅。

在此书的写作中我们深切感到，丰富多彩的客家语言是座极具开采价值'文化资源富矿，是写作者耕耘的天堂。因此，本书在原生态的描写和叙'染客家民俗、田园风光的生活画面，人物对话全用贴切的客家方言和